Jenny-Mai Nuyen • Das Drachentor



cbt

Foto: © Jan Frommel

**DIE AUTORIN**

Jenny-Mai Nuyen wurde 1988 als Tochter deutsch-vietnamesischer Eltern in München geboren. Geschichten schreibt sie, seit sie fünf ist, und mit dreizehn verfasste sie ihren ersten Roman. Seit ihrem literarischen Debüt „Nijura – Das Erbe der Elfenkrone" wird sie als eine der aufregendsten Fantasy-Entdeckungen der letzten Jahre gefeiert. Jenny-Mai Nuyen studiert Film an der New York University.

Von Jenny-Mai Nuyen ist bei cbj und cbt bereits erschienen:

**Nijura** – Das Erbe der Elfenkrone
**Nocturna** – Die Nacht der gestohlenen Schatten
**Rabenmond** – Der magische Bund

Jenny-Mai Nuyen

# Das Drachentor

cbt

cbt

cbt – C. Bertelsmann Taschenbuch
Der Taschenbuchverlag für Jugendliche
in der Verlagsgruppe Random House

FSC
Mix
Produktgruppe aus vorbildlich
bewirtschafteten Wäldern und
anderen kontrollierten Herkünften

Zert.-Nr. SGS-COC-1940
www.fsc.org
© 1996 Forest Stewardship Council

Verlagsgruppe Random House FSC-DEU-0100
Das für dieses Buch verwendete FSC-zertifizierte
Papier *München Super Extra* liefert Arctic Paper
Mochenwangen GmbH.

1. Auflage
Erstmals als Taschenbuch Juli 2009
Gesetzt nach den Regeln der Rechtschreibreform

Karte und Vignetten im Innenteil: Jenny-Mai Nuyen
Umschlaggestaltung: Hauptmann & Kompanie,
Werbeagentur, München – Zürich unter Verwendung
einer Illustration von Ferenc Regös
SE • Herstellung: ReD
Satz: Buch-Werkstatt GmbH, Bad Aibling
Druck: GGP Media GmbH, Pößneck
ISBN 978-3-570-30597-3
Printed in Germany

**www.cbt-jugendbuch.de**

Haradon
Dörfer der Drachenfänger
Logond
Elfenstämm
Nebelu
Th
Haradonische Provinzen

Methusa
Salkand
Apolis
Myrdhan
ahell
Kytena
Isdad
J·M·N

# Prolog

Es hatte viel geregnet. Woche für Woche war das Wasser gefallen, hatte die Gräser platt gedrückt und den Boden weich getrommelt. Von allen Felsen plätscherten Rinnsale und bildeten schlammige Pfützen. Die Krieger versanken bis zu den Knöcheln im Morast.

Erst heute war der Regen versiegt. Noch war der Himmel bedeckt, schwere Wolkentürme standen am Horizont und Dunst stieg aus der Erde auf. Der Wind jagte über das Land und heulte in den Reihen der Krieger. Hunderte waren es – Hunderte Reihen von Tausenden Kriegern.

Sie alle standen still. Bunte Banner flatterten. Die Nebel kräuselten sich zwischen den Fronten.

Zwei Wagen lösten sich aus beiden Kriegerscharen, gezogen von stattlichen Drachen. Die Wagenräder rollten durch den Schlamm, bis die Ornamente auf den Radkappen, glorreiche Schlachten und strahlende Sonnenkönige, darunter verschwanden. In der Mitte des Schlachtfeldes trafen die Wagen aufeinander und die Fahrer zügelten ihre Drachen einen Lanzenwurf voneinander entfernt. Unruhig tänzelten die Tiere vor den Wagen auf der Stelle. Aus ihren Nüstern drang warmer Atem. Die lederartigen Flügel waren fest an ihre schlanken Körper gebunden, damit sie nicht auf den Gedanken kamen, davonzufliegen. Nur die Spitzen der gefalteten Flügel zuckten und bewegten sich unter den Lederriemen.

Einer der Wagenlenker zog den Helm ab. Im Nebel konnte der andere sein Gesicht kaum erkennen, nur die Haare, die ihm um die Schultern fielen, leuchteten durch den Dunst wie ein Lichtkranz. Auch der zweite Fahrer nahm den Helm vom Kopf. Sein dunkles Haar war in unordentlichen Strähnen zurückgeflochten, sodass man die kantigen Gesichtszüge, die braune Haut, die tiefe Narbe auf der rechten Wange sehen konnte.

»Zieh deine Krieger aus unserem Land zurück!«, forderte er. Sein

Ruf verhallte im unheimlichen Nebel. Der Drache vor seinem Wagen schnaubte und schlug mit dem Schwanz. Der König der Myrdhaner nahm die Zügel fester, kniff die Augen zusammen und horchte nach einer Antwort.

»Ihr habt uns herausgefordert!«, schrie der Blonde. Es war die Stimme eines Mannes in der Blüte seiner Jahre, dröhnend und entschlossen. »Nun ist Schluss mit eurer Dreistigkeit, wir beenden es heute, hier und jetzt!« Dumpfer Jubel schwoll hinter ihm an. »Haradonen gegen Myrdhaner, ein für alle Mal! Meine Krieger gegen die deinen, unser Mut gegen euren, Haradons Schwerter gegen eure Steine!«

»Wir erwarten eure Schwerter mit Grimm. Doch nicht Steine, sondern die Kraft von ganz Myrdhan richten wir gegen euch!«

Die Luft erzitterte von Jubelgeschrei, als beide Könige kehrtmachten und zu ihren Heeren zurückfuhren, um hinter Mauern aus Eisen und Fleisch zu verschwinden.

Schrille Schlachthörner verschlangen mit einem Mal die grölenden Rufe. Kurz dröhnte der Klang der Hörner in den Ohren der Krieger, ehe er so abrupt abriss, wie er begonnen hatte. Wieder trat Stille ein. Erwartungsvoll starrten die Männer in den Himmel, doch nur die Banner flatterten im Wind.

Dann tauchten über beiden Heeren Schatten auf. Erst zeichneten sich die Flügel ab, die die Nebel durchschnitten wie schwarze Klingen – dann erkannte man die Drachen. Sie mussten schwer darum kämpfen, in der Luft zu bleiben, und sanken auf und ab, als würden sie über unsichtbare Wellen reiten. Denn auf ihren Rücken saßen Menschen.

Kaum war das feindliche Heer in Schussweite gekommen, glühten hoch oben bei den Drachen Funken auf. Einen Augenblick später senkte sich ein Regen brennender Pfeile auf die Kriegermassen, als hätten die Drachen selbst Feuer gespuckt.

Befehle erklangen, die Schilde wurden in einer einzigen großen Bewegung erhoben. Grauenvolle Schreie zerrissen die Stille, wo die

Geschosse durch das Schutzdach der Schilde drangen. Auf dem Schlachtfeld zogen nun die Drachen beider Königreiche Kreise in der Luft. Es war einzig ein Gefecht der Windgarden – erst danach würde die siegende Armee über die Feinde herfallen.

Pfeilsalven sirrten durch den Nebel und bohrten sich in die Leiber von Tier und Mensch. Die Luft erzitterte von ihren schweren Flügelschlägen und dem Stöhnen der Tiere. Pfeile trafen auch die Windreiter und rissen sie von ihren Drachen. War der Himmel über dem Schlachtfeld zuvor von den Tieren verdunkelt gewesen, so lichtete er sich nun wieder mit jedem Drachen, der auf die Erde niederfiel.

Dann erklang von beiden Bodentruppen Kampfgebrüll. Die Krieger begannen, ihre Speere im Takt gegen die Schilde zu schlagen, schneller und schneller, heftiger und immer heftiger, bis die Erde vibrierte, und im ohrenbetäubenden Trommelklang ihrer Waffen stürmten sie aufeinander zu. In den vordersten Reihen galoppierten Krieger auf Drachen mit gefesselten Flügeln. Schreiend und mit kurzen Peitschen trieben sie ihre Tiere zu Sprüngen an, die ein rennender Mann nicht halb so schnell zurücklegen konnte. Feuerpfeile hagelten auf die Heere herab, die herunterstürzenden Drachen fielen wie Schatten aus dem weißen Himmel.

Dann stießen beide Heere aufeinander, Myrdhaner gegen Haradonen, überspülten und vereinten sich wie tosende Fluten in Gebrüll, Metall und Blut.

Es waren die Haradonen, die am Abend des Tages den Sieg davontrugen.

# Der Krieg

# Aufbruch

Der Morgen graute. Schwere Wolken hingen über den Hügelländern, denn zu dieser Jahreszeit regnete es viel. Die Nordwinde trugen bereits den Geruch von Schnee mit sich und erinnerten Alasar daran, dass der Winter kurz bevorstand. Er fröstelte und zog sich die Fellweste enger um die Brust. Für gewöhnlich reisten im Herbst die Händler von Dorf zu Dorf, um Brennholz zu verkaufen, das man weiter nördlich in den Wäldern fand. Wagenkolonnen, über und über beladen mit Holzscheiten, hielten in den Dörfern Einzug. Dann kamen ihnen die Kinder aus den Hütten entgegen und tanzten um das duftende Holz herum, sangen den Händlern ihre Lieder vor, baten um kleine Holzstückchen, aus denen sie Puppen und Drachen schnitzen wollten, und bestaunten die echten Drachen, die die schweren Wagen zogen. So war es bis jetzt vor jedem Winter gewesen, solange Alasar zurückdenken konnte.

Er blickte zum Horizont. Nur allmählich wich die Dunkelheit dem trüben Tageslicht. Ihm war kalt, trotzdem blieb er auf seinem Aussichtsposten stehen und spähte in die Ferne. So hatte er jeden Morgen der vergangenen zwölf Tage verbracht, hoch oben auf dem Felsen, und die langsam voranschreitende Dämmerung abgewartet.

Alasar blähte die Nasenflügel und witterte die Luft wie die Steppenwölfe, die nachts um sein Dorf schlichen. Der Wind schien ihm einen Geruch von Feuer und verbranntem Fleisch entgegenzutragen, den nur er riechen konnte.

Zögerlich, fast widerwillig brachen die ersten Sonnenfäden durch die Wolkendecke. Es war Tag geworden, erkannte er halb enttäuscht, halb erleichtert, ohne dass sein Wachehalten sich gelohnt hätte. Doch er wartete nicht, wie in den vergangenen Jahren, auf die Holzhändler. Nein. Es war Krieg. Er wartete auf seine Eltern und die Eltern der anderen Kinder, die hinter ihm im Dorf schliefen. Außer ihnen und den Alten, die nicht mehr hatten kämpfen können, waren sie alle vor zwölf Tagen am nördlichen Horizont verschwunden. Die Frauen, die Männer, ja, selbst die dreizehnjährigen Jungen und Mädchen: Jeder, der eine Lanze halten und einen Stein werfen konnte, verteidigte Myrdhan. Die Männer kämpften vorne in den Kriegerreihen der Armee, die Frauen lauerten ein paar Hügel entfernt mit Pfeil und Bogen, und die Jugendlichen verbargen sich dahinter, um jeden Angreifer, der bis zu ihnen durchkam, mit Steinen zu empfangen.

Alasar hatte auch kämpfen wollen. Und sei es nur bei den Dreizehnjährigen, obwohl er sicher war, dass er genauso gut bei den Männern in der Schlacht dienen konnte. Aber Alasar war erst elf, mager und dunkel, mit den scharf geschnittenen Gesichtszügen der myrdhanischen Hügelstämme.

Schließlich atmete er tief aus und drehte sich um. Seine Eltern waren also noch immer im Kampf, ebenso wie seine beiden Brüder Ganem und Vasir. Aber um die beiden sorgte er sich nicht, denn er mochte sie kein bisschen. Sie machten sich immer über ihn lustig und nahmen ihn nicht ernst, obwohl er ihnen längst überlegen war.

Er machte kehrt, um die Felsen hinunter ins Dorf zu klettern. Doch als er schon einen Fuß auf den nächsten Steinbrocken gesetzt hatte, drängte ihn ein unbestimmtes Gefühl, noch einmal zurückzublicken – es kroch ihm den Rücken hinauf wie das Echo einer Angst, die er noch nicht empfunden hatte … Er drehte den Kopf. Der Wind heulte ihm um die Ohren und ließ die struppigen Haarsträhnen vor seinen Augen tanzen. Es dauerte einen Moment, ehe Alasar sie sah.

Ein jäher Schreck durchfuhr ihn, er rutschte mit den Füßen vom Fels und sprang sogleich wieder auf. Irrte er sich? Hoffentlich, hoffentlich täuschten ihn seine Augen … Aber es war kein Irrtum.

Da, in der Ferne, kroch eine Woge flimmernder schwarzer Punkte heran. Alasars Blick fächerte über die anschwellende Flut, doch er entdeckte nicht die roten Banner, an denen er die Myrdhaner erkannt hätte. Es waren nicht seine Eltern, nicht die Mütter und Väter und Brüder und Schwestern der umliegenden Dörfer. Es waren Haradonen.

Ihr Heer war hier. Myrdhan musste die Schlacht verloren haben! Und Alasars Eltern, die Erwachsenen … Eine brodelnde Panik schwemmte alle Gedanken fort. Alasar riss sich vom Anblick des Heeres los und kletterte die Felsen hinunter. Er zitterte, schrammte sich Hände, Knie und Ellbogen am rauen Stein auf, sprang ins Gras und ignorierte dabei den Schmerz in seinen Gelenken. So schnell er konnte, rannte er auf das Dorf zu. Die Holzpflöcke, die es zum Schutz umgaben, erschienen Alasar lächerlich wie Zündhölzer angesichts der dunklen Massen, die sich darauf zu bewegten. »Alarm! Alarm, Alarm!«

Die Kinder kamen aus ihren Hütten gerannt, manche waren auf dem Arm ihrer Großeltern, die beinahe noch ängstlicher dreinblickten als die Jungen und Mädchen.

»Die Haradonen!«, schrie Alasar und riss eine Tür nach der anderen auf, bis alle Kinder die Neuigkeit gehört hatten und auf dem Dorfplatz zusammenliefen.

Alasar stürmte in seine eigene Hütte. Tausendmal hatte er sich diesen Augenblick in den vergangenen zwölf Tagen ausgemalt und trotz seines wild pochenden Herzens empfand er eine kühle Gelassenheit. Die kleine Hütte war so dunkel, wie er sie noch vor Sonnenaufgang verlassen hatte. Glutstückchen funkelten unter dem Kessel auf der Feuerstelle.

»Alasar?«, erklang eine zarte Stimme.

Er lief an das Bett, das er im Dunkeln kaum sehen konnte, und fasste nach den Händen seiner kleinen Schwester. »Keine Angst, Magaura. Wir müssen jetzt weg, so wie ich es dir gesagt habe. Erinnerst du dich?«

Sie nickte langsam. »Alles hierlassen und schnell laufen, hast du gesagt.«

Alasar nickte ebenfalls. »Ja, ja genau das habe ich gesagt. Dir wird nichts geschehen. Bleib einfach bei mir.«

»Mach ich«, flüsterte Magaura.

»Komm.« Er hob sie aus dem Bett und zog ihr Strümpfe, Kleid und Umhang an, ohne sich die Furcht anmerken zu lassen, die ihn zu größerer Hast antreiben wollte. Dann legte er sich auf den Bauch und griff mit einer Hand unter das Bett, um ein Bündel herauszuziehen. Er hatte es heimlich gepackt, als alle Erwachsenen das Dorf verlassen hatten. Wasser, Dörrfleisch, Brot und ein langes Taschenmesser waren darin eingewickelt. Er klemmte sich das Bündel unter den Arm, mit der anderen Hand ergriff er seine kleine Schwester und sie verließen das Haus. Alasar blickte nicht zurück. Er wusste, dass sie die Hütte nie wieder betreten würden, in der sie beide geboren und aufgewachsen waren. Aber diese Gedanken erreichten nur seinen Kopf, nicht sein Herz.

Auf dem Dorfplatz war Panik ausgebrochen. Weinende Kinder drängten sich zusammen und klammerten sich an die hilflosen Alten. Ein paar Greise machten sich daran, das Dorftor zu schließen. Alasar ging festen Schrittes auf die Mitte des Platzes.

»Hört zu«, rief er. »Hört mich an und heult nicht rum!« Langsam verebbte das Schluchzen, und Alasar wandte sich an die Alten, die das Tor verriegelten.

»Lasst den Unsinn! Glaubt ihr denn, das Tor hält die Haradonen auf? Wir müssen das Dorf verlassen. Ich weiß, wo wir sicher sind.«

»Was redest du, Junge – sollen wir den Haradonen vielleicht in die Arme laufen? Wo sollten wir sicher sein, wenn nicht hier?«, riefen die anderen zurück, und Alasar wartete einen Augenblick wütend ab, während man ihn weiter beschimpfte. Dann entgegnete er so bestimmt, als hätte nie jemand sein Wort angezweifelt: »Wir verstecken uns in den Felshöhlen. Ich kenne alle Höhlen im Umkreis.

Packt Essensvorräte zusammen. Dann verlassen wir das Dorf und schließen die Tore. Wenn die Haradonen kommen, warten wir, bis sie ins Dorf einbrechen. Dann schleichen wir uns von außen an und setzen es in Brand.«

Aber noch während Alasar das sagte, wusste er, dass es nie so kommen würde. Die riesige Flut am Horizont würde das Dorf unter sich begraben und verschlingen, nicht einmal ein Bruchteil davon hätte ins Dorf gepasst.

»Wir sollen unser eigenes Dorf in Brand setzen?«, rief ein Greis, doch es klang schon viel zögerlicher.

»Der Junge hat recht«, stimmte ihm eine gebrechliche Alte zu und machte sich daran, das Tor wieder zu öffnen. »Lasst uns gehen und die Haradonen überraschen, hier drinnen sitzen wir in der Falle.«

Nun begannen einige, der Alten zu helfen und das Tor zu öffnen, während andere immer heftiger protestierten.

»Wir können unser Dorf doch nicht verlassen! Was passiert mit unseren Sachen, wenn die Haradonen alles plündern?«, schrie ein Junge in Alasars Alter.

»Kommt mit uns oder bleibt hier«, sagte Alasar. »Aber wer bleibt, wird die Nacht nicht überleben.« Die Kinder schluchzten erschrocken auf. Viele schlossen sich Alasar an, weil er von der allgemeinen Angst völlig unberührt wirkte.

Man packte so viele Vorräte, Kerzen und Fackeln zusammen, wie man tragen konnte, und sammelte sich vor den geöffneten Toren. Alasar ging mit Magaura zu den Alten vor. Auch drei schwangere Frauen wollten ihm aus dem Dorf folgen.

»Und du bist ganz sicher, dass wir uns in diesen Höhlen verstecken können?«, fragte eine Frau. Bevor Alasar antworten konnte, trat Magaura vor ihn.

»Mein Bruder kennt die Felshöhlen besser als jeder andere. Immer geht er da hin mit einer Fackel und findet Salz und Quellen und Fledermäuse.«

Die Frauen nickten langsam. Magaura lächelte, froh, Alasar bewiesen zu haben, dass sie sich an die Geschichten von Salz, Quellen und Fledermäusen erinnerte, die er ihr so oft erzählt hatte.

Schließlich verließen sie das Dorf. Ein Teil der Kinder, Alten und Schwangeren blieb zurück und verschloss die Holztore von innen.

Immer wieder sah Alasar zu der langen Prozession zurück, die ihm folgte. Gewiss, es waren verängstigte Kindergesichter und alte Männer und Frauen, aber trotzdem … sie folgten alle *ihm*.

Tief im Herzen hatte er gewusst, dass er die Menschen einmal führen würde. Aber dass seine Bestimmung ihn jetzt schon einholen sollte, in so einer Situation, das hätte er nie gedacht.

»Kommen Mama und Papa zurück?« Magaura lief mit kleinen, hastigen Schritten an seiner Seite. Alasar warf ihr einen sorgenvollen Blick zu – sie war so unschuldig und musste für das Versagen ihrer Eltern bezahlen. »Sie … weißt du, sie kommen noch nicht wieder.«

»Wann sind sie denn da?«

»Wenn sie kommen, sage ich es dir. Solange bin ich für dich da. Einverstanden?« Er zwang sich zu einem Lächeln und Magaura gähnte unbeschwert.

Alasar führte sein Gefolge durch die Felsschluchten und Geröllberge, die sich zwischen den Hügeln gebildet hatten. Er wählte die verstecktesten Wege, aus Angst, das haradonische Heer könnte sie überraschen. Irgendwann erreichten sie mächtige Felsplatten, die schräg aus dem Boden ragten und zwischen denen sich Höhleneingänge gebildet hatten.

Die Kinder und Alten und Frauen folgten Alasar unsicher in die Dunkelheit. Keiner hatte sich je für die Höhlen interessiert, aber er mochte die Finsternis, den Klang des Wassers, das von den Felsen perlte, und die Einsamkeit, die jedes Zeitgefühl verschluckte.

Unter den Felsen entzündeten sie Fackeln, dann gingen sie tiefer hinab. Alasar kannte jeden Stein hier unten, sprang den anderen leichtfüßig voran und half den Schwangeren und den Kleinsten nachzukommen. Die Dorfbewohner staunten über die unterirdischen Hallen, die Grotten und die flachen Seen, in die es unaufhörlich von der Decke tropfte. Alasar führte sie durch runde Gänge und von einem Höhlenzimmer zum nächsten, bis niemand mehr glauben konnte, dass all diese schaurigen, wunderbaren Bauwerke von selbst entstanden waren. Bald vergaßen die Kinder ihre Angst. Sie tanzten um die zackigen Felszähne, die aus dem Boden stachen, hüpften durch die Pfützen, in denen winzige durchsichtige Krebse umherhuschten, und lauschten den verzerrten Echos, die die hohen Gewölbe zu ihnen zurückwarfen.

Alasar beriet sich mit den Alten und den Frauen, wo sie sich einrichten sollten. Manche von ihnen hatten Felle mitgenommen, die man auf dem Boden ausbreiten konnte. Im Nu waren Schlaflager hergestellt. Sie fanden einen schmalen Höhlenflur, der fortan ihre Speisekammer sein würde, und gleich daneben einen trockenen Platz für Fackeln, Kerzentalg und Waffen. Die Kinder beteiligten sich bald am Einrichten. Sie befestigten Fackeln an den Felswänden, füllten Eimer mit dem Wasser der Grotten, damit sie trinken und kochen konnten, und entfachten ein Lagerfeuer, um die feuchte Kälte zu vertreiben. Zuletzt begannen sie, die umliegenden Höhlen zu erkunden.

Später verließ Alasar die anderen und schlüpfte hinaus ins Freie. Der Himmel hatte sich bereits verdunkelt und violette Wolkenschlieren krochen im Norden herauf. Alasar kletterte auf die Felsen, legte sich bäuchlings hin und beobachtete mit angehaltenem Atem, wie das haradonische Heer anrückte. Es geschah alles genau so, wie er es vorausgesehen hatte. Die schwarze Woge aus klirrenden Waffen und brüllenden Männern verschlang sein Dorf.

Für eine Weile herrschte ein grauenhaftes Gewühl, wo das Dorf lag. Schreie erklangen und Feuer breitete sich aus. Etwas Ähnliches hatte Alasar schon einmal gesehen. Damals, in einem vergangenen Sommer, als vor seinen Augen Tausende und Abertausende von

Ameisen einen lebendigen Frosch bis auf die Knochen abgenagt hatten.

Dann wurde es still. Die trommelnden Schritte des Heeres ordneten sich wieder. Der flimmernde Schwarm war satt und zog weiter. Im Dorf flackerten die letzten Feuer im kalten Wind der Dämmerung und ihr Anblick und die immer leiser, immer dünner werdenden Schreie gruben sich in Alasars Gedächtnis. Unfähig aufzustehen, lag er da und beobachtete das Sterben seines Dorfes.

## Tochter des Friedens

Ardhes wachte auf, als es Morgen wurde. Wie so oft, wenn sie im Dunkeln aus einem Traum schrak, setzte sie sich mit Furcht im Bett auf und starrte eine Weile durch ihr Zimmer, bis ihre Augen sich an das unruhige Licht der Fackeln gewöhnt hatten und sie sich sicher war, dass kein Ungeheuer in den schattigen Ecken lauerte. Auf einer Matte neben ihrem Himmelbett schlief Candula, ihre Amme, mit offenem Mund und schnarchte. Obwohl sie dick und rund war, hatte sie sich auf ihrer Matte klein gemacht, ja geradezu eingerollt; in den vielen Jahren als Dienerin hatte sie gelernt, sich so unauffällig wie möglich zu verhalten, selbst wenn sie schlief. Nur das Schnarchen konnte sie nicht verhindern, denn sie wusste nicht, dass sie es tat, und Ardhes brachte es nie über das Herz, ihrer Amme davon zu erzählen. Wenn sie es täte, würde Candula beim Einschlafen wahrscheinlich die Luft anhalten und versuchen, nicht mehr zu atmen.

Ardhes störte es aber nicht, dass Candula Nacht für Nacht so geräuschvoll mit der Luft in ihrem Hals kämpfte, im Gegenteil; die Geräusche versicherten ihr, dass sie nicht alleine war, und das war wichtig. Zu groß war das Schloss ihrer Eltern und zu oft fühlte man sich in den steinernen Hallen und Fluren verlassen.

Eine Weile saß Ardhes reglos in ihrem Bett und beobachtete die weißen Leinenvorhänge vor ihrem Balkon, die sich leicht im Wind wiegten. Alles schien vollkommen friedlich … Ardhes grub die Zehen in die weichen Bettlaken. Sie wusste, dass dieser Frieden trügerisch war. Seit Wochen herrschte im ganzen Schloss Anspannung. Die Dienerschaft schien stiller als früher, die Soldaten machten keine derben Scherze mehr und Ardhes' Mutter – ihre Mutter war die Merkwürdigste von allen. Natürlich wusste Ardhes auch, wieso: Es herrschte Krieg zwischen Haradon und Myrdhan, und ihre Mutter, die die Cousine des haradonischen Königs war, fand vor Sorge und einem gewissen Ehrgeiz kaum Schlaf. Wenn Haradon siegte, dann würde auch Awrahell profitieren – und wenn Haradon fiel, war Awrahell der Gnade der myrdhanischen Barbaren überlassen.

Nach kurzem Zögern beschloss Ardhes aufzustehen. Sie schlüpfte in ihre Schuhe und zog sich umständlich ihr Kleid über das Nachthemd, ohne es richtig zu schließen, denn normalerweise kleidete Candula sie an. Dann schlich sie an ihrer schlafenden Amme vorbei und hinaus auf den Balkon.

Von hier oben aus hatte man einen atemberaubenden Blick auf das Land. Bis zum Horizont, wo sich der Himmel bereits metallblau zu färben begann, erstreckten sich die felsigen Hügel und Schluchten von Awrahell. Es war eine kahle Landschaft, kaum Grün schmückte die Umgebung, und doch war Awrahell in den Augen seiner jungen Prinzessin schön und prächtig – ein Land, das aussah wie ein zu Stein gewordener Ozean im Sturm, mit tiefen Hängen und riesigen Wellenbergen … Und zugleich ein Land, das sich wie zartes, gefaltetes Papier über das Gesicht der Erde zog.

Ardhes raffte Kleid und Nachthemd zusammen und lief eine Treppe hinab. Die Stufen umschmiegten die Außenwand des großen Turms, in dem ihr Gemach lag, und führten zu einem Eingang an der östlichen Wehrmauer. Wachen standen vor dem Eingang und folgten Ardhes mit verwunderten Blicken, als sie so ungeschickt gekleidet durch das Dämmerlicht eilte.

Die Halle, in die Ardhes kam, war Treffpunkt vieler verzweigter

Gänge und Treppen. Zielsicher nahm sie einen der langen Gänge, bis sie eine Treppe hinunterstieg und eine große, runde Doppeltür vor ihr erschien. Zwei Wachen öffneten ihr. Es erstaunte sie nicht, dass die Prinzessin zu dieser Uhrzeit auftauchte. Ardhes sah ihren Vater immer nur in den heimlichen Dämmerstunden, außer wenn es eine offizielle Zeremonie oder einen Empfang gab und die Anwesenheit des Königs vonnöten war, und das kam selten vor.

Ardhes betrat ein geräumiges Gemach. Obwohl das herbstliche Wetter in Awrahell warm und freundlich war, flackerte ein Feuer im Kamin und tauchte die Deckengewölbe in gespenstisches Rot. Das Himmelbett des Königs war leer. Die Decken waren unberührt, denn niemand hatte diese Nacht darin geschlafen, und auch in der vorigen Nacht nicht und in der Nacht davor – der König hatte sich nie an die Betten der Menschen gewöhnen können. Stattdessen lag er auf seinem Balkon, der sich dem Land entgegenstreckte wie die vorgeschobene Unterlippe eines Riesen. Ardhes lief hinaus. Auf dieser Seite des Schlosses sah man den nördlichen Horizont und am dunklen Firmament glommen noch die Sterne.

»Vater?« Ardhes trat vorsichtig um das weiße Fell herum, auf dem der König mit ausgebreiteten Armen lag. Er öffnete die Augen, und sein Blick fiel sofort auf seine Tochter, ohne sie erst suchen zu müssen. Es schien fast, als habe er auf sie gewartet.

»Gute Nacht und guten Morgen, kleine Ardhes-*ayen.*«

Ardhes blieb so vor ihm stehen, dass er sie gut sah und sie wiederum sein Lächeln betrachten konnte. »Du sollst mich nicht so nennen. Mutter will es nicht.«

Der König richtete sich auf. Sein weißes Haar goss sich über seine Schultern wie fließendes Silber, dabei war sein Gesicht jung – statt Falten umtanzten seine Augen lediglich zarte Linien. Für ein zehnjähriges Mädchen aber scheint jeder alt, der kein Kind mehr ist, und so dachte Ardhes nie darüber nach, wieso ihr Vater weißes Haar und ein junges Gesicht hatte. Außerdem kannte sie die Antwort auf seine Sonderbarkeiten sowieso schon.

»Ich darf dich nicht Ardhes-*ayen* nennen, meine Ardhes-*ayen*? Wieso nicht?« Der König runzelte die blasse Stirn. Ardhes beobachtete seinen Gesichtsausdruck sehr genau, denn er konnte sich erstaunlich verändern und schien ihren Vater in ganz verschiedene Männer zu verwandeln.

»Das weißt du«, erwiderte Ardhes. »Es ist …«

»… elfisch?« Ihr Vater lächelte. Ardhes konnte nicht sagen, ob es ein trauriges oder amüsiertes Lächeln war. Vielleicht wusste der König es selbst nicht.

Ardhes nickte.

»Nun, du bist doch selbst eine halbe Portion Elfe, *san alyúren,* meine Tochter. Darf ich denn nicht, wenn du schon einen Menschennamen hast, wie deine Mutter es wollte, deinen Kosenamen auf Elfisch sagen?«

Ardhes kaute eine Weile auf ihrer Unterlippe und dachte darüber nach. Dann ließ sie sich auf die Knie sinken und rutschte neben ihren Vater. Er kreuzte die Beine, um ihr Platz zu machen.

»Ich bin gerade so aufgewacht, Vater«, erzählte Ardhes, »und habe mir gedacht, diese Nacht passiert etwas. Oder ist schon was passiert.«

Der König betrachtete sie mit seinem rätselhaften Lächeln. Schließlich streckte er die Hand aus und tippte mit dem Finger auf ihre Nasenspitze. *»San alyúren, danuh a yor eliam mior nahéd tâloree elyén mior …«*

»Ich verstehe dich nicht.«

»Kannst du meine Sprache nicht mehr?« Die Stimme des Königs war so leise wie ein Atemzug.

»Nein.«

Der König seufzte. »Ich habe gesagt … dass so viel von mir in dir ist.«

Ardhes dachte daran, was ihre Mutter immer behauptete: dass sie überhaupt nichts mit ihrem Vater gemeinsam hätte. Und wirklich, das Gesicht, das Ardhes täglich in ihrem Spiegel sah, war dem des Königs überhaupt nicht ähnlich. Ihr Vater hatte helle Augen voller trauriger Lichter; Ardhes hatte dunkle, stille Augen, in die sich selten ein Ausdruck von Gefühl verirrte. Sie hatte blondes, farblos wirkendes Haar und eine kleine Nase, die gerade von der Stirn hinabführte. Ihr Mund war ebenfalls klein, die Lippen machten einen trotzigen Eindruck. Nein, sie sah wirklich ganz anders aus als der König, dessen Gesicht wie ein Muster von tanzenden, bewegten Sonnenstrahlen war. Selbst Ardhes' Ohren waren vollkommen rund und zeigten keine Spur von der Gespitztheit der seinen …

»Du hast manche Dinge im Gespür, nicht wahr?«, bemerkte der König, obwohl er die Antwort natürlich kannte. »Siehst du, ein winziges bisschen hast du doch von mir und deinem Volk.«

Ardhes wollte sagen, dass er sich irrte, dass *sein* Volk nicht *ihres* war; doch sie verkniff sich die Bemerkung, die ihre Mutter so oft wiederholte, denn sie wollte hören, was der König ihr zu erzählen hatte und weswegen sie schließlich zu ihm gekommen war.

»Ich spüre es auch, kleine Ardhes-*ayen*.« Einige Augenblicke lang sah er zu den Sternen auf, als sei er selbst einer von ihnen gewesen und überlege nun sorgenvoll, wie er wieder dort hinaufkäme. »Sie haben gewonnen. Die Haradonen haben gewonnen in ihrem riesigen Menschenkrieg. Und sie sollen die Sieger bleiben, zumindest so lange, wie sie sich ihres Sieges ganz sicher sind. Und wenn die Jahre vergehen … Niemand wird Sieger bleiben.« Er sah Ardhes an, mit seinem wissenden, verlorenen Blick, und sie hatte wie immer keine Ahnung, ob er hoffnungsvoll oder völlig niedergeschlagen war. »Wer heute siegt, wird in Jahren verlieren, wer heute lebt, wird in Jahren tot sein, und wer heute die Welt regiert, wird in Jahren vergessen sein, als hätte es ihn nie gegeben.«

Ardhes erwiderte nichts, obwohl sie die Worte ihres Vaters verwirrten. Aber was hatte sie erwartet? Ihr Vater sprach immer in Rätseln.

Sie sah zu den Sternen auf, die fast schon im Dämmerlicht verschwunden waren, und überlegte, dass ihr Vater tatsächlich zu ihnen gehören musste – er gehörte in eine verblassende, unwirkliche Welt der Träume und nicht auf den Balkon eines Schlosses. Nicht in einen Krieg. Und schon gar nicht an die Seite einer Frau wie Königin Jale.

Ardhes war auf dem Weg zurück, als ihr Candula schon im Flur entgegeneilte. Die alte Amme hatte offenbar nicht einmal Zeit gehabt, ihre Haare hochzuflechten, denn sie standen um ihr pausbäckiges Gesicht ab wie Draht.

»Prinzessin«, rief sie atemlos. »Prinzessin … Ardhes! Eure Mutter die Königin will Euch in ihrem Gemach, sofort!«

Ardhes, die es gar nicht wunderte, dass ihre Mutter so früh am Tag nach ihr verlangte – zumal sie ja von ihrem Vater schon erfahren hatte, dass Haradon den Krieg gewonnen hatte –, ging gelassen an Candula vorbei in ihr Zimmer. »Aber ja, Candula, dann kleide mich an.«

Die Amme holte ein Kleid aus der Truhe am Bettende und zog Ardhes an. Sie wusch ihr das Gesicht und flocht ihr die Haare zu einem kunstvollen runden Kranz um den Hinterkopf. Dann machten sie sich auf den Weg zu den Gemächern der Königin, und Candula versuchte währenddessen, ihr eigenes Haar so gut wie möglich zu ordnen.

Die Gemächer des Königs lagen abgeschieden an der Nordseite des Schlosses, doch die Königin von Awrahell hatte sich im Mittelpunkt des Schlosses eingerichtet, und statt großer Balkone und schöner Aussichten auf das felsige Land, das sie so hasste, war es ihr wichtiger gewesen, den Empfangssälen und den königlichen Hallen nahe zu sein. Sie beanspruchte viele Gemächer für sich: zwei zum Schlafen, sieben zum Sticken, Weben und Teetrinken, vier zum Beraten und Besprechen, obwohl sie alle Beratungen und Besprechungen ohnehin in den Empfangssälen abhielt, und drei

Zimmer zum Speisen. Die Magd, die nach Ardhes geschickt worden war, hatte Candula gesagt, in welchem der vielen Räume die Königin auf ihre Tochter wartete. So steuerte die Amme zielsicher eines der Schlafzimmer an. Eine Magd empfing sie schon davor und öffnete Ardhes die Tür.

Sobald sich die Tür hinter ihr geschlossen hatte, drehte sich die Königin um. »Ardhes!«

Ardhes neigte den Kopf. Sie verbeugte sich nicht, denn ihre Mutter hatte ihr beigebracht, dass sie sich vor niemandem tiefer zu verneigen hatte als mit einem leichten Kopfnicken. »Guten Morgen, Mutter.«

Ein Strahlen lag auf Königin Jales hagerem Gesicht. Vor vielen Jahren musste sie Ardhes sehr ähnlich gesehen haben; sie hatte denselben Mund und dasselbe spitze Kinn und ihr dickes, glanzloses Haar war von derselben Sandfarbe. Doch Königin Jale war eine verbissene Frau, die mehr hasste als liebte und sich öfter ärgerte als freute. Diese Eigenschaften hatten sich in ihren Blick geschlichen.

»Meine Liebe, komm her, komm her!« Königin Jale winkte Ardhes zu sich. Sie stand vor ihrem großen Spiegel und ließ sich von einer Magd in ihr Kleid helfen. Die Wahl ihrer Garderobe verriet ihre gute Laune: Statt der grauen und schwarzen Kleider, die sie sonst trug, wenn kein Gast ihr Schloss beehrte, hatte sie sich für ein wunderschönes grünes Samtkleid entschieden, dessen Borten blutrot waren.

»Was gibt es denn?«, fragte Ardhes.

Königin Jale betrachtete ihre Tochter einen Moment mit einem nachdenklichen, fast zärtlichen Blick. »Mein Engel, ich habe soeben von einem Boten die beste Nachricht bekommen, die du dir vorstellen kannst: Haradon …« Sie schluckte und lächelte gerührt. »Haradon hat gesiegt! Die Barbaren aus Myrdhan sind vernichtet worden. Und in ein paar Wochen wird der König von Haradon uns besuchen! König Helrodir … dein Großcousin, fast dein Onkel, mein Engelchen.«

Ardhes lächelte. Königin Jale lächelte ebenfalls, und nicht einmal die Magd, die ihr die Kleiderschnüre festzog, konnte sie wie sonst in Rage bringen.

»Soll das heißen«, fragte Ardhes, »dass jetzt auch alle Elfen in Myrdhan sterben müssen?«

»Himmel, nein!« Königin Jale blickte in den Spiegel und zupfte an ihren Haaren herum. »In Myrdhan gibt es keine Elfen. Es ist ein Königreich der Menschen – ausschließlich der Menschen. Myrdhan ist nicht so wie die Inselreiche oder die westliche Wildnis, wo es Elfenstämme gibt und Menschen, ohne dass jemand weiß, wem das Land nun gehört. Aber was du wahrscheinlich meinst, ist, was *wir* davon haben, dass Haradon gewonnen hat?« Sie warf Ardhes einen tadelnden Blick zu. »Benutze deinen Kopf! Dein Kopf ist das Beste, was du im Leben hast, vergiss das niemals.« Mit einem missbilligenden Schnaufen drückte sie ihre Magd weg und strich sich selbst das Kleid glatt. Dann musterte sie sich skeptisch von allen Seiten im Spiegel. »Haradon hat Myrdhan besiegt und ist nun das mächtigste Menschenreich, richtig? Und wer ist von haradonischer Herkunft? Ich, deine Mutter! Und du, weil du meine Tochter bist. Awrahell steht, deinem Großcousin sei's gedankt, unter dem Schutz von Haradon. Wenn Haradon mächtig ist, ist Awrahell das auch. Abgesehen davon«, fügte Königin Jale in einem Ton hinzu, der Ardhes aufhorchen ließ, »ist Haradon wie gesagt ein Menschenreich … und mein Cousin fühlt sich den *Menschen* von Awrahell verpflichtet. Nicht den Elfen.« Wieder lächelte Königin Jale sie an. Die Magd hatte sich inzwischen mit den Schuhen der Königin niedergekniet und half ihr hinein. »Wo hast du überhaupt gesteckt? Meine Magd hat mir gesagt, dass du nicht bei deiner Amme warst.«

Ardhes ging an eines der Fenster, durch die inzwischen bleiches Tageslicht fiel, und lehnte sich hinaus. Von hier aus konnte man die beiden kleinen Städte sehen, die nahe dem Schloss lagen, und die Dörfer, die sich über die felsige Landschaft zogen wie brauner Körnerstaub. Die Städte gehörten den Menschen. Es gab hier nur wenige Dörfer, die den Elfen gehörten – sie lebten zurückgezogen in den Bergen. »Ich war bei Vater.«

Königin Jale trat laut mit ihrem Schuh auf und drehte sich um. »Wieso?« Als Ardhes ihr einen Blick zuwarf, war das Gesicht der Königin hart geworden.

»Ich … hatte so eine komische Ahnung, dass etwas geschehen ist. Wegen des Boten, der die Nachricht vom Sieg gebracht hat. Ich wollte ihn fragen, was passiert sein könnte, denn da wusste ich es ja noch nicht.«

Eine Weile musterte die Königin ihre Tochter, unentschlossen, ob sie wütend oder belustigt sein sollte. Endlich entschied sie sich für ein schnaubendes Auflachen und kam auf Ardhes zu. Ardhes nahm die Arme vom Fenstersims. »Ihn fragen, was passiert sein könnte … hah! Dieser Dummschwätzer hat doch keine Ahnung.« Dicht vor ihr blieb die Königin stehen. Sie war eine große Frau. Sie beugte sich zu Ardhes herab und nahm ihr Gesicht in die Hand. »Ich will nicht, dass du zu ihm gehst und dir Flausen in den Kopf setzen lässt. Verstanden?«

Ardhes holte tief Luft, um ihre Würde nicht zu verlieren, während ihre Mutter ihr Gesicht drückte. Sie nickte.

»Hm.« Die Königin ließ sie los. »Hat er versucht, dir irgendwelche albernen Geschichten zu erzählen? Hat er diese scheußliche Sprache gesprochen?«

»Ja.«

»Wie hast du reagiert?«

»Ich habe ihn nicht verstanden. Und ich habe ihm gesagt«, fügte Ardhes hinzu, »dass er aufhören soll.«

Die Königin wandte sich ab und trat wieder vor den Spiegel, um ihre Frisur zu richten. »Geh einfach nicht mehr zu ihm, dann musst du ihm auch nicht sagen, dass er mit seinem Gefasel aufhören soll.«

Ardhes rieb sich die Wangen, in denen die Fingernägel der Königin leichte Abdrücke hinterlassen hatten. »Mutter?«

»Ja?«

»Nun … Hasst er dich eigentlich auch?«

Königin Jale stieß ein so plötzliches Lachen aus, dass Ardhes zusammenzuckte. »Es war eine Zweckehe, mein Liebes«. Dann ließ sie die Hände sinken und drehte sich Ardhes zu. »Der König kann uns beide nicht leiden, dich und mich. Aber ich liebe dich. Du hast gar nichts von ihm.«

Solange Ardhes denken konnte, hatten die Leute ihr gesagt, sie sei eine Tochter des Friedens. Sie erkannte natürlich erst viel später, was die Leute damit meinten: Sie meinten, dass sie den Frieden zwischen Menschen und Elfen in Awrahell sichern würde, denn sie war eine Tochter gemischten Blutes, und eines Tages würde sie über zwei Völker herrschen und sie vereinen, so wie sie in ihr vereint waren.

Aber Ardhes wusste, dass ihr Schicksal nur scheinbar so aussah. In Wirklichkeit spielte sie eine weitaus größere Rolle für die Zukunft der Menschen und Elfen. Viele verschiedene Hoffnungen und Wünsche hatten zu ihrer Geburt geführt, doch es gab nur *einen* Wunsch, den Ardhes erfüllen würde. Es war der Wunsch der Menschen.

Seit Urzeiten hatten die Elfen und Menschen um Land und Macht gestritten – sie waren sich zu fremd, um in Frieden zu leben, und zu ähnlich, um sich aus dem Weg gehen zu können. Im Verlauf der Jahrhunderte hatten die Menschen zusehends an Einfluss gewonnen, während die Kräfte des Elfenvolkes schwanden. Es war schon lange her, dass alle Elfen unter einem mächtigen König gestanden hatten, und als Ardhes' Mutter geboren wurde, war das Elfenvolk bereits in viele kleinere Königreiche, Stämme und Dörfer zersplittert gewesen.

Awrahell war ein elfisches Königreich. Die felsigen Berge und Klippen waren lange von den Menschen gemieden worden, denn der Boden eignete sich nicht für den Ackerbau. Obwohl Awrahell so unbedeutend war wie ein Stein in einem Gebirge, war es doch eines der größten Königreiche der Elfen, das noch existierte. Und wie alle Elfenreiche drohte es von den Menschen übernommen zu werden.

Seit einigen Jahrzehnten hatten sich auch Menschen in den Bergen niedergelassen, als hätte das Land nie jemand anderem gehört. Wüste Kriege brachen bald zwischen ihnen und den Elfen aus. Beide beanspruchten das Land für sich. Die Elfen wollten die Städte bewohnen, da es Städte ihres Reiches waren, obwohl die Menschen sie erbaut hatten. Und die Menschen wollten den König von Awrahell nicht anerkennen, da er ein Elf war … Dem Land drohte der Bürgerkrieg, dem elfischen Königshaus der Untergang.

Da hatte der König von Awrahell eine Idee, um sein Reich vor der Übernahme der Menschen zu sichern. Würde ein elfischer König eine Prinzessin menschlichen Blutes heiraten, würde ihr Kind, der Thronfolger, beide Völker in sich verbinden und den Menschen wie den Elfen ein Herrscher sein. So wäre Awrahell das allererste Reich, das den Menschen und den Elfen gleichermaßen gehörte.

Eine Prinzessin aus Haradon, dem Nachbarland der Menschen, wurde Königin von Awrahell und schenkte dem Kind das Leben, das den Frieden gewähren sollte. Seit ihrer Geburt war Ardhes dazu erzogen worden, einst eine wichtige Rolle in der Welt zu spielen, auch wenn Awrahell klein war.

»Denn du wirst nicht die Königin sein, die Elfen und Menschen vereint«, erklärte ihre Mutter ihr oft, wenn sie abends vor dem Kamin saßen, »sondern die Königin, die den Sieg der Menschen über die Elfen bringt!«

Die Menschen waren listig und klug. Nicht um des Friedens willen in irgendeinem bedeutungslosen Elfenreich hatte eine Prinzessin der Menschen einen Elfenkönig geheiratet. Es war ein Krieg, den die Menschen führten. Und der Feind würde in seinem eigenen Lager vergiftet.

Oft sprach ihre Mutter über Ardhes' Schicksal und die Pflicht, die sie für die Menschheit erfüllen musste. »Eines Tages wirst du einen Menschen heiraten«, sagte Königin Jale oft mit leiser, eindringlicher Stimme. »Wenn du einen Menschen heiratest, wird Awrahell einen Menschenkönig haben, und dein Kind ... dein Kind wird längst vergessen haben, dass es je elfische Ahnen hatte! So fällt das Reich uns Menschen zu, mein Engel, ganz ohne Blutvergießen.« Wenn die Königin von diesen Dingen sprach, dann lächelte sie, und ihre dunklen Augen begannen zu leuchten, so als habe sie die Kraft, ihr Leben noch hundertmal an der Seite eines Elfenkönigs zu verbringen, nur um die Zukunft den Menschen zu schenken.

Ardhes' Vater sagte wenig zu diesen Dingen. Nur einmal hatte er Ardhes anvertraut, dass er die Menschen kannte, die die Welt einmal verändern würden. Doch er gab ihr nie ein Zeichen, dass sie damit gemeint war, und so glaubte Ardhes bald, dass er gelogen hatte.

## Die Felshöhlen

Die ganze Nacht suchte man Alasar vergebens in den Höhlen. Erst als es heller wurde, kehrte er zurück und ließ sich von Magaura umarmen, die sich ohne ihn gefürchtet hatte. Sein Gesicht schien stumpf wie eine Maske.

»Was ist passiert?«, fragte ein alter Mann mit sorgenvoller Miene. »Hast du gesehen, was mit dem Dorf geschehen ist?«

Alasar vermied den Blick des Alten. Gedankenverloren sah er zu, wie Magaura sich um seinen Arm schlang und ihn so fest hielt, als könne er ihr plötzlich davonrennen.

»Ich werde zu den anderen Dörfern gehen«, erklärte er plötzlich. »Die Haradonen haben sie sicher auch überfallen und es wird Verwundete geben. Wir sollten sie herbringen, außerdem gibt es dort noch mehr Vorräte für uns.«

Da die Alten und die Schwangeren nicht gut laufen konnten,

ging Alasar nur mit einer Gruppe Kinder los. Sie wanderten den ganzen Morgen durch, bis sie das nächstliegende Dorf erreichten. Still lag es vor ihnen, ein verkohltes Gerippe, genau so, wie Alasar sein Dorf das letzte Mal gesehen hatte.

Schweigend trat die Gruppe durch das Tor. Rauchsäulen stiegen aus den Trümmern. Getötete Krieger, Dorfbewohner, auch Pferde- und Drachenkadaver übersäten den Boden. Umgeknickte Fahnen flatterten. In der Glut schmolzen Helme zu schaurigen Totenköpfen.

Alasar blieb stehen und ließ die Augen über die Zerstörung wandern. »Durchsucht die Hütten. Nehmt alle Vorräte und Waffen mit, die ihr finden könnt, und bringt die Verwundeten her.«

Zögerlich begannen die Kinder, in den Trümmern zu suchen. Alasar zückte sein Messer und ging selbst in das nächste Haus. Die Wände waren vom Feuer schwarz gestrichen. Alasar stolperte über einen niedergestürzten Balken. Asche wirbelte auf und er musste husten. Seine Augen begannen zu tränen. Es dauerte einen Moment, bis er in der Dunkelheit etwas erkennen konnte.

Langsam bahnte er sich einen Weg durch die Kammern. Er hob zerbrochene Töpfe und Schüsseln auf, schob sich an umgekippten Betten vorbei und tastete mit dem Fuß den Boden ab. Schließlich fand er einen ganzen Haufen kostbares Holz, das wie durch ein Wunder vom Feuer unberührt geblieben war. Er zerrte eine halb verbrannte Decke unter einem Kessel hervor und schichtete die Holzscheite darauf auf, um sie hinauszuziehen. Er atmete Asche ein und hustete. Rasch arbeitete er weiter. Der Schweiß malte helle Streifen auf sein verrußtes Gesicht. Er war so beschäftigt, dass er nicht das leise Ächzen hörte …

Plötzlich knarrten die Bodendielen. Alasar fuhr herum. Das Herz blieb ihm stehen – nicht einmal zu einem Schrei war er fähig. Vor ihm hatte sich ein haradonischer Krieger aufgebaut. Sein Atem ging schwer und rasselnd. Blutige Rinnsale verkrusteten das Gesicht und in seinen Augen glänzte bereits der Tod. Alles ging zu schnell – mit beiden Händen hob der Haradone die Axt über Alasar. Gelähmt vor Schreck, erwartete er den Schmerz.

Die Axt kam auf ihn zu, da stieß der Krieger ein Keuchen aus, taumelte zur Seite und fiel der Länge nach zu Boden. Die Axt sauste um Haaresbreite an seinem Kopf vorbei. Endlich konnte Alasar sich wieder bewegen – er strauchelte und wich keuchend zurück. Ein langer Holzsplitter steckte dem Mann im Rücken. Japsend wie ein erstickender Fisch lag er auf dem Bauch und versuchte, seine Axt zu ergreifen.

»Alles in Ordnung?«, fragte eine zitternde Stimme. Vor Alasar stand ein Junge aus seinem Dorf.

Bevor Alasar antworten konnte, hatte der Haradone seine Axt gepackt und sich umgedreht. Alasar hob sein Messer auf und stieß es ihm bis zum Heft in den Hals. Der Krieger würgte und ließ die Axt fallen. Dann sank er zurück. Er war tot, noch bevor er die Augen schließen konnte.

Starr blickte Alasar dem toten Mann ins Gesicht. »Du hast mir das Leben gerettet«, murmelte er zerstreut und sah zu dem Jungen auf. Er war zwei oder drei Jahre jünger und hieß Rahjel. »Ich … Danke.«

Ein unsicheres Lächeln huschte über Rahjels Gesicht. Vorsichtig machte er einen Bogen um den Toten und kam auf Alasars Seite. Sie blickten sich an, verwirrt und erleichtert und entsetzt.

Schweigend zogen sie die Holzscheite aus dem Haus und auch später schwiegen sie über den haradonischen Krieger. Alasar aber vergaß es niemals, weder das Blut, das an der Klinge seines Messers trocknete, noch den Jungen Rahjel, dem er sein Leben zu verdanken hatte.

Die Kinder durchsuchten drei weitere Nachbardörfer und gewöhnten sich allmählich an das leise Wimmern der Sterbenden, das Klagen der Verwundeten und den Gestank des Krieges. Mechanisch durchwühlten sie die Trümmer, und als sie zur Abenddämmerung heimkehrten, zog jeder von ihnen lange Planen und Decken hinter sich her, die mit Feuerholz, Nahrung, Fellen und Waffen beladen waren. Auch die fremden Kinder, die sie zusammengekauert und versteckt in den Dörfern gefunden hatten, mussten mit anpacken und die Beute zu den Felshöhlen schleppen. Stumm hoben sie die Körbe hoch, die getragen werden mussten, und folgten Alasar.

So war er mit zwanzig Kindern gegangen und kehrte mit sechzig zurück. Als sie die Felshöhlen erreichten, hatten die anderen bereits gekocht. Es gab Hafersuppe, die mit allen Neuankömmlingen geteilt werden musste, sodass die einzelnen Portionen kaum satt machten. Die Schlaflager wurden um eine große Halle erweitert, damit die Verwundeten sich hinlegen konnten. Es mussten mehr Fackeln angezündet werden und bald erfüllte Rauchgeruch die Höhlen.

Alasar strich durch die Gewölbe ihres großen Verstecks, musterte die Verwundeten, um die sich die Schwangeren und Alten kümmerten, und erkannte, dass die meisten von ihnen nicht überleben würden.

Einige starben noch in der Nacht. Am nächsten Morgen hoben die Kinder Gräber aus, denn für die Verbrennungszeremonien war das Holz jetzt zu kostbar. Sie gaben den Toten auch keine Holzfiguren und Spielsachen mit in die Andere Welt, wie man es bei Kindern sonst machte, denn keiner wollte sich von seinem letzten Besitz trennen. Es war alles, was sie noch von der Vergangenheit hatten.

An den folgenden Tagen zogen Alasar und seine Gefährten aus, um weitere Dörfer abzusuchen. Alle waren von den Haradonen zerstört worden, und Alasar begann zu glauben, dass es in ganz Myrdhan kein unversehrtes Dorf mehr gab. Er versuchte, sich auszurechnen, wie viele Kinder dann heimatlos waren. Es waren bestimmt mehr als tausend, denn jeden Tag, an dem er durch die Dörfer kam, schlossen sich ihm zwanzig, dreißig oder fünfzig Kinder an.

Die Höhlen waren bald überfüllt, sodass Alasar neue Gebiete unter der Erde finden musste. Nachts, wenn alle um ihn herum schliefen und die Gewölbe vom Atmen der Kinder erfüllt waren, stand Alasar auf und zog mit einer Fackel und einer Schnur in die Finsternis, damit er sich nicht verirrte. Er prüfte, welche Teile bewohnbar waren und wo sie ihre Hallen erweitern konnten.

Eines Nachts wachte Magaura auf, die dicht an ihn gekuschelt geschlafen hatte, bevor er zu seinen Wanderungen aufbrach.

»Geh nicht!«, flüsterte sie, strich sich die Locken aus dem Gesicht und kam auf die Beine. »Wo willst du hin?«

»Ich gehe in die Höhlen.«

Da hatte Magaura seine Finger schon mit ihren Händen umschlossen. Selbst wenn er ihr gesagt hätte, er sei auf dem direkten Weg ins Lager der Haradonen, wäre sie ihm gefolgt.

Nun wanderten sie gemeinsam durch die Dunkelheit, staunend über die unentdeckten Wunderhöhlen voll glitzernder Kristallgebilde und spiegelglatter Gewässer, die noch nie zuvor ein Mensch erblickt hatte. Sie lauschten, wie der Wind in den Grotten heulte, als klagte er über die Einsamkeit, und begegneten unruhigen Schatten, versteckt in den Falten des Gesteins. Beim Anblick all dieser schaurigen Schönheit durchströmten sie Angst und Freude, und sie drückten sich an den Händen, um einander zu versichern, dass sie dasselbe fühlten. Später erinnerte Alasar sich an diese Momente als die schönsten in seinem Leben.

Eines Morgens hatte sich etwas verändert. Alasar fühlte es, sobald er erwachte. Er richtete sich auf, wobei er Magauras Arm behutsam beiseiteschob, und sah sich um. Die Kinder schliefen rings um ihn auf dem Boden, auf Felserhöhungen und in den Kuhlen zwischen dem Gestein. Es roch nach dem Moder, der nicht aus den Felshöhlen zu vertreiben war, und nach dem Rauch der niedergebrannten Fackeln. Alles schien wie gewohnt.

Alasar stand auf, schlüpfte in seine Stiefel und zog sich sein

Wams über. Dann lief er aus der Halle. Er huschte durch die Schatten und Lichter der Fackeln, bis er mehrere Felsbrocken erreichte, die vor langer Zeit eingestürzt waren, und kletterte sie behände hinauf. Durch einen schmalen Riss blitzte ihm der Morgenhimmel entgegen.

Alasar schlüpfte durch den Riss und richtete sich auf. Er war auf den Felskuppen angekommen, die sich weit über den Grashügeln erhoben. Frost bedeckte den Boden. Er sog die Luft ein, die hier draußen so viel klarer und frischer war als unter den Felsen, und begriff endlich, was er beim Erwachen gespürt hatte: Es roch nach Schnee.

Noch immer tief atmend, wandte Alasar sich um und entdeckte etwas abseits jemanden, der auf den Felsen stand. »Rahjel!«

Der Junge drehte sich um und lächelte Alasar an, als er ihn erkannte. Eilig kam er ihm entgegen. In den letzten Wochen waren sie enge Freunde geworden. Alasar mochte den stillen Jungen, in dessen Augen so viel Wärme lag. »Was machst du hier oben?«

Alasar wandte das Gesicht wieder dem Wind entgegen. »Es wird schneien.«

Rahjel nickte. Der Wind spielte mit seinen braunen Haaren und wehte sie ihm aus der Stirn. »Ich habe es auch gemerkt. Meine Mutter sagt immer, sie könne es in den Knochen spüren, den Schnee, meine ich. Ich glaube, ich kann es jetzt auch.«

»Ich rieche es.« Alasar witterte wieder die Luft und Rahjel lachte. »Du siehst wirklich aus wie ein Wolf, wie du so schnüffelst, hat dir das schon mal jemand gesagt?«

»Vielleicht kann ich auch so beißen!« Als Alasar nach ihm schnappte, wich Rahjel zurück. Sie grinsten.

»Willst du gegen mich wetten? Deine Nase gegen meine Knochen.«

Alasar runzelte die Stirn. »Gut, ich wette, dass es heute Mittag schneit.«

Rahjel schüttelte den Kopf. »Du hast es viel zu eilig, Alasar. Du hast keine Geduld! Aber der Schnee und die Wolken lassen sich Zeit. Ich sage, es schneit erst diese Nacht, und morgen früh ist alles weiß.«

Sie gaben sich feierlich die Hände. »Um was wetten wir?«, fragte Rahjel dann. »Um unsere Abendration? Ein paar Jungs haben eine Hasenjagd veranstaltet. Ich denke, heute Abend wird es gutes Essen geben, und einer von uns kann sich gleich zweimal drüber freuen.«

Alasars Gesicht hatte sich versteinert. »Wer hat eine Hasenjagd veranstaltet? Wir haben noch genug Vorräte und die Haradonen sind überall!«

Rahjel lächelte unsicher. »Na ja … du hast recht. Aber wenn ich dir verrate, wer es war, wirst du nur mit ihnen böse sein, obwohl sie doch nicht mit Absicht etwas falsch gemacht haben.«

Alasar musste über Rahjels Worte nachdenken und blickte wieder ins weite Land hinaus. »Abgemacht, es geht um unser Abendessen.«

An diesem Abend stellte Alasar sich auf den höchsten Vorsprung der Schlafhalle. »Hört mich an!« Seine Stimme wurde von der hohen Decke zurückgeworfen, sodass er weitaus lauter und durchdringender klang als sonst. Die Kinder sammelten sich neugierig unter ihm.

»Es ist gefährlich, die Höhlen zu verlassen. Wir könnten von Haradonen entdeckt werden. Von nun an muss jeder bei mir um Erlaubnis bitten, bevor er ins Freie geht. Wer einmal gegen das Gesetz verstößt, bekommt einen Tag lang kein Essen. Wer ein zweites Mal gegen das Gesetz verstößt, ist eine Gefahr für uns alle und wird verbannt!«

Die Kinder begannen, wild durcheinanderzureden, und wütende Rufe wurden laut, während Alasar den Felsen wieder hinabkletterte. Als er auf den Boden sprang, fasste ihn ein alter Mann am Arm. Tief beugte er sich über ihn. »Meinst du nicht, dass du ein wenig zu streng bist?« Der Blick des Alten suchte eine Antwort in Alasars Augen, doch er fand nichts außer einem erbosten Glühen.

»Versuch doch, hochzuklettern, um dein Wort gegen meins zu erheben, wenn deine Knochen es zulassen!«, zischte Alasar zurück und riss sich los. Der Alte blickte ihm verdutzt nach.

Rahjel behielt recht. Kurz bevor das Essen von den Frauen ausgeteilt wurde, stiegen er und Alasar noch einmal zu dem Riss im Fels hinauf. Sie mussten nicht lange warten, da fing es an zu schneien; erst in kleinen, nassen Flöckchen, dann immer stärker, bis es aussah, als würden Tausende und Abertausende Daunenfedern aus dem Himmelschwarz schweben. Rahjel lächelte zufrieden. »Siehst du, Alasar? Manche Dinge brauchen ihre Zeit.«

Alasar blickte in die Dunkelheit. Er war sich selten der Stille so bewusst gewesen wie jetzt, und es kam ihm vor, als sei die ganze Welt verstummt.

»Du hast heute eine gute Regel aufgestellt«, sagte Rahjel plötzlich. »Eine strenge Regel … aber eine gute. Die anderen fühlen sich bei dir sicher, weißt du. Du kannst Menschen dazu bringen, dir zu glauben.«

Alasar nickte gedankenverloren. Dann änderte sich sein Blick und seine Hände schlossen sich unbemerkt zu Fäusten. »Weißt du, wie weit uns das bringen kann – wenn die Menschen an mich glauben und du ein Gespür dafür hast, was geschehen wird?«

Rahjel verzog den Mund zu einem verwunderten Lächeln. »Weit bringen? Was meinst du damit …«

Alasar sah wieder in die Dunkelheit, heimlich enttäuscht, dass Rahjel ihn nicht verstand und nicht wie er an Rache gedacht hatte.

Seit dem Tag, an dem er die Kinder in die Höhlen geführt hatte, war der Wunsch nach Vergeltung in ihm gewachsen. Er erfüllte sein Denken, wenn er nachts wach lag. Er bedrängte ihn, wenn er tagsüber die anderen beobachtete, die denselben Funken in sich trugen wie er, den man bei ihnen nur entzünden musste, um den Zorn in Hunderten Herzen aufleben zu lassen.

Alasar fühlte sich einsam, als Rahjel seine Bemerkung nicht verstand, die doch seine geheimsten Gedanken preisgab. Und er erkannte umso deutlicher, dass er niemandem trauen konnte. Nein, er würde, wenn es so weit war, ganz alleine tun, was getan werden musste.

## Der König von Haradon

Ardhes!« Candula kam schwer schnaufend über die Felsen geklettert. »Ardhes!« Ardhes stand auf und drehte sich um. Der frische Wind, der hier draußen wehte, ließ Candulas Rock aufflattern, und die alte Amme schlug erschrocken die Hände auf den Stoff. »O ihr Götter! Ardhes, kommt … zurück! Hier draußen … brecht Ihr Euch noch das … Genick!«

Ardhes drehte gelassen einen flachen Stein in den Fingern. Sie war oft draußen vor dem Schloss und konnte so flink und geschickt klettern wie die Bergziegen. Was sich von Candula nicht gerade behaupten ließ. Sie bewegte sich mehr wie ein dicker alter Bär. »Was willst du denn, Candula?«

Candula stützte sich mit einer Hand an den Felsen ab, als könne der Wind sie von den Füßen reißen. Dabei wog sie viel zu viel, um diese Angst zu hegen. »Der König von Haradon! Er kommt! Eure Mutter die Königin ist rasend, weil Ihr den ganzen Vormittag verschwunden wart!«

Ardhes warf den Stein weg und sprang geschickt über die Felsen hinweg zu ihrer Amme. »Ich weiß längst, dass die Haradonen kommen. Ich habe sie von hier aus beobachtet. Da sind sie, siehst du, Candula?« Candula kniff die Augen zusammen und spähte in die Richtung, in die Ardhes wies. Klein und fast nicht zu erkennen, zogen der König und sein Gefolge in der Ferne über eine Steinbrücke.

»Ja, und – Ihr steht einfach da und guckt, wie sie kommen?«, empörte sich Candula gerade so laut, wie sie es wagte. »In einer Stunde sind sie hier angekommen! Sie reiten auf Pferden und Drachen.«

Ardhes seufzte und ging an Candula vorbei. »Na gut, dann komm jetzt.«

Nach einem Moment riss Candula sich vom Anblick des näher rückenden Heerzuges los und folgte ihrer Herrin mit unsicheren, ängstlichen Schritten. Sie erreichten das Schlosstor, gingen unter dem offenen Fallgitter hindurch und überquerten den Hof. Soldaten zogen sich ihre Uniformen zurecht, Stallburschen striegelten ihre Pferde und Mägde kehrten das letzte Heu vom Boden auf.

Candula nahm, wie von der Geschäftigkeit angesteckt, Ardhes an der Hand und führte sie in ihr Schlafgemach. Ein ockerfarbenes Kleid mit Goldstickereien und Futter in Tannengrün lag auf dem Bett. »Damit seht Ihr aus wie eine Porzellanpuppe, so fein und blass«, versprach Candula mit fröhlichen Augen und half Ardhes aus ihrem Kleid. Als Ardhes umgezogen war, flocht Candula ihr die Haare zu einem kunstvollen Kranz, der auf ihrem Kopf saß wie eine Krone. Das Ganze dauerte beinahe eine Stunde.

»Nun aber rasch«, sagte die Amme und schob sie sanft auf die Tür zu. »Die Königin erwartet Euch bereits.«

Candula begleitete Ardhes durch die Flure des Schlosses, bis sie die Empfangshalle erreichten, die über eine weite Treppe direkt mit dem Hof verbunden war. Der dunkle Steinboden war auf Hochglanz poliert, und neben dem Wappen von Awrahell, das über der Thronempore hing, schmückte das gelbe Löwenwappen von Haradon die Wand.

Die Königin stand vor der Empore und begutachtete ihre Zofen, die sich in einer Reihe aufgestellt hatten. »Was soll das sein?«, fragte sie streng und riss ungeduldig am Kleid einer Zofe. »Willst du wie eine Hure aussehen, wenn der König von Haradon kommt? Zieh dir gefälligst das Kleid hoch oder wirf dir ein Tuch über!«

Die Zofe tat, wie ihr geheißen, und machte einen Knicks. Ardhes musterte Königin Jale. Sie trug ein prachtvolles karmesinrotes Kleid mit gelben Stickereien, das gewiss nicht züchtiger war als das der Zofe. Dazu war ihr Haar aufgesteckt und eine schmale goldene Krone glänzte auf ihrer Stirn.

»Mutter«, sagte Ardhes.

Königin Jale musterte sie aufmerksam und kam schließlich auf sie zu. »Endlich! Hast du dich noch waschen lassen? Zeig deine Hände!« Bevor Ardhes gehorchen konnte, hatte ihre Mutter bereits ihre Hände genommen und drehte sie nach oben und nach unten. Als sie einen kleinen Kratzer entdeckte, den Ardhes sich vor einigen Tagen draußen bei den Felsen geholt hatte, schabte sie die Kruste ab. »Au!«

»Reiß dich zusammen, Liebes.« Ihre Mutter ließ ihre Hände wieder los und streichelte ihr Gesicht. »Komm, der König wird gleich eintreffen.« Damit zog sie Ardhes die Empore hinauf. Drei Stühle standen bereit – zwei große mit Lehnen aus Eichenholz und ein kleinerer Hocker.

»Und vergiss nicht, mein Herz, wenn der König eintrifft, stehst du auf und machst einen Knicks, aber nur einen sehr kleinen, und achte darauf, den Kopf nicht zu tief zu neigen.« Sie hatten die Stühle erreicht und Königin Jale drückte Ardhes sanft auf den Hocker. »Zeig mir, wie du aufstehst und deinen Großcousin begrüßt, mein Engel.« Ardhes gehorchte. Sie erhob sich, machte einen sehr kleinen Knicks und neigte den Kopf nur leicht.

»Wunderschön«, lobte Königin Jale. »Aber starr ihn nicht so an, wie du mich jetzt anstarrst, er soll nicht denken, dass du eine Kuh bist, oder? Halte den Blick ein wenig gesenkt. Und platze nicht mit irgendwelchen Fragen heraus, hast du verstanden? Königen fällt man nicht ins Wort. Wenn du etwas gefragt wirst, antworte höflich und kurz und erzähl keine langen Kindergeschichten, die erwachsene Leute langweilen, ja?« Ardhes musste darauf nichts erwidern. Sie erzählte *nie* irgendwelche Geschichten und würde gewiss nicht aus heiterem Himmel damit anfangen.

Königin Jale drehte sich einmal im Kreis und betrachtete die Halle unter ihr. »Ach, wo bleibt denn nur dieser … – Valja, sieh nach, wo der König steckt!«, rief sie einer ihrer Zofen zu.

Die junge Frau zögerte. »Welchen König meint Ihr, Herrin?«

»Welchen wohl, meinen Gatten, du Gans!«, fauchte Jale. Die Zofe machte einen Knicks und verschwand.

»Mutter?«, fragte Ardhes. »Bringt der König von Haradon denn seine Familie mit? Er hat doch zwei Töchter, die nur ein bisschen älter sind als ich.«

Ein Zucken ging um den Mund der Königin, als sie Ardhes anlächelte. »Nein, Schatz, seine Familie ist nicht dabei. Du hast wohl vergessen, dass er aus dem *Krieg* kommt!« Ardhes fuhr bei dem scharfen Tonfall der Königin zusammen und beschloss ab jetzt zu schweigen. Während ihre Mutter unruhig auf der Empore auf und ab ging und abwechselnd ihren Zofen Befehle und Beschimpfungen zurief, saß sie wartend auf ihrem Hocker.

Dann erschien ihr Vater aus einem Seitengang. Königin Jale setzte das Lächeln auf, das sie in Gegenwart ihres Gatten immer zur Schau trug, und stützte eine Hand auf die Hüfte.

»Octaris. Wie freundlich von dir, uns mit deiner Anwesenheit zu beehren.« Irgendetwas in Jales Stimme widersprach ihren schmeichelnden Worten, fand Ardhes. König Octaris stieg mit gleichmütiger Miene die Stufen zur Empore hinauf. Auch wenn sein Auftritt wirkte, als schere er sich nicht um den bevorstehenden Empfang, strafte seine Garderobe ihn Lügen: Er trug ein feines, hellblaues Wams und einen kurzen Umhang mit aufwendigen Silberstickereien, die gut zu seinem offenen Haar passten. Königin Jale stieß ein amüsiertes Schnauben aus, als sie bemerkte, dass er keine Krone trug, sondern lediglich ein dünnes Flechtband.

»Du siehst gut aus, Jale«, bemerkte er mit einem undurchschaubaren Lächeln. »So hergerichtet habe ich dich selten zu Gesicht bekommen.«

»Nun.« Jale kämpfte gegen die kleine Zornesfalte zwischen ihren

Augenbrauen an und glättete mit den Händen eine Falte in ihrem Kleid. Verglichen mit dem König, wirkte sie so impulsiv, als könne man ihre Gedanken in ihren Augen ablesen. Vielleicht konnte Octaris es sogar und lächelte aus diesem Grund.

»Willst du Platz nehmen? Der König von Haradon muss jede Minute hier eintreffen.«

König Octaris trat sehr nah an ihr vorbei, setzte sich aber nicht, sondern ging vor Ardhes in die Hocke. »Hallo, meine Ardhes*ayen*.«

Ardhes warf ihrer Mutter einen hilflosen Blick zu, die sie wütend anfunkelte.

»Ich habe etwas für dich«, fuhr ihr Vater fort und zog etwas aus seinem Wams. Es war ein wunderschöner Armreif aus Gold, in das schwarzes Porzellan eingelegt war. Auf dem Porzellan waren schillernde rote Blumen und gelbe Schmetterlinge abgebildet, die von verschnörkelten Ornamenten umrandet wurden.

»Gib mir deinen Arm«, sagte der König, und Ardhes streckte ihn aus. Der Armreif hatte einen Sprungfederverschluss, der auf- und zuschnappen konnte. König Octaris legte ihr das Schmuckstück an und Ardhes konnte es eine Weile nur anstarren.

»Danke«, murmelte sie.

»Er ist dir noch ein wenig zu groß«, bemerkte ihr Vater. »Aber an dem Tag, an dem du eine junge Frau bist und heiraten willst, wird er dir passen. Bewahre ihn bis dahin gut.«

»Wo hast du das her?«, fragte Königin Jale.

Octaris drehte leicht den Kopf in ihre Richtung, ohne sie direkt anzusehen. »Ich besitze noch einige Dinge, die darauf warten, an eine Dame verschenkt zu werden.«

Ardhes beobachtete beunruhigt, wie die Oberlippe ihrer Mutter zuckte. Der König erhob sich und seine Hand streifte flüchtig Ardhes' Wange.

Ihre Eltern ließen sich auf ihren Stühlen nieder. Ardhes betrachtete verzückt ihren neuen Armreif. Wie das Porzellan schimmerte! Es sah aus, als zögen sich lauter winzige Äderchen durch die Schmetterlingsflügel, die roten Blüten und die grünen Blätter, die alles umschlossen.

Ardhes hob den Kopf erst, als laute Trompeten erklangen. Die haradonische Gefolgschaft hielt Einzug ins Schloss. Sofort eilten draußen im Hof Stallknechte herbei, um die Soldaten zu empfangen. Der König, der an der Spitze geritten war, lief allein die breite Treppe zur Halle hinauf. Dann trat er ein und schritt, ohne innezuhalten, weiter.

Ardhes betrachtete den Mann, der da so selbstverständlich in ihr Schloss spazierte, mit Respekt. Er war in den besten Jahren, mit dichtem strohblondem Haar, einem säuberlich gestutzten Bart und einem kompakten Körper, der sich voller Tatendrang bewegte. Ein schmutziger dunkelroter Umhang wehte hinter ihm her.

Spätestens als die Zofen sich tief verneigten, konnte Königin Jale sich nicht länger zurückhalten. Sie schoss von ihrem Thron hoch und Ardhes erhob sich ebenfalls eilig. Während sie ihren Knicks machte, warf sie einen Blick zur Seite und stellte erleichtert fest, dass auch ihr Vater aufgestanden war und eine Verneigung andeutete.

»König Octaris!«, rief der König von Haradon, öffnete die Arme, wobei er in der einen Hand noch seinen Helm hielt, und verbeugte sich. »Deine Frau ist noch schöner geworden, als ich sie in Erinnerung hatte.«

»Cousin!«, murmelte Königin Jale und lief die Stufen der Empore hinunter. Kurz vor dem König von Haradon blieb sie stehen und straffte den Rücken. »Helrodir. Ich bin so froh, dich gesund und siegreich wiederzusehen. Es ist mir eine Ehre.«

»Die Ehre ist die meine«, lächelte König Helrodir.

»Sicher bist du hungrig und erschöpft«, fuhr Königin Jale fort. »Ich habe mir erlaubt, zu deinen Ehren ein kleines Festessen vorbereiten zu lassen. Im engsten Kreis der Familie.«

Eine Weile erwiderte Helrodir Jales Blick, dann irrten seine Augen zu Ardhes und ihrem Vater. »Nun! Dann werde ich meine Generäle und Minister wohl ausschließen müssen!« Er lachte kurz auf.

Königin Jale wandte sich zur Empore um. »Octaris, darf ich hoffen, dass du unserem bescheidenen Festessen beiwohnst? Ardhes, komm her, wir wollen speisen.«

Ardhes kam die Stufen hinunter, machte einen zweiten Knicks, als sie vor dem König stand, und folgte ihm und ihrer Mutter aus dem Empfangssaal. Als sie zurückblickte, sah sie, dass ihr Vater hinter ihnen herschlich. Er trug ein neugieriges Lächeln auf den Lippen, wie ein Kind im Puppentheater. Und doch schien es, als wisse er bereits, welches Stück ihn erwartete.

Das Bankett fand in einer kleineren Halle statt, die von Kerzenleuchtern erhellt wurde. Bestickte Wandteppiche zeigten Szenen von Hirschjagden in Wäldern, die es in Awrahell gar nicht gab, und von Hochzeiten an Brunnen vor herrschaftlichen Burgen, über denen bunte Singvögel flogen. Mit Bedacht hatte Königin Jale eine Speisehalle gewählt, die ausschließlich nach Art der Menschen eingerichtet war. Und natürlich wurde das Essen nicht auf dem Boden serviert wie bei den Elfen, sondern auf einem massiven schwarzen Marmortisch. König Helrodir von Haradon saß an einem Tischende, Königin Jale hatte ihm gegenüber Platz genommen, und Ardhes und ihr Vater saßen links und rechts von ihr. Neben der hohen Eingangstür standen Diener, die auf Befehle warteten.

Eine dichte, schwere Stille hing über ihnen. Nur Besteck, das auf Teller kratzte, und hauchfeines Gläserklirren. Dafür schienen die Blicke laut und ungeniert durcheinanderzusprechen – Blicke der Königin, die zwischen ihrem Cousin und ihrem Gatten hin- und herflogen, Blicke des Elfenkönigs voller Verachtung und Belustigung, und Blicke des Königs von Haradon, die kühl und brennend an dem Ehepaar hingen. Ardhes wurde nicht beachtet und so konnte sie ungehindert alles beobachten.

»Erzähl doch etwas von der glorreichen Schlacht in Myrdhan«, bat Jale schließlich und legte sich eine Scheibe Lammbraten auf den Teller, ohne König Helrodir aus den Augen zu lassen.

»Es war grässlich«, sagte Helrodir, »und zugleich wunderschön. Selten im Leben liegen Präzision und Chaos, Gehorsam und Anarchie, Berechnung und Wahnsinn so nah beieinander wie im Krieg. Die Schlacht ist einerseits so simpel: Töte deine Feinde, beschütze deinen König. Und andererseits ist wohl nichts komplizierter. Aber ich will nicht versuchen, den Krieg in Worte zu zwingen, denn dazu ist er eine zu mächtige Gewalt. Man muss ihn selbst erleben. So ähnlich wie die Liebe.«

Königin Jale griff nach ihrem Weinkelch. »Auf den Krieg. Auf Haradons Sieg und seine Freundschaft zu Awrahell.«

Octaris erhob seinen Kelch ebenfalls. »Ich setze noch die Liebe dazu. Denn ist die Liebe nicht die Schwester des Krieges und der Freundschaft?« Er lächelte Helrodir an.

König Helrodir prostete ihm zu und die Erwachsenen tranken. »Und wie sieht es in Awrahell aus?«, erkundigte Helrodir sich dann, während er sich ein Stück Braten in den Mund schob. »Haben die Aufstände im Norden sich gelegt?«

»Vor Jahren schon«, sagte Jale rasch. »Alle Völker und Kulturen in unserem schönen Reich leben friedlich zusammen.«

»Wenn meine Tochter regiert, wird der Frieden eintreten«, sagte Octaris schlicht. Jale warf ihm einen zornigen Blick zu.

»So, unsere kleine Ardhes?« Helrodir runzelte die Stirn, doch er sah Ardhes nicht an. »Und was ist mit den elfischen Attentätern in Oroga und den anderen Handelsstädten? Kam es noch zu Anschlägen?«

»Nein«, lächelte Octaris. »Sie wurden alle geköpft.«

»Gut.« König Helrodir kaute. Eine Weile war nichts anderes zu hören. »Wisst ihr, in Haradon wird das Elfenproblem immer größer. – Ich will Euch damit natürlich nicht zu nahe treten, Octaris, Ihr versteht gewiss, was ich meine. Sicher stimmt Ihr mir zu, wenn ich sage, dass die Elfenstämme der haradonischen Tiefwälder wild und unberechenbar sind. Es ist eben eine andere Elfenart als hier in Awrahell, nicht wahr? Die Myrdhaner sind schließlich auch Menschen, trotzdem sind es grausame Barbaren.« Octaris nickte höflich.

Helrodir trank einen Schluck Wein. »Nun, jedenfalls ziehen immer mehr Elfen aus den Wäldern in unsere schönen Städte. Gewalt und Verbrechen herrschen in den Straßen. Und wie sollen wir die vielen zusätzlichen Mäuler stopfen? Immer wieder bricht eine Hungersnot aus. Wenn es so weitergeht, führen wir den nächsten Krieg in unserem eigenen Land, nämlich gegen die elfischen Ausbeuter.«

Wieder folgte Schweigen. Ein Diener schenkte König Helrodir Wein nach. Ardhes spielte mit den Erbsen auf ihrem Teller und rollte sie hin und her, ehe sie sie Stück für Stück aufspießte und mit den Vorderzähnen in zwei glatte Hälften biss. Dann erhob sich ihr Vater und schob seinen Stuhl zurück. Steif und mit ausdrucksloser Miene verneigte er sich vor Helrodir.

»Entschuldigt mich. Ich habe noch zu tun.« Er neigte den Kopf auch vor Königin Jale, die den Blick eisern auf seine Hände gerichtet hielt. »Ich wünsche dir eine angenehme Nacht, Jale«, sagte er leise. Dann schenkte er Ardhes ein Lächeln. *»Sahyed maél ajuha,* Ardhes-*ayen.«* Bevor noch jemand etwas hätte sagen können, war der König zur Tür hinausgeglitten und verschwunden.

Königin Jales Gesicht war wie versteinert. »Verzeih seine Unhöflichkeit. Er …«

Helrodir lehnte sich in seinem Stuhl zurück und winkte ab. »Ich verstehe schon. Ein König kann sich selten so viel Zeit nehmen, wie er möchte. Die Politik ist ein eifersüchtiger Gefährte und verlangt nach dir in den unmöglichsten Augenblicken. Sie ist der Ehe wahrlich nicht unähnlich …«

Königin Jale sah ihn lange an und König Helrodir erwiderte ihren Blick. »Verlasst den Raum«, wies Jale plötzlich die Dienerschaft an. »Ihr könnt das Mahl später abräumen.« Ardhes beobachtete verwundert, wie die Diener hastig die Speisehalle verließen, doch außer ihr schien niemand den Befehl der Königin merkwürdig zu finden.

»Ardhes, du bist fertig?«, fragte ihre Mutter. Es klang eher nach einer Feststellung.

»Ja«, sagte Ardhes gehorsam und legte ihre Gabel weg.

»Es ist spät, du musst schlafen, mein Engel. Sag schön Auf Wiedersehen.« Ardhes stand auf, machte einen Knicks vor Königin und König und verabschiedete sich.

»Schlaf gut, kleine Ardhes«, sagte Helrodir mit einem freundlichen Lächeln und wischte sich den Mund mit seiner Serviette ab.

Dann verließ Ardhes die Speisehalle. Vor der Tür wartete bereits Candula auf sie. Schweigend gingen sie in ihr Gemach zurück. Nur einmal klopfte Candula ihr liebevoll auf die Schulter und fragte: »Und? War es lecker?«

Ardhes konnte nicht einschlafen. Als Candula schon längst schnarchte, lag sie noch immer wach in ihrem Bett und drehte nachdenklich den Armreif in ihren Händen, den ihr Vater ihr geschenkt hatte. Er fühlte sich wunderbar glatt und kühl an.

Irgendwie kamen die Kissen ihr heute nicht gemütlich genug vor, um darin müde zu werden. Ihre Decke verrutschte immer wieder und allmählich wurde sie unruhig. Wenn sie ganz schnell rannte, draußen in der Nacht, vielleicht würde sie dann das Kribbeln in ihren Beinen loswerden.

Schließlich setzte sich Ardhes auf, es war zwecklos, jetzt schlafen zu wollen. Eine Weile starrte sie gedankenverloren auf das Fackellicht, das die Blumen und Schmetterlinge auf ihrem Armreif schillern ließ. Dann legte sie das Schmuckstück an und stieg aus dem Bett. Auf leisen Sohlen schlich sie an ihrer schlafenden Amme vorbei und hinaus auf den Balkon, um über die Außentreppe auf die andere Seite des Schlosses zu gelangen.

Ardhes lief schnell durch die Dunkelheit. Kein Lichtschimmer half ihr, die Stufen zu erkennen; es gab weder Fackeln noch leuchtete der schmale Sichelmond hell genug, um den Dingen Umrisse zu verleihen. Sie war allein auf die raue Steinmauer angewiesen, die unter ihren Fingerspitzen hinwegglitt.

Endlich erreichte sie die Terrasse an der Wehrmauer. Die Soldaten, an denen sie vorbeihuschte, blickten überrascht auf, hielten sie aber nicht zurück. Im Inneren des Schlosses war ihr plötzlich fast noch unheimlicher zumute als draußen. Die flackernden Lichter der Fackeln tanzten wie Dämonen durch die finsteren Hallen, und überall sprang eine Fratze aus den Schatten, nur um gleich wieder zu verschwinden, sobald Ardhes sich erschrocken umdrehte.

Der Wind kroch durch die Steinmauern und schien ihr fürchterliche Worte zuzumurmeln. In der Ferne ächzte das Gebälk, als würde jemand stöhnen.

Wohin lief sie überhaupt? Sie wusste es selbst nicht. Wäre sie doch einfach im Bett geblieben ... doch ein Teil in ihr drängte sie weiter. Aber wohin? Und dann wusste sie, was sie wollte: Sie hatte jetzt Lust zu essen. Ardhes erinnerte sich an einen köstlichen Zimtapfel, den sie auf ihrem Teller hatte liegen lassen. Zufällig – oder vielleicht instinktiv? – war sie sogar schon auf dem Weg zur Speisehalle.

Als sie die hohe Doppeltür erreichte, zog sie ganz vorsichtig am Türgriff, so als täte sie etwas Verbotenes und dürfe sich dabei nicht erwischen lassen. Dabei durfte sie sich ja nach Belieben von den Überresten des Abendessens nehmen – das war sogar Küchenjungen und Gänsemägden erlaubt.

Die Lampen in den Wandnischen waren zu kleinen glutroten Flämmchen geschrumpft. Die Speisehalle kam Ardhes im schummrigen Licht vor wie ein riesiger Backofen. Sie hatte Glück: Die Dienerschaft hatte die Tafel noch nicht abgeräumt. Die Bronze- und Silberteller schimmerten, als wären sie glühend heiß, und der übrig gebliebene Braten glänzte. Ardhes huschte näher, ging an den Stühlen vorbei und suchte die Speisen ab, bis sie ihren glasierten Apfel entdeckte. Sie nahm ihn vorsichtig in eine Hand, denn er war sehr klebrig, und wollte gerade hineinbeißen, da erklang ein Geräusch. Sie fuhr erschrocken zusammen. Fast hätte sie den Apfel fallen gelassen.

Das Geräusch war aus einem anliegenden Gemach gekommen. Die Tür war nur angelehnt. Und da – wieder hörte sie etwas. Es klang wie der Wind, der im Flur wisperte. Ein hauchiges silbriges Geräusch, als würde jemand leise atmen.

Mit stockenden Schritten ging Ardhes auf die Tür zu. Ein Flüstern drang aus dem Raum, doch es zerstob, noch ehe es ihre Ohren erreichen konnte. Mit klopfendem Herzen blieb sie stehen. Ein dämmriger Streifen Licht fiel auf ihr Gesicht, als sie ins Zimmer spähte.

»Helrodir«, flüsterte ihre Mutter. Ihre Stimme war nicht wiederzuerkennen. »Helrodir …« Zwei Gestalten bewegten sich hinter dem roten Stoffvorhang, der den Raum in der Mitte teilte. Ihre Arme waren verschlungen. Ihre Köpfe waren sich nah, als würden sie sich heimliche Dinge zuraunen. »Helrodir … wie habe ich dich vermisst! Liebster …«

Ardhes lief davon. Als sie an der Tafel vorbeikam, legte sie den Apfel auf den Teller zurück. Geräuschlos zog sie die hohe Tür der Speisehalle hinter sich zu, und das spärliche Licht und die murmelnden Stimmen verschwanden, als hätte sie das Tor zu einer anderen Welt geschlossen. Ohne nachzudenken, rannte sie durch die stumme Dunkelheit, Flure entlang, Treppen hinunter, durch Hallen und Säle. Ihre nackten Füße auf dem Steinboden, das Flattern ihres Nachthemds waren die einzigen Geräusche. Ihr Kopf war leer, gedanken- und wortlos. Nur ein dumpfer Schreck, etwas unter der Oberfläche ihres Bewusstseins, verriet ihr, dass das, was sie gesehen und gehört hatte, nicht richtig war. Es war ganz und gar nicht richtig.

War das die Welt der Erwachsenen? Die der Könige? War das

die wahre Welt mit ihren Geheimnissen und Ränkespielen, zu der auch Ardhes eines Tages gehören sollte?

Sie wusste es nicht. Und dass sie es nicht wusste, war vielleicht das Schlimmste.

Ardhes konnte nicht sagen, wie viel Zeit vergangen war. Nachdem sie eine Weile ziellos gelaufen war, hatte sie sich schließlich neben eine Rüstung in einer Wandnische gekauert und verschnauft. Ihre Füße waren fast taub vor Kälte, doch ihr Gesicht glühte. Lange saß sie nur da, die Arme um die Beine geschlungen, und beobachtete eine einzelne Fackel in der Ferne. Mal versuchte sie nachzudenken, was gerade geschehen war, und mal versuchte sie, es ganz aus ihrem Kopf zu verdrängen.

Als sie langsam zu frösteln begann und ihre Augen immer schwerer wurden, kroch Ardhes wieder aus der Nische heraus. Sie fühlte sich wackelig auf den Beinen und so unvertraut mit sich selbst und ihrer Umgebung, als sei sie in einen unangenehmen Traum geraten. Mit leisen Schritten ging sie los.

Ardhes kehrte nicht in ihr Zimmer zurück. Sie würde jetzt nicht schlafen können – vielleicht *wollte* sie auch gar nicht schlafen. Die Müdigkeit ihres Körpers war wie eine Beleidigung für ihr schockiertes Inneres und dem würde sie nicht nachgeben. Ohne den Blick zu heben oder stehen zu bleiben, schritt sie an den beiden Wachen vorbei ins Gemach des Königs. Obwohl die Nacht kühl war, lag ihr Vater draußen auf seinem Balkon wie ein Tier, das sich zum Schlafen nur mit dem dunklen Himmelszelt zudecken will.

Ardhes blieb am Rand des Balkons stehen. Octaris lag mit offenen Augen auf dem Rücken und starrte zum Mond auf. Obwohl er sie bemerkt haben musste – denn er bemerkte alles –, regte er sich nicht. Nicht einmal seine Wimpern zuckten. Er lag da wie ein Toter.

Nachdenklich drehte Ardhes ihren neuen Armreif in den Händen und starrte auf König Octaris herab. »Du bist ein Feigling.«

Ihre Stimme ließ sie selbst schaudern, so kalt klang sie. Sie schluckte. Ihr Vater beachtete sie nicht. »Du versteckst dich ja hier. Du sagst, du hast Dinge zu tun. Aber du tust nichts. Gar nichts.« Ihr Vater bewegte keinen Muskel.

Langsam ging Ardhes am Balkongeländer entlang, ohne ihn aus den Augen zu lassen. Mit dem Rücken an das Geländer gelehnt, blieb sie stehen. Namenloser Zorn saß ihr wie ein Knoten in der Brust. Oder war es noch etwas Schlimmeres? Ja, vielleicht war es kein Zorn … sondern Verachtung.

»Es stimmt wirklich«, fuhr Ardhes fort. »Die Elfen haben etwas Schwachsinniges an sich.«

Ihr Vater fuhr auf. Das lange Haar glitt von seinen Schultern, als er sich aufrecht hinsetzte. Für einen Augenblick fürchtete Ardhes, sie sei zu weit gegangen und er würde ihr eine Ohrfeige geben oder sie anschreien – aber er blieb nur sitzen. »Mag sein«, sagte er schlicht.

Das war alles. Ardhes spürte, wie der Knoten in ihrer Brust ihr fast die Luft abschnürte.

Das Gesicht des Königs schien wie aus Elfenbein geschnitzt. »So spät noch wach, meine Tochter? Plagt dich etwas, das du mir anvertrauen willst, hat dir etwas den nächtlichen Frieden geraubt, Ardhes-*ayen*?« Er flüsterte ihren Namen. Ardhes klammerte sich mit beiden Fäusten an ihren Armreif, ohne ein Wort sagen zu können. Die Augen des Königs wirkten unnatürlich hell. Ein Licht spiegelte sich in ihnen, das von nirgendwoher zu kommen schien. Seine Stimme war glatt, ohne wahren Klang, als er erneut zu sprechen begann: »Mit stockenden Schritten ging Ardhes auf die Tür zu. Ein Flüstern drang aus dem Raum, doch es zerstob, noch ehe es ihre Ohren erreichen konnte. Mit klopfendem Herzen blieb sie stehen. Ein dämmriger Streifen Licht fiel auf ihr Gesicht, als sie ins Zimmer spähte.

*Helrodir,* flüsterte ihre Mutter. Ihre Stimme war nicht wiederzuerkennen. *Helrodir …*«

Ardhes bekam kaum Luft. »Woher weißt du das?« Kalter Nachtwind brauste aus der Tiefe empor und drang durch ihr Kleid und ihre Haare. Fast hätte sie den Armreif fallen gelassen, so sehr zitterten ihre Hände. »Woher weißt du das?«

»Vielleicht hast du recht, Ardhes«, flüsterte er. »Ich bin ein Feigling. Ich sehe und weiß und lasse mich von meinem Wissen lähmen.«

Ardhes fand endlich ihre Fassung wieder. Sie schluckte und kam zwei Schritte auf ihn zu. »Ist das eine Elfensache? Visionen?«

Eine Weile schwieg Octaris. Dann schüttelte er kurz den Kopf. »Es ist eine Gabe, die keinem Volk gehört. Sie gehört den Göttern, und die können die Gabe vergeben, an wen auch immer sie wollen.«

Ardhes wurde ganz mulmig zumute. Ihr war, als entdecke sie erst jetzt ein Geheimnis, das die ganze Zeit vor ihrer Nase gelegen hatte: Natürlich, sie wusste, dass ihr Vater hellsichtig war. Aber bis jetzt hatte sie seine Visionen nicht ernst genommen, als elfische Eigenheit abgetan. Tatsächlich hatte sie sich noch nie Gedanken darüber gemacht, wer ihr Vater war – außer dass er ein Elf war.

»Was genau siehst du, wenn du hier draußen liegst?«

»Alles.« Ein Lächeln huschte über sein Gesicht. »Die Geschichte der Welt. Den Tod der Elfen. Den Tod der Menschen. Das Ende von allem. Den Beginn des Neuen … Kennst du Ahiris?« Ardhes musste sich zwingen, den Kopf zu schütteln. Der fremde Name klang machtvoll und großartig.

»Ich habe dich vernachlässigt. Ich habe dich die Dinge nicht gelehrt, die du als meine Tochter wissen solltest. Ahiris …« Er beugte sich vor. »Ahiris ist ein Gott.«

»Ein Gott der Elfen«, schloss Ardhes. Sie wollte sich damit beruhigen, doch es gelang ihr nicht recht.

»Ahiris ist das Leben. *Ahiris* heißt Schicksal.« Sein Blick schweifte hinaus in die Nacht. »Die Elfen verehren seit Anbeginn der Zeit Geister und halbgöttliche Wesen. Doch nur einen vollkommenen

Gott gibt es, und das ist Ahiris, der Vater des Himmels und die Mutter des Lebens zugleich. Ahiris hält die Zügel der Welt in den Händen und gebietet über Leben und Tod, Sieg und Niederlage, Anfang und Untergang.«

»Und du beobachtest … was Ahiris tut?«, fragte Ardhes zögerlich.

Octaris nickte. »Es gibt einen Begriff in meiner Sprache. Die ganze Welt besteht aus Millionen und Abermillionen Seelen und Wesenheiten, doch manchmal, zu besonderen Wendepunkten der Zeit, da bestimmen wenige Helden und Schurken die Zukunft aller mit ihren Taten. Diese Helden und Schurken nennt man *Ahirah* – Töchter und Söhne von Ahiris. Sie sind gut oder böse, so wie das Leben selbst. Aber in ihnen schlummern göttliche Mächte.«

Ardhes trat einen kleinen Schritt näher. »Wer sind diese Menschen?«

»Nicht nur Menschen, Ardhes. Sie sind wie du … oder wie ich. Die meisten *Ahirah* unseres Zeitalters sind noch jung. Doch zu gegebener Zeit werden sie mein und dein Schicksal bestimmen. Sie kommen wie gesagt zu großen Wendepunkten und uns steht ein solcher bevor. In den Visionen suche ich die *Ahirah.* Und verfolge ihre Geschichten.«

Eine Weile stand Ardhes reglos vor ihm. Was Octaris wohl wusste über diese Auserwählten? Und was er alles konnte, im Verborgenen?

Sie schloss den Armreif um ihr Handgelenk. Heute Nacht hatte sie also das Geheimnis ihrer Eltern entdeckt, das ihrer Mutter und das ihres Vaters.

»Bis bald«, murmelte sie gedankenvoll. Es war ein Versprechen. Mit leisen Schritten ging sie.

# Schwere Zeiten

Der Winter war mit den Haradonen ins Land eingebrochen. Seit dem ersten Schneefall tobten Stürme und heulten eisige Schneeböen. Der Wind verirrte sich in die Felshöhlen, blies ihren heimlichen Bewohnern Schneekörner ins Gesicht und kroch unter ihre Kleider. Wenn sie morgens aufwachten, bedeckten Raureif und Frost ihre Haare und ihre Kleider waren steif gefroren. Bald blieben ein paar Kinder auch einfach liegen, mit blutleeren Lippen und weißen Wimpern.

Alasar sah ein, dass sie die Höhlen besser beheizen mussten. Jede Nacht wurden in der großen Schlafhalle zehn Lagerfeuer entzündet. Das Brennholz schwand dahin, ohne dass Alasar etwas dagegen hätte tun können. Die Kinder hofften inständig, dass der Winter früh endete und sie nicht eines Tages zugeschneit ohne Feuerholz erwachen würden.

Im Winter brachten die drei schwangeren Frauen ihre Kinder zur Welt. Die Großmütter halfen bei den Geburten und taten, was sie konnten, aber Hunger und Kälte waren ihnen zuvorgekommen. Zwei Säuglinge kamen tot zur Welt. Die entkräfteten Mütter folgten ihren Kindern bald. Nur eine Mutter gebar einen lebendigen Säugling, schreiend und strampelnd und rosig von der Lebenskraft, die er seiner Mutter in den vergangenen Monaten abgerungen hatte. Man legte das Neugeborene seiner Mutter in die Arme, und da wussten die alten Frauen, dass die beiden überleben würden.

Die Verstorbenen wurden an einem schneelosen Morgen beigesetzt. Die Erde war festgefroren und kaum auszuheben. Alasar stieß seine Schaufel so tief ins Erdreich, wie seine Kräfte es ihm erlaubten, und bettete die Leichen in die Gruben. Seine Gefährten waren gerade dabei, die Erde wieder aufzuschütten, als der Boden von herangaloppierenden Drachen erbebte.

»Zurück!«, zischte Alasar, packte hastig all ihre Sachen zusammen und huschte mit seinen Kameraden in eine Nische im Gestein. Kaum einen Augenblick später sahen sie haradonische Krieger, die über die Hügelkämme preschten.

Es war eine Reitereinheit von mehr als zwanzig Männern. Alasar hörte aus der Ferne ihre Rufe und die Befehle, mit denen sie ihre Drachen zu gewaltigen Sprüngen antrieben, die das schnellste Pferd nicht vermocht hätte. Der Dampf stieg den Drachen in Wolken aus den Nüstern. Ihre langen Schwänze schwangen auf und ab, während sie durch den Schnee galoppierten, die schlanken, horngeschmückten Köpfe nach vorne gestreckt. Ihre gefalteten Flügel waren ihnen an den Körper gebunden, sodass die Männer bequem auf ihnen reiten konnten. Trotz seiner Angst fühlte Alasar sich von der Schönheit der Tiere überwältigt. Wie anmutig sie dahinzuschweben schienen! Umhüllt von den Schneewolken, die ihre Krallen aufstoben, kamen sie Alasar vor wie Zauberwesen, nicht wie gewöhnliche Tiere … Es dauerte nur ein paar Sekunden, ehe die Drachenkrieger hinter den weißen Hügeln verschwunden waren, doch ihr Anblick setzte sich in Alasar fest wie ein eingebranntes Bild.

Er und seine Gefährten kehrten in die Höhlen zurück, sobald die Toten begraben waren. Doch von da an verließen sie ihr Versteck noch seltener.

Die Haradonen, die er am Morgen gesehen hatte, beängstigten Alasar. Ihm wurde bewusst, dass sich die Feinde direkt über ihren Köpfen befanden und sie hier unten alles andere als in Sicherheit waren; vielmehr saßen sie in der Falle wie Kaninchen, die ihren Bau unter einem Wolfsrudel errichtet hatten.

Abermals stieg er nach dem Abendessen zum höchsten Felsvorsprung auf und verkündete, dass sie Wachposten brauchten. Tag und Nacht mussten alle Ausgänge, die Schlafhallen und die Felsen an der Oberfläche bewacht werden. Sie brauchten Krieger. Alasar erzählte den Kindern, was geschehen würde, wenn sie nicht auf ihn hörten; dass die Haradonen in den Nächten kommen würden, wenn alle schliefen, um sie zu töten und zu verschleppen. Angesichts dessen, was die Jungen und Mädchen in ihren Dörfern bereits erlebt hatten, glaubten sie Alasar sofort und befolgten seine Anweisungen.

Der Winter regierte in diesem Jahr mit aller Strenge. Tag und Nacht brannten die Feuer in den Höhlen, bis der Qualm die Augen der Kinder rot werden ließ und ihre Lungen verengte. Husten und Fieber gingen um. Viele der Alten raffte die Kälte dahin; ihre Körper hatten jede Widerstandskraft verloren. Die Frau, die diesen Winter ihr Kind zur Welt gebracht hatte, übernahm mit den wenigen Greisen die Aufgaben, die die anderen Erwachsenen zuvor erfüllt hatten: Sie versuchte, all die verwaisten Kinder zu versorgen, kochte Suppe in schweren, großen Kesseln und unterwies die ältesten Kinder in der Krankenpflege. Sie war eine kleine, dunkelhaarige Frau und hieß Igola. Nur einen ihrer sechs Söhne und Töchter hatte sie nicht im Krieg verloren, und zwar Rahjel. Er übernahm für die meiste Zeit die Aufsicht seines kleinen Geschwisterchens, eines winzigen Jungen mit schwarzem Haarflaum, den seine Mutter Tivam nannte. Die Brüder waren die einzigen von all den Kindern, die noch eine Mutter hatten.

Alasar und Magaura spielten oft mit Rahjel und Tivam. Obwohl sich die beiden älteren Jungen wünschten, dass ihre Geschwister sich wie sie befreunden würden, schien Magaura mehr Interesse an ihnen als an dem schreienden Bündel Leben zu haben, das Rahjel so liebevoll umsorgte. Die vier verbrachten viele Stunden in den abgeschiedenen Grotten, rutschten über die flachen, zugefrorenen Seen, sammelten kleine Krebse und spielten Verstecken und Familie. Nur in diesen Spielen wagte Alasar zu lachen und der sorgenvolle Ernst wich aus seinem Gesicht. Es waren glückliche Augenblicke für ihn, in denen er die Welt ringsum vergessen konnte.

Einmal fand er den winzigsten Krebs, den er je gesehen hatte: Er war kaum größer als der Nagel seines Daumens und so durchsichtig und zart, als bestünde sein Panzer aus hart gewordener Milch. Behutsam trug Alasar ihn in der Hand zurück in die Grotte, wo er mit Magaura, Rahjel und Tivam gespielt hatte. Als er näher kam, hörte er nicht mehr ihr lautes Lachen und Rufen; nein, andere Klänge wehten durch die Felsgänge. In den Schatten der Höhle blieb er stehen. Von hier aus sah er Rahjel und Magaura. Rahjel hielt seinen kleinen Bruder in den Armen, Magaura kniete neben ihm. Sie spielte mit den Spitzen ihrer dunklen Haare, während sie ihm ein Lied vorsang. Es war ein Lied, das ihre Mutter ihnen vor langer Zeit vorgesungen hatte. Ein Lied, das Alasar in ein fernes Leben zurückrief, in eine geisterhafte Vergangenheit, in der er abends in den weichen Fellen seines Bettes gelegen hatte, satt und zufrieden, während das Herdfeuer seiner Mutter geknistert hatte … Magauras weiche Mädchenstimme erfüllte die Grotte mit hundert Erinnerungen, und selbst der kleine Tivam schwieg, als könne er verstehen, was das Lied bedeutete.

Rahjels Blick ruhte auf Magaura. Seine Augen waren ernst und nachdenklich, und Alasar hatte plötzlich das Gefühl, als wisse sein Freund etwas, das *er* nicht wusste – und nicht wissen durfte. Seine Muskeln spannten sich. »Hör auf, dieses Lied zu singen«, befahl er kalt. Magaura schloss erschrocken den Mund. Nie hatte Alasar in diesem Ton mit ihr gesprochen. »Dieses Lied singst du nie wieder, verstanden? Es gehört nicht hierher!«

Verwirrt über seine eigene Wut, merkte Alasar zu spät, dass er den Krebs in seiner Hand zerquetschte. Ein winziges Beinchen zuckte noch, dann war er tot. Es war Alasar gleich. Er wischte die Finger an seinem Wams ab und rannte davon.

Alasar zog sich für den Rest des Tages in seine Höhle zurück, und als er wieder hervorkam, wurde bereits das Abendessen ausgeteilt. Er stieg auf den Felsvorsprung, wie er es schon mehrmals getan hatte, und erklärte, dass es Festtage geben sollte. Einer musste bald stattfinden. »Jeder von euch kann versuchen, sich dafür neue

Lieder auszudenken. Aber es müssen alles neue Lieder sein! Denn hier sind wir nicht mehr in unseren Dörfern. Was früher war, ist vorbei. Es wird nie wieder sein, also denkt nicht mehr daran. Eure Heimat ist nicht zerstört – eure Heimat ist hier! Und sie ist gerade erst am Wachsen. Wir sind alle die Kinder der Höhlen! Wir sind die Höhlenkinder!«

Als er die Faust in die Luft stieß, jubelten seine Gefährten, denn es waren die schönsten Worte, die sie seit langer Zeit gehört hatten. Vielleicht hatten sie alles verloren, ihre Häuser und Geschwister, ihre Eltern und sogar das Sonnenlicht und den Anblick des Himmels; doch jetzt wurde ihnen etwas gegeben, an das sie sich halten konnten: Es war das Leben selbst. Alasar zeigte es ihnen.

Es war nicht nur die Not, die die Menschen an Alasar band. Es war auch die Freude. Die Kinder schienen ihr ganzes Elend völlig zu vergessen, als ihr erster Festtag stattfinden sollte. Alasar ließ mehr Essen austeilen, es wurde gesungen, getanzt, gelacht und gespielt. Von da an beschloss er, dass es viele Feiertage geben sollte, solange er es war, der sie den Kindern schenkte.

Die Wochen verstrichen. Die Schneestürme heulten ohne Unterlass über das Land hinweg. Alasar, Magaura, Rahjel und Tivam spielten nicht mehr miteinander, auch die restlichen Kinder verfielen für den Großteil des Tages in dumpfes Schweigen. Alasar bezweifelte, dass die anderen es wussten, aber er hatte es gemerkt: Das Brennholz neigte sich dem Ende zu. Sie konnten aber auch nicht daran sparen, jetzt wo es so kalt wurde in den Nächten, dass ihnen die Zähne schmerzten. Zwei, allerhöchstens drei Wochen mochten sie noch mit ihrem Holzvorrat auskommen, und es war erst Januar – noch in zwei Monaten konnte tiefster Winter herrschen.

Nachts, wenn Alasar vor Sorge keinen Schlaf fand oder aus Albträumen erwachte, in denen er Magaura steif gefroren neben sich liegen sah, das runde Gesicht porzellangleich und starr, dann stand er auf, hüllte sich in seine Felle und lief in die Vorratskammern. Beim Anblick der schrumpfenden Holzstapel übermannte ihn abgrundtiefe Verzweiflung; er suchte nach allen Möglichkeiten, um neues Brennmaterial zu beschaffen, aber es gab keine Lösung. Wütend schlug er mit den Händen gegen den Stein. Wie verloren und gefangen war er doch in den verfluchten Höhlen! Er hasste sie, hasste die Finsternis, die er sonst immer gemocht hatte, er hasste die ganze Welt, und er hasste sein Leben.

Dann ballte er die Fäuste. Er biss die Zähne so fest zusammen, dass die Kieferknochen hervortraten, und fühlte sich heiß und fiebrig. Wenn er das hier überstand, dann wollte er nie wieder hilflos sein. Niemals!

In anderen Nächten verirrten sich die Wölfe der Steppe auf der Suche nach Wärme zu ihnen in die Höhlen. Alasar hörte ihr Winseln und Jaulen und ihre Krallen, die irgendwo in der Dunkelheit über die Steine schabten, wenn er neben Magaura in seinem Schlaflager kauerte. Am nächsten Morgen suchte er mit einem Speer und einem Schwert bewaffnet nach den Wölfen der vergangenen Nacht, fest entschlossen, ein neues Fell für Magaura zu beschaffen, aber von den Tieren blieb nie eine Spur.

Bald hörte Alasar nicht mehr nur Wölfe. Er glaubte die dröhnenden Schritte der Drachen zu vernehmen, die viele Meter über ihm durch den Schnee preschten. Der Boden begann in seiner Vorstellung zu erzittern, als zögen ganze Armeen über sie hinweg … Die Haradonen waren überall, sagte er sich; sie wimmelten zwischen den Hügeln oben umher wie Mückenlarven in einem Teich. Nun hielten hünenhafte Krieger mit Streitäxten Alasar nachts wach. Er meinte das Klirren ihrer Rüstungen in den Grotten widerhallen zu hören, bis er vor Angst zu zittern begann und der Schlafmangel seine Augen klein und glasig werden ließ.

Eines Abends machte er sich auf, die Krieger zu suchen und zu töten, die dort mit den Wölfen durch die Höhlengänge schlichen. Er drückte seinen Speer fest an die Brust, als er plötzlich eine Stimme hinter sich hörte. Erschrocken fuhr er herum und entdeckte Igola. »Junge, was ist los mit dir? Hast du Fieber?«, fragte sie und berührte seine Stirn. Er wich zurück, ließ dann aber doch zu, dass sich die warme, schwielige Hand auf sein Gesicht legte. Müde senkte er seinen Speer.

»Nein, du hast kein Fieber«, sagte Igola. »Aber Angst, nicht wahr? Habe keine Angst, Alasar. Man braucht keine Angst haben, niemals. Nur Hoffnung.« Igola schloss ihn in die Arme, wiegte ihn langsam und summte ein Lied. Alasar wehrte sich nicht gegen diese ungewohnte Zärtlichkeit, er verkroch sich in Igolas Umarmung, bis ihm Tränen in die Augen stiegen und er ruhig wie ein kleines Kind in ihren Armen einschlief.

Von da an verwarf Alasar die Idee, auf Wolfs- und Kriegersuche zu gehen, und er schlief die kalten Nächte durch, obwohl er niemandem – auch nicht Rahjel – je von dem Abend erzählte, als Igola ihm eine Mutter gewesen war.

## Prophezeiungen

Die Nacht war genau richtig. Die Winterkälte war längst verflogen, der Frost kroch nur noch selten in den frühen Morgenstunden über die Felsen. Und es war kein Vollmond. Das war wichtig. Das weite Land lag in weicher, tiefer Schwärze.

König Octaris schlief ruhig auf dem Balkon, ohne die schlechten Träume, die ihn sonst so oft heimsuchten. So hatte Ardhes ein wenig Zeit für sich.

Natürlich, es war lächerlich. Und sie schämte sich ein bisschen, dass sie ihre Zeit und Kraft für etwas so Unsinniges verschwendete. Und doch … diese Augenblicke waren es, die ihr in der Brust kitzelten wie Schmetterlingsflügel und ihr ein kleines Lächeln auf das Gesicht malten. Sie nahm die flache Wasserschale vom Boden auf und stellte sie vor das Kaminfeuer. Die schläfrigen Flammen spiegelten sich im Wasser und tauchten ihr Gesicht in einen roten Schimmer.

Sie murmelte Beschwörungen und zeichnete die notwendigen Runen in die Asche. Dann beugte sie sich über die Wasserschale und starrte hinein. Eine Weile sah sie nur ihr eigenes Gesicht. Es war über den Winter erwachsener geworden. Ernster. Es war beinahe schon das Gesicht einer Frau, dachte sie bei sich, obwohl sie erst elf geworden war. Einen Augenblick betrachtete sie sich selbst und überlegte, ob sie schön war. Ob es einmal jemanden geben würde, der sie liebte …

Dreimal sprach sie ihren Namen aus. Sein Klang war Teil der Beschwörung. »Zeigt ihn mir«, flüsterte sie schließlich mit einem leichten Herzsprung. »Zeigt ihn mir, den zu lieben ich bestimmt bin. Zeigt mir den Mann, den mein Schicksal mir erwählt hat.«

Ein paar schrecklich lange Sekunden geschah nichts, und Ardhes fürchtete schon, ihr Zauber hätte nicht funktioniert. Doch dann kräuselte sich die Oberfläche in der schwarzen Schale, als schlage ein unsichtbarer Atem dagegen. Ihr Gesicht verschwamm, auch die Flammen des Feuers zerfielen. Die Farben fügten sich auf den winzigen Wellen in der Schale zu neuen Bildern.

Es war schwer, dem Drang zu widerstehen, die Augen zu schließen. Eine selbst erzeugte Vision direkt anzusehen war so schwierig, wie in die Sonne zu schauen – aber sie hatte es in den vergangenen Monaten gelernt, Nacht um Nacht. Das Wasser zeigte ihr Farben und Formen, Bewegungen und Schemen wie in einem wirren Traum. Sie sah ein aufgewühltes Meer aus Trauer, Erwartung und Zweifel in der Seele, in die sie hineinspähte. Es war ein unerfüllter, suchender Geist. Vielleicht sucht er nach mir, durchfuhr sie ein heimlicher Gedanke.

Sie sah einen Mann mit grässlichen Narben auf dem Rücken, die sie wie hämische Grimassen anzugrinsen schienen … Sie sah eine hagere Frau mit dünnem Haar und großen Augen, die an einem Webstuhl saß. Ihre Finger waren um etwas geklammert, das sie um den Hals trug, wahrscheinlich eine Kette … Sie sah einen Jungen, vielleicht fünfzehn oder sechzehn, der sich mit einem Tuch das Blut von der Stirn wischte … Sie sah einen weiten Himmel über rauschenden Wiesen und Feldern. Sie sah all die Dinge, die der Fremde gesehen hatte und die in seinem Bewusstsein durcheinanderschwammen.

Vergangenheit, Gegenwart und Zukunft der gerufenen Person in einer Vision auseinanderzuhalten war schwierig. Für so ein Spiel konnte sie ihre Kraft nicht verschwenden, um alle drei zu trennen … Als sie es dennoch versuchte, stoben die Farben wild durcheinander, und Wasser schwappte über den Schalenrand. Abrupt unterbrach Ardhes die Beschwörung und befahl den Visionen mit einer raschen Handbewegung und einem leisen Spruch, sich wieder aufzulösen. Sie wischte die Runen fort und goss das Wasser aus der Schale ins Feuer. Die Flämmchen zischten und kämpften tapfer gegen das Nass, doch schließlich wurden sie immer kleiner, bis sie nur noch schmal und glimmernd an ihrem Holzscheit kauerten.

Ardhes stand eine Weile reglos in der trüben Dunkelheit. Noch immer erfüllten sie die Gefühle der fremden Seele. Sie kribbelten ihr im Bauch und rauschten durch ihren Kopf.

Sie würde ihn sofort erkennen, wenn sie ihm begegnete. Was sie in ihrer Vision gesehen hatte, war anders gewesen als das Innenleben der Menschen, die sie gemeinsam mit ihrem Vater betrachtet hatte; da waren ein tiefer Kummer, eine lähmende Furcht in dieser fremden Seele und eine verzehrende, undeutliche Sehnsucht.

Sie lächelte verwirrt. Wahrscheinlich kam er ihr nur so außergewöhnlich vor, weil sie wusste, dass sie ihn einmal lieben würde.

Seit dem Besuch von König Helrodir im Herbst war Ardhes fast jede Nacht zu ihrem Vater gegangen. Candula bekam davon nichts mit, denn Ardhes stahl sich erst davon, wenn ihre Amme tief schlief. Ihre Mutter durfte natürlich erst recht nichts von den Stunden erfahren, die sie bei ihrem Vater verbrachte. Hätte Königin Jale gewusst, dass ihre Tochter heimlich Zauberei und anderes Elfenwissen erlernte, wäre ihr Zornesausbruch fürchterlich gewesen – sie hätte es als persönlichen Verrat angesehen.

Natürlich hätte ihr Vater darauf bestehen können, dass seine Tochter diese Dinge von ihm lernte. War er nicht der König des Reiches? Und war sie, Ardhes, nicht eine Halbelfe und somit berechtigt, die Geheimnisse des Elfenvolks zu kennen? Aber König Octaris schien es nicht zu stören, dass Ardhes sich nachts zu ihm schlich und ihn tagsüber mied. Vielleicht hatte er wirklich Angst vor Jale – Angst davor, sich ihrer Tochter zu nähern und Anspruch auf etwas zu erheben, das Jale ganz allein besitzen wollte. Und als Ardhes all die wunderbaren, mächtigen Gaben entdeckte, die Octaris besaß, verachtete sie ihn für seine Feigheit umso mehr.

Anfangs war sie Nacht für Nacht zu ihrem Vater zurückgekehrt, weil das geheime Wissen sie lockte. Bereitwillig ließ sie sich von Octaris in eine fremde, verbotene Welt mitnehmen, wo Visionen im Wasser, magische Runen und elfische Beschwörungsworte eine Brücke zwischen Traum und Wirklichkeit schufen. Dafür nahm sie die Lügen in Kauf, mit denen sie Candula tagsüber ihre Müdigkeit erklärte, und stürzte ihre arme Amme in Sorgen und Kummer. Ardhes musste zusehen, wie Candula einen ganzen Tag lang auf Kräutersuche in den Gebirgen ging, nur um ihr schlaffördernde Tees zu kochen, die Ardhes heimlich aus dem Fenster kippte. Allein schon um ihretwillen hätte Ardhes die nächtlichen Treffen mit ihrem Vater eingeschränkt.

Doch es gab einen Grund, wieso sie immer wiederkam. Es waren bald nicht mehr die faszinierenden Zauberspiele, auch wenn sie reizvoll genug waren, um nächtelang wach zu bleiben. Es war die Geschichte ihres Vaters.

Wenn sie den Balkon betrat und den König mit ausgebreiteten Armen und offenen Augen unter dem Sternenhimmel liegen sah, störte sie ihn nicht wie früher, sondern blieb still stehen und wartete, bis er sich wieder regte. Denn wie sie erst jetzt begriff, blickte er gar nicht wirklich zu den Sternen auf oder wartete darauf, einzuschlafen – er *sah* Dinge und war an fernen Orten, aus denen er erst zurückkehren konnte, wenn er genug gesehen hatte.

Und manchmal, wenn Ardhes ihn darum bat, ließ er sie zu den Kindern von Ahiris mitgehen, indem er ihr alles erzählte.

Sie saßen sich ganz still gegenüber. Mond und Sterne waren hinter schwarzen Wolken verborgen. Nur zwei kleine Kerzen, die Ardhes vorher aus dem Zimmer mitgebracht hatte, spendeten gerade so viel Licht, dass sie die Umrisse ihres Vaters wahrnehmen konnte. Sein helles Haar schimmerte an den Schläfen und über der Stirn wie eine Krone aus zartem Licht. In seinen Augen spiegelten sich die Kerzenflammen, doch sie bewegten sich darin langsamer als in Wirklichkeit, so als hätte das Blau der Iris eine einschläfernde Wirkung auf sie.

»Und?«, fragte er leise. »Bist du bereit?«

Ardhes nickte. »Wen besuchen wir diesmal?«

König Octaris schloss die Augen und atmete tief ein, als verrate die klare Nachtluft ihm die Antwort. »Wir reisen nach Myrdhan, meine Ardhes-*ayen*.«

»Zu dem Wolfsjungen?«

Ein Lächeln glitt über sein Gesicht. »Ich glaube, so nennst du ihn, ja.«

Ardhes faltete die Hände und setzte sich bequem hin. »Gut. Ich war schon gespannt, was mit ihm geschieht. Auch wenn ich mir nicht sicher bin, ob er mein Mitleid verdient; er hat etwas an sich, das mich schaudern lässt.«

Eine Weile sah Octaris sie wortlos an. Dann senkte er den Blick und wechselte das Thema: »Du weißt, sobald ich eintauche, ist jede Erinnerung an die Vision später so verschwommen wie an einen Traum. Du bist nun mein Gedächtnis, Ardhes. Präge dir genau ein, was ich sage, damit wir später darüber sprechen können.«

»Ja, gut.« Sie atmete tief ein, um sich zu konzentrieren. Manchmal gelang es ihr, seine Geschichte fast Wort für Wort zu rezitieren. Es war eine Frage der Übung und des Willens.

»Gut … nun«, murmelte Octaris und schloss halb die Augen. »Nun. Wo waren wir stehen geblieben?« Wie immer dauerte es einige Momente, ehe er so weit war. Er verstummte und eine Weile war nur sein ruhiger Atem zu hören. Dann begann seine Geschichte.

»Als der erste Frühlingstag anbrach, war von den heimlichen Höhlenbewohnern nur ein Grüppchen ausgezehrter, ängstlicher Kinder geblieben.

Vorsichtig trat Alasar aus dem Felsspalt. Seine Augen mussten sich erst an das Tageslicht gewöhnen. Unendlich weit lag das Land vor ihm. Das Eis und der Schnee waren beinahe ganz geschmolzen und bis zum Horizont erstreckte sich ein Ozean aus Hügeln und Felsen. Unter seinen Füßen wuchsen winzige gelbe Butterblumen. Sie reckten sich aus den Felsritzen wie neugierige Köpfe, die die Welt erspähen wollten, und plötzlich erkannte Alasar sich selbst und seine Gefährten in ihnen wieder. Er musste lächeln, obgleich seine Augen dunkel und ernst blieben.«

## Das Holz

Als der erste Frühlingstag anbrach, war von den heimlichen Höhlenbewohnern nur ein Grüppchen ausgezehrter, ängstlicher Kinder geblieben.

Vorsichtig trat Alasar aus dem Felsspalt. Seine Augen mussten sich erst an das Tageslicht gewöhnen. Unendlich weit lag das Land vor ihm. Das Eis und der Schnee waren beinahe ganz geschmolzen und bis zum Horizont erstreckte sich ein Ozean aus Hügeln und Felsen. Unter seinen Füßen wuchsen winzige gelbe Butterblumen. Sie reckten sich aus den Felsritzen wie neugierige Köpfe, die die Welt erspähen wollten, und plötzlich erkannte Alasar sich selbst und seine Gefährten in ihnen wieder. Er musste lächeln, obgleich seine Augen dunkel und ernst blieben.

Das Feuerholz war vor einer Woche zur Neige gegangen. Aber nun war es Frühling und die schweren Zeiten lagen hinter ihnen, das spürte Alasar mit jedem Atemzug. Er war voller Tatendrang; nun musste aus der verlorenen Gruppe, die sich unter den Felsen versteckte, ein Volk werden.

Zuerst brauchten sie Holz. Und zwar dringend. Alasar überlegte fieberhaft, wie sie an Brennmaterial kommen konnten, ohne Gefahr zu laufen, dass die Haradonen sie entdeckten – aber es gab keine andere Möglichkeit. Holz fand sich zwei Tagereisen weiter im Norden, wo die ersten Wälder angrenzten. Und um dorthin zu gelangen, musste man schließlich das Land durchqueren.

Am Ende beschloss Alasar, dass er das Risiko wagen musste. Er suchte die ältesten und stärksten seiner Gefährten aus und nahm auch Rahjel mit, obwohl er jünger und nicht besonders kräftig war. Doch schließlich hatte er Alasar bewiesen, dass es gut war, ihn in der Nähe zu haben, sollte ein Haradone ihren Weg kreuzen.

Gemeinsam bewaffneten sie sich mit Lanzen, Schwertern, Pfeilen und Bögen. Sie warfen graue Wolfspelze über, um sich notfalls als Tiere zwischen den Felsen zu tarnen. Einer der Jungen besaß ein wundersames kleines Messgerät, das sein Vater vor dem Krieg einem Händler abgekauft hatte. Mithilfe einer winzigen Nadel in einer runden Holzschatulle konnte man damit die Himmelsrichtungen bestimmen.

Als Alasar und Magaura abends schlafen gingen, sagte er ihr, dass er fünf Tage fort sein würde. In bestimmten Abständen schmollte, schluchzte, bettelte und schimpfte Magaura, bis Alasar endlich einwilligte, sie mitzunehmen, und sie ihre letzten heißen Tränen an seinen Arm geschmiegt vergoss.

»Du darfst nicht ohne mich gehen«, flüsterte sie noch im Halbschlaf. »Wen habe ich denn ohne dich noch auf der Welt …«

Er atmete tief durch.

Vor Tagesanbruch stand Alasar auf. Er schnallte sich seinen Gürtel mit dem Schwert um und schwang sich den Bogen und einen Köcher mit Pfeilen um die Schulter.

Dann weckte er leise die anderen und warf einen letzten Blick auf Magaura, die friedlich schlief. Er fühlte sich so schwer, als hinge ihm ein Eisenklumpen statt eines Herzens in der Brust. Leise verließ er die Höhlen.

Draußen war die Luft unangenehm kühl. Ihr Atem gefror zu Dunst und Nebel hing über den Hügeln. Es sah aus, als wollte die Welt sich verschleiern.

»Kommt«, sagte Alasar, nachdem sie sich alle um den kleinen Kompass gedrängt hatten und die Richtung sahen, in die sie aufbrechen mussten. Ihr Weg führte durch Felsschluchten, in denen sich das Tauwasser in großen Pfützen sammelte, über frostige Geröllberge und durch sanfte Täler, wo das dichte Gras vor Feuchtigkeit glitzerte. Sie wanderten, bis der Nebel sich auflöste und die Mittagssonne hervorkam. Der Schnee war getaut und hatte einem Meer aus Wildblumen Platz gemacht. Die ganze Welt schien erfüllt von kühlem süßem Frühlingsduft, von rauschendem Gelb und jungem Rot. Selbst Alasar vergaß inmitten der erwachenden Natur seine Angst vor den Haradonen und ließ den Schwertgriff los.

Rahjel lief mit weit ausholenden Schritten neben ihm und bald redeten und lachten die Gefährten laut miteinander. Ihre Blicke schweiften über das weite Land und wanderten immer wieder zum Himmel auf, so als müssten sie sich alles gut einprägen, damit sie lange mit den Erinnerungen auskamen.

»Wo ist eigentlich Magaura, wollte sie nicht mitkommen?«, fragte Rahjel.

Alasar wurde ernst. »Ich nehme doch Magaura nicht mit, wenn wir alle sterben könnten. Außerdem hätte sie uns nur aufgehalten.«

»Sie wird dir böse sein, so wie ich sie kenne. Kaum vorzustellen!

Magaura wütend auf ihren Bruder … Ich hätte gewettet, bevor das passiert, wachsen uns Schweineschnauzen.«

Alasar grinste. Dann drehte er sich schwungvoll zu den anderen um und rief, ohne stehen zu bleiben: »Los, beeilt euch! Ihr habt es ja gehört: Wir müssen so schnell sein, dass Magaura gar nicht erst mitkriegt, dass ich weg war. Sonst wächst uns was im Gesicht …« Er warf Rahjel ein Lächeln zu. »Das klingt nach einer neuen Wette, oder?«

Rahjel lachte, rannte Alasar mit den anderen durch das Blütenmeer nach, und sie jauchzten und stießen sich an, als würden ihre schweren Waffen nichts wiegen.

Sie aßen im Gehen ihr Mittagsmahl, und erst als es dunkelte und die Sterne am Himmel aufgingen, machten sie im Schutz eines Felsvorsprungs Rast. Die Gefährten entfachten ein Lagerfeuer und erzählten sich Geschichten und Witze. Alasar schlief erst spätnachts ein.

Bei Sonnenaufgang erwachte Rahjel. Er weckte die anderen und sie machten sich wieder auf den Weg. Der wenige Schlaf ließ sie schweigend wandern, und erst als die Sonne hoch über ihnen stand, wich die Müdigkeit aus ihren blassen Gesichtern. Wie gestern gingen sie ohne Pause bis zum Einbruch der Nacht und in den frühen Dämmerstunden brachen sie wieder auf. Am Nachmittag des dritten Tages sahen sie einen schmalen Streifen Wald am Horizont. Ermutigt beschleunigten sie ihren Gang, und noch bevor die Sonne unterging, hatten sie die hohen Bäume erreicht.

Es roch ganz anders als draußen in der Steppe. Die Luft unter den mächtigen Tannen und verschlungenen Buchen war feucht und schwer, erfüllt vom Duft klebrigen Baumharzes, süßer brauner Erde, dicker Blätter und der ersten weißen Frühlingsknospen.

Obwohl es bald dunkel wurde, begannen die Gefährten sofort, geeignetes Holz zu suchen. Keiner von ihnen verstand etwas vom Holzfällen, darum wollten sie es nur mit kleineren Bäumen versuchen. Sie fanden im Halbdunkel einen Hang voll Buchen, die ihnen kaum über die Köpfe reichten. Sie nahmen ihre Äxte, Beile und Schwerter und schlugen mehrere Dutzend davon. Danach entfachten sie ein Feuer und im Schein der Flammen entlaubten sie das Holz und schnitten Äste und Zweige ab. Es musste nach Mitternacht sein, als alles zurechtgeschnitten und in kleinen Blöcken aufeinandergestapelt vor ihnen lag.

Bis zum nächsten Mittag fällten sie noch mehr Buchen, zerteilten sie in Holzscheite und banden alles mit Lederriemen zusammen, sodass jeder gleich viel Holz auf dem Rücken tragen musste. Dann verließen sie den Wald wieder und kehrten in die Hügel zurück.

Bis jetzt war alles geglückt und das Holz würde mindestens für zwei Monate reichen. Was danach geschah … nein, darüber konnte Alasar sich jetzt noch keine Gedanken machen. Außerdem war bald Sommer und dann musste niemand mehr frieren. Ein paar Tage in Finsternis würden sie ertragen können.

Die Grillen begannen, in den hohen Gräsern lauter zu zirpen. Die Luft wurde kühler und der Mond ging auf. Silbrig glomm seine Sichel am Himmelszelt, das sich so riesig über den Kindern wölbte, dass ihnen nach der langen Zeit unter der Erde fast schwindlig wurde, wenn sie hinaufsahen. Alasar dachte mit Unbehagen an die Felshöhlen. Ihm war es nicht vergönnt, an der frischen Luft zu leben, durch die Wiesen zu rennen, wie es ihm gerade gefiel. Er musste sich unter der Erde verstecken. Wütend trat er nach den Gräsern und Blumen. In diesem Augenblick erzitterte der Boden unter seinen Füßen.

»Drachenkrieger!«, stieß Alasar aus, kaum dass die Männer hinter den Hügeln auftauchten. Die Gefährten ließen sich ins Gras fallen und pressten sich auf die feuchte Erde. Waren es die Hufschläge der Drachen oder sein eigenes Herz, das Alasar hämmern hörte? Seine Hände zitterten, kalter Schweiß brach ihm aus. Der Geruch der Blumen war plötzlich unerträglich, nun da er daran dachte, im betäubenden Duft sein Grab zu finden. Eine Ameise krabbelte ihm über den Arm, aber Alasar traute sich nicht, sie wegzuschlagen. Noch eine kam. Und noch eine. Er lag direkt in einem Ameisenhaufen.

Alasar keuchte. Kamen die Drachenkrieger auf sie zu? Sahen sie die Holzbündel, die auf ihren Rücken aus den Gräsern ragten? Er hob den Kopf, spähte durch das Gras. Da waren die Krieger. Es waren vier Reitertrosse von zwanzig, dreißig Mann. Der vorderste hielt eine goldgelbe Fahne, die im brausenden Wind flatterte. Alasar glaubte das Schnauben der Drachen zu hören, glaubte ihre Wärme zu riechen und die ledernen Sättel, unter denen die Flügel zuckten.

Die Ameisenbisse brannten auf Alasars Arm. Er spürte, wie sie zu seiner Schulter heraufkrabbelten. Er biss die Zähne zusammen und wagte keinen Blick auf das schwarze Gewimmel, das auf seiner Haut ausgebrochen war. Die Haradonen ritten nah an ihnen vorbei. Zehn Sekunden verstrichen ... Dann verschwanden sie hinter den Hügeln. Bald war das Donnern verebbt und die Gefährten umgab nur noch das friedliche Zirpen der Grillen.

Alasar sprang auf und schlug die kleinen Biester von sich ab. Schwer atmend starrte er auf die rote, pockige Haut.

»Alles in Ordnung?«, fragte Rahjel. Seine Stimme klang, als sei er drei Jahre jünger geworden.

Alasar spannte die Kieferknochen. »Ja. Wir müssen weiter.«

In beklemmender Stille setzten sie ihren Weg fort. Selbst als es bereits dunkel war, ging Alasar noch geduckt und mit weit aufgerissenen Augen, um die Haradonen zu erspähen, bevor sie ihn entdeckten. Aber es kam niemand mehr.

Alasar erlaubte diese Nacht keine Pause. Erst als die ersten Lichter im Osten brachen, krochen die Gefährten unter einen Felsen und schliefen vor Erschöpfung augenblicklich ein. Nur Alasar blieb wach. Er nahm sein Taschenmesser und ein Stück Holz und begann zu schnitzen.

»Was machst du da? Bist du denn nie müde?«, nuschelte Rahjel, der sich zum Schlafen schon eingerollt hatte und kaum die Augen offen halten konnte.

»Ist für Magaura«, antwortete Alasar.

Magaura hatte es nicht geglaubt. Alasar hätte sie niemals zurückgelassen. Niemals. Doch als sie die leeren Schlaflager der anderen Kinder entdeckte, die mit ihm gegangen waren, konnte sie nicht mehr daran zweifeln: Er *war* ohne sie aufgebrochen. Tränen schossen in ihre Augen, während sie vor dem leeren Lager ihres Bruders stand. Sie merkte nicht, dass Igola näher gekommen war, bis ihre ruhige Stimme hinter ihr erklang.

»Sei ihm nicht böse. Er hat nur Angst um dich, weißt du. Deshalb wollte er dich nicht mitnehmen. Einen so lieben Bruder gibt es nicht oft.«

Magauras Nasenflügel bebten. Als sie Igolas Hand auf ihrer Schulter spürte, schlug sie sie weg und wich zwei Schritte zurück. »Lass mich!«

Igola zog erschrocken die Hand zurück. Wie die Augen des Mädchens blitzten! Wie die einer Wölfin. Wie die Alasars ... »Ich wollte nicht –«

»Lass mich!«, fauchte Magaura wieder. Eine Träne rollte ihr über das Gesicht. Dann stieß sie Igola zur Seite und rannte in die dunklen Gänge der Höhlen davon.

Mehrere Tage blieb Magaura verschollen. Nur wenn das Essen verteilt wurde, tauchte sie unter den anderen Kindern auf, finster und verschlossen, und sobald sie ihre Portion in den Händen hielt, verschwand sie wieder.

Das von Alasar gebrochene Versprechen schmerzte sie mehr als der unglückselige Tag, da die Haradonen ihr Dorf zerstört hatten. In den vergangenen Monaten war er alles geworden, woran sie sich klammern konnte. Und nun war sie das erste Mal alleine.

In der Dunkelheit der abgeschiedenen Höhlen saß sie da und erfüllte die Grotten mit ihrem Schluchzen. Sie verkroch sich in kleinen Felsspalten und verbarg das Gesicht in ihrem Rock, lief durch die engen Gänge, entschlossen, nie wieder zurückzukommen und Alasar zu zeigen, wie es sich anfühlte, verlassen zu werden – aber zuletzt kletterte sie doch wieder aus jedem Versteck und kehrte bleicher und stiller zu den anderen zurück, um ihr Essen zu holen.

Die Einsamkeit begann, sie zu verändern. Nach dem zweiten Tag fing sie an, sich leise Lieder vorzusingen und mit sich selbst zu sprechen.

»Nein, nie wieder rede ich mit Alasar. Ich spreche nie mehr mit ihm«, murmelte sie, während ihre Finger über den rauen Stein fuhren und sie einen Fuß vor den anderen in die unbekannte Dunkelheit setzte. »Ich bleibe für immer stumm. Und mit Rahjel rede ich auch nie mehr. Doch, mit ihm rede ich noch. Aber nur um Alasar wütend zu machen.« Immer mehr Strafen dachte Magaura sich aus, denn sie konnte mit derselben Leidenschaft hassen und rächen wie Alasar.

Nach dem dritten Tag versteckte sie sich in der Nähe der anderen, um sie zumindest beobachten zu können. »Hier bleibe ich, bis Alasar kommt. Und dann verstecke ich mich und komm erst viel später zurück.«

Aber Alasar kam nicht am vierten Tag und auch nicht am fünften und sechsten. Langsam machte Magaura sich Sorgen. Ihre Augen füllten sich mit Tränen, als sie sich an all die Schauergeschichten erinnerte, die Alasar ihr von den Haradonen erzählt hatte. Sie sah Alasar unter ihren Äxten liegen, er strampelte in riesigen Armen und konnte sich nicht befreien. »Dann höre ich einfach auf zu essen!«, schluchzte Magaura in ihre Hände. »Dann esse ich nicht mehr, bis ich im Schlaf tot bin wie die Alten im Winter.«

Am siebten Abend erwachte Magaura durch Geräusche. Sie richtete sich auf und blinzelte. Wie spät mochte es sein? Als ihre Augen sich ans Halbdunkel gewöhnt hatten, sah sie plötzlich Alasar, der vor ihr auf die Knie fiel. Er atmete hastig.

»Magaura! O bei allen Göttern, ich hab dich überall in den Grotten gesucht! Magaura, wieso – wieso versteckst du dich hier?« Als er sie umarmen wollte, wich sie zurück.

»Magaura«, sagte er und verstummte. Dann suchte er hastig in seiner Tasche und hielt ihr etwas entgegen. Im Fackellicht erkannte sie einen kleinen geschnitzten Holzdrachen. Ihr Blick blieb lange an dem winzigen Kopf hängen, der ein paar ungeschickte Hörner trug, dem unförmigen Schwanz, den klobigen Beinen. Aber sie machte keinerlei Anstalten, das Geschenk anzunehmen.

»Magaura, das ist für dich«, sagte Alasar und hielt ihr die Figur näher hin. »Nimm es doch. Ich habe es selbst für dich gemacht. Drei Nächte hab ich dran gesessen und gearbeitet. Nimm es doch!«

Magaura weinte lautlos. »Du bist einfach weggegangen«, flüsterte sie, zog die Beine an den Körper und umschlang sie mit ihren rundlichen Kinderarmen.

»O Magaura –« Es war das erste Mal, dass sie Alasars Augen in Tränen schwimmen sah. »Es tut mir so leid. Du darfst mir nicht böse sein. Wenn ich dich nicht hab – dann, dann hab ich nichts mehr.«

Er ließ die Holzfigur fallen und umarmte Magaura. Jetzt da auch Alasar leise schluchzte, zerschmolzen all ihre Wut und ihre Rachepläne, und die beiden Geschwister weinten sich Arm in Arm in den Frieden.

## Ein Menschenjunge

Ardhes wusste, dass es dumm war und kindisch, aber ihre Neugier besiegte die Vernunft immer wieder. Schon viermal hatte sie die Beschwörung durchgeführt und in die Seele des Fremden gespäht.

Ihr Vater hatte geschlafen, als Ardhes in dieser Nacht zu ihm gekommen war. Seitdem war fast eine Stunde verstrichen. Sie war sicher, dass er fest schlief. Leise kniete sie vor dem Feuer nieder und zeichnete mit dem Finger die Runen in die Asche. Wie von selbst schlüpften ihr die Worte aus dem Mund, und sie erschrak beinahe davor, wie leicht ihr die elfische Sprache fiel – hätte ihre Mutter sie jetzt gehört, wäre sie blass vor Entsetzen geworden.

Aber Königin Jale hörte sie nicht. Niemand hörte sie. Behutsam strich Ardhes mit der Hand über die Schale mit dem Wasser und beugte sich darüber. »Zeigt ihn mir. Zeigt mir den Jungen!«, flüsterte sie. Wieder zerfloss die Spiegelung des Feuers wie flüssige Farbe im dunklen Wasser und formte sich neu. Ardhes hielt gebannt die Augen offen.

Sie sah Gräser. Wogende Gräser tanzten auf der glatten Oberfläche des Wassers. Dahinter lag eine Hütte mit einem Strohdach. Das war die Hütte, in der der Junge lebte. Als sie sie zum ersten Mal gesehen hatte, war Ardhes bestürzt gewesen, weil der Junge offenbar kein König oder Prinz war – doch dann hatte sie überlegt, dass er womöglich doch königlichen Blutes, aber verschleppt oder in die Obhut einer Bauernfamilie gegeben worden war. Es gab immer Erklärungen. Fest stand, dass sie mit ihm ihre Zukunft teilen würde, also müsste er früher oder später König werden, wenn er um sie werben wollte.

Nun sah Ardhes verschwommen eine Gestalt, die aus der Hütte kam. Es war ein Mann und er blutete im Gesicht. Eine hagere Frau lief ihm nach und stürzte weinend zu Boden. Der Mann drehte sich nicht zu ihr um. Er ging. Dann erhob sich jemand aus den Gräsern, und ja – er war es, der Junge!

»Ardhes?« Erschrocken fuhr sie hoch. Das Wasser schwappte in wilden Wellen über den Rand der Schale. Draußen auf dem Balkon richtete König Octaris sich auf und sah sich um. Hastig wischte Ardhes die Runen in der Asche fort, tauchte die Hand ins Wasser und trocknete sie an ihrem Nachthemd.

»Ja? Vater, ich bin hier!« Sie lief schon auf ihn zu und war neben ihm, als er aufblickte.

»Hast du schon lange gewartet? Verzeih mir.« Octaris runzelte leicht die Stirn, während er sie musterte.

»Nein, gar nicht, ich … hab nicht lange gewartet.«

»Gerade bin ich aufgewacht, weil mir etwas Merkwürdiges in den Sinn gekommen ist.« Ardhes spürte, wie ihr Gesicht brannte. *Etwas in den Sinn kommen,* so nannte ihr Vater es, wenn ihn Visionen heimsuchten. Sie wagte nichts zu sagen, aus Angst, ihre Stimme könne sofort alles verraten.

»Du weißt doch, dass ich schon lange nach ihm suche«, fuhr Octaris fort und blickte nachdenklich in die Nacht hinaus. »Nach dem Einen, der so viel aus der Welt nehmen wird, dass wir sie danach nicht wiedererkennen werden.«

»Hm-hm«, murmelte Ardhes, obwohl sie nicht die geringste Ahnung hatte, von welchem der unzähligen Männer und Frauen und Kinder, die er in seinen Visionen sah, Octaris sprach.

»Sein Geist war schwer zu finden. Es schien, als hätte er sich versteckt, als sträube er sich noch gegen das Schicksal, das ihm bevorsteht – als wolle er noch nicht derjenige werden, der er werden muss.« Octaris lächelte entzückt über diese Vorstellung in sich hinein. »Und nun, einfach so, als ich schlief … da kam er zu mir. Als hätte er sich jetzt entschlossen, sein vorherbestimmtes Leben anzufangen.« Ardhes beobachtete eine Weile, wie ihr Vater versonnen in die Dunkelheit starrte. Offenbar hatte er nichts von ihrer heimlichen Beschwörung mitbekommen. Er dachte bloß an diesen Einen, nach dem er – daran erinnerte Ardhes sich jetzt wieder – in den Visionen schon seit langer Zeit vergeblich Ausschau hielt.

»Ich glaube, ich fühle mich bereit, zu ihm zu gehen«, sagte Octaris, und es lag nicht nur Feierlichkeit in seiner Stimme, sondern auch ein ehrfürchtiger Unterton, so als wolle er eine großartige Person besuchen. »Möchtest du wieder zuhören und mein Gedächtnis sein, Ardhes-*ayen*?«

Ardhes nickte. Sie war erleichtert, dass ihr Vater so abgelenkt war. »Ja, gerne.«

Octaris schloss die Augen. Eine Zeit lang war nichts zu hören außer seinem tiefen Atmen. Dann begann er zu sprechen, langsam, aus der Ferne, wie ein Träumender …

»Tief ins Gras gekauert, lauschte Revyn den Stimmen im Haus. Das Wimmern und Weinen seiner Mutter verstummte. Offensichtlich war sein Bruder eingetreten. Sein Vater erzählte etwas von ihrem Sieg in Myrdhan. Er hatte Soldaten im Dorf versprochen, dass er seinen Sohn nach Myrdhan schicken würde …«

Ardhes dachte nach. Offenbar befanden sie sich irgendwo in Haradon, deswegen der *Sieg*. Und der Junge, um den es sich handelte, hieß also Revyn. Rasch versuchte sie, die Geschichte weiterzuverfolgen.

»… Als Revyn das hörte, wurde ihm schlecht. Sein Bruder! Wenn er ging … Revyn stellte sich ein Leben allein mit seinen Eltern vor, und plötzlich wünschte er, er könnte seinen Bruder begleiten, egal wohin. Fast wäre er aufgesprungen und ins Haus gerannt, um sich ihm anzuschließen.

Und dann geschah etwas, was noch nie geschehen war. Laut und klar sagte sein Bruder: *Nein. Niemals. Ich will nicht weg von zu Hause.*

Bald brüllten und schrien mehrere Stimmen durcheinander, und Revyn, der eben noch ins Haus hatte rennen wollen, presste sich die Hände auf die Ohren, um es nicht mit anhören zu müssen. Es war feige, ja; und vielleicht war er ein Feigling und würde nie so mutig sein wie sein Bruder.

Trotzdem hörte er Bruchstücke ihres Streits. Und was er hörte! Nie hatte sein Bruder gewagt, solche Dinge zu ihrem Vater zu sagen.

*Ich hasse dich! Du Scheusal, du – lass mich, lass Mama! Du bist ein Scheusal, ein fetter Säufer, elendes Schwein!* Er sagte alles, er sagte die ganze Wahrheit, und Revyn war stolz und fürchtete um seinen Bruder.

Dann hörte er, wie Gegenstände brachen. Sein Bruder schrie

auf. Ein Geräusch erklang, das Revyn nie verlassen sollte. Das Geräusch eines Schürhakens, der niedersaust, immer wieder, und den Schädel seines Bruders zertrümmert.

Aller Lärm verebbte außer dem Schluchzen seiner Mutter. Sein Vater stapfte aus dem Haus.

*Bitte!,* wimmerte seine Mutter. Revyn sah, wie sie ihm aus dem Haus hinausfolgte und die Hände nach ihm ausstreckte. *Verlass uns nicht … verlass uns nicht!*

Revyn beobachtete, wie sein Vater mit eiserner Miene davonmarschierte. Er blutete aus der Nase, wo Miran ihn geschlagen hatte …«

Ardhes starrte auf ihre offenen Handflächen im Schoß. Sie konnte nicht denken und hörte die Visionen ihres Vaters kaum. Das Blut pochte durch ihre Schläfen und ihr Rücken wurde eiskalt. Der Mann, den sie lieben würde. Er war es. Die Seele, in die sie immerzu geblickt hatte, war die seine. Der junge Mann, dessen Geschichte ihr Vater endlich gefunden hatte, würde nicht nur die Zukunft der Welt verändern – sie, Ardhes, würde ihn auch lieben!

Ihre Gedanken befanden sich in einem fieberhaften Taumel. Erst als die Stimme ihres Vaters verstummte und der Blick seiner Augen wieder in die Gegenwart zurückkehrte, wurde ihr bewusst, dass sie mit starren Augen und offenem Mund dasaß.

»Ardhes?«, fragte König Octaris besorgt. »Habe ich etwas – Schlimmes gesagt?« Er verengte die Augen und versuchte, sich zu erinnern, was er soeben erzählt hatte.

»Nein, ich … habe nur überlegt«, sagte Ardhes. Sie hoffte, dass ihr Gesicht nicht zu viel von dem verriet, was in ihr vorging. »Dieser Junge, von dem du gerade erzählt hast … welche Rolle spielt er genau in dem großen Schicksalsnetz der Zukunft?«

Octaris sah sie an, als könne er direkt durch sie hindurchblicken. »Er ist noch jung, heute. Er ist jünger als jene, mit denen er sein Schicksal erfüllen wird, aber er ist der Held ihrer Geschichte. Der

Held und der Schurke zugleich … Und sein Schicksal ist dies: Er wird die Tochter eines Elfenkönigs lieben, ihr in ihr Reich folgen und den Untergang eines ganzen Volkes herbeiführen. Nach unserem Helden werden die Menschen siegreich sein und der Rest wird in Dunkelheit versinken. Die Welt wird nicht mehr dieselbe sein.«

Ardhes verließ ihren Vater, als die Nacht fast vorüber war. Ihr Herz hüpfte schwer und schnell. Anstatt in ihr Gemach zurückzukehren, sich in ihr Bett zu legen und zu warten, bis Candula sie weckte, schlug sie die entgegengesetzte Richtung ein und lief fast die gesamte Mauerkrone von der westlichen Schlossseite bis zur östlichen entlang. Auf einem höher gelegenen Ausblick blieb sie stehen, legte die Hände auf die raue Mauer und blickte auf das unendliche Land. Das Schloss stand klein und verloren darin wie ein Schiff auf hoher See. Zum Horizont hin verblassten die Klippen und Hügel und Berge im Licht des anbrechenden Tages. Gelb und zartrosa, milchweiß und perlmuttblau warf der Himmel seine Schleier auf, um die Sonne willkommen zu heißen.

Ardhes atmete tief und zitternd ein. Sie glaubte nicht nur den Duft der wilden Frühlingsblumen in sich aufzunehmen, sondern auch die Morgenkühle, die Feuchtigkeit des Steins unter ihren Handflächen, die Farben des Himmels, den scharfen Ostwind, das Leben, die Zukunft, die ganze, weite Zukunft.

Ihre Mutter hatte recht gehabt. Sie, Ardhes, würde die Welt verändern. Sie würde einen Mann menschlichen Geblüts heiraten und mit ihm die Welt den Menschen schenken.

*Er wird die Tochter eines Elfenkönigs lieben, ihr in ihr Reich folgen und den Untergang eines ganzen Volkes herbeiführen. Nach ihm werden die Menschen siegreich sein und der Rest wird in Dunkelheit versinken …*

Es war so offensichtlich. Der Junge, den König Octaris so lange schon suchte, würde sie lieben, sie, die Tochter eines Elfenkönigs. Doch noch wusste niemand, dass sie es war, nicht einmal ihr Vater konnte es wissen. Sie würde das Geheimnis ihrer Zukunft hüten bis zu dem Tag, an dem sie ihn sah, den Jungen, den zu lieben ihr bestimmt war.

»Revyn«, flüsterte sie, nur um zu sehen, wie der Klang ihr gefiel. »Revyn …« Irgendwo dort draußen, in der Ferne, befand er sich in diesem Augenblick.

Sie war noch ein Kind und er auch, gewiss – aber die Zukunft würde kommen. So wie ihre Mutter es immer gewollt hatte. Und dann, wenn Jahre verstrichen waren … dann würde sie ihn lieben und den Sieg der Menschen über das Elfenvolk bringen.

## Das dunkle Reich

Es heißt: *Auf, ab, auf, ab, und im Trab. Hügel rauf und Wolken ab.*«

»Hügel rauf und Wolken ab!«

»Genau so. Das singst du schön, Magaura!«

Magaura lächelte und tanzte noch einmal im Kreis, während sie trällerte:

*Komm mein Drache, reiten wir,*
*du bist doch das schönste Tier!*
*Heb mich hoch, ich halt mich fest,*
*dass du mich nicht fallen lässt!*
*Auf, ab, auf, ab,*
*und im Trab.*
*Hügel rauf und Wolken ab!*

»Das machst du ganz wunderbar!« Rahjel klatschte. Magaura hüpfte vor Freude und sang noch einmal, während sie ihren Holzdrachen über den Felsboden, die unebenen Wände und durch die Pfützen laufen ließ. Alasar beobachtete seine Schwester. Er und

Rahjel saßen mit Tivam am Ufer eines kleinen unterirdischen Sees. Tivam war in den letzten Monaten mindestens doppelt so groß geworden. Das schwarze Haar auf seinem Kopf hatte sich zu kleinen Löckchen eingeringelt und ein Leuchten war in seinen Augen. Plappernd und quietschend, panschte er mit den Fingern im Wasser und turnte auf seinem Bruder herum.

»Da hast du dir vielleicht was ausgedacht«, sagte Alasar zu Rahjel. »Magaura hört bestimmt bis zum nächsten Winter nicht mehr auf, es zu singen.« Wie zum Beweis sang Magaura noch ein bisschen lauter.

»Magaura hat doch eine sehr hübsche Stimme … nicht wahr, Tivam?« Rahjel senkte den Blick und neckte seinen Bruder. Magaura sang diesmal nicht lauter, sondern drehte sich um und tat, als hätte sie es nicht gehört.

»Tivam wird auch immer größer«, bemerkte Alasar. »Bald kann er laufen und sprechen und dann wird er richtig mit uns spielen können.«

»Na, hörst du das, Tivam?« Rahjel hob den Kleinen hoch und strahlte ihn an. Die beiden Brüder sahen sich bereits sehr ähnlich. Die Gesichtszüge waren fein geschnitten, die Nasen für myrdhanische Verhältnisse ungewöhnlich schmal. Tivam hatte dieselben runden, schönen Augen wie Rahjel, umrahmt von langen Wimpern. Nur Rahjels Haare waren weder so rabenschwarz noch so lockig wie Tivams.

»Bald werden wir zusammen durch die Höhlen streifen.«

»Und auf Haradonen Jagd machen!«, fügte Alasar hinzu. Magaura warf ihm einen unbehaglichen Blick zu.

»Na, kannst du schon ein Schwert halten, Tivam? Hier, ein Schwert, kannst du's halten?« Rahjel zog das Schwert aus seinem Gürtel und gab den Griff in Tivams kleine Hände. Zusammen schwenkten sie es durch die Luft.

Seit sie mit dem Holz zurückgekommen waren, trugen die ältesten Kinder stets Waffen mit sich. Das war eines der vielen neuen

Gesetze, die Alasar erlassen hatte. Auch Alasar trug seitdem sein Messer und ein langes Schwert am Gürtel. Jeden Abend mussten sich die Waffen tragenden Kinder in einer großen Grotte treffen, um das Kämpfen zu üben. Ein alter Mann, der einst in der Armee gedient hatte, unterrichtete die Jungen und Mädchen. Alasar war der ehrgeizigste Schüler und kämpfte auch dann noch gegen Rahjel, einen Holzklotz oder einen unsichtbaren Luftfeind, wenn die anderen Kinder bereits schliefen. Er war bald schon der beste Kämpfer geworden und diese Position kam ihm nur angemessen vor. Schließlich war er der Anführer von allen.

Seit Alasar Magaura zurückgelassen hatte, war eine Kluft zwischen ihnen entstanden. In manchen Augenblicken erschien ihm seine kleine Schwester so fern, dass er die Einsamkeit kaum ertrug, die wie eine dunkle Luftblase in ihm lauerte.

Nachdem Alasar mit dem Holz heimgekehrt war, stand Magaura wieder im Mittelpunkt all seiner Bemühungen. Er sorgte dafür, dass sie die Erste war, der das Essen ausgeteilt wurde. Sie trug die besten Kleider, die es in den Höhlen noch gab, und ihr standen die ersten Strümpfe aus der Wolle eines Schafs zu, das sie in den Höhlen gefunden hatten. Alasar deckte sie nachts mit Fellen zu, bis sie es warm hatte, und erzählte ihr Geschichten. Er wusch ihr die verfilzten Haare, sodass sie weich wurden wie die Hasenfelle, die Alasar ihr schenkte. Er schenkte ihr auch selbst geschnitzte Figuren und überhäufte sie mit den Kristallen, die anscheinend nur er in den Grotten finden konnte. Sogar zum Kampfunterricht nahm er sie mit, obwohl sonst keiner der Kleineren dabei sein durfte, und ließ sie auch bei jeder anderen Gelegenheit spüren, dass sie als seine Schwester etwas Besonderes war.

Magaura dankte ihm jedes Mal mit demselben Lächeln, das sein Herz erwärmte, demselben feuchten Kuss auf die Wange, denselben fröhlichen Ausrufen. Und doch war es nicht mehr wie früher. Obwohl Magaura sich nie wieder Wut oder gar Ablehnung anmerken ließ, erkannte Alasar eindeutig, dass sie sich verändert hatte. Es dauerte eine Weile, ehe er es mit ihren neuerlichen Wanderungen durch die Höhlen in Verbindung brachte.

Nachdem Magaura fünf Tage lang alleine in der Dunkelheit verbracht hatte, wurde sie sich einer bisher unentdeckten Liebe zu den Höhlen bewusst. Die verschlungenen Felsgänge waren die Eingeweide der Erde, weit und finster. Der tote Fels war das Skelett eines schlummernden Wesens, und Magaura, die durch seine schwarzen Herzkammern kletterte, fürchtete und liebte seine schattenhafte Macht. Diese Leidenschaft mochte eigenartig sein für ein sechsjähriges Mädchen – und hätte sie Magauras Leben unter der Erde nicht so sehr erleichtert, hätte Alasar sich Sorgen gemacht. Aber was ihn wirklich beunruhigte, war die Tatsache, dass Magaura jetzt ohne ihn ging.

Früher hatte sie sich keinen Schritt von den anderen fortgewagt, ohne Alasars Hand zu halten. Und nun war sie stundenlang ohne ihn unterwegs. Alasar begriff, dass sie sich von einer Abhängigkeit befreit hatte, die er selbst genossen hatte.

Er sehnte sich nach dem flehenden Blick seiner Schwester, wenn sie ihn bat, sie niemals zu verlassen. Jetzt band sie keine Furcht vor dem Alleinsein mehr an ihn und das ärgerte ihn. Wenn er Magaura damals nicht zurückgelassen hätte, wäre alles noch wie früher, dachte er oft. Nie wieder durfte er sie alleine lassen. Aber das Holz ging zur Neige und sie brauchten dringend neues.

Alasar grübelte und ging dabei unruhig durch die Felsgänge. In der Dunkelheit nahm die Lösung seines Problems vage Umrisse an … Es gab tatsächlich einen Weg zum Holz, ohne von den Haradonen entdeckt zu werden. Nicht durch das Land. *Unter* dem Land.

Tage verbrachte Alasar damit, die Gänge zu erkunden, jetzt nicht mehr zur Freude wie vor dem letzten Winter mit Magaura, sondern ernst und entschlossen. Er achtete nicht auf die Schatten, die ihm aus den Gesteinsfalten zuzuflüstern schienen, und übersah die wundersamen Grotten. Er befühlte die Steinwände, kroch in die tiefsten Gänge – manchmal sogar bäuchlings, weil es so eng wurde – und suchte nach dem besten Weg nach Norden. Er kam zu dem Schluss, dass man notfalls auch mit einem Schwert graben konnte.

»Wohin gehst du eigentlich immer nachts?«, fragte Magaura ihn eines Tages. Da erklärte Alasar ihr seinen Plan: »Wir könnten einen unterirdischen Weg zum Wald graben. Dann brauchen wir keine Angst mehr vor den Haradonen zu haben und können Holz beschaffen, sooft wir wollen. Ich weiß nur nicht, an welcher Stelle wir graben sollen.«

Da stand Magaura auf und lief durch die Gänge. Er folgte ihr und wunderte sich, wie sicher sie ihren Weg fand. Bald schon kannte sich Alasar selbst nicht mehr genau aus. Aber Magaura schien zu wissen, wohin sie ihn führte. Schließlich blieb sie vor einer niedrigen Wand stehen. Zu Alasars Erstaunen bestand sie aus Erde und nicht aus Gestein. »Magaura, woher –«

Sie wehrte ab und lächelte mit einer Rätselhaftigkeit, die Alasar ganz und gar nicht gefiel. »Du weißt doch, wie gern ich hier rumlaufe.« Dann stieg sie auf die Zehenspitzen und umarmte ihn zum Abschied. Summend verschwand sie in der Dunkelheit und ließ Alasar verdutzt zurück.

Es war kein gutes Gefühl, dass Magaura sich besser auskannte als er selbst. Trotzdem – diese Stelle war perfekt. Die Erde war feucht und nicht besonders fest. Wenn man einen Weg nach Norden graben konnte, dann hier. Alasars Entschluss stand fest.

Eines Abends nach dem Essen kletterte er auf den Felsvorsprung der Schlafhalle. Knapp zweihundert Kinder blickten zu ihm auf.

»Hört mir zu!«, rief Alasar und hob die Hände. »Ich habe euch etwas zu sagen. Wie ihr wisst, sind unsere Holzvorräte klein. Wir können hier kaum noch sehen, so sparsam müssen wir sein – und es ist gefährlich, jeden Monat in den Wald zu reisen. Die Haradonen besetzen unser Land. Ein Einziger von uns könnte alle verraten.

Nein, für Holz können wir das nicht aufs Spiel setzen! Wir sind unter der Erde. Und hier wollen wir bleiben.« Er atmete tief ein. Erwartungsvoll hingen die Gefährten an seinen Lippen. »Wir müssen einen Tunnelgang bis zum Wald vorgraben, zwei Tagereisen weit.« Nun brach Lärm aus, und Alasar brauchte mehrere Augenblicke, ehe er der Aufregung Herr wurde.

»Gewiss, es wird Monate, vielleicht Jahre dauern. Aber wir können es schaffen! Kein Ziel ist unerreichbar, wenn die Kraft, die Führung und die Vision da sind. Ihr seid die Kraft. Ich bin die Führung. Und hier – hier in unseren Köpfen – ist die Vision! Wollt ihr für immer in diesen Höhlen versteckt bleiben? Ich frage euch alle: Wollt ihr für immer Gefangene eurer Angst sein? Oder … oder wollt ihr euer eigenes Reich erobern? Wollt ihr euch stolz die Kinder der Höhlen nennen, die nicht unter der Erde leben, weil sie sich fürchten, sondern weil hier ihr Zuhause ist? Wollt ihr jetzt die Welt machen, wie sie euch gefällt? Ich sage, wir sind keine Gefangenen! Ich sage, wir werden heute das Volk, das wir sein könnten: die Höhlenkinder!«

Jubel brach aus. Wie Alasar stießen die Kinder unter ihm die Fäuste in die Luft mit jedem Wort, das sie schrien. Die Gewölbe erbebten, dass Staub und Steinchen von der Decke rieselten, als die Rufe laut und dröhnend die Dunkelheit erfüllten: »Die Höhlenkinder! Die Höhlenkinder! Die Höhlenkinder …«

Noch nie hatten die Kinder solchen Zusammenhalt gespürt wie nun, da die Bauarbeiten begannen. Tag und Nacht wurde in mehreren Schichten gegraben, ohne Pause. Es war schwere Arbeit. Die Erde war hart und von Felsbrocken durchsetzt, die unter viel Mühe ausgegraben werden mussten. Immer wieder wurden Tunnel angefangen, die irgendwann von undurchdringlichem Fels versperrt wurden, sodass alle Anstrengung umsonst gewesen war und sie an einer anderen Stelle wieder neu anfangen mussten.

Alasar verstand es nach all den Fehlschlägen wieder und wieder, die Kinder zu ermutigen. Aber auch er selbst blieb nicht untätig, schuftete unermüdlich und grub und schaufelte so lange, bis er unter der Arbeit einschlief. Seine Arme und Beine wurden sehniger und kräftiger und er erinnerte immer mehr an einen mageren, dunklen Wolf.

Dafür wurden die Tunnel merklich länger, bis die Kinder abends nicht mehr in die Schlafhöhlen zurückkehren konnten und neben den Grabungsstellen übernachteten. Der längste Tunnel erstreckte sich so weit nach Norden, dass man bereits eine Stunde zu seinem äußersten Rand laufen musste.

Natürlich gingen die Bauarbeiten nicht annähernd so schnell voran, dass sie nie wieder auf gefährlichen Reisen Holz holen mussten. Ganze vier Mal wurden Gruppen ausgesandt, um Holz heranzuschaffen, bevor überhaupt einer der Gänge eine halbe Meile lang war. Alasar ging wegen Magaura nicht mehr mit, doch hörte er von den ausgesandten Kindern jedes Mal, dass sie Haradonen gesehen hatten. Immer waren vorausgeschickte Späher oder ihre Pelze, mit denen sie sich hatten tarnen können, ihre letzte Rettung gewesen. Und auch als eine Gruppe heimkehrte, ohne Haradonen begegnet zu sein, beschwor Alasar sie heimlich, den anderen Kindern etwas anderes zu erzählen; schließlich war es hauptsächlich die Furcht vor den feindlichen Besetzern, die Alasars Tunnelbauwerke in Gang hielt.

Es gab so viel Arbeit, dass niemand bemerkte, wie es Sommer wurde. Auch als der Herbst anbrach, nahm keines der Höhlenkinder davon Notiz … und als der Winter kam, waren sie so gut mit Holz, getrocknetem Hasenfleisch und Pelzen versorgt, dass die Angst und Not des letzten Jahres vollkommen ausblieben.

In diesem Winter gab es keine Toten, bis auf zwei alte Frauen, die friedlich starben. Nun da der Winter ihnen nichts mehr anhaben konnte, fühlten die Kinder die Stärke ihrer Gemeinschaft wie nie zuvor. Ihr Stolz erblühte. Sie waren keine Flüchtlinge mehr, sie waren die Höhlenkinder. All ihre Kraft, die sie in den Bau der Tunnel und die Erweiterung ihres Reiches steckten, speiste sich jetzt aus diesem Stolz.

Der Winter endete früh, als weiche er vor der Lebenskraft der Kinder und dem Triumph, mit dem sie ihm entgegenlächelten. Wieder zog der Frühling ins Land. Der Kampfunterricht wurde allabendlich fortgesetzt, auch nachdem der alte Lehrer starb. Bis zu seinem Tod waren Alasar und einige seiner Gefährten gut genug geworden, um die anderen weiter auszubilden. Ganze Patrouillen hielten bald um die Felsen Wache. Aber im Grunde wurden die Waffen nicht gegen Haradonen eingesetzt, sondern für die Jagd auf Hasen, Wölfe und Wildziegen. In versteckten Tälern wurde Roggen angebaut. Auch Karotten, Rüben und Kartoffeln wurden gepflanzt, die nicht halb so pflegebedürftig und auch nicht so auffällig wie das Getreide waren. Schließlich begannen der heimliche Ackerbau und die nächtlichen Jagden die Kinder ausreichend zu versorgen.

Die Bauarbeiten waren noch längst nicht beendet und noch immer wurde das Holz von kleinen Gruppen geholt. So vergingen auch der Sommer, der nächste Herbst, der Winter ... Wie Alasar gesagt hatte: Es mochten Jahre vergehen, ehe ihr Reich so sicher und groß war, wie es ihnen gebührte. Und Jahre vergingen.

Die Spuren der Zeit erkannte Alasar nicht an den Jahreszeiten, die verstrichen, nicht an sich selbst und auch nicht an dem voranschreitenden Wachstum seines Reiches. Er bemerkte sie erstmals an Magaura.

Es begann damit, dass sie sich morgens nicht mehr von ihm anziehen lassen musste, sondern selbst in Rock und Umhang schlüpfte. Dadurch bemerkte Alasar vorerst nicht, dass sie aus den alten Kleidern herauswuchs. Es wurde enger in ihrem gemeinsamen Schlaflager, und Magaura schmiegte sich nicht mehr wie früher so fest an Alasar, dass er sich nachts aus ihrem Griff befreien musste, um besser Luft zu kriegen. Sie ließ sich auch nicht mehr von ihm baden und die Haare waschen, das alles konnte sie nun selbst. Vieles blieb Alasar anfangs verborgen, da er über die Hälfte des Tages bei den Tunnelarbeiten und nicht bei seiner Schwester verbrachte.

Doch bald zeigten sich Veränderungen an ihr, die offensichtlich waren. Ihr Haar wuchs. Eines Morgens wachte er auf und stellte erstaunt fest, dass nicht mehr das sechsjährige Mädchen mit den verfilzten Strähnen neben ihm lag, sondern eine Fremde mit schwarzen Locken, die bis zur Taille fielen.

Aus dem rundlichen Kindergesicht traten immer schärfere Konturen. Erstmals fielen Alasar besondere Einzelheiten an ihrem Aussehen auf: ihre gerade, etwas lange Nase, die hübschen, immer dunkler und dichter werdenden Augenbrauen, die kantigen Wangenknochen. Formen zeichneten sich unter ihrer Kleidung ab, die Alasar erst nicht bemerkte und dann absichtlich übersah.

Die äußerlichen Veränderungen Magauras konnte er hinnehmen. Immerhin hatte sich nichts an ihrer Beziehung geändert: Täglich brachte Magaura ihm sein Essen zu den Bauarbeiten, denn sie selbst musste nicht mithacken und graben – dass seine Schwester ohne schwere Arbeit aufwuchs, dafür hatte Alasar gesorgt. Sie umarmte ihn noch immer, so fest sie konnte, wenn er ihr ein Geschenk mitbrachte, auch wenn sie sich nun über die Kristalle, die sie sich mit einer Lederschnur um den Hals band, mehr zu freuen schien als über geschnitztes Spielzeug. Wie früher lachte Magaura und wärmte Alasar damit das Herz, und sie gab ihm Küsse auf die Wange. Auch das bewundernde Leuchten in ihren Augen war noch da, wenn sie Alasar zuhörte. Nein, ihr Zusammenleben war wie eh und je. Bis Magaura ihre eigene Höhle bezog.

Es war Abend, und Alasar kehrte erschöpft mit einer Gruppe Kinder von den Grabungen zurück, als er seine Schlafstätte leer vorfand. Magauras Decken fehlten; auch ihre Kleider und liebsten Schmuckstücke, die sonst immer neben dem Bett lagen, waren weg.

»Magaura? Magaura!«, rief er. Sie tauchte in einer Felsnische auf und kam zu ihm gelaufen.

»Ich bin hier«, antwortete sie gelassen.

Verständnislos starrte Alasar sie an. »Wo sind deine Schlafsachen?«

»In meinem neuen Lager.«

»Deinem Lager?«

»Meinem neuen Lager.« Bevor Alasar etwas erwidern konnte, fügte sie hinzu: »Du hast auch deine eigene Höhle. Mehrere sogar! Deine Ecke fürs Nachdenken, deine Höhle, um dich mit anderen zu beraten, deinen Raum für persönliche Vorräte ... Jetzt will ich auch ein eigenes Lager haben, so wie du.«

»Und du *schläfst* auch in deinem Lager?«

Magaura nickte. Bevor Alasar noch etwas erwidern konnte, umarmte sie ihn und rannte davon. Jetzt da er sie so von hinten laufen sah, erkannte Alasar seine Schwester in diesem fremden Mädchen nicht wieder.

»Seit wann kämmst du dir die Haare?«, rief er ihr hinterher, aber sie war schon hinter den Felsen verschwunden.

Es war das erste Mal, dass Alasar mit Rahjel über ein Problem mit Magaura sprach. Sie saßen etwas abseits von der Halle, in der die anderen Kinder ihren allabendlichen Kampfunterricht abhielten. Das Klirren der Schwerter und die Rufe der Übenden hallten in den Gewölben wider.

»Es ist zum Verrücktwerden«, murmelte Alasar. »Ich meine – sie hat sich doch immer gefürchtet, wenn sie alleine aufgewacht ist!« Er biss wütend die Zähne zusammen, denn er wusste, dass Magaura sich schon seit Jahren nicht mehr fürchtete.

Rahjel lächelte sein rätselhaftes Lächeln und senkte das Gesicht. »Nun, jeder verändert sich ...«

»Ich habe mich nicht verändert«, antwortete Alasar schroff.

Jetzt lachte Rahjel. »Ach nein?«

»Nein.«

Rahjel beugte sich zu ihm vor und räusperte sich grinsend. »Sag mal, wann hast du das letzte Mal dein Spiegelbild gesehen?«

»Mein *Spiegelbild*?« Alasar zog die Brauen zusammen. »Wieso sollte ich mich selbst anschauen? Glaubst du, ich habe nichts Besseres zu tun?«

»Natürlich hast du was Besseres zu tun. Aber … Alasar, willst du mir ehrlich weismachen, du hast nicht bemerkt, dass du älter geworden bist? Du und Magaura und wir alle?«

Alasar starrte seinen Freund an und erkannte, dass es nicht das Gesicht des Jungen war, der ihm einst das Leben gerettet hatte. Es war länger geworden, schmaler – es war das Gesicht eines siebzehnjährigen jungen Mannes. Nur die dunklen Augen waren gleich geblieben und hatten noch immer ihr kindliches Leuchten.

»Sieh da rüber«, fuhr Rahjel fort und deutete auf einen Jungen unter den Kämpfenden, der acht oder neun Jahre alt sein mochte. »Da ist Tivam. Er ist jetzt seit einem halben Jahr beim Unterricht dabei.« Alasar erwiderte nichts. Er war ja nicht dumm, dass er Tivam nicht bemerkt hätte, der neuerdings an Rahjels Seite klebte und ihm durch seine wuscheligen schwarzen Locken hindurch die bewundernden Blicke eines kleinen Bruders zuwarf.

»Die Zeit geht nicht spurlos an uns vorüber«, sagte Rahjel. »Wir sind eben keine Kinder mehr.«

Plötzlich war Alasar auf den Beinen und stieß Rahjel so fest gegen die Schultern, dass er zu Boden fiel. Erschrocken sah er zu ihm auf. »Das sagst du nie wieder!«, zischte Alasar. Der Finger, mit dem er auf Rahjel deutete, zitterte. »Nie wieder sagst du, dass wir keine Kinder sind, wir, die Höhlenkinder! Nie wieder, hast du kapiert?«

Rahjel rührte sich nicht. Ganz langsam nickte er. Alasars Lippen wurden zu einem weißen dünnen Strich, dann machte er kehrt und lief davon.

In dieser Nacht irrte er durch die Grotten, folgte dem Flüstern und Singen des Windes, der hier unten gefangen war, und sah immer wieder Magauras und Rahjels Gesichter vor sich, wie sie einst waren und jetzt. Vage erinnerte er sich an eine Zeit, da er Rahjel um fast einen Kopf überragt hatte, und dann, wie ihn sein Freund innerhalb weniger Monate eingeholt hatte. Alasar dachte an Magaura … aber er ließ die Gedanken nicht zu, die ihm den Wechsel vom Kind zur Frau zeigen wollten.

Irgendwann kniete er vor einer Pfütze im Gestein nieder. Er steckte seine Fackel in einer Felsritze fest und beugte sich über sein Spiegelbild.

Das ernste Gesicht eines Mannes war vor ihm. Sein Blick wanderte über den schmalen, verkniffenen Mund und die dichten Augenbrauen. Zwei Augen sahen ihn an, tief und dunkel wie Felshöhlen, traurig und schön wie die Grotten. Entschlossen. Fiebrig.

Alasar war kein Narr. Natürlich wusste er, wie er aussah. Aber er hatte es einfach nicht beachtet. Er hatte nicht beachtet, dass seine Stimme nun tiefer und voller klang oder ihm das Schaufeln und Graben leichter fiel, auch nicht die Barthaare, die ihm am Kinn sprossen.

Nun nahm er seine schwarzen Haare in die Hand und band die vordersten Strähnen sorgfältig zurück, sodass das kantige Gesicht nicht mehr dahinter verschwand. Dann zog er sein Messer und setzte es an sein Kinn. Doch bevor er den ersten Schnitt machen konnte, schob sich etwas in sein Blickfeld. Eine Klinge.

Alasar drehte sich zu Rahjel um. Er war lautlos hinter ihn getreten. »Nun nimm schon«, sagte er leise und hielt Alasar die Rasierklinge entgegen. »Damit geht es besser als mit einem Messer.«

Alasar zögerte, doch dann ergriff er die Klinge. Er beugte sich wieder über die Pfütze und nahm eine gründliche Rasur vor, bis sein Spiegelbild mit den herabrieselnden Barthaaren verschwamm.

Als der erste Tunnel den Wald erreichte, brachen die Kinder vor

Freude in Tränen aus, sangen und tanzten und feierten einen ganzen Tag und eine ganze Nacht durch.

»Du hattest recht«, rief Magaura und fiel Alasar um den Hals. »Du hattest recht, Alasar, du hattest recht. Kein Ziel ist unerreichbar, wenn *du* es dir in den Kopf gesetzt hast!«

»Ach, Magaura!« Er schloss sie fest in die Arme. »Jetzt schaffen wir uns ein riesiges unterirdisches Reich, vom südlichen Horizont bis zum nördlichen Ende der Welt! Oh, Magaura … du und ich, und dir wird nie etwas passieren, wenn du bei mir bleibst.«

»Ich bleibe immer bei dir«, rief sie lachend.

Einige Kameraden spielten auf Flöten und Trommeln. Andere klatschten und stampften mit den Füßen, es wurden die Lieder der Höhlen gesungen und man tanzte in wilden Kreisen. Alasar stieg auf den höchsten Felsvorsprung und blieb einen Augenblick dort oben stehen, als wittere er wie ein Wolf die Luft. In seinen dunklen Augen spiegelte sich der Fackelschein der Halle.

»Heute ist der Beginn einer neuen Welt!«, rief er, und als Alasar die Arme hob, hoben seine Gefolgsleute ihre Arme und klatschten und jubelten. »Eine neue Welt! Eine neue Welt! Unsere Welt!«

Alasars Blick schweifte über die jubelnde Menge, die bewundernden Gesichter, die Halle und die Gewölbe dahinter … Er sah die endlosen Tunnel vor sich, die ihm ermöglichen würden, heimlich überallhin zu gelangen, seine Anhänger um sich zu scharen, wo immer ein myrdhanisches Dorf zerstört und nur die Kinder übrig geblieben waren; er sah das Reich der Zukunft, das verborgen vor den jetzigen Mächten wachsen würde wie eine Pflanze unter der Erde, ehe ihre Triebe ans Tageslicht brachen und mit ihnen eine neue Zeit … Es würde wachsen, das ungeformte Volk unter ihm, die Jäger, die Tunnelgräber, die Krieger. Das Höhlenreich würde aufblühen mit seinen Gewölben und Gängen, Tunneln, Pfaden und Irrwegen. Alasar blickte auf all das hinab und erkannte, dass es seins war. Sein Werk. Sein Reich. Sein großes, dunkles Königreich.

## Der Anfang

Ardhes schlug die Augen auf, als ihr Vater verstummte. Er erwachte aus der Vision und sie sahen sich eine Weile an. Fast kam Ardhes sich einsam vor, nun da sie mit ihrem Vater in der Dunkelheit saß und die Geschichte von dem Wolfsjungen verklungen war. Der Junge hatte sie so lange begleitet und war stets bei ihnen gewesen – auch wenn er selbst natürlich nichts davon gewusst hatte. Sie kannte ihn von Kindheit an und nun war er ein Mann geworden.

Auch Ardhes war älter geworden. Sie musste an die verstrichene Zeit denken, als sie so dasaß und den Worten nachlauschte, die das Ende einer so langen Geschichte und den Beginn einer noch längeren verkündeten.

»Nun geht es also los«, sagte Octaris und lächelte. Es war ein trauriges Lächeln. »Wir sollten Alasar verlassen, bis Ahiris seine Geschichte ins große Geflecht der Welt einwebt. Bis dahin … lass uns sehen, was ein anderer der *Ahirah* macht: Revyn.«

Ardhes nickte und ihr Herz klopfte wild. »Seine Geschichte soll beginnen.«

# Revyn

# Meister Morok

Haradon war ein riesiges Land. Seine südlichen Regionen streckten sich wie lange Finger bis zu den Küsten aus und nährten sich von den Reichtümern des Meeres; im Norden fraßen sich die Städte unersättlich immer weiter in die Wälder hinein, und seit dem Sieg über Myrdhan vor neun Jahren hatte sich Haradon auch nach Osten hin ausgeweitet. Kein Königreich der Menschen war so groß, und ein Elfenreich sowieso nicht. Zudem war Haradon von der Natur reich beschenkt: Der Boden war feucht und fruchtbar, in den Wäldern fanden sich nicht nur kostbares Holz und Wild, sondern auch die sagenumwobenen Drachen. Viele Dörfer lebten ausschließlich vom Drachenfang, denn die edlen Tiere ließen sich nicht züchten und mussten in der Wildnis gefangen werden.

Doch mochte Haradon auch das mächtigste und prächtigste Reich auf Erden sein – im Augenblick regnete es in Strömen, und die Soldaten, die durch das Land reisten, bekamen von seiner Herrlichkeit nur wenig zu spüren.

Mürrisch hockten die Männer auf ihren Pferden, die dunklen Umhänge um Kopf und Schultern geschlungen, dass nur die müden Augen zu sehen waren. In den Wäldern war der Regen noch nicht so stark gewesen, doch hier draußen prasselte er auf sie herab wie abertausend winzige Perlen. Auch die beiden Reiter auf den Drachen, die an der Spitze des Zuges ritten, konnten den Unannehmlichkeiten eines gewöhnlichen Soldaten diesmal nicht entgehen und waren wie die restlichen Männer bis auf die Knochen durchnässt. Das Wasser troff von den Drachen herab, verdunkelte ihr silbrig grünes Fell und lief ihnen in kitzelnden Rinnsalen unter die festgebundenen Flügel, sodass sie sie immer wieder zu spreizen versuchten. Doch die Drachengurte saßen fest. Sie erreichten nur, dass die Reiter grinsten, wenn es unter ihnen zuckte. Glücklicherweise war ihr Reiseziel, das Dorf, schon in Sicht – es lag nahe am

Waldrand, umgeben von sanften Wiesen und Feldern. Aus den Kaminen der niedrigen Hütten stieg Rauch und schlängelte sich wie Nebel durch den Regen.

Die Kinder des Dorfes sammelten sich trotz des schlechten Wetters am Tor und erwarteten die Soldaten mit neugierigen Blicken. Schließlich traten auch die Dorfobersten hinaus, um die Reisenden zu empfangen. Die Reiter erreichten das Tor, und die Kinder wichen zur Seite, um Platz zu machen. Es waren fünf Soldaten auf Pferden und zwei Händler, die auf großen, mit Zierkappen geschmückten Drachen ritten.

Die Reisenden wurden von den Dorfobersten willkommen geheißen und nach einem kurzen Wortwechsel zu den Drachengehegen geführt.

»Seid gegrüßt!« Der Fangmeister kam der Gruppe entgegengeeilt, als sie die langen Scheunen betraten. Der Regen trommelte so laut auf das Dach, dass der Mann rufen musste, um gehört zu werden. Unter schwerfälligen Verbeugungen erklärte er den Drachenhändlern: »Ich bin Barim, der Meister der Drachenfänger hier. Es ist mir eine Ehre, meine Herren.«

»Die Ehre ist auf unserer Seite«, erwiderte einer der Händler. Es war ein älterer Mann mit hellblondem Haar, das seinen sonnengebräunten Schädel fast schon verlassen hatte. Weder seine Kleidung noch der Zierpanzer seines Drachen hob ihn von den anderen ab, und doch erriet ein jeder sofort, dass er der Anführer der Gruppe war. »Wir kommen aus der Hauptstadt Logond und wollen uns Eure Drachen ansehen. Wie mir scheint, ist die Nachricht unseres Eintreffens schneller gewesen als unsere Drachen und Rösser – alles wirkt hier wie für uns vorbereitet.«

Barim lächelte und wippte leicht auf den Füßen. »Nachrichten verbreiten sich bei uns schnell.«

»Ach, tatsächlich?«, murmelte der Händler. »Nun, das werden wir beim Abendessen sicher genauer feststellen. Aber zuerst zu den Drachen. Wie ich hörte, gibt es weit und breit keine besseren.«

»Gezähmt, geschult oder temperamentvoll wie wildes Wasser. Für den rechten Preis haben wir jeden Drachen!«

Der ältere Händler drehte sich lächelnd zu seinem Gefährten um. »Hört Ihr, Meister Folchs, für den rechten Preis! Das wird Eure Aufgabe sein, Kamerad.«

»Nun, wenn ich Euch bitten darf – hier sind unsere Tiere.« Barim wies die Scheune hinauf.

Gemeinsam gingen sie an den Ställen vorbei. Mehrere Jungen, die die Schüler des Drachenfängers sein mussten, standen schon mit den Tieren bereit; jeder hielt zwei an den Zügeln, um sie vorzuführen. Die beiden Händler machten sich daran, die Drachen zu betrachten, ihre flachen, dreigeteilten Krallen zu überprüfen, die sieben langen, elfenbeinfarbenen Hörner am Hinterkopf abzutasten und nach den Eigenschaften der Tiere zu fragen. Bei einem großen männlichen Drachen blieben sie lange stehen und ließen sogar die Flügel losbinden. Ihre Spannweite betrug stattliche sechs Meter.

»Der sieht gut aus«, sagte der jüngere Händler, schloss die Hand um das Maul des Drachen und hob seinen schlanken Kopf an, der etwas größer war als der Kopf eines Pferdes. »Wahrscheinlich noch sehr jung, gezähmt, aber ungeschult für Ritt und Kampf, auf dem Boden wie in der Luft.«

»Macht nichts«, sagte der ältere Händler. »Trainiert werden sie sowieso in Logond. Ja, der sieht gut aus. Lasst ihn ausprobier–«

In diesem Augenblick erklang ein lautes Krachen und Poltern am anderen Ende der Scheune. Die Händler, die Dorfobersten und Fangmeister Barim fuhren erschrocken herum: Einem der Lehrlinge war sein Drache durchgegangen. Das Tier stieß einen schrillen Ton aus und bäumte sich auf; der Lehrling versuchte, die Seile festzuziehen, die dem Drachen um den Hals gebunden waren, doch der Drache fegte den Jungen mit seinen spitzen Hörnern einfach zur Seite. Mit einem Aufschrei landete er im Stroh. Dann schnellte der Drache auf den Jungen zu, um ihn unter seinen Krallen zu begraben.

»Haltet ihn – halt!« Barim riss einen Dolch aus seinem Gürtel, blieb aber unentschlossen stehen. Die anderen Lehrlinge waren längst vor dem wilden Drachen geflohen. Der Junge im Stroh stieß einen kläglichen Schrei aus. Der Drache war fast über ihm – plötzlich sprang jemand vom Heuboden herab, direkt zwischen den Drachen und den Lehrling. Der Händler schnappte nach Luft.

Ein Junge in zerschlissenen Kleidern stand vor dem Drachen. Er hob die Arme und streckte ihm die offenen Handflächen entgegen. Der Drache scheute. Sein Schwanz fegte gefährlich durch die Luft. Der Junge machte einen kleinen Schritt auf ihn zu. Schließlich konnte er ihn berühren und er legte seine Hände an die Schläfen des Tieres. Leise murmelte er ihm Worte zu, die im trommelnden Regen untergingen. Der Drache starrte den Jungen finster an, doch schließlich stieß er ein Schnauben aus und mit zögernder, trauriger Langsamkeit wandte er den Kopf ab.

Der Händler hatte alles mit offenem Mund beobachtet – und die Dorfobersten rings um ihn ebenfalls. »Wer ist der Kerl?«, fragte er, während der Junge den Drachen in seinen Stall zurückführte.

Barim blinzelte ungläubig. »Ähm. Das ist … das ist doch bloß …«

»Ruf ihn her«, befahl der Händler.

»Revyn!«, rief Barim mit rauer Stimme. Er räusperte sich. »Revyn, komm mal her!« Der Junge schloss den Stall hinter dem Drachen, dann wischte er sich die Hände am Wams ab und kam auf die Männer zu, ohne die Lehrlinge eines Blickes zu würdigen, die sich endlich um ihren verletzten Kameraden scharten.

Der Händler musterte ihn aus schmalen Augen. Der Junge kam mit raschen, leichten Schritten näher, doch er hatte den Kopf gesenkt, und sein schmales Gesicht verschwand beinahe unter den hellbraunen Zöpfen, die ihm bis in den Nacken reichten. Ein paar Meter von den Männern entfernt blieb er stehen und beäugte sie so misstrauisch, als wollten sie ihn dafür schelten, den Lehrling gerettet zu haben.

»Also, was hast du da gerade …«, begann Barim, doch der Händler drängte sich vor ihn. Einen Moment lang betrachtete er den Jungen eingehend. Er war noch nicht besonders groß und alles andere als kräftig, doch an seinen Augen konnte man ablesen, dass er schon lange kein Kind mehr war. Sie waren von Ernst und Gleichgültigkeit erfüllt. Fast einer Traurigkeit.

»Wie ist dein Name?«, fragte der Händler.

»Sein Name ist Revyn«, antwortete Barim für ihn. »Er ist … ja, er ist bloß ein Stallknecht hier, der die Gehege sauber macht. Sag, was hast du dir dabei gedacht? Der Drache hätte dich töten können!«

»Das war ausgesprochen mutig von dir, junger Mann«, mischte sich der Händler ein. Ein kleines Funkeln lag in seinem Blick. »Aber abgesehen von deinem Mut scheinst du noch ganz andere Fähigkeiten zu besitzen. Verbringst du denn viel Zeit mit den Drachen?«

»Wie sollte er!« Barim schien noch immer vollkommen entgeistert. »Er hat nichts mit meinen Tieren zu tun. Er mistet bloß die Ställe aus, mehr nicht.«

Ein rätselhaftes Lächeln lag auf dem Gesicht des Händlers. »Wie es aussieht, schon. Hör zu, Revyn: Ich bin nicht nur Drachenhändler, ich gehöre auch der Drachengarde von Logond an. Weißt du, wir suchen ständig nach begabten, jungen …«

Der Junge machte einen Schritt zurück. Seine Hände waren zu Fäusten geballt. »Seid Ihr ein Soldat?«, fragte er scharf.

Der Händler schwieg verdutzt. Es war das erste Mal, dass der Junge gesprochen hatte. »Nun ja, das bin ich«, antwortete er schließlich. »Aber nicht irgendein gewöhnlicher Soldat, Junge, sondern ein Krieger von ganz besonderem Rang und …«

Revyn spuckte vor ihm auf den Boden. Barim und die Dorfobersten stießen entsetzte Laute aus. »Das ist dafür, dass Ihr ein Soldat seid!« Der Junge spuckte wieder vor seine Füße. »Und das ist für Euren *ganz besonderen Rang*!« Das Gesicht des Händlers wurde hart.

Der Junge erwiderte seinen Blick, dann drehte er sich um und ging mit großen Schritten davon.

Endlich fand Barim seine Fassung wieder. »Revyn! REVYN! Hast du den Verstand verloren?! Du unverschämter Bengel ... du, du ... Komm sofort her! Hierher, sage ich!«

Der Händler gab dem Fangmeister mit einer Geste zu verstehen, dass er dem Jungen nicht nachlaufen musste. »Wieso hat er das getan? Habe ich ihn beleidigt?«

»Beleidigt, *ihn*?« Barims breites Gesicht war rot vor Zorn. »Wie hättet Ihr ihn beleidigen können? Er ist ein merkwürdiger Bursche und ich muss mich aufrichtig für sein Benehmen entschuldigen.« Nervös lief Barim um den Händler herum und schob mit dem Fuß herumliegende Strohhalme auf die Stelle, auf die der Junge gespuckt hatte.

»Wieso hat er etwas gegen Soldaten? Weiß er denn nicht, dass *wir* vor neun Jahren verhindert haben, dass die barbarischen Myrdhaner seine Familie abschlachten und sein Land besetzen?«

Ein Zucken ging um Barims Mund, während er in den Regen hinausstierte. »Tja, der Junge hat keine Familie. Sie sind alle gestorben.«

Der Händler runzelte die Stirn. »Doch nicht im Krieg?«

»O nein! Sein Vater war ein ehrbarer Mann, er ist freiwillig in den Krieg gezogen und eben nicht wiedergekehrt. Das kann ja vorkommen. Sein großer Bruder war kurz davor gestorben, das hat ihn sehr mitgenommen. Und jetzt, vor ein paar Tagen, hat die Mutter dann das Zeitliche gesegnet, ist einfach tot umgefallen, als hätte sie der Blitz getroffen. Sie war allerdings vorher nicht mehr ganz klar im Kopf, wenn Ihr mich fragt. Den Verlust ihres Mannes und ihres Sohnes hat sie wohl nie verkraftet.«

»Hm. Offensichtlich stammt der Junge aus einer recht anfälligen Familie.«

»Ja, da habt Ihr recht. Und der Junge ist auch ein unverschämter Wirrkopf, wir Ihr leider gerade miterleben musstet. Ich sag's ja immer: In manchen Familien steckt böses Blut und man kann nichts dagegen tun!«

»Nun.« Der Händler atmete tief ein und rieb sich über den Kahlkopf und die spärlichen Haare an den Seiten, so als wolle er sichergehen, dass sie noch da waren. »Wenigstens hat der Junge dem Lehrling das Leben gerettet. Sollten wir nicht nachsehen, ob es ihm gut geht?«

Barim schien ein Licht aufzugehen. »Aber ja, natürlich!« Endlich lief er zu seinen Lehrlingen und die beiden Händler folgten ihm mit einigem Abstand.

»Bemerkenswert, der Junge«, raunte der ältere Händler seinem Gefährten zu. »Unverschämt, aber durchaus bemerkenswert ...« Nachdenklich beobachtete er, wie der Fangmeister sich um den verletzten Jungen kümmerte. Offenbar hatte er sich ein paar Rippen gebrochen. »Oh – der Drache war übrigens auch ganz bemerkenswert, findet Ihr nicht, Meister Folchs?«

Folchs grinste ein wenig. »Vielleicht sollten wir ihn kaufen, Meister Morok.«

Mit schweren Schritten stapfte Revyn durch den Schlamm. Der Regen prasselte ihm auf den Kopf und auf die Schultern, als wolle er ihn noch tiefer in die aufgeweichte Erde drücken. Er wischte sich mit der Hand das Wasser vom Gesicht.

Revyn wusste nicht genau, ob ihn sein Ausbruch von eben zufrieden machte oder nur noch wütender. Natürlich war er sich bewusst, wie er sich vor den Dorfobersten und Barim verhalten hatte. Wahrscheinlich kündigte der Fangmeister ihm jetzt seine Arbeit in der Scheune. Dann hatte Revyn gar nichts mehr, keine Arbeit, kein Geld, kein Essen ... Aber im Moment war es ihm egal. Er brauchte kein Geld, und von ihm aus könnte er auch anfangen, Schlamm und Gras zu fressen! Er musste für niemanden mehr sorgen. Er war alleine.

Etwas abseits von den anderen Häusern des Dorfes stand eine

kleine Holzhütte mit einem tief hängenden Strohdach. Aus dem Kamin stieg kein Rauch. Die Fenster waren geschlossen.

Revyn schlang zitternd vor Kälte die Arme um die Schultern und vergrub das Kinn im Kragen. Um die Hütte zu erreichen, musste er sich durch hohes Gras kämpfen, das den Boden jetzt wie nasse Schlingen bedeckte. Wenn es warm war, rauschten die Gräser im Wind. Früher hatte er sich in ihnen versteckt, hatte sich klein gemacht und hineingesetzt, so oft … Sein Fuß blieb an verschlungenen Halmen hängen und mit einem überraschten Laut stürzte er nach vorne. Schlamm spritzte ihm ins Gesicht, als er auf die Knie fiel. Seine Hände versanken im weichen Boden.

Revyn fluchte ausgiebig und lange, bis er die Welt und die Götter und alle Geschöpfe der Erde einigermaßen beleidigt hatte. Wankend kämpfte er sich wieder auf die Füße, wischte seine Hände an der Hose ab und begann, wie wild nach dem Gras zu treten. Hätte er noch eine Sense gehabt, würde er sie alle absäbeln! Aber er besaß keine Sense und auch sonst kaum etwas.

Als seine Wut vergangen war und er sich nur noch elend fühlte, trottete er auf die Hütte zu, öffnete die Tür und schloss sie hinter sich.

Es war dunkel. Irgendwo plätscherte Wasser durch das Dach. Graue Lichtfäden drangen durch die Ritzen der Fensterläden.

Revyn zog sich im Gehen sein Wams aus und schälte sich aus seinem Hemd. Die nassen Sachen ließ er einfach zu Boden fallen. Als er in der Dunkelheit gegen sein kleines Strohbett stieß, schlüpfte er aus den vor Nässe quietschenden Schuhen und seiner Hose. Er vermummelte sich tief in seine Decken und vergrub das Gesicht im Kopfkissen. Allmählich schlug sein Herz langsamer und seine Knie hörten auf zu zittern. Obwohl er nicht müde war, versuchte er zu schlafen. Was gab es Schöneres, als zu schlafen? Wachsein bestimmt nicht.

Trotzdem lag er noch eine Weile so da, lauschte dem dumpfen Prasseln draußen und dem Plätschern im Haus. Wieso hatte er den Lehrling eigentlich gerettet? Am Lehrling lag es nicht – die Drachenfänger waren allesamt hochnäsige Schnösel, die sich für etwas Besseres hielten. Revyn konnte sie überhaupt nicht leiden, und wenn einer der Lehrlinge von den Drachen zurückgezahlt bekam, was er verdiente, sollte es Revyn nur recht sein. Zudem hatte er vom Heuboden aus gesehen, dass der Drache nur wütend geworden war, weil der Lehrling ihm einen hinterhältigen Tritt verpasst hatte. Wieso in aller Welt hatte Revyn ihn gerettet?

Er war losgerannt und zwischen ihn und den tobenden Drachen gesprungen, weil … es war ihm nicht um den verletzten Jungen gegangen. Sondern um den Drachen. Als hätte er den Drachen beschützen müssen. Das klang bei einem vier Meter langen und zweieinhalb Meter hohen Tier natürlich lächerlich. Aber manchmal tut man Dinge einfach, weil man sie tun muss.

Feierlich stellte Barim große Teller mit Hammelbraten vor die Händler und Soldaten. »Lasst es euch schmecken! Zwölf Drachen – ganze zwölf Drachen gehören ab heute euch, liebe Freunde, und es sind die besten, die ihr hättet finden können!«

Es war Abend geworden und der Regen flüsterte sein stilles Lied. Man hatte die Reisenden in Barims Haus geführt, da es eines der größten und eindrucksvollsten im ganzen Dorf war. In der Mitte des Raumes flackerte ein helles Herdfeuer und ringsum saßen die Dorfobersten, Soldaten und Händler und die Drachenfänger auf geflochtenen Matten. Es herrschte fröhliche Stimmung, und vor allem für Barim war heute ein guter Tag gewesen – zwölf verkaufte Drachen brachten viel Geld ein.

Der Händler nahm sich eine Hammelkeule und wandte sich an den Fangmeister: »Ich danke dir. Dir und deinem ganzen Dorf.« Barim neigte den Kopf. »Aber … wie ihr vielleicht schon gehört habt, bin ich auch ein Soldat. Und nicht nur wegen Drachen hier.« Barim stellte den Krug ab. Das freudige Lächeln war auf seinen Lippen erfroren. Unsichere Stille trat in die Runde.

Der Händler betrachtete nachdenklich seine Keule. »Ich tue meine Pflicht. Und ihr, meine Freunde, müsst die eure tun wie jedes Dorf in ganz Haradon. Es ist so weit.«

In das anhaltende Schweigen hinein fragte ein dicker, weißbärtiger Dorfführer: »Was meint Ihr? Von welcher Pflicht sprecht Ihr?«

Der Händler warf einen Blick in die Runde der Dorfobersten. »Was vor neun Jahren endete, fängt nun wieder an. Lasst all eure jungen Männer zusammenkommen, am besten hier im Haus, wenn Meister Barim es erlaubt. Dann wollen wir Genaueres besprechen.« Die älteren Männer schienen endlich zu begreifen, was der Händler meinte. Betroffen sahen sie ins Feuer oder auf den Boden.

Schließlich sagte Barim zu seinen Lehrlingen: »Ihr habt es gehört. Holt alle jungen Männer her.«

Revyn träumte. Er lief aus der Hütte ins Freie und die Sonne schien hell. Der Himmel war endlos und hellblau, ohne eine Wolke. In der Ferne kräuselte der Wind die Wipfel der Bäume. Die hohen Wiesen rauschten und wiegten sich und der Duft von Sommer hing in der Luft wie ein zarter Kuss. Revyn war glücklich. Ohne sich umdrehen zu müssen, wusste er, dass seine Mutter hinter ihm im Haus am Webstuhl saß und so glücklich war wie er. Erleichterung erfüllte ihn. Dann löste sich eine Gestalt aus dem Grün der Wiesen. Sie strich mit den Händen durch die Gräser und blickte Revyn an.

»Miran! Miran!«, rief Revyn und winkte der Gestalt zu. Der junge Mann lief ihm entgegen. Plötzlich tat sich vor seinen Füßen der Boden auf. Ein tiefes Loch klaffte zwischen Revyn und seinem Bruder. Es war ein Grab. Ein grässliches Geräusch erklang, schrill, boshaft, das Geräusch eines Schürhakens, der zuschlägt, immer wieder. Miran fiel ins Grab und Blut spritzte aus seinen hellen Haaren. *»Nein!«*

Es klopfte an der Tür. Erschrocken fuhr Revyn auf. Dunkelheit umgab ihn und der Regen trommelte noch immer leise auf das

Dach. Wieder hämmerte es an der Tür. »Mach auf!«, rief jemand. Revyn fuhr sich mit den Händen über die Augen und die Zöpfe, dann stand er auf, schlüpfte in seine noch feuchte Hose und ging zur Tür. Er öffnete einen Spalt.

Einer von Barims Lehrlingen stand vor der Hütte. Er hatte die Schultern fast bis zu seinen Ohren hochgezogen und zitterte vor Kälte und Nässe. »Mann, wieso machst du nicht auf?«

»Ich habe aufgemacht.«

»Ja, nachdem ich mir fast die Faust an deiner Tür blau geschlagen habe! Los, du sollst zu Meister Barim kommen.«

Revyn war nicht allzu überrascht. Wahrscheinlich würde Barim ihn jetzt für die Frechheit im Drachenstall anschreien und ihm kündigen. Gelassen ging Revyn zurück und klaubte seine Kleider vom Boden auf. Er zog sich das Hemd versehentlich falsch herum an und schnürte sein Wams nicht zu, aber für das, was ihn erwartete, musste er sich schließlich nicht herausputzen. Dann folgte er dem Lehrling ins Dorf.

Es regnete schon leichter, sodass sie bereits den halben Weg zurückgelegt hatten, ehe Revyn pitschnass war. Mürrisch verschränkte er die Arme vor der Brust. Der Lehrling drehte sich im Gehen zu ihm um. »Übrigens danke, dass du Corin gerettet hast.« Revyn nickte knapp. »Er hat drei oder vier gebrochene Rippen. Erst hat er rumgeheult, aber jetzt … tja, jetzt ist er überaus glücklich über seine Verletzung.«

Revyn warf ihm einen Blick zu. Die Lichter aus den Häusern und Hütten umrissen das Profil des Jungen. »Wieso?«

»Warum wohl – Verletzte werden nicht in die Armee eingezogen, deshalb.«

Revyn machte ein so verständnisloses Gesicht, dass der Lehrling abwinkte. »Du wirst gleich sehen.«

Sie erreichten das Haus des Fangmeisters, als aus einer anderen Richtung eine ganze Gruppe junger Männer zu ihnen stieß. Sie waren ebenfalls auf dem Weg zu Barim und allmählich erschien das Ganze Revyn doch seltsam. Wieso sollte denn das halbe Dorf versammelt sein, wenn Barim seine Wut an ihm ausließ?

Bald kamen immer mehr Männer im Haus des Fangmeisters an und drängten sich mit neugierigen, besorgten oder ratlosen Gesichtern durch die Tür. In der Stube saßen Barim, die Dorfobersten und die Soldaten. Erwartungsvolles Murmeln erfüllte den Raum, der für so viele Menschen nicht geschaffen war. Revyn wurde mehrmals auf die Füße getreten.

Schließlich erhob sich der Händler. Er wartete das Getuschel einen Augenblick ab, ehe er zu sprechen begann:

»Seid gegrüßt. Ich bin Meister Morok von Logond, der Hauptstadt Haradons. Vielleicht habt ihr von Logond gehört. Keine andere Stadt auf der Welt hat eine so große und gut geschulte Drachengarde. Bei uns werden die besten Reitdrachen und Winddrachen der Armee ausgebildet und für den Kampf trainiert. Aber« – der Händler machte eine Pause – »aber nicht nur Drachen werden in Logond ausgebildet. Auch Soldaten. Und Drachenkrieger.«

Nun war es in der Stube still wie in einem Grab. Der alte Soldat musterte die jungen Männer aus funkelnden Augen; es war derselbe Blick, mit dem er die Drachen abgeschätzt hatte. »Ich habe gehört, Neuigkeiten verbreiten sich hier rasch. Dann nehme ich an, ihr alle wisst, welche Gefahr unserem Land droht?«

Weil niemand etwas sagte, räusperte sich einer der Dorfobersten: »Nein.«

»Hm! Also doch nicht«, murmelte Meister Morok und schritt vor dem Feuer auf und ab. »Dann will ich euch also informieren, Männer von Haradon. Es herrscht Krieg! König Morgwyn von Myrdhan ist aus dem Exil geflohen und hat einen Aufstand gegen unsere Vorherrschaft begonnen! Vor neun Jahren haben wir das letzte Mal eine große Schlacht gegen Myrdhan geführt. Wir haben zwar gesiegt, aber auch schwere Verluste erlitten. Es fehlt uns heute an Männern und Drachen und die Myrdhaner planen in diesem Augenblick einen neuen Angriff. Uns bleibt nicht viel Zeit.«

Meister Morok blieb stehen. »Ich weiß, hier ist eure Heimat. Die wenigsten von euch haben dieses Dorf und die Wälder je verlassen. Aber ihr seid nicht nur eurem Dorf verpflichtet, sondern auch eurem Land. Verteidigt es, denn wenn Haradon den Myrdhanern in die Hände fällt, gehen euer Dorf, euer Wald und eure Freiheit mit unter. Kämpft für Haradon! Schützt euer Land, denn es hat euch beschützt und eure Väter und Mütter vor euch.«

Revyn knirschte mit den Zähnen. Das war also der Grund, wieso sie alle hier versammelt waren. Als hätten sie alle nicht ganz andere Sorgen als einen Krieg irgendwo in der Ferne!

»Wir können nicht kämpfen«, rief jemand. Andere stimmten finster zu.

»Dann müsst ihr es eben lernen«, gab Meister Morok zurück. »Darum kommt morgen mit uns nach Logond. Unter euch sind genug Männer, die einen Drachen reiten und in die Schlacht führen können! Und auch wenn euch nicht die Ehre zuteil wird, ein Drachenkrieger zu werden, ist das Leben eines Fußsoldaten voller Ruhm, Kameradschaft und Freude. Jedes Schwert, jede Lanze zählen jetzt. Wir alle – ihr und ich und meine Männer –, wir sind die Hände von Haradon und diese Hände müssen sich zu stählernen Fäusten ballen! Kämpft für euer Land, wenn ihr den Mut in den Knochen und die Ehre im Herzen habt!« Noch immer schritt der Händler vor dem Feuer auf und ab. Sein Blick traf Revyns und er blieb stehen. »Ich bin auf königlichen Befehl hier. Jedes Dorf, so hat unser gelobter König Helrodir es angeordnet, muss zwanzig Krieger entsenden.« Nun wurden empörte Rufe laut.

Meister Morok strich sich über das spärliche Haar. »Gibt es hier keine zwanzig Männer mit Mut und einem edlen Herzen? Ich hatte gehofft, mir würden morgen mehr als zwanzig Männer folgen. Nicht wegen eines Befehls, sondern aus Stolz. Abgesehen davon erhält ein Soldat auch einen anständigen Lohn und muss nie hungern. Es ist ein gutes Leben, das ihr führen könnt, wenn ihr bereit seid, die rechte Sache zu vertreten.« Wieder kehrte Stille ein.

Dann trat plötzlich einer der Männer vor. »Ich werde gehen. Wenn schon zwanzig Männer fortmüssen, dann zwanzig, die etwas bewirken können.«

»Ich komme mit«, brummte ein zweiter, und bald fanden sich auch ein dritter und vierter.

Der Händler nickte jedem zufrieden zu, doch dann glitt sein Blick abermals zu Revyn. »Na, Junge? Ich habe gehört, dass du keine Familie mehr hast. Vielleicht findest du in Logond eine neue in deinen Kameraden. Dein Vater war doch ein ehrbarer Verteidiger unseres Landes, vielleicht willst du in seine Fußstapfen –«

Revyn konnte nicht mehr an sich halten. Er drängte die Männer rings um sich zur Seite und richtete seinen Zeigefinger auf den Händler. »Sag noch ein Wort über meinen Vater, ein Wort, und ich …« Die Männer starrten ihn verblüfft an. Nur Meister Morok war vollkommen ruhig, ja, er wirkte fast amüsiert.

»Ein Wort und was? Du hast keine Waffe und bist nicht stark. Wenn du aber ein *Drachenkrieger* wärst, kampferprobt und mit einem blitzenden Schwert, dann könntest du mir drohen, dann könnte niemand dir etwas anhaben.«

Das war doch nicht zu fassen! Selbst jetzt noch versuchte der Händler, ihn anzuwerben! Revyn ballte die Fäuste, doch dann wandte er sich um, griff nach der Tür und stapfte hinaus. Zwecklos zu bleiben. Mit Soldaten zu reden war einfach zwecklos.

»Junge Drachenkrieger werden gebraucht!«, rief der Händler ihm hinterher. »Komm mit und aus dir wird ein stolzer Drachenkrieger …«

Dann hörte Revyn nur noch den Regen und seine plitschenden Schritte in den Pfützen.

# Die Grabräuber

Als Revyn seine Hütte erreichte, zog er das nasse Wams aus und ging im Raum auf und ab. Er war voller Wut auf den Händler, machte sich plötzlich Sorgen darum, wie er leben sollte, wenn Barim ihn nicht mehr arbeiten ließ, und raufte sich das Haar, weil er die Einsamkeit und Langeweile kaum ertrug. Er fühlte sich nutzlos, so wie ein Stein, der einfach da ist und sich selbst überlassen wird. Als er in der Dunkelheit über einen Kessel stolperte und sich die Zehen anstieß, beschloss er, Licht zu machen, und kniete sich vor die Feuerstelle. Aber kaum hatte er die Feuersteine zweimal gegeneinander geschlagen, verließ ihn der Mut. Nein, er konnte kein Licht machen ... Das Licht würde ihm nur die Erinnerungen zurückbringen. Ohne dass er es verhindern konnte, füllten sich seine Augen mit Tränen. Er weinte atemringend in der Finsternis, bis er ganz und gar leer war.

Ein wohliges Gefühl der Stummheit überkam ihn. So musste man sich fühlen, wenn man tot war, dachte er. Vielleicht fühlte sich seine Mutter gerade so.

Lange lag er auf dem kalten Boden und regte sich nicht. Der Regen wurde immer leiser, als entferne sich die Welt mehr und mehr.

Auch seine Mutter lag nun reglos wie er, aber nicht im Haus, sondern draußen hinter der Hütte, einen Meter unter der Erde. Sie war vor drei Tagen begraben worden.

Dass sie gestorben war, war Revyns Schuld. Er hatte sie umgebracht. Nur wusste das keiner, und er war zu feige, um es jemandem zu sagen.

Revyn konnte sich daran erinnern, dass er einmal glücklich gewesen war. Natürlich hatte es immer Probleme mit seinem Vater gegeben und sie hatten öfter Hunger gehabt als die meisten anderen Familien des Dorfes – aber dennoch, er war glücklich gewesen. In den Sommern hatte er draußen mit Miran Fangen gespielt. Sie hatten gelacht und gestritten und sich durch die Wiesen gewälzt, bis Revyn sich in Mirans Griff nicht mehr bewegen konnte und atemlos um Gnade japste. Miran war vierzehn gewesen und er war acht Jahre jünger.

Dann, wenn ihr Vater abends vom Holzfällen oder der Jagd zurückkehrte – denn sie hatten keine Felder, sondern nur ein Gemüsebeet –, hörten sie auf, zu spielen. Miran ging oft ins Dorf, um das Holz und die Felle, die ihr Vater heimgebracht hatte, gegen Brot zu tauschen. Aber meistens ging ihr Vater selbst, weil er behauptete, Miran lasse sich über den Tisch ziehen, und kehrte nicht mit Brot heim, sondern mit glasigen, böse funkelnden Augen. Er betrank sich gerne.

Aber ihre Mutter liebte diesen Mann, den Revyn selbst dann noch fürchtete, wenn er tief und fest schlief. Er kam ihm unberechenbar vor, wie ein Hund, der oft gebissen worden war und selbst nichts anderes kannte. Genaues wusste Revyn nicht über die Vergangenheit seines Vaters, doch er war Soldat gewesen, ehe er seine Mutter geheiratet hatte, und über seinen ganzen Rücken zogen sich kleine, grässliche Narben. Wenn er hinter der Hütte in dem Holzbottich badete, in dem sie Regenwasser sammelten, beobachtete Revyn ihn durch die Ritzen in der Bretterwand und erschauderte bei ihrem Anblick. Die Narben schienen seinen Blick zu erwidern, wenn sein Vater ihm den Rücken kehrte, und grinsten ihn mit rötlichen, buckeligen Lippen an wie Dämonen, die im Körper seines Vaters gefangen waren und ihre Gesichter durch seine Haut pressten. Alles an diesem Mann war bösartig und schrecklich, dachte Revyn dann, aber seine Mutter liebte ihn.

Selbst nachdem Miran gestorben war und ihr Vater sie für immer verlassen hatte, liebte sie ihn noch. Jeden Abend bei Sonnenuntergang trat sie hinaus ins Dämmerlicht und blickte mit zusammengekniffenen Augen zum Waldrand, als erwarte sie, dass er jeden Moment wiederkommen könnte. Dabei befühlte sie mit zittrigen Händen die Kette, die ihr Revyns Vater bei der Hochzeit geschenkt hatte – es war eine wunderschöne, kostbare Silberkette mit einem ovalen Anhänger aus Bernstein. Wahrscheinlich hatte er das Schmuckstück im Krieg erbeutet. Manchmal wenn sie den Stein fest in der Hand hielt, murmelte sie, dass ihr Mann beim Holzfällen eingeschlafen sein musste, und Revyn bekam Angst, dass sie den Verstand verlor. Als er älter wurde, begriff er, dass seine Mutter schon immer ein wenig verrückt gewesen sein musste, sonst hätte sie seinen Vater nicht lieben können. Nicht nach allem, was geschehen war.

Bei ihrem Tod hatte Revyn es nicht über sich gebracht, die Kette von ihrem Hals zu nehmen. Sie hatte ihr Schmuckstück so geliebt, als sei in dem Bernstein das Herz ihres Mannes eingeschlossen. Dabei hatte er zu Lebzeiten nur allzu oft versucht, ihr das Schmuckstück wegzunehmen und es zu verkaufen.

Auch Revyn hätte von dem Geld, das die Kette wert war, lange leben können. Er hätte sogar ein kleines Feld kaufen und bestellen können. Aber die Kette verkörperte alles, was seiner Mutter im Leben wichtig gewesen war, und er empfand es als ihr Recht, dieses magere Glück mit ins Jenseits zu nehmen.

Es war späte Nacht, als Revyn die Fensterläden aufklappte und beobachtete, wie im Dorf Gestalten mit Fackeln umherliefen. Offenbar hatte der Händler mehr als zwanzig Männer anwerben können. Eigentlich wunderte es Revyn nicht. Im vergangenen Jahr war das Wetter sehr schlecht gewesen – im Sommer hatte eine lange Dürre geherrscht und im Herbst war Hagel gefallen –, sodass die halbe Ernte ausgefallen war. Viele Dorfbewohner litten Hunger. Für die jungen Männer, die mit den Soldaten nach Logond ziehen wollten, schien Krieg immer noch besser als die Armut zu Hause.

Manche dachten bestimmt auch an das große Abenteuer. Das Leben im Dorf konnte eintönig und langweilig werden; man arbeitete vom Frühling in den Sommer hinein, sah den Herbst schon

Wochen vorher nahen und überstand den Winter, nur um sich wieder auf den Frühling vorzubereiten, Jahr für Jahr. Aber das Leben eines Kriegers – das schien aufregend, konnte sich von Tag zu Tag ändern und forderte die Launen der Götter heraus. Junge Männer, die so ein Leben suchten, stürmten immer in irgendwelche Kriege und fanden am Ende des Abenteuers die Umarmung mit dem Tod.

Nach einer Weile schloss Revyn die Fensterläden wieder und legte sich schlafen.

Er verbrachte den nächsten Tag im Bett. Manchmal hörte er nahe Rufe von den Männern, die sich für ihre Abreise vorbereiteten, dann wieder war es so still, als stünde die Hütte am Rand der Welt, und nur ein paar Krähen, die auf dem Strohdach saßen, krächzten und flatterten mit den Flügeln.

Revyn wälzte sich herum. Er hatte Hunger und fühlte sich gleichzeitig so lustlos, als könne er nie wieder etwas essen. Schließlich stand er auf und aß ein hartes Stück Brot. Dann trank er aus dem verbeulten Eimer, in den gestern das Regenwasser durch eine undichte Stelle im Dach getropft war, und sah sich in der Hütte um. Er hatte nichts mehr zu tun.

Langsam begann er zu bezweifeln, dass es richtig gewesen war, den Händler zu beleidigen. Sicher hatte er es verdient – aber im Nachhinein kam es ihm nicht sehr klug vor. Für diesen kurzen Augenblick aufrichtigen Hasses hatte er die Arbeit verloren, von der er lebte … Er rieb sich mit den Händen über das Gesicht, als könne er die Sorgen so vertreiben. Was geschehen war, war geschehen. Es hatte keinen Sinn, sich Vorwürfe zu machen!

»Mach dir nie Vorwürfe, wenn du an die Vergangenheit denkst«, hatte Miran ihm einmal gesagt. »Manche Dinge tut man, weil man sie tun muss.«

Sie hatten hinter dem Haus in ihrem Gemüsebeet gearbeitet. Revyn jätete das Unkraut, während Miran die Kartoffeln in einen kleinen Korb legte. Es war ein besonders warmer Tag, obwohl ein kräftiger Westwind wehte und bauschige Wolkenfetzen über den Himmel trieb wie ein unsichtbarer Hirte seine Schafe.

»Weil man sie tun muss«, wiederholte Revyn nachdenklich, während er beobachtete, wie eine Wolke über ihrer Hütte aufzog und das Beet in kühlen Schatten tauchte. Miran hatte viele Dinge gesagt, die Revyn als klug und weise empfunden hatte, aber an diesen Satz erinnerte Revyn sich noch Jahre später. Vielleicht weil es einer der letzten im Leben seines Bruders war.

»He! Träum nicht wieder!« Miran warf einen kleinen Erdklumpen nach ihm.

»Blödmann!« Revyn zuckte zusammen und machte sich mit einem Lächeln wieder an die Arbeit. Obwohl er nicht mehr aufblickte, spürte er, dass Miran ihn beobachtete.

»Du bist wirklich ein Träumer«, sagte er, aber es klang nicht tadelnd, sondern liebevoll.

Revyn sah flüchtig zu ihm herüber. »Wenn man manche Dinge tut, weil man sie tun muss – meinst du dann auch, dass du dich vor Mama stellen musst, weil du eben anders nicht kannst?«

Mirans schmales Gesicht schien sich verdunkelt zu haben, obwohl er keine Miene verzog. Konzentriert begutachtete er jede Kartoffel und schabte die dunkle Erde ab, bevor er sie in seinen Korb legte. »Ja, das meine ich. Ich meine aber auch, dass du dich verstecken musst, wenn Papa wieder so ist.«

Revyn erwiderte eine Weile nichts. Schweigend gingen sie ihrer Arbeit nach. »Aber er hat doch nur einmal …«

»Ein blaues Auge reicht.«

Revyn schaute seinen Bruder an. »Und was ist mit dir? Erst die Flecken am Rücken und jetzt das an der Stirn …«

»Das ist nur ein Kratzer. Ich bin älter als du, und jetzt hör auf, davon zu reden. Ich will ja nur … Es reicht mir schon mit Mama, ich brauche nicht zwei Leute, die mich anbetteln. Bleib ihm einfach fern. Verstanden?«

Kaum hatte er das gesagt, hörten sie, wie vorne die Tür aufging. Revyn fuhr auf. Der Schreck durchströmte ihn so blitzartig – dass ihr Vater gerade in dem Moment aufgetaucht war, in dem sie über ihn gesprochen hatten, kam ihm vor wie ein dunkles Omen. Die schrecklichen Narben auf dem Rücken, die Dämonen schienen ihm plötzlich ganz nah zu sein und belauschten jeden seiner Gedanken, all seine Ängste.

»Es ist doch noch viel zu früh«, murmelte Miran. Dann lauschten sie beide mit angehaltenem Atem. Die Stimmen ihrer Eltern waren unverständlich. Dann erklang wie befürchtet ein leiser Schrei und noch einer.

»Dieses Ungeheuer!«, zischte Miran.

»MIRAN!«, brüllte ihr Vater im Haus. Vielleicht war er betrunken, vielleicht aber auch nur wütend. Er war auch ohne Schnaps ein boshafter Mann. »Revyn! Wo sind die Kinder?«

Schon zog Miran ihn ins hohe Gras. »Bleib hier.«

Drinnen erklangen die Schreie ihrer Mutter. »Miran! Miran!«

»Geh nicht rein!«, flüsterte Revyn. Er wünschte, er hätte seine eigene Feigheit nicht gehört. Schwer fügte er hinzu: »Ich komm mit!«

»Nein.« Miran stieß ihn grob zurück.

»Ich –«

»Hast du kapiert? Du bleibst da.«

Ehe Revyn es verhindern konnte, war sein Bruder aufgestanden und verschwunden. Und Revyn war zu ängstlich, um ihm nachzulaufen.

Tief ins Gras gekauert, lauschte er den Stimmen im Haus. Das Wimmern seiner Mutter verstummte, sobald Miran eintrat. »Was ist?«, fragte er.

Sein Vater begann, etwas vom Krieg in Myrdhan und neuen Eroberungen zu erzählen. Er hatte Soldaten im Dorf versprochen, dass er seinen Sohn nach Myrdhan schicken würde.

Als Revyn das hörte, wurde ihm schlecht. Miran! Wenn er ging …

Revyn stellte sich ein Leben allein mit seinen Eltern vor, und plötzlich wünschte er, er könnte Miran begleiten, egal wohin. Fast wäre er aufgesprungen und ins Haus gerannt.

Und dann geschah etwas, was noch nie geschehen war. Laut und klar sagte Miran: »Nein. Niemals. Ich will nicht von hier weg.«

Bald brüllten und schrien mehrere Stimmen durcheinander, und Revyn, der eben noch ins Haus hatte stürmen wollen, presste die Hände auf die Ohren, um es nicht mit anhören zu müssen. Es war feige, ja; aber vielleicht war Revyn ein Feigling und würde nie so mutig sein wie Miran.

Trotzdem hörte er Bruchstücke ihres Streits. Und was er hörte! Nie hatte Miran gewagt, solche Dinge zu ihrem Vater zu sagen.

»Ich hasse dich! Du Scheusal – lass mich, lass Mama in Ruhe! Du bist ein Monster, ein fetter Säufer, elendes Schwein!« Er sagte alles, er sagte die ganze Wahrheit, und Revyn weinte heiße Tränen vor Stolz und aus Furcht um seinen Bruder.

Dann hörte er, wie Gegenstände brachen. Sein Bruder schrie auf. Ein Geräusch erklang, das Revyn nie vergessen würde. Ein Geräusch, das er in Albträumen hören würde. Das Geräusch eines Schürhakens, der niedersaust, immer wieder, und den Schädel seines Bruders zertrümmert.

Aller Lärm verebbte außer dem Schluchzen seiner Mutter. Sein Vater stapfte aus dem Haus.

»Bitte!«, wimmerte seine Mutter. Revyn sah, wie sie ihm aus dem Haus hinaus folgte und die Hände nach ihm ausstreckte. »Verlass uns nicht … verlass mich nicht!«

Revyn beobachtete, wie sein Vater mit eiserner Miene davonmarschierte. Er blutete aus der Nase, wo Miran ihn geschlagen hatte.

Sobald er nicht mehr zu sehen war, rannte Revyn zu seiner Mutter, die vor dem Haus kauerte und weinte. Er berührte vorsichtig ihren Rücken, doch sie war nicht verletzt. Sie weinte bloß. Revyn ging ins Haus.

Selten war er mit so großen Augen in die Hütte getreten und

hatte doch so wenig erkannt. Als er ins Dunkel tauchte, war ihm, als befände er sich in raumloser, kühler Schwärze. Alles war fort, nur er war noch da, er und die reglose Gestalt. Auf dem Boden lag sein Bruder. Sein helles Haar war nass von etwas Klebrigem, Rotem.

»Miran?«, hauchte Revyn. Als er den blutigen Schürhaken sah, begriff er. Und doch konnte er es nicht fassen. Das Wasser lief ihm aus den Augen, aber er konnte nicht schluchzen. Kein Laut kam ihm über die Lippen.

Nach all den Jahren, nach all den Prügeln, nach *allem,* was Miran ertragen hatte ... Nach alldem sollte sein Leben einfach vorbei sein. Es war, als hätte man eine Kerze ausgeblasen. So einfach.

An diesem Tag floh sein Vater und kam nie wieder. Er schloss sich den Soldaten an, die nach Myrdhan zogen, und starb in irgendeiner Schlacht.

Jedenfalls stellte Revyn es sich später gerne so vor.

Revyn lebte von nun an alleine mit seiner Mutter. Doch sie lebte weiterhin in dem Glauben, dass sein Vater wiederkehren würde, und wartete jeden Tag auf ihn. Über die Jahre wurde sie immer zerstreuter und abhängiger von Revyn. Er fand für einen kümmerlichen Lohn Arbeit in den Drachenställen und konnte sich und seine Mutter davon ernähren. Weil er Vater und Bruder an einem Tag verloren hatte, schien er die Rolle von beiden übernehmen zu müssen. Hatte er früher Obst gestohlen und in den Wiesen gespielt, hatte er sich hinter Miran versteckt oder war den lieben langen Tag durch den Wald gestreift, so änderte sich sein Leben nun von Grund auf. Er lernte, Verantwortung zu übernehmen und alles zu verschweigen, alles zu verdrängen. Er lebte mit seiner Mutter, als habe jener Sommertag nie stattgefunden, an dem er die Hälfte seiner Familie verloren hatte.

Seine Mutter sprach kein einziges Mal über Mirans Tod. Wahrscheinlich dachte sie manchmal an ihn, wenn sie abends seufzte und ihre Tränen vergoss. Doch all ihre Worte galten seinem Vater.

Merkwürdigerweise zweifelte Revyn nie daran, dass er für immer weg war. Es kam ihm fast selbstverständlich vor, dass sein Vater aus seinem Leben verschwinden musste, nun da er ihm das Schlimmstmögliche angetan hatte.

Revyn hätte hinnehmen können, dass sein Vater ein schlechter Mensch war. Er hätte sich damit abgefunden und sich in Gedanken so weit wie möglich von ihm entfernt, bis sein Vater für ihn nicht mehr gewesen wäre als eine Verkörperung des Bösen, das es in der Welt nun mal gab und das nur zufällig mit ihm verwandt war. Aber was Revyn kaum ertrug, war, dass seine Mutter ihn nach wie vor liebte.

Es schien, als habe sie Miran vergessen, als spiele sein Tod für sie keine Rolle. Dass ihr Mann ein Mörder war, dass er ihr den Sohn genommen hatte, trübte ihre Liebe nicht. Wenn sie zitternd vor Sorge aus dem Fenster spähte, wenn sie seine alten Schuhe putzte und vor die Haustür stellte und doppelte Portionen kochte und für eine dritte, nicht vorhandene Person den Tisch deckte, überkam Revyn so viel Hass und Abscheu, dass er sein Schweigen nur mit Mühe bewahren konnte. Oft aß er mit heimlich geballten Fäusten, wenn seine Mutter den größten Teil der Suppe im Topf ließ, damit genug für seinen Vater übrig blieb.

Aber Revyn sprach seine Mutter nicht darauf an. Nein, er hielt sich eisern zurück. Ihre Liebe für Mirans Mörder war alles, was sie je gehabt hatte. Sie war nichts ohne ihn und nur der Gedanke an seine Rückkehr hielt sie in Wahrheit am Leben. Aber das wurde Revyn erst klar, als es zu spät war.

Am Nachmittag sammelten sich die Männer des Dorfes, die beiden Händler mit ihren neu erworbenen Drachen und die Soldaten am Dorftor. Viele Männer hatten sich der Gruppe angeschlossen, um für das Vaterland in den Krieg zu ziehen.

Von der Hütte aus konnte Revyn den Abschied der Männer beobachten. Sein Blick verweilte jedoch nicht lange bei den Dorfbewohnern, sondern wanderte wie von selbst zu den Drachen hinüber. Er seufzte leise bei ihrem Anblick, so schön waren sie und so traurig kamen sie ihm vor. Man hatte die Drachen mit langen Stricken aneinander festgebunden, sodass sie nur einer hinter dem anderen laufen konnten. Revyn suchte den Drachen, der dem Lehrling die Rippen gebrochen hatte, aber er fand ihn nicht. Fast war er erleichtert, dass der Drache nicht verkauft worden war. Dabei würde er ihn bestimmt auch so nie wiedersehen – Barim ließ ihn gewiss nicht mehr in die Drachenställe.

Nachdem jeder sein Gepäck geschultert und die letzten Abschiedsküsse gegeben hatte, setzte sich die Gruppe in Bewegung. Die Zurückbleibenden standen vor dem Dorf und sahen zu, wie die Männer sich auf dem schmalen Weg zum Waldrand entfernten.

Abends streifte Revyn durch die Wiesen, um einen Hasen zu erlegen, denn mittlerweile rumorte der Hunger in seinem Bauch. Mit dem Bogen und den drei Pfeilen, die er einmal selbst geschnitzt hatte, lief er bald hierhin und dorthin und stakste durch die tiefen Schlammpfützen, doch er hatte kein Glück. Anstatt nach Hasen Ausschau zu halten, blickte er immer wieder unwillkürlich zum Himmel, der von schweren grauen Wolken bedeckt war, oder zum Waldrand, wo die Tannen sich wie große, dunkle Gestalten in Mänteln wiegten.

Revyn war kein guter Jäger, denn irgendetwas lenkte ihn immer ab. Er hatte bloß einmal vor drei Jahren einen Hasen erwischt, mit einer geschickt gebauten Fallgrube; aber als er das Tier dann entdeckt hatte, war er selbst so überrascht und erschrocken gewesen, dass der Hase ihm einfach aus den Armen gesprungen war. Seitdem hatte er sich nicht wieder als Jäger versucht.

Als es zunehmend dunkler wurde, gab Revyn es schließlich auf und kehrte hungrig heim. Er aß den letzten Rest Brot, und als die Schatten im Raum tiefer wurden, legte er sich auf sein Bett und wartete mit offenen Augen auf die Müdigkeit. Er lag ganz still in der Dunkelheit wie in der Nacht zuvor und zündete kein Feuer an. Seine Mutter hatte das Feuer immer entfacht. Im hellen Raum zu sitzen, die Flammen knistern zu hören und zu wissen, dass sie nicht da war, dass er *ganz alleine* übrig geblieben war, konnte er nicht ertragen.

Irgendwann wurde die Langeweile so entsetzlich, dass er einschlief.

Später dachte er oft daran, dass die Stimmen ihn nie geweckt haben konnten, denn sie waren viel zu leise; und doch fuhr er mit einem Ruck hoch. Draußen, nahe der Hütte, wurden gedämpfte Worte gesprochen.

»Er ist weg, ich hab's dir doch gesagt. Er ist mit den Soldaten gegangen. Mach dir nicht ins Hemd.«

Revyn setzte sich verwirrt im Bett auf. Merkwürdige Geräusche erklangen draußen. Grasrascheln, ein leises Ächzen und dann ein Klirren, kaum hörbar, ein Klirren von Metall. Träumte er noch? Revyn trat die Decke zurück und stand auf.

»Da! Ich glaub, ich hab drinnen was gehört.«

»Das war die Schaufel. Hilf jetzt mit.«

In Revyns Kopf kreiste es. Er hatte nicht geträumt. Da draußen war jemand! Wieder die Geräusche … Und plötzlich wurde Revyn eiskalt. Das Grab seiner Mutter. Jemand hob ihr Grab aus.

»Woher weißt du überhaupt, dass es das richtige ist? Hier sind doch zwei!«

»Weil das eine alt ist, du Idiot! Da liegt der Sohn. Hier! Ich hab sie! Hilf mir schon!«

Revyn war für Sekundenbruchteile wie gelähmt. Seine Mutter … ihre Kette! Jemand wollte ihre Kette stehlen! Er stolperte auf die Haustür zu und riss sie auf. Mittlerweile mussten die Räuber ihn gehört haben. Er rannte um die Hütte herum, und da sah er es: Der Schein einer Fackel beleuchtete einen großen Haufen frischer Erde.

Zwei Gestalten bückten sich über das Grab. Eine von ihnen hielt einen bleichen Arm in der Hand. Den Arm einer Leiche.

Revyn schossen Tränen in die Augen. Dann stürzte er sich auf die erste Gestalt und riss sie zu Boden.

Er wusste nicht mehr, was geschah. Laute Schreie schallten ihm in den Ohren, und er konnte nicht unterscheiden, ob es seine eigenen waren oder die der Räuber. Ein Schaufelschlag traf ihn im Rücken, aber er spürte den Schmerz kaum. Dann hielt er selbst eine Schaufel in der Hand, und er schlug auf die Gestalt ein, die vor ihm auf dem Boden lag. Er schlug immer wieder zu. Irgendwann merkte er, dass es außer seinem heiseren Keuchen und Schluchzen still geworden war. Die Schaufel glitt ihm aus der Hand.

Zwei Körper lagen im Gras und hinter ihm war das offene Grab … Aber er wagte nicht, sich umzudrehen. Das Feuer der Fackel hüpfte im Nachtwind. Das Licht tanzte unruhig über die beiden Gestalten. Ihre Haare glänzten seltsam nass … Revyn zitterte. Es war Blut. Sie bluteten.

Taumelnd kam er auf sie zu. Er wälzte einen der Körper herum und erstarrte. Es war kein erwachsener Mann. Es war ein magerer, zerlumpter Junge, der mit leeren Augen in den Himmel blickte. Ein Kind. Revyn wich zurück. Er drehte die zweite Gestalt auf den Rücken. Ein Kind! Blut bedeckte die Hälfte seines Gesichts.

Revyn hatte sie getötet. Kinder. Er war ein Mörder.

Eine Welle von Übelkeit durchwogte ihn. Revyn stolperte zurück, stolperte über den frischen Erdhaufen und schaute geradewegs ins Grab hinab. Der Sack, in den man seine Mutter gebunden hatte, war aufgeschlitzt. Mit einem heiseren Wimmern kroch Revyn über die Erde und übergab sich.

Sein Vater … Sein Vater, der mit dem Schürhaken zuschlug, immer wieder, keuchend vor Zorn und Anstrengung, und das dumpfe Knacken der Knochen … Das Blut in Mirans hellem Haar … Das

Blut in den Haaren der Kinder, die Revyn getötet hatte. Es war ein und dasselbe. Er war ein Mörder. Ein Mörder wie sein Vater. Revyn kauerte im Dreck, umringt von den drei Leichen.

»Ich bin ein Mörder«, flüsterte er immer wieder, aber er weinte nicht. Er war über die Traurigkeit hinaus. Er fühlte sich betäubt und hatte die Augen weit geöffnet. In der Finsternis war er wie blind. Die Fackel war längst erloschen. »Ein Mörder. Ich bin wie er. Wie er …«

Irgendwann tastete er sich durch die Dunkelheit, bis er die frische Erde fand. Langsam und schwerfällig warf er sie ins Grab, bis es wieder geschlossen war. Mit Schwindel kam er auf die Füße. Er hatte sie getötet …

In welcher Richtung lag das Dorf? Kein Sternenlicht fiel vom Himmel, alles war in tiefes Schwarz getaucht. Revyn ging seinem Gefühl nach. Er glaubte durch das Gras zu schweben und nahm kaum wahr, wie oft er stolperte.

Dann erkannte er verschwommen die Lichter einiger Häuser, die er davor nicht wahrgenommen hatte. Wie ein großer Schatten zeichneten sich die Scheunen der Drachen vor dem Schimmer ab. Ja, was er brauchte, war ein Drache. Um zu fliehen. Um die Soldaten einzuholen.

Er würde den Soldaten nachreisen und einer von ihnen werden. Es war kein Entschluss, den Revyn fasste; er hatte keinen Einfluss mehr auf sich selbst, er konnte nur noch zusehen, wie sein Schicksal und das seines Vaters sich unwiderruflich umschlangen wie zwei feuerrote, bösartige Schlangen. Sein Vater hatte Miran umgebracht – und Revyn hatte es in seiner Feigheit nicht verhindert. Sein Vater hatte seine Mutter ihr ganzes Leben lang zerstört – und Revyn hatte sie zuletzt in den Tod gestoßen. Sein Vater war ein Mörder gewesen und Revyn war es jetzt endgültig auch. Und so wie sein Vater ein Soldat gewesen war, aus dem Krieg gekommen und im Krieg verschwunden, so musste auch Revyn in den Krieg gehen, um so elend zu sterben wie er.

Das alles erschreckte Revyn nicht. Er ging auf die Drachenställe zu, weil er es musste. Wenn er hierblieb, würde er als Mörder festgenommen und hingerichtet. Das konnte er nicht, ihm fehlte der Mut dazu. Wie seinem Vater.

War es nicht schicksalhaft? Gerade jetzt fing der Krieg wieder an, so als hätte er nur auf Revyn gewartet! Ein fremdes, schreckliches Lachen drang aus seinem Mund, vor dem er sich selbst erschreckt hätte; aber jetzt wusste er ja, wer er wirklich war. All das, was er zu sein geglaubt hatte, war von ihm abgefallen, wie das Fleisch von einem verrotteten Knochen. Nur die Wahrheit war übrig geblieben.

Die Stalltüren waren verschlossen, aber Revyn wusste, wo eine Leiter lehnte, über die man auf den Heuboden gelangte. In der Dunkelheit fand er sie bald und kletterte sie in schnellen, furchtlosen Zügen hinauf. Irgendwo in seinem Inneren keimte die Hoffnung auf, dass er einfach fallen und sterben würde, dann wäre alles zu Ende. Aber er fiel nicht. Er erreichte den Heuboden, durchschritt ihn bis zu einer zweiten Leiter, die hinunter zu den Ställen führte.

Er hörte das Schnauben und Rascheln der Tiere, die ihn bemerkt hatten. An mehreren Stalltüren ging er vorbei, bis er glaubte, die Tür gefunden zu haben, die er suchte. Seine Hände glitten über das glatte Holz, bis er den Riegel berührte und die Tür aufschob. Er trat in den Stall.

Obwohl er nichts sah, war er sofort sicher, dass hier der Drache war, der dem Lehrling die Rippen gebrochen hatte. Das Tier stieß ein erschrockenes Schnauben aus und wich zurück, als es das Blut an Revyns Händen roch. Revyn wollte ihm beruhigende Worte zuflüstern, doch sie kamen ihm nicht über die Lippen. *Fürchte dich nicht. Du und ich, wir gehören zusammen.*

Als hätte der Drache begriffen, stieß bald seine Stirn an Revyns Schulter, und eine warme Atemwoge strich ihm über das Gesicht.

Revyn führte den Drachen aus seinem Stall und die lange Scheune entlang bis zum Hintertor. Er hievte den Balken zur Seite, der das Tor verschloss, und zog es auf. Kühler Wind wehte ihnen entgegen. Jetzt kam der schwierigste Teil.

Langsam drehte er sich zu dem Drachen um. Er stand ruhig hinter ihm. Einen Drachen zu besteigen war keine einfache Sache. Die Drachenkrieger benutzten dafür besondere Schlaufen aus lederumwickeltem Eisen, die sie über das empfindliche gebogene Horn am Ende des Drachenschwanzes hakten. Damit zogen sie den Schwanz seitlich zu sich heran. Ein erwachsener Mann konnte darauf stehen und sich auf diese Weise auf den Rücken des Drachen heben lassen.

Revyn hatte aber keine Schlaufe, mit der er seinen Aufstieg erzwingen konnte. Irgendwie würde der Drache ihm freiwillig den Schwanz entgegenstrecken müssen. Wenigstens trug der Drache die Gurte, die seine Flügel an den Körper banden – ansonsten hätte Revyn gleich aufgeben können, ihn reiten zu wollen.

*Hebe mich hoch, wenn du willst. Wenn nicht, bleibe ich hier und werde festgenommen.* Er ließ den Drachen über seine Zukunft entscheiden. Der Drache regte sich mehrere Sekunden lang nicht. Dann stieß ihm etwas ganz leicht gegen die Hüfte. Die Schwanzspitze.

Ungeschickt fand er den Drachenschwanz in der Dunkelheit, hielt sich daran fest und stieg schließlich mit einem Fuß darauf. Der Drache ertrug seine Tollpatschigkeit geduldig. Kaum dass er Revyns Gewicht zu spüren schien, hob er den Schwanz und half Revyn so mühelos auf seinen Rücken, dass er beinahe von selbst darauf landete.

Mit weichen Knien und zitternden Händen klammerte er sich fest, vorsichtig, damit er die Flügel nicht verletzte. Er strich durch das weiche, kurze Fell – wie schön es sich anfühlte! – und fand das lange Mittelhorn am Hinterkopf des Drachen, an dem man sich beim Reiten festhielt. So hatte Revyn es zumindest bei Barims

Lehrlingen beobachtet. Er selbst hatte noch nie auf einem Drachen gesessen, geschweige denn einen geritten. *Jetzt können wir wohl fliehen, du und ich.*

Der Drache spannte die Muskeln, Revyn spürte es unter sich wie hundert Bogensehnen, die zurückgezogen wurden. Dann machte der Drache einen Sprung hinaus in die Nacht.

Es war wahrscheinlich kein hoher oder weiter Sprung, doch Revyn schien es, als sinke die Erde unter ihnen fort, während sie in den Himmel emporrasten. Er zog scharf die Luft ein.

Der Drache landete weich und federnd im Gras und Revyn sank mit einem verblüfften Keuchen gegen seinen Hals. Schon machte er den nächsten Sprung. Mit feuchten Fingern klammerte er sich um das Mittelhorn und umschlang mit dem anderen Arm den Drachenhals. Er presste die Wange ins Fell und schloss die Augen.

Immer wieder spürte er den Druck, wenn der Drache aufkam und ihr gemeinsames Gewicht gegen den Erdboden drängte, gleich gefolgt von der flimmernden Schwerelosigkeit, wenn sie durch die Finsternis schwebten …

Es war ein sanfter, gleichmäßiger Rhythmus und bald fühlte er sich vollkommen eins mit ihm.

Revyns Herz schlug im gleichen Takt wie das des Drachen. Er schmiegte sich an das mächtige Tier, als könne er in ihm versinken, bis sie eins waren und er selbst nicht mehr existierte. *Danke, dass du bei mir bist,* flüsterte er in Gedanken. Und ihm war, als kehrten die Worte von diesem fremden und doch vertrauten Geschöpf zu ihm zurück.

# Flucht

Das Morgenlicht wurde vom dichten Blätterdach verschluckt. Nur hier und da fielen feine Sonnenfäden durch das Grün. Irgendwo hoch oben in den Baumkronen hallte das Hämmern eines Spechts wider.

Revyn öffnete die Augen, ohne den Kopf zu heben. Er blieb weiter an den Drachenhals geschmiegt, während sie durch den stillen Wald ritten.

Es musste das erste Mal sein, dass der Drache wieder in der Natur war, seit Barim ihn gefangen hatte. Eigentlich hätte er Revyn längst abwerfen und seine Freiheit zurückerlangen können. Wieso tat er es nicht? Noch dazu war er kein gezähmter Drache, und der Angriff auf den Lehrling hatte doch bewiesen, was er von Menschen hielt …

»Tut mir leid, dass du gefangen warst«, flüsterte Revyn. Dann wusste er nicht, was er noch sagen sollte, und sah sich um. Der Wald kam ihm ungewohnt groß und wild vor. Früher war er öfter Holzhacken gegangen, doch die Umgebung war jetzt völlig anders. Statt kahler Tannen und Fichten umgaben ihn mächtige Buchen und gewundene Eichen. Weiße, süß duftende Wildblumen übersäten den Boden. Rankengeflecht und Moospelze überwucherten die Wurzeln. Blickte man in den Himmel auf, sah man verschlungenes Astwerk.

Durch all dieses wilde Leben wanderte Revyn mit dem Drachen. Ihm war, als seien die Bäume schlafende Riesen … Der Wind, der durch das Blätterdach flüsterte, war ihr leises Atmen. Wenn man genau hinhörte, war alles erfüllt von den leisesten Geräuschen: Tautropfen landeten mit einem *Plitsch* in einer Pfütze, im Dickicht raschelte ein Dachs.

Irgendwann, es musste schon Vormittag sein, fiel Revyn auf, dass sie keinem Weg folgten. Der Drache hatte ihn einfach in die

Wildnis geführt! Wo war die Straße, die Straße, auf der er die Soldaten einholen musste?

»O Mist! Drache … zurück! Wir müssen …« Verzweifelt schaute Revyn sich in alle Richtungen um. Aber überall umschloss ihn tiefer Wald. Der Drache war stehen geblieben, als er so nervös auf ihm herumrutschte. Mit erhobenem Kopf und gespitzten Ohren schien er etwas zu beobachten.

»Was ist? Hörst du mich? Verstehst du mich …« Revyn war so auf den Drachen konzentriert, dass er gar nicht merkte, wie er kam … und plötzlich war er da: der Nebel, so dicht, dass man kaum mehr den Boden sehen konnte. »Wie kann das …«

Der Drache setzte sich wieder in Bewegung und Revyn hielt sich entgeistert am Mittelhorn fest. Der Nebel stieg immer höher, hüllte sich um die Bäume und hing wie zerrissener Stoff zwischen den Ästen. Dann hörte Revyn nicht mehr, wie das Gras und Moos unter den Drachenkrallen raschelten.

Er lehnte sich nach unten und starrte hinab. Der Dunst wich wie auf einen unhörbaren Befehl zurück. Und dort, unter den Krallen des Drachen, war kein Gras und kein Gestrüpp mehr, sondern ein schmaler Pfad.

Revyn staunte. So plötzlich, wie der Nebel gekommen war, hatte er sich wieder aufgelöst. Er blickte noch einmal zurück, aber von den dichten Schwaden war nichts mehr zu sehen. Ein Schauder jagte ihm den Rücken hinab. Vielleicht sind wir durch ein Sumpfgebiet gekommen, dachte er. Ein ziemlich kleines Sumpfgebiet …

Das Sonderbarste aber war, dass der Wald sich vollkommen verändert hatte. Die gigantischen Bäume waren verschwunden – gewöhnliche Fichten und Tannen umgaben ihn. Der Boden war von ihren trockenen braunen Nadeln bedeckt. Der Drache folgte dem Trampelpfad, als hätte er nie etwas anderes getan. Revyn kratzte sich am Kopf und sagte sich, dass seine Verwirrung auf den Schlafmangel zurückzuführen sei.

Ob er es noch schaffte, die Soldaten einzuholen? Womöglich

hatten sie den Wald schon verlassen. Dann würde er sie nie wieder finden … Aber so schlimm war das nicht. Er würde irgendwo auf andere Soldaten stoßen und sich ihnen anschließen können. Das Gute am Krieg war, dass man ihn nur schwer verpassen konnte.

»Drache …« Revyn räusperte sich. »Könntest du … wir müssen uns beeilen.« Er drückte zögernd seine Fersen in die Flanken des Tieres. Der Drache wandte den Kopf zur Seite und stieß ein Schnauben aus, als amüsiere ihn sein Versuch. Dann machte er so plötzlich einen Satz nach vorne, dass Revyn ein Schreckenslaut entfuhr und er sich im letzten Moment festkrallte, um nicht herunterzufallen. Einen Herzschlag später preschten sie den Pfad entlang, dass der Wald neben ihnen in einem Rausch aus Dunkelgrün verschwamm.

Die Sonne stand direkt über dem Wald, als Revyn in der Ferne eine Gruppe von Reitern und Männern zu Fuß erspähte. Es waren die Soldaten. »Da sind sie! Drache, langsamer!« Der Drache dachte natürlich nicht daran, ihm zu gehorchen. Fröhlich jagte er weiter, als renne er vor den Lichtflecken davon, die über sie hinwegtanzten. Revyn sah die Gruppe immer näher kommen. Wenn der Drache jetzt nicht anhielt, würde er sie alle …

»AUS DEM WEEEG!«

Kaum dass die Männer sich umgedreht hatten, stürzten sie sich auch schon schreiend ins Gebüsch. Der Drache donnerte einfach den Pfad weiter. Links und rechts scheuten Pferde und erklangen Drachenlaute. Als sie an der ganzen Gruppe vorbei waren, kam der Drache ruckartig zum Stehen. Revyn wurde so heftig nach vorne geschleudert, dass er sich beinahe am Mittelhorn des Drachen aufspießte. Am ganzen Körper zitternd, sank er zurück. Nun drehte der Drache sich gelassen um und blickte zu den ächzenden und stöhnenden Männern zurück, die wieder aus dem Dickicht krochen.

»… Entschuldigung«, japste Revyn. »Ich … ich will mitkommen.«

Meister Morok, der an der Spitze der Gruppe geritten war, lenkte seinen Drachen wieder auf den Pfad zurück und kam langsam auf ihn zu. Seine kleinen, dunklen Augen schienen unentschlossen, ob sie Revyn oder den Drachen anstarren sollten, und wanderten verblüfft zwischen ihnen hin und her. »Revyn?«, fragte er überflüssigerweise, denn er hatte ihn längst erkannt. Dann betrachtete er den Drachen und versuchte, hinter Revyn zu spähen. »Richtig viel Gepäck hast du wohl nicht dabei.«

Revyn zwang sich, ruhig zu atmen, damit seine Stimme wieder normal klang. »Ich will doch mit. In den Krieg.«

Ein kleines Lächeln glitt über Meister Moroks breites Gesicht, als habe er genau das erwartet. »Du hast ja den Drachen dabei, der den Lehrling angefallen hat. Ich dachte, er wäre noch nicht gezähmt …?« Revyn schluckte.

»Dann vermute ich … der Drache gehört dir.« Meister Morok warf ihm einen wissenden Blick zu, und kurz dachte Revyn, er werde eine Erklärung dafür verlangen, wieso er das kostbare Tier einfach gestohlen hatte. Aber der Händler drehte sich schon um und winkte die restlichen Männer herbei. »Kommt, es geht weiter! Wir haben einen neuen Gefährten.«

Mit einem Augenzwinkern lenkte der Händler seinen Drachen an ihm vorbei. Unbemerkt streckte er die Hand aus, um Revyns Drachen am Hals zu berühren. Mit einem dumpfen Knurren wich der Drache zurück und Meister Morok zog seine Hand blitzschnell in Sicherheit. Dabei sah er Revyn unentwegt mit einem Lächeln an. »Wie heißt dein Drache denn?«

*Palagrin!* Revyn räusperte sich leise: »Also, Pal… Palagrin. Er heißt Palagrin.«

Meister Morok runzelte die Stirn. »Ein Name der Elfen! Hm.« Revyn öffnete verwundert den Mund – den Namen hatte er sich doch einfach ausgedacht!

Der Drache neigte den Kopf und bedachte ihn mit einem tiefen Blick. Dann schwenkte er den Schwanz und setzte sich in Bewegung.

Ihr Pfad ging zusehends im wuchernden Unterholz verloren. Die Soldaten schlugen sich mit ihren Schwertern einen Weg frei, während Revyn etwas abseits am Ende der Gruppe ritt. Die Männer seines Dorfes warfen ihm misstrauische Blicke zu und redeten über ihn und den Drachen. Jeder wusste, dass der Drache Barim gehörte und Revyn nie genug Geld gehabt hätte, ihn zu kaufen. Aber niemand sagte etwas zu ihm, teils weil Revyn dreinblickte, als würde er gleich jemandem an die Gurgel springen, und teils weil die Männer zu beschäftigt mit sich selbst waren, um sich um einen gestohlenen Drachen zu scheren.

Mittags machten sie in einem lichten Buchenwäldchen Rast und aßen. Revyn war hungrig, doch er hatte keinen Proviant dabei. Nachdem er eine Weile unsicher auf dem Drachen hin- und hergerutscht war, wagte er endlich abzuspringen und landete überraschend leicht mit den Füßen im Gras, auch wenn er dabei kein allzu elegantes Bild abgab. Der Drache musterte ihn so geduldig, als sei er ein Kind, das gerade erst Laufen lernt. Mit einem scheuen Lächeln streichelte Revyn ihn. Nur die Götter wussten, ob der Drache ihn je wieder auf sich reiten lassen würde. Die großen, dunklen Augen ruhten auf Revyns Gesicht und schienen tiefer in ihn hineinzublicken, als ein Tier vermochte; und gewiss viel tiefer, als es ein Mensch gekonnt hätte. Revyn ließ es zu und erwiderte den Blick seines Drachen. Dabei war er ja alles andere als *sein* Drache – vielmehr schien der Drache beschlossen zu haben, dass Revyn *ihm* gehörte.

»Palagrin«, murmelte er. Er sagte den Namen ganz langsam und kostete seinen Klang aus.

»Na?« Der Drache wandte den Kopf und sah Meister Morok an, der die essenden Männer verlassen hatte. Nach einem Moment kam er auf Revyn zu und hielt ihm ein Brotstück hin. »Du hast wohl deinen Proviant zu Hause vergessen. Du kannst bei mir mitessen. Ich habe genug dabei.«

Revyn gab sich einen Ruck und nahm das Brot. »Danke.«

Der Drache hatte sich unmerklich hinter ihn gestellt, um dem Händler nicht zu nahe zu sein. Die Augen des Mannes schweiften kurz in seine Richtung. Stille trat zwischen sie. Etwas abseits erklang ein Rülpsen, gefolgt vom lauten Lachen der Männer.

»Es ist verwunderlich«, sagte Meister Morok leise. »Du reitest ohne Zaumzeug – und doch scheinst du ihn lenken zu können.« Wenn der Händler das schon verwunderlich fand, was würde er sagen, wenn er wüsste, dass der Drache sich *selbst* lenkte?

»Du hältst dich am Mittelhorn fest, aber du hältst es nicht am Ende, sondern direkt am Kopf, wo es zwar mehr Halt gibt, du aber ganz leicht aufgespießt werden kannst, wenn der Drache das beabsichtigt.« Der Händler lächelte. »Hast du überhaupt eine Drachenschlaufe? Nein, vermutlich nicht, es sei denn, du hast sie irgendwie in deiner Hose versteckt. Ich bin gespannt zu sehen, wie du aufsteigst, wenn wir weiterziehen.«

Revyn starrte das Brot in seiner Faust an. Der Händler trat einen Schritt näher, und Revyn spürte, wie ihm Hitze über den Rücken kroch.

»Sag mir nur eins, Revyn.« Er flüsterte fast. »Hast du je einen Drachen geritten, bevor du dir diesen da gestohlen hast?«

Revyn trat einen hastigen Schritt zurück. Seine Wangen glühten. »Ich habe nicht –«

»Mir ist vollkommen gleichgültig, was du getan und was du nicht getan hast und was dich dazu bewegt hat, uns nachzureisen«, erwiderte Meister Morok trocken. »Ich bin nicht an deiner Vergangenheit interessiert. Deine Zukunft finde ich spannender.« Er wandte sich halb um. »Ich hoffe, du bist dir darüber im Klaren, dass dein Palagrin ein ungezähmter Drache ist. Wir wollten ihn kaufen, aber er war einfach zu wild, wir konnten ihn nicht einmal anbinden.

Nun gut. Iss das Brot jetzt, wir brechen gleich auf.« Dann hielt der Händler nochmals inne. »Du weißt doch, dass wir nach Logond reisen, oder?« Revyn nickte, obwohl er den Namen der Stadt vergessen hatte.

Der Händler musterte ihn, als glaube er ihm nicht recht. »Du wirkst ein wenig bleich, Junge. Was auch immer geschehen ist, du solltest nicht mehr daran denken. In Logond wartet ein neues Leben auf dich … du wirst schon sehen.« Damit drehte er sich um und kehrte zu den anderen Männern zurück.

Das erste Mal seit seiner Flucht dachte Revyn wirklich darüber nach, was ihn erwartete. Er würde nach Logond gehen. Und dort leben, als wäre er nie woanders gewesen, bis er in den Krieg ziehen und sterben würde. Vorausgesetzt niemand erfuhr von dem, was er getan hatte … Aber selbst wenn, würde das nur noch einen geringen Unterschied machen. Entweder starb er auf dem Schlachtfeld oder am Galgen.

Behutsam strich er durch Palagrins weiches grünliches Fell. Wie in der Nacht schon hatte der Drache ihm nach der Mittagsrast von sich aus auf den Rücken geholfen, ganz ohne Schlaufe. Revyn war wohl der Letzte, der wusste, wieso.

Mit gespanntem Blick hatte Meister Morok verfolgt, wie ungeschickt Revyn auf den Schwanz des Drachen gestiegen war und sich hatte hochheben lassen, und auch danach hatte er ihn noch eine geraume Weile angestarrt.

Revyn fragte sich, was der Händler wohl über ihn dachte. Wenn er sich erinnerte, wie er sich in Meister Moroks Gegenwart verhalten hatte – erst in der Scheune, dann in Barims Haus und jetzt hier im Wald, wo er wie aus heiterem Himmel erschienen war –, kam er sich selbst wie ein Verrückter vor. Doch Meister Morok schien das alles nicht annähernd so zu verwundern, wie Revyn angenommen hätte. Als hätte er alles so erwartet … Revyn fühlte sich ziemlich unwohl bei diesem Gedanken.

Zur Abenddämmerung hielten sie an. Die Männer entfachten ein großes Lagerfeuer, das Funken in die Luft spuckte und ihre Runde in warmes Gold tauchte. Ein paar Dorfbewohner erzählten Geschichten und Märchen, aber Revyn fühlte sich jetzt nicht danach, unterhalten zu werden, und auch die Soldaten und die beiden Händler zeigten kein großes Interesse. Davon ließen sich die Erzähler ihren Spaß nicht nehmen. Sie lachten und scherzten und schienen keinen Gedanken an das Ziel und den Zweck ihrer Reise zu verschwenden.

Bald schon rollte sich Revyn auf dem Moos ein, das ein paar Schritte abseits des Feuers und der lärmenden Gruppe die Erde überzog. Palagrin, der als einziger Drache nicht festgebunden war, weil er kein Zaumzeug hatte, war unter eine große Zeder gelaufen. Von dort beobachtete er nun Revyn und Revyn beobachtete ihn. Jeden Moment könnte der Drache in die Dunkelheit davonpreschen und nie wiederkehren … Nichts hielt ihn auf.

*Bitte,* dachte Revyn immer wieder. *Geh nicht weg. Geh nicht ohne mich …*

Palagrin wandte den Kopf in die andere Richtung und sah in den dunkler werdenden Wald. Lange stand er unter der Zeder, als dächte er nach, während die Nacht über ihnen hereinbrach. Dann ließ der Drache sich nieder und schnaubte. Es klang wie ein schweres Seufzen.

Revyn konnte nicht anders, als zu lächeln. Er legte den Kopf auf die Arme und betrachtete ihn. »Palagrin …« Dann begleiteten das Prasseln des Feuers und die lachenden Stimmen ihn sanft in den Schlaf.

Träumte er schon? Plötzlich stand Revyn allein in der Dunkelheit des Waldes. Das Lagerfeuer, die anderen Männer waren ganz plötzlich verschwunden. »Palagrin?«

Auch er war nirgends zu entdecken. Doch – da war etwas! In der blauen Dämmerung glaubte Revyn einen Umriss zu sehen. Der Drache trug keine Gurte. Seine Flügel waren aufgerichtet wie geöffnete Fächer. Er verweilte kurz auf einer fernen Lichtung und sah Revyn an; dann legte er die Flügel an und setzte mit langen Sprüngen davon.

»Palagrin, warte!« Revyn rannte hinter ihm her. Das weiche Moos federte seine Schritte ab, er war beinahe so schnell wie der Drache. Er wusste nicht, ob Palagrin wollte, dass er ihm nachlief, aber er konnte nicht anders. Der Gedanke, ihn zu verlieren, wieder ganz allein zu sein, war unerträglich. Außer Palagrin hatte er niemanden mehr. Und er wollte niemand anderen! Der Drache und er, sie waren sich ähnlich, sie gehörten zusammen. Die Traurigkeit, die in den weichen, dunklen Augen schwamm, war dieselbe Traurigkeit, die Revyn erfüllte.

Plötzlich stiegen Nebel aus dem Boden. Die Schwaden schlossen sich wie Wände um ihn. Im bleiernen Dunst glaubte Revyn noch einen Drachen zu sehen – und da noch einen und noch einen. Sie waren überall und doch verschwunden, sobald Revyn sich nach ihnen umdrehte.

Er wollte Palagrins Namen rufen, doch seine Zunge konnte ihn nicht formen. Er wusste nicht, wie man ihn aussprach; aber er *fühlte* den Klang des Namens irgendwo in seinem Inneren ... er war ein heißes Rieseln in seiner Brust, ein Flüstern in seinem Kopf. Die Nebel krochen über seine Haut, kamen ihm so nahe, dass sie mit seinem Puls erzitterten. In den Nebeln war etwas. Jemand. Revyn spürte kribbelnden Atem am Nacken, spürte, wie jemand ihm etwas zuflüstern wollte. *»Woher wusstest du, dass er Palagrin heißt? Und weißt du, wie ich heiße? Mein Name ...«*

*»Revyn!«* Erschrocken fuhr er auf. Das Blut rauschte in seinen Ohren. Kurz wusste Revyn nicht, wo er war, bis er Palagrins dunklen Augen begegnete. Sie waren direkt auf ihn gerichtet.

Er hat meinen Namen gerufen, durchschoss Revyn ein verwirrter Gedanke, der Drache hat meinen Namen gerufen! »Palagrin?«, flüsterte er. Im Schein der Glut, die vom Lagerfeuer übrig geblieben war, schimmerten unruhige Lichter in den Drachenaugen.

*Etwas ist hier.* Revyn starrte Palagrin an. War er übergeschnappt oder hatte der Drache gesprochen? Nein, unmöglich. Er konnte sich auch an keine Stimme erinnern, natürlich. Nur an die Worte … *Etwas ist hier.*

Revyn setzte sich langsam auf. Der Schlaf glitt von ihm ab wie eine Decke und allmählich erwachten seine Sinne wieder.

Der umliegende Wald war dunkel und still, abgesehen von den dreißig schnarchenden Männern. Und doch war irgendetwas anders als vorher. Es dauerte einen Moment, ehe Revyn begriff: Im Schein des Feuers sah er den Nebel, der einen Fußbreit über dem Boden waberte. Es war feucht und kühl geworden.

Schließlich legte Revyn sich wieder hin. Er hatte bloß geträumt. Er zog die Knie dicht an den Körper und schlang die Arme darum. Die Kälte, die Dunkelheit, das feuchte Moos unter ihm, alles erinnerte ihn an die vergangene Nacht.

Er wollte die Augen fest schließen, aber dadurch würden die Bilder nicht verschwinden, im Gegenteil. So lag er reglos da, mit leerem Blick, kämpfte gegen seine Gefühle an und gegen die Vergangenheit. Wenn er versuchte, nicht an die letzte Nacht zu denken, kehrte Miran zu ihm zurück, der neben dem Schürhaken lag … Wenn er versuchte, nicht an Miran zu denken, sah er seine Mutter … Egal wohin er sich flüchten wollte, der Tod folgte ihm in jede Erinnerung, durch alle Jahre, in jeden Sommer. Er klammerte die Hände um seine Schultern. Der Schlaf erlöste ihn nicht.

Frühmorgens brach die Reisegruppe wieder auf und die Männer wanderten schweigend durch die Wälder. Revyn fühlte sich erschöpft und allem fern, als Palagrin ihm auf seinen Rücken half.

Die Umgebung veränderte sich. Es war, als seien sie in ein noch verwunscheneres Reich vorgedrungen als am Vortag. Ein Reich, das nicht mehr den Tieren des Waldes gehörte und schon gar nicht ihnen. Auch die anderen schienen es zu spüren – nur so war die beklemmende Stille zu erklären. Der Tag hüllte sich in bleiche Nebel, der die Ferne wie ein Trugbild verschwimmen ließ. Sie aßen zu Mittag, ohne eine Rast einzulegen.

»Wir sollten uns beeilen«, erklärte Meister Morok und gab, wie um seine Worte zu bekräftigen, seinem Drachen die Sporen. »Die Wälder hier sind tückisch … man erzählt sich von elfischen Dieben … Nun, bevor die Nacht anbricht, können wir bereits in Logond sein.«

Die Stunden verstrichen. Langsam schwand das spärliche Licht, und die Sonne sank wie ein schläfriges Auge, das schließlich zufiel.

Revyn nahm in der abendlichen Dämmerung kaum wahr, wie sich die Bäume lichteten. Erst als Palagrin unmittelbar aus dem Wald trat, blickte er auf und sah sich überrascht um.

Vor ihnen lag eine Lichtung. Dahinter erkannten sie Lichter, verstreutem Goldstaub gleich, der ihnen zufunkelte. Die Umrisse von Bauernhöfen und Hütten traten aus der Dunkelheit. Und dahinter, wie ein großer Bruder, der über die Dörfchen wachte, eine riesige Stadt.

## Logond

Palagrin schnaubte unruhig, als er den anderen Drachen und Pferden zum mächtigen Stadttor folgte. Links und rechts stachen Holzpflöcke aus der Wehrmauer hervor. Grobe Klötze schienen an den Stangen zu stecken … Erst im Näherkommen erkannte Revyn, dass es Köpfe waren, aufgespießte Köpfe. Sie starrten ihn aus fauligen Augen an.

»Spione Myrdhans«, murmelten die Männer um Revyn herum. Tatsächlich waren einige der Toten dunkelhaarig und entsprachen dem Bild, das die Männer von den Myrdhanern hatten. Aber da waren auch Köpfe, die anders aussahen. Ihre Haut schien sehr viel heller, die Schädel schmaler … spitze Ohren ragten aus wirren Haarschöpfen. Revyn schluckte schwer. Aus irgendeinem Grund hatte er plötzlich das Gefühl, als starrten die Toten ihn an. Als würden sie *es* wissen … Die Toten kennen die Geheimnisse der Lebenden, ging so nicht ein Sprichwort? Revyn wandte taumelnden Herzens den Blick ab.

Von den Wachtürmen aus hatte man ihre kleine Gruppe bereits entdeckt und die Holztore wurden von vier Soldaten geöffnet. »Seid gegrüßt!«, rief man ihnen entgegen, und die Männer grüßten zurück. Hinter ihnen wurden die Tore wieder geschlossen.

Große Häuser lagen vor ihnen. Eine breite Straße, die von vielen Fackeln erhellt wurde, führte vom Tor aus in die Stadt. Die Gruppe folgte den beiden Drachenhändlern die Straße hinauf. Aus den Fenstern mancher Häuser strahlte helles Licht. Revyn erspähte eine junge Frau, die am Fenster saß und las, und aus einem anderen Haus drang schallendes Gelächter. Aus der Ferne hallte Lärm, seltsam verzerrt von den hohen, dicht gedrängten Gebäuden.

Sie bogen bloß um eine Straßenecke, doch Revyn kam es vor, als seien sie plötzlich in eine fremde Welt geraten: Farbige Laternen hingen über den Hauseingängen und beleuchteten Frauen mit roten Lippen, die laut und derb miteinander scherzten. Zwischen ihnen waren auch Männer in dunklen Kleidern oder Uniformen. Überall zischte, dampfte und brutzelte es, denn in jeder Gasse, jeder Hausöffnung, jedem Kellerloch befand sich eine Garküche. Aus den schweren eisernen Kesseln wurde unaufhörlich herausgeschöpft und nachgegossen, Münzen klimperten, Köche stritten, Blech stieß gegen Blech, jemand verbrannte sich die Finger und fluchte laut.

»Alle zusammenbleiben!«, rief Meister Morok zu den verwunderten Männern zurück. Zu den Soldaten sagte er: »Passt auf die Drachen auf!«

Sie folgten verwinkelten Straßen und Gässchen, bis keiner von ihnen mehr zu wissen schien, woher sie gekommen waren. Alles war fremd und neu und doch blieb es in jeder Straße immer gleich bunt, laut und wirr. Aus den Fenstern, vor die Tücher gespannt waren, plätscherten Musik und mehrstimmiger Gesang. Der Geruch von heißem Fett, Schweiß und Bier machte die Luft schwer. Revyn starrte mit angehaltenem Atem um sich. Er konnte sich gar nicht an allem sattsehen. Ihm war, als sei das ganze Leben der Welt in den verstopften Straßen zu Hause.

»Oh, na sieh mal an!«, riefen die Frauen, an denen sie vorbeikamen. »Naaa, wohin des Weges, edle Herren?« Sie machten Knickse, die viel zu tiefe Einblicke gewährten. Irgendetwas an den Neuankömmlingen schien die Frauen zu amüsieren und sie kicherten und lachten hinter seidenen Fächern.

Revyn spürte, wie die Blicke der Frauen auch über ihn hinwegglitten, und er kam sich zwischen all dem Lärm und den umherschlendernden Menschen seltsam entblößt vor.

»Lasst mir ja meine Männer in Ruhe!«, rief Meister Morok den Frauen zu und lachte.

Die anderen aus dem Dorf staunten genau wie Revyn über die neue Umgebung. Ihre offenen Münder und gaffenden Augen verrieten, dass sie ihr Leben in der Einöde verbracht hatten, und Revyn beschloss, ab jetzt teilnahmslos geradeaus zu schauen, um nicht denselben Eindruck zu erwecken.

Doch der Lärm und das Durcheinander ebbten schlagartig wieder ab und bald umgaben die Männer dunkle, schlafende Hausfassaden. Nur ein streunender Hund kreuzte ihren Weg, und einmal glaubte Revyn Gestalten in den Schatten der Mauern zu sehen, doch sie hielten sich verborgen – die Stadt war hier so ruhig, als existierte das bunte Viertel ein paar Straßen weiter gar nicht. Kurz darauf endete die Straße vor einer mächtigen Treppe. So weit man in die Dunkelheit sehen konnte, zog sich die Treppe in die Höhe; es musste so etwas wie eine Stadtgrenze sein. Hier und da waren auf den Stufen Wachen postiert, doch sie ließen die Gruppe passieren, nachdem Meister Morok ein paar knappe Worte mit ihnen gewechselt hatte.

Je näher sie dem obersten Treppenabsatz kamen, desto neugieriger wurde Revyn darauf, was jenseits der Stufen lag. Schließlich sprang Palagrin das letzte Stück empor. Vor ihnen eröffnete sich ein Platz, auf dem mehrere Baracken nebeneinanderstanden.

»Hier sind wir!« Meister Morok lenkte seinen Drachen vor die Männer. »Was ihr seht, ist der Stadtteil der Krieger von Logond. Die meisten Soldaten von Haradon werden hier ausgebildet, und es ist eine Ehre, neben diesen Männern zu leben und sich einer von ihnen nennen zu dürfen. Jetzt in der Dunkelheit erkennt ihr nicht viel, aber morgen im Tageslicht werdet ihr über die Größe des Platzes staunen.« Er wandte sich an die Soldaten, die mit ihnen gereist waren, und gab ihnen ein Zeichen. Sie stiegen von ihren Pferden.

»Folgt mir zu euren Schlaflagern, damit ihr euch ausruhen könnt«, sagte einer der Soldaten, an die Männer des Dorfes gewandt, und ging auf die Baracken zu. »Morgen erwartet euch der erste Tag eurer Ausbildung.«

Zögernd und neugierig folgten die Männer ihm. Doch als Revyn ihnen nachreiten wollte, sagte Meister Morok: »Du nicht.« Im Schein der Fackeln funkelten seine kleinen Augen. »Du, mein Junge, wirst ein Drachenkrieger. Folge mir.«

Meister Morok, der jüngere Händler und Revyn überquerten mit den Drachen den Platz, der weitaus größer war, als Revyn anfangs vermutet hatte. Scheinbar endlos zogen sich die Hüttenreihen durch die Dunkelheit. Er versuchte, sich vorzustellen, wie viele Krieger in den Baracken wohnten. Es mussten mindestens dreitausend sein, aber Revyn war schlecht im Schätzen. Es hätten auch dreißigtausend sein können.

Er war so in schwindelerregende Zahlen vertieft, dass er die Treppe erst bemerkte, als er unmittelbar vor ihr stand: Wie die erste Treppe, die zu den Soldatenbaracken führte, war auch diese eine Abgrenzung zwischen zwei Stadtteilen. Ein Wachposten kam ihnen entgegen und ließ sie nach einem kurzen Wortwechsel mit

Meister Morok weitergehen. Ehe der Händler den Treppenabsatz erreichte, drehte er sich noch einmal zu Revyn um.

»Willkommen«, sagte er geheimnisvoll, »bei der Elite Logonds. Du wirst arbeiten und trainieren. Du wirst schwitzen und dir wünschen, du wärst nie hergekommen. Aber dafür wird dir ganz Logond zu Füßen liegen. Logond – und die Welt.«

»Wieso ausgerechnet mir?«, entfuhr es Revyn. »Ich, ich habe Euch beleidigt … Wieso macht Ihr es mir leichter als den anderen?«

Wieder schien es, als habe Meister Morok nur darauf gewartet, dass Revyn ihn das fragte. »Ich dachte, das wäre uns beiden klar. Du hast ein Talent, das offensichtlicher ist als die Absichten einer Straßendirne. In dir fließt Heldenblut. Zusammen mit Starrsinn und Unverschämtheit, versteht sich.« Damit trieb er seinen Drachen an und erklomm die letzten Stufen. Revyn folgte ihm verstört. Talent – *er*? Er war nicht stark, nicht ehrgeizig und mutig erst recht nicht. Was könnte er den anderen Männern seines Dorfes denn voraushaben, dass ausgerechnet er ein Drachenkrieger werden sollte?

Mit einem dunklen Blick starrte er den Rücken des Händlers an. Wahrscheinlich spürte Meister Morok das Böse, das in Revyn lauerte. Ja, das musste es sein. Was Revyn von den anderen Männern unterschied, war, dass er Menschen getötet hatte. Und wer könnte ein besserer Krieger sein als ein Mörder?

Sie erreichten einen runden Platz. Statt Baracken säumte ihn ein riesiges Gebäude, das von mächtigen Holzbalken gestützt wurde. Hier und dort führten steile Treppen zu einer Art Sims hinauf, das rund um die Stadtmauer zu verlaufen schien.

»Junge!« Meister Morok musterte ihn fragend. »Du siehst aus, als hättest du einen Geist gesehen.«

Revyn wandte ihm flüchtig das Gesicht zu. »Tut mir leid.«

»Ha!«, lachte der andere Händler. »Siehst Geister, obwohl du hier viel Besseres zu sehen bekommen kannst. Guck mal nach oben. Was siehst du da? Ja, unsere berühmten Drachen der Windgarde!«

Revyn blickte hoch. Auf der Stadtmauer gab es tatsächlich Ställe. In der Dunkelheit erkannte er nicht mehr als Schatten, doch das Klirren und Rasseln der Ketten war unverkennbar: Über ihnen schliefen mehrere Dutzend Drachen.

»Na, da staunst du, was?«, bemerkte Meister Folchs. »Die tragen alle keine Drachengurte. Ihre Flügel sind frei und luftig wie der Himmel selbst!«

»Wie werden sie geritten?«, fragte Revyn. Ohne Gurte hatte ein Reiter kaum Platz auf dem Drachen und musste weit vorne sitzen, wo ihm die Hörner gefährlich werden konnten.

»Sie werden ja nicht geritten«, erklärte Meister Folchs, »sondern *geflogen.* Da ist jede Unbequemlichkeit des Reiters zweitrangig. Da geht es nur darum, in der kurzen Zeit, die sich der Drache mit dem Reiter oben halten kann, so viele Pfeile abzuschießen wie möglich.«
Revyn nickte langsam. Es musste unglaublich sein, auf einem Drachen zu fliegen – allein sie zu reiten war schon ein Erlebnis. Der junge Händler schien ihm anzusehen, was er dachte, und grinste breit.

»Erwarte nicht, dass du in die Windgarde aufgenommen wirst. Du musst vier Jahre lang zu den besten Drachenkämpfern gehören, ehe du dich bewerben kannst, um in den Lüften zu reiten. Nur die tapfersten und kühnsten Krieger werden je einen Drachen in die Schlacht fliegen dürfen. Ihre Aufgabe ist zugleich die ehrenvollste und die gefährlichste.«

Inzwischen hatten sie das kleine Tor erreicht, das man für sie geöffnet hatte. Sie ritten unter den Holzsäulen hindurch und machten kurz vor dem Inneren des Gebäudes halt. Männer in schwarzen Uniformen kamen ihnen entgegengelaufen, um die Drachen in Empfang zu nehmen. Palagrin blieb zögernd stehen, und auch Revyn wusste nicht, was er tun sollte. Ein wenig verwirrt musterten die Männer Palagrin, der weder gesattelt war noch Zaumzeug trug.

»Worauf wartest du?«, fragte Meister Morok, der schon von

seinem Drachen abgestiegen war. Er übergab einem der Männer die Zügel und zog sich die schwarzen Reithandschuhe aus. »Bist dem Drachen wohl schon auf den Rücken gewachsen?«

Schließlich sprang Revyn zu Boden. Ohne nachzudenken, legte er die Arme um Palagrins Hals. *Bitte. Folge den Männern in ihre Ställe und … tu ihnen nichts. Ich werde bei dir bleiben, so wie du bei mir.* Revyn drückte ihn gerade so fest an sich, wie er es wagte. Dann trat er zurück.

»Bitte … legt ihm kein Zaumzeug um«, sagte er mit einem Kloß im Hals. »Er folgt euch auch so zu den Ställen.« Oder auch nicht, wenn er keine Lust hat.

Die jungen Männer sahen ihn an, als hätte er den Verstand verloren. Doch sie sagten nichts und gingen los, die Drachen mit sich führend. Palagrin folgte ihnen so würdevoll wie ein gefangener König und Revyn seufzte tief. Ob vor Erleichterung oder Bedauern, wusste er selbst nicht recht.

»Revyn.« Meister Morok räusperte sich hinter ihm. »Wenn du nicht vorhast, in den Drachenställen zu schlafen, dann komm jetzt.«

Revyn drehte sich um und folgte den beiden Händlern. Kaum dass sie das Gebäude betreten hatten, kam ein Mann mit großen Schritten auf sie zugeeilt. Seine Haare waren kurz geschoren, sodass man die lange Narbe auf der Kopfhaut sehen konnte. »Seid gegrüßt, Meister Morok. Meister Folchs, guten Abend. Ah, und euer junger Begleiter ist …?«

»Revyn. Er stammt aus einem Drachenfängerdorf oben im Norden, wo wir Männer gesammelt haben«, sagte Meister Morok so feierlich, als hätte er Revyn mit einem Adelstitel vorgestellt.

»Nun, Revyn, ich bin der oberste Kommandant der Reitdrachengarde«, stellte der Mann sich vor. Sein Blick flog zu Meister Morok zurück. »Aber du musst mich nicht so förmlich ansprechen, wenn Meister Morok dich in der Absicht hergeführt hat, die ich vermute. Als Drachenkrieger kannst du mich Korsa nennen.« Revyn beäugte ihn misstrauisch. Wie ein großer Soldat oder Krieger sah Korsa nicht aus. Er hatte ein offenes, wenn auch etwas grobes Gesicht und wirkte freundlich.

Meister Morok erzählte ihm, er habe Revyn hergebracht, damit er in die Drachengarde aufgenommen werde. »Ich sehe Begabung in dem Jungen, und du weißt, mein Blick ist scharf wie der eines Falken. Ich bin mir sicher, dass der Junge es weit bringen kann.«

Korsas Blick wanderte abwechselnd zwischen Meister Morok und Revyn hin und her. Schließlich fragte er: »Wie alt bist du?«

»Fünfzehn. Glaub ich«, antwortete Revyn.

Korsa runzelte kaum merklich die Stirn. »Irgendwas in deinem Gesicht lässt dich älter erscheinen.« Er legte den Kopf schief, um Revyn in die Augen zu schauen. »Wieso stehst du so da, Revyn? Als wärst du ein Angeklagter vor dem Richter.«

Revyn erwiderte Korsas forschenden Blick. Eine Weile sahen sie sich schweigend an. Dann lächelte Korsa verwundert. »Es gibt einige unter uns, die in deinem Alter sind. Sie gehören übrigens zu den Besten. Komm, ich zeige dir eine Kammer, in der du schlafen kannst.«

Der Händler machte keinerlei Anstalten, ihnen zu folgen, als Korsa auf einen langen Gang zusteuerte. Revyn drehte sich um und bemerkte, dass Meister Folchs schon verschwunden war. Wo war der Händler hin? Hatte er sich verabschiedet? Ein rätselhaftes Schmunzeln lag auf Meister Moroks Gesicht. »Ich warte in deinem Zimmer auf dich, Korsa. Wir haben noch einiges zu besprechen.«

Korsa nickte, und als der Händler sich umdrehte und in die entgegengesetzte Richtung davonspazierte, wies Korsa wieder in den Flur vor sich. »Als Drachenkrieger steht jedem von uns eine eigene Kammer im Rathaus zu, und bevor du fragst, das hier ist das berühmte Rathaus von Logond. Hier tagt der Stadtrat unter dem Vorsitz des Königs, wenn er uns mit seinem Besuch beehrt, und debattiert über die Planung, die Strategien und die Kosten des Krieges. Wenige Leute haben jemals in ihrem Leben das Privileg, dieses

Gebäude zu betreten, und ich möchte, dass du es auch als Privileg betrachtest.«

Revyn nickte. Dann folgte er Korsa durch den von Fackeln erhellten Gang. Rechts von ihnen gaben hohe Fenster den Blick auf den Übungsplatz der Drachenkrieger frei. Links führten verschiedene Treppen hoch und hinunter oder reihten sich Türen aneinander. Hin und wieder erklärte der Kommandant ihm, wohin die Türen und Treppen führten – zum Speisesaal, zu Übungsräumen, zur Küche, zur Lagerhalle, zu den vier Ställen der Reitdrachen und zu den Sälen, Hallen und Räumen des Stadtrates. Es schien, als sei das Gebäude eher ein Palast als ein Rathaus.

Am anderen Ende des Korridors blieb Korsa vor einer Kammer stehen und bedeutete Revyn einzutreten. Als er im Türrahmen stand, legte Korsa ihm eine Hand auf die Schulter. »Ich hoffe, du bist dir darüber im Klaren, was es bedeutet, dass du jetzt hier bist. Die meisten Männer träumen ihr Leben lang davon, ein Drachenkrieger zu werden. Ich will nicht bezweifeln, dass du aus gutem Grund hergebracht wurdest – Meister Morok hat immer gute Gründe. Er weiß, was er tut, und vor allem, wofür er es tut. Und du weißt es hoffentlich auch. Aber genug davon.« Korsa stieß die Luft lange durch die Nase aus und lächelte. »Schlaf gut, Kamerad. Denn morgen erwartet dich viel Arbeit.«

Revyn nickte benommen und dann schloss sich die Tür und er stand mit tausend Fragen alleine in der Dunkelheit.

Er konnte kaum einschlafen. Alles um ihn war fremd und aufregend und nicht annähernd so schrecklich, wie er es sich ausgemalt hatte. Ja, er konnte kaum erwarten, seine neue Heimat im Licht des Tages zu sehen. Die Gerüche des frischen Holzes, aus dem das Bett gezimmert war, und der weichen, sauberen Kissen machten ihn ganz unruhig vor … vor Freude.

Verwirrt wälzte er sich auf die andere Seite. Er hatte nicht gedacht, je wieder glücklich zu sein. Und er hatte es nicht verdient. Wieso wurde er ausgerechnet jetzt so vom Schicksal beschenkt? Er hatte Schreckliches getan, das stand außer Frage. Aber statt Gerechtigkeit widerfuhr ihm Glück … und davor hatte das Leben ihn nur bestraft. Revyn raufte sich die Haare. Das bequeme Bett schien ihn plötzlich zu verhöhnen, ja, es war purer Hohn, dass jemand wie er hier lag. Die Freude, die ihm im Bauch kribbelte, bereitete ihm Übelkeit.

Vielleicht gab es keine Gerechtigkeit! Vielleicht gab es nur Menschen, gute und böse Menschen, und je mehr man sich bemühte, zu den Guten zu gehören, umso mehr verspottete einen die Welt.

Mirans Mut hatte ihm den Tod gebracht. Und sein Vater … Womöglich war er gar nicht in einer Schlacht gestorben. Der Gedanke, dass ihm gar ein ähnliches Glück vergönnt gewesen sein könnte wie Revyn, machte ihn rasend.

Er rieb sich übers Gesicht, bis sich die Haut heiß anfühlte. Dann überkam ihn doch der Schlaf, und er schlief besser und tiefer, als sein Gewissen hätte zulassen dürfen.

Laute Hornrufe erklangen von den Stadtmauern. Verwirrt richtete Revyn sich in den Laken auf. Noch einmal schallte der Ruf der Hörner durch das Fenster über seinem Bett, um die Krieger zu wecken. Das erste Licht des Tages tauchte die Kammer in blasses Rosa.

Revyn sah sich einen Augenblick in seinem neuen Zuhause um, denn in der Dunkelheit gestern hatte er kaum etwas erkannt. Viel gab es nicht zu sehen außer dem Bett, einer kleinen Truhe und einem Stuhl. Schließlich griff er nach seinen Kleidern, die er letzte Nacht über den Stuhl gelegt hatte. Gerade hatte er einen Fuß ins erste Hosenbein gesteckt, da wurde die Tür aufgerissen.

»Aufstehen!«, rief ein junger Mann und warf ihm ein Kleiderbündel zu. Vor Schreck fiel Revyn mitsamt dem Bündel auf sein Bett zurück und kämpfte einen Augenblick lang mit den Decken um seine Würde. »Ah – ich, verflucht!«

»Anziehen und dann den Gang geradeaus zum Frühstück, Kamerad!«

Die Tür fiel ins Schloss, kaum dass Revyn wieder aufgesprungen war, halb in seine Decke gewickelt, und ein »Ja« stammeln konnte. Er schloss kurz die Augen und biss die Zähne aufeinander, bis sein Gesicht nicht mehr glühte. Aber schließlich musste er lächeln. Mit gerunzelter Stirn fuhr er sich über die zerzausten Zöpfe und drehte sich zu seinen neuen Kleidern um.

Die Uniform war so schön, dass Revyn sie einen Augenblick nur anstarren konnte. Sie bestand aus einem schwarz gefärbten Lederharnisch, dessen viereckige Nieten ihm funkelnder und leuchtender vorkamen als die Diamanten eines Königs. Ein schlichter Überschlag stützte den Nacken, ganz so wie bei richtigen Kriegern – mit einem flauen Gefühl erinnerte Revyn sich daran, dass er selbst nun auch ein *richtiger Krieger* war. Mehr oder weniger.

Zu dem Harnisch hatte Revyn einen Gürtel bekommen, an dem zahllose Haken, Beutel und Verschlüsse angebracht waren. Eine Weile versuchte er, ihren Zweck zu ergründen, aber er klemmte sich bloß den Finger in einem auf- und zuschnappenden Geheimfach ein. Sicherheitshalber ließ er dem Gürtel vorerst seine Mysterien. Zu der Uniform hatte er auch eine Leinenhose, ein Hemd und Unterwäsche bekommen. Vorsichtig, als seien die neuen Kleider eine Kostbarkeit, die Revyn nur geliehen worden war, zog er sich an. Der Harnisch war ihm ein wenig zu groß, sodass der Kragen immer verrutschte, und die zu weiten Ärmel ließen seine Schultern um einiges breiter wirken, als sie waren. Zu Revyns Entzücken entdeckte er auch noch wundervoll gearbeitete Lederarmbänder und streifte sie sich sogleich über; sie sollten offenbar die Handgelenke beim Reiten der Drachen stützen. Schließlich schlüpfte er in die Stiefel, die ihm ebenfalls ein wenig zu groß waren, und schnallte sich vorsichtig seinen Gürtel um. Dann trat er in den Korridor hinaus.

Helles Tageslicht fiel durch die Fenster zu seiner Linken und malte goldene Streifen in den Korridor. Junge Männer, wie Revyn gekleidet, liefen an seiner Tür vorbei in Richtung Speisesaal, und

Revyn schloss sich dem Strom schwatzender Drachenkrieger an. Bald schon erspähte er eine geöffnete Doppeltür, aus der laute Stimmen, Klirren und Stühlerücken drangen. Er betrat eine Halle mit dunklen Holzwänden. An vier langen Tafeln aßen mehr als hundert Männer. Links von der Eingangstür waren Kessel aufgestellt, vor denen sich die Neuankömmlinge in einer Schlange anstellten. Revyn reihte sich ein.

Während er auf seine Ration wartete, sah er sich im Speisesaal um. Tatsächlich waren die meisten Krieger, die an den Tischen ihren Haferschleim schlürften und die neusten Klatschgeschichten austauschten, kaum älter als er selbst. Bärtige, finster dreinblickende Riesen, wie Revyn sich die Soldaten vorgestellt hatte, fanden sich hier nicht.

Endlich war Revyn an der Reihe. Ein Mann, der ebenfalls die schwarze Uniform trug, goss eine Suppenkelle voll Haferbrei in eine Holzschüssel und überreichte sie Revyn mit einem Löffel und einem freundlichen Nicken. »Hier, Kamerad.«

»Danke … Kamerad«, murmelte Revyn, nahm die Schüssel entgegen und drehte sich um. Seine Füße bewegten sich unaufhaltsam auf die Tische zu, und ihm blieb nur noch wenig Zeit, um zu überlegen, wie er sich möglichst unauffällig zwischen die anderen Männer zwängen sollte. Aber da hatte man ihn bereits bemerkt, und ein Junge rutschte zur Seite, um ihm Platz zu machen.

»Setz dich zu uns, Kamerad!«, forderte er ihn auf. Revyn kam mit einem scheuen Lächeln näher. »Bist gestern neu gekommen, was?«, fragte der Junge und musterte ihn von oben bis unten. Revyn blickte ebenso neugierig zurück: Die Augenbrauen des Kriegers schienen erstaunlich beweglich, und seine Lippen sahen aus, als könnten sie sich zu jeglicher Art von Lächeln kräuseln. Das hellbraune Haar war so lang, dass er sich die meisten Strähnen im Nacken zusammenbinden konnte.

»Woher weißt du, dass ich gestern neu gekommen bin?«

Der Junge musterte ihn mit einem abschätzenden Lächeln. »Ich weiß alles, was in Logond vor sich geht, vom Mausepieps bis zum Schnarchen deiner Oma. Bin nämlich ein mächtiger Hellseher mit tausend Ohren am Hintern. Mein Name ist übrigens Capras.«

Revyn war nicht sicher, ob der Junge sich über ihn lustig machen wollte. Nach kurzem Zögern sagte er: »Ich heiße Revyn.« Sie schüttelten sich die Hände. Revyn hatte den Verdacht, dass der Junge seine Finger ein wenig mit Absicht einquetschte.

»Und wie gefällt's dir hier?«

»Ich hab noch nicht viel gesehen.«

»Ah so«, murmelte Capras. »Dann werd ich mal anfangen, dir ein paar Leute zu zeigen.« Er beugte sich näher zu Revyn vor. »Dreh dich mal um. Dahinten am Tisch sitzen die Windreiter.« Eine widerwillige Ehrfurcht lag in Capras' Stimme. Revyn drehte sich um und sah eine Gruppe von Männern, die alle älter aussahen als die übrigen Drachenkrieger.

»Man muss mindestens vier Jahre Drachenkrieger gewesen sein, bevor man auf einem Drachen fliegen darf. Der ganz links mit dem kurzen Bart ist Meister Meggis. Daneben sitzt Meister Robwin, der schon uralt ist. Daneben siehst du Meister Felgis, Meister Asran, Meister Horab und die spitznasige, grauhaarige Frau dort, das ist Meisterin Sazael, eine der wenigen Frauen hier. Manche sagen aber auch, sie sei eher ein Drache. Leg dich mit keinem von ihnen an, denn sie sind Logonds Helden. Und jetzt zu unseresgleichen«, fuhr der junge Drachenkrieger fort. »Siehst du den dünnen Spargel dahinten?«

Revyn lehnte sich vor und erspähte einen schlaksigen Jungen mit schiefen Zähnen, der gerade unter vollem Körpereinsatz eine Geschichte erzählte. »Das ist Fero, einer der Stallmeister der Winddrachen. Wenn du ihm zugeteilt wirst, kannst du dir erst mal drei Stunden lang seine Witze anhören, die, nebenbei bemerkt, so lustig sind wie Blasen an den Füßen. Aber wenn du's dir bei ihm nicht verscherzen willst, dann musst du lachen. Er bevorzugt die Kategorie Hühnergackern. Und das da ist Knoblauch.« Er deutete auf einen

Jungen, der vielleicht ein paar Jahre älter war als sie, aber schon so stämmig wie ein Bär. Andächtig schlürfte er seinen Haferschleim. »Wir nennen ihn Knoblauch, weil seine Eltern Metzger sind. Und auch weil er eben nach Knoblauch müffelt. Ich glaub, er weiß inzwischen gar nicht mehr selbst, wie er wirklich heißt. Ist nicht der Hellste. Neben ihm der Alte, das ist Ulja.«

Der grimmige Drachenkrieger schaute just in diesem Moment in ihre Richtung. Capras senkte blitzschnell den Kopf und schien plötzlich sehr beschäftigt mit seinem Haferschleim. »Starr ihn nicht an!«, zischte er Revyn zu, der etwas erschrak, als er erkannte, dass das rechte Auge des Alten aus Glas war. Er blickte rasch an die Decke der Halle. Capras grunzte amüsiert. »Angeblich hat Ulja mal jemanden über die Stadtmauer geworfen, weil er ihm auf den Fuß getreten ist. Er hatte sich grade die Stiefel geputzt, musst du wissen. Mann, der Kerl ist verrückt! Aber unterhaltsam allemal.«

Revyn räusperte sich leise. Er hatte das unbestimmte Gefühl, noch immer vom Glasauge angestarrt zu werden. »Und gibt es hier auch Leute, die …«

»Normal sind?« Revyn nickte erleichtert. »Aber klar. Die beiden schlafen aber noch.«

Eine Weile schwieg Revyn, um diese Nachricht zu verdauen. »Verpassen sie denn nicht das Frühstück?«

»Doch.« Capras nahm einen Löffel Haferschleim. »Ist aber nicht schwer, aus der Küche was zu klauen.«

»Ach so«, murmelte Revyn und beschloss zu essen.

»Weißt du schon, wo du eingeteilt wirst?«, fragte Capras weiter. Revyn hatte indes den Fehler begangen, sich einen ganzen Löffel Haferschleim in den Mund zu schieben. Der Brei war so heiß, dass ihm Tränen in die Augen stiegen. Mit schmerzverzerrtem Gesicht schüttelte er den Kopf.

»Nein«, wiederholte er heiser, als er den Haferschleim hinuntergewürgt hatte. Dankend griff er nach dem Becher, den Capras mit Wasser gefüllt hatte. »Was meinst du mit *eingeteilt*?«

»In welchen Bereich du eingeteilt wurdest. Jeder wird hier eingeteilt. Kommst du gleich zur Kriegsausbildung, gehst du in die Küche, um Kartoffeln zu pellen, mistest du für die nächste Woche die Ställe aus?«

»Keine Ahnung. Mir hat man noch nichts gesagt«, gestand Revyn.

Capras aß fröhlich weiter. »Dann bete, dass du nicht in den Stall kommst.«

»Wieso?«

»Nun …« Capras runzelte die Stirn, während er angestrengt nach den richtigen Worten zu suchen schien. »Also, im Stall, wie soll ich sagen – schaufelst du Drachenmist!«

»Is gar nich so schlimm, wie die Jungs sagen.« Der schlaksige junge Mann verdrehte sich im Gehen, um Revyn angrinsen zu können, und wedelte mit der Hand. »In den Stall komm die Neuen immer.«

Revyn lächelte unsicher. Sein Führer war der Mann mit den schiefen Zähnen, den Capras ihm beim Frühstück gezeigt hatte, doch er hatte seinen Namen wieder vergessen. Und der Kerl nuschelte so, dass er ihn nicht verstanden hatte, als er sich vorstellte. Sein Name klang ungefähr wie *Scheschno* – vorausgesetzt, der Teil hatte noch nicht zu seinem Niesen gehört. Jedoch schienen ihn weder das Nuscheln noch sein Schnupfen daran zu hindern, ohne Atempause zu erzählen – auch die Tatsache, dass um sie herum der Lärm unzähliger Krieger, klappernder Waffen und Drachen herrschte, bewegte ihn nicht dazu, lauter, geschweige denn deutlicher zu sprechen. Revyn hatte alle Mühe, ihm durch das Durcheinander auf dem großen Platz zu folgen, ohne permanent in jemanden hineinzulaufen oder über etwas zu stolpern.

»Weißte, ich bin der unterste Stallmeister der Winddrachen. Is nur neun Ränge weit weg vom obersten Stallmeister. Die Ställe der Reitdrachen sin heilig, Logonds Schatz, ja. Aber die Kronjuwelen, sag ich dir – die Kronjuwelen, das sin die Ställe der Winddrachen. Weißte, wie viel so 'n Tier wert is? Bis die so eine Stunde fliegen können, mit dem schweren Reiter drauf, und bis die das überhaupt zulassen und trainiert sind, sodass sie den Reiter nich einfach abwerfen – das dauert und kostet schon mal 'n paar Lehrlinge. Is natürlich viel schwieriger als bei den Reitdrachen, denen man einfach die Flügel festbindet.«

Der Stallmeister hielt kurz im Sprechen inne, als ein krachendes Geräusch und anschwellende Rufe hinter ihm erklangen: Revyn wäre beinahe von einem Wagen überfahren worden und hatte den Heukorb eines Drachenkriegers umgestoßen. »Tut – tut mir leid!«, stammelte er, auf einem Bein hüpfend, und versuchte verzweifelt, das Heu aufzusammeln. Rücklings stolperte er gegen seinen Begleiter.

»He, Kamerad ...« Der Stallbursche grinste. »Was machste denn? Du wurdest nich zum Heuaufkehren eingeteilt. Und Vorschriften sin nun mal Vorschriften. Die Winddrachenställe sin gleich hier drüben.«

Revyn beeilte sich diesmal, nicht wieder einem Wagen in die Quere zu kommen. Ungeduldig zupfte er sich ein paar Heuhalme aus den Zöpfen. Dann erreichten sie eine schmale Treppe, die so steil zu den Stadtmauern hinaufführte, dass Revyn fast ein wenig schwindelig wurde. Der Stallmeister erzählte ihm gerade von dem Brandmal, das er (oder jemand anderes, das bekam Revyn nicht ganz mit) versehentlich mit einem glühenden Eisen auf den Hintern bekommen hatte.

»... und so war's dann also 'n Kochtopf«, schloss der Stallbursche feixend, als sie endlich oben ankamen. Revyn machte sich nicht die Mühe, etwas darauf zu erwidern. Vor ihnen lag ein fast zehn Meter breiter Weg, der in einem Halbkreis um den Stadtteil der Drachenkrieger führte und somit gut einen Kilometer lang war. Einen Augenblick verweilte Revyn, wo er stand, und konnte nichts anderes tun, als zu starren. Die Größe des Viertels, das ja nur den Drachenkriegern gehörte, raubte ihm den Atem. Funkelndes Gewimmel herrschte von hier bis zur gegenüberliegenden Wehrmauer. Dahinter erstreckte sich nichts als blauer Himmel, wie ein Seidentuch, das man über all das rege Leben gespannt hatte. Unter dem Platz der Drachengarde lag die restliche Stadt: ein Haus neben dem anderen, unzählige Turmspitzen und Dächer und Schornsteine in einem Dschungel aus Ziegelsteinen, Holz und Stroh. Logond erstrahlte in all seinem Glanz und seiner Größe im zarten Licht des Morgens. Revyn hatte nie etwas so Schönes, so Imposantes gesehen.

»Na, auf geht's, hier entlang, Kamerad«, näselte der Stallbursche und schwenkte den langen Arm in eine Richtung. Mit großen Augen ging Revyn ihm hinterher. Ein paarmal versuchte er, über die Stadtmauer zu spähen, aber die Holzpflöcke waren an dieser Stelle zu hoch.

»Ähm – *Scheschno*!« Als der Stallbursche sich verwundert zu ihm umdrehte, räusperte Revyn sich. »Wie hoch ist eigentlich die Stadt? Logond, meine ich?« Er beeilte sich, neben den Stallmeister zu kommen, um ihn besser zu verstehen.

»Na, es heißt, irgendwann wollte mal 'n König von Haradon eine Stadt bis in Himmel baun. Wenn wer von der Mauer runterfällt, sollte er erst als Greis auf 'm Boden wieder aufkomm. Stell dir mal vor, dein Leben geht weiter, während du fällst! Ich mein, verdammt verrückt, oder?« Revyn befürchtete, dass der Stallmeister diese Vorstellung tatsächlich für möglich hielt. »Jedenfalls ist Logond noch nich so hoch. Hab noch nie gehört, dass wer als Greis unten aufgekommen wär.«

Bald erreichten sie eine Stelle, an der der Weg in einen Platz auslief, der aussah wie ein übergroßer, langer Balkon. Sie waren bei den Ställen der Winddrachen angekommen.

Unter riesigen Überdachungen aus Stroh und Holzbalken standen die Tiere dicht gedrängt. Schwere Eisenketten verbanden die Drachen durch ihre Halsbänder miteinander. Ihre Flügel waren nicht wie bei Reitdrachen festgebunden und so wirkten sie noch beeindruckender als sonst.

»So, und jetzt zur Arbeit«, sagte der junge Mann überraschend deutlich. »Die Ställe werden morgens und abends ausgemistet. Hier …« Er ging zum ersten Winddrachen. Schwere Holzbalken hinderten ihn daran, einfach aus seinem Stall zu laufen. »… und in diesen Karren packste den Drachenmist.« Ehe Revyn sichs versah, wurde ihm eine große Schaufel in die Hand gedrückt.

»So. Den Karren ziehste dann von Drachen zu Drachen und machst dahinten alles tipptopp sauber. Wenn du dort ankommst«, der Stallbursche deutete in die Ferne, »findest du ein Loch im Boden, durch das wir den Mist entsorgen. Fällt dann alles aus der Stadt raus, deshalb nennen's manche das stinkende Loch des Todes.« Es dauerte eine Weile, bevor der Stallmeister sich von seinem atemlosen Lachanfall erholt hatte. Revyn wartete ruhig, bis er weitererklärte: »Da stellste den Karren drüber und ziehst 'n Boden vom Karren an diesem Hebel hier auf. Und schon fällt alles raus, in …«

»Ja, das stinkende Loch des Todes, schon verstanden.« Revyn trommelte unbehaglich mit den Fingern auf den Schaufelgriff, während der Stallbursche wieder losprustete. Schließlich rang auch er sich zu einem Lachen durch, wenn auch nur aus Höflichkeit. In Wirklichkeit war er ganz auf das ungute Gefühl konzentriert, das sich wie ein bleierner Klumpen in seinem Magen zusammenballte. Nicht etwa weil er für den Rest des Tages einen stinkenden Misthaufen hinter sich herziehen würde – der Gedanke, in die Ställe der Winddrachen klettern zu müssen, erfüllte ihn mit flauem Unbehagen. Wie viel mächtiger sie doch mit freien Flügeln wirkten …

»Na also dann, viel Spaß, Kamerad.« Der Stallbursche schlug ihm kräftig auf den Rücken. »Wir sehn uns beim Abendessen.«

Und dann war Revyn mit den Drachen alleine.

## Erster Tag und erste Nacht

Jeder Muskel schmerzte. Seine Hände brannten, vor allem zwischen Daumen und Zeigefinger, wo er den Karren gehalten hatte. Sein Geruchssinn war nach elf Ladungen Drachenmist betäubt. Im Grunde fühlte sich Revyn wie zu Hause.

Entgegen seiner anfänglichen Besorgnis waren die Winddrachen gutmütig und behutsam. Doch wann immer Revyn sich umdrehte, war ein Paar schwarzer Murmelaugen auf ihn gerichtet. Es war nicht der Blick eines gewöhnlichen Tieres. Gedanken spielten hinter den Pupillen, als würde der Drache im nächsten Moment den Mund öffnen und zu sprechen beginnen. Eine Aufforderung lag darin. Oder vielleicht eine Frage. Revyn fühlte sich schrecklich, wenn er die Drachen nicht zu beachten versuchte und einfach seiner Arbeit nachging. Aber mit ihnen sprechen, als sei er sicher, dass sie ihn verstünden, brachte er auch nicht über sich – jeder Krieger, der vorbeikam, würde ihn ja für verrückt halten. So verbannte er alle Gespräche, die er mit den Drachen führen wollte, in seine Gedankenwelt.

*Wie ist es für euch in Logond?*, fragte er die Drachen. Und es war wahrscheinlich derselbe hirnverbrannte Teil in ihm, befürchtete Revyn, der diese Frage stellte und auch beantwortete: *Sieh dich doch um, dann weißt du es.*

*Sehnst du dich manchmal nach der Freiheit?*

*Freiheit! Was ist das?*

*Nun, es bedeutet, dass du gehen kannst, wohin du willst.*

*Ist das wirklich Freiheit? Was, wenn wir gar nicht wissen, wohin wir wollten? Was, wenn wir nirgends hinwollen, weil wir keinen anderen Ort als diesen kennen? Nicht nur euer Eisen kettet uns an …*

Erst wenn Revyn einen Stall verließ, rang er sich zu einem leisen »Bis bald« durch, und manchmal hatte er sogar das Gefühl, die Drachen würden überrascht die Köpfe heben und ihm hinterherblicken, bis er zwischen den anderen Kriegern auf dem weiten Steg verschwunden war.

Revyn hatte Zweifel, ob er im regen Treiben auf Logonds Mauern das Loch finden würde, durch das er den Drachenmist entsorgen sollte. Aber es war nicht zu verfehlen. Mehrere Stallburschen und Krieger, die wie er das Unglück hatten, zum Stallausmisten abgeordert worden zu sein, sammelten sich mit ihren Karren um einen kleinen Platz am Rand der Mauer. Die Falltür, von der der Stallmeister gesprochen hatte, war in den Boden eingelassen.

Als die Sonne hinter den westlichen Mauern Logonds unterging, erklangen rund um die Stadt Hornrufe ähnlich denen, die Revyn morgens geweckt hatten. Nur diesmal schien ihm ihr Klang tiefer und sehr viel friedlicher. Obwohl es noch nicht dunkelte, kamen Mädchen und Jungen die weiten Treppen zum Stadtteil der Drachenkrieger herauf und entzündeten entlang des Rathauses Fackeln. Denn es war, wie ein Drachenkrieger Revyn erklärte, in Logond Brauch, dass Kinder die ersten Lichter in der Stadt anzündeten, um böse Nachtgeister fernzuhalten.

Der hektische Tageslärm verwandelte sich in ein fröhliches Stimmengewirr, als die Drachenkrieger sich nach Hause aufmachten. Hier und da bekam Revyn Unterhaltungsfetzen mit. Man erzählte sich von den Tageserlebnissen, freute sich auf das Abendessen oder tauschte Witze aus. Die meisten Krieger waren etwas älter als Revyn, aber sie gebärdeten sich wie unbekümmerte Jungen. Jungen, die Drachen, Waffen, ja, einen ganzen Stadtteil für sich hatten.

Revyn folgte den Kriegern durch das Rathaustor bis in den Speisesaal. Feuerschalen tauchten die Halle in mattwarmes Licht. Die Schlange vor den dampfenden Kesseln schien noch länger als am Morgen und der Duft von Gebratenem erfüllte den Saal.

Endlich war auch Revyn an der Reihe und bekam einen großen Teller mit ofenwarmem Brot, Braten, gekochten Karotten und zum Nachtisch sogar eine halbe Birne. Ganz sicher hatte Revyn noch nie so gut zu Abend gegessen.

Als er kurz den Blick durch die Menge schweifen ließ, entdeckte er den Jungen vom Frühstück wieder, Capras.

Revyn setzte sich. »Hallo!«

»Ah – zurück vom Mistschippen!« Um sie herum herrschte ohrenbetäubender Lärm. Weiter abseits sang eine Gruppe von Kriegern sogar ein kleines Ständchen:

*Hast du noch, Hola-Holo-Hoho,*
*dein Kinderschwert aus Holz?*
*Ein Knabe warst du, Ha-Hola-Hoho,*
*nun seh ich, Liebster, voller Stolz,*
*wahr ist dein Traum, Haho-Halo-Hoho,*
*vom großen, starken Krieger,*
*du bist in aller Welt, Hola-Holo-Hoho,*
*der viel geliebte Sieger!*

»Wird dieses Lied nicht von einer Frau gesungen?«, fragte Revyn laut. Aber obwohl er sich näher zu Capras vorgebeugt hatte, hörte er seine Antwort nicht. Zufällig brach das laute Singen in diesem Moment ab, sodass Revyn rasch seine eigentliche Frage stellen konnte: »Sind die betrunken?«

»Es ist verboten zu trinken«, erklärte Capras, »… vor den Kommandanten und Hauptmännern.« Er lehnte sich grinsend zurück und deutete auf zwei Jungen, die ihnen gegenübersaßen. »Revyn – das hier ist Jurak, und das ist Twit, die du heute Morgen verpasst hast.«

Der Erste, den Capras Jurak genannt hatte, hob schüchtern die Hand zum Gruß. Er konnte nicht jünger als Revyn sein, war wahrscheinlich sogar ein bisschen älter, aber irgendetwas in seinem Gesicht ließ ihn kindlich erscheinen. Es musste daran liegen, dass er die Augenbrauen in einem unsicheren Runzeln verzog. Ganz anders war der zweite Junge, Twit. Er nickte Revyn mit einem neugierigen, aber nicht unfreundlichen Blick zu. Hellblonde Haare umflammten sein Gesicht und die blassen Augen. Etwas Unberechenbares hatte sich irgendwo bei den Mundwinkeln festgesetzt, die hin und wieder verkniffen zuckten.

Die drei Jungen tauschten Blicke. Dann legte Capras Revyn eine Hand auf die Schulter. Die Männer hatten ihr Lied wiederaufgenommen, ihr Grölen erfüllte die ganze Halle, und Capras musste sich dicht an Revyns Ohr beugen, um verstanden zu werden: »Willst du wissen, was es *wirklich* heißt, Drachenkrieger zu sein? Nach dem Abendessen …?«

Revyn sah ihm in die Augen. Womöglich lag es nur am Feuer, das sich darin spiegelte, doch Revyn schien es, als tanzten hinter diesen Augen alle Geheimnisse Logonds. Und alles Verbotene. »Klar.«

Die kalte Luft erfrischte sie wie ein Schwall Wasser, als sie hinaus ins Freie traten. Der Lärm verstummte hinter den schweren Doppeltüren und plötzlich herrschte angenehme Stille. Nur noch das Knistern der Fackeln, die rings um das Rathaus leuchteten, und das gelegentliche Rasseln der Ketten erklangen, wenn einer der Drachen sich irgendwo hoch über ihnen regte.

»Kommt, hier lang!«, raunte Capras. Revyn, Twit und Jurak folgten ihm durch die Schatten des Gebäudes. Revyns Herz schlug schnell. Wohin liefen sie? Er beschloss, alles auf sich zukommen zu lassen. Als sie bei der weiten Treppe ankamen, blieben sie stehen. Capras berührte seine Schulter und sagte: »Den ganzen Tag lang Drachenmist schaufeln – jetzt wirst du sehen, wieso sich das alles lohnt.«

»Verrat ihm nicht zu viel, Cap«, riet Twit mit einem schiefen Grinsen. »Er soll selbst sehen, wie es in Logond läuft.«

Jurak gluckste leise, während sein Blick unruhig zwischen Capras und Twit hin- und herschwirrte. Sie gingen die Stufen hinab. Jeder Narr hätte erkannt, dass sie etwas im Schilde führten. Allein wie sie die Köpfe duckten, wie sie tuschelten und sich anrempelten und ermahnten, die Klappe zu halten – jeder hätte sofort gewusst, dass sie minderjährige Drachenkrieger waren und sich heimlich in die Unterstadt schleichen wollten. Aber die Wachposten auf der Treppe waren entweder blind, oder es war ihnen ganz einfach egal, dass die jungen Krieger sich Nacht für Nacht rausschlichen und erst wiederkehrten, wenn die morgendlichen Hornrufe sie zur Arbeit riefen.

Als sie außer Reichweite der Wachfackeln waren, sprangen Capras, Twit und Jurak einen Augenblick umeinander und pufften sich in die Seite; dann zog Capras Revyn am Ärmel voran, und sie rannten weiter durch die Dunkelheit, vorbei an den Baracken der gewöhnlichen Fußsoldaten.

Die zweite Treppe lag mit einem Mal hinter ihnen und im nächsten Augenblick standen sie vor einem Haus in einer schmalen Seitengasse. Durch die Ritzen der schiefen Holztür sickerte Licht.

Capras drehte sich mit fachmännischer Miene zu Twit um. »Twit, willst du übernehmen?«

Twit nickte und trat vor Revyn. »Alles klar, jetzt guck mal.« Er öffnete die Schnüre seines Harnischs und entblößte im Schein des bleichen Lichts seinen Oberarm. Revyn machte ein überraschtes Gesicht, als er die Tätowierung erkannte. Es war ein galoppierender Drache mit gespreizten Flügeln. Darunter stand eine winzige Inschrift.

»Was steht da?«, fragte Revyn.

»Da steht: *Der Sieg gebührt den Besten*«, erklärte Twit. In seiner Stimme lag Stolz. »Ich kann nicht lesen, aber ich weiß, dass es da steht.«

Inzwischen hielten auch die anderen beiden Revyn ihre Arme hin. »Ihr habt alle dasselbe –« Er verstummte. Capras hatte nicht wie Twit und Jurak den galoppierenden Drachen auf dem Arm. Stattdessen schmückte ihn das Bildnis einer üppigen Dame.

»Oh – oh.« Revyn schmunzelte und legte den Kopf schief, um das Bild besser zu erkennen. »Also … dann findest du Frauen … schöner als Drachen?« Capras lachte.

»*Angeblich* war er betrunken, als er es sich stechen ließ, stimmt's, Cap?« Jurak grinste. »Aber wir wissen ja, was *du* am wichtigsten findest.«

»Moment mal, ich bin genauso dabei wie ihr, verstanden?«, verteidigte sich Capras mit gespielter Entrüstung. »Hier, darunter steht dasselbe. Revyn, schau: *Der Sieg gebührt den Besten*, siehst du's? Den Spruch kann man eben in allen Lebenslagen anwenden ...«

Twit und Jurak lachten. Unter Capras' halbherzigen Versuchen, seine Vaterlandsliebe zu beteuern, und dem Gespött seiner Freunde merkte Revyn gar nicht, wie die Jungen ihn durch die Tür ins Haus drängten. Erst als alle verstummten, wurde Revyn bewusst, dass in der Stube vor ihnen ein Mann stand.

»Kann ich euch helfen?«, fragte er gelangweilt. Sein erstaunlich langer und spitzer Ziegenbart wies wie der Stachel eines Skorpions auf sie. Dunkelblaue Tätowierungen bedeckten seine Arme.

»Also, wir wollen unserem Freund hier eine Tätowierung stechen lassen«, sagte Capras. Revyn dämmerte, dass *er* dieser Freund war. Langsam wandte er sich Capras zu. »Keine Sorge.« Capras klopfte ihm auf die Schulter und schob ihn auf den Ziegenbart zu. »Für Drachenkrieger ist hier alles umsonst. Nicht wahr, Alter?«

Der Ziegenbart blähte die Nasenflügel. »Ja, natürlich.« Sein Blick blieb feindselig auf Capras geheftet, während er aus einer dunklen Zimmerecke zwei Stühle heranzog. Aus der Schublade eines Schränkchens holte er ein schmuddeliges Stoffbündel und wickelte es auf, sobald er auf einem der Stühle Platz genommen hatte. Capras, Twit und Jurak drückten Revyn auf den zweiten.

»Wer das durchsteht«, sagte Capras und wies mit einem Kopfnicken auf die lange Nadel, »der ist echt ein Drachenkrieger.«

»Und wer das nicht durchsteht?« Revyns Stimme kam ihm selbst schrecklich piepsig vor.

»Der ist ein Feigling«, erklärte Capras schlicht.

»Was, willst du vielleicht kneifen?« Twit funkelte ihn hinter Capras' Rücken an.

»Was denkst du denn? Ich hab keine Angst«, sagte Revyn und mit sehr viel mehr Begeisterung, als er eigentlich empfand, zog er den Ärmel seines Hemdes hoch. Herausfordernd hielt er dem Ziegenbärtigen den Arm entgegen.

»Was soll es denn werden?«, fragte der Mann unbeeindruckt. »Eine kleine Sternschnuppe vielleicht?«

Revyn wich ein Stück vor der erhobenen Nadel zurück, als ihn Twit von hinten wieder nach vorne drückte. »Er kriegt genau das hier.« Er hielt dem Ziegenbart seine eigene Tätowierung vor die Nase. »Und vergiss nicht die Inschrift. *Der Sieg gebührt den Besten!*«

Der Ziegenbart verkniff sich jedes weitere Wort und machte sich an die Arbeit.

Als sie das Haus verließen, fühlte sich Revyn der Realität seltsam fern. Ein zartes Gefühl der Erleichterung und ein Funken Stolz glommen in ihm auf. Er wusste, dass er den Schmerz bald vergessen würde. Aber er würde nicht die Angst vergessen, sein Gesicht könne Capras, Twit und Jurak etwas von diesem Schmerz verraten. Wahrscheinlich bedurfte es genau dieser Angst, um wirklich ein Drachenkrieger zu sein.

»Ich würde sagen, unser neuer Kamerad hat sich was verdient«, erklärte Capras und erntete die laute Zustimmung seiner beiden Freunde. »Auf Revyn, jawohl!«

Sie führten ihn durch die Straßen, bis immer mehr Leute und immer mehr Lichter auftauchten. Ehe Revyn sichs versah, war er in den bunten Vergnügungsvierteln angekommen, die er gestern Nacht bestaunt hatte.

Auch jetzt erfüllte heißer Dampf die Straßen, schweres Parfüm mischte sich mit Schweißgeruch und süßlicher Fäulnis. Die Luft betäubte. Der Lärm war berauschend.

Die drei Drachenkrieger führten Revyn zu einer Schänke mit gefärbten Glasfenstern. Kaum waren sie davor stehen geblieben, flog etwas aus dem Fenster, und die vier zogen erschrocken die Köpfe ein: Eine Flasche zerschellte auf dem Kopfsteinpflaster. Das kaputte Fenster klappte auf und eine hagere blassgrüne Frau lehnte sich mit einem Katzenlächeln zu ihnen heraus.

»Hallooo«, hauchte sie. Ihre Augen blinzelten zweimal träge, dann nickte ihr Kopf zur Seite und sie sackte schnarchend zusammen. Ihr dunkles Haar floss über ihr Gesicht. Ein spitzes Ohr wurde sichtbar.

Revyn betrachtete sie mit großen Augen, während Capras, Twit und Jurak sich wieder einander zuwandten. »Also, Männer: Das ist Revyns erste Nacht als Drachenkrieger, drum lasst uns diesen monumentalen Augenblick gebührend besaufen!« Capras drückte die Türklinke herunter und hielt ihnen galant die Tür auf.

»Die Frau da, die sieht so anders …«, murmelte Revyn, während Twit und Jurak ihn hineindrängten.

»Sag bloß, du hast noch nie eine Elfe gesehen«, erwiderte Capras amüsiert.

»Vielleicht hat er ja auch einfach noch nie eine *Frau* gesehen«, grinste Twit. »Aus welchem fernen Wäldchen stammst du eigentlich?« Revyn musterte ihn kühl, doch Capras legte beiden einen Arm über die Schulter.

Sie traten ins Innere der Schänke. Stickige Luft raubte Revyn beinahe den Atem. Es brannten so viele Kerzenleuchter und Laternen, dass es fast taghell war; und doch tanzten die Lichter so unruhig über das Gedränge, dass es nur noch unüberschaubarer wirkte. Irgendwo links verschwand eine Theke hinter lärmenden Männern, die nach Getränken riefen, bunt bekleideten Damen, klirrenden Krügen und Stühlen, die von Hand zu Hand durch die Menge wanderten. Rechts gab es ein Gemenge aus Tischen, Bänken und viel zu vielen Menschen. Über all das legte sich die Melodie mehrerer Flöten, die das wütende Gebrüll der Betrunkenen verfärbten, bis es sich nicht mehr vom Gelächter unterschied. Auf kleinen Balkonvorsprüngen, die man über gewundene Treppen erreichte, saßen und tanzten schmalgliedrige, blasse Frauen und ließen die Beine über das Geländer baumeln. Es waren Elfen.

Revyn hatte gar nicht die Zeit, sich richtig umzusehen. Capras, Twit und Jurak zogen ihn in Richtung der Tische, als ihnen vier Mädchen entgegenkamen. Erst als sie vor ihnen standen, Umarmungen mit den drei Drachenkriegern tauschten und Revyn an den Armen fassten, erkannte er, dass ihn hinter der grellen Schminke keine Mädchen, sondern erwachsene Frauen anlächelten.

»Macht Platz für die Drachenkrieger!«, riefen sie mit glockenhellen Stimmen. Kaum einen Moment später saßen sie alle dicht gedrängt an einem Tisch und Capras schlug eine Kupfermünze auf das Holz.

»Mein Monatsgehalt findet also zu seiner wahren Bestimmung – eine Runde für alle!« Die Damen an seiner Seite klatschten und kicherten und bald darauf stand vor jedem von ihnen ein Bierkrug. Revyn blickte zu allen Seiten. Betrunkene Männer umgaben ihn.

»Revyn? Revyn!« Capras hatte sich zu ihm vorgelehnt. »Was ist? Nein – dass du noch nie getrunken hast, das kannst du mir jetzt *wirklich* nicht erzählen!«

Revyn spürte nicht, wie hart und hasserfüllt sein Blick wurde, doch er merkte es an Capras' erschrockenem Gesichtsausdruck. Er bezweifelte, dass irgendwer in dieser stickigen Schänke den Alkohol so gut kannte wie er durch seinen Vater.

Twit stieß ein Grunzen aus. »Er kann es ja langsam angehen lassen. Erst mal bloß nippen am bitterbösen Getränk, wie wär's?« Er kippte selbst den halben Bierkrug hinunter und grinste Revyn mit offenem Mund an.

Revyn schloss seine Hand um den Bierkrug. Dann hob er ihn hoch und trank. Er schluckte und schluckte das bittere Gesöff. Wenn so das Leben eines Drachenkriegers aussah, wenn ihm dies Leben bestimmt war, nun, dann würde er es annehmen. Und wenn er dann betrunken genug war, vielleicht würde er denselben schrecklichen Mut finden, den sein Vater so oft gefunden hatte, und Twit für seine gehässigen Kommentare verprügeln.

Als er den Krug abstellte, war er fast leer. Ihm war schrecklich elend zumute, aber er ignorierte es einfach. Plötzlich fühlte er etwas an seinem Arm und erkannte, dass es die Hand einer der Damen war. Er zuckte zusammen, als sie den Verband über der frischen Tätowierung berührte. Sie hielt sein schmerzverzerrtes Gesicht für ein Grinsen, lachte und sagte etwas, aber Revyn verstand kein Wort. Da er nicht wusste, was er erwidern sollte, drehte er sich zu Capras, Twit und Jurak.

»Ich wusste nicht, dass es in Logond auch Elfen gibt«, sagte er über den Lärm hinweg. Die Frau neben ihm zog eine unzufriedene Schnute, als ärgere sie, dass Revyn das offenbar interessant fand.

»Ja, aber doch nur hier«, sagte Capras und wies durch den Raum. »Tänzerinnen, Trödler und Weissager. Sie kommen und gehen wie Läuse im Hundefell.«

»Ehrbare Elfen gibt es eben nicht«, schaltete sich die Frau neben Revyn ein und lehnte sich weiter zu ihnen vor. »Auch wenn sie schön sind, auf eine recht seltsame Art.«

»Habt ihr schon gehört?«, meldete sich eine andere zu Wort. »Angeblich hat der Kopf von einem der Elfenspione, die gestern hingerichtet wurden, noch gesprochen, nachdem er abgehackt war!« Eine der Damen sog scharf die Luft ein.

»Ist doch Blödsinn«, knurrte Twit.

»Was hat der Kopf denn gesagt?«, wollte Jurak wissen und versteckte sein Gesicht gleich wieder hinter seinem Bierkrug.

»Nun«, fuhr die Frau eifrig fort, »er sprach: *Hütet euch, ihr Menschenvolk! Unsere Heerscharen wachsen in den alten Wäldern! Zählt die Monde, die vergehen, bis eure Städte in Blut und Feuer versinken!*« Die Frau neben Revyn presste sich ergriffen eine Hand aufs Herz.

»Alles Märchen!«, blaffte Twit. »Das hat sich irgendein Dummkopf ausgedacht. Dasselbe Omen hab ich schon vor zwei Wochen gehört, angeblich von einem elfischen Hellseher. Als ob die Elfen uns je im Kampf herausfordern könnten – als ob ein abgehackter Kopf sprechen könnte! Was ihr bloß immer für Müll erzählt.« Die Frau, die neben Twit saß, begann zu kichern, als hätte er einen Scherz gemacht, und schloss ihn in die Arme. Damit war das Thema beendet.

Inzwischen hatte Capras jemandem an der Theke etwas zugerufen und einen Moment später standen neue Krüge auf dem Tisch. Ohne nachzudenken, kippte Revyn das Bier hinunter. Was für ein scheußlicher Geschmack, mit jedem Schluck war ihm, als trinke er seine eigene Verdorbenheit.

Mittlerweile schien es noch enger geworden zu sein; die junge Frau neben Revyn war so dicht an ihn herangerückt, dass er zur anderen Seite weggekippt wäre, hätte dort nicht Capras genauso nah bei ihm gesessen. Jemand hielt Revyn den Bierkrug hin. Ob es Jurak, Twit oder eine der Frauen war, wusste er später nicht mehr. Er hob seinen eigenen, stieß an, lächelte halbherzig und trank.

»Zu viel versprochen?«, fragte ihn Twit einmal über den Tisch hinweg. Bevor Revyn antworten konnte, fuhr Twit mit wild fuchtelnden Händen fort: »Weißt du, so läuft das Leben. Hier in Logond werden aus Jungen Männer und aus Männern Krieger und aus Kriegern wieder Jungen … Und dazwischen, verstehst du, dazwischen ist viel Platz für alles, was das Herz begehrt. Ich sag dir, wir sind alle jung, verflucht, und das sollten wir feiern, jeden Tag. Jede Nacht … verstehst du? Du bist in Ordnung, Revyn, glaub mir. Genieß es hier, Kamerad, es ist das Leben. Nicht mehr und nicht weniger. Verstehst du, was ich meine.« Er grinste selig und legte einen Arm um die junge Dame neben ihm, die sich wiederum an ihn lehnte und Revyn mit demselben betrunkenen Lächeln zuzwinkerte, nur dass ihres gespielt war.

»Was, wenn wir in den Krieg müssen?«, gab Revyn zurück, obwohl er nun wirklich nicht wusste, aus welchem verstaubten Winkel seines Gehirns diese Frage gerutscht war. Aber der Gedanke an

Krieg schien Twit nicht zu bekümmern, im Gegenteil – er riss den Mund auf und lachte.

»Krieg, Mann? Hast du schon die Waffenkammern gesehen? Ich sag dir, damit mähst du die Kriegerscharen von Myrdhan nieder, und zwar so!« Er hackte mit der Hand durch die Luft. »Alle weggemäht, so … *alle* Krieger! Von Myrdhan und jedem anderen Königreich, das sich mit uns anlegt. Ich bin der beste Schwertkämpfer aus der dritten Klasse, weißt du. Und das heißt was.« Er grinste. »Und wenn meine Klinge kreist … wenn … wenn ich angreife, dann hat keiner eine Chance. Den zeigen wir's, verflucht, den zeigen wir's! Auf Logond, das verdammte Juwel von Haradon!« Er schwenkte seinen Krug in die Höhe und erntete grölende Zustimmung von allen Seiten. Revyn stieß mit ihm an, sie verschütteten gemeinsam die Hälfte ihres Biers und tranken den Rest aus.

Allmählich fühlte Revyn sich wohler. Auch das dumpfe Elendsgefühl verließ ihn, es schlich sich fort oder vielleicht schlich Revyn sich fort, aber was machte das schon für einen Unterschied. Warme Glücksschauer durchrieselten ihn, denn mit jedem Augenblick, der verstrich, glaubte er sich eine weitere Meile von der Vergangenheit zu entfernen. Und von sich selbst. Und von all der Dunkelheit, die in ihm herrschte. Irgendwo begann jemand zu singen, und Revyn sang mit, als alle zu singen schienen, obwohl er den Text nicht kannte und die meisten Worte nur verschwommen über seine Lippen kamen.

Irgendwann inmitten all des Lärms, der Freude, ja, dieses wunderbaren Festes spürte er Atem in seinem Nacken. Er drehte sich um und blickte verdutzt in das lächelnde Gesicht der Frau, die neben ihm saß. »Was ist?«, fragte er und hatte gleichzeitig das Gefühl, diese Frage drücke nicht die Hälfte von dem aus, was er eigentlich meinte.

»Du bist süß«, kicherte sie und strich ihm über die Wange. Revyn wich zurück und stieß gegen Capras. Als er sich umdrehte, sah er, dass er die Frau neben sich küsste. Langsam wanderte sein Blick weiter durch die Runde, und er erkannte, dass sich auch Twit und die junge Dame an seiner Seite sehr nahe waren, er schien ihr etwas zu erzählen und fuchtelte ganz aufgeregt mit den Händen vor ihrem Gesicht herum. Und Jurak … als Revyn nach ihm suchte, konnte er ihn in der dichten Menge nirgends entdecken. Zwei Finger drehten sein Kinn nach links und wieder fand er sich der jungen Frau direkt gegenüber. »Was ist mit dir, Kleiner?«

Plötzlich erkannte er kleine Falten um ihre Augen und ihren rot geschminkten Mund. *Kleiner,* hatte sie gesagt. »Ich bin fünfzehn«, murmelte er.

Die Frau lachte in sein Ohr. »Ich auch …«

»Bist du nicht.«

Verärgerte Überraschung wischte das Lächeln von ihrem Gesicht. Schließlich senkte sie den Blick, doch als Revyn Anstalten machte, aufzustehen, hielt sie ihn fest. Ein Funkeln glomm in ihren Augen. »Weißt du, ich mag Drachenkrieger. Natürlich mag ich Drachenkrieger, jeder mag Drachenkrieger! Ich mag Soldaten …«

»Ach ja? Ich nicht.« Benommen stand Revyn auf. Diesmal zog ihn keine Hand zurück. Er drehte sich zu Capras um und rief ein paarmal seinen Namen, aber er hörte nicht. Also ging Revyn ohne ihn. Er stellte fest, dass es nicht leicht war, einen Weg durch das Tischlabyrinth zu finden und sein Gleichgewicht zu halten. Endlich erreichte er die Tür, stieß sie auf und stolperte in die kühle, klare Nacht.

Eine Wolke aus Suppendampf wehte von der Garküche nebenan herüber. Knarrend fiel die Tür hinter ihm ins Schloss und verschluckte den Lärm der Schänke. Jemand rempelte gegen ihn. »Verzeihung, mein Herr«, murmelte eine Stimme.

Revyn war ganz verwundert, da ihn noch nie jemand »mein Herr« genannt hatte, doch als er um sich blickte, war der Fremde schon verschwunden. Er legte den Kopf in den Nacken und fühlte, wie ihn erneut Schwindel ergriff, als er die Sterne über sich leuchten sah.

Ich muss zurück, kam ihm ein Gedanke. Ich muss zurück zum Stadtteil der Drachenkrieger und ich muss in mein Bett.

Revyn rieb sich die Schläfen. *Sein* Bett ... ein fremdes Zimmer war jetzt *sein* Zimmer. Langsam begann er, durch die Straßen zu gehen. Er hatte das Gefühl, von den herumstehenden Leuten beobachtet zu werden, aber sie sahen ihn nicht mehr an wie in der vorigen Nacht, als er staunend und voller Ehrfurcht hier angekommen war. Nein, nun waren *sie* es, die ihn ehrfürchtig musterten. Er trug ja die schwarze Uniform.

Einige der Gestalten sprachen ihn mit honigsüßen Stimmen an, aber Revyn bedachte sie alle mit einem unfreundlichen Blick und wedelte ärgerlich mit der Hand, als wolle er einen Schwarm Fliegen vertreiben. Er wollte niemanden in seiner Nähe haben.

Lange schleppte er sich durch die Straßen, bis die bunten Lichter, die Garküchen und Schänken endlich hinter ihm zurückblieben. Er tauchte glücklich in die Dunkelheit ein, schlich vorbei an raunenden und lachenden Menschen. Er stolperte über Abfälle, die die Straßen säumten, und über murrende Gestalten, die dazwischen lagen. Bald erklomm Revyn die erste Treppe mit Händen und Füßen. Als er oben war, stellte er verdutzt fest, dass der Himmel nicht mehr schwarz war, sondern stahlgrau.

Endlos lang erstreckten sich die Baracken der Soldaten in die Ferne. Revyn seufzte, als er einen Fuß vor den anderen setzte. Es schien ihn mehr Kraft zu kosten als die Arbeit des letzten Tages. Und immer wenn er nur für einen Augenblick ausruhen wollte, knickten seine Beine ein.

Als er das nächste Mal aufsah, stand er am Fuß der zweiten Treppe. »Ich bin fast da!«, murmelte er froh und streckte die Hand aus. Plötzlich kam er ohne jede Mühe voran. Er sah an sich hinab. Verblüfft entdeckte er zwei Hände, die ihn unter den Armen gepackt hielten und hochzerrten. Dann erblickte er seine eigenen Füße, die über die Stufen schleiften. Aber er war zu müde, um sich Fragen zu stellen, zum Beispiel, wer ihn zog, wohin man ihn brachte, wie viel er getrunken hatte … Dankbar und erschöpft schloss er die Augen. Und als er sie wieder öffnete, umgab ihn warmes, angenehmes Licht.

»Bist du jetzt wieder bei dir?«

»Ja. Ja, ich habe nur geschlafen … einen Augenblick.« Revyn blinzelte. Ein Gesicht erschien vor ihm, dem er zuerst keinen Namen zuordnen konnte. Dann erkannte er die Person im Ganzen; auf einem Stuhl sitzend, in einem kleinen Raum mit zwei Fackeln, in Lederharnisch und Stiefeln. Mit kurz geschorenen Haaren und ernsten Augen. »Kommandant. Entschuldigt, ich … ich bin ein bisschen müde gewesen. Guten Abend, Herr. Ähm. Korsa.«

»Du warst also müde.«

»Ja, Herr«, bestätigte Revyn.

»Du bist sturzbesoffen, Junge. So wie dein Freund.« Erst jetzt sah Revyn aus den Augenwinkeln, dass Jurak neben ihm auf einem Stuhl saß. Oder besser gesagt hing. Ein Sabberfaden reichte ihm bis zum Knie.

»Verzeihung. Ich … das war … Ich wollte nicht …« Revyn verstummte. Die Worte in seinen Gedanken verschwammen und zerfielen ganz einfach. Reiß dich zusammen!, dachte er. Aber das war anstrengend, viel zu anstrengend …

»Revyn, hier gibt es Regeln. Wir Drachenkrieger sind die *Elite Logonds.* Das Vorbild der Menschen. Wir können nicht nachts durch die Stadt taumeln! Revyn, du bist hier, um jemand Besonderes zu werden! Um etwas Besonderes zu tun. Das ist eine Chance, die herzlich wenige je bekommen. Behandle sie mit etwas mehr Respekt.« Revyn spürte, dass Korsa etwas Wichtiges gesagt hatte, und es tat ihm schrecklich leid.

»Es ist schon in Ordnung, entschuldige dich nicht«, beruhigte Korsa ihn dann. »Du bist neu und kennst die Regeln nicht. Aber zukünftig verlange ich, dass du deine Verantwortung trägst wie ein Mann. Oder ich kann dich nur wie ein Kind behandeln. Diesmal entgehst du einer schwereren Strafe. Morgen gibt es für dich weder Frühstück noch Abendessen.«

Revyn nickte abwesend. Dann schickte Korsa ihn auf sein Zimmer und Revyn ging. Auf dem Weg durch den langen Korridor überkam ihn das Schamgefühl mit ganzer Gewalt. Wie kindisch er sich benommen hatte – und das am ersten Tag! Seiner neuen Tätowierung machte er wirklich keine Ehre. Plötzlich strömten ihm Tränen über die Wangen. Er beweinte sich selbst und seine lächerliche Tätowierung, die traurigen gefangenen Drachen und die ganze elende Welt, die bei all ihrer Grausamkeit lächelte.

Angezogen ließ er sich aufs Bett fallen, und als die Morgenhörner ihn aus dem Schlaf rissen, hatte er das Gefühl, sich gerade erst hingelegt zu haben.

## Im Drachenstall

*Ich rühre nie wieder einen Bierkrug an.*

*Ihr Menschen seid ganz außergewöhnliche Narren.* Revyn lächelte und gähnte zugleich. Ob es wirklich der Drache war, der ihm in Gedanken antwortete, oder ob er Selbstgespräche führte, darüber dachte er gar nicht mehr nach. Vielleicht war es auch egal – jedenfalls hatte die Stimme recht.

*Wieso bist du gegangen?* Ja, wieso war er aus der Schänke hinausgetorkelt? *Hast du nicht den Atem in deinem Nacken gespürt, so wie in deinem Traum …?*

*Woher weißt du von meinen Träumen?*

*Ich bin in deinem Kopf, du Trottel.* Ich bin verrückt, dachte er und schüttelte den Kopf über sich selbst. Dann hob er eine neue Ladung Drachenmist auf seine Schaufel und kippte sie in den Karren. Durch das Strohdach des Geheges drangen feine Sonnenstrahlen. Die Luft war erfüllt von dem Lärm der Drachenkrieger. Laute Stimmen, rollende Wagen, klirrende Waffen, die Hammerschläge der Schmiede, Hunderte Schritte auf Holzbrettern – das alles kam Revyn durchdringender vor denn je, und doch fühlte er sich dem Tag seltsam entrückt. Ein Teil von ihm schien noch nicht hinnehmen zu wollen, dass es schon hell war. Der Schlafmangel saß ihm in den Gliedern und machte seinen Kopf ungewohnt schwer. Was sein Hirn aber offenbar keineswegs daran hinderte, sich imaginäre Gespräche auszuspinnen.

*Es war nicht der Atem aus meinem Traum, sondern der Atem einer betrunkenen Schänkendirne. Wieso ich nicht geblieben bin? Verdammt, ich … Es wäre nicht richtig gewesen.*

*Bist du wirklich deshalb gegangen?*

»Wieso bist du gestern gegangen?« Revyn fuhr herum. Am Stalltor lehnte Capras. In seiner rechten Hand lag ein Schwert und sein Gesicht war rot vor Anstrengung. Er war zurzeit in der Kampfausbildung.

»Na, hat dir die Beichte bei Korsa die Sprache verschlagen, oder was? Sag schon, ich muss nämlich gleich weiter – soll eine Ladung Speere runterbringen.« Er wies mit dem Daumen hinter sich, wo der große Platz in der Mittagssonne flimmerte.

Revyn besann sich endlich. »Mir war schwindelig, deshalb wollte ich raus. Tut mir leid, wenn ich euch in Schwierigkeiten gebracht habe …«

»Ach, mach dir deshalb nicht ins Hemd. Korsa weiß ganz genau, dass sich alle rausschleichen. Dagegen kann er auch gar nichts tun, wir sind ja schließlich keine Mönche, oder? Ins Gewissen geredet hat er uns allen das erste Mal. Und danach, tja, da haben wir uns eben nicht mehr erwischen lassen.« Capras lächelte und stützte sich auf sein Schwert. »Und? Hat er dich zu einer Woche länger Stallausmisten verdonnert?«

»Nein, er hat bloß irgendwas gesagt, dass ich für heute kein Essen bekomme. Aber ich kann mich sonst an kein Wort erinnern, das schwöre ich.«

»Ist wohl besser so.« Capras grinste.

»Was ist eigentlich mit Jurak? Den hat Korsa auch irgendwo aufgelesen.«

»Tja!« Capras drehte lässig das Schwert in der Hand. »Der Schwachkopf hat sich jetzt schon viermal besoffen vom Boden kratzen lassen. Für die nächsten drei Wochen mistet der die hintersten Ställe der Reitdrachen aus. Aber einem Drachenkrieger brummt niemand, nicht mal Korsa, eine ernsthafte Strafe auf.« Dann lehnte sich Capras heimlichtuerisch über sein Schwert hinweg zu Revyn vor. »Was ist – kommst du heute Abend noch mal mit? Was gestern angefangen hat, wird heute weitergeführt, was meinst du?«

»Ich … ähm, mal schauen. Kommt drauf an, ob, du weißt schon. Ich … ja, wahrscheinlich schon.«

»Dann bis heute Abend – und noch viel Spaß bei den Drachen!« Capras verschwand im Gedränge. Revyn sah ihm eine Weile hinterher. Dann drehte er sich mit einem Seufzen um und warf eine Schaufelladung Drachenmist in den Karren. Seine Tätowierung brannte.

Auf komplizierte Weise schaffte es Revyn, sich am Abend doch herauszureden. In einem Gemurmel und Gestotter über Erschöpfung und Müdigkeit und die Tatsache, dass er keinen Taler besaß, glückte ihm eine plausible Ausrede. Capras lächelte verstehend und klopfte ihm auf den untätowierten Arm. »Schon gut, Revyn. Dachte bloß, du bräuchtest ein bisschen Ablenkung nach dem Stallausmisten, du hast ziemlich trübsinnig ausgesehen. Wenn du's dir aber noch mal anders überlegst – du weißt ja, wo du uns findest.«

Revyn wünschte Capras, Twit und Jurak viel Spaß und sah zu, wie sie in der Dunkelheit Richtung Treppe verschwanden. Dann machte er kehrt und ging in das Rathaus zurück. Nun hatte er den ganzen Abend für sich. Ihm war das Abendessen gestrichen worden, aber zu Bett gehen konnte er jetzt noch nicht. Nein, er hatte etwas vor, das er längst schon hätte tun müssen.

Er lief verstohlen an der Tür zum Speisesaal vorbei, aus dem noch immer heiterer Lärm drang, ging aber dann normalen Schrittes den Gang weiter, als er merkte, dass sich die Drachenkrieger in diesem Teil des Rathauses frei bewegen konnten.

Es dauerte eine Weile, ehe Revyn genügend Leute befragt und die richtige Treppe gefunden hatte, die zu den Ställen der Reitdrachen führte. Er lief die breiten Stufen hinab, ohne jemandem zu begegnen, und bog rechts in einen weiten Gang ein. Nach mehreren Biegungen gelangte er zu einer kurzen Treppe, die er in wenigen Schritten erklomm. Vor ihm erstreckte sich ein weitläufiger Stall. Außer einem gelangweilt wirkenden Stallburschen, der die letzten Drachenställe mit frischem Wasser für die Nacht versorgte, war niemand mehr da. Revyn ging auf ihn zu.

»Weißt du, wo die Drachen stehen, die nicht der Stadt gehören? Vorgestern wurde hier ein Drache hergebracht und ich würde gern zu ihm.« Zu seiner Erleichterung verstand der Stallbursche sofort.

»Geradeaus in diese Richtung«, sagte er und zeigte den Stall hinauf. »In den letzten Gehegen rechts stehen die Drachen, die den Kriegern gehören. Du hast wohl deinen eigenen, was?«

Revyn zögerte kurz, doch dann lächelte er. »Ja.«

Das Grinsen des Stallburschen verwandelte sich so schnell in eine Grimasse, dass Revyn erschrocken blinzelte. »Na, ist das nicht schön, Kamerad. Es wär noch schöner, wenn ihr reichen Angeber mal selbst kommen und euch um sie kümmern könntet! Eure Gardedrachen machen auch nicht weniger Mist als andere und das heißt Überstunden, verstanden?«

Revyn murmelte, dass er verstehe, und ging rasch davon. Das herausfordernde Schaufelscharren des Stallburschen blieb hinter ihm zurück. *Reicher Angeber* … Wenn der Stallbursche wüsste! Revyn war doch genau das Gegenteil – *gewesen.* Tatsächlich gehörte er jetzt zu einer Elite. Daran musste er sich noch gewöhnen.

Von allen Seiten drang das Schnauben der Drachen durch die Ritzen der Holztore. Heu raschelte und die Fackeln knisterten, sonst war es still. Revyn lief schneller an den Boxen vorbei. Er öffnete die Lippen, um nach Palagrin zu rufen; aber die friedliche Stille gebot ihm zu schweigen. Ebenso der Verdacht, dass der Stallbursche irgendwo hinter ihm nur darauf wartete, einen Streit anzufangen.

Dann kam er bei den hintersten Ställen an. Er spähte durch die Holzgitter in die Ställe der Drachen hinein, sah auf dem Boden schlafende und fressende Tiere, begegnete neugierigen Blicken und spürte ihren Atem durch die Öffnungen. Seine Fingerspitzen glitten über das wellige Holz, das die Jahre und die unzähligen Hände glatt geschliffen hatten. Endlich fand er einen Stall, in dem ihm ein vertrautes Augenpaar entgegenblickte.

»Palagrin.« Seine Hände glitten zum Riegel und schoben die Tür auf. Der Drache hatte längst die Ohren gespitzt. Als Revyn zu ihm ins Gehege trat, schnaubte er, stieß behutsam den Kopf gegen Revyns Schulter, um ihn nicht mit seinen langen Hörnern zu verletzen, und zupfte ihm mit dem Maul am Kragen.

»O Palagrin …« Revyn schlang die Arme um den weichen Drachenhals und kraulte ihn ausgiebig.

*Wenn du wüsstest, wie ich dich vermisst habe …*

»Ich habe dich vermisst«, flüsterte Revyn, vergrub das Gesicht im kurzen Fell, das so sehr nach Vergangenheit roch, und schloss fest die Augen. »Geht es dir gut?«

*Ich sehne mich nach Rennen, nach Sonne und Luft, nach Regen und Nebel …* Palagrin stampfte unruhig mit den Vorderhufen. Der Stall war ja viel zu klein.

*Ich würde so gerne mit dir ausreiten,* dachte Revyn. *Fort aus Logond, fort von den Menschen hier und von den Ställen, in die Dunkelheit und den Wald.*

Palagrin gab einen kummervollen Laut von sich, der beinahe menschlich klang. Lange musterte Revyn die schwarzen Augen des Drachen. Musterte den schemenhaften Krieger, der sich in ihnen spiegelte.

Dann löste er die Gurte um Palagrins Flügel und strich behutsam über die tiefen Kerben in der Haut.

Es war spät in der Nacht, als Revyn Palagrin verließ. Er fühlte sich müde und matt und wäre fast im Stroh eingenickt. Wenn er darüber nachdachte, war es ihm immer noch vollkommen rätselhaft, wieso Palagrin ihm gegenüber so zutraulich war. Der Drache verhielt sich, als hätten sie sich ihr ganzes Leben schon gekannt. Aber nicht als Herr und Sklave – nein, als hätte das Schicksal sie vor langer Zeit als Verbündete zusammengeschweißt.

Ein plötzlicher Knall ließ Revyn zusammenfahren: Die Stalltür vor ihm erzitterte. Ein wütendes Schnauben folgte, aber da hatte Revyn den Riegel schon halb zurückgeschoben, um nachzusehen. Im Türrahmen blieb er stehen. Einem rasenden Drachen gegenüber. Revyn schluckte so laut, dass der Drache es hören musste. Ein dunkles Grollen drang zwischen seinen Zähnen hervor.

»Ganz ruhig.« Revyn wagte nicht, dem Drachen in die glühenden Augen zu sehen – sein Blick blieb wie festgeklebt auf die Krallen gerichtet. Vorsichtig, ganz langsam, streckte er die Hände aus. »Ich tu dir nichts. Was … was hast du denn?«

Eine Woge heißen Atems schlug ihm entgegen. Wieder gab der Drache ein Grollen von sich, das aus den dunkelsten Tiefen dieses mächtigen Körpers drang. Im nächsten Augenblick stieß er die Hörner in Revyns Richtung. Revyn wich zur Seite, prallte gegen die Stallwand und duckte sich schon im nächsten Augenblick vor den Hörnern, die die Holzbretter entlangratterten, als der Drache den Kopf herumwarf. Revyn verhedderte sich in einem straffen Seil, das von einem Eisenring an der Wand zu dem Hals des Drachen führte.

Endlich begriff er. Der Drache war angebunden. Zwei Seile fesselten seinen Hals so, dass er den Kopf nur in jenem furchtbaren Kreis herumwenden konnte. Vier weitere Seile waren um seine Hinterbeine geschlungen, sodass er weder vor noch zurück konnte.

Seine Flügel waren mit Eisenketten umwickelt, und schwere Säcke voll Sand lagen ihm auf dem Rücken, um ihn zu erschöpfen. Das alles erkannte Revyn innerhalb von Sekunden, während der Drache noch immer den Kopf herumwarf, heulend vor Zorn und Raserei. Seine starren, feuchten Augen schienen blind.

»Hör auf!«, rief Revyn. »Hör auf, ich helfe dir ja!« Ohne nachzudenken, warf er sich dem Drachen um den Hals und klammerte sich fest.

*Hör doch auf!*, flehte er in Gedanken. Seine zitternde Hand strich dem Tier über die Kieferknochen. Der Drache schwang herum und versuchte, sich gegen die Wand zu werfen, um ihn abzuschütteln und zu zerdrücken. Dabei kam Revyn dem Eisenring nahe, an dem das Seil mit einem zweiten verankert war. Er streckte die Hand aus, berührte den Ring, wurde zurückgerissen. Erneut kam der Ring in Reichweite, diesmal lehnte sich Revyn weiter vor und – bekam ihn zu fassen. Für Sekunden rutschten seine Finger über das Eisen, suchten nach der Öffnung, damit die Verankerung sich löste. Im nächsten Augenblick flog das Seil durch die Luft, und Revyn, noch immer an den Drachenhals geklammert, schwang in einem wirbelnden Halbkreis herum. Diesmal ließ er den Drachen los, duckte sich, rutschte unter den aufgebäumten Vorderbeinen hindurch zur anderen Seite. Im letzten Moment entwischte er einer Kralle, presste sich gegen die Wand und löste das zweite Seil. Der Drache stieß einen tiefen, lang gezogenen Zorneslaut aus. Die beiden losen Seile umflogen seinen Hals wie Peitschen. Revyn wich ihnen aus. Im Wirbel der Seile, Hörner und Klauen öffnete er auch die hinteren Fesseln, und dann war der Drache frei.

Einmal drehte er sich ungestüm im Kreis, um sicherzugehen, dass er seine Hinterbeine wieder bewegen konnte. Revyn lehnte schwer atmend in der hintersten Ecke. Ein einziger Schwanzhieb genügte, um einem erwachsenen Mann das Genick zu brechen.

»Bitte … ich … ich habe dich losgebunden. Siehst du? Du bist jetzt frei. Ich tu dir nichts, hier sind meine Hände, siehst du?«

Die Worte kamen einfach in ihm hoch. Hauptsache, er sagte dem Drachen irgendetwas. »Ganz ruhig. Beruhige dich. Ich tue dir ja nichts … bitte, *tu mir nichts.*« Vorsichtig streckte er wieder die Hände aus. »Hörst du, ich will dir nichts Böses. Schau meine Hände an, ich tu nichts.«

Der Drache war nun ruhiger. Sein mächtiger Körper bebte vor Anstrengung, die Muskeln zuckten. Kurz knickten seine Knie unter dem Gewicht der Sandsäcke ein. Stoßender Atem erfüllte den Stall. Ein dumpfes Grollen erklang, dann kam er langsam, die Hörner vorgestreckt, auf Revyn zu.

»KOMMANDANT! Kommandant … KORSA!«

»Was ist?«

Ein keuchender Stallbursche stürzte durch die Tür des Zimmers. »Herr, Ihr – Ihr müsst unbedingt zu den Reitdrachen kommen. Zum Stall! Da, da hat einer einen ungezähmten Drachen losgelassen!«

»Das musst du dem Stallmeister sagen«, erwiderte Korsa mit gerunzelter Stirn und ohne sich von seinem Stuhl zu erheben.

»Nein.« Der Stallbursche bemühte sich, wieder Herr seiner schwankenden Stimme zu werden. »Der, der den Drachen freigelassen hat … das ist einer von Euren Drachenkriegern. Der Neue. Er hat gesagt, er sei mit Meister Morok gekommen.«

»Was?« Korsa sprang auf. »Was –« Einen Augenblick starrte er den Stallburschen an – dann kam er mit zwei großen Schritten hinter seinem Tisch hervor und rannte aus dem Zimmer.

Der Stallbursche folgte ihm im Laufschritt die Treppe hinab, den Korridor entlang und die zweite Treppe hinunter. Im Stall angekommen, blieb Korsa stehen und horchte. »Wo sind sie? Sind sie überhaupt noch hier?«

»Ich weiß nicht, wo … Hier war es«, beeilte sich der Stallbursche und lief voraus. Bald kamen sie bei einer geöffneten Stalltür an. Der Kommandant ballte die Fäuste und machte sich auf das Schlimmste gefasst. Aber was er sah, war weit ungeheuerlicher.

»Revyn!«, entfuhr es ihm. »Was zum –« Weiter kam er nicht. Im nächsten Augenblick stürmte ein tobender Drache auf ihn zu. Der Stallbursche schrie auf, während Korsa wie versteinert dastand. Glücklicherweise war das Reaktionsvermögen des Stallburschen in diesem Moment besser als das des Kommandanten: Er schwang die Stalltür mit aller Kraft zu. Die Holzbretter ächzten, als der Drache mit den Hörnern dagegenrammte. Korsa stolperte zurück und zog sein Schwert.

»Seht Ihr, was ich meine?«, rief der Stallbursche. »Dieser Irre hat den Drachen losgebunden!«

Aus dem Stall drang jetzt nicht mehr das dröhnende Donnern von Hörnern gegen Holz, sondern Revyns Stimme. »Beruhige dich! Ruhig, es ist alles gut. Ganz ruhig …«

Korsa lief an die Tür zurück und starrte durch die Holzbretter. Der Drache stampfte mit den Vorderbeinen. Revyn stand neben ihm und fuhr ihm mit den Händen über den Hals. Er flüsterte ihm Worte zu, die Korsa nicht hören konnte. Schließlich erwachte der Kommandant aus seiner Erstarrung.

»Junge!«, zischte er durch die Holzbretter. Revyn und der Drache blickten gleichzeitig auf – der Drache mit einem Flackern in den Augen, das Korsa unwillkürlich zurückweichen ließ. »Komm sofort her!« Zögernd trat Revyn an die Stalltür, als erwarte er Korsas Hand, die ihn zwischen die Holzbretter hindurch am Kragen packen würde. Nun hatte er am zweiten Tag zum zweiten Mal für Ärger gesorgt. Hätte er sich doch lieber mit Capras, Twit und Jurak betrunken!

»Was geht da vor? Bist du wahnsinnig?«, fauchte Korsa. Sein Blick wanderte unruhig zwischen Revyn und dem Drachen hin und her. »Was zum Henker machst du da drinnen?«

»Ich hatte keine böse Absicht, Kommandant. Ich … Es tut mir leid. Ich weiß, ich habe keine Entschuldigung und –«

»Ja, ja, verrate mir lieber, wie du das machst!«, fuhr Korsa dazwischen.

»Machen … was machen?«

»Da drinnen *am Leben bleiben!«* Verwirrt drehte Revyn sich zu dem Drachen um. Er schnaufte leise und schlug mit dem Schwanz auf und ab. Fast hätte Revyn gelächelt, aber er biss sich stattdessen auf die Unterlippe und wandte sich wieder an Korsa.

»Nun komm schon da raus und erklär mir das Ganze!« Revyn warf dem Drachen noch einen Blick zu – der beobachtete ihn geduldig, dann schwenkte er wieder mit dem Schwanz hin und her und begann, mit den Zähnen an seinem Fell zu zupfen, als interessiere ihn der Menschenjunge keinen Pfifferling.

Revyn fasste schließlich Mut und schob die Stalltür einen Spalt auf. Korsa packte ihn sogleich am Arm und riss ihn zu sich herum, als müsse er ihn in Sicherheit bringen. Dann strich er ihm über die Schultern, als wolle er sichergehen, dass Revyn noch ganz war. »Jetzt erkläre.«

»Der Drache hat gegen die Stalltür getreten, und ich wollte nur nachsehen, was los ist. Er war festgebunden, und … ich glaube, er hatte Schmerzen. Also habe ich ihn losgemacht.« Revyn sah dem Kommandanten fest in die Augen. »Ich habe ihn losgemacht. Er stand ja bloß auf einem Fleck, nicht einmal liegen konnte er, so wie er festgeschnürt war. Ich habe ihn mir angesehen und die Seile haben ihm die Haut aufgeschürft, am Hals hat er Wunden. Seine Knöchel sind wund, auch die Gelenke scheinen mir geschwollen. Das kommt wohl davon, dass er so lange stand. Und die Säcke auf seinem Rücken …« Zu Revyns Erstaunen nickte Korsa geistesabwesend zu all diesen Vorwürfen.

»Du weißt nicht, wie man einen gefangenen Drachen zähmt, oder?« Revyn zog die Augenbrauen zusammen. »Man bindet einen wilden Drachen fest, drei, vier Tage lang, bis seine Kraft erschöpft ist. Danach wird ihm mit der Peitsche und der Knieschlagtechnik beigebracht, wie er auf das Lenken seines Reiters reagieren muss, bis er schließlich aus dem Stall gelassen und im Freien geritten wird.«

»Ich weiß«, antwortete Revyn beherrscht. Korsa schien seinen unfreundlichen Ton gar nicht zu bemerken, sondern starrte ihn nur wieder so sonderbar an.

»Gut«, murmelte er. »Und wie hast du es geschafft, von dem wilden Drachen da drinnen nicht aufgespießt zu werden, der kaum einen Tag unter Menschen ist?«

»Ich weiß es nicht«, gab Revyn zu. Hinter ihm wackelten die Bretter: Der Drache nutzte seine neu erlangte Bewegungsfreiheit offensichtlich, um die Stalltür noch gezielter zu zerstören, und peitschte mit dem Schwanz dagegen. Eine Weile lauschten Revyn, Korsa und der Stallbursche dem dröhnenden Donnern und beobachteten die Strohhalme, die im Takt von den Brettern rieselten.

»Ich weiß nicht, was du getan hast«, sagte Korsa schließlich, »aber ich weiß, was *ich* mit *dir* tun werde.«

Revyn schluckte schwer. Wie seine Strafe wohl diesmal aussehen würde?

»Morgen früh gehst du zu den Drachenzähmern, Kamerad.«

## Die Zähmer

Revyn konnte nicht fassen, dass es so gekommen war. Oder besser gesagt, dass es *nicht* zu einer Strafe gekommen war. Nein, er wurde nicht bestraft, sondern belohnt, belohnt mit der wunderbarsten Aufgabe, die es in ganz Logond gab!

Als Revyn beim Frühstück Capras, Twit und Jurak seine Geschichte erzählte und mit leuchtenden Augen hinzufügte, dass er fortan zu den Zähmern dürfe, fiel Jurak vor Schreck der Löffel auf den Schoß. Hastig sprang er auf und schüttelte den heißen Haferschleim ab.

Capras starrte Revyn stirnrunzelnd an. »Die Zähmer, sagst du.«

»Das ist doch die schönste Arbeit überhaupt!«, erwiderte Revyn begeistert und trank seinen Becher in einem Zug aus.

»Die *schönste Arbeit*?« Twits blasse Augen verengten sich. »Hat der Drache dir gestern eine Gehirnerschütterung verpasst? In Logond gibt es viele Aufgaben, aber nur eine wirklich ehrenvolle, und das ist der Kampf! Was zum Henker nützt es dir in der Schlacht, wenn du einem Drachen Tanzen beibringen kannst?«

»Wie wird man denn überhaupt in die Kampfausbildung einberufen?«, fragte Revyn vorsichtshalber, um Twit zu beschwichtigen.

Twit lehnte sich zurück und unterstrich wie immer seine Worte mit unruhigen Handbewegungen. Die Finger flatterten aufgeregt über seinem Haferschleim hin und her. »Einmal im Monat findet ein Sammelunterricht an unserem freien Tag statt. Die Ausbilder suchen die Besten aus, manchmal zwanzig, manchmal nur drei Männer, die fortan von ihrer derzeitigen Arbeit – egal ob Zähmer, Koch oder Stallknecht – befreit sind und regelmäßig Kampfunterricht kriegen. Früher oder später kommt jeder in die Ausbildung, wir sind ja deshalb hier. Kann sein, dass du drei Monate lang Glück hast und in der Ausbildung bleibst, dann wird dir wieder für zwei Wochen irgendeine blöde Arbeit zugewiesen. Deshalb musst du versuchen, einer von den Besten zu werden. Dann behalten sie dich drinnen und lassen dich vielleicht sogar die Anfänger unterrichten. Oder du bist grottenschlecht – dann bleibst du vorerst auch in der Ausbildung. Na ja, bis sie dich eben aufgeben. Dann sitzt du für den Rest deines Lebens in der Küche oder im Stall fest.«

Revyn nickte, obwohl er beim besten Willen nichts Schlimmes daran finden konnte, für den Rest seiner Tage bei den Drachen im Stall zu bleiben.

Von allen Drachenkriegern Logonds waren nur fünfzehn Zähmer. Sie waren älter als die anderen Männer und hatten Narben, die vom Widerstand und Aufgeben unzähliger gefangener Drachen erzählten.

Ihr Meister hieß Wedym. Er war nicht besonders groß, aber dafür zäh und kräftig wie ein Ochse. Seine grauen Haare waren zottelig und wirr; sein Bart jedoch war so gepflegt wie die Fingernägel einer Königin. Mit peinlicher Genauigkeit hatte er sich ein Muster auf die Wangen rasiert und am Kinn einen kleinen Zopf geflochten.

Unter den Zähmern waren auch sechs Frauen. Eine von ihnen, Lilib, war nur zwei Jahre älter als Revyn. Als Korsa ihn als »Wunderzähmer« vorstellte, musterte sie ihn skeptisch – Revyn konnte es ihr nicht verdenken, wo er doch noch nie einen Drachen gezähmt hatte. Er war lediglich von einem wilden Drachen geduldet worden. Und wenn er genau darüber nachdachte, kam ihm die ganze Sache immer unspektakulärer vor. Als er seine Geschichte den Zähmern später erzählte (nicht wie Korsa, der sie wie eine alte Sage ausgeschmückt hatte), ließen sie Revyn ihre Zweifel deutlich mehr spüren als in der Anwesenheit des Kommandanten.

»Kannst du beweisen, dass der Drache sich von dir hat beruhigen lassen?«, fragte Lilib ihn, nachdem er zu Ende erzählt hatte. »Vielleicht willst du es noch einmal versuchen.«

Revyn musste einwilligen. Sie brachten ihn zu einem wilden Drachen, der gerade erst nach Logond verkauft worden war. Schon von Weitem hörte man sein dumpfes, zorniges Heulen; es klang wie Wind und Wasser, wie das Rauschen der Bäume und das Donnern von Gewitterwolken.

Revyn zog die Tür auf. Den Blick gesenkt und die Handflächen vorgestreckt, trat er in den Stall.

Der Drache schnaubte und knurrte. Doch er ließ Revyn näher kommen. Als Revyn die Seile gelöst hatte und ihm die schweren Sandsäcke vom Rücken nahm, sank der Drache kraftlos zu Boden und war ruhig.

Die Zähmer staunten nicht schlecht. Wedym strich sich immer wieder über den Backenbart und brummte: »In meinem ganzen Leben ist mir so was nicht untergekommen. Was ist dein Geheimnis?

Ich habe gehört, der Geruch von Eichenblättern, die ein Elfenhexer gesegnet hat, bezähmt Drachen. Trägst du solche Eichenblätter bei dir?«

Revyn lächelte. »Nein, ich habe nichts dabei.«

Er kannte sein Geheimnis selbst nicht! Er war bloß ein Junge, der zwei wilden Drachen begegnet war und überlebt hatte. Die Zähmer nahmen ihm nicht ab, dass ihm sein Talent genauso rätselhaft war wie ihnen, doch begeistert waren sie trotzdem. Sie beschlossen, dass Revyn fortan zu jedem neuen Drachen vorgeschickt werden sollte, um ihn zu besänftigen.

Am Ende des Tages ließen alle ungezähmten Drachen im Stall zu, dass Revyn sie streichelte.

Die nächste Woche verging wie im Flug. Revyn versuchte, die Drachen mit den restlichen Zähmern vertraut zu machen, führte sie aus ihren Ställen und begann, sie auf den Übungsplätzen zu reiten. Eine Weile gab es in Logond mehr als zwanzig Drachen, die allein von Revyn geritten werden konnten. Erst nach und nach brachten die anderen Zähmer die Tiere dazu, auch andere Menschen auf ihre Rücken zu lassen.

Mit dem *Wunderjungen* wurde das Zähmen plötzlich viel einfacher. Außer den Drachen beizubringen, wie sie Befehlen zu gehorchen hatten, übernahm Revyn praktisch die ganze Arbeit. Er wurde von den Drachenzähmern in ihrer rauen und einfachen Art gefeiert und war glücklicher als je zuvor. Abends aßen sie zusammen, wenn die Lichter des Viertels längst ausgingen, und teilten ihre Geschichten und ihr Wissen über die Drachen miteinander.

Oft traf sich Revyn danach mit Capras, Twit und Jurak. Die vier Jungen stahlen sich lachend aus dem Stadtteil der Drachengarde und verbrachten ihre Nächte in lärmenden Schänken, bis sie sich, heiser und schlaftrunken, im Morgengrauen in ihre Betten zurückschleppten. Im nächtlichen Logond entdeckte Revyn das Leben eines Drachenkriegers. Er lernte die Vorzüge seines Ranges kennen und erkannte, dass einem Drachenkrieger nichts verboten oder verweigert wurde. Es war, als gehöre er zu einer besonderen Bruderschaft, an der alle Gesetze und Regeln abperlten. Sie waren mutig, da niemand ihnen Anlass zur Feigheit bot. Sie waren edel, weil ihre Uniformen sie dazu machten. Sie waren klug, da ihr Wort nie angezweifelt wurde. Logond war ihre Stadt und ihre Welt. Mit Capras, Jurak und Twit war Revyn einer von ihnen. Sie feierten und lachten, rühmten sich und blühten auf in ihrem Stolz. Aber Revyn betrank sich nie wieder so furchtbar wie in seiner ersten Nacht. Für ihn waren die heimlichen Ausflüge ein Besuch in eine glänzende Scheinwelt, die er gerne beobachtete, aber richtig dazugehören wollte er nicht.

Wenn Capras, Twit und Jurak von der Liebe erzählten – die so wechselhaft war, wie bei einem jungen Drachenkrieger zu erwarten –, hörte Revyn meistens zu und machte sich gerne darüber lustig, aber ob er eine solche Liebe wirklich selbst kennenlernen wollte?

In manchen Augenblicken, wenn er sich fragte, ob er nicht alles vergessen und sich in das Leben eines Drachenkriegers stürzen sollte wie die anderen auch, überkam ihn ein Gefühl, das ihm wie ein Gewicht am Herz hing … Nicht dass er traurig gewesen wäre – er war zufriedener als je zuvor in seinem Leben. Er wurde geachtet. Er wurde verehrt. Aber obwohl es ihm oft gelang, sich selbst so zu sehen, wie alle anderen ihn sahen, blieb von der Vergangenheit eine stille Bekümmertheit, die ihn stets verfolgte. Er wusste, dass keine Trunkenheit, keine Feier, nicht seine geliebte Uniform und auch nicht der Kuss einer Schänkendirne die Leere würden füllen können, die in ihm lauerte.

Immer wieder, wenn er sich sicher glaubte, wenn er sich in sein strahlendes neues Leben gehüllt hatte wie in eine warme Decke, kehrten die Bilder jener Nacht zurück …

Manchmal wusste er nicht mehr, ob er glücklich war oder am liebsten sterben wollte. Er konnte nicht sagen, ob er sein Leben liebte oder sich selbst zutiefst verabscheute. Er wusste nicht, wohin er gehörte – in die Vergangenheit, die immer wieder vor ihm aufriss wie ein Strudel, oder die Gegenwart, die ihm entrückt vorkam wie ein Traum. Seine Gefühle waren ihm selbst ungreifbar und unerklärlich, sodass er am liebsten alleine war – oder bei den Drachen.

Ungefähr drei Wochen, nachdem Revyn zu den Zähmern gekommen war, erlebte er das erste Verschwinden. Frühmorgens wollte er nach einem Drachen sehen, der erst vor wenigen Tagen nach Logond verkauft worden war. Trotzdem – oder gerade deswegen – mochte Revyn ihn besonders. Etwas Zartes, Unschuldiges ging von ihm aus, eine Verletzlichkeit, die Revyn tief berührte. Fast hätte er nicht gewollt, dass der Drache zahm und von anderen geritten wurde. Am liebsten hätte Revyn ihn immer für sich behalten, so scheu und wild, wie er war.

Als er den Stall des Drachen erreichte, war er leer. Verdutzt blieb Revyn stehen. Das Stroh auf dem Boden war durcheinandergewirbelt. Helle Schrammen zogen sich über die Holzbretter.

»Er ist weg«, erklang eine Stimme hinter Revyn. Er drehte sich um und entdeckte Lilib auf einem Heuballen sitzen. Sie hatte die Arme um sich geschlungen.

»Wo ist er?«, fragte Revyn.

Ihr Blick war in den leeren Stall gerichtet. »Letzte Nacht, da ist etwas mit ihm geschehen. Er war rasend und wild vor … ja, wovor? Und im Morgengrauen … da war er still. Da war alles still. Ich hab zu ihm reingesehen. Nichts war mehr da. Er ist weg.«

Revyn zog die Augenbrauen zusammen. Ein Drache, der vom Kopf bis zum Schwanz gut vier Meter maß, konnte doch nicht einfach unbemerkt verloren gehen. Lilib schien seine Gedanken zu erraten. »Das weißt du nicht? Es passiert öfter.« Sie stand auf. Ihre Augen schienen dunkler als sonst. »Immer wieder verschwinden welche, und niemand weiß, warum. Wohin …« Revyn erschrak, als er Tränen in ihren Augen entdeckte. So wie er Lilib kannte, weinte sie nicht oft. Er hatte sie für eine durch und durch beherrschte Person gehalten.

»Manche sagen, sie werden geraubt. Es gibt hier in den Wäldern ein Mädchen, heißt es, eine verwunschene Elfe. Sie hat so spitze Zähne wie ein Wolf und entführt Drachen. Vielleicht frisst sie sie, keiner weiß es genau.« Sie schluckte. »Aber weißt du, was ich glaube, Revyn? Ich glaube, es gibt keinen Dieb, keine verdammte Elfe, die nachts einbricht. Es ist ein Zauber.«

»Ein Zauber?«, sagte Revyn ungläubig.

»Es ist irgendein grässlicher Zauber«, wiederholte Lilib. Sie biss fest die Zähne zusammen, und als ihr eine Träne aus dem Augenwinkel rann, wandte sie sich ab und ging ohne ein weiteres Wort.

Am nächsten Morgen hatte man einen neuen Drachen in den leeren Stall gebracht.

Ein paar Tage nach dem Verschwinden des Drachen traf sich Revyn mit Capras, Twit und Jurak mittags unter der Treppe der Soldatenbaracken. Die Zähmer legten nicht viel Wert auf Pünktlichkeit, solange die Arbeit erledigt wurde, und so konnte Revyn kommen und gehen, wie er wollte. Was Capras, Twit und Jurak betraf, so konnte Revyn nur rätseln, wie sie sich davongeschlichen hatten. Twit und Capras waren in der Kampfausbildung, Jurak arbeitete irgendwo in den Ställen der Winddrachen. In beiden Fällen kam es einem kleinen Kunststück gleich, sich erfolgreich zu drücken.

Nun schlenderten sie glücklich durch die belebte Stadt. Es war ein schöner Frühlingstag, der heißeste im ganzen Jahr. Überall standen Türen und Fenster offen, und Tücher waren wie Baldachine über die engen Straßen gespannt, um Schatten zu spenden. Alte Frauen saßen mit Fächern vor ihren Häusern, Kinder spielten Fangen und eine wilde Horde Jungen jagte einer Katze nach. Als sie die Drachenkrieger sahen, wichen sie respektvoll zur Seite und betrachteten voll Ehrfurcht die dunklen Uniformen. Capras knurrte sie an und kicherte, als die Jungen erschrocken davonrannten.

Bald erreichten sie einen Marktplatz. Gemüsehändler, Schmuckverkäufer, streunende Tiere und hier und da ein Drachenkrieger, der sich ebenfalls davongestohlen hatte, füllten den Platz. Und Elfen. Frauen in zerschlissenen bunten Kleidern und mit einem leblosen Lächeln auf den Lippen strichen um die Stände, als suchten sie jemanden. Männer mit strähnigen Haaren standen in den Schatten der Mauern, boten den Vorbeigehenden Messerspiele und Wetten an und versprachen, die Zukunft zu deuten. Eine alte, faltige Elfe, die wie eine Kröte am Straßenrand hockte, hatte rings um sich Pinsel und Farbtöpfchen ausgebreitet, mit denen sie für einen Vierteltaler Drachen und elfische Symbole auf die Haut malte.

Revyn war schon auf einige Elfen in den Schänken Logonds getroffen, doch nie waren es so viele wie hier gewesen. Vor allem hatte er sie noch nie am helllichten Tag gesehen. Dabei musste er sich eingestehen, dass er *überhaupt* noch nicht viel von Logond bei Tageslicht gesehen hatte – er war immer nur nachts unterwegs.

»Kommt, essen wir was. Ich könnte 'ne ganze Kuh verdrücken!«, sagte Capras und steuerte eine Garküche an. Der Besitzer sah die vier Drachenkrieger auf sich zukommen, wischte sich die dicken Finger am Hemd sauber und setzte ein Lächeln auf.

»Was darf es sein, meine Herren? Ich habe frische Lauchsuppe«, sagte er und hob dabei den Deckel eines großen Kessels, sodass ihnen duftender Dampf entgegenstieg. »Oder ich habe köstlichen Karpfen mit Pfefferminz in Honigsoße. Oder wie wäre es mit Speck und Linsen? Oder Reiskuchen?« Jedes Mal hob er den Deckel eines anderen Topfes.

»Was ist im Reiskuchen?«, fragte Revyn.

»Süße Bohnenfüllung«, erklärte der Koch. Revyn entschied sich für die Reiskuchen. Der Händler gab ihm drei der dampfenden Bällchen mit bloßen Fingern. »Das macht einen halben Taler.« Revyn hatte erst vor zwei Tagen seinen ersten Lohn bekommen und war stolz, ein wenig davon auszugeben. Der Koch dankte ihm ausgiebig, ehe er Capras, Twit und Jurak bediente, die sich ebenfalls für Reiskuchen entschieden hatten.

»Und, seid Ihr auch wegen dem Mörder hier?«, fragte der Mann beiläufig. Revyn, der gerade in einen Reiskuchen hatte beißen wollen, ließ ihn erschrocken fallen und fing ihn erst knapp vor dem Boden wieder auf.

»Welcher Mörder?«, erkundigte Capras sich neugierig und tauschte seine Münzen gegen Reiskuchen ein.

»Na, der Mörder, der hier gleich hingerichtet werden soll.« Der Koch wies mit einem Kopfnicken auf die Mitte des Platzes. Revyn drehte sich um und sah eine Holztribüne.

»Das ist eine ziemlich große Sache«, fuhr der Koch fort, während er Twit drei besonders große Reiskuchen gab und sich den Finger an dem Kessel verbrannte. »Ah, verflucht! Jedenfalls ist die halbe Stadt hier versammelt, um den Elf zu sehen. Da, es fängt schon an.«

Revyn, Capras und Twit wandten sich ab und blickten zur Tribüne hinüber, während Jurak sein Essen noch bezahlte. Irgendwo hatten Trommeln zu schlagen begonnen. Die Menge wurde immer dichter, aus allen Gassen drängten neue Leute auf den Platz. Jeder wollte einen besseren Standort ergattern und näher an die Tribüne kommen. Die Trommeln wurden lauter. Twit stieg auf die Zehenspitzen, um besser zu sehen. Aus einer Straße schritt eine lange Prozession von Trommlern und Soldaten. In ihrer Mitte ging ein schwarz gekleideter Scharfrichter und neben ihm ein dicker Mann in den Gewändern des Stadtrates. Ein Ochse zog einen Wagen hinter ihnen her. In dem Wagen stand reglos und mit unbeteiligter Miene ein Mann.

Die Menge wich respektvoll zurück. Die Prozession erreichte die Tribüne. Die Trommler und Soldaten stellten sich ringsum auf, während der Ratsherr schwerfällig auf das Holzpodest stieg. Der Scharfrichter öffnete den Wagen und zog den Gefangenen heraus. Gemeinsam betraten auch sie die Tribüne und die dumpfen Trommelschläge verstummten mit einem Mal. Gebannte Stille trat ein. Der Ratsherr ließ seinen Blick durch die Menge wandern.

»Wer ist das?«, fragte Revyn Capras leise.

Capras schluckte einen Bissen Reiskuchen hinunter. »Das ist der Anstachler!«, flüsterte er. »Der Kerl, der die ganze Vorstellung führt.« Revyn wandte sich wieder der Tribüne zu. Er hatte nicht gewusst, dass das Ganze eine *Vorstellung* sein sollte.

Der Anstachler hatte das schwammige Gesicht erhoben, sodass das Sonnenlicht die vielen kleinen Schweißperlen darauf zum Funkeln brachte. »Männer!«, rief er. »Frauen! Kinder von Logond, höret her!« Er warf ein herausforderndes Nicken in jede Richtung. »Diesen schönen Tag soll die Gerechtigkeit krönen und die schreckliche Wahrheit zugleich. Denn hier«, er schwenkte den Arm herum und deutete auf den Gefangenen, »hier steht ein Elf vor unseren Augen, in dem das dunkle Böse haust!« Ein lang gezogenes »Ohhh« ging durch die Menge, als hätte der Redner das dunkle Böse in dem Gefangenen mit seinen Worten für alle sichtbar gemacht.

Der Mann ging nun mit lauernden Schritten um den Gefangenen herum, den Zeigefinger noch immer auf dessen Kopf gerichtet. »Er, der sich in unsere schöne Stadt geschlichen hat mit der restlichen Wolfsbrut seines Volkes, er hat die scheußlichsten Taten begangen, die ein Mensch sich vorstellen kann!« Die Stimme hatte sich bis zum Schreien gesteigert. Nun blickte der Mann wieder ins Publikum und ließ den Arm sinken. »Aber für Elfen wie ihn sind diese Taten ein Vergnügen.«

Schimpfwörter wurden gerufen, gegen den Gefangenen und gegen alle Elfen überhaupt. Revyn sah sich in der Menge um – überall standen Elfen, doch sie wirkten vollkommen unberührt, als hörten sie die Anschuldigungen nicht. Auch dass einer von ihnen auf der Tribüne stand, um hingerichtet zu werden, schien ihnen egal zu sein.

»Dieser Mann«, brüllte der Redner weiter, »hat einen Mord begangen! Er hat getötet! Und zwar ein Kind.« Die Menge tobte. Von irgendwo warf jemand einen Stein, doch er verfehlte den Gefangenen ein gutes Stück und schlug klappernd auf der Straße auf.

»Huh!«, machte Capras und grinste. »Der reinste Zirkus!«

»Danach gibt es bestimmt Prügeleien«, murmelte Jurak.

»Bei denen du dich wie immer raushältst«, bemerkte Twit.

Jurak presste die Lippen aufeinander, dann sah er Revyn an. »He, Revyn, alles in Ordnung?«

Revyn antwortete nicht. Jetzt wurden auch Twit und Capras auf ihn aufmerksam. »Mann, du bist ja so weiß wie ein ausgeblutetes Schwein!«, meinte Capras freundlich. »Ist doch noch niemand gestorben.«

Twit schnaubte verächtlich. Aber Revyn ging gar nicht darauf ein. Mit zusammengebissenen Zähnen stand er da und starrte den Redner an. Mit jedem Ruf aus der Menge, mit jedem entsetzten Laut glaubte er selbst dort oben auf der Tribüne zu stehen. Eiskalter Schweiß bedeckte seinen Rücken.

»Ein Kiiind!«, rief der Redner. Keine Mutter hätte es herzzerreißender beklagen können. Revyns Knie zitterten. »Er hat ein Kind getötet, der feige Mörder! Er hat es verschleppt. Er hat ihm das zarte Genick gebrochen. Er hat sein Blut getrunken wie ein wildes Tier, denn das ist er, genau das: ein wildes Tier! Er ist mit den Bestien des Waldes verbrüdert.« Speicheltropfen flogen dem Mann aus dem Mund. Scheinbar rasend vor Zorn, ging er die Tribüne auf und ab. Der Gefangene stand noch immer reglos neben dem Scharfrichter.

»Gute Bürger von Logond! Euer Urteil soll gelten. Sagt mir: Was wollen wir mit dem Mörder tun?«

Alle brüllten durcheinander.

»Hängt ihn!«

»Schlagt ihm den Kopf ab!«

»Er soll bei lebendigem Leibe begraben werden!«

»Er soll brennen!«

Der Redner versuchte, die aufgebrachte Masse zu beruhigen.

Mehrere Minuten verstrichen. Revyn wurde angerempelt und mehrmals auf die Füße gestiegen. Manche Leute grölten auch bloß, ohne irgendein Urteil vorzuschlagen.

Twit sah sich mit einem Grinsen um. »Was sind das denn für lahme Vorschläge? Die Leute werden wirklich immer einfallsloser.«

Nach und nach wurde es wieder ruhiger. Der Redner ergriff das Wort. »Ich habe gehört. Ich habe gehört und verstanden, brave Bürger von Logond.«

Nun trat erwartungsvolles Schweigen ein. Der Redner stellte sich neben den Scharfrichter und flüsterte ihm etwas zu. Der Scharfrichter überlegte eine Weile, dann deutete er ein grimmiges Nicken an. Der Ratsherr zog sich zurück. Die Tribüne gehörte nun dem Scharfrichter. Der wandte sich zu einem Holzblock um, auf dem er zuvor mehrere Waffen und Werkzeug ausgebreitet hatte. Nach einer kurzen Spannungspause ergriff er ein langes Beil und hielt es in die Höhe. Heftiger Jubel brach aus, hier und da durchsetzt von den Buhrufen derer, die sich einen spektakuläreren Tod für den Verurteilten gewünscht hätten.

Revyn fühlte sich vom Lärm wie betäubt. Er starrte den verurteilten Elf an. Ein sonderbares Lächeln lag auf seinem schweißnassen Gesicht, glänzend wie aus Porzellan. Sein Blick schien direkt auf Revyn gerichtet.

Er wusste es. Der Elf wusste es. Wusste, dass Revyn in der Menge stand und dasselbe getan hatte. Deshalb lächelte er ihn an!

Der Scharfrichter drückte ihn auf die Knie. Der Elf wehrte sich nicht. Seine Miene hatte sich nicht verändert. Das Lächeln würde er in den Tod mitnehmen. Revyn spürte nicht, dass er die beiden Reiskuchen, die er noch in der Hand hielt, zerdrückt hatte. Die klebrige Masse quoll ihm zwischen den Fingern hervor. Das Beil setzte am Nacken des Verurteilten an. Langsam hob der Scharfrichter es wieder in die Höhe. Ein Schweißtropfen war daran hängen geblieben. Die scharfe Klinge blitzte im Sonnenlicht. Dann sauste sie hinab.

Revyn stieß keuchend die Luft aus. Alles kreiste um ihn. Weg, er wollte weg. Jemand hielt seinen Arm fest. Die tobende Menge schien ihn aufhalten zu wollen. Alle kreischten und brüllten. Sie brüllten ihn an.

»Revyn!« Capras, Twit und Jurak liefen ihm hinterher. Er ließ die Reiskuchen fallen und stürzte in eine schmale Seitengasse. »Revyn, warte!« Er blieb stehen und Capras berührte seine Schulter. »Alles in Ordnung mit dir?«

»Wenigstens hat er sich nicht in die Hose gemacht«, bemerkte Twit.

Revyn verlor die Beherrschung. Er fuhr zu Twit herum, packte ihn am Kragen und schlug ihm mit der Faust ins Gesicht. Sofort zerrten Jurak und Capras ihn zurück. Twit taumelte einen Schritt zur Seite. »Spinnst du?«, fauchte Capras.

Revyn riss sich von ihm und Jurak los. »Ihr habt keine Ahnung«, sagte er leise. »Ihr alle –«

Plötzlich erklang ein Lachen. Verwundert drehten sie sich zu Twit um. Vorsichtig befühlte er seine Nase, aber sie blutete nicht. Er lachte noch lauter. »Ich wusste es! Du kannst einfach kein Blut sehen. Deshalb hat dich die Hinrichtung so erschreckt. Sonst hättest du auch fester zugeschlagen.« Ein Augenblick der Stille verstrich. Dann begann Capras zu lachen und Jurak stimmte mit ein.

»Ich fass es nicht«, grinste Twit. »Ein Drachenkrieger, der kein Blut sehen kann. Wieso bist du nicht gleich Metzger geworden?«

»Blödmann«, knurrte Revyn, doch er bemühte sich, es einigermaßen nett klingen zu lassen. »Natürlich kann ich Blut sehen.« Er sah es schließlich in all seinen Träumen.

Capras warf ihm einen fragenden Blick zu. »Was war denn gerade los? Du bist abgehauen, als würde der abgehackte Kopf dir persönlich hinterherjagen!«

»Ich fasse es wirklich nicht«, stöhnte Twit. »Du *magst* Elfen und der Elf hat dir *leidgetan*!« Er zog eine Fratze.

Revyn presste die Kiefer zusammen. Entweder wollte Twit ihn

bis zum Augenauskratzen reizen, oder aber er dachte allen Ernstes, er sei witzig. »Nein«, erwiderte er grob. »Natürlich habe ich mit Elfen nichts zu schaffen! Ich dachte nur …« Was sollte Revyn schon sagen? Die Wahrheit konnte er ihnen schlecht erzählen! »Ich habe bloß an was anderes gedacht. Weil … vor ein paar Tagen ist ein Drache verschwunden. Na ja, und manche sagen, dass die Elfen dahinterstecken …«

Zu seiner Überraschung nickte Capras interessiert. »Davon habe ich gehört! Immer wieder verschwinden Drachen, vor einem halben Jahr waren es drei auf einmal. Weißt du noch, Twit?«

»Das sind bestimmt die verfluchten Elfen. Die schicken ihre Elfenhexe.« Twit befühlte noch einmal seine Nase und warf Revyn einen Blick zu – doch es war ein Blick voller Zufriedenheit. Als wäre der Schlag ein Beweis gewesen, auf den Twit nur gewartet hatte.

Revyn wusste nicht recht, ob der Gedanke ihn beruhigte. »Kommt, gehen wir jetzt. Sonst kriegt Korsa schon wieder mit, dass wir abgehauen sind.«

Schweigend machten sie sich auf den Rückweg.

Revyn konnte die öffentliche Hinrichtung einfach nicht vergessen und auch das Verschwinden der Drachen ließ ihm keine Ruhe. Immer wieder ertappte er sich dabei, wie er über die Elfen nachdachte, die so teilnahmslos bei der Hinrichtung zugesehen hatten. Ihr Schweigen schien ein Geheimnis zu bergen. Wieso hatten sie sich nicht gegen die Hetze gewehrt? Vielleicht trugen sie ja doch irgendeine Schuld …

Revyn begann, sich in den Schänkenvierteln umzuhören. Dort schienen die Leute genauere Vorstellungen zu haben:

»Da ist ein Feenmädchen«, sagte ihm ein Wirt und funkelte ihn verschwörerisch an. »O ja. Sie hat schillernde grüne Käferflügel. Sehr groß, versteht sich. Etwa so.« Er breitete die Arme aus und machte einen Buckel. »Damit kann sie fliegen, und so kommt sie auch immer wieder in die Stadt rein, um Drachen zu töten.«

»Sie tötet sie?«, wiederholte Revyn, der den alten Wirt seit den Käferflügeln eigentlich nicht mehr ernst nahm.

»O ja«, nickte der Wirt. »Und was bleibt, sind nur die Kadaver.«

»Es bleiben keine Kadaver«, sagte Revyn. »Sie verschwinden ganz.« Aber der Wirt ließ sich nicht in seine Geschichte reinreden.

Ein Drachenkrieger, den Revyn in einem anderen Gasthaus traf, erzählte auch von einer Elfe, die für die verschwundenen Drachen verantwortlich sei. »Sie soll angeblich schon tot sein«, erklärte er, sobald Revyn ihm ein Haferbier bestellt hatte. »Sie muss aber dreimal im Jahr einen Drachen opfern, um weiterhin als Geist durch die Welt wandern zu können.«

»Nein«, mischte sich da jemand vom Nachbartisch ein. »Es sind *sechs* Drachen im Jahr, nicht drei! Hast du nicht mitgekriegt, wie viele letztes Jahr verschwunden sind?«

Je länger Revyn nach Antworten suchte, umso haarsträubender wurden die Geschichten. Zauberei, finstere Götter, Elfen – sie alle schienen etwas mit dem Verschwinden der Drachen zu tun zu haben. Und immer wieder stieß Revyn auf *eine* Elfe. Eine düstere Fee wandelte in den Wäldern umher, hieß es. Eine Diebin schlich durch die Nächte. Ein Geistermädchen.

Doch keines der Gerüchte lieferte Revyn eine Antwort. Fast jeder hatte eine Erklärung parat, und niemand wusste wirklich, was mit den Drachen geschah.

Eines Abends blieb Revyn mit Lilib alleine in den Ställen zurück, als alle anderen sich schon zum Abendessen verabschiedet hatten. Revyn ging nun fast immer als Letzter, denn stets gab es noch etwas zu tun – einen Drachen besuchen, zum Beispiel, den er über den Tag nicht gesehen hatte. Über das Verschwinden vor einem Monat sprach bei den Zähmern niemand mehr. Und auch Revyn erwähnte es nicht, obwohl er sich den Kopf darüber zerbrach, was Wedym vielleicht wusste.

»Wieso verrätst du es nicht?«, fragte Lilib ihn plötzlich, als sie gerade dabei waren, verknotete Seile zu lösen und aufzurollen.

»Was denn?«, fragte Revyn. In den letzten Wochen war Lilib ihm eine gute Freundin geworden. Er mochte ihre nachdenkliche Art und ihr raues, offenes Lachen.

»Deine Methode«, sagte sie leise. Ihre Augenbrauen zogen sich zusammen, als sie einen besonders festen Knoten mit den Händen bearbeitete. »Du hast immer noch nicht verraten, wie du die Drachen dazu bringst, dir zu vertrauen.«

Revyn hielt in seiner Arbeit inne. »Aber ich habe keine Methode, wirklich.«

»Du könntest die alte Art des Zähmens stoppen. Die Drachen sind dir doch wichtig – wenn du verrätst, wie man sich ihnen ohne Gewalt nähert, muss niemand sie mehr festbinden und bis zur Erschöpfung quälen, um sie zu zähmen. Denk darüber nach, Revyn.«

»Ich weiß wirklich nicht, wieso die Drachen mich dulden«, sagte Revyn mit Nachdruck. Dass Lilib glaubte, er wolle aus Stolz nicht verraten, wie man das Leid der Drachen beenden könnte, kränkte ihn. Aber sie blickte noch immer nicht auf.

»Dann verrate es doch für mich«, fuhr Lilib ruhig fort. »Ich liebe die Drachen, seit ich ein Kind bin. Alles würde ich dafür geben, mit ihnen so vertraut zu sein wie du. So wie du und Palagrin.« Ihre Stimme wurde leiser. »Manchmal habe ich mir gedacht, dass Palagrin es dir beigebracht hat – einer von *ihnen* zu sein. Er hat doch einen elfischen Namen … Vielleicht ist er ein verzauberter Drache vom Elfenvolk und … – tut mir leid, ich rede dummes Zeug. Es geht mich nichts an.«

Revyn beobachtete sie eine Weile schweigend bei der Arbeit, dann seufzte er. Egal was er sagte, sie würde ihm nie glauben, dass es keine Erklärung für seine Verbindung mit den Drachen gab. Lilib glaubte nur an Dinge, die verstanden werden konnten.

»Alles, woran ich denke, wenn ich zu einem wilden Drachen

trete, ist, wie ihm zumute sein muss«, sagte er schließlich. »Ich fühle die Verzweiflung in ihm – nein, keine Verzweiflung, etwas noch Tieferes. Es ist ein schrecklicher Kummer … Könnte ich dir beibringen, ihn zu fühlen, würde ich es nicht tun. Niemand auf der Welt sollte so empfinden. Die Drachen wurden ihrer Heimat entrissen. Ihrer Welt. Sie verlieren ihre Freiheit. Plötzlich müssen sie sich einem Reiter beugen, und dieses Gefühl, verstehst du, das ist fast unerträglich! Du sagst, du liebst die Drachen. Dann bist du ihnen näher als irgendjemand sonst.«

Lilib verengte leicht die Augen. Ihr Blick suchte lange und tief in seinem Gesicht. »Was hast du nur erlebt, dass du den Kummer der Drachen verstehst? Wer bist du bloß, Revyn …«

Revyn antwortete nicht. Er fürchtete, ein einziges Wort könne alles verraten.

## Königlicher Besuch

Wochen vergingen, ohne dass Revyn sich der Zeit bewusst war. Wie sollte er auch – sein Leben war erfüllt von Arbeit. Frühmorgens ging er zu den Zähmern und kehrte erst abends zurück, dann besuchte er Palagrin, stahl sich mit Capras, Twit und Jurak in die Vergnügungsviertel davon oder schlenderte ganz einfach die halbkreisförmige Stadtmauer entlang.

Mit der Zeit wurden Revyns nächtliche Spaziergänge häufiger, je seltener er mit seinen Freunden unterwegs war. Die Jungen hatten eine neue Leidenschaft: die angeblich magischen Elfenpfeifen, die in Logond als jüngste Entdeckung gefeiert wurden. Seit Kurzem erfüllte ihr süßlicher Rauch die Schänken der Stadt und die Lungen der heimlich ausgebüxten Krieger. Druiden versprachen sich hellseherische Kräfte von den geheimnisvollen Kräutern, Wirte versprachen sich volle Geldbörsen und ihren Kunden einen Geschmack, als kostete man warme, süße Luft. Diese Vorstellung war so faszinierend, dass Capras und seine Freunde die Pfeifen sofort ausprobieren mussten. Und tatsächlich war es eine Sensation, schließlich wäre niemand in Haradon außer dem verrückten Elfenvolk auf den Gedanken gekommen, Rauch zu atmen. Auch Revyn hatte sich mit seinen Freunden das seltsame Rauchinstrument geteilt, gehustet und gelacht – aber im Grunde war es ein Spiel, so kindisch wie alle Spiele, für die Capras und seine Freunde sich begeisterten.

So ereignete sich nichts und veränderte sich doch alles in Revyns Leben. Immer seltener dachte er an seine Vergangenheit, und die kleine Hütte samt den Menschen, die in ihr gelebt hatten, rückte in weite Ferne. Manchmal vergaß Revyn, dass er nachts in sein Kissen geschluchzt hatte, weil er so mutlos und allein gewesen war. Jetzt war er den Menschen um ihn herum wichtiger, als er je zu träumen gewagt hätte. Unter den Zähmern wurde er noch immer gefeiert, und Capras hatte sich sogar angewöhnt, ihn neckisch »Drachenbeschwörer« zu nennen.

Erst der Wechsel der Jahreszeiten erinnerte ihn an die dahinfliegenden Wochen. Ungläubig stellte Revyn eines Tages fest, es war ein Vierteljahr her, dass er Logond zum ersten Mal erblickt hatte. Einerseits erschien ihm ein Vierteljahr erschreckend lang – andererseits hatte er das Gefühl, in dem Vierteljahr mehr erlebt zu haben als in seinem ganzen vorherigen Leben, und konnte sich kaum vorstellen, dass die ganze Ewigkeit, die er schon ein Drachenkrieger war, in drei Monate hineinpasste. Und in all der Zeit war er kein einziges Mal zur Kampfausbildung eingezogen worden. Man hatte offenbar bemerkt, dass er nirgendwo so wertvoll war wie bei den Zähmern.

Revyn bedauerte es nicht. Er hatte nie ein Schwert berührt, mit Pfeil und Bogen hätte er sich höchstens den Rücken kratzen können. Nein, er wollte eine Waffe nicht einmal in die Hand nehmen … Wäre es nach ihm gegangen, hätte er für den Rest seiner Zeit nur Drachen gezähmt. Er wollte für immer zusehen, wie aus scheuen, wütenden Tieren sanfte Geschöpfe wurden, und der Erste sein, der eine Menschenhand an weiche Drachennüstern legt. Stille Gespräche führen, dunkle Blicke erwidern und Kummer verstehen … es hätte ihm für die Ewigkeit gereicht.

Aber nichts währt ewig. Schon gar nicht, wenn ein Krieg bevorsteht.

Revyn schrak aus dem Schlaf. Sein Herz trommelte. Die Bilder eines Albtraums zerrieselten wie Sandgebilde und hinterließen einen elenden Nachgeschmack. Es war dunkel in seiner Kammer. Ein Blick aus dem Fenster verriet ihm, dass es noch längst nicht Zeit war, aufzustehen. Langsam sank er zurück. Es war nur ein Traum, beruhigte er sich selbst. Aber der Schreck saß ihm fest in den Gliedern.

Seine Mutter … sie war vorgekommen, auch wenn er nicht mehr wusste, in welchem Zusammenhang. Revyn seufzte in seine Decke. Manchmal hatte er das Gefühl, zwei Leben zu haben und in keins zu gehören.

Ein paarmal drehte er sich auf die eine Seite und auf die andere, dann gab er es auf und schwang die Beine aus dem Bett. Im Halbdunkel zog er sich an, wusch sich das Gesicht in seiner Wasserschüssel und wischte es mit dem Hemdärmel trocken. Dann öffnete er leise seine Tür und schlich durch den langen Korridor hinaus über den Rathausplatz.

Der Mond glomm hell und kalt am Himmel. Als Revyn ausatmete, stiegen Rauchwölkchen auf, dabei war es schon Sommer. Er lief die nächstliegende Treppe zum Steg hoch und ging, die Arme verschränkt und ein wenig fröstelnd, an den Drachenställen entlang.

Allmählich wurde es heller. Die Nachtwachen, die Logond bald mit ihren Hornrufen wecken würden, grüßten Revyn mit der Begeisterung schläfriger Eulen.

Bald erreichte er einen Aussichtsposten und stützte sich auf die

Mauer. Er unterdrückte ein Gähnen und beobachtete, wie die ersten Lichter des Tages die Nacht verdrängten. Raureif bedeckte die Mauer und die Wälder schienen wie mit Zucker bestäubt. Gedankenverloren ließ Revyn den Blick über das Land schweifen; die fernen Baumkronen, die Dörfer, die neblige Lichtung ... Er kniff die Augen zusammen. Aus dem Wald kam ein Reiter auf einem Drachen galoppiert. Kaum dass er den Reiter erspäht hatte, erklang von den Stadttoren her ein kurzer, tiefer Hornruf. Der Reiter wurde offensichtlich erwartet.

Es dauerte nicht lange, da traten aus der hohen Doppeltür des Rathauses mehr als ein halbes Dutzend Männer in roten und schwarzen Umhängen: die Stadträte. Sie sprachen leise miteinander, aber ihre Stimmen waren nur noch ein unverständliches Murmeln, als sie Revyns Ohren erreichten. Dann verstummten sie abrupt. Revyn folgte der Richtung ihrer Blicke und sah bald den Mann auf dem Drachen die Stufen heraufgaloppieren, gefolgt von einem Grüppchen Soldaten im Laufschritt. Er musste wie ein Gejagter durch die Stadt geprescht sein, um so schnell hier oben anzukommen.

Der Mann sprang von seinem Drachen ab, kam auf die Ratsmitglieder zu und verneigte sich. Revyn glitt von seinem Aussichtsposten und lief unbemerkt bis zu den schlichten Holzabzäunungen, die den Steg von innen säumten. Der fremde Mann sprach. Obwohl er aufgeregt klang, waren seine Worte klar und fest. Revyn spitzte die Ohren.

»... die Fronten geschlossen. Die Drachengarden sowie die Fußsoldaten Logonds ... sieben Wochen. In Kürze wird unser König Logond beehren, zusammen mit Königin Jale von Awrahell und ... schließen sich die Heergruppen zusammen. Der Krieg gegen Myrdhan hat begonnen.«

Beim Frühstück erzählte Revyn Capras, Twit und Jurak, was er gehört hatte. Aber zu seinem Erstaunen wussten die drei bereits davon.

»Woher?«, fragte er verblüfft und ließ den Löffel sinken.

Capras lächelte selbstzufrieden. »Was sag ich dir denn immer – alles, was in Logond vor sich geht!«

»Ja, aber woher? Du kannst den Boten und die Stadträte doch gar nicht belauscht haben, ihr wart noch unten in *Goros Bierfass*.«

Capras zuckte mit den Achseln. »Ich hab's von einem der Wächter erfahren, als wir heute Morgen zurückgekommen sind.«

Revyn starrte ihn an. Eins musste man Capras lassen, er war ein Meister darin, Neuigkeiten aus Leuten herauszukitzeln. Revyn kannte niemanden sonst, der einen Wächter dazu bringen konnte, ihm etwas anzuvertrauen.

»Krieg, endlich«, sagte Twit mit funkelnden Augen. »So lange haben wir gewartet und jetzt ist es endlich so weit.«

»So schnell geht das auch wieder nicht.« Capras schaufelte sich eifrig Haferschleim in den Mund und wies dazwischen mit seinem Löffel auf Twit. »Erst einmal wird der König hier eintreffen, und außerdem die Königin von – wie heißt das Land noch mal – Awell oder so was. Dann wird eine lange Zeit beraten und erwogen und verhandelt und zwischendrin lassen Ihre Majestäten es sich natürlich gut gehen. Ich wette, das Ganze zieht sich mindestens bis zum Herbst hin.«

Twit rührte missmutig in seiner Schüssel. Gerade wollte er etwas erwidern, da senkte sich Stille über die Speisehalle und die Stimme eines einzelnen Mannes erhob sich. »Kameraden!« Revyn drehte sich um und sah, dass Kommandant Korsa vor den Tafeln stand.

»Kameraden, hört mich an. Es gibt Neuigkeiten.« Es war mucksmäuschenstill in der großen Halle. »Übermorgen wird unser König in Logond eintreffen. Die Dauer seines Aufenthalts ist nicht gewiss, aber solange er hier ist, werdet ihr euch alle so vorbildlich verhalten, wie es von Drachenkriegern erwartet wird. Und noch etwas muss ich erwähnen. In des Königs Begleitung besucht uns Königin Jale von Awrahell. Falls einige von euch das nicht wissen – Awrahell ist ein Königreich der Menschen und Elfen, doch ihre Königin ist menschlichen Geblüts. Auch ihre Tochter, die Prinzessin von Awrahell, wird uns beehren. Sollte jemandem von euch die Ehre zuteil werden, unseren hohen Gästen zufällig zu begegnen, erwarte ich, dass ihr euch von eurer besten Seite zeigt. Aber mehr dazu nach dem Frühstück. Versammelt euch bitte vor dem Rathaus, dann erhaltet ihr genauere Anweisungen.« Er nickte knapp und verließ die Halle mit großen Schritten. Allmählich setzte ein unruhiges und aufgeregtes Murmeln ein.

Capras grinste zufrieden, offenbar weil Korsa alle außer ihm hatte überraschen können. »Von *unserer besten Seite zeigen,* habt ihr gehört?«, gluckste er, drehte sich hierhin und dorthin und klimperte mit den Wimpern. »Was meint ihr, wo ist meine beste Seite?«

Revyn lächelte. »Ich glaube, die behältst du lieber weiterhin für dich.«

Als die Drachenkrieger sich auf dem Platz vor dem Rathaus einfanden, wartete Korsa bereits mit einigen Ratsmitgliedern und Kampflehrern auf sie. Als alle versammelt waren, ergriff Korsa wieder das Wort:

»Hier sind einige Verhaltensregeln von höchster Wichtigkeit. In Gegenwart unseres Königs müssen wir unserem Ruf Ehre machen – und damit meine ich *mehr* Ehre als sonst!« Das vereinzelte Lachen und Grinsen quittierte Korsa mit einer ernsten Miene. »Glaubt mir, nur weil ich nicht jeden von euch erwische, weiß ich trotzdem, was ihr anstellt. Regel Nummer eins, wenn der König hier ist: Niemand, und ich meine *niemand,* stiehlt sich nachts in die Stadt! Wen ich morgens erwische, wie er die Treppen hochkommt – und sollte er auch nur einen Tropfen Bier im Blut haben –, der wird seines Lebens nicht mehr froh. Der Krieg steht bevor, Männer. Wir sind nicht zum Spaß hier. Wir sind Krieger. Benehmt euch auch so!«

Die Drachenkrieger antworteten mit einem zackigen »Jawohl!« Aus den Augenwinkeln sah Revyn, dass sogar Twit mit aller Inbrunst gerufen hatte.

Korsas Blick schweifte eine Weile durch die Menge, dann trat er zurück: »Unsere ehrenwerten Stadträte werden euch nun einige Umgangsformen beibringen. Vergesst sie nicht!« Diese letzte kurze Ansprache hätte die Drachenkrieger erahnen lassen können, dass nun eine Serie von Lächerlichkeiten folgen würde. Aber die Stadträte übertrafen alle Erwartungen.

Es war einfach zu komisch. Die drei Ratsherren traten vor und leierten endlose Tiraden herunter, wie die Drachenkrieger sich dem königlichen Besuch gegenüber zu verhalten hatten. Von der Anrede – sollte man denn je in den Genuss kommen, die königlichen Herrschaften ansprechen zu dürfen – bis hin zu den Verbeugungen, dem streng eingeschränkten Blickkontakt und den albernen Gebärden, die angeblich Ehrenbezeugungen darstellen sollten, wurde alles mehrfach erklärt, vorgeführt, geübt und wiederholt. Revyn und seine Freunde mussten sich zusammenreißen, nicht laut loszuprusten. Den anderen Kriegern schien es ähnlich zu gehen. Überall wurde gegrinst, gekichert und offen gelacht.

Nachdem die Stadträte sich wieder in ihre Gemächer im Rathaus zurückgezogen hatten, traten die Kampflehrer vor. Augenblicklich schlug die Stimmung unter den Kriegern um.

Ganz Logond, wurde schlicht verkündet, werde sich von nun an ändern. Fortan würden einfache Bürger das Stallausmisten oder Kochen für die Krieger übernehmen, denn jeder Soldat musste jetzt in die Kampfausbildung. Auch die Drachenzähmer.

Danach wurden lange Namenslisten verlesen und die Krieger in unterschiedliche Kampfgruppen eingeteilt, zu denen Bogenschießen, Schwertkampf, Lanzenwurf und unbewaffneter Nahkampf gehörten. Im Verlauf des Tages sollten die fortgeschritteneren Krieger von den unerfahrenen in Probeturnieren getrennt werden. Revyn hätte, auch ohne sich mit seinen Kameraden über den staubigen

Boden zu wälzen und mit einem Holzschwert durch die Luft zu stochern, sagen können, dass er zu Letzteren gehörte. Mit zerzausten Haaren und blauen Flecken trottete er endlich in seine Gruppe, wo bereits Männer mit dem gleichen Schicksal auf ihn warteten. Twit, der schließlich schon vorher in der Kampfausbildung gewesen war, kam gleich in die ranghöchste Einheit und durfte sogar die Anfänger unterrichten. Jurak und Capras wurden einer mittleren Fähigkeitsstufe zugeordnet.

Den Vormittag über wurde Revyns Einheit der Schwertkampf beigebracht, denn das Schwert war die Hauptwaffe der Drachenkrieger. Sie übten mit Waffen, die fast so lang wie Revyn waren, aber dabei leicht genug, um auch nur mit einer Hand geführt zu werden, schließlich mussten sie in der Schlacht immer eine Hand frei haben, um sich am Drachen festzuhalten.

Am Nachmittag kämpften sie mit Speeren und Lanzen und ritten auf Drachen über den Übungsplatz, bis den Tieren und Männern der Schweiß rann. Viele Männer hatten nur selten einen Drachen geritten und konnten sich kaum auf den Tieren halten. Ganz anders als mit den Waffen war Revyn hier einer der Besten. Verglichen mit den wilden Drachen, die er sonst ritt, manchmal sogar ganz ohne Sattel und Zaumzeug, war die Reitstunde ein gemütlicher Spaziergang.

Trotzdem schleppte Revyn sich abends erschöpfter als sonst in die Speisehalle. Auch Capras, Twit und Jurak waren überraschend schweigsam und gingen nach einem kurzen, friedlichen Würfelspiel mit den anderen Drachenkriegern zu Bett. Revyn schlief in dieser Nacht tief und fest und erinnerte sich später an keinen Traum. Am nächsten Morgen wurde die Kampfausbildung viel zu früh fortgesetzt.

Als der königliche Besuch in Logond eintreffen sollte, sah Revyn Meister Morok wieder.

Die Soldaten und Drachenkrieger wurden kurz vor Sonnenaufgang geweckt. In einer Halle, die hinter dem Rathaus lag, waren große Wasserbottiche aufgestellt. Am Abend davor hatten sie ihre Uniformen zur wöchentlichen Wäsche abgeben müssen, doch als Revyn sich mit den anderen Drachenkriegern in die offene Halle drängte, wurde ihm bewusst, dass die Wasserbottiche gar nicht für die Uniformen gedacht waren – die lagen bereits frisch und ordentlich zusammengefaltet in einem langen Regal. Das Einzige, was noch der Sauberkeit bedurfte, waren sie selbst.

Einige Männer hatten sich bereits darangemacht, ihre Unterhosen abzulegen und in einen Wasserbottich zu steigen. Andere übergossen sich einfach mit Wassereimern und schrubbten sich mit langen Bürsten, bis ihre Haut krebsrot leuchtete. Etwas verzagt stand Revyn in der geschäftigen Menge. Bis jetzt hatte er sich immer in seiner Kammer gewaschen. *Alleine.*

Wo waren eigentlich Capras, Twit und Jurak? Eine Weile spähte Revyn um sich und spürte einen Stich der Eifersucht: Bestimmt hatten die drei sich rechtzeitig gedrückt. Natürlich, Capras würde sich nie einer derartigen Demütigung aussetzen! Aber dann entdeckte er doch Jurak, der bibbernd dastand und sich von Capras und Twit mit Wasser überschütten ließ, die das Ganze offensichtlich höchst amüsant fanden. Irgendwie hatte Revyn nicht die rechte Lust, sich seinen grinsenden Freunden anzuschließen.

Und wo waren die Zähmer? Revyn konnte sich Wedym kaum hier vorstellen. Vielleicht hatte er eine Sondererlaubnis bekommen, dem großen Bad fernzubleiben – der alte Zähmer war auch nicht in die Kampfausbildung eingezogen worden. Irgendjemand musste sich schließlich weiterhin um die neuen Drachen kümmern. Neben Wedym war dieses Privileg nur noch den weiblichen Zähmern zuteilgeworden. Revyn seufzte sehnsüchtig, als er an Lilibs Glück dachte.

Dann hörte er eine bekannte Stimme irgendwo im Lärm. Er drehte sich verwundert um – und da sah er ihn, inmitten der halbnackten Männer, Meister Morok.

Er war komplett bekleidet, doch das war nicht der einzige Grund, wieso er zwischen all den Badenden auffiel. Sein breites Gesicht war in Revyns Gedächtnis fast schon verblasst. Ihn so plötzlich und unerwartet wiederzusehen, versetzte ihm einen Schock. Noch dazu in einer solchen Situation!

Aber es war zu spät, sich zu verstecken. Laut und fröhlich drängte er sich an den Wasserbottichen vorbei, genau in Revyns Richtung. »Los Männer, keine Katzenwäsche! Putzt euch raus für unseren König! Und vergesst nicht die empfindlichen Nasen der Königin und der Prinzessin von Awrahell!«

Von irgendwo rief jemand: »Wieso, die Königin und ihre Tochter sind Gestank doch gewohnt: In Awrahell leben die Elfen!«

Die Bemerkung erntete derbes Gelächter und auch Meister Morok grinste. Dann fiel sein Blick auf Revyn, der das Gefühl hatte, als würde er mit eisigem Wasser übergossen. »Ah – Revyn!«, rief der Händler laut. Im nächsten Augenblick war Meister Morok bei ihm angekommen, hatte einen nassen Waschlappen aus einem Wassertrog gefischt und Revyn auf den Kopf geklatscht.

So stand Revyn da, mit einem tropfenden Stoffstück auf den Zöpfen, entblößt bis auf die knielange Unterhose vor dem Mann, dem er sein neues Leben zu verdanken hatte.

»Na, hier drückt sich niemand vor der Sauberkeit!« Entschlossen zog Meister Morok ihn vor einen Bottich, füllte einen Eimer mit Wasser und kippte ihn über Revyn aus. Revyn schnappte nach Luft. Eiskalt strömte es ihm über Brust und Rücken.

»Bist kräftiger geworden, Junge«, bemerkte der Händler. »Hier gibt's mehr zu essen und mehr zu arbeiten, was? Ich seh dir an, dass es dir gut bekommt. Ach, aber deine Haare – immer noch struppiger als Feuerreisig!« Er zog an einem Zopf und goss gleich einen zweiten Wassereimer hinterher. Den Waschlappen hatte er inzwischen wieder in die Hand genommen und klatschte Revyn damit ein paarmal auf die Schultern. Revyn bezweifelte, dass das der Reinlichkeit irgendwie dienlich war.

»Was tut Ihr hier?«, fragte er endlich, als seine Zähne nicht mehr klapperten.

Meister Morok lächelte ihm offen ins Gesicht. »Ich kümmere mich um dieses und jenes und bin überall. Irgendwer muss schließlich dafür sorgen, dass ihr jungen Drachenkrieger euch wascht, manche von euch brauchen ja fast noch eine Mutter!« Er stieß ein bellendes Lachen aus. »Und wo du schon fragst, Revyn – ich sorge auch ein wenig dafür, dass es unserem König und seiner hohen Begleitung nicht zu langweilig wird, während sie Logond besuchen. In ein paar Wochen werden wir Turniere veranstalten, wo ihr Jungen zeigen könnt, dass ihr die Besten seid. Du bist eine Ausnahme, denn soweit ich weiß, glänzt du nicht im Schwertkampf oder im Lanzenwurf, sondern im Umgang mit den Drachen, nicht wahr?« Bevor Revyn antworten konnte, fuhr Meister Morok fort: »Ich habe mit Korsa gesprochen. Es wäre gut, wenn du etwas mit den Drachen vorführen könntest. Mit den wilden Drachen. In zwei Wochen soll das Turnier stattfinden.« Revyn hatte wirklich keine Ahnung, woran Meister Morok dabei dachte. Aber schließlich war das nichts Neues.

Nach einem väterlichen Schulterklopfen wandte Meister Morok sich ab, um seinen Weg durch die Halle fortzusetzen. »Vernachlässige dein Erscheinungsbild nicht, Revyn. Die Gunst des Königs hat schon so manchem Krieger zu Ruhm und Reichtum verholfen und blaues Blut liebt nun mal die Reinlichkeit!« Damit und mit einem letzten Lächeln ließ Meister Morok ihn stehen. Kein Wort über die Vergangenheit. Nichts über seine seltsame Flucht, nichts über den gestohlenen Palagrin und den Rest von Revyns düsterer Vorgeschichte, von der Meister Morok nur allzu viel wusste. Stattdessen ein nasser Waschlappen und ein Turnier. Und ebenso plötzlich, wie er erschienen war, war Meister Morok wieder zwischen den badenden Kriegern verschwunden.

Endlich wieder angezogen und auch ein bisschen sauberer, ging es für die Drachenkrieger weiter in den Speisesaal zum Frühstück.

Die meisten Männer waren guter Laune und ließen sich von den ahnungslosen neuen Köchen und Küchenhilfen doppelte Portionen geben. Als Revyn sich zu Capras, Twit und Jurak setzte, fiel ihm sofort der Unterschied zwischen ihren Schüsseln auf: Während Capras sich gut ein Kilo Haferschleim hatte geben lassen, löffelte Twit an einer regelrechten Hungerration. Insgesamt machte Twit einen ungewöhnlich angespannten Eindruck: Er aß nicht nur, als müsse er sich gleich übergeben, sondern war auch so bleich. Mit dem hellen Haar, sorgsam zurückgekämmt, ähnelte er mehr denn je einem weißen Frettchen.

»Was ist denn mit dir los?«, fragte Revyn mit einem sorgenvollen Blick. Capras lachte auf, schloss aber gleich wieder den Mund, weil ihm Haferschleim über das Kinn lief.

»Was los ist?« Twit klang leise und gereizt – eine Mischung, die überhaupt nicht zu ihm passen wollte. Sein Blick irrte von Revyn zu Capras und Jurak. »Heute trifft unser König ein! Wir werden ihn alle sehen und er wird uns sehen! Ihr Trottel habt das vielleicht noch nicht begriffen, aber für manche von uns wird das die Chance.«

»Auf was denn?«, wollte Jurak wissen, einerseits bemüht, ehrlich interessiert zu klingen, und andererseits versucht, Capras' verstohlenes Grinsen zu erwidern.

»Die Chance, ein großer Krieger zu werden, du Genie. Wenn der König nur sehen könnte, wie ich die Kampfkunst beherrsche und wie groß meine Vaterlandsliebe ist …« Twits blasse Augen funkelten hoffnungsvoll und seine Faust schloss sich fest um den Löffel. »Ihr werdet die Möglichkeiten verschlafen, die ihr nebenbei bemerkt gar nicht habt, aber *ich* habe Ziele.« Entschlossen bohrte er seinen Löffel in den Haferschleim.

»Hm-hm«, meinte Capras zwischen zwei großen Bissen. »Bescheiden, strebsam und vorbildlich, wie du bist, wird der König dich bestimmt zum Ritter schlagen. Wart mal, wenn du weiterhin solche Portiönchen isst und dir die Haare mit Rindertalg nach hinten schmierst – dann nimmt der König dich sogar in den Kreis seiner Hofdamen auf! Von denen kannst du bestimmt noch was lernen. Was für eine glorreiche Zukunft, dann bist du nicht nur der stärkste Krieger von Haradon, sondern auch noch das hübscheste Fräulein unter den Adligen, und wer weiß, vielleicht –«

»Halt endlich die Klappe!«, blaffte Twit, und ein tiefes, wütendes Rosa vertrieb seine Blässe.

»Aha, jetzt hast du endlich wieder Blut im Hirn. Kannst du jetzt wieder klar denken?«

»Bleib mir heute mit deinen Witzchen vom Leib«, knurrte Twit. Dann rührte er schweigend in seinem Haferschleim, bis das Frühstück beendet war und sie sich vor dem Rathaus versammeln sollten. Mehrere Zähmer und Stallburschen brachten Reitdrachen aus den Ställen, damit die Krieger den König gebührend empfangen konnten. Auch Revyn musste helfen, die Drachen auf den großen Platz zu bringen. An langen Zügeln führte er sie ans Tageslicht, teilte sie verschiedenen Kriegern zu und half den Männern beim Aufsteigen. Nach einer guten halben Stunde hatte schließlich jeder Krieger einen Drachen. Es war ein wahres Durcheinander. Revyn, der auf Palagrin ritt, half überall, wo er konnte; er brachte Drachen zurück, die mitsamt ihrem Reiter hinunter zu den Soldatenbaracken galoppiert waren, erteilte Ratschläge und gab Anweisungen und tat sein Bestes, die nervösen Drachen zu beruhigen. Dann kehrte endlich Ruhe ein. Die Krieger standen in Reih und Glied wie geplant. Es war ein denkwürdiger Anblick: über dreihundert herausgeputzte Krieger auf ihren Drachen. Ein einziger Drache war schon beeindruckend, aber so viele auf einem Platz zu sehen, dicht gedrängt, war überwältigend.

Es dauerte nicht lange, da erklangen von der unteren Stadt her tiefe Hornrufe. Die Drachenkrieger verstummten, strafften die Schultern und umklammerten die Zügel fester. Trommeln schwollen in der Ferne an. Revyn musste an die Trommeln denken, die er vor der Hinrichtung des Elfen vor einigen Wochen gehört hatte, obwohl es jetzt ganz anders klang – statt eines dumpfen Hämmerns war das Trommellied nun schnell und leicht, wie das Getrappel einer Drachengarde. Aus der Ferne drang der dröhnende Jubel der Fußsoldaten zum Stadtteil der Drachenkrieger herauf. Gebannt blickte Revyn zur Treppe, wo der König jeden Moment erscheinen würde.

Am Treppenabsatz tauchte ein dunkelhaariger Kopf auf. Daneben ein blonder. Und noch ein blonder. Es waren Mädchen. Sie kamen mit Körben, aus denen sie bunte Blütenblätter verstreuten, die Treppen hochgeschritten. Dann erschienen zu beiden Seiten die Trommler, Flötenspieler und Trompeter. Sie waren in gelbe Gewänder gekleidet und hatten große Wappen auf der Brust. Hinter ihnen kamen mehr als zwanzig gelbe Fahnen in Sicht, die von gleichfarbig gekleideten Pagen geschwenkt wurden. Die Blumenmädchen schritten gerade an Revyn vorbei, als am Treppenabsatz ein Rittertrupp auf Drachen erschien. Die Ritter trugen Schulterpanzer und leuchtend gelbe Tuniken, dazu Schwerter in silbernen Scheiden, Dolche und Lanzen. Noch beeindruckender als die Männer fand Revyn allerdings ihre Drachen: Es waren elegante, große Tiere mit Fell, das im Sonnenlicht schimmerte wie Fischhaut, mit Schutzpanzern aus Bronze auf Köpfen und Schwänzen. Alles an den Rittern und ihren Drachen funkelte und schillerte, als seien sie Wesen aus Licht. Hinter dem langen Vormarsch aus Blumenmädchen, Spielern, Pagen und Rittern erschien der König von Haradon.

Er ritt auf dem prächtigsten aller Drachen – wie ein Tänzer schritt er dahin und war gewaltig, sodass der König höher saß als all seine Ritter. Mit Rubinen besetzte Panzer bedeckten den Kopf des Tieres. Eine kunstvoll gefertigte Goldklaue war über die Spitze des langen Mittelhorns gesteckt und kleinere, gebogene Goldaufsätze schmückten die anderen Kopfhörner des Drachen.

Der König selbst trug vergleichsweise schlichte Schulterpanzer, einen dünnen Brustpanzer mit dem haradonischen Wappen und einen dunkelroten Umhang, den er locker zurückgeschlagen hatte.

Er war ein Mann in den späten Vierzigern und durch seine blonden Haare zogen sich erste schneeweiße Strähnen. Sein Gesicht war sonnengebräunt, mit tiefen, nachdenklichen Falten um die Augen. Ein gestutzter Bart umgab den leicht schiefen Mund. Die Drachenkrieger, an denen er vorbeiritt, zogen die Zügel an, sodass ihre Drachen die Köpfe neigten, und verbeugten sich. Auch Revyn verneigte sich, als der König ihn passierte, doch Palagrin zwang er nicht dazu. Der König bemerkte es auch gar nicht, er blickte nur gelegentlich in die Reihen der Drachenkrieger.

Hinter dem König folgte wieder eine Ritterschar, diesmal zu Pferde. Ein leises Raunen ging durch die Menge der Drachenkrieger. »Da, seht!«, murmelte jemand hinter Revyn. »Ritter aus Awrahell, doch es sind alles Menschen!«

Revyn beäugte die Ritter angestrengt. Es stimmte: Unter ihnen war kein Elf, obwohl ihr Königreich doch ursprünglich elfisch war. In der Mitte der Ritter wurde eine große Sänfte von mehreren Pagen getragen. Gelbe und grüne Samtvorhänge schützten das Innere vor neugierigen Blicken, und Revyn erkannte nur flüchtig ein paar Gestalten, ehe das Gefolge an ihm vorübergezogen war.

Vor dem Eingangstor des Rathauses stiegen der König und sein Geleit von den Drachen und die versammelten Ratsmitglieder verneigten sich tief. Revyn hörte nicht, was die Männer besprachen, doch er sah, dass der König kleiner war, als er auf seinem Drachen gewirkt hatte.

Auch die Sänfte wurde abgestellt. Mehrere Frauen traten heraus – die meisten mussten Zofen sein, die die Königin und ihre Tochter begleiteten. Auch sie wurden von den Ratsmitgliedern empfangen. Doch noch bevor Revyn mehr von ihnen hätte sehen können, schritt der königliche Besuch durch die hohen Türen und entschwand den Blicken der Drachenkrieger.

# Der Armreif

An einem nebligen Morgen zwei Wochen später, als Revyn früher aufgestanden war, um mit Palagrin auszureiten, sah er sie das erste Mal. In der Dämmerung schlich er sich aus dem Stadtteil der Drachenkrieger, durchquerte das Straßenlabyrinth der unteren Viertel und ritt aus den offenen Stadttoren über die Lichtung. Dichter Dunst kroch aus der Erde und zögerte den Tagesanbruch heraus.

Eine Weile galoppierte Revyn am Wald entlang. Die frische Luft erfüllte ihn, klärte seinen Verstand. Er versuchte, an nichts zu denken. Vor allem versuchte er, nicht an das Turnier zu denken, das heute zu Ehren der königlichen Gäste stattfinden sollte. Auch er musste antreten, und zwar mit drei wilden Reitdrachen, die er zur Unterhaltung des Publikums innerhalb des aufgebauten Turnierplatzes zähmen sollte.

Revyn seufzte leise. Wie so oft in den vergangenen Tagen fragte er sich, ob er sich dem Befehl von Meister Morok, der das Turnier veranstaltete, nicht einfach widersetzen sollte. Aber dafür war es wahrscheinlich zu spät. Und in Wirklichkeit hätte er sich auch nicht getraut. Auch wenn er es nie zugegeben hätte, fürchtete er sich vor Meister Morok mehr als vor drei tobenden Drachen – bei ihnen wusste er wenigstens, was ihn erwartete.

Er ließ das Zaumzeug lockerer und konzentrierte sich ausschließlich auf die Bewegungen von Palagrin.

In der Ferne löste sich eine Gestalt aus dem Nebel. Revyn brachte Palagrin verwundert zum Stehen, als sie näher kam.

Es war ein Mädchen. Sie stand reglos am Waldrand, der Saum ihres gelben Kleides war vom feuchten Gras verdunkelt, und das lange dunkelblonde Haar, dessen vordere Strähnen geflochten über die Schultern fielen, hatte sich in der feuchten Luft leicht gekräuselt. In den Fingern drehte sie eine blaue Wildblume.

»Du bist ein Drachenkrieger von Logond, nicht wahr? Kannst du mich mit in die Stadt nehmen?« Sie blickte ohne Scheu zu Revyn auf. Revyn runzelte die Stirn. Ihm war noch nie jemand begegnet, den seine Uniform so wenig zu beeindrucken schien wie dieses Mädchen. Und etwas an ihrem Gesicht war sonderbar. Die dunklen Augen waren so … unbewegt.

»Wer bist du?«, fragte er patzig.

»Mein Name ist Ardhes. Und du?«

»Ich heiße Revyn.« Das Mädchen starrte ihn schweigend an, bis er sich räusperte und fortfuhr: »Natürlich kann ich dich nach Logond mitnehmen. Aber ich bin schon spät dran – wir sollten uns beeilen.«

Er sprang von Palagrins Rücken und bat den Drachen murmelnd, dem Mädchen beim Aufsteigen zu helfen.

Ein wenig benommen trat Ardhes an den Drachen heran und setzte ihren Fuß auf seinen Schwanz wie auf eine Stufe. Ihr schien nicht einmal aufzufallen, wie sonderbar es war, dass Revyn keine Schlaufe brauchte, um den Drachen dazu zu bringen, sie auf seinen Rücken zu heben. Er hatte sich in den vergangenen Monaten so daran gewöhnt, bewundert zu werden, dass die Gleichgültigkeit des Mädchens ihn verstörte.

Mit Schwung hob Palagrin sie hoch. Sie öffnete den Mund zu einem überraschten Laut und fiel beinahe, als Revyn sie gerade noch festhielt und sie auf den Drachenrücken schob. »Geht's?«, fragte er lächelnd und schwang sich hinter sie. Mit unsicheren Fingern strich sie sich das hochgerutschte Kleid wieder über ihren Unterrock. Palagrin setzte sich in Bewegung und bahnte eine Schneise durch das hohe Gras.

»Gehst du in Logond einkaufen?«, fragte Revyn. »Dann musst du aufpassen, dass du dich in der Unterstadt nicht verläufst, die ist riesig. Und was es alles zu kaufen gibt – ich glaube manchmal, jeder Gegenstand und jeder Mensch dieser Welt ist mindestens einmal im Leben in Logond.«

Ardhes nickte geistesabwesend. »Ich habe gehört, die Königin von Awrahell und ihre Tochter sind gerade zu Besuch.«

»Ja, ich habe sie gesehen.«

»Tatsächlich?« Sie warf einen flüchtigen Blick zu ihm zurück.

»Das heißt – nur halb. Weil ich ja ein Drachenkrieger bin, war ich beim Empfang des königlichen Gefolges dabei. Und ganz kurz konnte ich auch die Königin sehen.«

»Ich habe sie ebenfalls gesehen, weißt du«, sagte das Mädchen langsam.

»Wirklich?«

»Wie alt bist du?«, fragte sie ihn unvermittelt.

Revyn versuchte einen Augenblick lang vergeblich, zu begreifen, wie sie von ihrem Gespräch auf diese Frage gekommen sein könnte. »Ähm, fast sechzehn – eher schon sechzehn. Wieso?«

»Ich hatte gedacht, du seist älter«, sagte sie leise. Dann fügte sie hinzu: »Ich bin neunzehn in viereinhalb Monaten.«

»In viereinhalb Monaten … Du weißt das ja ziemlich genau. Bist du eine Fürstentochter?«

Das Mädchen lachte verwundert auf. »Nicht ganz.«

»Ardhes – dieser Name klingt aber trotzdem nach einer Fürstentochter.«

»Er wird von *Ahr Ed Aès* abgeleitet. Das bedeutet *Die Zukunft wird kommen.* Das ist wohl kaum der Name einer gewöhnlichen Fürstentochter.«

Revyn schwieg eine Weile, während er darüber nachdachte, wie man eine Fürstentochter *gewöhnlich* nennen konnte.

»Ich bin ein normales Mädchen«, setzte Ardhes noch hinterher, und danach verstummte sie.

Vor ihnen erschien das Stadttor. Als sie hindurch waren, sagte das Mädchen: »Danke, ab hier kann ich alleine gehen.« Sie saß ab und drehte sich noch einmal zu Revyn um.

Er räusperte sich leise. »Also dann, viel Spaß in Logond.«

»Werden wir uns wiedersehen?« Es klang nicht wie eine Frage, sondern wie eine Bestätigung. Ihre Augen blieben unergründlich. Dann, mit einem Mal, schien sich etwas an ihr verändert zu haben, so als wäre ein Licht auf sie gefallen; plötzlich fiel Revyn auf, dass sie schön war. Schön auf eine seltsame, unwirkliche Weise …

»Ja – ja, ich würde dich gerne wiedersehen.« Seine Stimme kam ihm fremd vor.

Ihre Augenbrauen verzogen sich kaum merklich vor Freude, vor Genugtuung. »Ich werde dich irgendwann besuchen kommen. Wo kann ich dich finden, Revyn?«

»Frage einfach die Wachen beim Stadtteil der Drachenkrieger. Das ist nicht schwer zu finden.«

Ardhes nickte. »Ich wohne in der Nähe. Dann bis bald.«

»Du wohnst in der Nähe?«, fragte er dümmlich. Ein Lächeln huschte über ihr Gesicht. Dann hatte Ardhes sich umgewandt und war auf einer belebten Marktstraße verschwunden.

Revyn erzählte Capras und Jurak beim Frühstück von der Begegnung mit dem Mädchen. Twit war nicht da – weil er gleich bei den Turnieren im Schwertkampf antreten sollte, bereitete er sich schon seit Stunden in seiner Kammer vor und hatte offenbar keine Zeit für so etwas Banales wie Essen.

»Und sie stand einfach so am Waldrand?«, fragte Capras. Revyn nickte. »Findest du das nicht irgendwie komisch? Ich meine, wer steht schon so frühmorgens einfach im Wald, und dann noch alleine?« Als Revyn darüber nachdachte, fiel ihm auf, dass es tatsächlich eigenartig war.

»Andererseits«, fuhr Capras fort, »bist auch *du* frühmorgens ganz alleine ausgeritten, was ebenso verschroben ist.«

»Ich konnte nicht schlafen«, erklärte Revyn knapp. Dann spielte er nachdenklich mit seinem Löffel. »Die ganze Begegnung war irgendwie komisch. Ich hatte die ganze Zeit das Gefühl, als würde sie mich … kennen.«

»Eine heimliche Verehrerin«, gluckste Jurak.

Revyn zog eine Grimasse, dann stand er auf. »Kommt, wir müssen gehen. Da draußen warten drei wilde Drachen darauf, mich zu zertrampeln.«

Capras wischte sich den Mund ab und erhob sich ebenfalls. »Wenigstens hast du die Chance, dich dem König vorzustellen! Denk nur daran, wie schrecklich unser Los ist, die wir unwürdig sind, den König zu unterhalten!« Capras schaffte es sogar, Twits Gesichtsausdruck nachzuahmen und wie er mit den Händen zu flattern. Obwohl Revyn sich alles andere als erleichtert fühlte, musste er lächeln.

Die Drachenkrieger gingen auf den großen Platz hinaus, wo die Turniere stattfinden sollten. Der Aufbau der Tribünen um den eingezäunten Kampfplatz hatte gerade erst begonnen. Capras und Jurak mussten mit anpacken, während Revyn verschont blieb, weil er später am Turnier teilnehmen würde. Allerdings wich Capras den Blicken der Bauleiter so geschickt aus, dass er bloß ein einziges Brett tragen musste. Die meiste Zeit über streunte er mit Revyn durch die geschäftige Menge und beobachtete, wie Jurak, der weniger Glück hatte, bei der anstrengenden Arbeit ins Schwitzen geriet.

Auch Revyn fühlte, wie ihm allmählich der Schweiß ausbrach, aber aus einem ganz anderen Grund. Er wusste nicht, wie er drei wilde Drachen auf einmal zähmen sollte, noch dazu auf einem offenen Platz, umgeben von lärmenden Zuschauern. Fieberhaft überlegte er, wie er sich drücken könnte, ohne sich großen Ärger einzuhandeln, doch in dieser Hinsicht fehlte es ihm an Capras' Einfallsreichtum.

»Kopf hoch«, tröstete ihn sein Freund, während sie durch die Schatten der Rathausarkaden schlenderten und Jurak bei der Arbeit zusahen. »Denk doch nur daran, dass dir für diesen einen Moment der ganze Turnierplatz allein gehört. Der König wird nur dich beobachten. Bestimmt wird er sehr beeindruckt sein, wenn du die Sache überlebst.«

Revyn warf Capras einen gequälten Blick zu. »Du wolltest mich doch aufmuntern.«

»Schön, lass mich nachdenken … Also, wenn du Twit wärst, ginge es ganz leicht. Da müsste ich bloß *König* sagen und dir würde Schaum vorm Maul stehen. Oh – hast du außerdem schon gehört, dass die Prinzessin von Awrahell einen Favoriten aus allen Turnierteilnehmern erwählen wird? Ich will dich nicht noch nervöser machen«, fügte Capras vertraulich hinzu, »aber ich habe gehört, dass die Gute bald heiraten soll. Nur der Bräutigam ist noch nicht gefunden …«

Revyn grinste. »Na, was für Aussichten. Wenn die Drachen mich erst mal zerstampft haben, gefall ich ihr sicher.«

»Das wird die Prinzessin bestimmt nicht stören, in Awrahell ist sie flache Gesichter von den Elfen gewöhnt.«

Revyn schüttelte lachend den Kopf und seufzte anschließend laut.

»Ach, jetzt hör auf. Bist du nicht unser großer Wunderzähmer? Du kannst die Drachen doch hypnotisieren! Was ist denn diesmal so anders als sonst? – Na gut«, fügte Capras hinzu, als Revyn ihn vielsagend ansah, »jetzt werden dir fast vierhundert Leute zusehen, außerdem sind es drei wilde Drachen auf einmal. Und habe ich dir erzählt, dass man ihnen gestern kein Fressen gegeben hat, damit sie schön rasend sind? Offenbar nicht …«

Revyn vergrub das Gesicht in den Händen.

Der Lärm der Menge war ohrenbetäubend. Der staubige Boden des Platzes schien unter Revyns Füßen zu vibrieren. Zitternd holte er Luft. Anscheinend war die Anwesenheit des Königs kein Grund für die Drachenkrieger, ihre Begeisterung für das Turnier im Zaum zu halten: Lautstark feuerten sie die antretenden Kämpfer an, johlten und grölten und stampften mit den Füßen. Wie der König darauf reagierte, konnte Revyn von seinem Platz aus nicht sehen. Er stand unterhalb der königlichen Tribüne und bereitete sich auf seinen

Einzelauftritt vor, indem er versuchte, die Übelkeit zurückzudrängen. Er schluckte schwer.

Hinter ihm ging Twit unruhig auf und ab. Mehrere Krieger, die noch gegeneinander antreten sollten, waren dabei, sich Rüstungen anzulegen und ihre Waffen zu prüfen.

»Und – wie sieht's draußen aus?«, fragte Twit ihn und hielt kurz inne.

Revyn zuckte langsam die Schultern, während er den Kampf der Krieger beobachtete, die auf dem Platz fochten. »Beide Krieger sitzen noch im Sattel.«

»Hm.« Twit strich sich gedankenverloren die Haare zurück und zupfte an seinem Wams. »Gleich bist du dran, Revyn … Mann, hast du ein Glück, dass du gegen niemanden antreten musst.«

»*Was?* Da sind drei Drachen!«

»Ja, ja.« Twit winkte ab und setzte sich wieder in Bewegung.

Ein dumpfer Knall erklang. Twit blieb erschrocken stehen und reckte den Kopf. Die Drachenkrieger rings um den Kampfplatz stimmten ein lang gezogenes *»Uhhhhh!«* an – einer der Kämpfer war durch einen gezielten Lanzenstoß seines Gegners aus dem Sattel gefallen. Somit war der Sieger gekürt und anerkennender Jubel brach aus. Revyn verdrehte es fast den Magen, als man den Verlierer vom Platz trug. Nun war er an der Reihe.

Eine Weile erntete der Sieger des Lanzenkampfs Beifall, dann verbeugte er sich vor der königlichen Tribüne, verließ den Platz und kam zu Revyn und den restlichen Kriegern. Twit ging auf den jungen Mann zu, klopfte ihm auf den Rücken und murmelte: »Gut gemacht, gut gekämpft …«

Der Lärm verebbte draußen und Revyn wandte sich von den anderen ab. Leer, erwartungsvoll lag der Turnierplatz im Sonnenlicht.

»Und nun«, hörte er jemanden rufen – es war die vertraute Stimme von Meister Morok –, »darf ich Ihren Majestäten ein ganz besonderes Mitglied unserer Drachengarde vorstellen! Es ist ein junger Mann, der hier in Logond als Wunderzähmer bekannt ist. Zu Ehren Ihrer Majestäten wird er seine Fähigkeiten heute vorführen – indem er drei wilde Drachen vor unseren Augen dressiert!« Ein Raunen ging durch das Publikum. »Den ersten Drachen wird er dazu bringen, still stehen zu bleiben! Dem zweiten Drachen wird er ein Seil um den Hals legen!«

Ein »Ahh!« ertönte vom Publikum.

»Und den dritten Drachen«, rief Meister Morok feierlich, »wird er ohne Drachenschlaufe besteigen und reiten.«

Ungläubige Stille trat ein, nur von beifälligem Gelächter durchbrochen. Dann erklang ein mehrstimmiger Laut des Staunens, und noch bevor Revyn das Schnauben und Trommeln der Krallen auf dem harten Boden vernahm, wusste er, dass man die Drachen hereingelassen hatte. Ein markerschütterndes Grollen, und schon sah er die Drachen über den Platz galoppieren, die Hörner gereckt. Es waren Tiere, die er noch nie gesehen hatte. Sie mussten gerade erst nach Logond verkauft worden sein.

»Hier ist er«, rief Meister Morok laut. »Unser tapferer Drachenzähmer …!«

»Revyn!«, sagte einer der Drachenkrieger hinter ihm. »Du bist dran! Geh raus!« Es dauerte mehrere Sekunden, ehe Revyn sich endlich bewegen konnte.

»Halt!« Twit hielt ihn gerade noch zurück und drückte ihm sein Seil in die Hand. Eindringlich starrte er ihn an. »Das hättest du fast vergessen! Vergiss wenigstens deinen Kopf nicht, wenn du da rausgehst!«

Revyn murmelte ein »Danke« und schloss das Seil in die Faust. Mit stockenden Schritten trat er auf den Platz.

Man schenkte ihm verhaltenen Applaus. Sein Blick irrte durch die Menge, irgendwo glaubte er die Gesichter von Capras und Jurak zu sehen, von den Zähmern und Lilib. Dann drehte er sich um und verbeugte sich vor der Tribüne des Königs. Er schaute kaum auf, denn direkt vor ihm preschte einer der Drachen vorüber. Er hörte, wie die Menge erschrocken ächzte, und spürte den Luftzug des Drachen auf der Haut.

Langsam richtete er sich auf und schielte zur Seite. Die drei Tiere jagten in irrwitzigen Kreisen über den Platz. Der Lärm machte sie nervös. Die Rüstungen der Drachenkrieger spiegelten das Sonnenlicht und blendeten sie von überall. Revyn drehte sich und streckte die Hände aus. Die Drachen umkreisten ihn enger. Ihre Augen fixierten ihn blind und glasig, doch noch griffen sie nicht an.

Stille war eingetreten: Revyn hörte nur noch den Aufprall der Krallen. Er verwandelte sich in einen verlässlichen Rhythmus, ein dumpfes *Bhum-Bumm, Bhum-Bumm, Bhum-Bumm* ... Es klang wie ein Herzschlag, wie *sein* Herzschlag, der plötzlich den ganzen Platz erfüllte. Dann schnitt einer der Drachen eine scharfe Kurve und griff an.

Die Zuschauer schrien auf. Revyn sprang zur Seite, rollte über den staubigen Boden und entging den Hörnern, die haarscharf an ihm vorbeischrammten. Das Blut rauschte ihm in den Ohren. Noch nie seit seiner Zeit als Zähmer war er von einem Drachen attackiert worden. Aber er war immer mit den Tieren allein gewesen. Das hier war vollkommen anders.

Zitternd kam Revyn auf die Füße. Der Drache tänzelte unruhig an ihm vorüber und nahm seine Runden wieder auf. Die anderen Drachen schnaubten.

»O Götter«, flüsterte Revyn. *Habt keine Angst. Bitte ... vertraut mir. Euch wird nichts geschehen, ich verspreche es!*

*Aber ich verspreche nicht, dass* dir *nichts geschieht!* Erneut raste einer der Drachen geradewegs auf ihn zu. Revyn rannte zur Seite. Der Drache schwenkte herum und stieß gegen ihn. Aber Revyn wich nicht aus, er hatte sich schon zu ihm umgedreht und schlang die Arme um seinen Hals. Ein fauchendes Brüllen drang aus dem mächtigen Körper, aber Revyn ließ nicht los. Er klammerte sich um den Drachen und spürte, wie er in die Luft gerissen wurde, als das Tier sich aufbäumte. Die Menge tobte.

*Siehst du nicht, ich bin auf deiner Seite! Hör auf, mich anzugreifen, hörst du?*

*Lass mich los!* Die Augen des Drachen brannten sich in ihn hinein. Zorn und Hass brodelten in dem tiefen Schwarz der Iris.

*Hörst du mich denn nicht …* Revyn krallte sich an den Hörnern fest, während der Drache zu springen und im Zickzack über den Platz zu hetzen begann. Als er eine Kurve machte, schlang Revyn die Beine um den geneigten Drachenleib. Rufe der Verblüffung wurden laut, und Revyn begriff, dass er es geschafft hatte: Er saß auf dem Drachen.

Besser gesagt hing er auf ihm. Seine Beine klammerten sich um den Körper, seine rechte Hand umschloss das Mittelhorn und seine linke Hand war um den Hals geschlungen. Der Drache warf den Kopf vor und zurück, um ihn abzuschütteln, und schoss so haarscharf an der Einzäunung des Turnierplatzes vorbei, dass das Publikum dahinter erschrocken zurückwich.

»Stopp! Stopp!«, schrie Revyn. *Bitte, hör auf!*

Er kniff die Augen zusammen, drückte das Gesicht tief ins heiße Fell. Er spürte die Muskeln darunter arbeiten. Spürte das Zittern der Sehnen. Das panische Schlagen des Herzens, das irgendwo in der Finsternis des mächtigen Leibes anschwoll und sich zusammenzog wie eine auf- und zuspringende Faust.

Revyn ließ das Mittelhorn los und klammerte sich nur noch um den Hals. *Es steht mir nicht zu, dich festzuhalten. Es steht mir nicht zu, dich zu zähmen, verzeih mir. Es steht mir nicht zu, dich aus deiner Welt zu rauben, dich gefangen zu halten, dich mein Reittier zu nennen, dir deine Würde zu nehmen. Das kannst du den Menschen nicht verzeihen. Verzeih mir nicht, doch räche dich nicht an mir …*

Seine ausgestreckte Hand öffnete sich. Er ließ das Seil, das er sich um den Unterarm geschlungen hatte, zu Boden fallen. Auf dem ganzen weiten Platz, womöglich im gesamten Stadtteil der Drachenkrieger, trat Stille ein.

Der Drache war stehen geblieben. Die anderen kamen auf ihn zu, stolz und starr bis zuletzt, zwei versklavte Könige. Stoßend drang der Atem aus ihren Nüstern.

Revyn richtete sich zitternd auf dem Drachen auf, ließ den Hals los und rutschte auf seinem Rücken zurück, bis der Drache ihn ansehen konnte. Revyn saß nun aufrecht und hielt den Kopf gesenkt. Was niemand in diesem Moment begriff, war, dass Revyn die Drachen nicht gezähmt hatte. Die Drachen verschonten ihn nur.

*Du sprichst von Vergebung und Rache. Es sind Hohnworte für uns, wenn sie von einem Menschen kommen. Du verstehst und doch verstehst du gar nichts. Vergeben können wir nicht, und Rache üben können wir auch nicht, denn es ist zu spät, zu spät! Aber wenn wir es könnten … dann würden wir nicht vergeben, wir würden Rache üben, bis euer Menschenblut die Erde tränkt und ihr elenden Kreaturen an eurem eignen Schmerz erstickt …*

Revyn atmete aus. Tränen brannten ihm in den Augen. Und dann, wie eine schwere Wolkenfront, aus der plötzlich Regen bricht, kam der Jubel über ihn und schwemmte alle Worte in seinen Gedanken einfach fort.

»Bitte … lass mich runter«, krächzte er und hörte sich selbst kaum. Die Drachen hatten die Köpfe geneigt. Ergeben streckte der Drache, auf dem Revyn saß, ihm seinen Schwanz hin und ließ ihn absteigen. Als er festen Boden unter den Füßen hatte, spürte Revyn, dass ihm schwindelig war.

»Revyn! Revyn!« Kommandant Korsa rannte über den Turnierplatz auf ihn zu, als stünden statt wilder, gefährlicher Drachen putzige Kätzchen neben ihm. Ehe er den Tieren zu nahe kommen konnte, taumelte Revyn ihm entgegen, was Korsa offenbar als Begrüßung verstand. Die drei Drachen traten unmerklich zurück und drängten sich mit dumpfen Blicken aneinander.

»Revyn!« Korsa packte ihn an den Schultern und lachte atemlos. »O bei allen Göttern, Revyn, du verrückter Kerl! Du bist mir der beste Schauspieler, den ich je zu Gesicht bekommen habe! Die Leute haben Blut und Wasser geschwitzt bei deiner verrückten kleinen Schauspielerei! Als der Drache auf dich losgegangen ist, da hatte ich Angst um dich, beim Himmel, Angst um dein Leben! Und als du dich an den Drachen geklammert hast – ich hätte es eigentlich da schon wissen müssen, denn natürlich kann sich niemand *so* an einen wilden Drachen hängen, wenn der Drache nicht mitmacht – die Leute dachten, jetzt ist es um dich geschehen, so knapp warst du davor, unter die Krallen zu geraten! Aber dann, am Ende ...« Korsa lachte, sein Gesicht war ganz rot und fleckig. »Am Ende bleiben alle drei Biester plötzlich stehen und kriechen auf dich zu wie Diener, wie auf ein Zeichen hin, das ist ...!« Korsa drückte ihn an sich und umarmte ihn. Dann rannte eine zweite Person über den Turnierplatz. Es war Lilib.

»Revyn! O Revyn, geht es dir gut?« Keuchend blieb sie vor ihnen stehen. Korsa lachte noch immer, doch an Lilibs kreideweißem Gesicht erkannte Revyn, dass sie begriffen hatte, dass es kein Spiel und keine Täuschung gewesen waren.

»O Götter!« Lilib drängte sich einfach an Korsa vorbei und ergriff Revyn am Arm. »Wie geht es dir? Hast du dich verletzt?«

Revyn sah ihr fest in die Augen oder zumindest versuchte er es. »Hast du sie gehört? Lilib, die Drachen, hast du sie auch –«

Lilib sah ihn besorgt an. In diesem Moment schaltete Korsa sich wieder ein. »Revyn, die Prinzessin! Schnell, Revyn, komm vor die königliche Tribüne!«

»Wir treffen uns später bei den wilden Drachen«, sagte Revyn hastig zu Lilib, dann hatte Korsa ihn schon vor die Tribüne gezogen.

Ohne aufzublicken, ließ Revyn sich auf ein Knie fallen und verbeugte sich. Inzwischen war der Beifall verebbt. Mit angehaltenem Atem verfolgte die Menge, was nun geschah.

Revyn war wie benommen. Heimlich schielte er zurück und sah, wie sich zwanzig oder dreißig Männer den drei Drachen genähert hatten und sie mithilfe von langen Schlaufen und Netzen wieder einfingen. Die Drachen wehrten sich nicht.

»Ich habe mich entschieden!« Revyn schrak zusammen, als die Stimme direkt über ihm erklang. Für den Bruchteil einer Sekunde war er völlig verwirrt – woher kannte er die Stimme bloß? –, dann blickte er auf. Was seine Verwirrung nur noch steigerte. Ihm klappte der Mund auf.

»Ich denke, kein anderer Teilnehmer des Turniers kann mich mehr begeistern und beeindrucken als dieser junge Drachenkrieger. Bitte steh auf und nimm meinen Preis an, Revyn.«

Korsa musste ihm einen Rippenstoß versetzen, damit Revyn sich bewegen konnte. Mit tapsigen Schritten trat er an die Tribüne. Über ihm stand, ruhig lächelnd und schön wie ein gemaltes Bild, das Mädchen vom Waldrand.

»Prinzessin … Ardhes?«, stotterte Revyn.

»Möchtest du meinen Preis annehmen, Revyn?«, fragte sie und berührte mit der Hand ihren Unterarm. Ein zierlicher Armreif öffnete sich, und sie hielt das schöne Goldgeschmeide zu ihm herab, sodass es im Sonnenlicht aufblitzte.

## Ardhes

»Heiliger Himmel. Du verdammtes Glücksschwein! Und der ist wirklich echt?«

Revyn schnappte sich den Armreif aus Capras' Hand und wedelte ungeduldig damit durch die Luft. »Natürlich ist der echt. Oder glaubst du, eine Prinzessin trägt falschen Schmuck?«

Eine Weile hingen die Blicke seiner Freunde an dem Armreif. Ein verschnörkelter Goldrahmen fasste die glatte schwarze Fläche ein, auf der Blumen und Schmetterlinge abgebildet waren. Der Armreif konnte mithilfe einer winzigen Springfeder geöffnet werden. Alles an ihm schien hauchzart, und Revyn bereute sofort, so grob damit herumgefuchtelt zu haben. Zu Hause in seinem Dorf hätte er sich damit ein Feld und ein großes Haus kaufen können – und einen Knecht gleich dazu. Wer hätte gedacht, dass er je etwas so Kostbares besitzen würde?

Die Nachmittagssonne strahlte schräg durch die hohen Fenster der Speisehalle und tauchte sie in ein unwirkliches Licht. Draußen erklang noch immer der Lärm des Turniers. Es war merkwürdig, das große Rathaus so still zu erleben, während draußen lautes Spektakel herrschte. Alles schien auf seltsame Weise verkehrt zu sein.

»Ich kann's kaum fassen«, murmelte Revyn.

»Ich würde sagen«, meinte Capras und ließ die Beine vom Tisch baumeln, »du bist das größte Glücksschwein in ganz Logond. Wenn du König von Awrahell bist, machst du mich dann zu deinem Finanzminister? Twit hier wird dein Hauptmann und Jurak könnte dein Küchenjunge werden, was meinst du?«

Bevor Jurak in die Verlegenheit geriet, sich empören zu müssen, murmelte Revyn: »Halt die Klappe, Capras! Das hat doch gar nichts zu …«

»*Das* hat nichts zu bedeuten?« Capras runzelte die Stirn und wies auf den Armreif. »Also, wenn das nichts bedeutet, dann heiß ich Pelle Wurstkopf.«

»Die Prinzessin hat einfach beschlossen, dass ich derjenige sein soll, dem sie den Armreif schenkt, ebenso gut hätte es Twit oder jeder andere sein können!« Twit machte ein säuerliches Gesicht, obwohl er sein Schwertturnier vorhin gewonnen hatte. Vielleicht dachte er die ganze Zeit schon, was Revyn gerade ausgesprochen hatte.

»Ja, aber sie hat den Armreif *dir* geschenkt«, sagte Capras mit Nachdruck und nahm ihm das Schmuckstück wieder aus der Hand. Eingehend musterte er die kunstvollen Ornamente und stieß ein leises Pfeifen aus. »Mann! Ich frag mich wirklich, was da heute Morgen am Waldrand passiert ist …«

»Gar nichts natürlich!« Revyn fuhr sich mit den Händen über

die Zöpfe. »Das ist mir so peinlich. Sie ist die Prinzessin und ich habe es nicht gewusst ... nachdem sie schon seit drei Wochen praktisch im gleichen Gebäude wohnt! Und ich habe sie die dümmsten Sachen gefragt! Sie muss mich für einen Trottel halten.«

»Offenbar nicht«, sagte Capras.

Revyn stützte die Arme in die Hüften. Ruhig versuchte er, sich darüber klar zu werden, was es bedeutete, dass die Prinzessin von Awrahell ihm den Armreif geschenkt hatte und, noch viel wichtiger, dass sie ihn wiedersehen wollte. Hatte sie das nicht gesagt, bevor sie am Morgen verschwunden war? Oder war es bloß ein Scherz gewesen, eine Anspielung darauf, wer sie war und dass er sie zwar wiedersehen würde – aber nicht so, wie er dachte ...? Revyn schüttelte diese Gedanken ab. So viel war doch gar nicht passiert, oder? Er hatte das Turnier gewonnen. Und er hatte die Prinzessin von Awrahell zufällig getroffen. Mehr war es nicht – es waren bloß die Witze von Capras, die ihn durcheinanderbrachten! Der tat ja geradezu so, als hätte Revyn sich verlobt.

»Also, was wir heute Abend machen, ist dann wohl klar.« Capras wollte sich den Armreif überziehen, doch er passte nicht ganz um sein Handgelenk. Revyn wurde ein bisschen nervös beim Zusehen.

»Was werden wir denn machen?«

Capras blickte mit einem Grinsen auf. »Verbot hin oder her, wir waren viel zu lange nicht mehr in *Goros Bierfass.* Deine Liaison mit der Prinzessin muss gefeiert werden, wer weiß – vielleicht bist du bald ein verheirateter Mann und dann ...«

»Cap, *bitte*!«

»Na gut, na gut!« Ein unverschämtes Lächeln lag auf seinem Gesicht. »Dann leih mir wenigstens den Armreif für heute Nacht. So ein Geschenk macht bei Frauen einen ziemlichen Eindruck, würd ich meinen.«

»Du wirst ihn nicht verschenken!«

»Spinnst du? Ich tu doch bloß so.«

Jurak lächelte. »Wem willst du ihn denn schenken?«

»Tja, ich denke, heute Abend hab ich viel vor.«

Mit einem Schlag fiel Revyn ein, was *er* vorgehabt hatte – Lilib wartete ja auf ihn! »Ich muss weg!« Er lief los, machte wieder kehrt und pflückte den Armreif aus Capras' Hand.

»Wohin denn?«, fragte Capras ein wenig enttäuscht.

»Lilib von den Zähmern, ich muss mit ihr reden.«

Capras grinste zufrieden. »Ich hab dich auf eine Idee gebracht, was? Vergiss nicht, den Armreif danach mir zu leihen, schließlich war es mein Einfall!«

»Lilib ist doch bloß –« Revyn winkte ab; es war hoffnungslos, Capras zu erklären, dass Lilib alles andere als die Art Frau war, an die Capras dachte. »Ich komm später wieder.«

»Mit dem Armreif!«

Revyn hob die Hand zum Abschied und lief aus der Speisehalle. Während er im Laufschritt den langen Gang hinunterhastete, schob er sich den Armreif in eine Innentasche seines Wamses. Kurz darauf erreichte er den Stall. Glücklicherweise war Lilib noch da – sie lehnte an einer Stalltür.

»Lilib – tut mir leid, dass ich erst jetzt komme, ich hab es irgendwie … in all der Aufregung vergessen.«

Sie wandte sich von dem Drachen ab, den sie durch die Holzbretter hindurch beobachtet hatte. »Glückwunsch zu deinem Preis. Aber angesichts der Gefahr ist er wohl angemessen.«

Revyn nickte nachdenklich. »Danke, dass du hier bist. Alle anderen dachten, ich hätte die Drachen unter Kontrolle gehabt, aber so war es nicht. Sie wollten mich wirklich angreifen.«

»Ich weiß«, sagte Lilib. »Aber du hast es schließlich geschafft. Auch wenn ich zwischendurch dachte, dass was Schlimmes passiert.« Sie musterte ihn aufmerksam. »Eigentlich *hätte* was Schlimmes passieren müssen. Ich habe daran geglaubt, dass du es schaffen würdest, trotzdem ist es ein wahres Wunder. Wirklich … ein Wunder.«

Revyn erwiderte ihren Blick. »Lilib, du bist die Einzige, die es verstanden hat. Und … hast du sie auch gehört?«

»Wen?«

»Die Drachen, Lilib!« Seine Stimme war leise geworden. Ihm klopfte das Herz bis zum Hals. Was, wenn Lilib sie nicht gehört hatte – wenn niemand sie gehört hatte? »Die Drachen haben gesprochen, als ich da draußen auf dem Turnierplatz war. Also, sie haben nicht gesprochen wie wir beide jetzt, sondern … Ich habe sie gehört, im Kopf, ganz deutlich! Sie waren voller Hass und haben Dinge gesagt …«

Lilib sah ihn einen quälend langen Moment an, ohne eine Regung zu zeigen. »Revyn, bist du sicher …«

Er hatte plötzlich das ungute Gefühl, entweder sehr blass oder sehr rot geworden zu sein. »Ich habe es mir nicht eingebildet.«

»Was hast du denn genau gehört?«

Revyn versuchte, es so gut wie möglich zu schildern, doch seine eigenen Worte kamen ihm wirr und belanglos vor. Lilib bemühte sich vergeblich, ihn zu verstehen. »Ich bilde mir das nicht ein, Lilib«, schloss er mit Nachdruck. »Wenn ich nicht mit den Drachen gesprochen hätte« – er sagte es leise, damit es weniger verrückt klang –, »wenn ich das nicht getan hätte, warum wären sie dann ruhig geworden? Verstehst du, es gibt keinen Trick, mit dem ich die Drachen zähme, es ist …«

»Es ist so, dass du mit ihnen sprichst.«

Revyn nickte langsam. »Ich dachte, vielleicht tust du es auch.«

Lilib lehnte sich zurück und verschränkte die Arme. Eine Weile sah sie hierhin und dorthin und schien mit sich zu ringen. »Revyn, natürlich rede ich mit den Drachen, wir alle reden ihnen zu und … das weißt du doch! Aber es sind *Tiere.* Tiere sprechen nicht. Schon gar nicht in unserer Sprache.«

Revyn fuhr sich mit den Händen über den Kopf. Jetzt hatte er Lilib dazu gebracht, ihn für verrückt zu halten. Doch so leicht wollte er nicht aufgeben. »Wo sind die Drachen aus dem Turnier? Wurden sie schon wieder zurückgebracht?«

»Sie sind dahinten … Aber Revyn, warte!« Lilib lief ihm hinterher, bis er den Drachen gefunden hatte, auf dem er im Turnier geritten war. Er stand vollkommen reglos in seinem engen Stall.

»Was hast du vor?«, raunte Lilib und spähte ebenfalls durch die Holzbretter.

»Pass einfach auf«, sagte Revyn. Er fuhr sich mit der Zunge über die Lippen und versuchte, sich zu konzentrieren.

*Hörst du mich? Wie geht es dir?*

*Sieh dich doch um.*

Revyn fühlte sich plötzlich heiß. Er warf Lilib einen Blick zu, doch sie zeigte keine Reaktion.

*Es tut mir so leid, dass du jetzt hier … Ich wünschte, ich könnte dir deine Freiheit zurückgeben.*

*Was ist das?* Der Drache schwenkte langsam den Kopf hin und her, hin und her wie ein Tier, das den Verstand zu verlieren drohte, während seine Augen dumpf ins Nichts starrten.

*Es bedeutet, dass du gehen kannst, wohin du willst.*

*Was, wenn ich gar nicht weiß, wohin ich will? Was, wenn ihr Menschen mir den Willen genommen habt? Wenn ich nirgends hinwill, weil ich alles vergessen habe? Zu spät, zu spät, ich habe vergessen. Nicht nur euer Eisen kettet mich.* Der Drache schwenkte noch immer den Kopf wie ein Pendel.

»Was ist?«, fragte Lilib.

Revyn starrte sie an. »Du hast nichts …?«

Sie kniff die Augen zusammen. »Himmel, Revyn, geht es dir wirklich gut?«

Er wich ihr aus, als sie eine Hand auf seine Schulter legen wollte. »Ja, ja, ich … schon in Ordnung. Mir geht's gut. Vergiss einfach, was ich gesagt habe.« Er versuchte, locker zu lächeln, doch Lilib musterte ihn voller Zweifel. Sie hatte die Stimme nicht gehört – *natürlich,* dachte Revyn. Was hatte er sich bloß dabei gedacht, Lilib sein Geheimnis zu verraten? Zu denken, sie könnte die Stimmen in *seinem Kopf* hören.

»Ach, ich weiß auch nicht, was ich meine«, sagte er halbherzig. »Gehen wir einfach zurück zum Turnier, ja?«

Lilib nickte langsam.

Die Kriegsvorbereitungen nahmen unaufhaltsam ihren Lauf. Neben all dem Unterricht kam Revyn kaum noch dazu, Palagrin oder einen der anderen Drachen zu besuchen, selbst für morgendliche Ausritte fehlten ihm bald die Zeit und Kraft. Nach den ersten zwei Monaten war er wie gerädert, bekam die typischen Schwielen eines Schwertkämpfers an den Händen und zuckte im Schlaf zusammen, wenn er von Klingen und Speeren und Wurftechniken träumte. Doch der Unterricht zahlte sich aus und er wurde geschickter.

In den Nächten schlichen sie sich nicht mehr in die Vergnügungsviertel Logonds. Twit hatte der Ehrgeiz so gepackt, dass er noch trainierte, wenn die Übungsplätze längst leer gefegt waren. Auch Capras und Jurak sprachen von nichts anderem mehr als dem Krieg, der den langen Zwist zwischen Haradon und Myrdhan endgültig im Staub und Schlamm des Schlachtfelds beilegen sollte. Vor neun Jahren war Myrdhan zu großen Teilen besetzt worden und der König hatte Exil an der östlichen Küste gesucht. Nun hatte er Isdad, die Hauptstadt Myrdhans, zurückerobert und scharte ein Heer um sich für einen Angriff auf Haradons Grenzen. Doch schon einmal hatte Haradon Myrdhan besiegt, und wie die Krieger Logonds zu jeder Gelegenheit verkündeten, sollte es nun ein zweites Mal so kommen.

»Myrdhans Drachenlegionen sind zerschlagen und schwach, die Krieger haben sich in den zehn Jahren fette Bäuche angefressen, während wir hier in Logond und überall in Haradon zäh vorbereitet haben, was in ein paar Monaten ausgefochten wird«, erklärte Twit oft, wenn sie abends nach dem Essen länger in der Speisehalle blieben, um zu reden und Würfel zu spielen. Niemand konnte so lange und ausdauernd wie er erklären, weshalb Haradon siegen würde. Twit zählte die Tage und Stunden bis zur ersten Schlacht;

an Revyn zog die Zeit vorbei, ohne dass ihn dieselbe Vorfreude packte. Anfangs hatte er sich seltsam flau gefühlt, wenn er daran dachte, all die gelernten Schwertstöße und Speerwürfe einmal anwenden zu müssen. Dann dachte er lange Zeit nicht mehr an den Krieg, er dachte an fast gar nichts mehr, während er ohne Unterlass übte; und dann, kurz bevor sie Logond endgültig verlassen sollten, überkam ihn wieder die Wahrhaftigkeit des Krieges mit überwältigender Furcht. Menschen und Drachen würden sterben. Aber darüber sprach niemand in Logond.

Oft dachte Revyn an Prinzessin Ardhes. Fast wie der Nachgeschmack eines verwirrenden Traumes haftete die Begegnung mit ihr in seinem Gedächtnis – eines wiederkehrenden Traumes. Denn auf eine Weise, die Revyn sich nicht erklären konnte, hatte er das Gefühl, Ardhes schon lange zu kennen, aus der Vergangenheit oder einer Zukunftsahnung.

Selbst in Revyns wirkliche Träume begleitete sie ihn hin und wieder. Wenn er durch wabernde Nebel rannte, verzweifelt auf der Suche nach etwas, das verschwand, sobald er die Hände ausstreckte, und unsichtbar war, sobald er die Augen öffnete, hielt er atemringend an und erkannte, dass hinter einem Baumstamm oder einem Strauch das Mädchen mit dem reglosen Gesicht stand. Ardhes' dunkle Augen beobachteten ihn. Aber wie alles in diesem Traum schien auch sie zu verschwinden, sobald Revyn seinen Blick auf sie richtete – nur war es bei ihr anders. Ein Ausdruck von Erschrecken breitete sich auf ihrem Gesicht aus, ehe die Nebel des Traumes sie verschluckten. Dann schien es, als verschwinde sie gar nicht im *Nebel;* kleine Wellen erschütterten ihre Erscheinung, als bestünde sie aus Wasser, als sei sie nur eine Spiegelung auf einer glatten schwarzen Oberfläche …

In seinem wachen Stunden begegnete er der Prinzessin nicht wieder. In den Tagen nach dem Turnier erwartete er fast jeden Augenblick, eine Nachricht von ihr zu erhalten – auch wenn er das nie zugegeben hätte –, doch nichts kam. Schließlich erinnerte er sich daran, dass sie eine Prinzessin war und wahrscheinlich schon längst vergessen hatte, dass er überhaupt existierte. Und vielleicht war das sogar besser so. Denn er hätte nicht gewusst, was er ihr sagen sollte, und sich gewiss ein weiteres Mal blamiert.

»Zwei Tage. In zwei Tagen wird das Schicksal uns auf die Probe stellen.« Capras strich in einer prophetischen Geste durch die Luft und sann über seine eigenen Worte nach. Hinter ihnen verebbten die lauten Stimmen der Drachenkrieger, die bekannte Kriegslieder zum Besten gaben, als die hohen Türen des Rathauses zufielen. In dieser Nacht wurde gefeiert, dass die Truppen Logonds im Morgengrauen ins Ungewisse aufbrechen würden. Revyn hatte in dem fröhlichen Gedränge der Speisehalle eine günstige Gelegenheit ergriffen, mit Capras für eine Weile hinauszugehen – er wollte vor der Schlacht noch einmal mit ihm alleine sprechen. Von den Drachenzähmern, auch von Lilib, hatte er sich schon verabschiedet, und Capras war ihm mindestens genauso wichtig. Zugegeben, Capras hatte nur Gedanken für sein Vergnügen und war auch ein bisschen überheblich – aber dabei schaffte er immer, alle anderen zum Lachen zu bringen.

»Du bist also genauso zuversichtlich wie Twit?« Revyn kratzte sich nachdenklich an der Schläfe, während sie den breiten Steg an der Stadtmauer entlangschlenderten.

»Du meinst so *fanatisch* wie er? Blödsinn. Aber ein bisschen recht hat er schon in all seinem Wahn … Wenn wir zurückkommen, sind wir es, die gefeiert werden! Die Drachenkrieger. Das war immer so und wird immer so sein. Die Drachengarden ernten den Ruhm. Was glaubst du, wie das Leben für uns aussieht, wenn wir zurückkehren? Wo wir auch auftauchen, werden die Leute uns die Füße küssen! Das heißt, sie werden uns bereitwilliger die Füße küssen als ohnehin schon.« Capras grinste. Seine Augen hatten selbst hier in der Dunkelheit einen schalkhaften Glanz.

*Wenn* wir zurückkehren, hätte Revyn fast erwidert, aber er wollte nicht miesepetrig klingen. Stattdessen sagte er etwas, über das er sich selbst wunderte: »Mein Vater ist im Krieg gegen Myrdhan gestorben.« Eine Weile schwiegen beide. Revyn fragte sich, wieso er es erwähnt hatte – er dachte seit Langem schon nicht mehr an seinen Vater. Und er hatte sich geschworen, nie wieder über ihn zu reden.

»Das tut mir leid«, murmelte Capras. Der leise, ernste Ton wollte kaum zu ihm passen. Er merkte es wohl selbst, denn schnell fügte er weitaus fröhlicher hinzu: »Ein Grund mehr, den Hosenscheißern in zwei Tagen die Hölle heißzumachen! Stell dir vor«, er legte Revyn einen Arm um die Schultern und deutete mit dem anderen geradeaus, als habe er eine Vision, »stell dir vor, Revyn, in der Schlacht ist auch der Bastard, der deinen Vater auf dem Gewissen hat. Sicher ist er fett … und hässlich. Dann reitest du auf ihn zu. Erst langsam. Und dann schwingst du dein Schwert, zweimal, dreimal. Und dann … dann nimmst du Rache, verstanden? Hör zu, schau nicht so elend drein. Dein Vater wird in der Schlacht sicher bei dir sein. Sagt man das nicht? Dass verstorbene Eltern über ihre Kinder wachen?«

Revyn lächelte matt. »Was ist eigentlich mit deinen Eltern? Leben sie hier in Logond?«

Capras nahm den Arm von seinen Schultern und steckte die Finger in den Gürtel. »Meine Mutter ist tot, ich kann mich nicht an sie erinnern. Ist verflucht kalt. Gehen wir schneller.«

»Revyn?« Die Jungen fuhren herum. Im blassen Licht einer Fackel, die abseits an der Mauer hing, erkannten sie den Umriss eines Mädchens.

»Ardhes?« Revyn machte einen Schritt auf sie zu und trat unsicher wieder zurück. »Prinzessin.« Er schluckte, um seine Stimme wiederzufinden, und verneigte sich. Als er und Capras sich aufrichteten, grinste Capras ihn aus direkter Nähe an. »Ich geh dann lieber mal zurück«, murmelte er und setzte seinen Vorsatz glücklicherweise auch in die Tat um – nicht ohne Revyn vorher ein paar kräftige Schläge auf die Schulter zu verpassen.

In diesem Augenblick war Revyn froh, dass es dunkel war, sonst hätte Ardhes ihn wie eine Tomate erröten gesehen. Mit einem Räuspern kam sie auf ihn zu. Nur einen kleinen Schritt vor ihm blieb sie stehen, verschränkte die Hände hinter dem Rücken und wiegte sich leicht zur Seite. »Du brichst morgen auch auf?«

»Oh – ja, Majestät. Alle müssen gehen. Ich … ich hätte nicht gedacht, Euch noch einmal wiederzusehen.«

»Nenn mich nicht Majestät, bitte. Das klingt, als wäre ich ein fetter alter König.« Bleiches Mondlicht fiel über Logond, sodass er Ardhes' Gesicht erahnen konnte. Im silbrigen Schein wirkte sie schöner und kühler denn je. Revyn schauderte, ohne zu wissen, wieso.

»Nun, hier bin ich also. Gerade noch rechtzeitig … Wie du werde auch ich Logond morgen verlassen. Ich kehre zurück nach Awrahell.« Sie machte eine kurze Pause, wie um Revyn Zeit zu lassen, über das Gesagte nachzudenken. »Wollen wir ein Stück laufen, Revyn?« Er nickte mechanisch und sie setzten sich stumm in Bewegung. Von Sekunde zu Sekunde wog die Last seiner eigenen Sprachlosigkeit schwerer auf Revyn. Aber aus Angst, einen komischen Laut von sich zu geben, wagte er nicht, den Mund zu öffnen.

»Weißt du, Revyn«, setzte Ardhes schließlich an, den Blick geradeaus gerichtet, »du kennst mich kaum. Aber ich … Nein, du wirst nicht verstehen. Weißt du, wer ich bin?« Sie sah ihm in die Augen. *Nein,* hätte Revyn fast erwidert, aber rechtzeitig erkannte er, wie schrecklich plump diese Antwort gewesen wäre. Doch Ardhes erwartete auch keine Antwort.

»Ich bin eine Prinzessin gemischten Geblüts, halb ein Mensch und halb … eine Elfe. Ich bin die Tochter eines elfischen Königs, verstehst du, und werde einst über ein elfisches Reich gebieten. Und der Grund, weshalb ich dir das alles sage … Ich habe keine Ahnung«, gab sie leise zu. Revyn blieb unsicher stehen und sie wandte sich zu ihm um.

»Doch. Natürlich weiß ich, warum ich dir das alles erzähle.« Sie schien sich beherrschen zu müssen, um ihn nicht an den Armen zu fassen; stattdessen nahm sie die Hände herunter, wo sie sich um den Stoff ihres Kleides schlossen.

»Hör zu, Revyn. Du bist außergewöhnlicher, als du denkst. Weißt du, ich kann Menschen sehen. Manchmal sehe ich ihre Vergangenheit oder ihre Zukunft oder Träume, manchmal kann ich nicht genau dazwischen unterscheiden. Jedenfalls habe ich dich gesehen. Dein Herz. Revyn, du hast etwas, was kein anderer Krieger hier besitzt: ein Schicksal, das bedeutend sein wird, vielleicht für die ganze Welt. Ich sehe … einen leuchtenden Faden durch dein Leben. Er ist wahrscheinlich schon gesponnen worden, bevor du geboren warst. Er fügt sich zu einem großen Netz, das mit so vielen anderen Schicksalen verbunden ist, dass es die Zeit prägen wird und die Zukunft bestimmt. Aber dann … dann verliert sich dieser Faden. Ich weiß nicht, was das bedeutet, es sieht fast aus, als seist du danach plötzlich wie vom Erdboden verschluckt –«

»Was redet Ihr da?«, stammelte Revyn. »Was meint Ihr?«

Einen Augenblick starrte sie ihn an – dann trat ein Hauch von Bedauern in ihr Gesicht. »Es tut mir leid. Ich hätte dir das alles nicht sagen sollen. Wie solltest du auch verstehen? Ich verstehe es selbst nicht.« Sie drehte sich unschlüssig um.

Revyn schwieg eine Weile. Dann fragte er mit belegter Stimme: »Sagt Ihr das alles, damit ich keine Angst vor der Schlacht habe?«

»Nein! Nein, es geht nicht um diesen Krieg oder vielleicht doch – aber deshalb bin ich nicht gekommen.« Sie wandte sich noch einmal zu ihm um, sah ihn an. »Ich bin gekommen, um dir zu sagen, dass dein Schicksal sich in einem anderen Kampf erfüllen wird, nicht zwischen zwei Ländern – sondern zwischen zwei Völkern. Und ich bin gekommen, um …« Sie schien einen Augenblick mit sich selbst zu hadern, dann stieg sie vorsichtig auf die Zehenspitzen und umarmte Revyn. Verdutzt, wie er war, konnte er die Umarmung nicht erwidern. Sie dauerte nur einen Augenblick, ein kurzes Drücken, ein kurzes Atmen an Revyns Nacken – er roch den Veilchenduft ihrer Haare –, dann trat Ardhes zurück und holte tief Luft. »Ich bin auch gekommen, weil du wissen sollst, dass ich dich besser kenne, als du wahrscheinlich weißt. Und weil ich glaube, dass sich manche Menschen, einsame Menschen, selbst ein Loch graben und hineinspringen und denken, dass sie schon immer dort drinnen gewesen sind. Obwohl es dunkel in dir ist, Revyn, und obwohl deine Vergangenheit einen großen Schatten auf dich wirft, kann ich dich sehen. Ich sehe einen Menschen, der sich vor sich selbst verbirgt. Wenn du irgendwann aufblickst, dann wirst du sehen, dass ich dir eine Hand hinhalte.« Sie ging ein paar Schritte, dann blieb sie abermals stehen. »In der Schlacht wirst du übrigens nicht sterben.«

Wortlos blickte Revyn dem davonlaufenden Mädchen nach, bis die Nacht sie verschluckte.

# Die Kleine Göttin

## Jenseits der Wälder

Der Weg des Heeres führte durch eine kilometerlange Klamm, gesäumt von steil aufragenden Felsen. Jeden Augenblick drohte sich Geröll zu lösen und die Krieger unten zu erschlagen. Der Pass, der sich durch die Berglandschaften zwischen Haradon und Myrdhan schlängelte, war gerade so breit, dass zwei Karren nebeneinander fahren konnten. Das bedeutete für Logonds Heer, dass es sich im Tempo einer gigantischen Schnecke vorwärtsbewegte.

Revyn hatte wie die restlichen Drachenkrieger Glück – sie durften an der Spitze des Zuges reiten, noch vor der Artillerie mit ihren Pferden, und mussten sich auch nicht mit zerschundenen Füßen herumplagen: Auf einem Drachen zu sitzen, war recht bequem.

Trotzdem seufzte Revyn müde. In den letzten vier Nächten hatte er kein Auge zugetan, aber nicht weil er wie die anderen am Lagerfeuer gefeiert hatte. Seit sie aufgebrochen waren, fand er keine Ruhe. Meistens stand er schon vor der Dämmerung auf, packte seine Sachen und zog die Rüstung an.

Seine Rüstung … wie ungewohnt sie war! Sie bestand aus einem schlichten Brust- und Rückenpanzer, Arm- und Beinschienen und Schulterschützern, die ihn irgendwie an Käferflügel erinnerten. Dazu trug er den Helm eines Drachenkriegers, der mit den einfachen Kappen der gewöhnlichen Soldaten nichts gemein hatte: Er bedeckte zwar den Nacken, sodass nur noch seine Zopfenden hervorlugten, ließ jedoch die untere Hälfte seines Gesichts frei. Lediglich Nase und Augen verschwanden unter einem spitz zulaufenden Metallschutz, den man hochschieben konnte. In gewisser Weise erinnerten sie an Rabenköpfe mit schwarz glänzenden Schnäbeln. Der Helm bezweckte nämlich hauptsächlich, wie Revyn befürchtete, den Drachenkriegern ein angsteinflößendes Äußeres zu verleihen.

Revyn trug den Helm allerdings aus einem anderen Grund über

das Gesicht geklappt, denn darunter konnte er die Augen für ein paar Minuten schließen und dahindösen.

Eine Weile legte er den Kopf in den Nacken und ließ die Lichttupfen der Sonne über sein Gesicht tanzen. Palagrin vertrieb sich die Zeit damit, an seinem Maulkorb zu nagen. Als sich die eisernen Ketten nicht durchbeißen ließen, schnaubte er resigniert und warf den Kopf zurück. Dabei klapperte der schmale Schild, der ihm von den Hörnern bis zu den Nüstern reichte, und der Drache schien endgültig aufzugeben. Revyn tätschelte ihm den Hals. *Bald sind wir da – dann befreie ich dich von diesem Zeug, versprochen.* Das leise Drachenschnauben kam Revyn fast vor wie ein Seufzen.

Zum Verdruss des ganzen Heeres legten sie heute keine Mittagspause ein. Erst beim Einbruch der Dunkelheit führte die Klamm bergauf. Als die engen Felswände hinter ihnen blieben, lichtete sich bereits der Wald, und vor ihnen tauchte das haradonische Heer auf.

Aus allen Städten hatten die Kriegerscharen sich versammelt; aber erst durch die Streitkräfte Logonds wurde aus der Menge eine wahre Armee. Die einfachen Soldaten begrüßten die voranreitenden Drachenkrieger mit Jubelrufen. Ein Gefühl des Stolzes kribbelte Revyn im Bauch, als er die bewundernden Blicke der Männer spürte. Das erste Mal seit ihrem Aufbruch kam ihm der Gedanke, dass sie wirklich ein fantastisches Bild abgeben mussten – und ein furchterregendes: mehr als vierhundert Reiter auf stattlichen Drachen, bis an die Zähne bewaffnet, und gleich dahinter eine wahre Menschenflut von über sechstausend Kriegern. Sie mussten mit ihren glänzenden Waffen und dröhnenden Schritten schier unbesiegbar wirken, denn in alle Gesichter, an denen Revyn vorbeikam, stand Begeisterung geschrieben. Beunruhigt fragte er sich, ob nicht die myrdhanischen Krieger irgendwo in der fernen Dunkelheit dieselbe Zuversicht hatten wie sie.

Es dauerte nicht lange, da kamen ihnen Soldaten entgegen und brachten sie zu provisorischen Ställen. Korsa wandte sich an seine Drachenkrieger und zeigte ihnen, wo sie ihre Zelte aufschlagen konnten und wo das Abendessen ausgeteilt wurde. Binnen weniger Augenblicke hatten sich Logonds Soldaten unter die restlichen Männer im Lager gemischt.

Revyn fand bei den Ställen Jurak wieder und bald stießen auch Capras und Twit zu ihnen. Gemeinsam machten sie sich auf den Weg zu einem der großen Zelte in der Mitte des Lagers, wo das Essen ausgeteilt wurde.

Große Lagerfeuer brannten auf den offenen Plätzen vor den Zelten, und als sich die vier Freunde ihre Ration geholt hatten, ließen sie sich an einem der Lagerfeuer nieder. Mittlerweile war es dunkel geworden, aber im Schein der lodernden Flammen verblassten Mond und Sterne. Revyns Blick glitt kurz durch die Reihen der Soldaten, die rund um das Feuer versammelt waren. Manche hatten es sich auf gefällten Baumstämmen bequem gemacht, andere saßen auf Pferdesätteln oder ganz einfach im Gras. Da war Meister Morok!

»Unsere Jungs!«, rief Meister Morok und deutete auf Revyn und seine Freunde. »Die Drachenkrieger von Logond – auf der ganzen Welt gibt es keine Besseren!«

»Das wird sich morgen zeigen!«, meinte ein Soldat, woraufhin gutmütiges Gelächter ausbrach. Meister Morok war inzwischen wieder in eine lautstarke Unterhaltung vertieft und schien die Jungen ebenso schnell vergessen zu haben, wie er sie entdeckt hatte.

Bald kamen Capras und Twit mit den Soldaten um sie herum ins Gespräch. Wie schon in Logond wurde darüber spekuliert, wie lange das myrdhanische Heer standhalten würde und wie lange die Schlacht andauern mochte.

»Mich interessiert nicht, wie lange der Kampf anhält«, warf Capras ein. »Ich will lieber wissen, wie viele Haradonen bis dahin abkratzen.«

Da erhob sich ein älterer Soldat mit einem grauen Bart. »Ich bin in die Kunst des Weissagens eingeweiht; eine Hexe aus dem Elfenvolk selbst hat es mich gelehrt. Ich kann die Zukunft von jedem von euch vorhersagen – auch was der Krieg euch bringt.«

»Alles Blödsinn!«, rief Twit. »Ich kenn die Zauberei der Elfen. Jede Schänkendirne in Logond kann angeblich die Zukunft sehen! Dabei ist das Einzige, wofür die Augen haben, Gold und Schnaps.«

»Was ist mit *dir*?«, wollte ein anderer vom Bärtigen wissen. »Weißt du denn auch, was dich erwartet?«

Der ältere Soldat schnaubte. »Wenn ich nicht wüsste, dass ich in dreißig Jahren das letzte Mal rülpse, wäre ich wohl kaum hier.«

Meister Morok lachte und machte eine wegwerfende Handbewegung. »Wenn du nach der Schlacht noch vor mir stehst, dann glaube ich dir vielleicht.«

Auch die anderen Soldaten schienen abgeneigt, sich von einer Prophezeiung Zweifel sähen zu lassen. Mit Neugier in den Blicken machten sie sich über den angeblichen Wahrsager lustig. Eine Weile versuchte der Bärtige, sie halb wütend, halb beleidigt umzustimmen, bis der Erste einwilligte: Jurak.

Völlig überrascht blickten seine Freunde zu ihm auf, als er sich erhob. Normalerweise tat Jurak nichts, was nicht Capras schon zweimal vor ihm getan hätte.

»Ich will es. Ich will, dass du mir die Zukunft deutest.« Im Licht der Flammen schien es, als tanzten Sorgen und Angst auf Juraks Zügen. Plötzlich wurde es still. Von ferneren Lagern wehte der fröhliche Lärm der Krieger zu ihnen herüber. Der bärtige Soldat lächelte, dann zog er die Augenbrauen ernst zusammen.

»So zeige mir deine rechte Hand, mein Junge«, sagte er väterlich. Jurak trat vor ihn und streckte die Hand aus. Revyn war sicher, dass der Bärtige sich beim Betrachten der Handfläche nur deshalb so viel Zeit ließ, weil er die Aufmerksamkeit der Versammelten genoss. Schließlich brummte er und wiegte den Kopf hin und her, bis selbst Jurak ungeduldig wurde.

»Sag schon, was siehst du?«, fragte er nervös.

Der Soldat ließ seine Hand los und blickte ihm eine Weile in die Augen, als suche er dort nach weiteren Hinweisen. »Bist du wirklich bereit, dein Schicksal zu erfahren, mein Junge?«

»Verdammt noch mal … ja. Ja, ich bin bereit.«

Der Soldat schlug vielsagend die Augen nieder. »Deine Hände verraten mir, dass du für dein Vaterland das Leben lässt – entweder morgen oder in vielen Jahren, wer weiß. Aber seiner Bestimmung entkommt keiner.«

Niemand sagte etwas. Im Schein des Feuers wirkte Jurak bleicher denn je. Dann, zögerlich, schloss er die rechte Hand zur Faust und drehte sich zu den Soldaten um. Plötzlich erschien ein Lächeln auf seinen Zügen. Revyn wurde ganz flau im Magen, als ihm auffiel, dass Juraks Gesicht wie ein Totenkopf aussah.

»Ich glaube nicht ans Wahrsagen«, erklärte er leise, noch immer lächelnd. Die Männer brachen in Gelächter aus. Nur der Wahrsager verzog keine Miene und auch Revyn war nicht nach Lachen zumute. Mit einem unruhigen Gefühl beobachtete er, wie Jurak sich auf seinen Platz zurücksetzte, mit demselben unveränderten Lächeln ins Feuer starrte und Capras zunickte, der die Wahrsagerei zu Unsinn erklärte. Seine rechte Hand war immer noch zur Faust geballt.

Die schonungslosen Worte des Soldaten schienen die anderen beeindruckt zu haben. Lachend – aber auch sichtlich nervös –, drängten sie sich nun um ihn, damit er in ihrer Hand las. Die Stimmung wurde immer ausgelassener. Hätte es noch Wein gegeben, wäre am morgigen Tag keine Schlacht zustande gekommen.

Twit begann indessen, seine Theorien über die große Niederlage Myrdhans zu verkünden. Hitzig diskutierte er mit einer Schar weiterer Kampfbegeisterter, und gemeinsam wurde gerätselt, unter welch schweren Umständen sie ihren Heldenmut unter Beweis stellen würden. Capras warf Revyn einen schmunzelnden Blick zu.

»Ihr Grünschnäbel – aufhören – aufhören mit dem Geschnatter, sage ich!« Meister Morok erhob sich schwerfällig und warf einen abschätzenden Blick auf die Hitzköpfe. »Ihr könnt von Glück reden, dass es noch Sommer ist! Vor neun Jahren – nein, zehn ist es schon fast her –, als die letzte Schlacht zwischen uns und den Myrdhanern ausgefochten wurde und Haradon den Sieg davontrug, war es Winter. Vermutlich wisst ihr jungen Burschen gar nicht, was das bedeutet. So will ich euch denn aufklären. Kurz vor Winter ist in Myrdhan Regenzeit. Einmal im Jahr ist es, als würde der Himmel weinen, und wahrscheinlich weint er über das Land, das unter ihm liegt, denn Myrdhan ist hässlicher als der Hintern meiner Großmutter.« Gelächter brach aus. »So weit das Auge reicht«, Meister Morok kniff die Augen zusammen, »gibt es nichts außer Felsen und Grashügeln. Und nun stellt euch das vor, wenn es unaufhörlich regnet. Damals glaubten wir zu ersaufen, bevor wir dem ersten Myrdhaner gegenüberstünden!« Als er merkte, wie das Interesse der Ersten nachließ, kam er rasch zum Punkt. »Was ich euch begreiflich machen will, euch Jungs, die ihr den Krieg zu kennen glaubt, ist, dass damals ein wahrer Kampf auf Leben und Tod ausgefochten wurde. In der Schlacht strömte der Regen so heftig, dass wir Feind nicht mehr von Freund unterscheiden konnten. Das Blut wurde runtergespült, bis uns die braune Brühe um die Knöchel stand, der Schlamm verklebte uns die schlimmsten Wunden – und die Toten hatten aufgedunsene Gesichter wie aus Hefeteig, sodass selbst die Krähen sie verschmähten. Morgen, ja, morgen erwartet euch ein sanfter Spätsommertag und die Unglückseligen unter euch werden zwischen den Wildblumen ein lieblich duftendes Grab finden!«

Schon gab es die ersten Widersprüche, und es braute sich ein leidenschaftlicher Streit zwischen alten und jungen Kriegern zusammen, der womöglich die ganze Nacht dauern konnte.

Revyn schob sich die letzten Bissen Brot in den Mund und beobachtete eine Weile seine rechte Hand. Ob darin wirklich sein Schicksal geschrieben stand …? Wie fast pausenlos in den letzten

Stunden wanderten seine Gedanken zu Prinzessin Ardhes. Was sie gesagt hatte, war ihm noch immer ein Rätsel; *sie* war ihm ein Rätsel.

*In der Schlacht wirst du übrigens nicht sterben.* Nie war ihm ein Satz so oft durch den Kopf gegeistert. Er strich sich mit beiden Händen über die Zöpfe, dann versuchte er, nicht mehr an den morgigen Tag zu denken. Als er den Kopf hob, erkannte er, dass die älteren Soldaten kurz davor waren, ihre Kriegsnarben zur Schau zu stellen. Es war höchste Zeit, das Weite zu suchen.

Er stand auf und verabschiedete sich flüchtig von Twit und Capras, die zu vertieft in das laute Gespräch waren, um sein Verschwinden zu bemerken. Jurak war nicht mehr da. Ziellos schlenderte Revyn an großen und kleinen Zelten vorbei, an anderen Feuerstellen, bei denen die Gespräche aber immer dieselben waren, und an Karren und Wagen voll Proviant und Waffen. Schwermütiger Gesang wehte ihm entgegen:

*Folge, folge meiner Liebe,*
*wenn sie in den Kampf heut zieht,*
*folge dem, den so ich liebe,*
*und sing in dunklen Nächten ihm dies Lied.*

Im Gehen öffnete Revyn die Schnallen an seinen Schulterpanzern und atmete tief die laue Nachtluft ein. Sie roch nach dem Rauch der Feuer, frischem Leder und Stroh.

*Folge, folge meiner Liebe,*
*wenn sie heute kämpfen muss,*
*bewahre ihn vor jedem Hiebe,*
*und schick in Trauer ihm mein' Kuss.*

Plötzlich hörte er ein trockenes Schluchzen, das der Wind durch das Konzert der Stimmen trug wie einen schiefen Ton. Revyn blieb stehen. Das Schluchzen war ganz nah. Er horchte und folgte ihm bis zur Rückseite eines kleineren Zelts, wo das Licht der Feuer ein Fleckchen Dunkelheit übersehen hatte.

»... Jurak?«

Jurak schrak zusammen. »Verschwinde, Revyn. Lass mich ... lass mich allein.«

»Was ist denn passiert?« Revyns Stimme stockte. Was für eine dämliche Frage. Jurak war soeben der Tod prophezeit worden – und er fragte ihn, wieso er weinte.

Jurak wandte den Kopf in die andere Richtung und lehnte sich gegen die Zeltplane. Langsam kam Revyn auf ihn zu. Er ließ sich neben ihm nieder und zog die Knie an den Körper. Eine Weile saßen sie schweigend nebeneinander.

*Für ihn, der in den Kampf heut zieht,*
*dem sing ich dieses Lied!*
*Für ihn, der noch den Feind heut sieht,*
*ist schwer, ach, der Abschied!*

»Es ist so still«, flüsterte Jurak. Das stimmte keineswegs; die Soldaten übertönten selbst das laute Zirpen der Grillen. Aber Revyn sagte nichts.

»Die ganze Welt ist stumm.« Jurak sah in den Himmel. »Sind nicht die Götter dort über uns? Die Sterne sind ihre Augen ... Das haben mir meine Eltern immer gesagt. Sie sehen zu – sie sehen zu und bleiben stumm.« Er vergrub das Gesicht zwischen Händen und Knien, als ihm Tränen über das Gesicht liefen. Stockend legte Revyn ihm eine Hand auf die Schulter. Er hatte noch nie einen Drachenkrieger weinen gesehen, geschweige denn einen getröstet.

»Jurak, Kopf hoch! Dieser dumme Scharlatan, dieser Hochstapler – hast du schon mal von jemandem gehört, der den Tod an den Fingern ablesen konnte? Also, ich nicht, und ich glaube auch nicht daran. Vergiss einfach, was er gesagt hat!«

»Ich habe Angst«, schluchzte Jurak, ohne aufzublicken. »Ich habe Angst vor dem Morgen, denn ich weiß, ich werde sterben. Ich weiß es … Ich sterbe in diesem gottverdammten Krieg!«

»Du wirst nicht sterben! Jurak –« Revyn wusste nicht, was er sagen sollte. Jurak wischte sich die Wangen am Knie trocken und stützte den Kopf auf die Hände. Eine Weile sah er Revyn aus leeren Augen an. »Du fürchtest dich doch auch … oder? Deshalb schaust du immer so, als könnte gleich jemand mit dem Finger auf dich zeigen. Weil du Angst vor dem Kampf hast, oder?«

Revyn senkte den Blick. Er wünschte, es wäre das – er wünschte, er hätte nur Angst vor dem Tod. »Ja«, flüsterte er schließlich. Seine Stimme versagte, er konnte Jurak nicht ansehen.

Jurak nickte und schloss die Augen. »Du bist ein guter Freund, Revyn. Das habe ich von Anfang an gemerkt. Das sollst du wissen.«

Revyn lehnte den Kopf gegen die Zeltplane. Von hier aus konnte er die Sterne sehen, ein weites Feld verstreuter Lichter. »Wir haben alle Angst.«

## In den Nebeln

Viel zu früh graute der Morgen. Die Sonne kroch im Osten hoch wie eine bleiche Kupfermünze und vermochte kaum durch die dunstige Luft zu dringen. Als Revyn erwachte, fühlte sich sein Bauch merkwürdig hohl an, doch es war ein Gefühl, das nicht vom Hunger kam. Die Ration Linsen mit Fleisch brachte er kaum hinunter. Ein nervöses Kribbeln in seinen Knien und Armen machte seine Bewegungen hastig und kraftlos. Kalter Schweiß überzog seine Handflächen. An den grauen Gesichtern vieler anderer Krieger erkannte Revyn, dass es ihnen nicht besser ging.

Rasch mobilisierte sich das Heer, das Lager wurde geräumt, die Zelte zusammengebaut, die Drachen und Pferde gerüstet. Revyn legte Palagrin die Schilde an, die der Drache so hasste, und betete mit jeder Schnalle, die er zuzog, dass sie Palagrin schützen mochten. Dann schwang er sich auf seinen Rücken, nahm seinen Platz in den vordersten Reihen der Drachenkrieger ein und wartete reglos auf ihren Aufbruch.

Die Zeit schien stillzustehen. Revyn kam es vor, als würde die Sonne jenseits des kalten Morgendunstes am gleichen Fleck hocken bleiben. Die ganze Welt war in kränkliches Weiß getaucht. Revyn schloss die Augen, damit der schmerzende Druck in seinem Kopf nachließ, und versuchte, sich auf seinen Körper zu konzentrieren. Er ließ die Hände locker und entspannte sich. Aber schon einen Augenblick später umklammerten seine Finger Palagrins Mittelhorn wieder so fest, dass seine Knöchel hervortraten.

Endlich ging es los. Den Drachenkriegern liefen nur die Trommler und Hauptmänner voran – und natürlich die kleine Eskorte des Königs von Haradon. Er fuhr auf einem eigenen Drachenwagen, links und rechts flankiert von Bannerträgern und einem Dutzend Leibwächter und Generäle.

Das Heer bewegte sich erstaunlich leise. Lediglich das Klirren der Waffen, das Schnauben der Tiere, das Dröhnen ihrer Schritte vereinten sich zu einem monotonen Rauschen.

Endlos erschien Revyn der Marsch durch die grüne Einöde. Noch immer blieb die Sonne so fahl, als wolle sie für diesen Tag nicht leuchten. Wie im Traum hielt Revyn sich auf Palagrins Rücken. Alles, was er fühlte, war die Weichheit in seinen Gliedern und die Gewissheit, dass er damit keinen einzigen Schwerthieb ausführen konnte. Immer wieder trugen seine Gedanken ihn zurück zu Prinzessin Ardhes … und zu seiner Kindheit. Bilder stiegen in ihm empor, seine Mutter, wie sie an ihrem Webstuhl saß, ihre Hütte am Rand des Dorfes mit dem wilden Gemüsebeet, das im Wind wogende Gräsermeer … Doch zu all diesen Erinnerungen fehlten die Gefühle. Es war, als sähe er einen Sänger, ohne ihn zu hören.

Erst der Ruf der Hörner zerrte ihn in die Gegenwart zurück. Das Heer kam zum Stillstand, und es dauerte mehrere Sekunden, ehe Revyn sie entdeckte: die endlose Menschenschlange.

Beim Anblick des myrdhanischen Heeres verkrampfte sich sein Herz, wie so viele andere Herzen hinter ihm in diesem Moment. Sein Blick irrte über die Reihe, die ihnen in der Ferne gegenüberstand. Vielleicht sah er jetzt schon seinen Mörder – oder den Mann, den er töten würde. Erst nachdem dieser Gedanke ihn eine Weile gelähmt hatte, fiel ihm das auf, was die anderen Krieger um ihn herum schon längst bemerkt hatten: Die gegnerischen Drachenkrieger waren nur halb so zahlreich wie sie.

»Ein Kinderspiel!«, hörte er irgendwo rufen. Erleichtertes, raues Lachen erhob sich. Revyn packte Palagrins Mittelhorn so fest, als müsse er ganz alleine auf das feindliche Heer zustürmen.

Mittlerweile war der Wagen des Königs vorangefahren und in der Mitte des weiten Feldes traf er auf einen zweiten. Die Soldaten verstanden die Worte nicht, die die beiden Könige wechselten. Eine Ewigkeit schien zu verstreichen, bis Revyn sich schon fragte, ob die beiden Könige so ausdauernd über ihren Krieg reden konnten wie Twit. Doch als die Wagen endlich kehrtmachten, erhob sich lauter Jubel, und die Fußsoldaten weiter hinten trommelten mit ihren Speeren gegen die Schilde. Rasch öffnete sich eine Schneise im Heer, durch die der König an den äußersten Rand seiner Krieger fuhr, ja, *flüchtete*, wie es Revyn schien.

Er wandte sich wieder mit aller Konzentration nach vorne. Nichts, kein Vordermann, keine weitere Kriegerreihe war zwischen ihm und dem Heer gegenüber. Die Hauptmänner der Städte ritten zu ihren Truppen. Korsa zügelte seinen Drachen direkt vor Logonds Kriegern und zog den Helm vom Kopf. Nie hatte Revyn sein Gesicht so eisern und verbissen gesehen – es war, als hätte man seine Augen durch Steine ersetzt.

»Nun ist der Zeitpunkt gekommen, euren Mut und die Kraft von Haradon, vor allem aber von Logond zu beweisen!«, rief er, während sein Blick durch die Reihen der Krieger glitt. »Kämpft für euer Land! Kämpft für eure Ehre! Kämpft wie unsere Väter vor uns, auf dass ihr Ruhm fortgesetzt werde! Und vergesst nicht: Große Kriege machen große Helden!«

Die Drachenkrieger stießen einen einzigen, dröhnenden Hurraruf aus. Revyn biss die Zähne aufeinander, dann klappte er mit nervösen Fingern seinen Helm zu. Schon sah er nicht mehr als den schmalen Streifen des feindlichen Heeres, den sein Augenvisier ihm gewährte.

Abermals ertönten die Hörner, schriller als zuvor, bis sie in den Reihen der Feinde ihr Echo fanden. Revyns Augen wanderten an den Himmel über dem myrdhanischen Heer. Nichts. Nur weite, dunstige Leere. Sekunden vergingen. Und dann lösten sich Umrisse aus dem wässrigen Weiß der Nebel und Wolken.

Doch aus den wenigen Tieren wurde kein schwarzer Schwarm, der den Himmel verdunkelte, wie Revyn befürchtet hatte. Fünfzehn, zwanzig Winddrachen zählte er. Einen Atemzug später rauschten mächtige Schatten über ihn hinweg, bis sich das Heer in ein flimmerndes Fleckenmuster aus Hell und Dunkel verwandelt hatte. Die Drachen von Haradon flogen direkt auf das Schlachtfeld zu, und fast im selben Augenblick, in dem ihre Feuer aufglühten, schossen die Drachenkrieger der myrdhanischen Legion ihre Pfeile ab.

Befehle wurden geschrien, aber Revyn vernahm nichts außer der mächtigen Bewegung des Heeres, als die Krieger wie ein Mann ihre Schilde hoben. Er selbst richtete sich auf und hielt seinen Schild gerade rechtzeitig über sich und Palagrin. Ein Hagel brennender Pfeile prasselte um ihn herum zu Boden. Palagrin brüllte auf, Revyn umklammerte ihn noch fester und versuchte, ihm zuzureden, aber er hörte sich im Sirren und Zischen der Geschosse kaum selbst. Irgendwo hinter und neben ihm erklangen schrille Schreie, Pferdegewieher und tiefe Drachenlaute – er wurde dichter an Palagrin gedrückt, als sich ein Pfeil in seinen Schild bohrte. Revyn spürte weder sein eigenes Zittern noch das erschrockene Aufstampfen von Palagrin, denn nun begann der Boden unter ihnen zu beben. Ein lang gezogener Schrei wehte durch die Kriegerreihen. Dann noch einer und noch einer. Immer wieder erbebte die Erde unter ihnen, wenn einer der Drachen abstürzte. Durch die Schreie drang das Kreischen der Hörner an Revyns Ohren, er spürte, wie rings um ihn Bewegung ausbrach. Der erste Pfeilangriff war überstanden. Nun drängten die Heere aufeinander zu. Er musste Palagrin gar nicht antreiben. Palagrin stürmte von alleine los, aus Panik vor der dröhnenden Macht, die hinter ihnen anrückte, und Revyn wurde zurückgerissen. Irgendwie schaffte er es, sich den Schild an den Oberarm zu schieben und sein Schwert zu ziehen. Mit der anderen Hand hielt er sich am Mittelhorn fest. Alles andere verschwamm um ihn.

Mit Peitschen und Schreien angetriebene Drachen überholten sie. Revyn sah aus den Augenwinkeln, wie mehrere Reiter, die nach vorne gestürzt waren, einen Augenblick später unter einem fallenden Drachen begraben wurden. Der Boden erzitterte erneut, Palagrin kam ins Straucheln, aber einen Herzschlag später taumelte er wieder auf den unvermeidlichen Zusammenstoß mit den Myrdhanern zu.

Die Drachenkrieger preschten über die toten Drachen hinweg – manche fielen auch, als ihre Reittiere über die Körperteile stürzten –, zertrampelten alles unter sich, Pfeile, Feuer, Metall, Männer. Das feindliche Heer kam in rasender Geschwindigkeit auf sie zu. Zweimal ein heftiges Keuchen, Finger krallten sich um den Schwertgriff – dann prallten die vordersten Reihen aufeinander.

Revyn duckte sich vor einer breiten Streitaxt, die über ihn hinwegmähte und einen Reiter hinter ihm statt seiner aus dem Sattel riss. Vor seinem Visier brach ein Gewimmel aus, zu schnell, um vom Auge erfasst zu werden. Drachenklauen zuckten durch die Luft, Köpfe schlugen auf den Boden, Schwerter glitten klirrend aus eisernen Scheiden und zersplitterten Lanzen. Pfeile sirrten strudelnd durch das Menschendickicht, Speere zischten durch die Körpermassen und endeten in jähen Schreien. Palagrin stellte sich auf die Hinterbeine und schlug mit dem Schwanz um sich. Binnen Sekunden entstand dadurch ein leerer Kreis um sie, der sich einen Augenblick später wieder füllte. Eine Lanze flog auf Revyn zu, er hob seinen Schild und das Geschoss schlitterte über seinen Kopf hinweg. Er drehte sich um, Palagrin bäumte sich erneut auf, ein Pferd fiel gegen sie und zog sie fast mit sich zu Boden. Von irgendwo spritzte Blut auf Revyn. Seine Lippen zitterten, als es warm von seinem Helm herabtropfte und ihm rote Streifen über Mund und Kinn zog. Plötzlich stand ein Krieger vor ihm.

Er schrie furchterregend, holte mit einem Beil aus und hackte nach Revyn.

Im letzten Augenblick wehrte Revyn den tödlichen Hieb mit seinem Schwert ab. Palagrin taumelte unter der Wucht des Schlags zur Seite. Wieder sauste das Beil auf sie zu, und Revyn stieß mit dem Schwert zurück, panisch, immer wieder, bis er fühlte, wie die Klinge sich durch etwas Festes bohrte und hinein in etwas sehr Weiches glitt.

Revyn zerrte das Schwert zurück. Der fremde Krieger versank irgendwo unter den Krallen und Füßen der anderen. Alles flirrte vor Revyn. Er drehte sich, sein Blick irrte über das grässliche Chaos, das entweder zu schnell oder zu langsam geworden war, um begriffen zu werden.

Dann entdeckte er Twit. Er stand direkt vor ihm, aber Revyn sah ihn nur schwach. Erst jetzt merkte er, dass er wie erstarrt auf Palagrin saß und sich nicht mehr bewegen konnte. Nur das Schwert in seiner Hand bebte.

Twits Helm war verschwunden, auch sein Drache war fort. Dunkle Rinnsale bedeckten sein Gesicht und verklebten seine Haare. Seine Rüstung war kaum wiederzuerkennen; die lange Klinge seines Schwertes war blutverschmiert.

»Kämpfe!«, brüllte er. Sein Gesicht verzerrte sich zu einer irrsinnigen Fratze. »*Kämpfe!* Verflucht, KÄMPFE! KÄMPFE!« In diesem Augenblick sah Revyn das Schwert, das sich über Twit erhob. Er sah, wie Twit »*Kämpfe!*« schrie, schrie, bis sein Gesicht unter all dem Blut dunkelrot wurde, ohne das Schwert hinter sich zu bemerken. Revyn starrte ihn an. Und dann stieß er zu.

Mit dem grässlichen Geräusch der sich hineinbohrenden Klinge kehrte der Lärm der Schlacht zurück. Blut übergoss den Kopf des Angreifers, dann verschwand auch er auf dem Boden. Twit war zurückgewichen und sah Revyn mit einem Ausdruck an, der ihm bis ins Mark ging. Dann nahm Twit eine Bewegung aus den Augenwinkeln wahr und warf sich erneut in die heulenden Massen.

Männer in Fellen, in Rüstungen und Lederharnischen stürzten auf Revyn zu. Männer mit Bärten, Jungen kaum älter als er selbst, auch Frauen, manche schreiend, manche mit weit aufgerissenen Augen. Er vergoss ihr Blut. Es klebte bald an seiner Klinge, an seiner Hand, seinem Hals, bis er keine Gesichter mehr wahrnahm und keine Schreie mehr hörte. Er sah nur noch Waffen und die Arme, die sie führten. Seine Angreifer waren keine Menschen mehr. *Er* war kein Mensch mehr. Sie alle waren nur Schemen, nur Geister.

Um einen Drachenkrieger von seinem Tier zu holen, musste man ihn verwunden oder seinen Drachen töten – so rann Revyn bald der Schweiß unter der Rüstung, während er seine Füße, seine Beine und vor allem Palagrin verteidigte. Er atmete keuchend, aber er wurde sich seiner Erschöpfung nicht bewusst. Vor seinen Augen begannen schwarze Punkte zu flimmern, als fräße sich das Nichts in die schreckliche Wirklichkeit.

Erneut stürzte ein Krieger auf ihn zu. Er schwang ein kurzes Schwert, um Palagrin die Kehle durchzuschneiden. Revyn bemerkte es zu spät. »Nein!« Er ließ sich nach vorne fallen, holte mit dem eigenen Schwert aus, doch in diesem Moment machte Palagrin eine unerwartete Bewegung in die entgegengesetzte Richtung und Revyn rutschte halb vom Drachenrücken. Während er sich gerade noch an seinen Hals klammern konnte, spürte er einen betäubenden Schmerz im Oberarm.

Die Klinge des Fremden war genau zwischen seine Armschiene und seinen Schulterpanzer gefahren. Das Schwert rutschte ihm aus der Hand, doch noch im selben Augenblick sank ein Erschlagener gegen ihn, der einen Bogen umklammerte. Revyn riss den Bogen an sich und zog dem Toten eine Handvoll Pfeile aus dem Köcher. Wankend legte er einen Pfeil auf, zielte kaum richtig und schoss schon ab – der Pfeil traf seinen Gegner in die Brust, als er zu einem zweiten Schwertstreich ausholen wollte. Revyn sah nicht mehr, wie er umknickte. Alarmiert galoppierte Palagrin los und preschte im Zickzack durch das Schlachtgetümmel.

Geschrei und Gesichter zogen an ihnen vorbei, doch Revyn erkannte nichts mehr. Mehr schlecht als recht hielt er sich an Palagrin fest. Er spürte nur den trommelnden Schmerz in seinem Oberarm.

Mit blinden Augen überließ er Palagrin alles – nur weg, weg wollte er. Und weg von der Schlacht galoppierte der Drache.

Der Abend dämmerte, als Revyn aus dem Schlaf oder der Ohnmacht erwachte. Palagrin schien die ganze Zeit durchgelaufen zu sein. Schweiß und Blut waren zu klebrigen Streifen geronnen und durchzogen sein Fell.

Als Revyn sich aufsetzte, drang ein glühendes Stechen durch seinen Arm. Er zuckte zusammen und versuchte, einen Blick auf die Verletzung zu werfen. Rinnsale von Blut bedeckten seinen Armpanzer.

»Wo sind wir?«, flüsterte er rau. Er sah sich um. Weit und breit waberte bläuliches Grau. »Palagrin, wo gehst du hin? Wo ist das Heer? … Die Krieger …« Seine Stimme klang schrecklich leise und verzweifelt in der meilenweiten Stille. Der Drache war zu erschöpft, um ein beruhigendes Schnauben von sich zu geben. Unverändert setzte er seinen Weg fort. Revyn murmelte ein paar Flüche oder

Gebete und ließ sich wieder gegen den Drachenhals sinken. Die Dunkelheit hüllte ihn ein wie ein warmer Mantel.

Lichter tanzten in vielen kleinen Punkten über ihn hinweg. Revyn stöhnte. Jemand zupfte energisch an seinen Zöpfen. Er blinzelte und kniff die Augen zu, als ihm eine warme Atemwoge über das Gesicht strich.

»Ja, ja … ich stehe auf. Ich stehe ja auf.« Sachte schob er Palagrins Nüstern von sich weg und richtete sich auf. Eine heiße Schmerzwelle wälzte sich durch seinen Arm und seine Schulter. Mit zusammengebissenen Zähnen wartete er das Stechen ab, dann sah er sich um. Rings um sie erhoben sich Buchen und Birken. Neben Revyn bahnte sich ein kleiner Bach durch das Unterholz. Wie weit musste Palagrin gestern wohl gelaufen sein? Sie waren ja wieder in den Wäldern von Haradon. Mit einem Ächzen ließ Revyn sich in Richtung Bach sinken und schöpfte aus der Strömung. Das Wasser war angenehm kalt und vertrieb nach einigen Schlucken den säuerlichen Geschmack in seinem Mund. Als er sich mit den nassen Händen über das Gesicht rieb, färbten sie sich rot. Vorsichtig begann er, sich Wangen, Stirn, Nacken und Hals zu waschen, doch das getrocknete Blut schien zum Glück nicht seins zu sein.

Nicht so glimpflich war sein rechter Arm davongekommen. Die Wunde war tiefer, als er gedacht hatte: Das Schwert hatte einen fingerlangen und fingerbreiten Schnitt hinterlassen, um den das Fleisch dick angeschwollen war. Revyn riss sich den Hemdärmel unter dem Harnisch ab, wusch sich behutsam den Arm und verband die Wunde, so gut es ging, mit dem Stoff. Viel besser fühlte er sich danach aber nicht.

Um ihn herum lagen die Pfeile und der Bogen, fast so, als sei er letzte Nacht mit ihnen zusammen von Palagrin heruntergefallen. Er sammelte die Pfeile ein und schwang sich den Bogen quer über den Rücken.

»Palagrin«, murmelte er und streckte den gesunden Arm aus.

»Hilf mir.« Geduldig wandte der Drache ihm die Seite zu und half ihm auf den Rücken. Obwohl sich Revyn dabei mehr als tollpatschig anstellte, bewegte Palagrin sich mit äußerster Vorsicht.

»Wohin reiten wir jetzt?« Revyn ließ den Blick schweifen. Er wusste nicht mehr, aus welcher Richtung sie gekommen waren, und schon gar nicht, wo das haradonische Lager sein mochte. Doch Palagrin gab mit einem ruhigen Schnauben zu verstehen, dass er wisse, wohin er ihn führte.

Während sie unterwegs waren, versuchte Revyn, seine Gedanken zu ordnen. Das Heer war sicher noch in Myrdhan. Vielleicht führte Palagrin ihn zurück, vielleicht lief er aber auch einfach den Libellen nach, die hier und da durch die Schatten des Waldes schwirrten. Ob die Haradonen die Schlacht gewonnen hatten? Womöglich waren sie weitermarschiert zur Hauptstadt Isdad. Wie sollte Palagrin sie da finden … Revyn schüttelte den Kopf. Früher oder später würde er schon sehen, wo sie ankamen.

Sein Blick wanderte durch das tiefe Dickicht. So weit das Auge reichte, bildeten Licht und Dunkelheit ein verschwommenes Mosaik.

Sie rasteten an einem breiten Fluss. Revyn wusch sich den fiebrigen Schweißfilm vom Gesicht und fand einen Beerenstrauch am Ufer. Die Früchte waren klein und sauer und machten ihn nur noch hungriger.

Allmählich warfen die Bäume längere Schatten. Die Vogelrufe vereinten sich zu einem Orchester. Als die ersten Glühwürmchen durch das Dämmerlicht schwirrten, machten die beiden halt. Palagrin ließ sich dicht neben Revyn nieder, schnaubte ihm zu und legte den Schwanz um ihn wie einen breiten, schützenden Arm.

»Ach Palagrin …« Welches Glück hatte er doch, einen Gefährten wie Palagrin zu haben. Der Schmerz in seinem Oberarm und der Hunger wurden bald vom leisen Plätschern des Flusses davongetragen.

Sie erwachten in dichtem Nebel. Revyn konnte gerade noch den Fluss erkennen, doch das gegenüberliegende Ufer verschwamm bereits in blassweißen Schleiern.

Palagrin half Revyn auf seinen Rücken und lief zielsicher los.

Wie still und unheimlich es war! Der Wald schien vollkommen verschluckt vom Nebel. Es schien, als weiche der trügerische Dunst erst, wenn Palagrin die Krallen auf dem Moos aufsetzte. Ein Habicht flatterte direkt vor ihnen durch das Unterholz. Das leise Flüstern des Flusses verriet ihnen den Weg.

Revyns Magen grummelte. Nachdenklich schloss er die Hand um die Pfeile. Drei waren übrig geblieben. Vielleicht hatte er Glück und konnte, wenn der Nebel sich erst einmal gelichtet hatte, einen Hasen oder ein Rebhuhn erlegen.

Bald veränderte sich ihre Umgebung. Palagrin lief nicht mehr durch Moos und Farngestrüpp, stattdessen kamen ihnen immer häufiger Tümpel, Wasserströme und Schilf in die Quere.

Es begann zu nieseln. Winzige Wassertropfen landeten auf Revyns Nasenspitze und klimperten gegen seine Rüstung. Die schwachen Regenschauer drückten den Nebel zu Boden und kräuselten ihn, sodass sich vor Revyn und Palagrin in manchen Augenblicken eine klare Sicht eröffnete, nur um einen Moment später wieder hinter einem undurchdringlichen Vorhang zu verschwinden.

Irgendwann wucherte das Schilf um sie herum so hoch, dass Revyn abstieg und Palagrin voranging. Wenn er sich nicht gerade auf ihren Weg konzentrieren musste, hielt er Ausschau nach Jagdbeute. Dann erspähte er etwas. Aber es war kein Hase. Etwas Größeres. Revyn duckte sich tiefer ins Schilf.

Eine Regenwoge zog über sie hinweg. Lautlos nahm Revyn den Bogen von der Schulter und legte einen Pfeil auf die Sehne. Ganz langsam erhob er sich. Er spannte den Bogen, bis die Sehne knirschte … Ein Umriss schälte sich aus dem milchigen Blau. Der Umriss eines Menschen. Ein fremder Jäger? Vielleicht ein Krieger!

Der Nebel öffnete sich …

Es war ein Mädchen.

Revyn senkte abrupt den Bogen. Er spürte sein Herz schwer gegen seinen Hals hüpfen. Vorsichtig spähte er durch das Schilf, um sicherzugehen, dass er sich nicht getäuscht hatte. Tatsächlich kniete am Ufer ein Mädchen und tauchte etwas ins Wasser, das Revyn nicht erkennen konnte. Dann wischte sie den Gegenstand an ihrer Tunika ab. Eine Dampfschwade zog an ihr vorüber.

Plötzlich erklang ein heller, durchdringender Pfiff. Das Wasser um Revyns Fußknöchel begann, Ringe zu werfen. Ein Dröhnen fuhr durch den Boden. Im nächsten Augenblick galoppierten drei – vier – fünf Drachen in den See hinein.

Sie schäumten das Wasser auf, sodass die Wellen bis zu Revyn ins Schilf schwappten. Weiße Fontänen sprangen unter ihren Klauen empor. Erst vor dem Mädchen kamen sie ungestüm zum Stillstand, als hätten unsichtbare Zügel sie davon abgehalten, es einfach zu überrennen. Das Mädchen strich einem der Drachen über den Hals und schwang sich auf seinen Rücken.

Nun erkannte er, was sie im Wasser gewaschen hatte: Es war ein langer Dolch. Sie schloss ihn in beide Hände und hob ihn vor ihr Gesicht, als würde sie beten. Revyn hielt den Atem an. Ihre geschlossenen Augen spiegelten sich auf der Klinge. Ihre Lippen formten rasche, lautlose Worte. Plötzlich sah sie auf.

Ihr Blick traf Revyn in der Spiegelung. Vor Schreck ließ er den Bogen fallen – das laute Platschen hallte durch den ganzen Wald –, stolperte zurück und verfing sich im Schilf. Nicht weit entfernt flatterte eine Wildente auf und schnatterte aufgebracht. Der Boden begann zu beben, Revyn rappelte sich auf – doch am Ufer bewegten sich nur noch die Nebel. Das Mädchen und die Drachen waren verschwunden.

Revyn ging es zusehends schlechter. Der Hunger machte ihn ganz taub. Auch seine Verletzung begann, heiß und schmerzvoll zu pochen. Schweiß brannte ihm auf der Stirn und vor seinen Augen flirrten Punkte.

Immer wieder schweiften seine Gedanken zu dem Mädchen und den Drachen. Wer war sie? Wer konnte mit einem einzigen Pfiff eine Gruppe wilder Drachen rufen?

Während sie ihren Weg durch den nebligen Wald fortsetzten, fühlte sich Revyn von allen Seiten beobachtet. Er glaubte schemenhafte Gestalten hinter dem Dunst zu erkennen, wie sie hin und her huschten und ihm nachblickten …

»Reiß dich zusammen«, murmelte er und schloss fest die Augen vor den Hirngespinsten. Schon bald sank er gegen den weichen Drachenhals.

Die Müdigkeit ergriff ihn wie eine friedliche Lähmung. Er blieb an Palagrin geschmiegt liegen, halb wach, halb schlafend, bis es dunkel wurde und die Bäume allmählich zurückwichen. Als er den vor Schwindel schweren Kopf hob, leuchteten in der Dunkelheit die Lichter von Logond.

## Die Gefangene

Macht auf! Öffnet die Tore! Da kommt ein Drachenkrieger!« Knarrend öffneten sich die mächtigen Holztore und Palagrin trabte ein. Sofort kamen Soldaten und Wachen und führten sie zum Stadtteil der Drachenkrieger.

Man half Revyn von Palagrins Rücken und brachte ihn in das kleine Lazarett, das sich ans Rathaus anschloss. Seine Verletzung wurde gewaschen und von einem Arzt untersucht. »Hübsche Tätowierung«, bemerkte er trocken, ehe er die Wunde darüber zu nähen begann. Revyn stand es tapfer durch, doch er wagte nicht, die Nadel anzusehen. Anschließend wurde ein Verband umgelegt, man brachte ihm Kleider, gab ihm ein neues Schwert und führte ihn in die Speisehalle. Der Duft eines Abendessens und fröhlicher Lärm kamen ihm entgegen; über den lachenden Männerstimmen schwebten Flöten- und Trommelmusik und der schallende Gesang mehrerer Frauen. Nach der langen Stille fühlte Revyn sich davon schier überwältigt. Er wollte bloß etwas essen und sich ins Bett legen.

»REVYN!« Zwei Hände packten ihn ungestüm an den Schultern – es war Twit. Er hatte ein blaues Auge und einen Schnitt auf der linken Wange. Das Erste, was Revyn tat, war, ihm ins Gesicht zu schreien.

»Oh – entschuldige.« Rasch ließ Twit ihn los. »Wie in aller Namen bist du hergekommen? Wir dachten schon …«

»Revyn!« Capras fiel ihm um den Hals und riss ihn fast zu Boden. »Verflucht, du bist wirklich hier!«, lallte er. Capras' Atem war so alkoholhaltig, dass Revyn ganz benebelt wurde.

»Was – was macht ihr denn hier?«, brachte er schließlich hervor.

»Wir haben *gewonnen*!«, rief Twit. Er hatte sich von irgendwo einen Becher geholt, schwenkte ihn in die Höhe und kippte ihn über dem offenen Mund aus, sodass ein guter Teil des Weins über sein Kinn lief. Mit geblähten Backen und Wein, der ihm aus den Mundwinkeln blubberte, sagte er: »Die Verletzten mussten zurückgebracht werden … Aber damit es nicht wie ein Trauerzug aussieht, sind ein paar von uns mitgekommen. Das Volk muss sehen, dass die Drachenkrieger gewonnen haben und auch nach der ersten Schlacht *strahlen*!«

»Ein Hoch auf die Drachenkrieger!«, schrie Capras, wobei er sich schwer auf Revyn stützen musste. Der Speisesaal zitterte vor Jubel, Becher wurden gehoben und unzählige Kehlen mit Wein gespült. Offensichtlich war das Trinkverbot aufgehoben worden. Die Speisehalle glich einer überfüllten Schänke. Seine Freunde zogen Revyn zu den Tischen, wo er sich setzen konnte.

»Und jetzt erzähl«, bat Twit. Er klang teilnahmsvoller, als Revyn ihm je zugetraut hätte. »Wo bist du gewesen? Und wie hast du es geschafft, so schnell hier zu sein? Du musst ja vor uns aufgebrochen sein!«

Revyn schilderte vage, wie er durch die Wälder geritten war, aber von Palagrins Führung – und dem Mädchen im Nebel – verriet er nichts. Twit nickte unentwegt und schien aufmerksamer denn je. »Dann hätten wir dich ja fast treffen müssen!«, rief er dazwischen. »Wir sind heute erst angekommen, ein paar Stunden vor dir.« Einen Augenblick lang biss er sich auf die Unterlippe. Dann sagte er leise: »Danke. Du hast mir das Leben gerettet … Danke, Mann.« Er drückte Revyn an sich, dann klopfte er ihm auf den Rücken und schenkte ihm einen Becher Wein ein.

Zögernd nahm Revyn den Becher an. »Wo ist Jurak?«

»Er's noch bei 'n Legion«, lallte Capras. »S' heißt … ihm geht's komplett gut.«

Revyn atmete aus vor Erleichterung. Dann trank er einen Schluck und beobachtete die Frauen, die sich auf den Tischen versammelt hatten und lachend und klatschend zu singen begannen:

*Orlando, Orlando, folge mir,*
*fürchte weder Wälder noch Getier!*
*Wehr dich nicht gegen Lachen und Singen,*
*ich werd dich zu den meinen bringen!*
*Dort sollst du tanzen und träumen mit Freuden,*
*und Tage und Nächte mit Muße vergeuden.*
*Orlando, Orlando, willige ein!*
*Es wird nicht zu deinem Schaden sein,*
*wenn du den heil'gen Ort erreichst,*
*und nimmermehr von hier entweichst.*

Wie es Tradition bei dem Lied war, stimmten nun die Männer ein:

*Orlando, Orlando, wage keinen Blick*
*in Elfenaugen – die brechen dir bloß das Genick!*
*Orlando, Orlando, ihre Welt ist Schein,*
*und wird dein dunkles Grab nur sein!*

Twit hatte Revyn indessen einen Teller mit Gemüse und Hackbraten zugeschoben. Hungrig griff Revyn nach den Speisen und schlang alles so schnell hinunter, dass er das Kauen fast vergaß. Er schleckte sich gerade den Rest Soße vom Finger, da zog ihn Twit auch schon wieder auf die Füße.

»Wo willst du hin?«, fragte Revyn verwundert. Nun da er aufstand, merkte er erst, wie viel er gegessen hatte. Leichte Übelkeit überkam ihn.

Twit trat näher an ihn heran. Sein linkes Auge blitzte hell und unheimlich in dem dunkelblauen Bluterguss. »Du musst unbedingt was sehen. Wird dir bestimmt den Atem verschlagen.« Mit diesem Versprechen zog er ihn aus der Speisehalle. Capras schleppte sich singend und murmelnd hinter ihnen her.

Die Nachtluft schlug ihnen wie ein plötzlicher Kälteschwall entgegen, als sie hinaustraten. Im matten Schein der Fackeln erkannte Revyn Winddrachen, die oben in ihren Gehegen schliefen. »Warum sind die denn nicht beim Heer?«, fragte er überrascht.

Twit winkte ungeduldig ab. »Glaubst du, Logond schickt gleich in der ersten Schlacht alle Legionen in den Kampf? Was wäre denn, wenn wir verloren hätten, dann wären ja alle Drachen in die Hände der Myrdhaner gefallen.« Die drei Freunde gingen schweigend am Rathaus entlang. Nur einmal fragte Twit belustigt, wieso Capras einen riesigen, leeren Weinkrug auf dem Kopf trug.

Dann blieben sie vor einer Reihe kleiner, vergitterter Türen stehen, die Revyn zuvor nie aufgefallen waren – er hatte sie stets für Drachenställe gehalten. Vor einer der Türen saßen zwei Wachen mit Speeren und dösten. Twit räusperte sich, während Capras leise vor sich hin kicherte. »Ich stör euren Schnarchwettbewerb nur ungern!«

Die beiden Wachen hoben matt die Köpfe. »Was wollt ihr?«, knurrte der eine Twit an.

»Der Kamerad soll mal einen Blick da reinwerfen, schieb die Tür auf.« Twit legte feierlich einen Arm um Revyns Schultern. Die

Wache knurrte etwas, wagte aber nicht, sich weiter mit Twit anzulegen. Er öffnete den Eisenriegel mit seinem Schlüssel und brummte: »Auf eigene Gefahr.«

Twit zog die Tür auf und trat als Erster ein, den Arm noch immer um Revyn gelegt. »Das war vielleicht ein Spektakel«, erzählte er nebenbei. »Wirst du mir kaum glauben. Da, schau hin.« Hinter der Tür lag ein dunkler Kerkerraum. Es roch nach Moder und nassem Stroh. In einer Ecke kauerte jemand auf dem Boden.

Revyn erkannte sie sofort, an etwas, das tiefer und stärker ist als ein Gesicht. Unter einem Stechen zog er die Luft ein.

Das Mädchen vom See.

»Eine Elfe mitten aus der Wildnis, stell dir vor. Du wolltest doch mal wissen, wieso die Drachen verschwinden. Tja, hier sitzt der Grund …« Twit erzählte weiter, doch Revyn hörte nicht mehr zu. Er konnte nur das Mädchen anstarren.

Sie war nicht schön. Ihr Gesicht war hart und die Nase sprang spitz hervor. In ihren Augen glühte Hass.

»… Sie hat uns angefallen, wie aus dem Nichts. Einfach so aus dem Dickicht mit dem Ding hier.« Twit zog einen langen Dolch aus dem Gürtel. »Ich sage dir, diese Hexe wollte mir an die Gurgel gehen. Sie hat versucht, mich in den Wald zu zerren, zu ihresgleichen oder die Götter wissen zu welchem grausigen Ort sonst. Dabei ist ihr wohl nicht aufgefallen, dass vierhundert Männer hinter mir marschiert sind.«

»Sie ganz alleine?«

»Nein, allein war sie nicht, das Biest. Mit einer Horde wild gewordener Drachen! Glaub mir, so was hab ich noch nie gesehen – die Tollwut muss die alle ergriffen haben …« Revyn hörte kaum hin. Ob sie ihn im spärlichen Licht wiedererkannte? Wusste sie, dass er der tollpatschige Fremde im Schilf gewesen war?

Plötzlich ging Twit auf sie zu. Sie zog die schmutzigen Knie enger an den Körper und bleckte die Zähne. Jetzt sah Revyn die straffen Seile an ihren Handgelenken. Twit zog sie an der Wand hoch, sodass sie ihm gegenüberstand. »Na, Dreckselfe? Hast du gedacht, du könntest mich überwältigen? Mich, hast du das gedacht?!«

»Twit!« Revyn lief auf ihn zu, ohne zu wissen, was er tun wollte. Twit hielt das Gesicht der Elfe in der Hand. Seine Finger gruben sich in ihre Wangen. Ihr Hinterkopf schlug dumpf gegen die Steinwand, aber ihre Augen blieben glühend auf Twit gerichtet.

»Kannst du das sehen, du Bastard?« Er deutete auf sein blaues Auge. »Guck's dir genau an, denn das war dein Todesurteil, du Dreckstück. Niemand legt sich mit uns an!« Twit hob den Dolch und drückte die Klinge an ihre Wange.

Revyn zog ihn zurück. »Hör auf, Twit, das reicht!«

Twit starrte Revyn verwirrt und wütend an. »Dieser Bastard hätte mich um ein Haar umgebracht!« Er streckte wieder den Dolch nach ihr aus, aber Revyn zerrte ihn erneut weg. Diesmal blieb Twit direkt vor ihm stehen, und für einen Moment war Revyn sicher, dass er den Dolch gegen ihn erheben wollte.

Jedoch nur für den Bruchteil einer Sekunde. Dann trafen Twit die gefesselten Fäuste der Elfe ins Gesicht. Er stieß ein überraschtes Keuchen aus, stolperte und stürzte zu Boden. Dort regte er sich nicht mehr.

Revyn fuhr herum, aber es war zu spät. Zwei Hände packten ihn um den Hals und stießen ihn nieder. Innerhalb eines Wimpernschlags lag er auf dem Rücken, die Elfe war über ihm und ihr bloßes Knie drückte gegen seine Kehle. Das Fackellicht zeichnete ihre Haare mit einem lodernden Kranz nach. »Dein Schwert!«, zischte sie. Revyn war für einen Augenblick ganz perplex – sie konnte seine Sprache!

*»Dein Schwert, sofort!«* Ihr Knie schnürte ihm fast die Luft ab. Mit bebenden Händen bekam er den Schwertgriff zu fassen. Er zog die Waffe und hielt sie über sich; das Elfenmädchen schob die Handfesseln blitzschnell an der Klinge entlang, das Knie verschwand von seiner Brust und einen Augenblick später fielen zerschnittene Seile auf ihn herab. Mit dem Fuß stieß die Elfe ihm das Schwert

aus der Hand. Es landete klirrend in der Dunkelheit. Wie ein Schatten huschte sie durch den Kerker und beugte sich über den reglosen Twit. Etwas Helles blitzte auf, als sie ihren Dolch aus seiner Hand riss, dann trat sie Twit noch einmal in den Rücken und eilte aus der geöffneten Tür. Gedämpfte Schreie folgten ihr.

Revyn fuhr nach Luft ringend hoch. Sein Blick glitt durch den Kerker: Twit auf dem Boden, die Wachen vor der Tür zusammengesunken und Capras – Capras lehnte schwer atmend an der Wand. Seine vom Rausch glänzenden Augen waren starr auf Revyn gerichtet.

Kurzerhand rappelte Revyn sich auf, fand sein Schwert in der Dunkelheit wieder, rannte an Capras vorbei und sprang über die reglosen Wachen hinweg nach draußen.

Schrille Warnhörner zerrissen die Stille der Nacht. »Alarm! Die Elfe! Die Elfe ist ausgebrochen!« Capras torkelte noch schreiend über den Platz, als längst alle Männer nach draußen gestürmt waren. Nicht nur Drachenkrieger, auch Stallburschen, Wachen und Schaulustige tummelten sich bald vor dem Rathaus. In den Wachtürmen rund um die Mauer wurden Alarmfeuer entfacht, sodass der Stadtteil der Drachenkrieger hell erleuchtet war. Wachen mit Laternen rannten herbei, um die Stadtmauern und Straßen abzusuchen.

Revyn stand mit gezücktem Schwert inmitten der aufgebrachten Menge. Er drehte sich in jede Richtung, aber von der Elfe keine Spur. »Sie kann nicht aus der Stadt«, murmelte er. »Die Tore sind bewacht … niemals kommt sie aus der Stadt.«

Jähe Schreie vom Rathaus her ließen ihn zusammenfahren. Das Tor war weit geöffnet, helles Licht drang auf den Platz hinaus. Ein tiefes Donnern fuhr durch den Boden. Tierlaute dröhnten durch die Nacht. Die Rufe von Drachen. Panisch stürzte die Menschenmenge auseinander, denn aus dem Rathaus preschte eine Drachenherde. Auch Revyn rettete sich im letzten Augenblick vor den zermalmenden Krallen und sprang zur Seite. Staub wirbelte auf. Sein Blick irrte durch die Drachenschar und da – tatsächlich! – da war das Elfenmädchen.

Sie ritt ganz vorne an der Spitze der Herde, doch kaum erreichten die Tiere die Treppen, sprang sie von ihrem Drachen ab, und Revyn verlor sie in dem Gewühl aus den Augen.

»Palagrin!«, rief Revyn verzweifelt. Nun hielt er nur noch nach dem Drachen Ausschau und kämpfte sich an den umstehenden Menschen vorbei, um ihn zu finden. »Palagrin!« Aus der Horde löste sich ein einzelnes Tier. Palagrin stieß einen tiefen Ruf aus, brach aus den voranstürmenden Reihen seiner Artgenossen aus und raste auf Revyn zu. Die Menschen flüchteten augenblicklich aus seiner Nähe. »Palagrin!« Revyn streckte ihm erleichtert den unverletzten Arm hin. Der Drache hielt vor ihm an und hob ihn auf den Rücken. Dann galoppierten sie los, durch die Menschen- und Drachenmassen.

»Da oben!« Revyn deutete in die Höhe. Auf der Stadtmauer hob sich eine dunkle Gestalt vom Nachthimmel ab. Sie lief schnell und geduckt, dann sprang sie, und kam vor den Gehegen der Winddrachen auf. Mittlerweile hatte nicht nur Revyn sie entdeckt. Aufgeregte Rufe wurden laut, Pfeile hagelten in ihre Richtung. Revyn ritt, so schnell er konnte. Was tat sie bloß …?

Bald dämmerte es ihm. Sie betätigte eine schwere Kurbel. Eisen rasselte. Sie löste die Ketten der Winddrachen! »Die Drachen!«, schrie jemand im selben Moment. »Die Elfe will die Drachen rauben!«

Inzwischen hatte sie die Kurbel wieder verlassen, die über und über mit Pfeilen bespickt war. Für einen Augenblick irrten Revyns Augen durch die Dunkelheit und suchten sie vergebens; dann tauchte sie mit einem Mal wieder auf der Stadtmauer auf.

Palagrin hatte eine Treppe erreicht, die zu den Stegen hinaufführte. Revyn sprang ab, noch ehe der Drache zum Stillstand gekommen war, und rannte die Treppe schneller empor als jemals zuvor. Auf dem Steg angekommen, blieb er einen Moment stehen und starrte die Elfe an. Sie verharrte reglos auf der Stadtmauer und blickte auf das glühende Menschennest unter sich hinab. Der rote Schein der Feuer spiegelte sich auf ihren Beinen und Armen. Dunkle Haare tanzten vor ihrem Gesicht. Plötzlich hob sie die Hände. Pfeile pfiffen an ihr vorbei, doch sie regte sich noch immer nicht.

Die Drachen spannten die Flügel und richteten sich auf. Das Gebälk ihrer Gehege flog in alle Richtungen, als sie mit dem Schwanz um sich schlugen. Holzsplitter regneten auf Logond und die Menschen hinunter. Revyn hob schützend den Arm, als die Trümmer auch über ihn hinwegfegten. Die Luft bebte, als sich die Tiere erhoben. Ihre Flügel verursachten so starke Winde, dass die Strohdächer ihrer zerstörten Ställe wie welkes Laub durch die Luft flatterten.

Revyn richtete sich auf und sein Blick suchte erneut die Elfe. Sie stand noch immer auf der Stadtmauer, die Hände weit emporgestreckt. Der Wind ließ ihr Kleid flattern und verzerrte ihren Umriss in der Dunkelheit. Sie sah aus wie ein Geist. Wie ein Trugbild … Ein Pfeil sirrte durch die Luft und bohrte sich in ihren Körper.

»Nein! *Neein!*« Revyn machte einen Satz nach vorne, aber natürlich hätte er nichts mehr tun können. Der Pfeil riss sie von der Mauer und sie stürzte in die Tiefe. *Tot – sie ist tot.*

Einer der Drachen, der sich soeben in die Luft erhoben hatte, stieß einen schrillen Schrei aus. Im nächsten Augenblick ließ er sich senkrecht in die Dunkelheit fallen. Der Luftzug seines Falls wirbelte erneut die Überreste der Gehege auf und schleuderte sie Revyn wie eine Welle aus Faustschlägen und Tritten entgegen. Trotzdem rannte er los, bis er an der Stelle angekommen war, wo sie hinabgestürzt war. Seine schlitternden Füße kamen zum Stehen, er beugte sich über die Mauer und starrte in den Abgrund. Sekunden vergingen. *Tot. Ist sie tot?*

Etwas Großes erhob sich direkt vor ihm aus der Tiefe. Ein Flügel erfüllte einen Moment lang seine Sicht, dann stieß sich der Drache mit einem kräftigen Schlag höher. Unter ihnen brachen laute Rufe der Verblüffung aus, denn dort, auf dem Rücken des Drachen, saß die Elfe.

Irgendwo in Brusthöhe ragte noch immer der Pfeil aus ihrem Körper. Mehr sah Revyn nicht von ihr. Augenblicklich hatten sie fünf Meter an Höhe gewonnen, der Drache drehte bei und flog direkt über Logond hinweg. Neue Ausrufe des Erstaunens schwollen unter ihnen an.

Nie hatte man jemanden wie die Elfe auf einem Drachen fliegen sehen. Wegen der offenen Flügel musste sie sehr weit vorne sitzen, doch das war gefährlich – warf der Drache den Kopf zurück, konnten die Hörner sie aufspießen. Aus dem Grund wurde den Winddrachen normalerweise der Kopf an die Brust gebunden, wenn sie flogen. Der Drache, auf dem die Elfe saß, trug nichts, weder Sattel noch Zaumzeug.

Revyn lief an die äußerste Stadtmauer und stützte sich mit den Armen so weit vor, wie er konnte. Ein letzter rauschender Windstoß schlug ihm entgegen und verebbte wie eine Welle. Dann waren die Drachen und das Mädchen mit dem Himmel verschmolzen.

Inzwischen war eine Gruppe Bewaffneter bei Revyn angekommen. Schnaufend hielten die Bogenschützen inne. »Wer war sie?«, fragte er. »Wer war das Mädchen?«

»Das weißt du nicht?«, keuchte einer der Männer. »Das war … die Hüterin der wilden Drachen. Die Elfen sagen, sie sei heilig. Eine kleine Göttin … die kleine Göttin der Barbaren!«

Revyn starrte in die Nacht.

## Yelanah

Revyn erwachte in seinem Bett, als es dämmerte. Seine Kammer war in graues Zwielicht getaucht. Er richtete sich auf und fuhr sich über den Verband am Arm. Die Wunde schmerzte, als würde ihm jemand langsam den Arm absägen.

Als er in den Korridor trat, kamen ihm Männer mit müden, verschlossenen Gesichtern entgegen. Niemand grüßte ihn. Revyn ging schneller, bis er im Eilschritt lief und hinaus auf den Platz kam. Fast dreißig Drachenkrieger hatten sich versammelt, jedoch fehlte ein Großteil der benötigten Drachen. Die mürrische Hälfte der Männer musste sich mit Pferden zufriedengeben.

»Geht die Suche nach den gestohlenen Drachen los?«, fragte er. Einer der Krieger nickte verdrießlich. »Ich komme mit. Wartet auf mich. Ich hole meinen Drachen.«

»Der ist weg. Sie sind fast alle entkommen!«, rief ihm der Krieger nach, aber Revyn lief bereits zu den Ställen. Hier war es wie ausgestorben, nur zerstreutes Heu und zertrümmerte Holztüren waren übrig geblieben. Wie hatte die Elfe es geschafft, die Drachen so schnell zu befreien?

»Palagrin!« Irgendwo polterten Klauen gegen Holz, ein Drachenruf kam von ganz nah. Revyn lief los und entdeckte Palagrin bald in einem verschlossenen Stall. Offenbar hatten die anderen Krieger ihn für einen ungezähmten Drachen gehalten und wieder eingesperrt.

»Komm«, sagte Revyn und lief Palagrin durch den Gang voran und die Treppen hinauf. Für Zaumzeug und einen Sattel hatten sie keine Zeit.

Auf dem Platz hob Palagrin Revyn auf seinen Rücken, und sie schlossen sich den übrigen Männern an, die sich auf die Suche machen wollten. Unter ihnen waren auch Twit und Capras.

Capras schien wie gerädert. Sein Gesicht war blass und verquollen, und Revyn hoffte inständig, dass der Wein ihn hatte vergessen lassen, was in der letzten Nacht geschehen war. Bei Twit war jede Hoffnung vergebens. Er hatte eine bleibende Erinnerung: Seine Wange direkt unter dem ohnehin schon blauen Auge war vom Schlag des Elfenmädchens grün angelaufen und sein eisiger Blick war unverwandt auf Revyn gerichtet.

»Was für ein Zufall«, zischte er. »Dein Drache ist also nicht gestohlen worden. War das vielleicht ein Abschiedsgeschenk von der Hexe?« Capras blickte zögernd zwischen ihm und Revyn hin und her.

»Was willst du damit sagen?«, fragte Revyn.

Twit ballte die Fäuste und trat einen Schritt näher. »Tu nicht so scheinheilig! Du weißt, was ich meine. Und ich weiß, was du getan hast.« Allerdings schien er niemandem davon erzählt zu haben, nicht einmal Capras, der sie weiter fragend beobachtete. Revyn wusste, dass er dieses Stillschweigen mit ihrer Freundschaft bezahlen würde.

Er sprang von Palagrins Rücken. Ihm wurde schwindelig vom Fieber, doch er versuchte, es sich nicht anmerken zu lassen. »Ich habe nichts getan, wofür ich mich schämen müsste.«

Twits Augen funkelten. »Verräter!«

Plötzlich ging er auf Revyn los. Bevor Palagrin sich vor ihn stellen konnte, riss Capras Twit zurück. »Hör auf! Was ist denn mit dir los, verdammt?«

»Du bist ein Verräter.« Twit zeigte auf Revyn. Die ersten Umstehenden wurden auf sie aufmerksam. »Du bist schuld.« Capras sah Revyn dunkel an, doch er zerrte Twit weg. Revyn blieb wortlos stehen. Es war ihm egal. Im Moment kümmerte ihn Capras nicht und Twit noch weniger. Sollten sie doch denken, was sie wollten.

Schließlich ging es los. Die Drachenkrieger – viele von ihnen zu Pferd – ritten durch die Stadt und folgten dem Pfad der Zerstörung, den die Drachenherden in der letzten Nacht zurückgelassen hatten. Bei den Stadttoren arbeiteten unzählige Handwerker und

Freiwillige am Wiederaufbau der gesplitterten Holzbalken und geborstenen Riegel. Es war dem Großteil der Drachen gelungen, Logond zu verlassen. Revyn wollte sich kaum vorstellen, wie der Ausbruch vor sich gegangen war. Sicher hatte so mancher Wächter im Chaos sein Leben gelassen.

Schweigsam ritten die Drachenkrieger aus der Stadt, über die Lichtung und in die Wälder hinein.

Kaum dass die Schatten der Bäume über sie glitten, legten die ersten Männer Pfeile auf ihre Bogensehnen oder umschlossen den Griff ihres Schwertes. Es hieß, die Wälder seien noch immer vom Elfenvolk beherrscht und im Dunkel der knorrigen Bäume besäßen sie ungeahnte Zauberkräfte …

Revyn sah sich in alle Richtungen um, aber der Wald zeigte sich verschlossen. Dichtes Unterholz, mächtige, von Efeu, Farn und Moos überwucherte Stämme und herabhängendes Geäst versperrten den Männern jede Sicht. Schließlich zogen sie ihre Schwerter und schlugen sich Wege durch das Gestrüpp. Dabei verursachten sie so viel Lärm, dass die Drachendiebin ihre Flüche und das Brechen der Äste schon von Weitem hören musste. So würden sie die Elfe nicht finden. Revyns Blick streifte durch das dichte Grün. Nichts, der Wald verbarg seine Geheimnisse.

Unauffällig bedeutete er Palagrin, stehen zu bleiben. Revyn wartete ab, bis alle Krieger ihn überholt hatten; dann lenkte er Palagrin vom Weg ab und hinein in die Dunkelheit des Waldes.

Bald verhallten die Geräusche der anderen in der Ferne. Revyn überließ Palagrin die Wahl ihres Weges. Nur vereinzelt drang ein Lichtstrahl durch das Geäst und unter verschlungenen Steineichen und Kiefern schien die Dämmerung ewige Herrschaft zu führen.

Irgendwann brachte ihr Weg sie zu einem Bach. Revyn hielt Palagrin an. Nur das Flüstern des Wassers war zu hören. Oder? War da nicht irgendwo ein Rascheln …

Er schwang sich vom Drachenrücken und schlich durch das Ufergras. Palagrin folgte ihm leise. Vor ihnen wucherten Wildorchideen mit gelben und weißen Blüten. Braune Schmetterlinge flatterten ihm entgegen, als Revyn die Wildblumen zur Seite strich. Vorsichtig kam er einen Schritt näher. Und entdeckte sie, zusammengekauert im hohen Gras.

Sie zitterte. Ihre Hand hatte sich um die rechte Schulter geschlossen. Getrocknetes Blut klebte an ihren Fingern, am Arm, an der Kleidung. Revyn kniete langsam nieder. Er teilte das Gras wie einen Vorhang.

Plötzlich wandte sie den Kopf und ihre Augen trafen seinen Blick. Er fühlte sich wie erstarrt. Sie fuhr schnell wie ein Pfeil auf – in ihrer rechten Faust blitzte der lange Dolch – und stürzte mit der Klinge voran auf Revyn zu.

Reflexartig bekam er ihre Handgelenke zu fassen und ging von der Wucht ihres Angriffs in die Knie. Doch kaum hatte er sie berührt, schien alle Kraft aus ihr herauszufließen, und ohne einen Laut verlor sie das Bewusstsein. Mit pochenden Schläfen starrte Revyn auf die Elfe, die auf seinem Schoß zusammengesunken war.

Ihr Gesicht war fast noch das eines Kindes. Ihr Haar war ihr über die Stirn gefallen und Revyn sah ihr Ohr. Es lief spitz zu, nur ein kleines bisschen, und doch war es spitz genug, um eindeutig nicht menschlich zu sein. Holzperlen, bemalt mit den seltsamen Runen und Mustern des Elfenvolks, waren in die Spitzen ihrer schulterlangen Haare geflochten. Revyn hatte nie eine ähnliche Haarfarbe an einem Menschen gesehen. Es war ein sanftes Schwarz, das im Licht des Waldes dunkelgrün schimmerte.

In der Nähe erklangen Geräusche. Revyn schrak auf. Auch Palagrin, der näher herangekommen war, wandte den Kopf herum. Durch den Wald drangen Männerstimmen und Waffenklirren.

Revyn spürte, wie ihm der Schreck in alle Glieder fuhr. Die Krieger waren hier. Er blickte noch einmal auf das bewusstlose Mädchen. Vorsichtig zog er ihr den Dolch aus der Faust und schob ihn in seinen Gürtel. Dann hob er sie hoch und ging zu Palagrin. »Hilf mir«, ächzte er. Palagrin streckte ihm den Schwanz entgegen und nahm sie auf seinen Rücken. Revyn ergriff mit einer Hand das Mittelhorn, mit der anderen die bewusstlose Elfe. Ihr Kopf war ihr auf die Brust genickt.

Krallen platschten durch das Wasser. Schwerter schlugen gegen Zweige. »Los!«, flüsterte Revyn.

Palagrin tauchte mit leichten Sprüngen in die Dunkelheit.

Die Schatten der Bäume tanzten über sie hinweg. Palagrin lief so schnell, dass er Zweigen und Ästen nicht mehr ausweichen konnte. Revyn musste sich dicht an ihn ducken, um unverletzt zu bleiben. Die Geräusche der Krieger waren längst hinter ihnen zurückgeblieben, und doch hatte er das Gefühl, sie würden ihm folgen und könnten jeden Augenblick aus dem Dickicht hervorbrechen.

Was tat er bloß? Er wusste es selbst nicht. Von allen vernunftwidrigen Dingen, die er bis jetzt getan hatte, war dies bestimmt das Irrsinnigste. Aber manches tut man, weil man es tun muss.

Er beugte sich tiefer an den Drachen, als ein breiter Ast über ihn hinwegbrauste, und berührte fast das Elfenhaar. Es roch nach Herbstlaub, schwer und süß … Schnell hielt Revyn wieder Abstand. Bei allen Göttern, er ritt doch in die falsche Richtung! Er sollte zu den anderen umkehren und ihnen die Elfe übergeben. Nur so konnten sie außerdem – wenn überhaupt – die Drachen wiederfinden. Wenn sie verloren waren, wäre das eine Katastrophe für Logond – ja, für ganz Haradon!

»Anhalten … Palagrin, stopp!« Schnaufend blieb der Drache stehen. Revyn sah sich um. Die Umrisse der Bäume verschwammen für einen Moment vor seinen Augen. Kurz fürchtete er ohnmächtig zu werden und kämpfte gegen das Fieber an. Allmählich fand er sein Gleichgewicht wieder. Nicht weit entfernt entdeckte er eine niedrige Weide, die der Efeu so überwuchert hatte, dass unter dem Blätterdach eine versteckte Höhle entstanden war. Etwas abseits war ein Weiher. Revyn stieg ab und nahm behutsam das Elfenmädchen in die Arme. Ihre Hand sank gegen seine Brust.

Er musste verrückt sein, vollkommen verrückt, dass er das hier tat. Wenn die Elfe nun erwachte, würde sie die Hand um seine Kehle krallen und ihn erwürgen. Er schloss die Augen erneut, als der Boden unter ihm zu kreisen begann, und trug die Elfe zur Weide, wo er sie auf das welke Laub sinken ließ. Dann stand er wieder auf und lief an den Weiher. Das Gras am Ufer war so dicht, dass Revyn direkt ins Wasser trat. Leise fluchend zog er seinen Fuß heraus, ließ sich auf die Knie sinken und zog das Leinenhemd unter seinem Harnisch aus. Es bedurfte nur weniger Augenblicke, um das Hemd zu ruinieren und einen erstklassigen Verband anzufertigen. Revyn tauchte den abgerissenen Stoff ins Wasser und ging zur Weide zurück.

Einen Moment war er nicht sicher, wie er die Elfe anfassen sollte, und betrachtete sie wie einen Fisch, der unvermittelt an Land gesprungen ist. Schließlich überwand er seine Scheu und schob vorsichtig den Ärmel ihres Kleides hoch. Im Grunde war es kein Kleid, sondern eine Tunika mit kurzen, zerschlissenen Ärmeln; auch der Saum der Tunika fehlte, denn sie war in der Höhe ihrer Knie abgerissen worden. Ihre schmutzigen Beine waren nackt. Revyn musste an die Frauen in Logond denken – jene, die man tagsüber auf den Märkten sah und nicht nachts in den Schänken –, die es für unschicklich hielten, den Rock auch nur bis über die Schuhe zu heben. Solcherlei Scham schien die Elfe nicht zu kennen.

Revyn schüttelte diese Gedanken ab und zwang sich, seine Konzentration auf das Wesentliche zu richten: nämlich die Pfeilwunde an ihrer Schulter. Sie sah nicht so schlimm aus, wie Revyn erwartet hatte. Ein Loch klaffte inmitten des verkrusteten Blutes, doch die Blutung hatte aufgehört. Die Haut um die Wunde herum war zerkratzt und aufgeschürft. Er schauderte, als er sich vorstellte, wie das Mädchen den Pfeil herausgezogen hatte. Behutsam begann er, die Wunde abzutupfen.

Fünf Mal musste Revyn zum Teich laufen und den blutdurchtränkten Stoff waschen, bis die Wunde gesäubert war. Sie sah jetzt aus wie ein schwarzes Brandloch und ein Ring roter, geschwollener Haut schloss sich darum. Revyn hatte auch auf ihrem Rücken nachgesehen, aber der Pfeil war nicht ganz durchgegangen. Sie hatte Glück gehabt. Der Pfeil hätte sie bloß ein kleines Stück weiter rechts treffen müssen und sie wäre mit Sicherheit tot. Revyn dachte daran, wie sie mit dem Pfeil in die Tiefe gefallen war, wie der Drache unter sie getaucht sein musste, wie sie die Kraft und den Willen gefunden hatte, sich im freien Fall an ihn zu klammern … Es war unglaublich.

Revyn wusch den Stoff ein letztes Mal aus und wusch ihr Gesicht. Unter dem Schmutz entdeckte Revyn rote Gruben auf ihren Wangen, wo sich Twits Fingernägel in die Haut gebohrt hatten. Auch über ihre Oberlippe ging ein Schnitt, doch ansonsten schien sie unverletzt.

Zuletzt schob Revyn ihr einen Haufen Laub unter den Kopf, damit sie bequem lag. Dann sah er ein, dass er nicht mehr tun konnte, und fuhr sich erschöpft mit dem Handrücken über die Stirn. Das Fieber fuhr ihm in pochenden Wellen durch den Kopf. Eine Weile betrachtete er die reglose Elfe. Sie sah aus, als würde sie friedlich schlafen. Und doch war da etwas in ihrem Gesicht, das verriet, dass es ganz anders war. Vielleicht die dunklen Schatten um ihre Augen, die sie besorgt und bekümmert wirken ließen. Oder die Entschlossenheit, die ihren fest geschlossenen Lippen anhaftete. Revyns Blick erkundete ihre Züge für eine Weile, dann stand er auf, ging zum Weiher und ließ sich am Ufer nieder.

Palagrin stand etwas abseits und schien in den Wald zu horchen. Goldenes Sonnenlicht umstrahlte seinen Rücken. Es verwischte beinahe seine Umrisse … Revyn stützte gedankenverloren den Kopf in die Hände. Man sah Palagrin an, dass er kein gewöhnliches Geschöpf war. Als Revyn beobachtete, wie er so im schimmernden Licht stand, war jene Unwirklichkeit unverkennbar, die alle Drachen umgab. Es war, als gehörten sie nicht in diese Welt. Sie gehörten ins Grau des Zwielichts, wo kein Auge sie fassen konnte, denn nur dort waren sie wirklich und wahrhaftig.

Revyn schloss die Augen. Was für schwachsinnige Eingebungen bescherte ihm das Fieber bloß!

Eigentlich sollte er in seiner Kammer liegen und sich auskurieren, stattdessen war er mitten in der Wildnis und pflegte eine gefährliche Elfe gesund. Nur um später – und dessen war sich Revyn fast sicher – von ihr angefallen und womöglich getötet zu werden. Dass er ihren Dolch hatte, spielte wahrscheinlich gar keine Rolle. Bestimmt würde sie sich mit Zähnen und Fingernägeln auf ihn stürzen wie ein wildes Tier.

Nachdenklich zog er den Elfendolch aus dem Gürtel und betrachtete ihn. Er war dafür, dass er fast so lang wie Revyns Arm war, ausgesprochen leicht. Um den Griff herum waren winzige, geschwungene Zeichen eingraviert. Revyn nahm sie genauer in Augenschein. Ihm fiel auf, dass die Zeichen sich in unregelmäßigen Abständen wiederholten. Es war eine Schrift. Eine zierliche, geheimnisvolle Schrift. Vielleicht, wenn er sich nur genug Zeit nahm, konnte er –

Jemand riss ihm das Schwert aus der Scheide. Die Klinge lag an seinem Hals, kalt und scharf, noch ehe er einen Laut von sich geben konnte. Er wagte nicht zu schlucken. Schwarze Haarsträhnen mit Holzperlen fielen ihm über die Schulter. Er spürte Atem an seinem Nacken, stoßweise und schwer.

»Tu … das nicht.« Seine Stimme kam ihm wie ein heiseres Krächzen vor.

»Ich soll es nicht tun, ja?«, zischte es an seinem Ohr. »Wieso nicht, großer Mensch? Du hast meine Klinge, ich die deine, so ist es gerecht – nur dass ich schneller war!«

»Ich habe dich gerettet. Vor den Drachenkriegern. Ich habe deine Wunde versorgt –«

»Schweig! Das ist es, was mich an den Menschen anwidert: dass sie so feige sind!« Ihr Satz endete in einem Keuchen, die Klinge an Revyns Hals schwankte kaum spürbar. Er nutzte ihre Schwäche. Blitzschnell ergriff er ihr Handgelenk und drehte es zur Seite. Sein Schwert landete mit einem dumpfen Platschen im Wasser. Die Elfe stieß einen Zorneslaut aus. Einen Augenblick später rollten sie durch das Gras, ein wildes Knäuel schlagender Fäuste, strampelnder Füße und verbissener Schreie.

Revyn sah nur noch wogende Gräser, flatterndes Haar und, einen Moment lang, Augen – Augen von einer Farbe, wie er sie noch nie erblickt hatte. Dann fiel er hart auf den Rücken, ein Knie schnürte ihm fast die Luft ab, und er fand sich in einer allzu bekannten Lage wieder. Die Elfe über ihm atmete schwer, aber sie hatte es geschafft. Ein raues Lachen erklang irgendwo hinter wilden Haarsträhnen. Dann stieß sie einen überraschten Schrei aus und fiel im hohen Bogen von Revyn herunter.

»Palagrin!« Der Drache war direkt über Revyn aufgetaucht und zog ihn energisch mit den Zähnen am Harnisch hoch. Schnaufend kam Revyn auf die Füße und fand die Elfe im Gras wieder. Sie rollte sich zur Seite und sprang sofort wieder hoch. Auf ihrem Gesicht breitete sich Verwirrung aus – doch sie blickte nicht Revyn an, sondern Palagrin, der sie mit den Hörnern weggestoßen hatte.

Palagrin stampfte mit den Krallen, ging einen Schritt vor und zurück, dann schob er sich halb vor Revyn, was seine Absicht unmissverständlich machte: Er würde ihn beschützen, egal vor wem.

Ungläubig starrte die Elfe ihn an. Schließlich schüttelte sie den Kopf, als wolle sie einen Gedanken loswerden, den sie nicht begriff, und ging einen Schritt zurück. Mehrere Sekunden vergingen, in denen die drei sich heftig atmend anschauten. Dann reckte das Elfenmädchen den Kopf. Es schien, als habe sie einen Entschluss gefasst – und der sah nicht nach einem neuen Kampf aus.

»Also«, sagte sie herrisch. Sie hatte einen leichten Akzent, kaum wahrnehmbar, der sie jede Silbe eine Spur weicher aussprechen ließ. »Wer bist du, Menschenjunge, dass ein *Dar'hana* dich seinen Bruder nennt?«

Revyn trat einen zögerlichen Schritt zur Seite, sodass Palagrin ihn nicht mehr ganz hinter sich verbarg. *»Was?«*

»Wer – bist – du?«

»Ich, ich heiße Revyn. Ich bin, ähm, ein Drachen–«

»Dein Name ist so seltsam wie all eure Namen und sagt mir nichts.« Stille. Die Elfe schluckte, ihre Lider flatterten vor Schwäche. Plötzlich machte sie einen Sprung zur Seite, griff ins Gras und hielt ihren Dolch wieder in der Hand. Ihr Arm zitterte, es war ihr rechter mit der Verletzung, und doch funkelte der Triumph in ihren Augen.

Revyn ballte die Fäuste. Mit einer Schnelligkeit, die ihrer in nichts nachstand, hechtete er in Richtung Weiher, die Hände ausgestreckt nach der Stelle, wo er sein Schwert vermutete … Sein Fuß verfing sich in einer Unterwasserpflanze, er stürzte und platschte mit einem überraschten Schrei ins Nass. Hastig richtete er sich wieder auf und sah sich um. Dunkle Wellen schwappten ihm gegen die Knie. Wo war nur das verdammte Schwert?

Am Ufer stand die Elfe und beobachtete ihn. Ganz langsam hob sich ihre Augenbraue. Revyn seufzte. »Ich hab dich vor den Drachenkriegern in Sicherheit gebracht!«

Sie senkte ihren Dolch nicht. »Wieso?«

Wenn er darauf eine Antwort wüsste! »Ich wollte mich unbedingt von dir abstechen lassen, weißt du!« Er watete aus dem Wasser, wobei er einen weiten Bogen um die Elfe machte. Plötzlich schien sie etwas zu begreifen. Ihre Züge wurden hart und sie trat einen Schritt zurück.

»*Yoch nahsu Milor,* der Menschenjunge hat sich in mich verliebt! Bleib mir bloß fern …«

Zu Revyns Ärgernis war er zu überrumpelt, um gleich eine passende Antwort zu finden – und schien das Mädchen dadurch nur in dieser absurden Annahme zu bestärken. Seine Kehle verursachte ein paar würgende Laute, ehe schließlich ein schockiertes Lachen aus seinem Mund kam. »*Was?* Ich bin nicht in dich – spinnst du?«

Das Mädchen beobachtete ihn misstrauisch, bis sein Lachen ein abruptes Ende fand. »Ich bin nicht in dich verliebt, klar?«

»Gut«, sagte das Mädchen unbewegt. »Denn ihr Menschen verliebt euch ständig.«

»Tun wir gar nicht!«

»Und ob.«

Revyn verzog das Gesicht. »Und du bist der große Menschenexperte?«

Sie richtete zornig ihren Dolch auf ihn. »Ich weiß, dass sie sich ständig verlieben. Das ist das Einzige, was ihnen im Leben wichtig ist! Ich weiß es, weil sie sich einen Dreck um alles andere scheren!«

»Wenn das so ist, *verschwinde* ich jetzt.« Palagrin war bereits zu ihm getrottet, ohne das Mädchen aus den Augen zu lassen. Revyn legte die bibbernden Hände auf seinen Rücken und hatte den Fuß schon auf seinen Schwanz gesetzt, da hielt die Elfe ihn noch einmal zurück.

»Danke.« Sie sagte es schlicht und fast abweisend. »Falls all das stimmt, was du sagst.«

Revyn sah sie an. Ihr Gesicht glänzte vor Erschöpfung. Es war fast ein Wunder, dass sie noch aufrecht stehen konnte. »Wie ist eigentlich dein Name?«

»Wieso willst du das wissen?«

»Wieso wolltest du *meinen* wissen?«

Sie zögerte. »Yelanah.«

## Im Eichenring

Revyn lächelte. »Siehst du, ich habe auch eine Verletzung. Jetzt können wir beide nur noch links kämpfen.«

Er und Yelanah saßen auf dem Waldboden und fühlten sich gemeinsam elend, während die Nacht aufzog. Der unruhige Schein des Lagerfeuers spiegelte sich in ihren Augen. Was für eine ungewöhnliche Farbe sie hatten! Es war ein unfassbares Rotbraun, wie warme, geschmolzene Rubine. Revyn konnte nicht aufhören, sie anzustarren.

»Ein Zufall, dass wir beide ähnlich verwundet sind«, bemerkte sie leise und schob die Zweige tiefer ins Lagerfeuer. Revyn beobachtete sie. Die *Meleyis.* Sie hatte ihm gesagt, dass sie das sei, die *Meleyis,* die Kleine Göttin, Tochter der Nebelgeister. Natürlich hatte Revyn keinen Schimmer, was sie damit meinte. Aber da sie es sehr stolz gesagt hatte, musste es bei den Elfen etwas Bedeutsames sein.

Inzwischen hatte sie bemerkt, wie er sie ansah, und warf ihm einen Blick zu. »Du hast mich nicht an deinesgleichen verraten und darum behandle ich dich nicht wie einen Menschen. Ich trage deinen Verband an meiner Schulter und nehme deine Hilfe an, auch wenn ich sie nicht verstehe. Eine Gegenleistung gewähre ich jedoch keinem Menschen, auch nicht dir. Erwarte keinen Gefallen von mir.«

Bevor Revyn ihr versichern konnte, dass er nichts dergleichen im Sinn hatte, fuhr sie fort: »Ich merke, dass du Fragen hast. Ich werde dir vielleicht ein paar beantworten, nur in dieser einen Nacht … dann ist meine Schuld bei dir beglichen, *Revyn.*« Er konnte ihren Blick für einen Moment nur stumm erwidern.

»Du hast recht«, gab er schließlich zu. »Manche Dinge wundern mich. Zum Beispiel wo die Drachen sind, die du befreit hast.«

»An einem fernen Ort, wo die Menschen sie nie wieder finden werden.«

Revyn spürte, dass sie ihm nicht mehr sagen wollte. Er räusperte sich leise. »Wieso hast du Twit, den Drachenkrieger, im Wald angefallen?«

»Du stellst Fragen, die nicht leicht zu beantworten sind. Jetzt frage ich dich: Wieso verbrennen die Menschen Männer, Frauen und Kinder der Elfen auf ihren Scheiterhaufen? Wieso jagen sie die Alten Stämme, sodass sie sich in den tiefsten Wäldern verstecken müssen? Wieso rauben die Menschen heilige *Dar'hana,* um sie für ihre Kriege sterben zu lassen?« Yelanahs Gesicht war eisig. »Lange habe ich mich diese Dinge gefragt, Revyn. Und eine Antwort zu geben – einem Menschen wie dir –, das wage ich nicht. Versuche auch du nicht, mein Handeln zu verstehen.«

»Dann war es also Rache? Rache an den Menschen für das, was sie getan haben?«

Sie schwieg mehrere Augenblicke, ehe sie schließlich die Lider senkte. »Ich ... nein. Die Elfen suchen einen Menschenjungen und ich sollte ihn zu ihnen bringen. Es ist ein Pakt, an den ich mich zu halten hatte. Mehr kann ich nicht sagen.«

»Aber du warst nicht alleine, als du ihn ... fortbringen wolltest. Drachen haben dich begleitet.«

»Ja. Natürlich. Ich sagte dir bereits, dass ich die *Meleyis* bin.« Revyns Schweigen verriet, wie viel er darunter verstand. Geduldig erklärte Yelanah: »Ich will dir gerne sagen, was das bedeutet, denn es ist kein Geheimnis. Es ist eine schöne und traurige Geschichte. Wo ich herkomme, erzählt man sie schon seit vielen hundert Jahren.«

Revyn legte vorsichtig die Arme auf seine angezogenen Knie. »Ich würde sie gerne hören.«

Das Mädchen nickte. »Vor vielen, vielen Jahren, als die Völker noch verbrüdert waren, wurden die heiligen *Dar'hana,* die ihr Menschen ... wie heißt das – Drachen nennt, sie wurden von allen Völkern geachtet. Aber dann brach das Bündnis mit einem Volk, denn es hatte listige Männer und Frauen hervorgebracht, die sich mehr Macht aneigneten, als ein Sterblicher tragen sollte. Sie gaben all den heiligen Dingen Namen, die nicht benannt werden dürfen, zerrten Götter und Zauber mit ihrem Verstand in die Wirklichkeit und in die Zerstörung. Sie wollten besitzen, was man nicht besitzen kann. Sie nahmen sich das Land, bald das Wasser, den Wald, die Bäume und selbst die Tiere. Nur ein Volk entzog sich ihrer Herrschaft, nämlich das der Elfen. Es floh immer tiefer in die Wälder. So verging die Zeit, und die Menschen vergaßen die Vergangenheit und die Verbundenheit, die sie einst mit allen und allem gehabt hatten. Ihr Stamm wuchs rasch, sie erbauten Dörfer, Städte, errichteten Königreiche ... Mittlerweile hatten sie begonnen, einander zu bekriegen, denn ihre Klugheit ging mit Ehrgeiz Hand in Hand. Sie wurden eifersüchtig und neidisch auf ihre eigenen Besitztümer – und die Kriege, die daraus entstanden, wären im Grunde gut gewesen. Denn dann hätte ihre eigene Habgier sie vernichtet. Doch wieder war es ihre List, die sie davor rettete. Es kamen schlaue Männer und Frauen, die nicht selbst kämpften, sondern andere Stämme für sich streiten ließen. Sie trieben die *Dar'hana* aus den heiligen Nebeln. Sie trieben sie in die niedere, harte Realität, in der ihresgleichen leidet wie ein Mensch in eisigem Wasser. So fielen die heiligen Stämme in die Gefangenschaft der Menschen und mussten fortan ihre Kriege führen, für sie bluten und sterben und töten.« Yelanah hatte immer wieder ein kleines Stöckchen in den Boden gebohrt, doch nun brach es. Nachdenklich rieb sie die zerbrochenen Hälften in der Hand.

»Die Elfen klagten bitterlich, denn die Gefangenschaft unter den Menschen zerstörte das halbgöttliche Wesen der *Dar'hana.* Sie wurden zu gewöhnlichen Tieren. Die Legende sagt, dass das Elfenvolk keine Trauer kannte, bis das Leid der Drachen sie so erschütterte, dass jeder Elf einen Stein schluckte – und die Steine wurden ihre Herzen. In jenen düsteren Tagen, die unserer elenden Zeit vorangingen, wurden im Elfenvolk besondere Kinder geboren. Kinder, in denen die Geister der Nebel lebten. Sie gehörten dem Volk der Elfen an, doch ihre Seelen waren der Nebelwelt angehörig. Eine magische Verbindung bestand zwischen ihnen und den Stämmen der *Dar'hana.* Die Kinder verließen ihr Volk und gingen fort in die Ewigen Nebel zu denen, die ihr Menschen bereits Drachen nanntet. Ein Kind schloss sich jedem Stamm der *Dar'hana* an. Ein Kind, das fortan in den Nebeln der Halbwirklichkeit leben und seinen

Stamm vor der Knechtschaft der Menschen schützen sollte. Das Volk der Elfen nannte diese Kinder Kleine Götter, denn in ihnen schlugen ja die Herzen der *Dar'hana. Meleyis*, das bedeutet Ewige Tochter, und *Mahyûr* nannte man die Ewigen Söhne der Nebel. Die Geister dieser Kinder kommen immer wieder, solange das Leid der heiligen Stämme existiert. Ich … bin die letzte Tochter der Nebelgeister.«

»Die letzte?«, wiederholte Revyn. Jähes Unbehagen überkam ihn; auch Yelanah schien zu schaudern. Sie senkte den Blick, und ihre Kieferknochen traten hervor, als sie die Zähne zusammenbiss.

»Die letzte, ja. Es scheint, als hätten die Geister der Vergangenheit es aufgegeben. Sie kehren nicht als neue Kinder wieder. Die einzige *Meleyis*, die es noch gibt, bin ich. Ganz allein.« Eine Weile blickten beide in die Flammen.

»Wieso gibt es keine Kleinen Götter mehr außer dir?«, fragte Revyn.

Yelanah hatte den Kopf auf die Knie gelegt und er sah ihr Gesicht nicht. Vielleicht hatte sie ihn nicht gehört oder wollte ihm nicht antworten. Doch dann erklang ihre Stimme, leise und erschöpft: »Wozu brauchen die *Dar'hana* Schutz, wenn sie verschwinden? Aber …« Sie winkte ab. »… wie solltest du davon wissen? Die Menschen wissen nichts, nichts von den Dingen, die vor ihren Augen geschehen. Ihre Augen sind nur auf sich selbst gerichtet.«

Revyn schwieg. »Da ist noch etwas, das ich dich fragen wollte«, sagte er dann. »Ich habe so viel gehört und weiß nicht, was wahr ist und was nicht.«

»Nichts ist wahr. Nichts ist wahr an dem Ort, von dem du kommst, *Revyn*.«

Er nickte sinnlos. »Na gut … Ich habe jedenfalls gehört, dass es jemanden gibt … der Drachen stielt. Regelmäßig. Bist du das?« Ihm war bewusst, wie unverschämt die Frage klang und wie offensichtlich die Antwort war. Die Elfe schien dasselbe zu denken und sie starrte ihn durch ihre Haare hindurch an. »Was tust du mit den Drachen? Und wie schaffst du es, dass sie einfach verschwinden?«

»Was *ich* mit den Drachen tue – das sagt ein Mensch! Ich erkläre dir, wie sie *einfach verschwinden:* Die heiligen Stämme entweichen der Welt. Die alten Zeiten verschwimmen. Bald wird es eine neue Wirklichkeit geben, eine, in der nur Menschen existieren!«

Revyn merkte, dass er nicht mehr erfahren würde. Er holte langsam und tief Luft. »Es tut mir leid. Ich wusste nichts von der Schuld, die auf meinem Volk … Aber was du getan hast, dass du die Drachen in Logond befreit hast … Ich bewundere deinen Mut. Du bist … sehr mutig.« Er lächelte unsicher.

Yelanah legte sich neben dem Feuer auf die Seite. »Du sprichst im Fieber, Menschenjunge.«

Revyn beobachtete sie im Flammenschein, als sie die Augen schloss. Er war ziemlich sicher, sie wusste, dass er es tat.

Dann legte auch er sich hin.

Grelles Licht blendete Revyn. Sonnenstrahlen und Schatten rauschten über ihn hinweg. Die Baumwipfel wiegten sich sachte im Wind.

Erschrocken fuhr er auf. Der Wald rings um ihn schien sich zu bewegen: Buchen wisperten und bogen sich und Zedern knarzten mit ihren Zweigen. Im Spiel des Lichts schien das Moos zu flattern wie ein Teppich. Vom Lagerfeuer der letzten Nacht waren nur noch Asche und verbrannte Erde geblieben. Von Yelanah keine Spur. Nicht einmal das Gras war platt gedrückt, wo sie letzte Nacht gelegen hatte.

Revyn ließ sich langsam wieder auf den Rücken sinken und kniff die Augen zu. In seinem Kopf surrte es wie in einem Wespennest – was durchaus daran liegen konnte, dass er die ganze Nacht mit der Schläfe auf einem Stein gelegen hatte. Sein Mund war entsetzlich trocken. Die Elfe war fort. Er würde sie wahrscheinlich nie wiedersehen. Wäre er doch in seinem Bett! Bloß in irgendeinem Bett, wo es warm und trocken und dunkel war …

Sie musste in aller Frühe gegangen sein. Vielleicht war sie aber auch schon in der Nacht verschwunden, sobald er eingeschlafen war. Ihre Worte, ihr Gesicht im Feuerschein, das alles würde bald in seiner Erinnerung verblassen wie ein Traum.

Krallen setzten neben ihm im Gras auf. Palagrin ließ sich neben ihm nieder und stieß ein kummervolles Seufzen aus. Warme Nüstern stupsten Revyn gegen die Stirn. *Deine Verletzung entzündet sich. Wollen wir zurück in die Stadt?*

»Nein … nein«, murmelte Revyn, ohne die Augen zu öffnen. »Ich kann nicht zurück.«

*Ich weiß schon, wieso. Normalerweise bist du nicht so durchschaubar wie die anderen Menschen. Aber wie du sie angeguckt hast … Selbst ein Blinder hätte es erkannt.*

*Was soll das denn heißen?!*

Palagrin schnaubte auf. Es klang belustigt.

*Weißt du denn, wie sie die Drachen gerufen hat?*, überlegte Revyn. *Was sie mir erzählt hat, letzte Nacht …*

*… ist wahr. Sie kann sprechen. So wie du.*

Revyn öffnete blinzelnd die Augen. Palagrins Gurte waren weg. Yelanah musste sie gelöst haben, bevor sie gegangen war. Revyn spürte, wie ein Lächeln über sein Gesicht glitt, während Palagrin die Flügel bewegte.

Wirre Fieberträume suchten ihn heim. Er sah sich selbst im Wald liegen, eingehüllt in Moos und Farn. Seine Wunde schwoll mit jedem Pulsschlag an. Die Nähte platzten. Dickflüssiges Blut kroch hervor … Vor Grauen schrak er auf und glaubte tatsächlich Blut vor sich zu sehen, weil das unruhige Sonnenlicht ihn blendete.

Aber er träumte auch von ganz anderen Dingen.

Er war zu Hause in seiner Hütte. Es sah alles genauso aus, wie er es verlassen hatte. Doch die Fensterläden waren vom Wind aus den Angeln gerissen. Der Boden war vom eindringenden Regen aufgeweicht und voller Dellen. Staub überzog die Kessel und Töpfe. In seinem Bett krabbelten Motten und zerfraßen den Stoff. Revyn erschrak: Da, am alten Webstuhl saß seine Mutter!

»Mama?«, fragte er ängstlich. Sie hörte ihn nicht, saß reglos da und starrte die Spinnweben an. Als Revyn näher kam, sah er, dass sie selbst von Spinnweben bedeckt war: Ihre knochigen Hände, ihr dünnes Haar, ihr Kleid, alles war von den klebrigen weißen Fäden umwickelt wie eine Made in ihrem Kokon. Nur ihre Kette mit dem schönen Anhänger war ganz frei und schien von innen heraus zu leuchten.

»Mama …« Seine Finger berührten fast ihre Schulter. Sie sah ihn noch immer nicht an, doch ihr Mund riss auf und sie stieß einen Schrei aus. Es war ein heiserer, schwacher Schrei, doch er ließ die gesamte Hütte erbeben. Die Wände stürzten ein. Bretter flogen durch die Luft, Heu wirbelte auf, so wie in Logond, als die Drachen ihre Ställe zerstört hatten. Revyn musste sein Gesicht mit den Armen schützen. Als er wieder aufblickte, war die hintere Mauer des Hauses vollkommen verschwunden, und seine Mutter lief durch die Wiesen.

»Mama!« Er rannte ihr nach. Das hohe Gras rauschte ihm um die Beine. Plötzlich fiel es ihm schwer, die Augen offen zu halten und etwas zu erkennen. Alles drohte in Finsternis zu verschwimmen … aber das durfte es nicht, nicht bevor er seine Mutter erreichte! Sie war ja hilflos!

Seine Mutter lief direkt auf den Wald zu, wo die Bäume sich im Wind wiegten wie große Gestalten in Kapuzenmänteln. Seine Mutter verschwand zwischen ihnen und Revyn stürzte ihr nach. Spitze Äste versperrten ihm den Weg und rissen ihm Schrammen in die Haut. Endlich war seine Mutter zwischen den Bäumen stehen geblieben. Zweige und Blätter wirbelten durch den Wald, als sie sich zu Revyn umdrehte. Doch es war nicht mehr seine Mutter. Es war Yelanah.

Wilde Bemalungen bedeckten ihr Gesicht. Erst beim Näherkommen erkannte Revyn, dass es Blut war, Blut, das sich in winzigen Ringelmustern über ihre Wangen, ihre Stirn, ihre Lippen zog. Das Muster bewegte sich, ihr Gesicht wurde zu einem flimmernden roten Schlangennest. Nur ihre Augen, leuchtend wie die eines wilden Tieres, starrten ihn unverwandt an.

Furcht krallte sich in Revyns Herz. Er wollte wegrennen, einfach fort, ohne sich jemals umzudrehen; aber seine Füße bewegten sich unaufhaltsam auf das Mädchen zu. Die wimmelnden Schlangen auf Yelanahs Gesicht, sie hypnotisierten ihn. Er spürte, wie sich einige von ihr lösten und zu ihm übergingen. Gierig schlugen sie ihm entgegen, wie rote Flammen, wanden sich um seinen Kopf und krochen ihm in die Augen.

Revyn schrie. Gleichzeitig riss Yelanah die starren Augen auf, ihr Mund öffnete sich – aber kein Schrei kam heraus. Kaum einen Schritt von ihm entfernt, sank sie tot zu Boden, und plötzlich wusste er nicht mehr, ob es Yelanah war oder seine Mutter oder die ermordeten Kinder oder ob er gar sich selbst dort liegen sah. Der Wald, die roten Schlangen, ihre glühenden Augen versanken in bodenloser Finsternis.

Als Revyn aus dem Schlaf fuhr, lag ihm der Drachenschwanz auf der Brust und drückte ihn sanft zurück auf den Boden. Er murmelte Worte, an die er sich später nicht mehr erinnern konnte, dann holte ihn erneut die Schwäche des Fiebers ein.

Wie viel Zeit war vergangen? Es war hell gewesen, als er die ersten Male erwacht war, doch nun umgab ihn vollkommene Dunkelheit. Er hörte Wölfe heulen, Flügel flattern und kleinere Tiere im Unterholz rascheln. Womöglich war es mehr als einmal hell gewesen, und vielleicht war dies schon die zweite oder dritte Nacht – Revyn hatte jegliches Zeitgefühl verloren. Murmelnd und stöhnend, wälzte er sich auf dem harten Boden von einer Seite zur anderen, bis ihn wieder alle Kraft verließ und er sich der Erschöpfung ergab.

Schließlich öffnete er träge die Augen. Seine Wimpern waren verklebt. Dämmriges Grau erfüllte den Wald. Irgendwo ganz nah hörte er Palagrin schnauben. Ein Gedankensatz tauchte in ihm auf, doch die Worte zerfielen sofort wie Bilder aus Staub.

Plötzlich berührte etwas Kühles seine Stirn. War das Palagrin? Nein, es fühlte sich ganz anders an als der Drache. Ein Gesicht tauchte vor ihm auf. Zwei Augen. Revyns Herz flirrte, als er sie erkannte: Er wollte hundert Dinge auf einmal sagen und brachte doch kein Wort hervor.

»Wieso bist du noch hier?«, fragte Yelanah. Es klang nicht freundlich.

Langsam löste Revyn die trockenen Lippen voneinander. »Wieso … bist du wiedergekommen?«

Ihr Blick blieb ruhig auf ihn gerichtet. »Das Reich des Waldes gehört euch Menschen nicht.«

»Aber zurück kann ich auch nicht. Wegen dir.«

Yelanah sah ihn an. Dann berührte etwas seine Lippen. Ein Wasserschlauch. Revyn spürte, wie die kühle Flüssigkeit in seinen Mund rann, und er trank mühsam und gierig.

»Bereust du, was du getan hast?«, fragte Yelanah.

Revyn schüttelte leicht den Kopf, als der Wasserschlauch verschwand. Wie lange hatte er nichts mehr getrunken? Ihm war, als kehre mit dem Wasser das Leben in ihn zurück. Als er ausatmete, trat ein erleichtertes Lächeln auf sein Gesicht. »Ich wusste, dass du wiederkommst.«

»Palagrin hat mich gerufen«, erklärte sie ernüchternd, doch es hatte einen Moment gedauert, ehe sie geantwortet hatte. »Ich bin wegen ihm hier.«

»Woher kennst du seinen Namen?«, murmelte Revyn. Er hörte, wie Yelanah sich erhob. Ihre Füße setzten leicht im Gras auf.

»Woher wusstest *du,* dass er Palagrin heißt? Als ich ihn fragte, sagte er, dass du sein Bruder bist. Sein *kleiner* Bruder.«

Ihre Hand schloss sich um seinen Arm und sie legte ihn um

ihren Hals. Mit der anderen Hand umfasste sie seine Seite und richtete ihn auf. Revyn versuchte mitzuhelfen, aber je mehr er sich bemühte, desto ungeschickter stellte er sich an. Schließlich gab er es auf. Palagrin schob den Schwanz unter ihn und Yelanah half ihm auf den Drachenrücken. Dann fühlte er ihren Arm um seine Hüfte und sie ritten los. Das dumpfe Aufschlagen mehrerer Krallen begleitete sie, und später erinnerte Revyn sich nicht mehr, wie lange sie durch den Nebel galoppiert waren.

Ein Feuer prasselte. Die Wärme schmiegte sich an seine Seite wie ein lebendiger Freund. Revyn schlug die Augen auf und drehte den Kopf. Hinter den leuchtenden Flammen saß Yelanah. Er lag auf mehreren getrockneten Moosstreifen. Eine Felldecke reichte ihm bis zur Brust. Dabei bemerkte er – dass sein Harnisch weg war und sein Hemd! Erschrocken fuhr er auf.

»Keine Angst«, sagte Yelanah leise und ein kurzes Lächeln glitt über ihre Lippen. »Deine Kleider sind alle noch hier.«

»Wo sind wir?« Sein Blick schweifte in die Höhe. Erst glaubte er, sie hätte ihn in eine dunkle Höhle gebracht, doch über ihnen schloss sich ein dichtes Blätterdach zusammen. Rings um sie schimmerten mächtige Eichenstämme im Licht des Feuers.

»Das ist der Ring der Eichen«, erklärte Yelanah. Dann spitzte sie nachdenklich den Mund. »Du hast im Schlaf gesprochen. Und geweint.« Ohne seine Reaktion abzuwarten, erhob sie sich und entschwand seinem Blickfeld. Revyn berührte seine Wangen – tatsächlich waren da Spuren von Tränen. Er wischte sie eilig mit dem Handrücken trocken. Yelanah kehrte mit einer Holzschale in den Kreis des Feuerscheins zurück und überreichte sie ihm. »Trink das. Du hast seit zwei Tagen nicht mehr gegessen.«

Vorsichtig setzte er die Schale an seine Lippen. Es war eine kalte Brühe, die nach süßlichen Kräutern schmeckte. Währenddessen lehnte sich Yelanah zum Feuer vor und zog mithilfe eines Stöckchens etwas aus der Glut. Es waren drei goldbraune, runde Klumpen, die sie auf einen Holzteller legte und vor Revyn schob. »Iss, wenn du hungrig bist. Das sind die Wurzeln, die im Volk der Elfen gegessen werden. Auch die Drachen mögen sie. Wir nennen sie *Celgonnwa.* Das bedeutet in deiner Sprache … Süße Erde.«

»Süße Erde?« Revyn lächelte, wobei sich sein Gesicht nach dem langen Schlaf ungewohnt spannte. Zögerlich nahm er einen Bissen der seltsamen Wurzel. Sie war innen weiß und weich wie frisches Brot. Sie schmeckte auch ein wenig wie Brot – nur sehr viel erdiger, fast pilzig, und gleichzeitig erstaunlich süß. Revyn musste sich an diese Kombination erst gewöhnen.

Er schluckte hinunter und erwiderte dann Yelanahs Blick. Er kam ihm unergründlich vor. Entweder durchschaute und verachtete sie ihn oder sie durchschaute und bemitleidete ihn – Revyn konnte sich nicht ganz entscheiden. Nachdenklich drehte er die Süße Erde in der Hand.

»Schlaf jetzt weiter, Menschenjunge«, sagte sie. »Wenn es dir morgen besser geht, bringe ich dich zu einem Pfad. Dann kannst du zu deinesgleichen zurückkehren.«

Revyn bemerkte den neuen Verband aus Blättern, den er am rechten Arm trug. »Wie soll ich dir danken?«, murmelte er.

»Kehre in deine Welt zurück. Und vergiss, was geschehen ist.« Sie holte noch zwei *Celgonnwa* aus dem Feuer, dann erhob sie sich und verschwand lautlos in der Dunkelheit jenseits des Flammenscheins.

Revyn war wach, als es hell wurde. Auf dem getrockneten Moos liegend, beobachtete er, wie die Baumkronen sich über ihm aus der Dunkelheit schälten. Er hatte sich alle vier übrig gebliebenen *Celgonnwa* genommen und aß sie nun. Etwas entfernt, zwischen den mächtigen Wurzeln einer Eiche, die wie riesige Arme um sich griffen, lag Yelanah auf ihren Moosfellen. Sie erinnerte Revyn an ein Samenkorn, das unter den wachsamen Blicken der Bäume heranreifen sollte.

Er sah sich im Ring der Eichen um, während er die letzte *Celgonnwa* aß. Auf verschiedenen Felsbrocken, zwischen Astgabeln und unter Wurzeln waren allerlei Dinge gesammelt. In einer hohlen Baumöffnung lagen Beutel voll Getreide, Gemüse und Wurzeln; daneben standen ein paar geflochtene Körbe auf einem breiten Ast, in denen sich getrocknete Äpfel und Beeren häuften. Kleine Tongefäße und Töpfe stapelten sich aufeinander. Lange Wasserschläuche hingen aus den Zweigen herab. Auch Kräuter waren zum Trocknen in den Ästen aufgehängt. In einer anderen Ecke, wo mehrere runde Steine wie Stufen in die breite Krone einer Eiche hinaufführten, lagen Schnitzmesser und Schleifsteine, Lederschnüre und verschieden große Klingen. In den Ästen hing eine Hängematte aus geflochtenen Gräsern.

Dort wo Yelanah schlief, lag ein großer Bogen aus Haselnussholz auf einem Felsen. Hinter ihr steckte eine Handvoll Pfeile in der Erde; neben ihrem Kopf war ein Speer mit dunkelroten Bemalungen in den Boden gerammt. Gleich daneben lagen Revyns Hemd, sein Wams und seine Schuhe. Jenseits des dichten Blätterwerks, das die Eichen umgab, rauschte Wasser. Vermutlich war ein Bach in der Nähe.

Revyn richtete sich auf. Bis auf ein leichtes Ziehen schmerzte die Wunde nicht mehr. Nur die Schwäche des Fiebers hatte sich von Yelanahs Pflege nicht vertreiben lassen. Lautlos schlüpfte Revyn unter der Felldecke hervor, zog das Hemd an und band die Schulterschnüre an seinem Wams fest. Zuletzt schlüpfte er in die Stiefel, als er ein Geräusch hinter sich vernahm.

»Du gehst?«

Revyn drehte sich zu Yelanah um und nickte. »Ich bin dir schon lange genug zur Last gefallen.«

»Gut«, sagte Yelanah und kam auf die Beine. Dann lief sie durch den Eichenring bis zu den Felsstufen, die in einen der Bäume hinaufführten. Einen Augenblick später war sie im dichten Geäst verschwunden. Als sie wiederkehrte, hielt sie sein Schwert im Arm und streckte es kurz hoch, um es ihm zu zeigen; dann lief sie zu ihrem Schlaflager zurück, schwang sich mit einer Hand den Bogen um die Schulter und schob drei Pfeile in ihren schmalen Gürtel, in dem bereits ihr Dolch steckte.

»Wie geht es deiner Pfeilwunde?«, fragte Revyn.

Yelanah schenkte ihm einen ironischen Blick. »Wenn wir bei dem Weg angekommen sind, der dich zurückbringt, gebe ich dir dein Schwert wieder. So lange trage ich es.« Sie schob einen Ast zur Seite, an dem ein langer Moosteppich mit Gräsern befestigt war, und bedeutete Revyn, hindurchzugehen. Vorsichtig stieg er durch das Loch in der Laubmauer und Yelanah folgte ihm. Vor ihnen liefen mehrere Bäche durch Gras und Wildorchideen. Der Eichenring thronte wie eine Insel inmitten einer blühenden Sumpflandschaft.

»Komm«, sagte Yelanah und lief ihm über flache Steine voran. Nebel hingen über dem feuchten Dickicht und tauchten alles in verschwommenes Blau. Die Bäume, die ihre Wurzeln in die Bäche tauchten, waren riesig. Äste so mächtig wie Baumstämme reckten sich in die Höhe.

Schweigend verließen Revyn und Yelanah das schöne Sumpfgebiet und kamen in einen Wald. Der Nebel begleitete sie wie ein stummer Gefährte. Dann lichteten sich auch die Bäume. Revyn erkannte einen riesigen Waldsee. Schilf umwucherte seine Ufer. Das Wasser war dunkelgrün und glatt wie eine Spiegelscheibe. Revyn stockte. Der See sah aus wie der, in dem er Yelanah zum ersten Mal erblickt hatte.

»Wo ist eigentlich Palagrin?«

Yelanah war stehen geblieben. »Bei den anderen …« Sie schloss die Augen und stieß einen Pfiff aus, so hell und klirrend, dass Revyn zusammenfuhr.

Die Erde erbebte. Yelanah legte den Kopf in den Nacken. Ein Drachenruf schallte durch den weißen Dunst. Einen Augenblick später stürmten ein Dutzend Drachen auf sie zu.

Wasser schäumte unter ihnen auf, Wellen ließen das Schilf vor- und zurückwiegen und nur knapp vor Yelanah kamen sie zum Stillstand. Sie ließ Revyns Schwert zu Boden sinken und streckte die Hände aus. Die Drachen stupsten Yelanah mit der Schnauze an, strichen ihr um die Schultern und ließen ihr Haar in ihren Atemwogen wehen. Einem nach dem anderen streichelte sie den Hals, dann schmiegte sie sich an ihre Köpfe. Einer der Drachen hob sie auf den Rücken, nachdem Yelanah das Schwert wieder an sich genommen hatte. Erstmals traf der Blick des Drachen Revyn. Seine dunklen Augen blitzten gefährlich.

Dann löste sich ein Tier aus der Herde und lief auf Revyn zu – es war Palagrin. Er strich Revyn über die Wange und ging einmal um ihn herum, dann streckte er ihm den Schwanz entgegen und hob ihn ebenfalls auf den Rücken.

So standen sie sich einen Moment gegenüber – Revyn auf Palagrin und Yelanah mit der wilden Drachenherde.

*Bist du der Menschenjunge Revyn?*

Revyn schluckte schwer. Der Drache, der Yelanah auf dem Rücken trug, starrte ihn unverwandt an. *Ja. Und wer bist du?*

»Sein Name ist Isàn«, antwortete Yelanah.

Revyn erschrak. Wie konnte sie seine Gedanken –

»Und die Herde«, fuhr sie fort, »ist der Stamm der Nimorga. In diesen Wäldern gibt es heute nur noch sieben *Dar'hana*-Stämme.«

Sein Blick wanderte von Drache zu Drache und sie alle stellten sich misstrauisch vor.

*Ijua*

*Xersan*

*Nhoar …*

Nie hatte er sie so klar gehört, nie in seiner ganzen Zeit als Zähmer in Logond. Yelanah beobachtete ihn aufmerksam. Schließlich gab sie Isàn ein Zeichen und ritt direkt neben ihn. Sie blieb stehen, als ihre Knie sich fast berührten. Ihr Blick wanderte über sein Gesicht. Er glaubte ihn wie tastende Finger auf der Haut zu spüren, suchend und verwirrt. »Wer bist du nur?«, flüsterte sie. »Wer bist du … Kein Mensch kann das, was du kannst, niemand kann es, nur … Es ist unmöglich!«

»Was meinst du?«

Yelanahs Blick schien plötzlich abwesend, als hätte sich der Nebel in ihre Augen geschlichen. »Ich … ich habe dich schon einmal gesehen. Genau hier! Die Nebel zeigen manchmal Visionen der Zukunft. Ich habe dich dort gesehen, Revyn, am Ufer, obwohl es nicht möglich ist, dass du schon einmal in unserer Welt warst. Du hieltest einen Bogen in der Hand und hast auf mich gezielt.«

Revyn starrte sie an. Sie hielt ihre Begegnung für eine Vision? Wusste sie denn noch, was in Logond geschehen war? Wusste sie, dass er es war, der ihr die Flucht ermöglicht hatte? Doch nichts in ihrem Gesicht gab eine Antwort preis.

»Vielleicht ist es kein Zufall, dass du mich gefunden hast.« Ihre Stimme zitterte leicht. »Ich kann es nicht glauben, und doch, die *Dar'hana* hören dich und du hörst sie. Ich wollte dich auf die Probe stellen, nachdem Palagrin so viel von dir erzählt hat, das ich nicht glauben konnte. Aber es ist tatsächlich so, du hast mit Isàn gesprochen und …« Yelanah verstummte abrupt. Sie richtete sich auf und ihre Augen verloren alle Verträumtheit wie auf einen Schlag. Gebannt starrte sie ins Schilf. Auch die Drachen waren unruhig geworden. Isàn schnaubte tief und gefährlich.

»Was ist?«, fragte Revyn nervös. Noch im selben Moment erhielt er Antwort. Erschrocken zog er die Luft ein.

Aus den Nebeln lösten sich Gestalten. Drei, vier, sieben, zwölf … Ringsum tauchten sie auf und umzingelten sie. Ein Ruf hallte aus dem Wald. *»Meleyis!«*

## Bei den Elfen

Ein Mann kam auf sie zugeschritten. Sein Blick schweifte nur kurz zu Revyn, dann richteten sich seine Augen wieder auf Yelanah. Gerade so weit von ihnen entfernt, dass die wilden Drachen nicht auf ihn losstürmten, blieb der Mann stehen und deutete eine Verneigung an. Wirre schwarze Zöpfe fielen ihm über die Schultern. Er trug einen Mantel und eine Tunika aus demselben Stoff wie Yelanah, doch trotz seiner einfachen Erscheinung strahlte er etwas Machtvolles aus.

»Endlich, große Kleine Göttin.« Er sprach in der Menschensprache, obwohl er genau wie Yelanah einen leichten Akzent hatte: Offenbar wollte er, dass Revyn ihn verstand, aber er schenkte ihm keine Beachtung. »Wir haben lange auf dich gewartet. Nun haben wir dich gefunden, bevor du uns finden konntest. Ich freue mich, *Meleyis*. Obwohl du uns so lange aus dem Weg gegangen bist – getan hast du offenbar dennoch, was getan werden musste.«

Yelanah saß kerzengerade auf dem Drachen. Ihr Gesicht wirkte gebieterisch und verschlossen. Dann sagte sie etwas in einer fließenden, raschen Sprache, die Revyn nicht verstand. Doch etwas geschah dabei: Zwar war der Klang der Worte ihm vollkommen fremd – doch durch die Gedanken der Drachen verstand Revyn Yelanah.

*Wie wagst du es, die* Meleyis *und die heiligen* Dar'hana, *die Schatten im Nebel, so zu überfallen? Hast du hier etwa gelauert?*

Der Mann lächelte. »Verzeih, Yelanah. Doch du erinnerst dich, wie ich hoffe, an unser Abkommen … Und nun will ich dich und den Menschenjungen, der dich begleitet«, dabei sah er Revyn noch immer nicht an, »bitten, bei uns zu speisen und zum Gespräch zu verweilen. Es ist lange her, dass du unser Volk mit deinem Besuch beehrt hast. Dabei feiern wir doch die schönsten Feste.« Wieder lächelte er, als verberge das Gesagte etwas ganz anderes, das ihn amüsierte.

Yelanah atmete scharf durch die Nase ein. Ihr Blick glitt zu Revyn, dann sah sie wieder den lächelnden Mann an. »Na schön. Gehen wir.«

Der Mann drehte sich ohne ein weiteres Wort um und setzte sich in Bewegung. Yelanah und Revyn ritten ihm nach. Der Rest der Drachenherde war verschwunden, als Revyn sich nach ihnen umsah – und auch die Gestalten aus dem Schilf hatten sich zurückgezogen. Dennoch zweifelte er nicht daran, dass sie aus den Nebeln beobachtet wurden; von den Elfen wie von den Drachen.

»Wohin reiten wir?«, flüsterte Revyn.

»Zu den Elfen. Rede nicht mit mir.«

Revyn sah den Mann an, der vor ihnen herlief. Er musste sich an Geschichten erinnern, die er über das Elfenvolk gehört hatte … und an die aufgespießten Köpfe an Logonds Toren. Wie konnte der Elf ihn einfach so zum geheimen Ort seines Dorfes führen?

Eine Zeit lang wanderten sie stillschweigend durch die Wälder. Revyn hielt nervös Ausschau nach der Sonne, aber die hohen Bäume verbargen den Himmel. Kaum ein Lichtstrahl drang durch das tiefe Dickicht.

Schließlich machte der Elf halt. Palagrin und Isàn blieben neben ihm stehen und blickten in das kleine Tal hinab, das vor ihnen lag. Birken wuchsen in die Höhe und breiteten ein hellgrünes Dach darüber aus. Zwischen den Bäumen hingen Seile und Brücken, die auf den ersten Blick wie Lianen aussahen. Unter den Bäumen hockten Häuser und Hütten wie wollige grüne Pilzköpfe: Ihre Dächer waren mit Moos und Efeu bedeckt.

Yelanah schwang sich von Isàns Rücken. »Lass Palagrin hier. Die Elfen halten es für falsch, die *Dar'hana* aus den heiligen Nebeln zu locken.« Revyn stieg von Palagrins Rücken. Die Drachen blieben am Rand des Tals zurück, während Yelanah und Revyn dem Elf zum Dorf folgten.

Männer, Frauen und Kinder kamen ihnen entgegen. Sie trugen Kleider aus blassem Stoff. Ihre Haare waren in lange Zöpfe geflochten oder fielen ihnen bis zu den Hüften; ein paar junge Frauen trugen sie auch nur bis zu den Schultern, wo die einzelnen Strähnen in Holzperlen steckten.

Als sie Yelanah erblickten, hielten sie in ihren Beschäftigungen inne und verbeugten sich. Dabei führten sie die geschlossenen Hände an die Stirn und murmelten ein Wort, das Revyn nicht verstand. Manche von ihnen starrten Revyn mit unverhohlenem Argwohn nach. Ein kleines Mädchen stieß bei seinem Anblick einen Schreckenslaut aus und flüchtete so hastig, dass die runden Scheibenringe in seinen Ohren klimperten. Schließlich steuerte ihr Führer auf eine Hütte zu. Er schob den Vorhang aus Rankengeflecht beiseite und Revyn und Yelanah schlüpften hinein.

Von allen Seiten drang Sonnenlicht durch die Wände und durchzog den Raum mit einem Netz leuchtender Fäden. Auf dem Boden war eine Feuerstelle mit einem Kessel, um die man Moosfelle ausgebreitet hatte. In der hintersten Ecke des Raumes hing eine Leiter, die durch eine Luke im Dach hinausführte – wahrscheinlich zu den Baumhäusern.

»Setzt euch.« Der Türvorhang fiel raschelnd zu. Der Elf wies auf zwei zurechtgeschnitzte Baumstümpfe und schlug den Mantel zurück, um ihnen gegenüber Platz zu nehmen. Von draußen hallte das Lachen mehrerer Kinder herein. Laub rauschte im Wind und die Wände der Hütte knisterten.

»Mein Name ist Khaleios«, stellte sich der Elf vor. Es war das erste Mal, dass er etwas zu Revyn sagte. Das Licht glitt über seine Züge und ließ ein ruhiges Lächeln erkennen. »Ich bin der, den ein Mensch wohl den Lord … oder den König der Elfen nennen würde. Ich kenne mich nicht genau aus mit euren Rangordnungen, verzeih. Nenn mich König der Elfen, wenn du willst, oder einfach Khaleios.« Revyn nickte. Offenbar erwartete der Elf, dass er irgendetwas sagte.

Endlich erklärte Khaleios sich: »Darf ich nun fragen, wer *du* bist?«

»Mein Name ist Revyn.«

Der König lehnte sich leicht vor. »Glaubst du an das Schicksal, Revyn Menschenjunge, an die Bestimmung jedes Wesens auf Erden?« Revyn schielte zu Yelanah hinüber. Wieso sagte sie nichts?

Schließlich lächelte Khaleios erneut. »Ich möchte dir etwas zeigen, Revyn. Etwas, was kein Mensch je vor dir erblickt hat und, solange Blut in meinen Adern fließt, auch nie wieder erblicken wird.«

Er erhob sich und ging in eine hintere Zimmerecke. In der Dunkelheit konnte Revyn nicht erkennen, was er tat, doch als er wiederkehrte und sich auf dem Hocker niederließ, hielt er einen Gegenstand im Arm. Es war ein Buch.

Khaleios' Hände ruhten auf dem ledernen Buchdeckel wie auf einer Schatztruhe. »Dies ist das Buch der Elfen, das Buch der Vergangenheit, der Gegenwart und der Zukunft. Dies ist das Buch, in dem die Geschichte meines Volkes niedergeschrieben wird. In diesem Buch befinden sich die Geheimnisse einer Welt, die sich hier in den tiefen Wäldern versteckt hält. In diesem Buch sind die Erinnerungen gefangen, die Erinnerung an alle Helden, alle Schurken … Ihre Geister leben in diesem Buch. Es ist mehr als tausend Geschichten schwer, mehr als zehntausend Leben wert. Jeder von uns, der die Geschehnisse der Welt beeinflusst, wird eines Tages in dieses Buch heimkehren. Es ist ein Grab. Und doch werden alle Toten neu geboren, sobald ein Auge ihre Namen auf den Seiten streift. Wir nennen dieses Buch *Nir Miludd.* Leben und Tod.«

»Das alles passt in ein einziges Buch?« Revyn schloss den Mund. Er hatte das unbestimmte Gefühl, unhöflich geklungen zu haben.

Doch Khaleios' Lächeln war unverändert. »Unzählige Bücher sind seit Anbeginn der Zeit mit unseren Geschichten gefüllt worden. Und doch sind sie alle Teil eines einzigen Buches, verstehst du? Vor Jahrhunderten hielten meine Ahnen das *Nir Miludd* in Händen, so wie ich jetzt, auch wenn es mittlerweile ein wenig mehr Bände geworden sind.« Er öffnete den schweren Folianten behutsam. »Ich will dir etwas vorlesen, Revyn Menschenjunge. Ich selbst schreibe am endlosen *Nir Miludd* und das macht mich zum König meines Stammes. Es ist meine Aufgabe, das festzuhalten, was zu meinen Lebzeiten geschieht. Ich wünschte, ich könnte glücklichere Geschichten erzählen.« Er sah Revyn eindringlich an. »Möchtest du etwas hören, einen Orakelspruch? Er ist älter als deine und meine Urgroßmütter. Yelanah wird ihn gewiss gerne hören.«

Für einen Augenblick schaute er zu ihr herüber und strich dabei durch die Seiten. Auf einer Seite hielt er inne. Eine Weile las er stillschweigend für sich, dann blickte er auf und sprach:

»Es wurden den Elfen Kinder geboren,
die im Ewigen Nebel leben.
Sie haben bei ihrer Seele geschworen,
ihr Leben für die Drachen zu geben.«

»Das ist die Geschichte der Kleinen Götter, nicht wahr?«, fragte Revyn.

Khaleios runzelte die Stirn. »Yelanah hat dir also schon davon erzählt. Unsere Kleine Göttin … Ich kann mich noch erinnern an damals, als du ein Kind unseres Stammes warst. Ein kleines Mädchen warst du, doch in deinen Augen glühte bereits der wilde Geist einer Kleinen Göttin. Und dann konnten wir dich nicht mehr halten. Der Sog der Nebel kam und du folgtest deinem Herzen zu den heiligen *Dar'hana*. Deinem kleinen, uralten Herzen … Nun«, fuhr Khaleios fort und wandte sich wieder an Revyn, »ich will dich nicht mit dieser Geschichte langweilen, wenn du sie schon kennst. Ich werde dir etwas anderes vorlesen. Etwas, was ich selbst geschrieben habe. Ich hoffe, meine Übersetzung enttäuscht dich nicht.« Rasch blätterten seine Finger durch das Buch, dann hielten sie inne, und erneut las er so fließend vor, als hätte er sich die Worte schon lange zurechtgelegt:

»Tage und Nächte sind stumm und taub
Wie ein Himmel ohne Sterne
Und wir verbluten.
Sommer und Winter schleichen vorbei
Wie Herrscher aus Tränen und Staub
Und wir verbluten.
Jahre um Jahre steigen an
Wie stille Wasserfluten,
Bis wir verbluten.«

Revyn fühlte sich etwas unsicher. »Was … ähm, soll das bedeuten?«, fragte er höflich in die Stille hinein.

»Es bedeutet, dass mein Volk dem Untergang geweiht ist. Dem langsamen, zäh voranschreitenden Untergang.«

»Oh … aber …«

»Aber warum«, fiel ihm Khaleios ins Wort, »warum ist es so? Warum?« Er lächelte starr. »Ja, du weißt es, Revyn Menschenjunge. Du weißt, welche Schuld dein Volk trägt.« Er nickte langsam. Ohne Revyn aus den Augen zu lassen, blätterte Khaleios eine Seite im *Nir Miludd* um. Seine Stimme war klangvoll und sanft, als er sprach.

»Gerecht und mächtig wird kommen
Der Sohn von Ahiris –
Geboren in Schuld –
Zur Rettung der Frommen,
Zum Tod.«

Einen Augenblick wartete Khaleios ab, ob Revyn etwas sagen wollte. Dann lächelte er wieder. »Ich sage dir, was diese Prophezeiung bedeutet, Menschenjunge. Sie prophezeit einen Schuldigen, der seine Schuld durch das Blut seines Volkes geerbt hat. Doch er wird diese Schuld überwinden und sie begleichen. Er wird Blut für Blut vergießen. Ein einzelner Menschenjunge ... ein Menschenjunge wie du.«

Revyn saß reglos da. Wieso schwieg Yelanah bloß wie eine Steinfigur? Ein Stich ging ihm durch die Brust. Womöglich – wahrscheinlich – war sie auf Khaleios' Seite ... Sie hatte Revyn absichtlich hergeführt. So wie sie ursprünglich Twit hatte herschleppen wollen. Das Ganze war eine Falle. Revyn wurde ganz schlecht. Eine Falle – aber wofür?

»Sag mir die Wahrheit«, befahl Revyn mit zitternder Stimme. »Was willst du von mir? Wieso erzählst du mir all das?«

Khaleios schien nur auf diese Fragen gewartet zu haben. »Ich habe Visionen, Sohn der Menschen ... manchmal, wenn die Macht der alten Geister in mir fließt. Es ist die Macht des *Nir Miludd,* das danach verlangt, die Wahrheit zu tragen. Und die Zukunft. *Ich ... sehe ... Dinge.* Ich sehe den Untergang meines Volkes. Es wird verschluckt von dem mächtigen Sog der Vergessenheit ... Wir verlieren die Welt unter unseren Füßen. Doch ich muss es aufhalten, solange ich genug Leben in mir habe, um es zu opfern.« Er ballte die Hände zu Fäusten. Längst hatte sein Lächeln sich zu einer Fratze verzerrt. »Ich habe gehofft und gefleht, gewütet und mir das Hirn zermartert – und dann sah ich es. Ich sah es klar vor mir. Die Lösung. Ein Sohn des feindlichen Volkes wird die Schuld seines Blutes begleichen und die Elfen retten. Ein Märtyrer. Haben die Menschen uns fast vernichtet, so muss es ein Mensch sein, der diese Gräueltat auch wiedergutmacht!« Khaleios wies auf Revyn. »Ich habe lange auf dich gewartet. Nun bist du gekommen, um das Schicksal anzunehmen, das die Elfen und Ahiris dir zuweisen. Ich weiß«, fuhr er laut fort, als Revyn den Mund öffnete, »ich weiß, wie das für dich klingen mag. Gestern noch ein normaler Menschenjunge – und heute sollst du die Welt verändern. Aber wenn du an das Schicksal glaubst, wenn du an die Geister und Götter glaubst, die über allen Völkern wachen, dann vertrau mir! Bleibe hier, bei den Elfen, und lerne alles, was du wissen musst, um deine Bestimmung zu erfüllen. In dir liegt eine gewaltige Macht verborgen, Revyn! Du wirst ein Wunder vollbringen, wie nur ein Mensch es zu vollbringen vermag! Du wirst dich rächen und dich von allen Sünden reinwaschen. Du –«

Yelanah schnellte hoch. Überrascht hielt Khaleios inne, als sie den Mund öffnete – aber auch sie wurde unterbrochen. Der Türvorhang wurde beiseitegezogen. Eine Frau stand auf der Schwelle. Obwohl sie noch nicht alt sein konnte, hatte sich ein tiefer Kummer in ihr Gesicht gegraben. Ihre Augen irrten von Khaleios zu Revyn und blieben an Yelanah hängen. Sie schluckte kaum merklich, dann neigte sie den Kopf und führte die geschlossenen Hände an die Stirn, um sich zu verbeugen. Yelanah zeigte keinerlei Regung.

*»Yohál Meleyis … Yelan – Yelanah … Nidur jeha àsra seul enorvaha«,* murmelte die Frau leise. Als sie weitersprechen wollte, wandte Yelanah sich von ihr ab und sah Khaleios an.

»Du hast gesagt, du willst zu meinen Ehren ein Fest halten. Löse das Versprechen ein, das du der *Meleyis* gegeben hast, König der Elfen.«

Khaleios starrte sie an, dann machte er eine rasche Handbewegung. Augenblicklich verschwanden die Sonnenstrahlen aus den Laubwänden. Das Licht zerrann, als wäre eine Kerze ausgeblasen worden, und Dunkelheit erfüllte den Raum. Vor der Tür herrschte Nacht.

»Führe den Menschenjungen hinaus und zeige ihm das Dorf«, befahl Yelanah der Frau, ohne sie noch eines Blickes zu würdigen. »Sorge dafür, dass er mit Respekt und Freundschaft behandelt wird und Freude an meinem Fest hat.«

»Was ist mit dir?«, fragte Revyn.

Yelanah drehte sich halb zu ihm um. »Ich komme gleich nach«, sagte sie abweisend, doch in ihrem Blick lag eine Dringlichkeit, die Revyn beruhigte und zugleich alarmierte. Dann wandte sie sich wieder an Khaleios, der seit der plötzlichen Verdunkelung still und unergründlich dasaß.

Widerwillig folgte Revyn der Elfe aus der Hütte. Die Frau schien ebenso verwirrt wie er.

Der Himmel über dem Tal schimmerte samtblau. Elfen liefen umher und zündeten Laternen an. Kinder tanzten vergnügt durch die Baumkronen und schwangen sich an den Ästen auf und ab.

»Komm mit«, sagte die Elfe mit einem starken Akzent zu Revyn und zwang sich zu einem Lächeln. Revyn ließ sich von ihr durch das Dorf führen. Vor Angst sagte er kein Wort.

## Khaleios' Tochter

Yelanah stand teilnahmslos dabei, als Khaleios niederkniete, um das Herdfeuer in der Mitte des Raumes und zwei runde Laternen anzuzünden. Der fröhliche Lärm des Festes drang zu ihnen herein, doch er war Yelanah fern. Sie hörte nur das Knistern der Flammen. Starr blickte sie auf den König der Elfen hinab. Obwohl er auf dem Boden kniete, strahlte er so viel Macht aus, dass Yelanah wütend die Fäuste ballte.

»Wieso regst du dich auf?«, fragte er gelassen und setzte sich wieder auf seinen Hocker. Nur seine Augen verrieten ihn – sie leuchteten so listig und gefährlich wie immer.

»Du begehst einen Fehler«, sagte Yelanah. »Er ist nicht der Menschenjunge, der …«

»Doch, er ist es.« Khaleios' Augen bannten sie. Sie spürte, wie seine Worte sich in ihr festsetzten. Sie schienen jeden Widerspruch unmöglich zu machen. »Er ist es. Du weißt es und ich weiß es. Du hast ihn zu uns geführt und deine Aufgabe ist erfüllt.«

»Du liegst falsch. Ich muss *gar keine* Aufgabe erfüllen. Und ich werde dir den Menschenjungen nicht geben.«

Ein gefährlicher Zorn wischte endlich die reglose Maske von seinem Gesicht. Er erhob sich. »Du bist an erster Stelle eine Tochter unseres Volkes! Und du bist meine Tochter, Yelan!« Er wollte sie nur ablenken. Er wollte … Yelanah trat einen kleinen Schritt zurück und sammelte sich.

»Es steht dir nicht zu, so mit mir zu sprechen, König der Elfen! Ich bin eine Tochter deines Stammes – aber der Geist der Ewigen Nebel lebt in mir, vergiss das ja nicht! Ich kämpfe für die heiligen Stämme.«

Khaleios verzog das Gesicht. »Begreifst du denn nicht? Wenn wir verschwinden, sind auch die *Dar'hana* verloren! Darum brauchen wir den Menschenjungen. Gib ihn uns, damit er unser Volk vor den Menschen rettet! Gib ihn her, damit der im Dunkel Geborene das Dunkel vertreibt …« Jede gespielte Sanftheit war aus seiner Stimme gewichen; sie hatte ihre geheimnisvolle Schönheit verloren. Yelanah spürte, wie ihr Selbstbewusstsein in seiner Gegenwart verschwand, wie es schon so oft geschehen war, aber sie wollte es nicht zulassen. Nicht dieses Mal.

»Du irrst dich. Ein Einzelner wird die Menschen nie besiegen können. Er … er gehört zu den *Dar'hana.* Der Menschenjunge gehört mir! Ich habe ihn gefunden, *ich* habe ihn gepflegt und vor dem Tod bewahrt. Niemals überlasse ich ihn dir!« Mit großen Schritten kam Khaleios um das Herdfeuer herum. Er packte Yelanah an den Schultern und schüttelte ihr Tränen aus den Augen, aber sie hielt seinem Blick stand.

»Ich erinnere mich an deine Geburt«, flüsterte er. »Weißt du, wieso ich dich überhaupt zu den heiligen Stämmen ließ, meine Tochter? Wieso ich gestattete, dass du deine Mutter verlässt, nur um sie heute wie eine Dienerin zu behandeln, die es nicht wert ist, angehört und angesehen zu werden? Weil ich wusste, dass der Menschenjunge einmal mit dir kommen würde. Es ist dein Schicksal, deine Aufgabe, ihn zu uns zu bringen, so besagt es die Prophezeiung des Octaris! Er sollte die Tochter eines Elfenkönigs … er sollte ihr in ihr Reich folgen und so ist es geschehen. So war es abgemacht; hier bei meinem Feuer haben wir es abgemacht, schon vor deiner Geburt war es entschieden!« Seine Finger gruben sich in ihre Schultern. Die halb verheilte Pfeilwunde pochte vor Schmerz.

»Nein. Niemals überlasse ich ihn dir. Ich kenne deine Visionen! Deine Prophezeiung von Rache und verhasstem Blut … das ist nur ein Traum, der in der Wirklichkeit nicht bestehen kann, ich lasse Revyn nicht dafür sterben!«

Sein Blick brannte sich in ihre Augen. »Aber für dich soll er sterben?«

Yelanah schluckte. Als sie spürte, wie der Griff des Elfenkönigs sich lockerte, riss sie sich los. »Ich werde ihn nicht wie du zwingen, allein gegen zwanzigtausend Menschen zu kämpfen! Das ist Irrsinn! Kein Mensch ist so mächtig, dass er ein ganzes Volk retten kann, keiner, auch nicht Revyn.«

Starr sah Khaleios sie an. Er ertastete ihre Gedanken, ihre Gefühle … sie spürte es auf der Haut, zuckte unruhig und versuchte mit aller Macht, sich vor ihm zu verschließen.

»Du magst ihn gerne, den Menschenjungen, nicht wahr, Tochter?« Von draußen wehte fröhliche Musik herein. Frauen lachten. Yelanah versuchte sich zu konzentrieren, um Khaleios standzuhalten. »Aber du weißt ganz genau, was abgemacht war. Du solltest ihn hierher führen und das hast du auch getan. Deine Aufgabe ist erfüllt. Das willst du nur nicht einsehen.«

Sie schüttelte langsam den Kopf. »Ich bin die *Meleyis*. In mir leben die Geister der Nebel. Niemand gibt mir Befehle. Ich handle nur für die heiligen Stämme und nicht für dich. Ich habe schon zu viel erduldet und getan, um dir deinen Menschen zu bringen. Revyn ist nicht der, den du suchst.«

Sie beobachtete, wie ihre Entschlossenheit Khaleios Furcht ins Gesicht zeichnete. Wie lange hatte sie sich danach gesehnt, ihn so zu sehen! Seit sie die Elfen verlassen hatte, wollte sie nichts mehr als das. Und nun, endlich, unterstand sie seiner Macht nicht mehr und war ihre eigene Herrin, wie es ihr als *Meleyis* gebührte. Und es war ihr egal, ob Khaleios seine irrsinnigen Visionen erfüllen konnte!

»Das wagst du nicht«, sagte der König der Elfen. »Das wagst du nicht, einen Pakt mit mir zu brechen. Ich kriege den Menschenjungen. Ich werde nicht zulassen, dass die Elfen verschwinden wegen deiner Selbstsucht. Ich kriege ihn, Yelan! Die Prophezeiung des Octaris wird eintreten!«

»Ich werde es verhindern.«

»Versuche es nur. Aber vielleicht will der Junge selbst entscheiden ... vielleicht hat er längst entschieden ...«

Yelanah biss fest die Zähne zusammen. Das Glänzen in Khaleios' Augen kam ihr bekannt vor ... Ohne ein weiteres Wort drehte sie sich um und rannte aus der Hütte. Sein Rufen folgte ihr.

»Ich kriege ihn! Ich kriege den Menschenjungen, das kannst du nicht verhindern, Yelan!«

Sie rannte an den dunklen Bäumen und Hütten vorbei, vorbei an den Laternen und lachenden Elfen, rannte durch das Gras, bis sie das Lagerfeuer erreichte. Elfen tanzten zu den Liedern im Flammenschein, Trommeln, Flöten und Glocken erfüllten die Nacht, die keine echte war. Zwischen den Feiernden lag Revyn im Gras. Kinder saßen rings um ihn und starrten ihn voller Staunen an, Frauen und Männer tuschelten und befühlten seine fremdartigen Kleider. Sein Blick war träge und glasig von den süßen, schweren Getränken.

»Revyn!« Yelanah lief auf ihn zu. Die Elfen machten ihr erschrocken Platz und senkten die Köpfe. »Revyn, komm! Komm schon ...«

Verwirrt ließ er sich von ihr auf die Beine ziehen. »Yelanah!«, lallte er.

»Wir gehen.« Sie fasste ihn am Handgelenk und zog ihn eilig hinter sich her. Er ließ seinen Becher fallen und drehte sich verwundert zum Lagerfeuer um, doch sie zwang ihn weiterzugehen. Schwerfällig stolperten sie an den hohen Birken vorbei und den Hang hinauf. Yelanah wusste nicht, welche Zauberei Khaleios angewandt hatte und wie rasch sie wirken würde. Sie mussten sich beeilen und das Elfendorf verlassen, solange Revyn noch konnte.

Plötzlich streckte er die freie Hand aus und zog sie zurück, sodass sie zusammen gegen eine schief gewachsene Birke fielen. »Was ist denn geschehen?«, murmelte er verschwommen.

»Verdammt, das auch noch!« Es war nun wirklich nicht der rechte Augenblick, um ihm zu erklären, dass ein Mensch die Getränke der Elfen nicht anrühren sollte. Yelanah schob ihn weg, als er ihre Haare berührte, und zerrte ihn wieder hinter sich her.

Endlich erreichten sie den Rand des Tals. Mühevoll zog Yelanah sich an den letzten Büschen hinauf. Bestimmt hatte Khaleios den Hang extra steiler und länger werden lassen. Doch dann hatten sie es geschafft. Yelanah rang nach Atem. Revyn taumelte hintendrein.

Und plötzlich war es heller Tag.

## Die Welt der Drachen

Vögel zwitscherten. Goldenes Sonnenlicht brach durch die Baumkronen und malte Streifen durch den Wald.

Verdutzt drehte Revyn sich zum Tal zurück. Säuselnd rauschten die hoch gewachsenen Birken im Wind. Die Hütten und die Brücken im Geäst waren verschwunden. Revyn blinzelte. Sein Kopf fühlte sich schwer an.

»Geht es dir jetzt besser?«, fragte Yelanah.

»Was ist passiert?« Revyn befühlte verwirrt seinen Kragen und sein Gesicht. Er konnte sich an kaum etwas erinnern. Er hatte bei den Elfen gelegen und getrunken … Dann hatte er Khaleios flüstern gehört, von Schuld und Rache, von Auserwählten und von seinem Schicksal …

Yelanah zog ihn noch ein Stück vom Tal fort, bis der gewohnte Wald sie umgab. Dann lehnte sie sich erschöpft gegen einen Baumstamm. »Khaleios will, dass du für ihn kämpfst. Gegen alle Menschen. Er ist besessen von seinen Visionen und glaubt, ein einzelner

Mensch könne die Elfen vor ihrem Untergang retten. Aber das ist vollkommener Irrsinn. Du bist nicht der Menschenjunge, den Khaleios sucht.«

»Was geht hier vor?«, fragte er schroff. Der Boden kreiste noch ein wenig unter seinen Füßen. »Sag mir endlich, was ihr alle von mir wollt!«

Stumm blickte sie ihn an. Als sie sich auf den Boden sinken ließ, blieb Revyn vor ihr stehen. »Na gut«, murmelte sie zerstreut. »Ich sage es dir. Ich sage dir alles. Aber dann musst auch du mir alles sagen. Alles über dich. Wer du wirklich bist!« Revyn zwang sich zu einem knappen Nicken.

Yelanah blickte auf ihre Hände. »Ich habe Khaleios ein Versprechen gegeben. Zwar bin ich die *Meleyis* und nur den *Dar'hana* verpflichtet, aber ... die Elfen sind das Volk, aus dem ich stamme. Ich habe versprochen, den Menschenjungen zu finden und zu den Elfen zu führen, der sich gegen sein eigenes Volk stellen und für die Elfen sterben wird. Khaleios glaubt nämlich, dass es so einen Menschenjungen gibt – er hat ihn in seinen albernen Visionen gesehen.«

Revyn blieb unbewegt stehen. »Und da sollte ich dieser Junge sein, um für die Elfen zu sterben?«

»Habe ich dich gerade aus dem Tal gezerrt oder nicht? – Du solltest dich hinsetzen. Auch wenn du nichts mehr von den Getränken spürst, die du getrunken hast, sind sie immer noch in deinem Blut.« Nach einem Augenblick gehorchte Revyn und ließ sich auf dem Moos nieder. Yelanah hatte recht – obwohl er sich nicht mehr so benebelt fühlte wie vorhin im Elfendorf, waren seine Beine schwach und sein Kopf brummte.

»Dann wolltest du damals Twit entführen, damit er Khaleios' Märtyrer wird.«

»Ich habe nicht darüber nachgedacht, wen ich ihm bringe. Ich glaube nicht an Khaleios' Visionen. Nur ein Narr glaubt, dass ein einziger Mensch das ganze Elfenvolk retten kann. Ich wollte

Khaleios bloß wie abgemacht seinen Helden bringen, ganz gleich wer es ist.«

Eine Weile dachte er darüber nach. »Wieso hast du mich dann nicht bei ihm gelassen?«

»Vorher, als ich Isàn und die *Dar'hana* rief, da konntest du mit ihnen sprechen. Palagrin sagt, du seist ein Mensch, doch … du bist nur so weit ein Sohn der Menschen, wie ich eine Tochter der Elfen bin.« Yelanah sah ihn eindringlich an. »Revyn, ich glaube … du hast etwas Besonderes. Du kannst vielleicht den heiligen Stämmen helfen. Vor allem darfst du nicht einen so sinnlosen Tod sterben, wie Khaleios ihn plant.«

»Den heiligen Stämmen helfen?« Revyn verzog das Gesicht. »Alle wollen plötzlich, dass ich helfe!« Er wehrte ihre Hände ab, als sie ihn zurückhalten wollte, und stand auf. »Ich bin nicht so, wie ihr denkt! Ihr habt keine Ahnung, ich bin … nur gewöhnlich. Nichts sonst.«

»Nein, das glaube ich nicht.«

»Wieso brauchst du ausgerechnet meine Hilfe?«

»Weil die *Dar'hana* verschwinden!« Yelanah senkte das Gesicht. »Weißt du noch, als du mich gefragt hast, wo die *Dar'hana* sind, die ich in Logond befreit habe? In jener Nacht haben sie nicht die Freiheit gefunden, sondern den Tod! Sie sind verschwunden … Sie verschwinden alle. Die Nebel verschlucken sie … Manche verlieren den Verstand.« Sie wartete, bis ihre Stimme nicht mehr zitterte. »Etwas zieht durch die Wälder und – es ruft nach ihnen. Es ist ein Ruf, dem sie nicht widerstehen können. Auch ich höre ihn. Dieser Ruf holt die heiligen Stämme in den Tod. Sie ertränken sich in Seen, stürzen in Schluchten und … Ich weiß nicht, was es ist, noch wie es aufgehalten werden kann.« Ihr Blick suchte den seinen und ein Schimmer Hoffnung irrte über ihr Gesicht. »Aber plötzlich tauchst du auf. Ein Mensch, der die *Dar'hana* hört. Vielleicht hast du etwas damit zu tun, wie wir die heiligen Stämme retten können.« Sie hielt inne, als sie sich ihrer eigenen Worte bewusst wurde, und fuhr sich über die Stirn. »Tut mir leid, ich klinge ja nicht besser als Khaleios.«

»Doch«, sagte Revyn langsam und ließ sich wieder ins Moos sinken. »Du … also, du klingst nicht wie er.«

Sie sah ihn an. »Wer bist du bloß? Du sprichst mit den *Dar'hana* und hast mich in der Nebelwelt gefunden, die kein Mensch vor dir je durchdrungen hat. Wieso kannst du so was? Erzähl mir alles über dich.«

»Ich … habe …« Er sprach so leise, dass er es selbst kaum hörte. Schließlich atmete er aus. »Ich bin ein Drachenkrieger. Mehr gibt es nicht zu erzählen.« Er konnte sie nicht ansehen. Er fürchtete, sein Blick könnte verraten, was er verschwieg – nie zuvor war er so nah dran gewesen, jemandem die Wahrheit zu sagen … Aber nein. Nein, er durfte, er konnte niemals davon sprechen. Nicht einmal Yelanah gegenüber, die selbst Verbrechen begangen hatte. Seine Vergangenheit würde für immer in ihm bleiben, wort- und lichtlos.

»Aber wenn du sagst, die heiligen Stämme verschwinden«, fuhr Revyn rasch fort, »dann will ich dir helfen, den Grund dafür zu finden. Auch ich habe lange nach Antworten gesucht. Und ich wäre froh, sie mit dir zu finden.«

Sie lächelte erleichtert. »Es gibt jemanden, der mehr weiß als die Weisen des Elfenvolks in diesen Wäldern. Ein Prophet, der König in einem anderen Reich ist. Wenn jemand Antworten geben kann, dann er. Ich habe im *Nir Miludd* von ihm gelesen.«

»Du hast darin gelesen?«

Yelanah nickte. »Es ist eine Schande, dass nun Khaleios' falsche Visionen die Seiten füllen. Komm, Revyn Menschenjunge. Lass uns gleich aufbrechen.« Sie stand auf und wartete, bis auch er sich aufgerichtet hatte.

»Yelanah?«, sagte Revyn, als sie losgehen wollte. »Macht es dir etwas aus, mich nicht mehr Menschenjunge zu nennen? Das ist … irgendwie merkwürdig.«

Sie erwiderte sein Lächeln. »Wie du willst. Und wenn du mir hilfst, Revyn, dann bin ich für dich auch nicht die Kleine Göttin. Nenn mich einfach Yelan.«

Revyn war nicht sicher, worauf er sich eingelassen hatte. Alles war so schnell geschehen und so unerwartet. War er wirklich gerade bei einem Elfenkönig gewesen und mit der Kleinen Göttin geflohen? Hatte er ihr tatsächlich versprochen, den Grund für das Verschwinden der Drachen zu finden? Eigentlich sollte er in diesem Augenblick in Logond sein, seine Wunde heilen lassen und sich darauf vorbereiten, wieder nach Myrdhan in den Krieg zu ziehen. Stattdessen war er irgendwo in den haradonischen Wäldern, bei Elfen und Drachen ... Aber seltsamerweise fühlte er sich hier viel weniger fehl am Platz als in der Schlacht. Alles, was ihm fremd und erschreckend hätte vorkommen sollen – Yelanah, die Drachenherde und Khaleios –, empfand er fast so, als sei er schon lange damit vertraut.

Er warf einen Blick zu Yelanah, die neben ihm auf Isàn ritt. Auch Palagrin und der Rest der Drachenherde waren wieder bei ihnen. Gemeinsam zogen sie gen Norden. Yelanah hielt nach der Sonne Ausschau, um die Zeit zu schätzen. Es musste bereits Nachmittag sein. Die Vogelrufe hallten laut durch den Wald und von überall vereinten sich ihr fröhliches Trällern und Pfeifen. Weißer Pollen schwebte zwischen den Bäumen.

Yelanah hatte ihm sein Schwert zurückgegeben. Offenbar vertraute sie ihm. Unvermeidlich folgten dieser Einsicht weniger erfreuliche Gedanken: Im Stillen fragte er sich, ob Yelanah ihn wohl dem Elfenkönig überlassen hätte, wenn er *nicht* mit den *Dar'hana* sprechen könnte. Hatte sie ihn nur vor Khaleios bewahrt, weil er ihr und den Drachen helfen sollte? Revyn dachte lieber nicht über die Antwort nach.

Allmählich schlich sich der Abend in den Wald. Der Duft von Laub und Baumharz wurde mit der Dämmerung intensiver, wie um die Dunkelheit zu versüßen. Revyn fühlte sich erschöpft und war schrecklich hungrig – er hatte seit den *Celgonnwa*-Wurzeln heute Morgen nichts mehr gegessen. Doch Yelanah hatte wahrscheinlich noch weniger gehabt und sie beschwerte sich nicht. Revyn wollte nicht wie ein Weichling vor ihr dastehen.

»Es wird langsam dunkel«, bemerkte er nur und versuchte, dabei nicht allzu hoffnungsvoll zu klingen.

Yelanah nickte. »Wir sollten Rast machen. Heute kommen wir sowieso nicht viel weiter.« Die Drachen führten sie einen Hang hinab und ließen sich zwischen Gras und Moos nieder.

»Wollen wir nicht ein Feuer machen?«, fragte Revyn, als die Dunkelheit bereits um sich griff und er die Umrisse von Yelanah und den Drachen nur noch schemenhaft ausmachen konnte.

»Nein«, erwiderte sie lächelnd.

*Feuer ist etwas für Menschen und Elfen. Wir sind hier in den Nebeln …* Revyn konnte das Gefühl nicht beschreiben, das ihm verriet, dass Isàn gesprochen hatte. Ihm lief es kalt den Rücken hinunter – nie war er sich so bewusst gewesen, einen fremden Gedanken in sich zu haben. Langsam, fast stockend konnte er zurücksprechen.

*Wir sind in den Nebeln?*

Yelanah lachte leise. Es klang wie silberne Glocken, fand Revyn. *Hast du es nicht bemerkt? Der ganze Weg, den wir zurückgelegt haben, existiert nur hier. Alles rings um dich, den Himmel, die Erde und den Wald, gibt es nicht in der Welt, die für alle Wesen zugänglich ist. Wir befinden uns im Reich der Nebel, dem Reich der* Dar'hana.

Revyn starrte sie an. »Warst … warst du das, Yelan?«

*Wer sonst?* Laub raschelte, und vor Revyn tauchte eine Hand auf, die ihm etwas Faustgroßes entgegenhielt.

»Ich spreche die Sprache der *Dar'hana,* damit sie uns verstehen. Gewöhne dich lieber daran«, erklärte Yelanah. Dann schwenkte sie das Etwas in ihrer Hand vor ihm hin und her. »Hast du Hunger? Iss das. Es ist die Speise der *Meleyis* und des *Mahyûr*, der Kleinen

Götterkinder. Es gibt sie nur hier, in der Nebelwelt, aber dafür zu jeder Jahreszeit, bei Sommerdürre und bei Winterfrost.«

Revyn nahm das Ding – es war wohl eine Frucht – und wog es eine Weile in der Hand. Es hatte eine samtige Haut und war etwas größer und schwerer als ein Apfel. Nach kurzem Zögern biss er hinein. Zu seiner Freude war die Frucht köstlich. Sie war fest und nur leicht süß, aber mit einem eigenwilligen, vollen Geschmack. Yelanah schob ihm gleich zwei weitere Früchte hin, sie selbst aß ebenfalls, und auch die Drachen raschelten in der Dunkelheit, während sie sich die Früchte aus den Sträuchern zupften. Revyn hatte nicht gewusst, dass sie etwas anderes als Fleisch fraßen. »Wie heißt diese Frucht?«

»*Asahár Nir. Asahár* bedeutet Herz oder … pochender Stein. Und *Nir* kennst du ja vom *Nir Miludd.* Es heißt Leben.«

»Also Herz des Lebens. Oder lebendiger Stein.«

Yelanah lächelte. »Die Elfen nennen sie so. Aber sie essen die Frucht ja nicht, denn die Welt der Nebel ist ihnen nur begrenzt zugänglich. Ich nenne sie einfach *Bom.* Das heißt lecker.«

Als sie satt und zufrieden dalagen – Isàn und die Drachen hinter Yelanah, als müssten sie sie schützen, und Palagrin hinter Revyn mit wohl derselben Absicht –, lauschten sie dem Zirpen der Grillen und den fernen Rufen der Eulen.

»Was bedeutet das, in den Nebeln zu sein?«, flüsterte Revyn. »Haben wir die wirkliche Welt verlassen?« Er blickte zum Himmel auf. Wenn die Baumkronen sich im lauen Nachtwind wiegten, konnte man darüber den Himmel sehen. Die Sterne glitzerten zu ihnen herab, als hätte jemand silbernen Staub in die Luft geworfen. Es war schwer vorstellbar, dass das alles nicht existieren sollte.

»Ja und nein.« Auch Yelanah schaute in den Himmel, das erkannte Revyn, als er zur Seite schielte. Der Sternenglanz spiegelte sich in ihren Augen. »Siehst du den Himmel? Das sind die Sterne der echten Welt. Und doch strahlen sie hier viel heller, verstehst du? So ist es mit allem in den Nebeln. Die Wälder sind für uns so echt wie in der normalen Welt, aber sie sind trotzdem *tiefer*, sie sind eben … sie sind voller Zauber. Das ist die Wirklichkeit der Nebel: ihr Zauber. Der Zauber verstärkt die einen Dinge – er lässt Düfte intensiver werden und die Bäume weit in den Himmel wachsen – und schwächt anderes, was in der Realität festen Regeln folgt, so wie den Verlauf der Sonne und die Zeit … Hier sind die Grenzen zwischen Möglichem und Unmöglichem schwächer. Und manchmal verschwinden die Grenzen ganz.« In Yelanahs Stimme mischten sich Faszination und Sorge, als hätte alles, was sie von der Nebelwelt erzählte, auch seine Schattenseiten.

»Das ist alles so neu für mich«, murmelte Revyn. »Ich kann so vieles gar nicht glauben … Gibt es denn noch eine dritte Welt, eine, die sozusagen auf der anderen Seite des Nebels liegt?«

»Ich glaube ja. Wenn schon die Nebelwelt nur von *Dar'hana* und den Kleinen Gottkindern betreten werden kann, wird eine Welt noch weiter entfernt von der Wirklichkeit nur vollkommen unwirklichen Geschöpfen Zugang gewähren. Ein Ort, an dem es keine Regeln gibt, kein hier und dort, fern und nah, keine Vergangenheit, Gegenwart und Zukunft ist nicht für Sterbliche möglich. Jedenfalls ist es nicht möglich in meiner Vorstellung.« Revyn versuchte, sich eine solche Welt vorzustellen … aber es glückte ihm nicht. Wie konnte man denn leben ohne einen Augenblick, der kommt, da ist und verstreicht? Diese Gedanken beängstigten ihn.

»Was ist mit den Elfen? Ihr Dorf ist vorher verschwunden, aber du sagst ja, sie gehören auch nicht in die Nebelwelt.«

»In jeder Welt gibt es viele Ebenen und die Elfen sind auf einer dieser Zwischenebenen. Ihre Dörfer liegen in echten Hainen und können doch wie Illusionen verschwinden. Womöglich gibt es überhaupt keine klaren Grenzen zwischen all den Welten. Die Wirklichkeit der Menschen, die Haine der Elfen, die Nebelwelt und alles darüber hinaus sind vielleicht nur Ebenen, in denen die Naturgesetze mehr und mehr zerfließen.«

Revyn kam eine vage Erinnerung. Hatte er nicht schon einmal

die Nebel erlebt, noch bevor er Yelanah damals am See gesehen hatte? Vor langer Zeit ... als er mit Palagrin aus seinem Dorf geflohen war. An jenem Morgen waren plötzliche Nebel aufgekommen und der Wald hatte sich binnen Sekunden verändert. Er schauderte, als ihm klar wurde, dass er damals in der Nebelwelt gewesen war, fernab der Wirklichkeit, ohne es zu wissen.

»Ich war schon einmal in den Nebeln«, sagte er zu Yelanah. »Als ich das erste Mal mit Palagrin geritten bin. Jetzt bin ich sicher, dass das nicht mehr die Wirklichkeit war. Oder – eben eine andere.«

Yelanah sagte nichts. Dennoch hörte er, wie sie sich zu ihm drehte, ganz langsam, und sich die Hände unter den Kopf schob. Obwohl es dunkel war, hatte er das Gefühl, sie würde ihn ansehen.

»Habe ich mich schon bedankt?«, murmelte sie.

»Wofür denn?«

»Dass du damals bei mir im Kerker warst und mich verteidigen wolltest.«

Revyn hielt einen Moment lang den Atem an. »Du weißt also doch, dass ich es war!«

Sie lächelte. »Natürlich. Ich fand dich für einen Menschen gar nicht so schlecht. Ich habe es auch nicht über mich gebracht, dich zu töten.«

»Bloß weil dir die Zeit gefehlt hat.«

»Das auch.«

Sie grinsten.

»Ich hätte nie gedacht, dass wir einmal so daliegen und miteinander sprechen würden«, fuhr Revyn fort.

»Ich auch nicht.« Sie schwieg, als würde ihr erst jetzt bewusst, dass sie mit einem Menschen sprach. »Schlaf gut«, sagte sie abrupt.

»Oh, in Ordnung. – Ich meine, du auch.« Revyn hatte das ungute Gefühl, etwas Falsches gesagt zu haben. Dann war es still. Nur das Zirpen der Grillen umgab sie noch und das leise Atmen des Windes, der durch die Baumkronen strich. Mit einem Seufzen blickte Revyn in den Sternenhimmel.

Er wachte auf, als ihn ein Grashalm in der Nase kitzelte. Er verzog das Gesicht, drehte sich um und öffnete blinzelnd die Augen. Yelanah saß neben ihm und sah ihn an. Hastig strich er sich über das Gesicht und die Haare. Hatte sie ihn etwa beobachtet?

»Siehst du es?« Ihr Blick irrte zur Seite. »Morgennebel … Wenn die Nebel steigen, drängen sich die Ebenen der Wirklichkeit gegeneinander. Jetzt wäre es ganz leicht, durch die Nebel zu treten und in die Welt der Menschen zu gelangen.«

Revyn richtete sich auf. Er atmete tief ein, dann ließ er die Schultern sinken und sah sich um. »Wo sind die Drachen?«

Vorsichtig nahm Yelanah eine kleine Spinne in die Hand, die auf ihren Arm geklettert war, und setzte sie auf einem Zweig ab. »Die *Dar'hana* macht der Nebel unruhig. Wenn die Grenzen zwischen den Welten dünn werden, kommen die Drachenfänger.«

»Verstehe.« Revyn drehte sich um und pflückte zwei *Bom* von den Sträuchern. Eine davon reichte er Yelanah. Sie lächelte. Schweigend aßen sie ihr Frühstück. Der Nebel tauchte den Wald in verschwommenes Blau.

Als Yelanah fertig gegessen hatte, stand sie auf. »Ich habe Lust zu laufen.« Ohne ein weiteres Wort wandte sie ihm den Rücken zu und lief los.

Revyn beeilte sich, ihr nachzukommen. Der Nebel umschloss sie dicht und die ganze Welt schien in wattige Stille gehüllt. Nicht weit vor sich sah Revyn Yelanah rennen. Sie sprang über morsche Baumstämme und zwischen jungen Birken hindurch, erklomm Felsbrocken und kam federnd auf dem tiefen Moos auf. Immer wieder glaubte Revyn sie verloren zu haben – dann sah er wieder ihr Kleid wehen, sah ihre Hand, die einen Zweig zur Seite strich. Er hörte, wie die Holzperlen in ihren Haaren klickten. Er kam außer Atem, doch er rief nicht nach ihr und hielt nicht an. Bald glaubte er noch andere Gestalten hinter den Nebeln zu sehen. Sie schienen verschwunden, sobald er sich zu ihnen umwandte. Der Boden bebte leicht. Aufschlagende Krallen erfüllten die Stille.

»Isàn!«, schrie Yelanah jauchzend. Im Laufen streckte sie die rechte Hand aus. *Isàn!* Im selben Augenblick tauchten die Drachen aus den Nebeln auf. Isàn galoppierte neben Yelanah, und ohne anzuhalten, sprang sie auf seinen Schwanz und schwang sich hinauf. Revyn schlang sich um Palagrins Hals, als sie nebeneinander herliefen, und kam ebenso geschickt auf den Drachenrücken. Er ergriff das Mittelhorn und drückte die Beine an den kräftigen Leib. Direkt vor ihm galoppierte Yelanah. Links und rechts schlossen sich ihnen immer mehr Drachen an, bis die Herde vollständig war. Der Boden dröhnte unter ihren kräftigen Sätzen, die Nebel zerrissen wie Vorhänge, als sie durch den Wald preschten.

Yelanah ließ Isàns Mittelhorn los und breitete beide Arme aus. Ihre Hände füllten sich mit brausendem Wind. Und auch Revyn, der neben ihr ritt, löste die Hände von Palagrin und ergab sich dem Wind. Sein Herz wurde leicht. Seine Gedanken waren eins mit den Drachen und Yelanah. Er fühlte alles ... Er spürte ihre Krallen auf der Erde. Spürte ihre Muskeln arbeiten. Spürte den Wind, der Yelanahs Nacken kitzelte ...

Dann brachen sie aus dem Dickicht und gleißendes Sonnenlicht überflutete ihre Gesichter. Revyn riss die Augen auf. Er und Yelanah beugten sich vor und klammerten sich an den Drachen fest. Denn vor ihnen – gähnte ein meilentiefer Abgrund. Sie befanden sich auf einer Felszunge, die aus dem Wald ragte und sich weit über dem Land erhob. Bis zum Horizont, an dem das Tageslicht noch mit der Dämmerung rang und die schmalen Wolkenstreifen rosa schimmerten, zogen sich Waldhügel und Gebirge.

Die Drachen hielten nicht an.

Revyn öffnete den Mund, doch die Angst schnürte ihm die Kehle zu. Er spürte, wie Palagrin sich vom Boden abstieß. Und dann war gar kein Boden mehr unter ihnen.

Palagrin und die anderen Drachen spreizten die Flügel. Jetzt gelang es Revyn doch, zu schreien. Er schrie, wie er noch nie geschrien hatte, und der Wind raubte ihm seine Stimme. In rasender

Geschwindigkeit näherten sie sich der grünen Tiefe. Palagrin, der seit seiner Gefangenschaft nicht mehr geflogen war – und noch nie mit einem Reiter –, kam ins Trudeln und schwankte gefährlich hin und her. Revyn krallte sich an seinem Hals fest. Alle Eingeweide schienen ihm in die Brust gerutscht. Dann kamen die Baumkronen unter ihnen in Sicht. Im letzten Augenblick machte Palagrin einen kräftigen Flügelschlag. Welkes Laub wirbelte von den Bäumen auf und tanzte vor ihnen her, dann schossen sie über die Wipfel der Tannen und Buchen hinweg.

Revyn glaubte seekrank zu werden. Wann immer Palagrin mit den Flügeln schlug, gewannen sie vier Meter an Höhe, nur um die gleiche Strecke sofort wieder hinabzustürzen. Es ging so schnell auf und ab, als ritten sie auf stürmischen Wellen und nicht in der Luft.

Und dann, endlich, kam ein sanfter Hang in Sicht, an dem wenige Bäume standen. Die Drachen steuerten auf ihn zu. Sie öffneten die Flügel weit, um zu bremsen, und ihre Krallen berührten den Boden.

Palagrin landete auf dem Boden, strauchelte und hob wieder ab, dann landete er erneut und flatterte heftig mit den Flügeln, um das Gleichgewicht nicht zu verlieren. Revyn hielt sich noch an ihm fest, als er längst nicht mehr galoppierte, sondern gelassen zu den anderen Drachen tänzelte. Erst als er Yelanah lachen hörte, richtete er sich mühselig auf.

»Das«, erklärte Yelanah schwer atmend, »ist unsere Welt.« Und sie wies rings um sich, wo die Wälder und Berge bis in die Unendlichkeit reichten. Revyn versuchte, sich interessiert umzusehen, doch er machte dabei offenbar einen so kläglichen Eindruck, dass Yelanah wieder lachte. »Keine Sorge, das alles werden wir uns zu Fuß ansehen! Für Isàn und Palagrin ist es sowieso viel zu anstrengend, lange Strecken mit uns zu fliegen.«

Sie lenkte Isàn zurück in den Wald und Revyn galoppierte ihr mit einem leichten Gefühl von Übelkeit nach.

Die Wälder blieben so neblig, dass Revyn und Yelanah einander kaum noch ausmachen konnten. Die Bäume, die Sträucher, ja selbst einige Drachen, die etwas abseits folgten, wurden zu schemenhaften Umrissen. Revyn fühlte sich wie in einem Traum … und erschrak, als ein Grollen erklang. Erst nach einem Augenblick wurde ihm klar, dass es Donner war. Ein Gewitter lag in der Luft. Die Dunstschwaden zogen gehetzt an ihnen vorbei und die Baumkronen rauschten und pfiffen. Revyn erwartete mit jedem Augenblick heftigen Regen, doch der Himmel ließ sich Zeit. Nur der Donner rumorte unheilvoll weiter. Die Drachen schnaubten unruhig und setzten ihre Krallen zögerlicher auf die Erde, als müssten sie achtgeben, keinen falschen Schritt zu tun. Selbst Yelanah schien ein wenig blasser geworden zu sein.

»Hast du Angst vor Gewittern?«

Ein Lächeln huschte über ihr Gesicht. »Gewitter, nein, natürlich nicht. Es sind die Nebel … sie lösen sich nicht auf. Ich habe dir doch gesagt, dass die Tore zwischen den Welten sich öffnen, wenn die Nebel steigen.«

»Falls Drachenfänger kommen, kümmere ich mich um sie«, sagte Revyn leise.

Yelanah lachte. »Drachenfänger! Die sollen bloß kommen, ich habe schon genug ins Jenseits geschickt. Nein, nicht die irdische Wirklichkeit macht mir Sorgen … Gestern habe ich dir erzählt, dass da etwas in den Nebeln lauert und die *Dar'hana* in die Unwirklichkeit holt.«

Plötzlich erklang ein heller Drachenruf. Yelanah und Revyn drehten sich um. Aus den Nebeln lief einer der Drachen auf sie zu. Hinter ihm galoppierte ein Junges.

*Asrán!* Revyn zuckte zusammen, als er Yelanahs Ruf in seinen Gedanken hörte. Der Drache lief neben Yelanah und Isàn und sein Junges drängte sich ängstlich an ihn.

*Es ist hier … es ruft, es ruft nach Sayohá …* Yelanahs Blick irrte zu dem Drachenkind. Dann sprang sie von Isàns Rücken.

»Was ist?«, fragte Revyn sorgenvoll.

*Wir verlassen die Nebelwelt, in Ordnung? Dann müssen wir den Weg durch die Wirklichkeit gehen.*

Die Drachen traten näher. Revyn glaubte ein Gemurmel und mehrere Stimmen durcheinander sprechen zu hören, doch die Worte blieben ihm unverständlich. Er stieg von Palagrin.

»Sayohá und Mirihs sind die letzten Kinder dieses Stammes«, erklärte Yelanah ihm. »Sayohás Mutter … folgte dem Ruf. Asrán soll nicht auch noch seine Tochter verlieren.« Revyn nickte. Die Drachen schienen zu warten.

*Geht schon vor, ich brauche noch ein paar Dinge für die Reise,* sagte Yelanah. *Wir holen euch später ein.* Die Drachen verabschiedeten sich. Revyn sah zu, wie einer nach dem anderen in den tiefen Nebeln verschwand.

»Komm, Revyn, hast du Hunger?«, fragte Yelanah, doch sie überspielte ihre Sorge nur schlecht. »Lass uns was zu essen suchen. Wie geht es eigentlich deiner Verletzung? Wir müssen unsere Verbände erneuern, bevor wir die Nebelwelt verlassen.« Sie ging in den Wald und Revyn folgte ihr.

Der Donner grollte wieder. Der Wind rauschte laut und wütend durch die Bäume.

»Es ist zum Verzweifeln«, sagte Yelanah, während sie die Umgebung nach Sträuchern absuchte, an denen die *Bom* wuchsen. »Wenn wir einen Weg durch die Welt der Menschen wählen, wird unsere Reise mindestens eine Woche dauern. In der Nebelwelt wären wir heute Abend da gewesen …«

»Wo lebt dieser Prophet denn?«, fragte Revyn.

»Er ist König in einem kleinen Reich zwischen Haradon und Myrdhan. – Da, hier sind welche!« Yelanah lief los. Als Revyn sie eingeholt hatte, blieb er stehen. Sie waren auf eine Lichtung gekommen. Vor ihnen lag ein See – genau der See, an dem sie gestern von Khaleios und den Elfen überrascht worden waren! Es bestand kein Zweifel. Es waren dieselben schilfbewachsenen Ufer.

Yelanah bemerkte sein Stutzen. »Du weißt doch, in den Nebeln folgen hier und jetzt keinen festen Regeln … Das ist der *San Yagura Mi Dâl.* Der See, der immer wartet. Er ist leicht zu finden, wenn man ihn finden will, und außerdem der Treffpunkt, an dem die *Dar'hana* und ich uns zu jeder Zeit rufen können. Außerdem wachsen hier köstliche *Bom.*« Sie pflückte eine Frucht und warf sie Revyn zu. Er fing sie auf.

Yelanah riss sich ebenfalls ein *Bom* ab, dann lief sie ans seichte Ufer und setzte sich. Ihre Füße berührten fast das Wasser und nachdenklich blickte sie auf den See hinaus. Revyn ließ sich neben ihr nieder. Schweigend aßen sie.

Yelanah warf den abgenagten Kern ins Wasser. »Wenn ich dem Ruf einmal folgen muss, dann will ich mich keine Klippe hinunterstürzen. Dann will ich ertrinken.« Revyn starrte sie an. Als sie seinen Blick erwiderte, sah er die Tränen in ihren Augen. Sie lächelte flüchtig und blickte zu Boden.

»Ich dachte … nur die Drachen verschwinden.«

»Auch ich spüre manchmal den Sog.«

»Wieso willst du ertrinken?« Schaudernd blickte er auf die Wasseroberfläche. Die bauschigen Wolken spiegelten sich darauf. »Ertrinken muss schrecklich sein.«

»Ich glaube schon jetzt in Hilflosigkeit zu ertrinken, wieso dann nicht auch im Tod.« Abwesend wischte Yelanah sich über den Mund und stand auf. In der Nähe des Schilfs pflückte sie mehrere Kräuter und kam zurück. Ihr Gesicht hatte sich wie eine Maske verschlossen. Auch die Tränen hatten ihre Augen verlassen und ihr Blick war leer.

»Verbinden wir unsere Verletzungen.« Revyn nickte. Er löste den Verband an seinem rechten Arm, während Yelanah den an ihrer Schulter löste. Dann half sie ihm bei der Verarztung.

## Die Reise

Es war beinahe beängstigend, wie leicht man die Nebelwelt verlassen und in die Wirklichkeit treten konnte, ohne den Wechsel wahrzunehmen. Plötzlich wichen die dichten Nebel zurück, und als Revyn sich umdrehte, umgab ihn ein alter Fichtenwald. Die milchigen Schwaden waren wie vom Erdboden verschluckt. Das dichte Unterholz hatte dünnem Moos und Wurzeln Platz gemacht.

»Komm«, sagte Yelanah und lief ihm voraus. Nicht weit entfernt sahen sie die Drachen wandern. Sie holten sie ein und Yelanah und Revyn gingen neben ihnen her. Es war das erste Mal, dass Revyn mit Palagrin unterwegs war und nicht auf ihm ritt. Doch es störte Revyn nicht – er genoss es, eine Weile an nichts zu denken, außer wohin er seine Füße setzte.

Der Wald war offen und leicht zu durchqueren, obwohl es an manchen Stellen bergauf ging und schwere Felsen aus dem Boden brachen. Am Nachmittag grollte der Donner, so wie zuvor in der Nebelwelt. Ein kurzer, heftiger Platzregen kam und durchnässte sie innerhalb weniger Augenblicke. Doch als es dunkelte, waren ihre Haare und Kleider wieder trocken.

Sie schlugen ihr Nachtlager zwischen den alten Fichten auf. Der Boden war kühl und feucht, und wäre Revyn nicht vom langen Tagesmarsch völlig erschöpft gewesen, hätte er womöglich Schwierigkeiten mit dem Einschlafen gehabt. Bald hörte er das gleichmäßige Atmen von Yelanah. Er berührte mit den Fingern seinen Verband aus Blättern und atmete tief durch. Ein leichtes Ziepen ging ihm durch die Wunde. Yelanah hatte gesagt, dass sie ihm die Fäden ziehen würde, mit denen der Arzt in Logond ihm die Wunde genäht hatte.

Revyn musste plötzlich lächeln. Es war verrückt: Sein Arm tat ihm weh, er hatte Hunger, der Boden unter ihm war hart und in der Früh würden ihm alle Knochen schmerzen – und doch freute er sich auf den morgigen Tag. Er freute sich … Der Schlaf glitt über ihn

Plötzlich waren die Nebel wieder da, Revyn sah sie zwischen den Bäumen schimmern, als ginge ein inneres Licht von ihnen aus. Wo waren die Drachen? Und wo war Yelanah?

Er rannte durch den Wald und zerriss die Nebel mit seinen Schritten. Links und rechts verfolgten ihn Schemen, die verschwanden, sobald er sie ansah.

Er rief nach Yelanah. Er rief ihren Namen, wieder und wieder, laut und dann flüsternd wie eine Beschwörung. *Yelanah* …

Plötzlich merkte er, dass noch jemand in den Nebeln war. Er wandte sich um. Da, neben einer Fichte, stand Prinzessin Ardhes. Ein Schrecken glitt über ihr Gesicht, als Revyn sie entdeckte. Ihre Gestalt verschwamm, als bestünde sie aus Wasser.

Erschrocken fuhr er auf. Graues Dämmerlicht umgab ihn. Seine Kleider waren feucht vor Morgenkälte und an seinem Nacken klebten Tannennadeln. Die Drachen waren verschwunden. Erleichtert stellte Revyn fest, dass wenigstens Yelanah noch da war – sie schlief ein paar Meter entfernt. Neben ihr standen drei Körbe.

Verwirrt stand Revyn auf und ging zu ihr hinüber. Vor den Körben blieb er stehen und blickte verwundert auf sie hinab: getrocknete Fleischstreifen, *Celgonnwa*-Wurzeln, dünne Brotfladen und Beeren. Wo war das Essen hergekommen?

»Yelan?«, fragte er leise. »Yelan, wach auf!«

Sie drehte sich verschlafen um und strich sich die Haare aus der Stirn. »Was ist?«

»Die Drach… die *Dar'hana* sind weg. Und wir haben Frühstück bekommen.« Yelanah setzte sich gähnend auf und blickte auf die Körbe. Ohne zu zögern, nahm sie sich eine Handvoll Beeren und warf sie sich in den Mund.

»Keine Sorge. Die *Dar'hana* schlafen nur kurz, wenn wir hier sind. Deine Welt macht sie unruhig. Iss etwas.«

Revyn ließ sich in die Hocke sinken. »Von wem ist das alles?«

»Den Elfen. Probier die *Manjam* und das Fleisch. Oh, wunderbar – die *Celgonnwa* sind schon fertig, wir müssen sie nicht mehr rösten!« Mit flinken Fingern nahm sie einen der Brotfladen, legte die Fleischstreifen hinein, faltete alles zusammen und steckte sich gleichzeitig eine *Celgonnwa* in den Mund. Das gefaltete Fladenbrot überreichte sie Revyn.

»Ich dachte, Khaleios ist dein Feind«, sagte er skeptisch und wog das Fladenbrot in der Hand.

»Mein Feind?« Sie runzelte die Stirn, während sie kaute. »Khaleios ist ein Narr, der unglücklicherweise ein wenig Macht hat. Aber die Elfen sind verpflichtet, mich zu versorgen. Und zwar überall – nicht nur in seinem Dorf.«

Zögernd nahm Revyn einen Bissen von dem Fladenbrot. Es schmeckte köstlich. »Soll das heißen, hier ganz in der Nähe sind Elfen?«

Yelanah lachte über seinen sorgenvollen Ton. »In den *ganzen* Wäldern sind Dörfer der Elfen verstreut, manche unter Khaleios' Führung, andere nicht. Mir und den *Dar'hana* sind sie alle verpflichtet.«

Nachdenklich aß Revyn. Es war ihm nicht geheuer, dass die Elfen in der Nacht gekommen waren und er es nicht bemerkt hatte. Auch wenn er es nicht aussprach, beunruhigte ihn doch der Gedanke, wie leicht Khaleios ihn verschleppen könnte.

Als sie fertig gefrühstückt hatten, schütteten sie alle übrig gebliebenen Speisen in einen Korb, den Yelanah unter dem Arm trug. Die anderen Körbe ließen sie einfach stehen.

Bald tauchten die Drachen auf und schlossen sich ihnen an. Der Tag brach an. Bis in die Ferne setzten sich die schlanken Fichten, Zedern und Tannen fort und der tiefe Moos- und Nadelboden dämpfte ihre Schritte. Revyn erzählte Yelanah von seinem Traum, wobei er Prinzessin Ardhes ausließ. Yelanah lächelte unbestimmt, und Revyn war nicht sicher, was sie davon hielt. Er bereute schon, überhaupt damit angefangen zu haben, da sagte sie: »Vielleicht hat es mit deinem Traum eine besondere Bewandtnis, wenn du ihn schon so oft hattest. Wir können den Propheten fragen, ob er ihn deuten will. Ich würde es gerne wissen.«

Mittags legten sie eine Rast ein und ritten danach auf Isàn und Palagrin, bis der Abend kam. Sie aßen von den Elfenspeisen und schliefen wie in den Nächten zuvor unter freiem Himmel.

In den nächsten Tagen standen jeden Morgen kleine Schälchen und Körbe mit Gaben von den Elfen bereit. Manchmal gab es Früchte oder Fleisch, manchmal Quellwasser in leichten Lederschläuchen oder geheimnisvolle Getränke, bei denen Yelanah Revyn abriet, sie zu probieren.

»Menschen vertragen sie nicht«, erklärte sie, während sie selbst trank. »So wie wir Elfen ganz schwach von dem werden, was ihr trinkt, dieses … Alkahal oder so ähnlich.«

»Alkohol«, meinte Revyn. »Davon werden die meisten Menschen auch schwach.«

Allmählich lernte Revyn die Drachen besser kennen. Der Stamm der Nimorga bestand aus zwölf Mitgliedern. Die älteste *Dar'hana* war über fünfzig Jahre alt. Sie sprachen wenig in ihren Gedanken, doch wenn sie es taten, waren ihre Worte begleitet von Gefühlen, Bildern und Untertönen, die Revyn überwältigten. Hätte er einem Menschen erklären müssen, wie die Drachen sich verständigten, hätte er es mit Sprache allein nicht gekonnt – er hätte Farben und Melodien dazu gebraucht. Auch Palagrin, so schien es Revyn, begann, sich mehr und mehr wie sie auszudrücken, als lerne er etwas längst Vergessenes wieder. Es war zugleich schön und entsetzlich zu erfahren, was für Wesen die Drachen in Wirklichkeit waren. Wenn Revyn daran dachte, wie sie in Logond behandelt wurden – wie *er* die Drachen behandelt hatte –, dann wurde ihm schlecht vor Schuldgefühlen. Und er begann, sich zu fragen, ob nicht womöglich alle Tiere wie die Drachen ein

Bewusstsein in sich bargen, das dem der Menschen nicht unähnlich war …

Am achten Tag erreichten sie den Rand des Waldes. Es wurde schon dunkel, und der Himmel, der den ganzen Tag über bewölkt gewesen war, öffnete sich zum Sonnenuntergang wie eine riesige Blüte. Mit angehaltenem Atem betrachtete Revyn das Land, das vor ihnen lag. Unendlich weit erstreckten sich die zerklüfteten Felsen und schroffen Felsgipfel, bis sie im glühenden Rot des Horizonts verblassten. Obwohl Revyn nie das Meer gesehen hatte, dachte er, dass das felsige Land wie ein Ozean aussah, ein Ozean, der mitten in einer stürmischen Nacht zu Stein erstarrt war.

Nahe am Waldrand machten sie Rast und zündeten ein Lagerfeuer an. Als es dunkel war, zogen Wolken über den Himmel, sodass das Licht der Sterne kam und verschwand, als entfachte und löschte jemand eine Kolonie aus Kerzen über ihnen. Im Schein des Lagerfeuers löste Yelanah Revyns Verband und zog ihm die Nähte. Die Wunde war inzwischen gut verheilt. Es würde keine große Narbe bleiben, nur die Tätowierung darüber war leicht verzerrt.

»Was steht da?«, fragte Yelanah, während sie vorsichtig mit ihrer Dolchspitze ein Stück Faden herauszog.

Revyn blickte auf die Tätowierung. Als er an seine Abende in Logonds Vergnügungsvierteln dachte, überkam ihn Scham. Wie kindisch er sich damals benommen hatte! Gleichzeitig fragte er sich, was Capras, Twit und Jurak wohl gerade taten. Und wo sie wohl waren … Er konnte sich kaum vorstellen, dass die drei in diesem Augenblick ihr Leben wie gewohnt weiterführten, in das auch er gehörte … oder? Hatte er je das Leben eines Drachenkriegers führen sollen? Es schien ihm so lange her, dass er zu Logond, zu den Drachenkriegern und ihrem Krieg gehört hatte, dass es genauso gut ein anderes Leben hätte sein können. Dabei waren ja nur ein paar Tage seitdem vergangen. Genauso wie damals, als er sein Dorf verlassen hatte, um nach Logond zu reisen …

Seine Vergangenheit war einfach hinter ihm zurückgeblieben wie ein Kleidungsstück, aus dem er herausgewachsen war. Auch die Reise mit Yelanah und den Drachen würde zu Ende gehen. Revyn würde nicht ewig beim Stamm der Nimorga in der Wildnis bleiben können. Er würde die Erinnerungen verschließen und in ein neues Leben schlüpfen. Mit einem Schlag fühlte er sich ganz leer und durchsichtig, wie ein Geist ohne Identität.

»Revyn?« Yelanah sah ihn an. »Du hast nicht mehr geantwortet. Ist alles in Ordnung? Habe ich dir wehgetan?«

Revyn schüttelte den Kopf. »Nein, überhaupt nicht.«

Nach einem Moment wandte Yelanah sich wieder seiner Verletzung zu. Vorsichtig zupfte sie ein Stück Faden von ihrer Dolchklinge. »Und? Was bedeutet das Zeichen auf deinem Arm?«

Revyn lächelte neckisch. »Ein Drache ist das, siehst du das nicht? Als große *Meleyis,* Tochter der halbgöttlichen *Dar'hana,* solltest du das doch erkennen.«

»Du weißt, was ich meine. Das da, was steht da?« Sie pikste ihm auf die Inschrift und Revyn ließ sich wie von einem Speer getroffen zurücksinken. Ein misstrauisches Lächeln lag auf Yelanahs Gesicht.

Revyn wurde ernst und setzte sich wieder hin. »Ist doch egal«, murmelte er. »Ich kann sowieso nicht lesen.« Sie beobachtete aufmerksam sein Profil. Ein leichtes Stechen ging ihm durch die Wunde, als sie ein langes Stück Faden herauszog.

»Ist das so eine Menschensache gewesen? So eine Art … Kriegerzeichen?«

»Das ist lange her.«

Am nächsten Morgen trennten sie sich von der Drachenherde.

»Dort wo wir hingehen, ist kein Ort für die *Dar'hana*«, erklärte Yelanah, während sie sich von jedem Stammesmitglied verabschiedete. *Könnt ihr wieder in die Nebelwelt zurückkehren?*

*Wir werden in den Wäldern hier warten, solange wir können,* antwortete eine ältere *Dar'hana,* die Hayeha hieß. *Wenn es unerträglich wird, kehren wir zurück. Doch der Ruf der Nebel ist stärker denn je ... die Gefahr lauert in unserer Welt, der Schmerz und die Ruhelosigkeit in dieser.*

Yelanah umarmte ein letztes Mal Isàn, und sie tauschten Worte, die nur sie hören konnten. Auch Revyn nahm von den Drachen Abschied.

Dann machten Yelanah und Revyn sich auf den Weg. Yelanah hatte noch ein paar *Celgonnwa* in ihrem Korb und trug einen Wasserschlauch mit sich, ansonsten hatten sie keinen Proviant mehr. Doch ihre Reise würde keine zwei Tage dauern.

Der Weg durch das felsige Land war anfangs leichter, als Revyn angenommen hatte. Sie folgten den Hügelkämmen und wanderten durch tiefe Täler, doch die Berge waren hier sanft und keine Klippen hinderten sie am Vorankommen.

Die Nacht über dem Felsland war tief und schwarz. Nie hatte Revyn so viel vom Himmel gesehen. Schier endlos erstreckte er sich in alle Richtungen und vereinte sich in der Dunkelheit mit dem Land. Revyn fühlte sich, als sei alles Himmel geworden, als befänden auch Yelanah und er sich darin. Die Sterne blickten auf ihn nieder wie ein stummes Publikum. Als warteten sie darauf, dass er sie unterhielt. Und wie viele Sterne es waren!

*Denkst du nicht auch, dass sie uns beobachten?,* fragte er Yelanah.

Sie lag ganz still neben ihm. *Natürlich, Revyn. Die Geister des Lebens und des Todes begleiten alle Wesen.*

Revyn dachte darüber nach. Eine leichte Traurigkeit durchglitt ihn. *Wenn sie da sind, dann ist das aber auch alles, was sie tun. Sie beschützen uns nicht, wie die Menschen glauben. Sie haben keine Macht.*

*Vielleicht helfen sie uns nicht direkt ... Aber sie ermutigen uns, dass wir uns selbst helfen. Und gegenseitig.*

Revyn atmete tief ein. Er fühlte sich so leicht und schwer, und alle Gefühle schwirrten in ihm herum, dass er gar nicht mehr zwischen ihnen unterscheiden konnte. *Ich bin so froh, mit dir reden zu können – so, auf diese Weise,* sagte er leise. Yelanah drehte ihm das Gesicht zu, und er war sicher, dass sie verstand, was er meinte.

Je weiter sie am nächsten Tag kamen, umso beschwerlicher wurde ihr Weg. Sie hatten mehr als eine Felswand hinaufklettern müssen und waren von Schrammen übersät, ehe sie das erste Dorf entdeckten. Die Hütten waren direkt an die Felsen gebaut und sahen aus der Ferne wie Schwalbennester aus.

»Elfendörfer«, erklärte Yelanah. »Trotzdem sollten wir sie meiden. Wir haben keine Zeit zu verlieren.«

Als sie am zweiten und dritten Elfendorf vorbeikamen, entdeckten sie endlich eine kleine Straße, kaum mehr als ein Trampelpfad, der sich in verschlungenen Kurven durch das Land schlängelte.

Zu Mittag sahen sie die erste Menschenstadt. Sie thronte in der Ferne auf einem Felsgipfel und trug ihre hölzerne Wehrmauer wie eine unförmige Halskrause. Erst hier verwandelte sich der Pfad der Elfen in eine Straße, und Schluchten wurden nicht mehr umgangen, sondern mit Brücken überwunden.

Manchmal waren es klapprige Hängebrücken, denen schon Bretter fehlten und deren Seile von den Krähen zerfranst waren. Doch wann immer eine Stadt in der Nähe war, wurden die Straßen ordentlicher und breiter, und die Hängebrücken verwandelten sich in solide Steinbauten, die wie gebogene Finger über spitzzackige Felsen und Klüfte hinweggriffen.

Wanderer kamen ihnen entgegen. Es waren Händler mit großen Körben, und ein paarmal mussten sie sogar einem Wagen ausweichen, der von Ochsen oder Eseln gezogen wurde. Revyn war heimlich dankbar, dass ihnen keine Drachen begegneten – er war sicher, dass Yelanah trotz ihres Vorsatzes, sich nicht aufhalten zu lassen, versuchen würde, jeden gefangenen Drachen zu befreien. Wenn jemand ihren Weg kreuzte, wanderte ein feindseliger Blick zu Yelanah und ein argwöhnischer zu Revyn, doch niemand kam ihnen in die Quere. Die Menschen waren daran gewöhnt, ihr Land mit Elfen zu teilen.

Als die Sonne bereits auf den westlichen Horizont zuwanderte, entdeckten sie in der Ferne die Zinnen einer Burg. Nur ihre Türme und Mauern hoben sich von den Felsen ab – ansonsten verschmolz sie mit ihrer Umgebung, dass man meinen konnte, sie sei aus den Felsen herausgewachsen.

Im Näherkommen stellten Yelanah und Revyn fest, dass das Schloss auf einer Anhöhe erbaut worden war. Die Straße ging steil bergauf. Sie kamen zu einer Brücke, breiter als alle vorigen, die über ein langes Klippenfeld führte. Revyn warf einen Blick hinab, als sie die Brücke überquerten. Felsen reckten sich wie Zähne in die Höhe und reichten sogar links und rechts über die Brücke hinaus. Er fühlte sich, als würde er über das Maul eines Riesen spazieren.

»He da!«, rief ein Soldat. Am Ende der Brücke hielten drei Männer Wache und vertrieben sich die Zeit mit Würfelspielen. »Wer seid ihr und was wollt ihr?«

Yelanah war nicht stehen geblieben. »Wir wollen zum König von Awrahell.«

»Awrahell?«, platzte Revyn heraus. Das Königreich, in dem Prinzessin Ardhes lebte! Revyn fühlte sich wie ein blindes Huhn. Er hatte nicht mal gewusst, wie das Land hieß, das sie seit zwei Tagen durchreisten – er hatte nicht einmal darüber nachgedacht. Er hatte sich mit Yelanah und den Drachen so in einer anderen Welt gefühlt, dass er alles andere vergessen hatte.

»Zum König? Wieso?«, fragte einer der Soldaten.

»Wir müssen mit ihm sprechen«, erklärte Yelanah.

»Hier kann man nicht einfach reinspazieren und den König von Awrahell sehen! Eine Audienz zu bekommen ist ein langwieriger Prozess und kann Wochen dauern, vorausgesetzt der König ist überhaupt gewillt, dich anzuhören …«

»Er wird mich anhören wollen«, sagte Yelanah. »Ich bin die *Meleyis.* Richte das deinem König aus.«

Der Soldat musterte sie skeptisch, dann trat er schließlich zur Seite und wies mit seinem Speer voran. »Kommt mit. Ich zeige euch, wo ihr warten könnt.« Der Soldat ging den breiten Weg zum Schloss hinauf, Yelanah und Revyn folgten ihm.

Das Fallgitter war aufgezogen. Im Burghof liefen Stallknechte, Mägde, Gänse und Hühner umher. Etwas abseits stand ein Ochsengespann mit einem Karren voller Schweine, die von mehreren Knechten aus dem Hof getrieben wurden. Der Soldat steuerte eine prächtige Treppe an, die in eine weitläufige Halle mit mehreren Gängen führte. Direkt vor ihnen war eine Thronempore mit dem Wappen von Awrahell an der Wand.

»Bleibt hier«, wies der Soldat sie an. »Wenn ich wiederkomme, sage ich euch, ob und wann der König euch empfängt.«

Kurz bevor der Mann die Halle verlassen hatte, hörten sie eilige Schritte. Aus dem Gang, den der Soldat angesteuert hatte, lief jemand. »Prinzessin!« Der Soldat verneigte sich, doch Ardhes ging an ihm vorbei, ohne Notiz von ihm zu nehmen.

»Prinzessin Ardhes!« Revyn verbeugte sich.

Ardhes lächelte. Ihre dunklen Augen leuchteten, als sie auf ihn zukam. »Wie schön, dich zu sehen.« Kein Funken Überraschung lag in ihrer Stimme.

Eine Weile sagte niemand etwas. Dann riss Ardhes ihren Blick von Revyn los und sah Yelanah an. »Von dir habe ich schon gehört, Elfenmädchen. Sei willkommen.«

»Du bist die Tochter von Octaris?«, fragte Yelanah.

Ardhes nickte. »Er erwartet euch. Kommt, ich will euch zu ihm bringen.« Sie trat neben Revyn und wies ihnen den Weg. Der Soldat starrte ihnen verwundert nach, als sie in einem Korridor verschwanden.

Ardhes führte sie durch das Schloss. Die dunklen Steinhallen warfen das Echo ihrer Schritte laut und unheimlich zurück. Immer wieder drehte Ardhes sich um und lächelte Revyn an. Woher hatte sie gewusst, dass sie kommen würden? Hatte man sie vielleicht schon vorher auf ihrer Reise erspäht? Eigenartig, dass Ardhes gar nicht fragte, wieso sie zum König wollten …

Schließlich erreichten sie ein Zimmer, das von zwei Soldaten bewacht wurde. Als sie Ardhes sahen, öffneten sie ihr die Türflügel.

»Komm«, sagte Ardhes zu Revyn. Sie nahm seine Hand und lächelte. »Tritt ein.«

## Octaris

Sie betraten ein geräumiges Zimmer. Auf dem Steinboden lagen Teppiche und Felle ausgebreitet. In einem großen Kamin knisterte ein wohliges Feuer. Holzregale standen an den Wänden, gefüllt mit Gläsern, Krügen, Schalen und Töpfchen. Kräuter hingen zum Trocknen von der Decke herab und verströmten einen angenehmen Duft.

In der Mitte des Raumes erhob sich eine kleine runde Empore, auf der ein Elf saß. Das lange Haar umgab sein schmales Gesicht und flackerte im sanften Schein des Kaminfeuers. Sein Blick war auf Revyn gerichtet. »Sei gegrüßt.«

Revyn deutete eine Verbeugung an. »König.«

»Yelanah, große *Meleyis*.« Octaris nickte Yelanah zu.

Sie führte die Hände zum Gruß an die Stirn. *»Octaris, ashar vy uryen dâr vrahal arm getahál.«* Ihre Stimme war fest, aber trotzdem hörte Revyn, wie aufgeregt sie war. »Ich habe mich nicht geirrt. Ihr habt gewusst, dass wir Euch aufsuchen. Dann könnt Ihr vielleicht auch die Dinge vorhersehen, um deretwillen wir gekommen sind.«

Octaris lächelte ein wenig. »Ja, ich sehe die Dinge, die dein Herz bewegen, Kleine Göttin. Schön, dass wir uns endlich gegenüberstehen. Jetzt erkenne ich den Mut und die Entschlossenheit in deinen Augen.«

Yelanah neigte das Gesicht. »Auch ich habe lange auf diesen Augenblick gewartet. Jetzt kann ich endlich die Fragen stellen, die …«

Octaris nickte. »Ja, ich weiß, Yelanah. Und ich will dir sagen, was ich sagen kann. Aber zuerst«, sein Blick richtete sich auf Revyn, »erlaube mir, mit Revyn zu sprechen. Was ich ihm sagen muss, wird auch für dich von großer Bedeutung sein.« Revyn war verwirrt. Woher wusste der König seinen Namen? Hatte Ardhes ihn vorher erwähnt?

»Ich fühle mich geehrt, dich heute zu sehen«, fuhr Octaris fort. »Jemanden leibhaftig zu sehen ist doch immer etwas anderes. Ich will keine Zeit verschwenden – denn ich weiß, wie kostbar sie für dich ist. Ich glaube, ihr wollt von eurer Zukunft hören.«

Revyn runzelte leicht die Stirn. »Ehrwürdiger König, wir sind wegen der Drachen hier. Wir wollen Euch fragen, ob Ihr wisst …«

»Ja, ich weiß«, sagte Octaris – und lächelte über die Unklarheit seiner Antwort. »Du musst mir nichts erklären, Revyn. Ich kenne die Fragen, die euch herführten. Ich kenne das Gefühl in dir, wenn du daran denkst, wie schnell das Leben sich verändert und wie plötzlich die Vergangenheit hinter dir zurückbleibt – so schnell, dass du selbst nie ganz mitkommst. Aber fürchte dich nicht. Du verlierst dich dabei nicht, im Gegenteil: Wir wachsen im Verlust.«

Revyn starrte ihn an. »Woher … *was*?«

»Ich habe dich gesehen«, sagte Octaris sanft. »So wie ich Yelanah gesehen habe und alle anderen *Ahirah,* die Kinder des Schicksals. Ich sah deine Vergangenheit. Und auch deine Zukunft. Ich hoffe, du verübelst mir nicht, dass ich deine Geschichte verfolgt habe.«

»Meine *Geschichte*?«

»Die deine und die anderer. Aber wer weiß schon, ob ich sie richtig gedeutet habe – eine Geschichte ist immer nur das, was man in ihr sieht.«

Octaris verstummte und betrachtete ihn eine Weile nachdenklich. »Wenn du deine Zukunft verstehen willst, musst du die Vergangenheit kennen. Weißt du, vor fast zehn Jahren, da stand einst ein Junge auf den Felskuppen Myrdhans und blickte zum Horizont. Er wartete auf seine Eltern, die in die Schlacht gegen Haradon gezogen waren. Was er jedoch an jenem Morgen erblickte, war das Heer Haradons, das seine Heimat zerstören sollte. Der Name des Jungen ist Alasar, und heute ist er ein Mann, geformt durch den Krieg, getrieben von Rache. Dieser Mann ist einer der *Ahirah,* der Kinder von Ahiris. Er wird die Zukunft der Welt beeinflussen. Womöglich ist er der Mächtigste von allen *Ahirah.* Mächtiger noch als du, Revyn. Er wird dein Schicksal sein.«

»Ich verstehe nicht«, sagte Revyn misstrauisch.

»Zur rechten Zeit wirst du begreifen. Ich kann dir nur dieses eine sagen: Du wirst eine Rolle im Geschehen der Welt spielen. Ob du willst oder nicht.«

Plötzlich meldete sich Yelanah zu Wort. Hoffnungsvoll trat sie vor. »Ich glaube, ich weiß, welche Rolle Revyn spielen wird! Die *Dar'hana* – er ist …«

Octaris senkte den Blick und Yelanah verstummte. »Willst du hören, was die Zukunft den *Dar'hana* bringt, letzte *Meleyis*?« Yelanah sammelte ihren Mut, dann nickte sie. Fast schien es, als betrübe ihr Entschluss den König.

»Dann höre. Die *Dar'hana* gehören in die Nebelwelt. Sie sind halb sterblich und halb göttlich, halb wirklich und halb Traum. Sie gehören in eine Welt des Zwielichts, wo Realität und Zauber miteinander verschmelzen. Doch das Zeitalter der Menschen steht uns bevor. In der Zukunft wird es keinen Platz geben für unsere Magie.« Alle waren verstummt. Nur das Feuer knisterte leise. Yelanahs Gesicht war vollkommen unbewegt.

»Es tut mir leid«, sagte Octaris.

Yelanah starrte ihn aus leeren Augen an. »Ich will wissen, wieso sie verschwinden. Woher kommt der Ruf, der sie in den Tod treibt? Manche von ihnen sterben im Schlaf, und sobald das erste Tageslicht sie berührt, zerfallen sie zu Staub. Andere verlieren den Verstand. Und noch andere stürzen in Schluchten, in Feuer … nie bleibt eine Leiche zurück.«

»Der Ruf, der sich in ihre Köpfe geschlichen hat und den auch du spürst, Yelanah, stammt aus den tiefsten Nebeln. Er hallt durch alle Ebenen der Wirklichkeit. Er wurde ausgesandt von den Hütern dieser letzten Orte, verborgen hinter weißem Dunst, durch den kein Wesen aus unserer Welt gehen kann.«

»Wer sind diese Hüter?« Der Schein des Kaminfeuers leuchtete in ihren verzweifelten rubinfarbenen Augen.

»Es sind keine Wesen aus Fleisch und Blut. Genauso wie die Götter der Erde, der Sonne und des Mondes keine Lebewesen sind. Sie sind Geister, die den Lauf der Dinge bestimmen und doch weder Gedanken noch ein eigenes Herz besitzen. Der Ruf, dem die *Dar'hana* folgen, ist ein Ruf wie der, der die Blätter der Bäume im Herbst färbt. Ein Ruf wie der, der uns alt werden lässt. Ein Ruf wie der, der uns sagt, dass wir sterben müssen … Die Zeit der alten Völker ist vorüber, das ist der Ruf, den die Geister des Nebels den *Dar'hana* schicken. Unsere Tage sind das Ende eines Sommers, dessen letzte Blumenknospe in kalter Herbstnacht erfriert –«

»Nein!«

Octaris blickte sie überrascht an. Alt wirkte er plötzlich, als habe er schon viele gesehen, die vor ihm gestanden hatten wie Yelanah jetzt, mit zitternden Fäusten und einer eisernen Miene, hinter der nichts als Angst lag.

»Nein«, wiederholte sie. »Bitte! Es muss einen Ausweg geben. Wieso verschwinden die *Dar'hana* ausgerechnet jetzt, wieso …« Yelanah verstummte. Die Antwort auf ihre Frage war bereits gegeben worden. Aber die konnte sie nicht hinnehmen, niemals!

»Die *Dar'hana* verschwinden nicht einfach, weil ihre Zeit um ist«, sagte sie fest. »Sie verschwinden, weil sie nicht ertragen, gefangen gehalten zu werden. Von den Menschen!«

»Ja«, murmelte Octaris. »Die Menschen tun viele Dinge. Sie haben vergessen, dass Nebel weder Luft noch Wasser ist …«

»Aber wenn die Knechtschaft der *Dar'hana* ein Ende findet, wenn sie ihre Freiheit wiederhaben und in ihre Welt zurückkehren, dann wird alles, wie es war!«, rief Yelanah. »Der Ruf der Unwirklichkeit holt die Drachen vielleicht nur deshalb in den Tod, um sie zu schützen – vor dem Leben, das die Menschen ihnen aufzwingen. Nebel kann nicht wie Wasser gefangen werden, sonst löst er sich in Luft auf!« Sie schluckte trocken. »Dann müssen alle *Dar'hana* aus den Menschenstädten befreit werden. Sie müssen sich tiefer in den Wäldern verstecken, um nie wieder gefangen zu werden, und …«

»Man muss den Leuten sagen, dass sie die Drachen nicht mehr halten dürfen«, fügte Revyn langsam hinzu. Aber er wusste, dass die Menschen nie aufhören würden, Drachen für Geld zu fangen und für Brot zu verkaufen, für den Krieg zu zähmen … für einen Sieg zu schlachten.

»Octaris«, hob er an, »was Ihr uns erzählt habt, lässt mich zweifeln«, Revyn atmete tief aus, »und wenn diese Welt nur noch Qual und Gefangenschaft für die Drachen bedeutet – wieso sollten sie dann nicht in die Unwirklichkeit fliehen?«

Yelanah starrte ihn fassungslos an. »Und wie sollen sie dorthin gelangen?«, fragte sie herausfordernd. »Um die Grenzen der Welten zu überschreiten, muss man sterben! Was glaubst du, wieso die *Dar'hana* sich sonst in den Tod stürzen? Der Übergang ist qualvoll, und wer weiß, wie es jenseits der Realität überhaupt aussieht! Es muss ein Ort sein ohne Zeit und Raum, ohne Regeln …« Sie schauderte.

»Gibt es keinen Zauber, damit die Drachen, ohne zu sterben, die Welten wechseln können?«, fragte Revyn.

»Nein«, erklärte Octaris sanft. »Der Übergang ist nur im Tod möglich. Dem Sterben kann keiner entgehen, so wie niemand leben kann, ohne geboren zu werden. Doch«, Octaris zögerte, »eine Ausnahme gibt es wahrscheinlich. Wenn jemand stirbt, so muss die Seele des Verstorbenen entweichen können. Dabei öffnen sich die Tore vom Diesseits zum Jenseits und zu allen nebligen Ebenen dazwischen. Wenn nun viele Seelen ihre Körper gleichzeitig verlassen würden … vielleicht wären dann die Tore weit offen, und das lange genug, damit sich auch ein Lebender hindurchwagen kann. Aber das ist nur Spekulation – und wer weiß, wie viele Tote es brauchen würde … Nein, so viele Tote, das wäre unmöglich.« Er schüttelte den Kopf.

»Die *Dar'hana* dürfen nicht unwirklich werden«, sagte Yelanah. »Sie haben auch ein Recht auf diese Welt, sie gehört auch ihnen! Ich werde nicht zulassen, dass die Menschen sie verdrängen!«

Der König strich sich mit der Hand über das Gesicht, als wolle er seine sorgenvolle Miene abwischen. »Ich kenne deine Stärke, *Meleyis*, und ich weiß, wie tapfer du kämpfen kannst. Auch in dir fließt Ahiris' Macht. Du kannst versuchen, die *Dar'hana* aus der Gefangenschaft der Menschen zu befreien und die Zeit zurückzudrehen. Doch … ich sehe keine Hoffung. Ihr Untergang ist besiegelt. Es gibt mächtige *Ahirah,* die größeren Einfluss haben werden als du, Yelanah, auch wenn deine Absichten nobler sein mögen. Die großen *Ahirah* werden dafür sorgen, dass auch der letzte Drache verschwindet.«

Yelanah atmete schwer und ballte die Fäuste. »Wer sind diese *Ahirah?* Antworte! Ich werde sie töten.«

Ardhes trat erschrocken auf sie zu. »Nein!« Sogleich schloss sie wieder den Mund, als bereue sie, gesprochen zu haben. Dann hob sie stolz das Gesicht. »Die *Ahirah* sind machtvoller als du, *Meleyis*. Du kannst sie nicht aufhalten!«

Yelanah funkelte die Prinzessin wütend an.

»Bitte.« Octaris hob die Hände. »Yelanah, sei nicht vorschnell mit deinen Urteilen. Du sagst, du willst sie töten, doch einer von ihnen …«

»… wird ein König sein«, sagte Ardhes hochmütig.

Octaris nickte sichtlich verwirrt. »Ja, doch diesen meine ich nicht …«

»Revyn!« Ardhes ergriff seine Hände und zog ihn von Yelanah weg. Ein Lächeln flackerte auf ihrem Gesicht. »So lange habe ich darauf gewartet. Nun kann ich dir die Prophezeiung endlich offenbaren. Revyn … dein Schicksal ist es, die Tochter eines Elfenkönigs zu lieben. Ihr in ihr Reich zu folgen. Und den Untergang eines ganzen Volkes heraufzubeschwören.«

»Was?« Revyn trat zurück.

*»Was?«,* fragte Yelanah und kniff die Augen zusammen.

Ardhes drehte sich zu ihr um. »Es tut mir leid um deine Drachen! Ich wusste nicht, dass *sie* das Volk sein würden, das Revyn vernichten wird.«

Yelanahs Blick schwenkte zu Revyn. »Das ist dein Schicksal?«

»Nein«, rief Revyn. »Wieso sollte ich – ich versteh nicht mal, was das alles soll!«

Ardhes ergriff seine Hand und lächelte ihn an. »Es ist so vorherbestimmt! Du und ich, wir – wir werden die Welt verändern! Es war so bestimmt, von Anfang an! Ich habe dich gesehen, über all die Jahre hinweg, den Jungen, den Mann, den ich lieben soll …«

»Ardhes!« Octaris richtete sich auf und kam von seiner Empore, doch Ardhes beachtete ihn nicht.

»Revyn, hör mir zu!«, flehte sie. »Ich kenne dich besser als irgendjemand sonst! Ich weiß von deinen Geheimnissen. Ich kenne deine Vergangenheit …«

»Ardhes, nicht!« Octaris berührte ihre Schulter und zog sie von Revyn weg. Seine Hände zitterten. »Ardhes, nicht du, Yelanah … Yelanah ist die Tochter von König Khaleios.«

Ardhes starrte ihren Vater an. Dann Yelanah. Tränen standen in ihren Augen, als sie begriff.

Yelanahs Blick richtete sich auf Revyn. »Ist das wahr, dass du die *Dar'hana* in den Untergang treiben willst?«, fragte sie leise.

»Nein … ich …« Revyn wusste nicht, was er sagen sollte. Er wusste gar nichts mehr.

»Ist das wahr?«, rief Yelanah.

Octaris ließ Ardhes los. Sein Gesicht war leer, seine Stimme tonlos. »Einer der mächtigen *Ahirah* wird dich lieben, Yelanah. Er wird dir in dein Reich folgen. Und er wird Schuld am Untergang der *Dar'hana* tragen.« Er sah sie an. »Nicht alle Kinder von Ahiris sind

Helden. In den mächtigsten von ihnen – und ich vermag nicht zu sagen, welche es sind – lauert ein dunkles Herz.«

In die Stille hinein begann plötzlich Ardhes zu lachen. Es war ein heiseres Lachen, das sich kaum von einem Schluchzen unterschied. Voller Grauen starrte Revyn sie an.

»Mörder«, sagte Ardhes, während sie lachte und Tränen über ihr Gesicht liefen. »Er ist ein Mörder! Er hat Kinder – er hat seine Mutter getötet … Hörst du, Yelanah? Er hat ein böses Herz, er *liebt* dich mit einem bösen Herzen! Mit demselben Herzen, das den Untergang der Drachen ersehnt.« Ganz langsam kehrte sie ihnen den Rücken zu und trat an eine Wand, als müsste sie sich festhalten.

Yelanah war aschfahl. Ihr Blick irrte zu Revyn, der wie vom Donner gerührt dastand, dann drehte sie sich um und rannte davon.

Revyn konnte sich nicht bewegen. Ardhes' Worte hatten sein Herz getroffen und es herausgerissen – ein dunkles, schreckliches Herz. Und Yelanah hatte es gesehen.

»Warte!« Er rannte aus dem Zimmer. Yelanah verschwand am Ende des Ganges. Er lief hinterher, eine Treppe hinab, sprang über die Stufen, kam durch einen langen Korridor und eine Steinhalle. Er hatte sie fast eingeholt.

»Yelan! Yelan, warte! Bleib stehen!« Revyn bekam ihr Handgelenk zu fassen und hielt sie fest.

Mit glühenden Augen wirbelte sie herum. »Ein Mörder?« Die hohe Decke warf ihre Stimme laut zurück.

»Ich … ich bin … ich habe jemanden umgebracht, ja, ich bin ein schlechter Mensch, ich bin … Aber den Drachen, niemals! Niemals würde ich den Drachen was antun, das musst du mir glauben!«

»Ich soll dir glauben? Du hast gesagt, du hast kein Geheimnis! Ich habe dir vertraut, dich zu den *Dar'hana* geführt und in die Nebel gebracht! Und jetzt stellt sich heraus, dass du mein schlimmster Feind bist.«

Revyn konnte nichts erwidern. Alles, woran er dachte, war, dass er sie verloren hatte. Yelanah riss sich los. »Bitte!« Er hielt sie fest.

»Lass mich!« Ihre Faust traf seine Wange. Mehr aus Schock über den Schlag denn aus Schmerz taumelte er zurück. Benommen tastete er nach seinem pochenden Wangenknochen. Yelanah senkte die Hände und öffnete erschrocken den Mund, aber kein Ton kam heraus.

Plötzlich strich ein kühler Wind durch ihre Haare. Ein unheimliches Heulen irrte durch die Halle, das Echo eines Geräuschs, das nicht erklungen war. Revyn kniff die Augen zusammen.

Von irgendwo erschallte ein leises Pfeifen. Dann wurde es finster.

Erschrocken sah Revyn sich um. An den hohen Wänden der Halle krochen Schatten herauf. Sie wuchsen rasch. In der Höhe teilten sie sich und sprangen auf wie knorrige Äste. Aus dem Steinboden pulsierte Nebel. Wind brauste in die Höhe und zog Wolken mit sich, die zu schwarzen Tannen aufgingen. Die Tannen schlossen sich zu einem knarrenden, alten Wald. Dunkelheit glitt über Yelanah, doch ihr Blick war längst leer geworden. Aus der Ferne klangen verzerrte Drachenrufe. Wie hypnotisiert wandte sie sich zur Seite und mit einem Schritt verschwand sie hinter den rauschenden Zweigen der Tannen.

Revyn erhob sich. Die Halle, das Schloss, alles war verschwunden. Er stand im Wald ... im Wald der Nebelwelt! Yelanah hatte die Nebel gerufen. Nein – die Nebel hatten *sie* gerufen.

»Der Ruf der Unwirklichkeit«, flüsterte Revyn. »Der Ruf ... er hat sie!« Seine Brust krampfte sich zusammen. Dann rannte er los.

Zweige schlugen ihm entgegen. Der Wind heulte durch die Baumkronen und ließ die Blätter rauschen. Äste, Laub und Tannenzapfen flogen durch die Luft, das Ächzen von Holz erfüllte den Wald wie ein mehrstimmiges Stöhnen. Irgendwo hoch über Revyn, vielleicht aber auch direkt im Boden unter seinen Füßen, grollte der nahende Donner.

»Yelan!«, brüllte er. Der Wind verzerrte seine Stimme. Er hörte ein unwirkliches, helles Klirren wie von fernen Glocken. Plötzlich war die Umgebung in pochendes Weiß getaucht. Nebel stiegen. »YELAN!«

Er sah sie in der Ferne über Wurzeln und Steine klettern wie eine Schlafwandlerin. Er brüllte ihren Namen, aber sie hörte ihn nicht. Nur das Klirren im Wind … es war so laut und unerträglich, dass sie sonst nichts wahrnahm. Die Unwirklichkeit würde auch sie holen, die letzte *Meleyis*, nun da sie alle Hoffnung begraben hatte.

Revyn verlor sie im wabernden Grau und Weiß des Waldes. Dann rissen vor ihm die Nebel auf. Er sah den dämmrigen Himmel, der sich schwer und tief über einer Lichtung wölbte. Aber nein, es war keine Lichtung: Es war der *San Yagura Mi Dâl.* Der See, der immer wartet.

»Nein … Yelan!« Revyn sah, wie sie ins Wasser stieg. Das Schilf klagte wie aus hundert Kehlen in den Sturmböen. Blätter flatterten durch die Luft und landeten auf den unruhigen Wellen. Das Wasser stieg Yelanah bereits bis zu den Hüften … bis zur Taille …

Revyn stolperte über die Steine am Ufer, brach ins Wasser – es war eiskalt. Wellen klatschten gegen seine Brust. Schnell, er musste schneller vorwärts … Das Wasser griff nach Yelanahs Schultern. Nur noch ein paar Meter … Er streckte die Hände nach ihr aus, als der Wind ihm entgegenblies und Wasser ins Gesicht spritzte. Er kniff die Augen zusammen. Vor sich sah er flatternde Haarsträhnen, die in den Wellen verschwanden.

Revyn tauchte unter Wasser. Er bekam etwas zu fassen. Einen Ärmel. Er zog daran und ergriff Yelanahs Arm. Prustend stieß er an die Oberfläche, dann umschlang er Yelanah und hob ihren Kopf aus dem Wasser. Ihre Augen waren geschlossen. Mühselig zerrte er sie in Richtung Ufer und blieb stehen, als die Wellen ihnen gegen die Hüften schlugen. Yelanah hustete und japste nach Luft.

»Der Ruf … er hat dich in den See gelockt«, sagte Revyn atemringend. »Du wärst fast …« Sie zitterten in ihren durchnässten Kleidern, als der Wind sie umstrich. Yelanah schniefte und hustete – dann umarmte sie Revyn wortlos. Er spürte, wie sie schluchzte. Spürte ihre kalte Stirn an seiner Wange. Behutsam schloss er die Arme um sie.

»Schwöre, dass es nicht wahr ist! Du bist nicht mein Feind. Du kannst nicht mein Feind sein! So sehr können die Götter mich nicht hassen!« Tränen strömten ihr übers Gesicht. Sie ballte die Faust. Wasser lief zwischen ihren Fingern hervor. »Unsere Zeit rinnt schon dahin wie Wasser … ich kann es nicht aufhalten. Mit noch so viel Kraft nicht.«

»Zusammen können wir es, du und ich. Ich weiß nicht, wer ich bin, aber ich bin auf deiner Seite! Vertrau mir. Dann kann ich mir selbst vertrauen … ja?« Revyn schloss seine Hand um ihre Faust. Sie sah ihn lange an, wie er in der Kälte zitterte und sie hielt.

»Du bist es doch«, sagte sie leise. »Du bist der letzte *Mahyûr*. Egal was Octaris prophezeit. Ich vertraue dir.«

# Das Verschwinden

# Der letzte Mahyûr

Ardhes saß schluchzend auf dem Boden. Zehn Jahre ... Zehn Jahre lang hatte sie an den falschen Traum geglaubt. Zehn Jahre hatte sie gewartet! Und worauf? Nur um ihr Herz zu öffnen, es vor allen zu offenbaren, es zu verlieren ... Nicht sie war die Tochter eines Elfenkönigs, die der große *Ahirah* liebte. Nicht sie ... sondern ein Elfenmädchen, das sich mit Tieren in der Wildnis herumtrieb!

Als ihr Vater ihre Schulter berührte, verkrampfte sie sich. »Ardhes-*ayen*«, murmelte er traurig.

»Fass mich nicht an!« Sie schlug seine Hände weg und stand auf. »Und nenn mich nicht so ... Deine dreckigen Elfenvisionen ... Ich hasse dich!«

Octaris starrte sie an. »Was habe ich getan?«

»Du hast mir deine Märchen erzählt, Nacht für Nacht! Du hast von deinen verfluchten *Ahirah* erzählt, bis ich dachte, dass es einen Grund dafür gibt! Aber für dich bin ich weniger wert als irgendeine wilde Elfe! Ich bin nicht wichtig genug, um eine Rolle in deiner Geschichte zu spielen.«

»Ardhes«, sagte Octaris beherrscht. »Nicht ich, Ahiris entscheidet, wer welche Rollen in der Welt spielt –«

»Ich verfluche deinen Ahiris!«, schrie Ardhes. Dann rannte sie aus dem Zimmer, nur fort, fort, um ihren Vater nie wieder zu sehen. Sie wollte sterben. Wenn sie nicht das Leben bekam, das sie erwartet hatte, wollte sie gar keins. Sie schluchzte erstickt, während sie lief. Sie hatte einen Bauernjungen geliebt. Sie hatte einen Mörder geliebt.

Als sie nach draußen kam und die Außenmauer erreichte, wurde sie langsamer und versuchte, gleichmäßig zu atmen. Ihr Herzschlag beruhigte sich, bis jedes Pochen träge und schwer wie ein Hammerschlag durch ihre Brust ging. Ihre Tränen waren getrocknet, als sie ihr Zimmer erreichte. Wenn Candula gerade am Fenster saß und strickte, würde sie sie hinausschicken. Sie wollte einsam in ihrem Bett liegen. Und zwar für immer.

Als sie die Tür öffnete, saß nicht Candula am Fenster, sondern Königin Jale.

»Ich habe von meinen Zofen erfahren, dass du Besucher zu deinem Vater geleitet hast. Ich frage mich also, was du –« Jales spitze Stimme verklang, als sie Ardhes endlich ansah. Sie erhob sich. »Was ist geschehen?« Wortlos ging Ardhes zu ihrem Bett und ließ sich auf den Rücken fallen.

»Ardhes«, sagte Jale wieder. »Was ist passiert?« Ardhes öffnete den Mund, doch sie konnte nichts sagen. Als Jale sich neben sie setzte, richtete Ardhes sich wieder auf und trat zurück.

»Sprich mit mir, Ardhes!« Die Nähe ihrer Mutter kam ihr unerträglich vor. Irgendwas – sie wollte bloß irgendwas sagen, damit sie sie jetzt in Ruhe ließ.

»Ich … ich habe dich angelogen, seit ich zehn bin. Fast jede Nacht war ich bei Octaris. Er hat mir die Zauberei der Elfen beigebracht. Und du hattest recht. Ich hätte mich von ihm fernhalten sollen! Ich hasse ihn! Ich hasse Elfen!« Sie hielt sich den Handrücken vors Gesicht, als sie kichern musste. »Aber vielleicht, vielleicht ist es auch deine Schuld, Mutter. Weißt du, wieso ich mich damals zu ihm schlich? Es war die Nacht, in der König Helrodir uns besucht hat. Ich habe euch gesehen … ich habe dich gesehen mit ihm. Da habe ich mir vorgenommen, nicht wie du zu werden, so verlogen … aber ich bin's doch geworden, als ich heimlich zu Octaris ging. Und weißt du, was das Lustige ist? Octaris ist ebenso ein Lügner! Wir sind es alle! Wir sind alle gleich!« Königin Jale erhob sich. Wie aus Eis gehauen, stand sie da. Ardhes schauderte – nie hatte der Blick ihrer Mutter so kalt und lieblos auf ihr geruht.

»Was bist du nur für ein dummes Kind, Ardhes. Habe ich dir nicht gesagt, dass du dich vor Octaris in Acht nehmen sollst?

Wollte er dich mit einem Elf verkuppeln? Antworte, du! Wollte er einen Elf auf den Thron bringen?«

»Nein. Aber … er will verhindern, dass ich einen Menschen heirate«, flüsterte sie. Lauter wagte sie diese Worte nicht auszusprechen.

»Da siehst du es!«, sagte Jale schwer atmend. »Er mag verrückt sein, doch dumm ist Octaris nicht. Er weiß, wie entscheidend die Auswahl deines Gatten sein wird, für die Menschen und für die Elfen! Er will natürlich nicht, dass ein Mensch König wird. Aber Verlogenheit – die wirfst du *mir* vor!«

Ardhes weinte stumm. »Ich will nicht mehr! Ich will nichts mehr zu tun haben mit den Elfen und Menschen und der Zukunft von Awrahell! Bitte, lasst mich doch … Nur Lügen und Verrat …«

Königin Jale packte sie fest an den Armen. »Hör auf, so zu sprechen, das verbiete ich! Du bist nicht irgendeine Magd, verstanden? Du wirst einen Menschen heiraten für das Ziel, für das auch ich mein Leben gegeben habe! Jetzt hast du mit Octaris selbst erlebt, wie hinterhältig und gemein die Elfen sind. Vernichte sie mit den Waffen, die dir gegeben sind!«

»Nein.« Ardhes machte sich los. »Ich habe euch so satt, ihn und dich. Wegen Octaris habe ich dich zehn Jahre belogen und nun soll ich ihn für dich verraten? Wie könnt ihr mir das antun? Ich bin euer beider Tochter!« Jale blickte zu Boden. Dann zog sie eine Augenbraue hoch und starrte Ardhes an wie eine Fremde.

»Weißt du, Ardhes … das bist du nicht. Dein Vater ist ein edlerer König als Octaris. Ich dachte, du würdest inzwischen gemerkt haben, dass du ein vollblütiger Mensch bist.« Jale ging an ihr vorbei. Ihre Finger streiften Ardhes' Wange. Leise schloss sie die Zimmertür hinter sich.

Die Nacht hatte sich über sie gesenkt und noch immer tobte der Sturm. Die Winde peitschten durch den Wald wie Heerscharen heulender Geister und bogen die mächtigen Bäume, als seien es Schilfrohre.

Yelanah und Revyn hatten einen Unterschlupf gefunden, wo ein großer Felsen aus der Erde brach. Es war Revyn gelungen, ein kränkliches, mattes Feuer zu entfachen, das weder genügend Licht noch Wärme spendete, um dem Unwetter zu trotzen. Doch er bemühte sich auch nicht um die Flämmchen. Er saß dicht bei Yelanah, sie flüsterten ihre Geheimnisse und schworen einander Zusammenhalt, während das Gewitter grollte und die Blitze über ihnen zuckten. Revyn spürte, wie ihm die Worte entglitten, die so lange in ihm verschlossen gewesen waren, und dass mit ihnen ein dunkler Schatten aus ihm wich. Er sagte ihr alles, alles – über seinen Vater und Miran, über das vergossene Blut in ihrem Haus, über das Schweigen. Und über seine Mutter. Darüber, wie er sie umgebracht hatte.

Worte waren es gewesen. Worte wie jetzt …

Es war Spätsommer. Brütende, schwere Hitze lag über dem Dorf. Seit Wochen wartete man auf den Regen. Revyn war spät von seiner Arbeit in Barims Drachenstall zurückgekehrt. Ihm schmerzte der Rücken vom Heuballenschleppen und vom Ziehen der Karren. Er war hungrig. Die Hitze machte ihn müde und gereizt.

Seine Mutter hatte Suppe gekocht. Sie hatten noch einen frischen, weichen Laib Brot und Revyn wollte ihn essen.

»Nein!« Seine Mutter riss es ihm aus den Händen und umklammerte es ängstlich. »Wenn er heimkommt, ist er hungrig.«

Revyn schwieg. Wortlos löffelten sie ihre Suppe. Das Brot lag Revyn gegenüber, auf dem leeren Teller, den seine Mutter jeden Abend umsonst deckte. Plötzlich überfiel Revyn Zorn. Er konnte sich nicht mehr zurückhalten. All die Jahre hatte er geschwiegen, aber jetzt konnte er nicht mehr! Er sprang auf, packte das Brot und schleuderte den Teller gegen die Wand. Seine Mutter starrte ihn an, als hätte er sich vor ihren Augen in ein Monster verwandelt.

»Revyn!«, jammerte sie. »Was tust du?«

»Das hier!« Damit riss er das Brot entzwei, warf es auf den Boden und trampelte darauf herum. Seine Mutter stieß heisere, verzweifelte Laute aus.

»Du bist doch verrückt, Mama!«, schrie er, und Tränen strömten ihm über das Gesicht. »Er ist ein Mörder! Er hat Miran umgebracht! Hast du das vergessen! Antworte! Wie kannst du ihn noch lieben?« Seine Mutter stolperte nach hinten. Ihre Hand klammerte sich um ihre Kette.

»Antworte! Wie kannst du ihn lieben?«

Seine Mutter zitterte. »Er wird dich schlagen, wenn er wiederkommt. Und du hast es verdient.« Revyn starrte sie an, wie sie mühsam blinzelte und die Lippen zusammenkniff.

»Er kommt nicht wieder. Er kommt nie wieder! Er ist tot! Er ist elend krepiert! Er ist in der Hölle, Mama, hörst du? Er kommt *nie* wieder!« Seine Mutter schnappte nach Luft. Ihre Hand presste sich auf ihr Herz. Immer wieder schüttelte sie den Kopf, schüttelte und schüttelte den Kopf, als wollte sie seine Worte loswerden.

»Er ist tot! Er kommt nie wieder! Er ist tot, er ist tot.« Und seine Mutter fiel um.

Revyn erstarrte. Ein heiseres Krächzen drang aus ihrem Mund. Ihre Lider zuckten, als ihr Herz versagte. Dann war sie still. Die ganze Hütte füllte sich mit dieser Stille.

Yelanah hatte Tränen in den Augen und umarmte ihn fest, als das letzte Wort gesagt war. »Du bist nicht wie dein Vater«, flüsterte sie ihm zu. »Du hast kein schlechtes Herz, Revyn … das weiß ich.«

Er lag schweigend in ihren Armen und schloss die Augen. Könnte doch diese Nacht, dieser Augenblick nie enden … Könnte er ihr doch für immer so nah sein und nie wieder einsam!

»Ich weiß, wie es ist, niemanden zu haben oder zu denken, dass niemand da ist. Mit acht hab ich meine Eltern und das Dorf der Elfen verlassen. Der Stamm der Nimorga ist meine Familie geworden. Ich habe mit ihnen gekämpft und getötet. Ich habe gelernt, wie es ist, Brüder und Schwestern an Wahnsinn und Nebel, an den Tod und an die Menschen zu verlieren. Ich habe gelernt zu hassen. Wenn man nichts hat, woran man sich halten kann, keine Hilfe, gar nichts … dann ist der Hass eine warme Zuflucht.«

Sie hielt einen bangen Augenblick die Luft an. »Schwöre, dass du die *Dar'hana* nicht verraten wirst. Schwöre, dass du an meiner Seite kämpfen wirst, so wie ein *Mahyûr* es tun muss. Octaris' Prophezeiung soll niemals wahr werden!«

Er wischte ihr die Tränen von den Wangen. »Ich werde für die *Dar'hana* kämpfen. Ich schwöre es dir, ich schwöre dir alles! Ich werde mein Leben geben, wenn es sein muss. Ich werde dich nie alleine lassen.«

Yelanah atmete zitternd ein. »Dann wird unser Krieg gegen die Menschen beginnen.«

»Gegen das Schicksal.«

»Gegen alles, wenn es sein muss!«

Die Orkane hatten Bäume samt ihren Wurzeln aus der Erde gerissen. Schwarze Erdklumpen ragten aus dem verwüsteten Dickicht. Mageren Tannen und Fichten hatten die Winde alle Äste abgerissen und sie in völliger Blöße stehen gelassen.

Yelanah strich sich die feuchten Haarsträhnen aus dem Gesicht und zog die Knie enger an die Brust. Nachdenklich saß sie vor dem Felsspalt und beobachtete, wie Revyn schlief. Es dämmerte, doch die Sonne blieb hinter bleiernen Wolken verborgen. Seine Züge waren in Dämmerlicht getaucht.

Yelanah stieß ein langes Seufzen aus. Sie wusste, dass Revyn Wort halten würde. Er würde sie und die *Dar'hana* nicht im Stich lassen. Niemals. Wie konnte der große Prophet Octaris sich so geirrt haben …? Sie schüttelte diese Gedanken ab. Octaris hatte noch andere Dinge gesagt, an die Yelanah nicht glauben konnte – und wollte. Worte würden nichts an ihrem Beschluss ändern. Nein, sie durfte sich von Visionen nicht lähmen lassen.

*Yelan.*

Sie drehte sich um. *Ijua!*

Die junge *Dar'hana* trat aus den Schatten des Waldes. Das Fell über ihren Augen und auf ihrer Stirn war hell, was ihrem Gesicht etwas Weiches verlieh – und doch zeugten ihre sternklaren Augen von Ernst.

*Ihr seid wieder in der Nebelwelt?* Yelanah war aufgestanden. Hinter Ijua tauchten auch die anderen Drachen auf. Ijua bedeutete Yelanah, Witterung aufzunehmen.

*Menschen. Sie kommen an den Nebeln vorbei,* sagte Isàn. Yelanah schnupperte in die Luft. Nach dem Regen waren die Gerüche des Waldes so klar, als habe er sie allesamt rein gewaschen.

*Menschen,* bestätigte sie. *Pferde und ihr Metall.*

Ijua stieß langsam und drohend den Atem durch die Nüstern. *Sie sind bewaffnet.*

*Was macht dich so wütend? Sie kommen doch oft an den Nebeln vorüber.*

*Diesmal sind Brüder und Schwestern dabei.*

Yelanahs Augen glühten. *Gefangene?*

*Ja.*

Yelanah biss die Zähne zusammen. *Trommelt alle Stämme zusammen. Die Jahelán, Morghasu, Xhan, die Ivra, die Hevorah und die Lharag – heute ist der Tag unseres Kampfes.*

Ijua zögerte. *Du willst die Stämme jetzt versöhnen?*

*Ich versuche es nur noch dieses eine Mal. Heute überrede ich sie wirklich. Wir treffen uns gleich im Tal, beim Buchenwäldchen.*

*Wie du willst.*

Als die Drachen davongaloppierten, drehte Yelanah sich um. Revyn war aufgewacht. Gerade schlüpfte er unter dem Felsen hervor, ein wenig schlaftrunken noch. Yelanah ging auf ihn zu, schob sich leicht an ihm vorbei und ergriff ihren Gürtel.

»Was war los?« Er rieb sich die Augen, während Yelanah sich hastig den Gürtel um die Hüfte band.

»Der Stamm war hier. Und die Menschen – sie sind auch im Wald. Mit gefangenen *Dar'hana.* Ich habe alle Stämme zusammengerufen.«

»Alle Stämme?«

»Heute müssen sie gemeinsam in den Kampf ziehen und ihre eigenen Fehden vergessen.« Bevor Revyn noch eine Frage stellen konnte, lief Yelanah auf ihn zu und sah ihn mit leuchtenden Augen an. Die Tränen der vergangenen Nacht hatten den Kummer aus ihnen geschwemmt; nun funkelte in ihnen die Willenskraft.

»Jetzt beginnt unser Kriegszug. Uns bleibt nicht viel Zeit, wenn wir die *Dar'hana* retten wollen ... Komm, ich erkläre dir alles auf dem Weg!«

Yelanah und Revyn kehrten erst zum Ring der Eichen zurück, der hier in der Nebelwelt nicht fern war. Sie brauchten nur eine knappe halbe Stunde, bis sie den blühenden Sumpf erreichten. Yelanah holte ihren Speer und zog sich einen Lederharnisch über, der mit den Holzperlen der Elfen geschmückt war. Dann führte sie Revyn durch den Wald, einen flachen Hang hinab und zu einem kleinen Talkessel voller Buchen. Auch hier war das Gewitter nicht spurlos vorübergegangen; mächtige Stämme waren in der Mitte geborsten und hatten Schneisen in das wuchernde Grün geschlagen. Holzsplitter, so scharf wie Lanzen, stachen aus den Baumstümpfen. Von den Blättern rollte der Tau und überall tropfte und raschelte es. Während sie durch den Wald gingen, zupfte Yelanah hier und dort Früchte und Beeren von den Sträuchern.

»Ich glaube, ich habe dir schon einmal erzählt, dass es heute nur noch sieben *Dar'hana*-Stämme in diesen Wäldern gibt. Unter ihnen herrscht Streit, seit das Reich des Waldes wegen der Städte der Menschen schrumpft. Jedenfalls habe ich ein paarmal versucht, die Stämme zu versöhnen, doch sie sind stur. Jetzt haben sie keine Wahl mehr – sie müssen sich verbünden und gemeinsam gegen die Menschen kämpfen. Und sie werden es auch tun.«

»Was macht dich da so sicher?«

Yelanah lächelte sorgenvoll. »Jetzt bist *du* auf unserer Seite. Vielleicht fassen sie Vertrauen.« Sie blieben stehen. Yelanah kletterte auf einen niedergestürzten Baumstamm, über dessen silberne Rinde der Regen schwarze Streifen gezogen hatte, und blickte in die Ferne.

»Sie kommen«, sagte sie leise, als Revyn neben ihr auf den Baumstamm stieg. Er hielt die Luft an beim Anblick der Drachenherden, die aus allen Richtungen ins Tal wanderten.

*Yelanah! Yelanah!*

Die Grüße der *Dar'hana* kamen ihnen von überall entgegen und echoten durch Revyns Gedanken. Nie hatte er so viele wilde Drachen auf einmal gesehen. Einige von ihnen waren größer als alle, die er je zuvor erblickt hatte, ihre wuchtigen Mittelhörner mochten bis zu drei Ellen messen. Hinter ihm und Yelanah trat der Stamm der Nimorga aus dem Dickicht. Palagrin sandte Revyn eine vertraute Begrüßung.

Unter den anwesenden *Dar'hana* herrschte eisiges Schweigen. Feindselige Blicke wanderten von Stamm zu Stamm, und Revyn spürte, wie die Luft vor unausgesprochenen Drohungen knisterte.

Yelanah atmete tief ein, dann erhob sie ihre Stimme, so laut und klar, dass Revyn im ersten Moment zusammenzuckte.

*Ich danke euch, dass ihr alle gekommen seid! Hijuia, Führer der Xhan, sei gegrüßt – auch dich zu sehen freut mich, Fâhir von den Ivra, Bael und der Stamm der Jahelán – eure Anwesenheit ehrt mich. Nun will ich erklären, wieso der Stamm der Nimorga und ich euch zusammengerufen haben. Viele Menschen ziehen durch unsere Wälder. Und mit ihnen gefangene Brüder und Schwestern. Vor einigen Wochen ist etwas Ähnliches passiert, als der große Menschenschwarm gen Osten zog.*

Revyn wurde klar, dass Yelanah von nichts anderem als dem haradonischen Heer sprach.

*Damals versuchte ich, euch zu einem gemeinsamen Pakt zu überreden. Doch ihr habt abgelehnt.*

*Und werden es wieder tun!,* schnitt einer der *Dar'hana* ihr das Wort ab. Es war ein Drache mit kleinen, funkelnden Augen, der an der Spitze eines Stammes stand. *Deine Versuche, ein Bündnis zu schaffen, sind vergebens! Der Stamm der Xhan ist mit den Morghasu verfeindet. Ich sehe nichts, was uns außer dieser Feindschaft verbinden könnte.*

*Dann seid ihr blind!,* rief Yelanah. *Wir werden alle gemeinsam untergehen, wenn ihr nicht bald euren wahren Feind erkennt.*

Ein anderer Drache trat vor und scharrte mit den Krallen. *Hüte dich, die Stammesführer belehren zu wollen,* Meleyis … *Du gehörst zu uns* Dar'hana, *du bist die Tochter der Nebelgeister, und wir ehren dich, wie wir die Kleinen Götterkinder immer ehrten. Aber du bist trotzdem nur eine Angehörige der Nimorga.*

Yelanah stampfte mit dem Fuß auf. *Ja, ich gehöre zu euch! Euer Schicksal ist das meine! Darum hört auf mich und kämpft! Kämpft gegen die Menschen, bevor es vollends zu spät ist! Ich habe einen Propheten um Rat gefragt. Er sagte … unser Untergang ist zu verhindern, wenn wir uns der Herrschaft des Menschenvolkes entziehen!*

Revyn starrte sie an.

*Ja, aber wie?,* rief ein anderer Drache dazwischen. *Als du uns das letzte Mal gegen sie anführen wolltest, waren es Tausende, die durch unser Reich marschiert sind. Tausende! Wir Freien sind nur noch wenige, sollen wir gegen so viele Menschen kämpfen?*

Mit drei großen Sätzen kam Isàn hinter Yelanah hervor und stellte sich vor sie. Sein Blick wanderte langsam von Stamm zu Stamm. *Diesmal sind es nicht Tausende. Es sind sehr viel weniger, ich habe sie beobachtet. Und sie haben Brüder und Schwestern bei sich – die werden sich uns anschließen.*

*Anschließen?,* höhnte der Führer der Xhan. Er hob den Kopf. *Ich hatte zwei Söhne, die das Menschenvolk stahl. Fünf Jahre vergingen in der Wirklichkeit. Dann sah ich sie wieder und sie hatten sich den Zweibeinern unterworfen. Sie trugen ihre Lederriemen um die Stirn und ihre Sättel auf den Flügeln. Als ich auf sie zustürmte, um sie zu befreien, befahlen die Menschen ihnen zu fliehen – und meine Söhne, mein eigen Fleisch und Blut, sie galoppierten vor mir davon, um ihre Meister zu schützen. Sprecht nicht von Brüderschaft. Die* Dar'hana, *die sich den Menschen unterwerfen, sind keine Brüder mehr. Für sie können wir nicht unser Leben opfern.*

Revyn atmete schwer vor Erschütterung. Die Gedanken- und Bildersprache des Drachen hatte ihn so berührt, als hätte er seine traurige Geschichte selbst erlebt.

*Wenn wir nicht zusammenhalten, geht unser Volk unter,* rief Yelanah. *Erinnerst du dich nicht an den letzten Winter, Hijuia der Xhan? Hast du vergessen, dass drei deiner Angehörigen dem Ruf der Nebel in den Tod folgten? Kein Knochen ist von ihnen geblieben, so als habe es sie nie gegeben, und dasselbe Schicksal erwartet auch euch, wenn ihr euch nicht wehrt!*

Einen Augenblick herrschte Stille. Dann trat eine *Dar'hana* vor, die bis jetzt geschwiegen hatte.

*Hijuia und die Xhan haben recht. Wieso sollten wir unser Leben aufs Spiel setzen, um die zu befreien, die ihren Willen verloren haben? Es stimmt,* Meleyis, *der Ruf der Unwirklichkeit verfolgt uns alle, wir hören ihn jeden Tag und in jedem Traum – aber was haben wir davon, ihm zu entgehen, wenn wir im Kampf gegen die Menschen und unsere eigenen Brüder und Schwestern sterben? Du kannst uns nicht gegen sie aufhetzen, unser Hass auf die Menschen ist längst verwelkt. In deinem jungen, unerfahrenen Herzen glüht er noch, aber was bedeutet das schon? Du bist die einzige und letzte* Meleyis *und selbst die Elfen haben den Glauben an uns verloren.*

Unerwartet drehte sich Yelanah zu Revyn um, fasste seine Hand und hob sie in die Höhe. *Ich bin nicht die einzige* Meleyis*! Denn vor euch steht der neue* Mahyûr *und mit ihm werden wir die Fesseln der Menschen zerreißen!* Einige Drachen stießen beunruhigte Rufe aus, andere stampften mit den Krallen oder machten ein paar drohende Schritte auf ihn zu.

*Und ich dachte schon, du bringst uns eine Opfergabe,* höhnte der Stammesführer der Xhan.

Yelanah wandte sich an Revyn. »Sag ihnen etwas. Sag ihnen, dass sie vertrauen müssen!« Noch immer hielt Yelanah seine Hand hoch. Ihre Finger drückten seine.

*Ja,* sagte er stockend, *es stimmt – ich bin ein Mensch. Aber ihr hört mich sprechen wie einer von euch. Und wie einer von euch will ich für euer Volk kämpfen.*

*Seht ihr?,* rief Yelanah. *Er ist ein Sohn der Menschen, und doch ist er bereit, für eure Brüder und Schwestern zu kämpfen! Wie könnt* ihr *dann tatenlos zusehen?*

Revyn ließ den Blick von Drache zu Drache wandern. Manche von ihnen waren hinter den Bäumen und den Angehörigen ihres Stammes halb verborgen, doch es mussten insgesamt fast hundert sein. *Nur noch* hundert.

*Ein ganzes Volk,* dachte Revyn. *Ich sehe vor mir ein ganzes Volk, das dem Untergang gegenübersteht. Ich als Mensch, ich habe nicht das Recht, euch Ratschläge zu erteilen, nach allem, was mein Volk getan hat … Und was ich getan habe. Aber nur weil ich Schuld habe, will ich nicht für immer tatenlos bleiben. Nein, ich will es wiedergutmachen. Darum bitte ich jeden von euch, auf Yelanah zu hören. Kämpft um eure Freiheit, und ich will versuchen, die Menschen zu überzeugen. Haltet zusammen oder es wird zu spät sein.*

Die Drachen schwiegen beklommen. Wut leuchtete in manchen Blicken, aber auch noch etwas anderes. Vielleicht Verwirrung darüber, dass ein Mensch auf ihrer Seite stand. Vielleicht jedoch auch Anerkennung.

Yelanah trat ein Stück vor und rief: *Entscheidet ihr euch, nicht zu kämpfen, wird der Ruf der Nebel uns holen und aus der Wirklichkeit ziehen. Wir werden verschwinden, als hätte es uns nie gegeben. Wenn wir kämpfen, sterben wir vielleicht, doch vergessen wird man uns nicht. Der Tod ist unser Gefährte in diesem Krieg! Nur der Geist – unser Geist wird unsterblich sein.*

Plötzlich sprang Palagrin neben Revyn. *Ihr habt es gehört, Brüder und Schwestern! Vertraut der* Meleyis. *Vertraut dem Menschenjungen. Ich kenne ihn – ihm habe ich es zu verdanken, dass ich nicht verrückt wurde, als die Menschen meine Stammesmitglieder töteten und gefangen nahmen.*

Revyn sah Palagrin an. Nie hatte er ihm von diesen Dingen erzählt.

Die Drachen begannen, sich zu beratschlagen. Zwei Stämme schlossen sich den Nimorga an. Die Lharag, die Morghasu, die Hevorah und die Xhan machten kehrt und verschwanden in den Tiefen des Waldes.

Wortlos sah Yelanah ihnen nach.

## Verschleppt

»Wie viele sind wir?« Revyn blickte zu den Drachen zurück, die ihnen durch das Unterholz folgten. Es war unmöglich, sie zu zählen, denn immer wieder verschmolzen ihre Umrisse mit dem nebligen Wald.

Yelanah zwang sich, eine einigermaßen hoffnungsvolle Miene aufzusetzen. »Zusammen sind wir zweiundvierzig.«

Revyn fand diese Zahl überwältigend – es war zwar keine Armee, doch das Maß an Zerstörung, das man mit zweiundvierzig Drachen anrichten konnte …

*Wir wollen keine Zeit verschwenden. Rennt, Geschwister!,* sagte einer der fremden Drachen.

Als sie losgaloppierten, begann die Erde unter ihnen zu beben. Revyn fühlte sich so unbesiegbar wie noch nie in seinem Leben; nicht einmal im riesigen haradonischen Heer hatte er die Gewalt rings um sich so empfunden wie jetzt. Er hörte das Schnauben der Drachen, sah, wie die Muskeln unter dem grauen Fell arbeiteten. Mut und Zorn glommen in ihren feurigen Augen.

*Wo sind die Menschen?*, fragte Revyn.

Mehrere Antworten, auch die von Yelanah, vereinten sich zu einem einzigen, vibrierenden Echo: *Nicht mehr fern … hinter den Nebeln, nicht mehr weit …*

Fiebrige Spannung überzog seinen Körper. Er schloss die Hand um den Schwertgriff an seinem Gürtel und zog die Klinge. Er war bereit zu kämpfen, bereit für alles, um die Drachen zu retten, sie in der Welt zu halten, sie zu befreien! Er war bereit, sein Versprechen an Yelanah einzulösen.

Und mit einem einzigen Sprung brachen die Drachen durch die Nebel in die Wirklichkeit.

Plötzlich standen sie Menschen und Drachen auf einer schmalen Waldstraße gegenüber. Es waren zahme Drachen, auf denen Reiter saßen, aber auch neu gefangene, die in vergitterten Karren standen. Ein Soldatentrupp auf Pferden ritt nebenher. Die Männer trugen Uniformen mit dem Wappen Haradons. Die Drachen waren offenbar für den Krieg gefangen worden.

Yelanah holte im Galopp mit ihrem Speer aus. Gleichzeitig hörte Revyn mehrere Gedanken auf einmal. *Kämpft, Brüder und Schwestern! Erhebt euch gegen die Feinde! Schließt euch uns an, wir befreien euch!*

Die wilden Drachen in den Käfigen heulten auf, schlugen mit den Krallen gegen die Holzstäbe und stießen mit den Hörnern hindurch, als Yelanah, Revyn und die Stämme auf sie zupreschten. Die Reiter schienen wie gelähmt beim Anblick der gewaltigen Drachenherde. Manche Drachen schlugen mit den Flügeln, erhoben sich in die Luft und griffen von oben an. Ihre Hörner rissen die ersten Männer aus den Sätteln. Grauenvolle Schreie erklangen zwischen dem Donnern der schlagenden Krallen und Schwingen. Da zogen endlich die Garden des Königs ihre Waffen und trieben ihre Pferde und Drachen gegen die Angreifer.

Revyn stieß mit dem Schwert nach einem Soldaten. Ein fliegender Drache stürzte zwischen ihnen zu Boden, und der Soldat schrie auf, als sein Bein eingequetscht wurde. Einen Augenblick später war Revyn von Soldaten umzingelt und verteidigte sich mit aller Kraft. Yelanah hatte ihren Speer durch die Brust eines Mannes gebohrt, riss ihn wieder aus dem Toten und schlug damit drei Männer aus dem Weg, sodass sie einen der Drachenkarren erreichte. Sie zerbrach den Riegel und riss die Gittertür auf. Die gefangenen Drachen drängten aus ihrem Käfig und stürzten sich auf die Menschen.

Inzwischen hatte auch Revyn zwei Karren geöffnet. Rings um ihn griffen Drachen die Soldaten an. Er versuchte, weder hinzusehen noch hinzuhören, ritt durch die tobenden Massen, von einem Karren zum nächsten, und schlug die Gittertüren auf. Nur noch drei. Nur noch drei musste er öffnen, dann konnten sie flüchten und am Leben lassen, was noch lebte.

Plötzlich sirrte etwas durch die Luft. Er hörte noch das helle Pfeifen hinter sich, dann grub sich etwas in seine Seite wie ein scharfer Zahn. Er stieß einen Schmerzensschrei aus und fasste zitternd nach dem Pfeil. Warmes Blut rann ihm unter dem Harnisch am Körper hinab. Der Pfeil saß nicht tief, er hatte sich nicht einmal richtig eingebohrt. Revyn zog ihn heraus. Nur die Eisenspitze war blutig. Revyn sah sich um. Aber er entdeckte nirgendwo einen Bogenschützen. Der Pfeil musste aus der Ferne abgefeuert worden sein …

»Yelan!«, brüllte Revyn, warf den Pfeil zu Boden und jagte auf Yelanah zu, die sich mit ihrem Speer gegen mehrere Reiter wehrte. Dass Pfeile durch die Luft sirrten, hier einer, da einer, wie Blitze, die ein Gewitter ankündigen, bemerkte sie nicht.

»Yelan, es kommen mehr!« Revyn stieß mit dem Schwert einen Reiter zur Seite und ritt neben sie. Sein Blick irrte durch den umliegenden Wald. »Da sind noch mehr, lass uns verschwinden!«

Erneut zischte ein Pfeil aus dem dunklen Dickicht. Revyn riss Yelanahs Kopf herunter; das Geschoss pfiff über sie hinweg und bohrte sich in den Balken eines Karren. Wildes Kampfgebrüll schwoll an. Reiter brachen aus dem Unterholz. Revyn und Yelanah starrten auf die fremden Angreifer, die aus allen Richtungen auf sie zustürmten. Mit wildem Geschrei jagten sie in die Drachenmassen hinein und stießen den Tieren ihre Lanzen und Speere in die Beine. Yelanah schrie vor Entsetzen.

»Der da!«, erklang ein Ruf. Revyn fuhr herum. Der Mann, der gerufen hatte, war über und über mit Ruß bestrichen, sodass die weißen Augäpfel und Zähne gefährlich leuchteten. Sein Schwert deutete auf Revyn. »Der da!« Augenblicklich lenkten mehrere Reiter ihre Pferde auf Revyn zu. Isàn bäumte sich auf. Yelanah warf ihren Speer. Er riss einen der Männer vom Pferd, die anderen galoppierten weiter.

»Los, Yelan!« Revyn drängte Isàn vorwärts und hob sein Schwert. Die fremden Angreifer holten sie ein. Und da endlich erkannte Revyn sie. Erkannte ihre dunklen Haare, ihre scharfen Gesichtszüge, ihre Kleider …

Mehrere Hände versuchten, ihn zu packen und von Palagrin zu zerren, während er mit dem Schwert um sich stieß. Dann traf ihn ein Stein am Hinterkopf. Palagrin galoppierte alarmiert los, aber Revyn konnte sich nicht auf seinem Rücken halten. Die Hände an seinen Armen krallten sich fest und zerrten ihn zurück.

Das Letzte, was er sah, war das Gewirr des Kampfes, wilde Drachen und, irgendwo zwischen alledem, Yelanah, die nach ihm rief. Dann schlug ihm erneut etwas gegen den Kopf, einmal, zweimal, und das Licht verschwamm vor seinen Augen.

Träge schlängelte sich der Rauch aus den Flammen. Er stieg zur Decke der Hütte auf und tauchte den Raum in nebliges, warmes Gelb.

Khaleios atmete tief ein. Fast glaubte er zu spüren, wie der Rauch ihm durch die Nase stieg hoch in die Stirn bis in den Hinterkopf und seine Sinne auf angenehme Weise lähmte. Mit geschlossenen Augen griff er in den geöffneten Lederbeutel zu seinen Füßen und warf eine neue Handvoll der violetten Samenkörner ins Feuer. Die

Flammen knisterten, kleine Funken sprangen in die Höhe. Der gelbe Rauch wurde dichter und füllte ihm den Kopf mit wattiger Stille.

Wie von selbst tauchten seine Finger die Feder in das Tintenfässchen und setzten sie auf das Papier. Und wie von selbst begann sie zu schreiben; in großer, geschwungener Schrift flossen die Worte dahin und das Papier saugte gierig die Tinte auf. Khaleios spürte, wie die Visionen ihn durchströmten. Er sah ihn, den Menschenjungen. Sah seinen Geist. Er war ehrgeizig und verbissen, erfüllt von dem kalten Machtdurst, den nur ein Mensch im Herzen tragen konnte. Der *Ahirah,* der Mächtigste von allen, bereitete sich auf sein Schicksal vor. Er würde ein ganzes Volk in den Untergang stürzen. Und zwar sein eigenes.

Khaleios wusste, dass das Ende der Menschen nahte – nicht das der Elfen. Er fühlte es ganz genau. Der Menschenjunge bereitete sich auf einen Kampf gegen seinesgleichen vor. Und er würde in diesem überirdischen Kraftaufwand, bei dieser blutigen Tat sterben.

Khaleios' geschlossene Augen zuckten, während seine linke Hand unaufhörlich weiterschrieb. *Das Leben lässt er durch die Rache seiner Liebsten: Vergiftet wird er von seinem engsten Verwandten. Verraten vom besten Freund. Erdolcht von seinem größten Bewunderer.*

Und so stand es über den Menschenjungen geschrieben, im heiligen *Nir Miludd.*

Aus weiter Ferne spürte er, wie jemand seine Hände packte. Revyn hörte raue Stimmen in die Stille seiner Gedanken dringen, doch sie hatten ihren Sinn längst verloren, als er sie vernahm. Ein seltsamer Druck verschwand plötzlich von seiner Wange. Dass ihn jemand aufhob und wieder zu Boden warf, nahm er nur wie im Traum wahr.

Tage und Nächte schienen zu vergehen. Einmal öffnete er blinzelnd die Augen und spürte, dass der Boden und er selbst hin und her schwankten. Über ihm war ein Holzgitter und dahinter nichts als flimmerndes, unwirkliches Grau.

Das stetige Pochen in seinem Hinterkopf holte ihn schließlich ins Bewusstsein zurück. Er stöhnte vor Schmerz. Seine Zunge fühlte sich geschwollen an. Erst im zweiten Moment fiel Revyn ein, woher der Schmerz kam – ihm war ein Stein gegen den Kopf geschlagen worden. Sein Blick wurde klarer. Wieder tauchten über ihm das Holzgitter und der graue Hintergrund auf.

Wo war er?

Revyn versuchte, sich aufzurichten, doch ein Schwindelanfall raubte ihm das Gleichgewicht. Er stieß schwer mit der Schulter gegen Holzstäbe. Dort wo der Pfeil ihm in die Haut gedrungen war, durchfuhr ihn ein heißes Ziepen.

Sein Blick wanderte an den Holzstäben entlang. Wo …

Er war in einem Holzkarren. Er hob die Hände und stellte entsetzt fest, dass sie gefesselt waren.

»Wo … wo bin ich?«, stammelte er. Er drehte sich um. Hinter den Gitterstäben erstreckte sich eine endlose Hügel- und Felslandschaft. Ein weiter grauer Himmel überspannte das Land. Neben dem Karren, davor und dahinter ritten Männer auf stämmigen Pferden. Auch Karren wie der, in dem Revyn saß, fuhren in der langen Karawane. Revyn strengte die Augen an. Drachen schienen in den restlichen Karren zu liegen. Er konnte nicht sehen, ob sie verletzt oder tot oder bewusstlos waren, denn die Männer versperrten ihm die Sicht.

Er klammerte sich an die Gitterstäbe. »Wo bin ich? Wer seid ihr? Wo bringt ihr mich hin?!«

Die Reiter schenkten ihm nur dunkle Blicke. Revyn holte zitternd Luft. Es waren Myrdhaner.

Er hätte die Reiter eher erkennen müssen. Sie saßen auf den Wildpferden der Steppe, so wie die Krieger in der Schlacht. Sie trugen auch die Wolfsfelle, die er an den Myrdhanern im Krieg gesehen hatte. Sie hatten dieselben kantigen Gesichter und dieselben dunklen Haare. Doch kein Reiter in der Karawane schien älter als zwanzig. Die meisten mussten in Revyns Alter sein oder waren noch jünger.

Seine Gedanken überschlugen sich. Wieso verschleppten ihn die Myrdhaner? Wenn sie wussten, dass er ein haradonischer Krieger war, wieso hatten sie ihn dann nicht gleich getötet? Die ganze Situation war vollkommen absurd! Er sollte nicht hier sein, der Krieg zwischen Myrdhan und Haradon ging ihn nichts mehr an! Er musste zu den Drachen, zu Yelanah! Bei dem Gedanken an sie wurde ihm ganz schlecht vor Sorge. Benommen zog er sich am Gitter hoch und spähte zu den anderen Käfigen, doch er entdeckte nur Drachen.

»Was habt ihr vor?«, fragte er noch einmal. Die Myrdhaner reagierten nicht. Ein Junge mit dunklen Locken, der direkt neben seinem Karren ritt, warf ihm einen Blick zu. Er war bestimmt nicht älter als elf.

»Ich rede mit dir!«, rief Revyn. »Was wollt ihr von mir? Wohin bringt ihr mich?«

Er begann, an den Gitterstäben zu rütteln, als er merkte, dass das den Jungen beunruhigte.

»Halt dein Maul!«, zischte der Junge.

»Lasst mich hier raus! Ihr wisst nicht, wen ihr verschleppt! Ich habe nichts mit eurem Krieg zu tun! Ich – ich muss zurück, versteht ihr? Ich bin kein Krieger! Lasst mich raus!«

Der Junge nahm seinen Speer und stach mit dem stumpfen Ende nach ihm. Revyn keuchte verblüfft auf, als der Junge ihn in den Bauch traf, und taumelte zurück.

»Ihr habt den Falschen, versteht ihr das? Ich bin kein Krieger und kein –«

Der Junge stach erneut nach ihm, aber diesmal packte Revyn den Speer und riss ihn aus seinen Händen. Der Junge stieß einen erstickten Schrei aus. Blitzschnell hielt Revyn ihm die Speerspitze an den Hals.

»Hilfe!«, japste der Junge. Erschrocken blieben die anderen Reiter stehen.

»Lasst mich frei!«, rief Revyn. »Ich bin nicht euer Feind!«

»Das hat niemand behauptet.« Revyn wandte den Kopf und erblickte einen jungen Mann, der sein Pferd vor sie gelenkt hatte. Sein Gesicht war mit Ruß bestrichen. Die Farbe war an den meisten Stellen bereits verwischt, trotzdem erkannte Revyn in ihm sofort den Reiter wieder, der seine Gefangennahme befohlen hatte.

Der Junge mit den Locken wimmerte. »Tu was, Alasar!«

Revyn starrte den Jungen an, dann den Mann. »Wie heißt du?« Ihm wurde schlecht. Was hatte Octaris damals gesagt? Sein Schicksal würde sich erfüllen durch einem Mann namens …

»Nimm den Speer da weg.« Die Entschlossenheit in seiner Stimme verriet, dass er es gewohnt war, Befehle zu erteilen.

»Macht zuerst die Tür auf«, erwiderte Revyn. Die Speerspitze drückte sich in die Haut des Jungen. »Lasst mich raus und gebt mir einen Drachen.«

Der Mann schüttelte kaum merklich den Kopf. Dann schweifte sein Blick von Revyn ab und fixierte etwas hinter ihm. Alarmiert fuhr Revyn herum – doch die Steinschleuder sah er schon nicht mehr. Er wurde an der Schläfe getroffen, fiel mit dem Kopf gegen die Gitterstäbe und sackte in sich zusammen. Das Geräusch des Speeres, der klappernd aus dem Karren fiel, mischte sich mit den lauter werdenden Stimmen der Reiter.

## Die Ewigen Kinder

Wie lange war es her! Jahre schienen seit ihrer letzten gemeinsamen Stunde vergangen zu sein … Magaura lächelte. Dabei waren es nicht mehr als fünf Tage gewesen.

Der Wind fuhr ihr durch Rock und Fellumhang und strich die Haare aus ihrem Gesicht. Sie fühlte sich wie aufgelöst vor Erleichterung, als sie den kleinen Zug erspähte, der aus der Ferne auf sie zukam. Die Reiter und die Gitterwagen schienen winzig und verloren im endlosen Grün des Landes. Unbehagen überkam Magaura, wie so oft, wenn sie unter freiem Himmel war. Sie fühlte sich hier nicht sicher. Es gab keine Wände, keine Grenzen, die sie vor dem Horizont schützten. Aber mit ihren sechzehn Jahren war sie eigentlich zu alt, um sich vor dem offenen Land zu fürchten, und Alasar betonte das immer wieder.

Kurz entschlossen raffte sie ihren Rock und lief die Felsen hinab. Vorsichtig sprang sie von Stein zu Stein, bis ihre Füße in weichem Gras aufkamen. Inzwischen waren die Reiter so nah, dass sie Gesichter erkennen konnte.

»Alasar!« Sie rannte auf die Reisegruppe zu. Ein Reiter löste sich von den anderen und kam auf sie zugaloppiert; ein zweiter folgte.

»Magaura!« Noch bevor sein Pferd zum Stillstand kam, sprang er ab und umarmte sie. »Bist du ganz alleine hier draußen?«

Sie lächelte. »Wie siehst du denn aus? Vollkommen schwarz überall noch!« Mit den Fingern strich sie ihm über die Wangen und zeigte ihm den Ruß. Inzwischen war der zweite Reiter bei ihnen angekommen und sprang vom Pferd.

»Hallo, Magaura!« Es war Rahjel. Er stolperte Alasar fast in den Rücken, so schwungvoll war er vom Pferd gestiegen, und strich sich hastig die Haare glatt.

»Hallo, Rahjel.« Magaura senkte den Blick. »Wie geht es dir?«

»Oh, gut. Und dir?« Ein dritter Reiter kam bei ihnen an. Er zügelte sein grauscheckiges Pferd und lächelte Magaura an.

»Tivam!« Sie ergriff seine Hände. »Und? War die erste Schlacht so aufregend für dich, wie du gehofft hast?«

»Es geht«, erwiderte er langsam. Tivam zeigte seine Begeisterung nur selten offen. »Ich dachte, es würden mehr Männer sein. Aber da waren mehr Drachen als Krieger.«

»Also habt ihr …?«

Alasar nickte und blinzelte in die Sonne. Im Gegensatz zu

Magaura genoss er jeden Augenblick, den er draußen verbringen konnte. »Die Männer, die wir überfallen haben, hatten gleich mehrere Drachen für uns gefangen, stell dir vor. Und ich denke, wir haben auch einen geeigneten Drachenfänger erwischt.«

»Sind Kinder gestorben?«, fragte Magaura. Alasar hatte sich wieder auf sein Pferd geschwungen. Er reichte ihr die Hände und zog sie vor sich auf den Pferderücken.

»Nein. Unbedeutend ...«

Magaura schwieg. Sie hatte sich an diese Antwort gewöhnt. Als sie die dunklen Höhlen erreichten, atmete sie erleichtert aus. Dabei gab es schon seit Jahren keinen Grund mehr, die Oberfläche zu meiden. Längst waren in der Nähe neue Siedlungen entstanden und die Menschen hatten sich an ihre haradonischen Besatzer gewöhnt. Selbst der neu ausgebrochene Krieg hatte den Großteil der Bevölkerung noch nicht erreicht. Und doch hegte Magaura nicht den Wunsch, die Höhlen zu verlassen. Nur hier, im Schutz der Dunkelheit und der meterdicken Felswände, fühlte sie sich geborgen.

Jungen und Mädchen kamen ihnen entgegen und begrüßten Alasar und seine Mitstreiter. Die Karren mit den verwundeten Drachen und dem bewusstlosen Fänger wurden unter großem Aufwand in die Tiefen ihres Reiches geschleppt. Auch die Pferde der Reiter wurden in ihre unterirdischen Ställe geführt. Manchmal wenn Magaura die geschäftigen Arbeiter beobachtete, musste sie daran denken, dass sie Ameisen glichen. Wie von kleinen Insekten wurde alles rasch und selbstverständlich verrichtet und die Beute instinktiv in den richtigen Winkel ihres Baus geschleppt.

Alasar, Magaura, Rahjel und Tivam gingen den Kriegern voran, spiralförmige Treppen hinunter, durch niedrige Tunnelgänge, Stollen und Hallen, in denen das Echo von Arbeit und Betriebsamkeit nie verstummte. Höhlenkinder waren überall; sie übten sich im Kampf, trugen Körbe voll mit getrocknetem Fleisch, geernteten Wurzeln und Gemüse zu den Kochkesseln, schnitzten an langen

Holzspeeren und erneuerten Fackeln. Karren voll Salz wurden aus den entlegenen Tunnelschächten zu den Vorratsräumen geschafft. Hunderte von jungen Leuten tummelten sich in den großen Grotten, die Zentrum ihres Reiches waren. Die jüngsten Höhlenkinder waren erst sieben oder acht. Es waren Kriegswaisen wie alle, doch nicht seit der großen Schlacht, die länger zurücklag als ihre Geburt – ihre Eltern waren später durch die Hand der Haradonen gestorben. Die Ältesten waren über zwanzig. Aber hier unter der Erde, im dunklen Reich der Grotten und Felsen, die vor allen Städten der Welt da gewesen waren – was zählten da schon die Jahre eines Menschenlebens? Sie waren die Kinder der jahrtausendealten Höhlen und würden immer Höhlenkinder bleiben.

Als sie Alasar sahen, machten sie ihm und den Kriegern Platz. Zufrieden glitt sein Blick über die geschäftige Menge, während Magaura neben ihm so beschwingte Schritte machte, dass ihr Rock die Salzreste vom Boden aufwirbelte.

Stöhnend richtete Revyn sich auf. Es war dunkel um ihn bis auf ein schwaches rötliches Licht, das von irgendwoher strahlte. Vorsichtig betastete er seine Schläfe und führte seine Finger vor die Augen. Klebriges Blut haftete an ihnen. Ihm waren Rinnsale über das Gesicht gelaufen, unter denen seine Haut sich gespannt anfühlte. Revyn wollte sich den Dreck abreiben, doch jede Berührung mit seinem Kopf tat so weh, als wären alle Nerven bloßgelegt.

Schließlich drehte er sich um – und entdeckte den Mann mit dem Wolfsfell, der unmittelbar vor seinem Gefängnis hockte. Erschrocken fuhr Revyn auf. Der Mann lächelte ein wenig. Er hatte sich den Ruß abgewaschen, und nun erkannte Revyn sein Gesicht, die schmalen, verkniffenen Lippen und die Augen, die in ihren dunklen Höhlen glommen wie glatter Stein.

»Du bist im Reich der Höhlenkinder«, sagte Alasar. Noch immer saß er in der Hocke vor dem Gitterwagen, als beobachte er ein seltenes, gefährliches Tier.

»Höhlenkinder?« Revyn begriff nicht. »Alasar – so heißt du doch!«

Alasar zögerte. »Und?«

Revyn starrte ihn an. Er dachte wieder an die Worte Octaris'. Der König musste gewusst haben, dass Revyn hierher entführt werden würde! Wieso hatte er ihn nicht gewarnt?

»Was willst du von mir?«, sagte Revyn fest. »Was hat Octaris dir erzählt?«

»Wer ist Octaris?« Alasar stand auf. »Ich mag es nicht, wenn man mir dumme Fragen stellt. Du bist hier, um mir zu verraten, wie man Drachen gefügig macht. Du wirst mir eine Streitmacht zusammenstellen. Du wirst die Drachen für meine Krieger zähmen und mir erklären, wie man sie reitet und fliegt.«

»Du willst Drachen für den Krieg gegen *Haradon*?«

»Einfältiger Krieger … Für dich gibt es nur Myrdhaner und Haradonen, nicht wahr? Wir haben mit dem Krieg gegen Haradon nichts zu schaffen, wir beschmutzen unsere Hände nicht mit dem Blut, das für Fremde vergossen wird.«

Revyn schluckte schwer. »Ihr habt den Falschen. Ich bin kein Drachenfänger.«

»Du warst bei den gefangenen Drachen und hast ihre Käfige bewacht.«

Revyn schüttelte den Kopf. »Du irrst dich.«

Alasar lächelte, doch es sah eher aus, als würde er die Zähne fletschen. Revyn schauderte. »Du behauptest, dass ich mich irre, Drachenfänger?«

»Verdammter Mist«, rief Revyn. »Ich bin kein Drachenfänger, ich habe nichts mit den Drachen zu tun!«

Alasars Augen glühten. »Glaubst du, ich erkenne deine Uniform nicht? Das ist die Uniform eines Drachenkriegers! Du wirst tun, was ich verlange.«

»Ich habe nichts mit Drachen zu tun.«

»Wenn du keine Drachen zähmen kannst, wirst du sterben«,

sagte Alasar ruhig. »Überlege es dir noch mal.« Er ging ein paar Schritte zurück und drehte sich um. Leise verschwand er in der Dunkelheit.

Der Abend dämmerte, als Yelanah die Lichtung erreichte. Matt hoben sich die Birkenkronen vom samtigen Himmel ab und rauschten im Atem des Windes. Die tiefen Gerüche des Waldes spülten ihr entgegen und mischten sich mit jenem unbestimmten Duft, den man nur fühlen konnte – der aus einer anderen Welt zu kommen schien wie eine schwebende Empfindung: der süße, schläfrig machende Duft der Elfenhaine.

Isàn ging in die Knie, damit Yelanah von seinem Rücken gleiten konnte. Sie kam auf die Beine und machte mehrere wackelige Schritte auf das Tal zu. Einen Moment lang verschwammen die ockergelben Lichter vor ihr, die aus den Laubhütten blinzelten, und das silbrige Blau der Dämmerung verschluckte alles vor ihren Augen. Sie fuhr sich mit der Zunge über die Lippen und schmeckte Blut. Ohne sich noch einmal zu der Drachenherde umzudrehen, ging sie auf die Lichter des Dorfes zu.

Ihre Füße strichen durch das kühle Gras. Grillen sprangen vor ihr durch die Wiese. Immer näher kamen die gelben Lichtpunkte und immer schwächer wurden Yelanahs Schritte. Helligkeit und Finsternis begannen, im Takt ihres Herzschlages zu pochen. Eine Tür aus Laub erschien vor ihr. Kaum hatte sie eine Hand auf das Rankengeflecht gelegt, öffnete sich der Vorhang.

Yelanah kniff die Augen zusammen, als ihr das Licht entgegenströmte. Khaleios tauchte auf, mit einem Gesicht so sanft und unheimlich wie eh und je.

Nun vermochte Yelanah sich nicht mehr aufrecht zu halten – ein fester Knoten schien sich in ihr zu lösen und zerfiel in unzählige Schauer. Mit Tränen in den Augen blickte sie zu Khaleios auf.

»Khaleios … Vater«, schluchzte sie. Als sie wankte, fasste Khaleios sie an den Armen. Suchend starrte er ihr in die schwimmenden Augen.

»Ich brauche deine Hilfe«, murmelte Yelanah, und erneut strömten ihr Tränen über das Gesicht. Oh, was war sie schon – nichts, nur ein Kind, das Kraft und Stärke vorlügen wollte. Doch sosehr sie sich auch schämte, es ging um mehr als um Khaleios und sie. »Hilf mir, Khaleios. Es ist wegen des Menschenjungen.«

Er sagte noch immer nichts und seine Miene blieb unverändert. Dann schob er sie behutsam in die Hütte. »Komm. Dein Volk wird dir die Wunden verbinden und heilen, *Meleyis*. So wie immer.«

Yelanah schlief lange und tief dank der Elfenkräuter. Der würzige Geruch der getrockneten Arzneien verfolgte sie bis in ihre Träume. Dort sah sie Revyn in einem schwarzen Meer aus schlagenden und tretenden Körpern. Sie hielten sich fest umklammert, doch die Kräfte, die sie entzweirissen, waren mächtiger. Seine Brust entglitt ihren Armen, dann sein Arm, seine Hand, seine Finger. Zuletzt hielt sie nichts mehr von ihm in den Händen außer dem leeren Gefühl der Wärme, die die Erinnerung an seine Berührung heraufbeschwor. Und plötzlich wollte Yelanah nicht mehr kämpfen; sie wollte nicht mehr die *Meleyis* sein und den Tod für das Fortbestehen der Drachen willkommen heißen; sie wollte nicht mehr an der Vergangenheit festhalten, um die Zukunft der Menschen zu verhindern, es war ihr alles gleich. Sie wollte lachen. Sie wollte glücklich sein. Und leben.

Ihre Träume veränderten sich. Nun lag sie in sommerlichen Wiesen. Grashalme strichen ihr leicht über die Haut, in all ihren Gliedern kribbelte es vor Wärme und Geborgenheit. Sie lag dicht an der Erde, dem Schoß des Lebens, und war in der Unendlichkeit der Wälder beschützt wie ein Kind in den Armen seiner Mutter. Sonnenstrahlen liebkosten ihr Gesicht. Manchmal waren die Drachen bei ihr, und sie spürte ihren Atem, ihre weichen Nüstern im Haar;

dann lag Revyn neben ihr, sein Arm schlang sich um ihre Seite und sie hielt sein friedliches, schönes Gesicht in den Händen.

Sie wusste noch während ihres Schlafs, dass die heilenden Kräuter ihr diese Träume schenkten. Aber ob der Frieden nun von ihr kam oder einer Medizin, was spielte das schon für eine Rolle? Sie ließ sich in ihren Traum fallen, wieder und wieder, während die Drachen sie wie Geister umgaben und Revyns Herz in dem ihren pochte.

Als Yelanah zu sich kam, war ihr Körper mit Blütenwasser gewaschen, ihr Haar geordnet und ihre aufgesprungenen Lippen gesalbt. Kühle Umschläge lagen auf den Schrammen an ihren Armen und Beinen. Der Schein eines leise knisternden Herdfeuers umgab sie. Ohne sich umdrehen zu müssen, wusste sie, dass Khaleios neben ihr auf einem Schemel saß.

»Danke«, murmelte sie.

Mehrere Momente der Stille vergingen. Yelanah fand ihr gegenüber ein kleines sternförmiges Loch in der Rankenmauer der Hütte und konzentrierte ihren Blick darauf.

»Deine Mutter war hier.« Eine Weile wartete Khaleios ab, ob sie etwas dazu sagen wollte. Dann rührte er nachdenklich in dem Kessel, der über dem Herdfeuer hing. »Sie hat dir *Keijmahat* gekocht, mit extra vielen *Alrûsen,* so wie du es immer mochtest. Du magst es doch noch so, oder?« Vielleicht lag es am Essensduft in der Hütte oder an dem lieblosen Tonfall, in dem Khaleios sprach, doch plötzlich fühlte Yelanah sich ganz krank vor Sehnsucht und einem unbestimmten Heimweh. Halbherzig hegte sie den Wunsch, ganz normal zu sein, ein Mitglied der Elfen, ohne besonderen Rang, ohne Aufgabe …

»Willst du nichts dazu sagen?«, fragte Khaleios trocken. »Hast du kein Wort für die Fürsorglichkeit deiner Mutter übrig?«

Yelanah schloss die Augen. »Dass ich ihr nichts sagen kann, dafür hast du ja schon gesorgt. Oder warum hast du sie sonst weggeschickt? Von allein gegangen ist sie bestimmt nicht.« Khaleios'

Schweigen war Antwort genug. Sie spürte förmlich, wie er zu atmen aufgehört hatte und vor sich hin starrte.

Das erste Mal seit langer Zeit wunderte Yelanah sich über ihn. Damals, vor Jahren, als sie gemerkt hatte, dass der Geist der Nebel in ihr lebte und sie den Drachen angehörte, hatte ihre Mutter sie nicht gehen lassen wollen. Khaleios hatte sie gezwungen, es zuzulassen. Yelanah hatte nie so etwas wie Dankbarkeit für ihn empfunden, weil er ihr bei der Erfüllung ihres Schicksals geholfen hatte – noch hatte sie ihm je verübelt, dass er sie fortgehen ließ. Aber manchmal fragte sie sich doch, wieso ihre Mutter so an ihr gehangen hatte und Khaleios offenbar gar nicht. Vielleicht war er froh gewesen, dass sie gegangen war … vielleicht hatte er ihre Mutter nicht mit ihr teilen wollen. Vielleicht wollte Khaleios immer, in jeder Hinsicht, im Mittelpunkt stehen und hatte in ihr eine Gegnerin gesehen. Für ihn war alles ein Machtspiel.

Yelanah atmete tief aus und öffnete wieder die Augen. Jetzt darüber nachzudenken war sinnlos. Es gehörte der Vergangenheit an, war wie eine kleine, unbedeutende Narbe, bei der sie vergessen hatte, woher sie stammte. Und im Grunde war es ihr auch egal.

»Wir können reden, wenn du willst«, sagte Khaleios. »Was ist geschehen?«

Bruchstückhaft erzählte sie ihm von ihrem Überfall auf die Drachenfänger und von den seltsamen Fremden, die Revyn und die Drachen verschleppt hatten. »Und jetzt«, schloss sie leise, »brauche ich deine Hilfe. Du musst Revyn finden. Wir müssen ihn befreien.«

Als Khaleios schwieg, richtete Yelanah sich auf und drehte sich zu ihm um. »Du weißt, dass er der Menschenjunge ist, der die Elfen vor dem Verschwinden bewahrt. Dass er der große *Ahirah* ist. Nicht nur ich, auch du brauchst ihn! Mit deinen Visionen kannst du herausfinden, wo er ist, und dann schickst du deine Krieger, um ihn zu retten.«

»Meine Krieger?« Bitterer Spott trat in Khaleios' Gesicht. »Ich habe keine Krieger. Wir haben Jäger und Fährtensucher, ja – aber was nützt uns das für eine Schlacht? Und außerdem: Wieso sollte ich mich jetzt um den Jungen bemühen, den du mir zuvor nicht geben wolltest? Du mischst dich in meine Pläne, die Pläne unserer Zukunft ein und dann soll ich deine Fehler wiedergutmachen! Sieh dich doch an: schwach und verletzt, die große *Meleyis*, die auf eigene Faust Krieg führt!«

Yelanah spürte, wie sich ihr Inneres verkrampfte. Sie packte die Umschläge an ihren Armen und Beinen und warf sie einen nach dem anderen auf die Erde. »Du – du musst mir helfen! Wenn du nicht tust, was ich sage, dann – ich will, dass du den Jungen zurückbringst! Du kannst es! Sag mir, wo er ist, dann hole ich ihn selbst!«

Khaleios erhob sich. »Befehle mir nicht, Yelanah. Ich lasse dich gesund pflegen, aber für deine Handlungen bist nur du verantwortlich. So wolltest du es doch: Du tust, was du für richtig hältst, und ich tue, was ich für richtig halte. Was das ist, geht dich nichts an.«

Yelanah starrte ihn an, doch sein Gesicht war verschlossen und hart. Er würde sich nicht erweichen lassen. Stattdessen kehrte er ihr den Rücken, um die Hütte zu verlassen. Wütend packte sie einen der Kräuterumschläge und warf ihn nach Khaleios. Er drehte sich empört um. »Du blinder Narr! Du liegst so falsch! Da hast du deine Hilfe zurück!«

»Genug!« Khaleios wehrte ärgerlich die Blätter und Körner ab, die Yelanah ihm entgegenschleuderte. Mit großen Schritten kam er auf sie zu, aber Yelanah war flinker und entwischte ihm. Bevor er sie fassen konnte, stand sie unter dem Laubvorhang.

»Wenn du mir nicht hilfst, dann schaffe ich es allein! Ich hoffe, deine Visionen haben dich einsam genug gemacht!« Noch ehe Khaleios die Tränen sehen konnte, die über ihre Wangen liefen, hatte Yelanah den Hang erreicht und rannte aus dem Dorf.

Rahjel winkte in die Menge. »Magaura! Hier!« Als sie ihn zwischen den anderen lachenden und tanzenden Kindern entdeckte, huschte ein Lächeln über ihre Lippen. Sie lief auf ihn zu. Umgeben von den drehenden Tanzpaaren, den wehenden Röcken und springenden Füßen, berührten Rahjels Hände kaum merklich die ihren.

»Willst du tanzen?«, fragte er und musste sich nah zu ihr vorbeugen, um im fröhlichen Lärm des Festes verstanden zu werden.

»Wo ist Alasar?«

»Er ist bei diesem Drachenfänger.«

Magaura lächelte wieder und Rahjel erwiderte das Lächeln. »Ja, gerne.« Sie trat einen Schritt näher. Seine linke Hand legte sich um ihre Taille. Einen Augenblick später wirbelten sie mit den anderen Tanzpaaren durch die Halle.

Der erfolgreiche Beutezug wurde in vollen Zügen gefeiert. Ganze dreiundzwanzig Drachen waren erobert worden und davon waren fünf sogar schon gezähmt. Ein großes Feuer prasselte in der Mitte der Halle, über dem zwei Ochsen gebraten wurden. Essensduft hing in der Luft und Rahjel atmete tief ein. Selbst gebrannter Kartoffelschnaps spritzte auf sie herab, als ein junger Mann seinen Krug schwenkte. Ein kleines Mädchen rannte lachend zwischen den Tanzenden hindurch, verfolgt von einer ganzen Horde von Kindern. Rahjel sah ihnen nachdenklich hinterher. Immer wieder vergaß er, wie schnell die Zeit verging. Jahre trennten ihn bereits von diesen Kindern. Dabei erinnerte er sich noch so gut an die Spiele, die er damals gespielt hatte.

Das Gefühl seiner Kindheit überkam ihn wie ein merkwürdiger Schauder. Wie viel sorgloser er damals gewesen war! Oder kam es ihm nur so vor, weil er seine einstigen Sorgen und Ängste vergessen hatte? Ja, auch früher hatten sie viele Schwierigkeiten gehabt, nur waren sie von immer neuen Problemen verdrängt worden.

Rahjel atmete tief aus und wirbelte weiter durch die Menge der Tanzenden, drehte und drehte sich im Kreis, bis alles rings um ihn verschwamm außer Magauras Gesicht.

# Schicksal

Verzweifelt presste Revyn Daumen und Zeigefinger gegen die Nasenwurzel. Je länger er über seine Situation nachdachte, umso schlimmer schien sie zu werden. Er war von Myrdhanern verschleppt worden. Und er befand sich in einem Gitterwagen irgendwo in einer Felshöhle mitten in einsamen Hügelweiten. Außerdem wurde er für einen Drachenfänger gehalten und würde sterben, wenn er nicht für Alasar arbeitete. Das alles war doch verrückt! Es sollte nicht so sein, wie es war. Es passte nicht in sein Leben.

Sein Leben … waren Yelanah und die Drachen denn wirklich sein Leben? Vor nicht langer Zeit hatte er nach Logond gehört, in den Krieg, zu Capras, Jurak, Twit und den Zähmern, und davor …

Was war sein Leben schon? Er war wie eine Pflanze, die in neuem und wieder neuem Boden Wurzeln schlägt und keine Heimat kennt. Immer wieder wurde er aus der Welt herausgerissen, in die er zu gehören glaubte. Immer wieder verlor er die Menschen, die ihm nahestanden: Seine Familie war zerfallen, er hatte sich seinen Freunden entfremdet, und nun, da er endlich Yelanah und die Drachen gefunden hatte, war er einfach von ihr fortgezerrt worden. Was machte er denn falsch?

Dann kamen ihm die Worte des Propheten in den Sinn und er erschauerte vor Wut und vor Angst. *Du bist ein* Ahirah *… ob du willst oder nicht.*

Was auch immer Octaris gemeint hatte, was auch immer er wusste – er hatte gesehen, dass Revyn einmal hier sein würde. Das war sein Schicksal. Revyn fühlte sich vollkommen machtlos.

Ewigkeiten schienen zu vergehen. Revyn konnte die Zeit an keinem Anhaltspunkt messen. Das Licht der Fackeln, die etwas abseits seines Gefängnisses in den Felsnischen steckten, umgab ihn unverändert; nur wenn das Holz niedergebrannt war oder sich ein plötzlicher Wind hinunter verirrte, erloschen sie. Vielleicht Stunden, vielleicht Tage später kam ein Höhlenkind, um das Feuer wieder zu entfachen. Hatte Revyn Licht, so sehnte er die Dunkelheit herbei, und war es so schwarz um ihn, dass er nicht einmal sich selbst erkennen konnte, brach ihm vor Panik kalter Schweiß aus.

In der Finsternis sah Revyn Yelanah. Es dauerte eine Weile, bis sie zu ihm kam. Dann sah er sie ganz deutlich. Ihr Körper löste sich aus der Dunkelheit wie ein silberner Fisch aus einem schwarzen Teich. Nicht einmal die Gitterstäbe konnten sie aufhalten. Revyn spürte ihr Gesicht unter den Fingerspitzen, sie schloss ihre Arme um ihn, doch sie waren aus Nebel, und sobald sie ihn berührten, zerfiel ihre Gestalt.

Anfangs versuchte er, die Nebel zu rufen. Könnte doch der alte, dunkle Wald vor ihm aus dem Nichts wachsen wie damals in der Schlosshalle! Er sehnte den *San Yagura Mi Dål* herbei, flüsterte nach den Bäumen … er versuchte sogar, den Ruf der Unwirklichkeit heraufzubeschwören, der damals im Schloss von Awrahell ertönt war. Aber alles blieb vergebens. Die Welt der Nebel ließ sich nicht rufen – sie öffnete sich, wenn man sie fand.

Revyn gab auf. Er umschlang seine Beine mit den Armen, er rollte sich ein und grub die Finger in den Stoff seiner Kleider. Er wollte vergessen, dass er er selbst war. Schon einmal hatte er den Wunsch gehabt, sich zu verlassen – vor nicht langer Zeit, als er ein Waisenjunge gewesen war. Dieselbe Lähmung ergriff ihn wie in jenen Tagen nach dem Tod seiner Mutter. Dann wieder brannte in ihm die Sehnsucht, und er wollte nicht aufgeben, er wollte rennen, so schnell er konnte, bis er endlich wieder bei den Drachen und Yelanah war, wo sein Kampf stattfand und wo er hingehörte.

Kam eines der Höhlenkinder mit Licht und scheuchte die undurchdringliche Finsternis in ihre Winkel zurück, wich auch Revyn in die hinterste Ecke des Käfigs. Der Fackelschein blendete ihn so sehr, dass er die Augen zukneifen musste. Das Licht ließ Yelanah verschwinden und brachte die Wahrheit zurück: Er war ein Gefangener, dreck- und blutverkrustet. Alles, was er je gewesen war, lag so weit hinter ihm.

Langsam und gierig wie ein Parasit fraß der Hunger sich in seinen Bauch. Die zarten Rinnsale, die von der Felswand liefen, konnten seinen Durst kaum stillen. Er konnte sich bald nicht mehr bewegen. Jede Regung kostete ihn zu viel Kraft. Sein Kopf war eine pulsierende Masse, ein einziger Schmerz.

Außer leisen Schluchzern kam kein Laut über seine Lippen. Er rief nicht nach Hilfe. Er rief nicht den Namen, der ihn von Durst und Hunger erlösen würde. Er konnte nicht. Und wenn er auch den Verstand verlor, nie würde er für Alasar einen Drachen zähmen.

Igola hatte sich mit den Jahren verändert. Ihr Gesicht wirkte streng und ein wenig verbissen. Was früher sanfte Lachfalten und Runzeln mütterlicher Besorgnis gewesen waren, hatte sich in die Furchen einer harten Frau verwandelt. Früher hatte sie mehr als hundert Kinder trösten müssen, nun waren die Kinder Erwachsene und brauchten nur noch selten ihre Hilfe.

Oft hatte Igola vorgeschlagen, nicht nur junge Kriegswaisen, sondern auch ältere Myrdhaner in den Höhlen aufzunehmen. Doch Alasar schlug ihr solche Wünsche ab. Was er wollte, waren Kinder, die sich formen ließen, die sich ihm bedingungslos unterwarfen. Kinder, die hilflos und verängstigt waren. Erwachsene würden sich einem jüngeren Führer nicht beugen, das wusste Alasar. Er war Älteren gegenüber misstrauisch und hütete sich davor, jemanden in sein Reich zu lassen, der ihm seinen Platz streitig machen konnte. Igola kannte seine Gedanken nur zu gut, aber was sollte sie dagegen tun? Niemand konnte seine Stimme gegen Alasar erheben, dafür wurde er zu sehr geliebt. Zu sehr gefürchtet.

Meistens saß Igola still in einer Ecke der Halle, die früher einmal die Schlafhalle der gesamten Gruppe gewesen war. Sie hatte ein Felllager, wo sie nähte, Schuhsohlen aus Leder für die Höhlenkinder schnitt oder Kleider aus der Wolle strickte, die Alasar durch heimliche Tauschgeschäfte mit reisenden Händlern beschaffte. Von vielen wurde sie liebevoll Mütterchen genannt, doch ein spöttischer Unterton lag in dem Namen. Igola spürte nur zu genau, dass die Kinder Erwachsene als anders, fremd empfanden, ja nahezu mit Feindseligkeit betrachteten. Schließlich waren die Einzigen, die sie noch besuchten, ihre beiden Söhne. Jeden Abend aßen sie gemeinsam, obwohl es inzwischen mehr eine tote Tradition als ein vertrautes Zusammensein war. Lediglich Gewohnheit band sie aneinander, die aufzugeben Tivam, wie Igola vermutete, wahrscheinlich gar nicht so schwergefallen wäre.

Tivam hatte seine Suppenschale bereits geleert. Schweigend saß er da und beobachtete seine Mutter beim Essen. Sie hob die Schale bis an die Unterlippe und schlürfte bedächtig einen Löffel nach dem anderen. Ihre Bewegungen hatten eine Gemächlichkeit, die er früher geliebt hatte, doch jetzt fast unerträglich fand. Tivam kannte niemanden über zweiundzwanzig außer seiner Mutter. Sie kam ihm unnatürlich und merkwürdig vor. Während sie einen weiteren Löffel schlürfte, hob sie den Blick und sah ihn an.

»Du hast wieder viel zu schnell gegessen. Schnell, schnell – alles ist bei dir schnell getan. Damit du deine Mutter schnell wieder verlassen kannst. Um zu den Kampfübungen zu gehen, schnell, schnell, schnell.«

Tivam erwiderte nichts. Er sagte nie etwas, wenn seine Mutter ihn auf seine Fehler hinwies. Sie mochte ihn nicht, wie sie Rahjel mochte. Rahjel, ja, ihren großen Sohn liebte sie. Zu ihm sagte sie oft, er sehe seinem verstorbenen Vater ähnlich – er habe die gleichen schönen Augen voller Wärme. Zu Tivam sagte sie, er solle sich den stolzen Blick abgewöhnen. Aber Tivam machte sich im Grunde nicht viel daraus. Die Höhlenkinder waren seine Familie.

Rahjel leerte ebenfalls seine Schale und schien, wie so oft in letzter Zeit, tief in Gedanken versunken.

»Rahjel. Sag deinem Bruder, dass er nicht so eilig durchs Leben rennen soll. Wer schnell lebt, stürzt umso schneller in den Tod.« Rahjel sah zu Tivam hinüber und schenkte ihm ein unauffälliges Lächeln.

»Und wer das Essen hinunterschlingt wie ein wildes Tier«, erklärte Igola und stellte ihre Schüssel behutsam auf den Boden, »der wird wie ein wildes Tier nie Ruhe für den Genuss finden. Sag das deinem Bruder, du bist für ihn verantwortlich.«

Jetzt grinste Rahjel und fuhr über Tivams Lockenschopf. »Hast du gehört, Tivam? Und wenn du langsamer essen würdest, hättest du auch nicht so schnell wieder Hunger!« Tivam befreite sich aus seinem Griff. Er sprang auf und lief weg.

»Ich bin bei den Kampfübungen!«, rief er noch, dann war er davon. Auch Rahjel schob seine leere Schüssel zur Seite und rieb sich den Nacken.

»Ich seh mal nach, wie er vorankommt.« Damit beugte er sich zu Igola vor, gab ihr einen Kuss auf die Stirn und verabschiedete sich.

Rahjel ließ sich Zeit, während er durch die Gewölbe der Höhlen ging. Die meisten Kinder waren beim Abendessen und saßen auf Felsvorsprüngen und Felllagern. Feuer knisterten, Essensgeruch hing in der Luft. Die Gewölbe waren erfüllt vom Summen unzähliger Stimmen.

Es wurde über die Drachen und über Alasars neueste Pläne gesprochen. Rahjel beschleunigte kaum merklich seinen Schritt, um nicht daran erinnert zu werden. Ihm missfiel insgeheim, was Alasar anstrebte – und wenn er den blinden Gehorsam, die Verehrung seiner Anhänger beobachtete, schauderte ihn.

Rahjel hatte die Hallen hinter sich gelassen und die Stimmen der anderen waren verklungen. Gemütlich schlenderte er durch die Grotten, kam vorbei an einem See, schwenkte die Arme und spürte, wie sich ein versonnenes Lächeln auf seine Züge stahl.

Er ging nicht zu den Kampfübungen, um nach Tivam zu sehen. Stattdessen schlug er den Weg in die entlegeneren Orte des Höhlenreichs ein. Er kam an Felszacken vorbei, die das tropfende Wasser über Jahrhunderte hinweg zu langen Zähnen geformt hatte. Nur vereinzelt erhellte eine Fackel seinen Weg.

Als er einen schmalen Gang erreichte, blieb er kurz stehen. Er sah sich noch einmal um, aber er war alleine. Rasch strich er sich durch die Haare und zupfte sein Wams zurecht. Wieder musste er über seine eigene Aufregung lächeln – er wollte fast den Kopf über sich selbst schütteln. Dann ging er bis ans Ende des Ganges und wartete.

Der anführer der Höhlenkinder saß in seiner Arbeitskammer und wartete. Im Grunde war es nur eine runde Felsnische mit einem Spalt als Eingang. An der niedrigen Decke hatte er eine Lampe festgebunden und an die hinterste Wand einen schmalen Holztisch gestellt. Beide Dinge hatte er von einem der wandernden Händler, mit denen sie einen regen Tauschhandel betrieben. Der Rest der Kammer war mit Säcken, Holzscheiten und unverarbeitetem Leder vollgestopft.

Nachdenklich saß Alasar auf seinem Tisch und ließ Salz von einer Hand in die andere rieseln. Es war spät, aber er schlief in letzter Zeit unruhig und erwachte alle paar Stunden.

Fast fünf Tage waren vergangen, seit sie von ihrem Raubzug zurückgekehrt waren, und noch immer hatte der Drachenfänger sich nicht hilfreich gezeigt. Daran hatte auch die kleine Ration Wasser und Dörrfleisch vor zwei Tagen nichts geändert. Alasar musste sich unbedingt eine neue Methode ausdenken.

Endlich hörte er von draußen Schritte. Wie lange hockte er jetzt schon hier? Mindestens eine Stunde. Ein wenig grimmig beobachtete er Rahjel, der durch den Felsspalt trat. »Tut mir leid, ich war die ganze Zeit bei Igola.«

»Igola! Wie lange kann man denn über Stricken und Suppekochen reden? Ich habe gewartet!« Rahjel sah ihn nicht an. Sein Blick war auf das Salz gerichtet, das unaufhörlich von einer Hand in die andere rieselte. Alasar warf das Salz in einen der Säcke zurück.

»Ich habe Wichtiges mit dir zu besprechen.«

»Wie immer.«

Einen Augenblick überlegte Alasar, ob er sich von dem Spott in Rahjels Stimme angegriffen fühlen sollte. Doch dann lehnte er sich vor. »Ich will dem Drachenfänger noch zwei Tage geben. Dann brechen wir auf und besorgen mehr Drachen. Momentan ziehen so viele Drachenkolonnen in die Hauptstadt Haradons wie nie zuvor. Das müssen wir ausnutzen.«

»Meinst du wirklich, wir brauchen jetzt schon so viele Drachen …« Rahjel ließ sich gegen einen Sack sinken und seufzte tief.

»Wenn unser Tag gekommen ist, sollen wir dann vielleicht auf Ziegen reiten? Und jetzt hör zu, darüber wollte ich mit dir sprechen: Wenn der Drachenfänger nichts taugt, müssen wir einen neuen beschaffen, der uns die Tiere zähmt. Ich dachte an einen kleinen Elitetrupp, der sich in die Hauptstadt von Haradon einschmuggeln könnte …«

Rahjel machte große Augen. »Du willst dich in eine haradonische Stadt schleichen? Bist du wahnsinnig? Ausgerechnet jetzt, wo der Krieg wieder angefangen hat!«

Alasar trommelte ungeduldig mit den Fingern auf den Tisch. Er konnte nicht mehr lange warten und Rahjel wusste das. Unzufriedene Stimmen wurden immer öfter laut; ein paar Höhlenkinder waren gegen seine Pläne. Nicht jeder wollte das Höhlenreich verlassen. Nicht jeder sehnte sich nach Rache. Diesen Zweiflern käme es gerade recht, wenn Alasars Bemühungen umsonst waren und die Drachen, die sie auf gefahrvollen Wegen erbeutet hatten, wild und nutzlos für sie blieben. Ohne gezähmte Drachen konnten sie in keinen Kampf ziehen, das war eine Tatsache. Es hing alles von der Arbeit eines Zähmers ab.

»Wir werden Logond ja nicht angreifen. Nur ein paar schmuggeln sich hinein«, sagte Alasar. »Ein paar Männer genügen für eine Entführung.«

»Man würde uns sofort erkennen und für myrdhanische Spione halten.«

»Bei dem Punkt habe ich gleich an dich gedacht«, sagte Alasar lächelnd. »Du siehst nicht sehr myrdhanisch aus. Die dunklen Haare verstecken wir unter einer Kapuze. Abgesehen davon ist unsere Haut heller als die der anderen Myrdhaner – wir sind sogar heller als manche Haradonen.«

Rahjel verschränkte die Arme. »Ich weiß nicht.«

Alasar beobachtete ihn verärgert. Dass ausgerechnet Rahjel, sein engster Gefährte seit Kindertagen, zu denen gehörte, die seine Pläne mit Skepsis verfolgten, schnitt ihm ins Herz. Er wusste genau, dass Rahjel ihm nur ihrer Freundschaft wegen zur Seite stand. Rahjel hätte ebenso gut an die Oberfläche ziehen und wieder Felder bestellen können wie ihre Väter und Großväter zuvor; er würde zufrieden Steuern an die haradonischen Besatzer zahlen und als einfacher Bauer vor sich hin leben, nur um in irgendeinem Krieg von irgendwelchen Soldaten abgeschlachtet zu werden. So klug und verständnisvoll er auch sein mochte – Rahjel träumte nicht von großen Dingen. Er unterstützte Alasar in seinem Streben nach einer besseren Welt mit demselben sanften, gleichgültigen Lächeln, mit dem er ihm auch beim Bau eines Hühnerstalls geholfen hätte.

»Wir müssen alles versuchen«, beharrte Alasar.

Rahjel blickte auf, weil es wie eine Drohung geklungen hatte. Er erhob sich leicht aus seiner bequemen Haltung.

»Die Zukunft der Höhlenkinder hängt davon ab, wie gut wir auf einen Krieg vorbereitet sind. Kein Opfer kann für unseren Sieg groß genug sein. Wir müssen alles geben. Und zwar jetzt. Bestimmt gehen schon Gerüchte über uns um; den Überfall auf die Drachenkolonne wird man dem myrdhanischen Heer zuschreiben, aber wie lange? Unser Versteck fliegt langsam auf, wie der Laubhaufen eines verdammten Igels im verdammten Sturm!«

»Du hast recht.« Rahjel räusperte sich. »Und wann … willst du wieder losziehen?«

»In zwei Tagen. Wir versuchen unser Glück wieder an der Waldstraße, die nach Logond führt, diesmal ein paar Meilen weiter westlich, näher an der Stadt. So kurz vor dem Ende ihrer langen Reise sind die Drachenfänger erschöpft und erwarten keine Überfälle mehr. Vielleicht haben wir ja Glück, und unter den Drachenfängern ist einer, der geeigneter ist als dieser störrische Kerl.«

»Ich dachte, du hältst viel von ihm«, warf Rahjel ein.

»Ich würde viel von ihm halten, wenn er endlich was täte!«, schnaubte Alasar. Doch er wusste im Grunde, dass sie den richtigen Fänger mitgenommen hatten. Er hatte beobachtet, wie der Junge im Kampf mit den Drachen umgegangen war, wie er ihnen sogar zugerufen hatte – die wilden Tiere waren ihm gefolgt und nachgestürmt wie zahme Pferde. An dem Können des Haradonen zweifelte Alasar nicht – er zweifelte nur an seinem Willen. Es war immer der Willen der Menschen, den man für sich gewinnen oder brechen musste.

»Zwei Tage sind kurz …«, murmelte Rahjel. »Willst du ihm nicht ein wenig mehr Zeit geben? Ich habe einen Vorschlag: In zwei Tagen brechen wir auf und besorgen neue Drachen. Dann kommen wir frühestens eine Woche später zurück und warten ab, wie der Haradone sich entschieden hat. Wenn er uns dann noch immer nicht helfen will, dann – erst dann holen wir uns einen neuen Drachenfänger aus Logond. Und ich begleite dich. Bis in die Stadt und ihre Kerker, wenn es sein muss.«

Alasar lächelte ein wenig. »Du schaffst es immer wieder, dass ich vor lauter Geduld die größten Abenteuer versäume. Magaura wird dir bestimmt dankbar sein.«

Revyns Kopf wurde in kaltes Wasser getaucht. Er hustete, japste nach Luft und versuchte, sich hochzuziehen. Dann wurde ihm erst bewusst, dass er in einer Wanne saß. Voller *Wasser.*

Gierig warf er sich Hände voll davon in den Mund, schluckte, keuchte und trank noch mehr. Lange Zeit tat er nichts anderes, als existiere die Welt jenseits der Holzwanne nicht. Er trank, bis ihm übel wurde. Mit einem würgenden Husten erbrach er einen Schwall Wasser. In seinem Kopf drehte sich alles und er fühlte sich, als sei er in einem vertrauten, elenden Traum gelandet.

Nun, da er sich mit beiden Armen an den Rand der Wanne klammerte, entdeckte er Alasar. Ein wölfischer Ausdruck lag auf seinem Gesicht. Interessiert und zugleich verächtlich beobachtete er Revyn.

»Wie geht es dir? Ich dachte, du würdest dich gerne waschen. Willst du aus dem Wasser? Du zitterst ja schon. – Gebt ihm trockene Kleider«, befahl er den beiden jungen Männern, die Revyn in die Wanne getragen hatten.

Sie hoben Revyn hoch. Er widersetzte sich nicht. Als er vor Alasar stand, bibbernd und triefend vor Nässe, nahm der Führer der Höhlenkinder den Fellumhang ab und zog das Wams aus. Einer der beiden Männer war aus seinem Hemd geschlüpft, der andere hatte die Hose abgelegt und stand nur noch im zerschlissenen Waffenrock da. Sie zogen Revyn die nasse Uniform vom Leib, die er so lange getragen hatte, dass sie ihm vertraut wie eine zweite Haut war, und hüllten ihn in die trockenen Sachen. In den fremden Kleidern, die ihm ein wenig zu groß waren, barfuß und mit tropfenden Zöpfen, stand er vor Alasar. Der Führer der Höhlenkinder hatte sich seinen Fellumhang wieder umgehängt und nahm Revyns Uniform.

Plötzlich fiel etwas aus der Innentasche des schwarzen Harnisches und schlug klappernd zu Boden. Überrascht hob Alasar den Gegenstand auf: Es war der goldene Armreif, den Prinzessin Ardhes Revyn vor so langer Zeit geschenkt hatte. Revyn starrte das kostbare Schmuckstück ebenso verwundert an wie Alasar. Ihm war, als sei der Armreif einer vergessenen Welt entsprungen, nur um an diesem Ort zu landen, wohin er ebenso wenig gehörte wie Revyn.

»Das ist schön«, bemerkte Alasar und hielt den Armreif ins Licht der Fackel. Dann blickte er Revyn an. »Willst du mir nun helfen?«

Revyn konnte nichts erwidern. Alasar wartete. Schließlich schob er den Armreif in seine Tasche. »Wenn du mir nicht antwortest, schlage ich dir deinen haradonischen Kopf ab.«

Revyn rang sich zu einer Antwort durch: »Nein.« Alasar kam näher, denn Revyn hatte mehr gehaucht als gesprochen. »Ich sagte Nein. Ich werde nie wieder einen Drachen zähmen. Egal für wen. Egal für welchen Krieg.«

»Nie wieder? Das heißt, du hast es schon einmal getan.« Alasar wandte sich an die beiden jungen Männer und deutete mit einer knappen Geste auf Revyn. Sofort packten sie ihn an den Armen und drehten sie herum, sodass Revyn sich mit einem Stöhnen vornüberbeugen musste. Im selben Augenblick traf ihn eine Faust in den Bauch. Revyn stieß einen verblüfften Laut aus. Als ihn der zweite Schlag im Rücken traf, war er besser vorbereitet.

Mit zusammengebissenen Zähnen sank er auf die Knie. Einer der Männer trat ihm in die Seite und er fiel zu Boden. Weiße Punkte tanzten vor seinen Augen. Er spannte den Körper an. Wieder wurde ihm gegen den Rücken getreten, dann in den Bauch. Nach sechs Schlägen hörte er auf zu zählen. Er ließ den Hagel von Fäusten und Tritten über sich ergehen und verbarg das Gesicht zwischen den Armen. »Passt auf, dass ihr ihm noch nichts brecht. Schlagt auf die Beine und Arme!« Er grub die Zähne in den Stoff seines Hemdes, bis er an den Zöpfen gepackt und hochgezerrt wurde. Verschwommen tauchte Alasar vor ihm auf, das Gesicht reglos und leer.

»Gib lieber jetzt auf. Sonst kommen viele Schmerzen.« Ein Schlag traf Revyn ins Gesicht. Sein Kopf flog zur Seite. Die Haut fühlte sich eiskalt an und war zum Reißen gespannt. Dann verwandelte die Kälte sich in Hitze und sein ganzes Gesicht schien zu glühen. Blut kroch ihm über die Oberlippe.

»Stellst du dich stumm? Willst du nicht sprechen? Hast du Angst vor deiner eigenen Stimme, Haradone?« Revyn keuchte. Mit zittrigen Fingern tastete er nach seiner blutenden Nase. Sie war taub; er fühlte nicht, wie er sie berührte.

»Willst du dich waschen? Da hast du Wasser ...« Alasar stemmte die Holzwanne hoch und kippte das Wasser aus. Eine eisige Welle spülte über Revyn hinweg. Er sank zurück, verschluckte sich und hustete.

»Hilf uns doch, Haradone.« Alasar atmete schwer vor Anstrengung. Behutsam stellte er die schwere Wanne wieder auf den Boden. »Wenn du uns nicht helfen kannst, dann müssen wir dich loswerden. Wir müssen dich töten. Willst du das?«

Revyn versuchte, sich vom nassen Boden hochzustemmen. Wasser und Blut rannen ihm über das Gesicht. »Bitte ... lasst mich gehen.«

»Ich werde ein paar Tage weg sein. So lange kannst du überlegen, ob du sterben willst. Wenn ich wiederkomme, bringe ich dir Drachen mit.«

Revyn rang nach Atem. »Bastard!« Als ihm die nächste Faust ins Gesicht donnerte, verlor Revyn das Bewusstsein. Sein Kopf fiel hart auf den Boden. Der Schmerz pochte ihm durch den Körper, heiß und wogend, dann verlor er sich in der Finsternis wie ein fliehender Schatten.

Yelanah pflegte ihn gesund, wie sie ihn schon einmal gesund gepflegt hatte. Er spürte ihre Arme, wenn sie seinen Kopf auf dem Schoß hielt. Er hörte sie leise Lieder summen. Lieder aus dem Elfenvolk, geheimnisvoll und in unverständlichen, betörenden Silben; aber auch Lieder aus seiner Kindheit, die ihm das Rauschen der Gräser und den Geruch des kleinen Herdfeuers zurückbrachten.

Sein Schluchzen wurde das ihre. Mochte sie doch niemals gehen, mochte sie für immer bei ihm in dieser Finsternis bleiben!

*Das werde ich,* versprach ihm der unsichtbare Geist. Revyn seufzte leise und spürte zugleich, wie ihm Tränen der Erleichterung über das Gesicht liefen.

Er konnte mit Yelanah in Gedanken reden wie mit den Drachen. Ihre Stimme war ein Hauchen, das manchmal zu fremden Worten oder wortlosen Klängen zerrann.

*Octaris sagte, es sei dein Schicksal.*

*Dass ich hier bin, soll mein Schicksal sein.*

*Alasar ist dein Schicksal. Und das, was er von dir erwartet.*

*Hat Octaris gesehen, dass ich hier in der Dunkelheit liegen und sterben würde? War das mein Schicksal?*

*Nein … Dein Schicksal ist es, die Drachen zu zähmen, um den größten Krieg unserer Zeit zu ermöglichen.*

*Nein. Das werde ich nie tun, niemals! Ich kann, ich will die Drachen nicht zähmen. Ich will nicht der Feind werden, den ich bekämpfe!*

*Doch … Niemand entgeht seinem Schicksal.*

*Aber du, du würdest mir nie verzeihen.*

*Ich verzeihe dir dein Schicksal … Du musst es tun, Revyn. Du musst nur überleben. Und dann können wir die Drachen gemeinsam wieder befreien.* Lange konnte Revyn nichts auf diesen Gedanken erwidern. Er füllte seinen Kopf aus wie gegossenes Blei.

*Nein,* dachte er schließlich. *Nein, nein. Du könntest mir verzeihen? Aber wie könnte* ich *mir verzeihen?*

Da verebbte Yelanahs Stimme. Nur ein leises Murmeln, wie ein Windhauch, blieb zurück. *Du musst … Du musst … Dies ist dein Schicksal im großen Schicksal der Welt.* Revyn spürte, wie ihm brennende Tränen über die Wangen liefen. Es war gar nicht Yelanahs Stimme, die er hörte. Er hörte seine eigene, feige Stimme!

*Du musst die Drachen zähmen, für einen Krieg, der die Welt verändern wird …*

*Du kannst dich nicht gegen das Schicksal stellen! Es ist ein mächtiges*

*Meer, ein donnernder Mahlstrom, und er wird dich mitreißen, ganz gleich was du versuchst!*

*Du musst die Drachen fangen, sie alle. Nicht für Alasar. Sondern für das Schicksal der Drachen. Ihr Schicksal steht fest. Du kannst nichts daran ändern, du musst tun, was von dir verlangt wird …*

*Und du musst überleben! O bitte, bleibe am Leben … frage nicht, warum es kostbar ist, aber klammere dich daran. Es ist alles, was uns gegeben wird … Die Angst ums Leben fragt nicht nach Mut oder Feigheit, nach Ehre oder Gewissen …*

*Octaris sagte, dass du hier deine Bestimmung finden würdest, nicht den Tod! So wähle deine Bestimmung …*

Revyn ließ all diese Gedanken zu. Sie zogen ihm durch den Kopf wie ein dahinströmender Fluss aus Ängsten und Sehnsüchten und schwemmten ihn fort von seiner Entschlossenheit, fort von dem Schwur, den er Yelanah geleistet hatte.

Denn das hier war tatsächlich, wie König Octaris gesagt hatte, seine Bestimmung. Revyn war ihr hilflos ausgeliefert. Er war einer der *Ahirah* und in seinem schwachen Körper pochte die Macht des Schicksals … Daran konnte er ebenso wenig verändern wie an seiner Gefangenschaft. Ebenso wenig wie an seinem Charakter – und der war es, der ihn zu einem der *Ahirah* machte.

## Das Abkommen

Magaura stieß einen keuchenden Laut aus, als sie Alasar und sein Gefolge entdeckte. Sie drängte sich an den anderen Höhlenkindern vorbei und lief auf sie zu. »Was ist passiert?« Ihr Blick irrte über die Krieger. Sanft, aber bestimmt drehte Alasar sie um und zog sie weiter durch die Hallen.

»Nehmt die Drachen und bringt sie zu den anderen«, befahl er den Höhlenkindern. »Verarztet die Verwundeten.«

»Alasar«, sagte Magaura eindringlich. »Was ist passiert? Als ihr gegangen seid, wart ihr doppelt so viele.« Er sah sie an. Als sie begriff, was geschehen war, füllten sich ihre Augen mit Schrecken.

Schweigend schritt sie neben ihm her, während die Höhlenkinder von überall zu ihnen kamen, Verwundete und Drachenkarren fortbrachten und Fragen murmelten. Immer wieder drehte Magaura sich zu Alasars Kriegern um. Blut und Dreck beschmierten ihre Kleider und viele hatten Verletzungen. Gesichter tauchten in ihrer Erinnerung auf, Gesichter, die sie jetzt nicht mehr unter den Kriegern entdeckte. Sie hielt Ausschau nach Rahjel und stellte erleichtert fest, dass er hinter ihr und Alasar ging und nicht verwundet schien. Tivam folgte ihnen etwas weiter hinten und sah sich nervös um. Magaura presste die Lippen aufeinander. Tivam war viel zu jung, um Alasar und Rahjel auf ihren Beutezügen zu begleiten. Die schrecklichen Dinge, die er gesehen haben musste, waren ihm in den Blick gebrannt.

Sie stiegen eine Treppe hinab und erreichten eine Grotte mit vielen kleinen Seen und Wasserbottichen, die Rinnsale von der Decke auffingen. Alasar öffnete seinen Schwertgürtel und ließ ihn vor einem großen Bottich zu Boden gleiten. Mit beiden Händen schöpfte er Wasser und wusch sich Gesicht und Nacken.

Andere Krieger waren direkt in einen See hineingelaufen und sanken erschöpft ins seichte Wasser. Eine Weile beobachtete Magaura die Männer. Tivam hatte sich vor einen Wassereimer gekniet und wischte sich langsam und gedankenverloren das getrocknete Blut vom Arm. Rahjel saß auf einem Felsbrocken und erwiderte Magauras Blick.

»Wie viele Drachen habt ihr mitgebracht?«, fragte sie Alasar.

Er stützte sich auf den Bottich. »Dreißig oder ein paar mehr.«

»Dreißig«, wiederholte Magaura mit leiser, bebender Stimme. »Für jeden Drachen haben wir mindestens ein Höhlenkind verloren.«

Alasar drehte sich zu ihr um. Wasser rann ihm vom Kinn den

Hals hinab. »Ich habe Krieger verloren. Der Tausch ist bitter, aber gerecht.«

Magaura biss die Zähne zusammen. »War es ein Hinterhalt? Haben die Haradonen euch überrascht?«

»Es war eine offene Schlacht. Wir wussten, wie viele Gegner uns erwarteten.«

Magaura starrte auf ihre Füße. »Also habt ihr gewusst, dass mehrere mit dem Leben bezahlen würden.« Schweigend wischte Alasar sich das Gesicht am Ärmel ab und strich sich die Haare zurück.

»Es gefällt mir nicht«, sagte sie leise.

Sein Blick fiel auf das Schmuckstück an Magauras Handgelenk. »Der Armreif vom Drachenfänger scheint dir aber sehr gut zu gefallen. Wenn ich mich hier verstecken würde wie du, wo hätte ich dann wohl die schönen Geschenke für dich her? Hm?«

»Alasar?« Tivam trat zu ihnen. Magaura besah ihn von oben bis unten. Er wirkte um Jahre älter. Alle Kindlichkeit war aus seinem blassen Gesicht gewichen.

»Wollen wir zum Haradonen gehen? Wenn er sich jetzt nicht um die verletzten Drachen kümmert, verlieren wir vielleicht welche.«

»Gute Idee, Tivam«, sagte Alasar, doch er sah dabei Magaura an. »Geh vorher zu deiner Mutter, damit sie sich keine Sorgen macht.«

Tivam nickte und ging.

Alasar nahm sein Schwert und seinen Umhang und machte sich auf den Weg zu den Kochräumen, wo bereits das Essen für die heimgekehrten Krieger vorbereitet wurde.

Magaura lief neben ihm her. »Wir haben so viel riskiert, so viel geopfert für diese verfluchten Drachen, und alles –«

Alasar blieb stehen und drehte sich zu ihr um. »Alles, was wir getan haben, war für unseren Kampf! Alles, was wir in zehn Jahren ertragen und geschaffen haben, war für das hier!«

»Uns fehlt es doch an nichts, wieso willst du …«

Alasar verzog das Gesicht und ging weiter. »Hör auf. Du klingst schon wie Rahjel.«

»Es stimmt doch. Was du da planst, ist … ist Irrsinn. Wieso willst du dich in die Welt der Erwachsenen einmischen, unsere Heimat ist hier.«

»Was du sagst, ist Verrat«, erwiderte Alasar nüchtern. »Und falls du diese dummen Gedanken nicht schnell loswirst, kannst du meinetwegen alleine in den Höhlen bleiben, wenn die Zeit von uns anderen gekommen ist.« Magaura blieb gekränkt stehen. Alasar blickte zu ihr zurück, als er ihre Schritte nicht mehr hinter sich hörte. Sie dort stehen zu sehen, mit beleidigter, verschlossener Miene, verärgerte ihn. Er spürte, wie sich seine Wut zu etwas Festem, Schwerem ballte.

»Geh spielen oder kümmer dich um die Verletzten. Mach irgendwas, aber geh mir nicht auf den Geist.«

Rahjel schauderte. Er wollte nicht hinsehen, doch er konnte die Augen auch nicht von den Drachen abwenden: Manche lagen wie leblos in den Karren und im Schein der Fackeln glänzten dunkle Krusten in ihrem Fell. Andere Drachen stießen dumpfe, schwere Zorneslaute aus und stießen immer wieder mit den Hörnern gegen die Gitterstäbe. Und ein paar standen einfach nur da, mit lichtlosen Augen, als wäre das Leben in ihnen erloschen. Rahjel blickte zur anderen Seite. Wie viele Drachen es doch waren! Bei ihrem zweiten Beutezug hatten sie dreißig Tiere erobert, insgesamt besaßen sie schon fast sechzig. Das war eine unglaubliche Zahl. Aber Alasar hatte noch größere Ziele.

Die Höhlenkinder hatten schon versucht, sich den Tieren zu nähern und ihre Wunden zu verarzten, doch bis jetzt war es keinem von ihnen gelungen. Es wusste ja niemand, wie man mit einem Drachen umzugehen hatte. Allein der Drachenfänger konnte ihnen helfen.

Inständig hoffte Rahjel, dass der Junge sich diesmal zugänglicher zeigte. Wenn nicht, würde Alasar nicht zögern, nach Haradon zu reiten, um einen anderen Zähmer zu besorgen. Natürlich hätten sie auch in Myrdhan jemanden finden können; doch mehr als haradonische Krieger fürchtete Alasar von myrdhanischen Soldaten entdeckt zu werden. Wenn sie sich dem myrdhanischen König offenbarten, dann erst, wenn Alasar den Augenblick für gekommen hielt.

Der Weg machte eine Biegung. Sie gingen einen kleinen Geröllhang hinab und bogen in einen schmalen Felsgang. Tivam, der Rahjel und Alasar mit zwei Kriegern begleitete, beleuchtete den Weg mit einer großen Fackel.

Rahjel beobachtete seinen Bruder mit sorgenvoller Miene. Tivam verehrte Alasar – er verehrte ihn so bedingungslos, dass es Rahjel manchmal fast unheimlich war. Alasar hatte fraglos das Talent, Menschen für sich zu gewinnen. Sie folgten ihm wie Kinder. Sie glaubten ihm sogar, dass sie *Kinder* waren, wenn er es sagte.

Obwohl Alasars Gabe enorm war und auch er ihn aufrichtig bewunderte, wusste Rahjel nicht, ob er seine Gabe auch zum Guten einsetzen würde. Immer wieder, wenn er die Ergebenheit in den Blicken der Krieger sah, wenn er die Hurrarufe der Tunnelgräber hörte, wenn er Tivams Bewunderung bemerkte, überkam ihn eine dunkle Furcht. Fast schien es, als könne Alasar ihnen allen den eigenen Willen nehmen und dafür seinen in ihre Köpfe pflanzen. Doch ob sein Wille der richtige war?

Rahjel schüttelte diese Gedanken ab. Alasar war sein Freund. Und die Gefühle, die ihm ganz ungewollt kamen, waren Verrat.

»Da ist er«, sagte Tivam aufgeregt. Er beschleunigte seinen Schritt und hielt die Fackel hoch. Rahjel spürte, wie der Anblick ihm die Kehle zuschnürte. Benommen blieb er hinter Alasar stehen.

Der Haradone im Karren schien bewusstlos zu sein. Dreck und getrocknetes Blut überzogen sein Gesicht. Als die beiden Krieger ihn aus seinem Käfig zerrten, sank sein Kopf zur Seite, doch seine Lider zuckten; er war zu sich gekommen.

Alasar bedeutete den Kriegern, den Gefangenen loszulassen. Der Junge sank auf die Knie und Alasar ging vor ihm in die Hocke.

Tivam hielt die Fackel näher. Der Lichtschein offenbarte dunkle Blutergüsse am Hals des Drachenkriegers.

»Kannst du mich hören?«, fragte Alasar. Die Sanftheit in seiner Stimme wollte nicht zu dem Bild passen, das Rahjel sah.

»Willst du essen? Trink.« Alasar zog einen Wasserschlauch von seinem Gürtel und legte ihn an die Lippen des Haradonen. Behutsam hielt er den Kopf des Jungen, während der trank. Revyn lief das Wasser aus den Mundwinkeln und er verschluckte sich.

»Hast du nachgedacht?«, fragte Alasar. »Willst du uns helfen?«

»Der ist doch schon halb krepiert!«, sagte Tivam. Er hatte nicht die Demütigung vergessen, als der Haradone ihm den Speer an den Hals gehalten hatte. »Alasar, der ist fast tot. Wir müssen einen neuen Zähmer finden.«

»Halt den Mund«, sagte Rahjel leise und drückte Tivams Schulter.

»Hilf uns«, befahl Alasar. »Stell dich nicht an! Dir passiert nichts, wenn du uns einfach mit den Drachen hilfst!« Das Fackellicht fiel auf die Augen des Haradonen, als er Alasar anblickte. Es waren Augen aus Schatten und Nebel.

»Du bist ein *Ahirah*.« Man konnte ihn kaum hören. Bei jeder zweiten Silbe versagte seine Stimme. »Du wirst die Welt mit Leid überziehn. Aber nur, wenn du Drachen hast. Durch mich wirst du die Drachen bekommen. Wir sind verbunden … weil ich schuld bin an deinem Erfolg.« Schweigend starrten alle den Haradonen an, als er sich an die Gitterstäbe des Wagens klammerte.

»In Ordnung«, sagte Alasar. Er stand auf, hob den Jungen hoch und legte ihn behutsam in den Karren. »Ich hole dir etwas zu essen. Schlaf, wenn du kannst. Morgen bringe ich dich zu den Drachen.«

Rahjel glaubte zu hören, wie der Haradone etwas flüsterte. Einen Namen … Doch er hatte sich bereits abgewandt und folgte Tivam und Alasar zurück. Hinter ihnen verlor sich der Gefangene in schweigender Dunkelheit.

Yelanah hatte den Weg bis zur Waldstraße zurück gefunden. Noch immer war die Erde aufgewühlt; die Abdrücke von Krallen, Wagenrädern und Pferdehufen hatten ein wildes Durcheinander in den Boden gegraben. Zerbrochene Speere, Holzsplitter und Pfeile waren zurückgeblieben. Die Leichen der Männer hatten andere Menschen bereits gefunden und mitgenommen – nur hier und da, in den Büschen, lag ein toter Drache oder ein Pferdeleichnam.

Yelanah stand eine lange Zeit schweigend am Waldrand und betrachtete den verwüsteten Weg. Hoch und dunkel beugten sich die Bäume über sie. Alles kam ihr kleiner vor – die Schlacht in ihrer Erinnerung hatte auf einem viel größeren Platz stattgefunden.

Ein Stich durchfuhr sie, als sie daran dachte. Der Kampf lag nun schon fast zwei Wochen zurück. Seitdem hatte sie täglich an den Ufern des *San Yagura Mi Dâl* auf Revyn gewartet. Er war nicht gekommen, was hieß, dass er irgendwo gefangen gehalten wurde. Eine tückische Stimme flüsterte Yelanah zu, dass er auch tot sein konnte – aber sie weigerte sich, das zu glauben. Octaris hatte gesagt, er sei ein Sohn von Ahiris. Und wenn sie auch nicht an die dunklen Prophezeiungen des Königs glaubte – dass Revyn eine große Rolle für die Zukunft der Drachen spielte, daran glaubte sie aus ganzem Herzen. Er konnte unmöglich tot sein.

Aber nach zwei Wochen war ihr Vertrauen ins Schicksal zerronnen. Sie wollte nicht mehr glauben und hoffen, sie wollte handeln. Revyn würde gewiss nicht durch ein Wunder gerettet werden – sie musste seiner Bestimmung schon nachhelfen.

Als Yelanah auf den Weg trat, schlossen sich hinter ihr die Nebel. Sie warf einen kurzen Blick zurück und meinte Isàn und die anderen noch zu sehen, wie sie mit dem Dunst verschwammen. Der Stamm konnte sie nicht mehr durch die Welt der Menschen begleiten – zu unerträglich war ihnen die Wirklichkeit geworden. Auch Yelanah spürte, wie das Gewicht dieser Welt auf sie niederdrückte, wie all die Naturgesetze, die in den Nebeln fließend waren, hier zäh und fest wurden. Ihr war, als verwandle sich auch das Blut in ihren Adern zu Lehm, und jeder Schritt fiel ihr schwerer.

Die Verletzungen vom Kampf waren noch nicht ganz verheilt. Ein paar tiefere Schrammen auf ihrem Rücken hatten sich entzündet. Der lederne Quersack, den sie mit *Bom* für die Reise gefüllt hatte, rieb schmerzhaft gegen ihre offenen Stellen. Natürlich hatte Khaleios ihr Arzneien mit den üblichen Speisen zum Ring der Eichen bringen lassen, doch Yelanah hatte alle Gaben vor den grünen Wänden ihres Heims verderben lassen. Wenn die Elfen ihr nicht richtig helfen wollten, sollten sie ihr gar nicht helfen.

Yelanah folgte den Huf- und Radabdrücken, die von der Waldstraße fortführten. Es war nicht schwer, ihnen nachzugehen, denn die Zerstörung war unübersehbar: Revyns Entführer hatten einen Pfad aus zertretenem Gras und geknickten Baumsprösslingen zurückgelassen.

Der Wind strich durch das Laub und trug Yelanah die ersten gelben und roten Herbstblätter zu. Sie fröstelte, obwohl die Kälte ihr normalerweise so wenig anhaben konnte wie den Waldtieren. Allmählich wurde ihr der Quersack schwer. Sie schob ihn von einer Schulter auf die andere. Das Waffenhemd aus harten Lederstreifen zwängte sie ein. Yelanah ging schneller und versuchte, nicht mehr an die Unannehmlichkeiten zu denken. Ihr kam alles nur viel anstrengender vor, weil sie so lange nicht mehr in der Wirklichkeit gewesen war und die vielen kleinen Verletzungen sie noch immer schwächten.

Wäre doch der Stamm bei ihr! Könnte sie doch nur kurz auf Isàn reiten und sich ausruhen … Aber die Drachen konnten sie natürlich nicht begleiten – nicht auf einem so langen, so unsicheren Weg. Sie würde die Wälder eine längere Zeit verlassen und keinen Zugang zur Nebelwelt mehr finden. Außerdem waren in den vergangenen Tagen zu viele Drachen gefangen genommen worden. Die Haradonen sammelten sie in den Wäldern für ihren Krieg ein; dann wurden sie von Myrdhanern überfallen, verloren die Drachen wieder und mussten neue fangen. Es war sicherer für die Drachen, die Nebel nur im Notfall zu verlassen. Nur wenn der Ruf der Unwirklichkeit unwiderstehlich wurde.

Yelanah spürte, wie erneut hilfloser Zorn in ihr aufstieg. In der Wirklichkeit verloren die Drachen ihre Freiheit, in den Nebeln verloren sie ihren Verstand – ihr Leben bestand nur noch aus der Flucht von einer Welt in die andere. Wie lange sollte das weitergehen? Wie lange konnten sie so durchhalten?

Yelanah ging zielstrebig weiter, kletterte über einen umgestürzten Baumstamm, strich die Zweige einer Tanne zur Seite und trat mit großen Schritten über wucherndes Dornengestrüpp. Zorn und Tränen nutzten gar nichts. Sie musste ihren Kummer zurückdrängen.

Als es dunkel wurde, hatte sie immer noch nicht den Waldrand erreicht. Wie zermürbend es doch war, wenn Zeit und Entfernung festen Regeln folgten! Yelanah schnitt mehrere Tannenzweige ab und richtete sich ein einfaches Lager her. Eine Weile blickte sie in die tiefe Dunkelheit, die sie umgab. Sie vermisste den Stamm. Vielleicht vermisste sie in diesem Augenblick sogar Khaleios und die Elfen und ein Leben, das sie nie geführt hatte. Und ganz deutlich spürte sie die Sehnsucht nach etwas, das sie nie gekannt hatte: Frieden.

Am frühen Abend des nächsten Tages erreichte Yelanah den Waldrand. Vor ihr lag eine weite, kahle Graslandschaft. Der Wind jagte silberne Wellen über die Hügelkämme. Die Wolken hingen dunkel über dem Land und warfen Schatten, wie Schiffsbäuche, die träge durch ein Meer ziehen. In der Ferne sah es aus, als hätte jemand die Wolken mit einem Pinsel zur Erde heruntergewischt, denn dort regnete es.

Ein paar Meter weit konnte sie die Spuren der Karren und Pferde noch erkennen, die hier gewesen waren, doch weiter draußen hatte der Wind das Gras längst glatt gekämmt.

Yelanah schloss die Fäuste und biss sich auf die Unterlippe, als ihr Herz zu rasen begann. Hilflosigkeit, Zorn, Verzweiflung durchwogten sie. Schließlich ließ sie sich zu Boden sinken, holte ein *Bom* hervor und aß. Sie machte große Bissen und schluckte viel zu schnell hinunter, doch sie schluckte damit auch ihre Tränen. Als sie fertig gegessen hatte, stand sie wieder auf, rückte ihren Quersack zurecht und ging los. Sie blickte nur zum Horizont, nur dorthin, als läge genau an diesem Punkt ihr Ziel.

Revyn, dachte sie immer wieder. Wo bist du? Wo bist du nur?

Und fast so, als hätten ihre festen Schritte und ihr entschlossener Blick ihren Verstand überlistet, gewann sie an Zuversicht. Sie würde ihn finden.

Revyn fühlte sich wie ein Träumender. Links und rechts stützten ihn zwei Männer, und seine eigenen Füße stolperten mehr mit, als dass sie ihn trugen.

Lichter und Gestalten zogen an ihm vorüber. Er machte sich nicht die Mühe, sie erkennen zu wollen. Er wurde bergauf gezogen, an feuchten Wänden vorbei, über schiefe Treppen, bis ihm ein starker Geruch entgegenschlug. Der Geruch von Blut und Krankheit und von Leid.

Sie hatten einen langen, breiten Tunnel erreicht, den mehrere Gitterwagen säumten. Die meisten Wagen sahen arg mitgenommen aus – von den Kämpfen, in denen sie erbeutet worden waren, und von den gefangenen Drachen, die versucht hatten auszubrechen.

In manchen Karren lagen mehrere Drachen. Dumpfe Schmerzenslaute erklangen und das Klappern von Hörnern, die pausenlos an den Gittern rieben. Revyn fühlte sich so von seinem eigenen Elend ausgefüllt, dass er kein Mitleid empfand. Alles in ihm war von Gleichgültigkeit betäubt.

»Du musst die Drachen unbedingt heilen«, sagte Alasar neben ihm. »Von meinen Leuten haben sie bis jetzt jeden angegriffen, der sich ihnen genähert hat. Aber ich will keinen Drachen verlieren, verstanden? Keiner soll sterben. Ich brauche sie alle. Hörst du mich?«

Revyn ging wortlos auf den ersten Wagen zu. Zwei Drachen lagen nebeneinander. Einer von ihnen hatte tiefe Schnittwunden an den Hinterbeinen, aus denen zähe Flüssigkeit rann. Der rechte Flügel hatte sich so in den festen Ledergurten verwickelt, dass er unnatürlich abstand. Außerdem ging ihm ein heller Striemen von der Brust bis zum Bauch. Wahrscheinlich hatte ein Speer ihn gestreift, als man ihn in den Karren gesperrt hatte.

»Ich bin kein Arzt«, murmelte Revyn. »Ich habe nie irgendwelche Wunden geheilt. Weder von Menschen noch von Drachen.«

»Wie lange dauert es, bis sie gezähmt sind?«, fragte Alasar ungeduldig. »Zähm sie einfach, dann kümmern wir uns um den Rest.«

Offenbar hatte der Führer der Höhlenkinder keine Ahnung von Drachen. Wenn er gewusst hätte, welch schwierige und lange Prozedur es war, einen Drachen zu zähmen! Die meisten Drachen hier waren gar nicht in der Verfassung, sich auf gewöhnliche Art zähmen zu lassen. Sie würden dabei sterben, mit all den Verletzungen, die sie jetzt hatten. Und wenn sie es überlebten, würden sie sich dennoch nie ganz erholen und später bestenfalls hinken.

Aber das alles sagte Revyn nicht. Stattdessen sah er Alasar an und erklärte: »Wenn ich alle Drachen gezähmt habe, lasst ihr mich frei. Dann kann ich gehen.«

Alasar erwiderte seinen Blick. Im schummrigen Licht der Fackeln verschmolzen seine dunklen Augen mit den Schatten, die die Brauen warfen. »So soll es sein.«

»Noch etwas.« Revyn holte langsam Luft. Das Sprechen strengte ihn an. »Ehe ich nicht alle Drachen gezähmt habe … benutzt ihr keine für den Krieg. Wartet, bis alle so weit sind.«

»Das kommt darauf an, wie schnell du arbeitest.«

»Bitte«, murmelte Revyn. »Wartet auf alle Drachen.«

Alasar musterte ihn. Die Maske aus Schmutz und Wunden verbarg jegliche Regung. »Wieso?«

»Ich … will nicht mit ansehen, wie sie in den Krieg ziehen. Ich will vorher gehen. Dann werde ich nie erfahren, wie viele gestorben sind.«

Ein Lächeln huschte über Alasars Züge, halb verächtlich und halb erstaunt. »Gut. Ich gebe dir mein Wort.«

Revyn nickte und drehte sich um. Seine Finger berührten den schweren Riegel des Drachenkarren und schoben ihn auf. Augenblicklich gingen die Höhlenkinder hinter ihm in Deckung und zogen ihre Waffen. Die Drachen sahen ihn aus fiebrigen Augen an und öffneten die Mäuler zu einem erschöpften Fauchen. Revyn kletterte langsam und unbeholfen in den Karren.

*Bitte, hört mir zu. Ich bin ein Freund von Yelanah. Wenn ihr mich hören könnt, wisst ihr, dass ich auf eurer Seite stehe.* Die Blicke der Drachen glitten über ihn hinweg. Eine Weile wartete er, ob sie antworten wollten, doch sie schwiegen. Vielleicht waren sie verwundert, ihn gehört zu haben, oder auch nur zu erschöpft, um ihn anzugreifen.

*Die Menschen hier haben euch gefangen, um euch in ihrem Krieg zu benutzen. Mich haben sie gefangen, denn ich soll euch für sie unterwerfen.* Ein Blitzen glitt durch die finsteren Augen des einen Drachen, dessen Flügel gebrochen war. Entfernt hörte Revyn seine Stimme … es waren verschwommene Gefühle aus Angst und Misstrauen.

*Ich habe euch gesagt, dass ich auf eurer Seite stehe. Ihr müsst mir vertrauen, im Namen des alten Brauches: Ich bin ein* Mahyûr.

Der andere Drache mit den Schnittwunden richtete sich ein wenig auf. *Du bist ein Mensch! Du stinkst nach Mensch. Nach Bosheit und Hass.*

*Du riechst nur dein eigenes Schicksal, Bruder,* sagte Revyn ruhig. *Ich werde euch helfen. Wenn ihr mich lasst. Das ist mein Plan: Zeigt euch den Menschen gegenüber friedlich. Lasst sie an eure Wunden und benehmt euch wie ihre Sklaven.*

*Verräter!*

Das Wort durchdrang Revyn wie ein eisiger Schauer. Instinktiv duckte er sich. *Nein, ich …* Er suchte nach den richtigen Gefühlen und Bildern, um sich verständlich zu machen. *Das ist die einzige Möglichkeit! Wenn ihr mir nicht glaubt, werden wir alle sterben. Bitte, tut so, als wärt ihr den Menschen ergeben. Versteckt euren Stolz. Dann lassen sie mich gehen. Ich werde die* Meleyis *holen – wir holen Verstärkung und alle freien Brüder und Schwestern, die es noch gibt. Dann kommen wir zurück. Wir besiegen die Menschen hier mit vereinter Kraft, wenn sie es nicht erwarten. Und wir befreien euch, bevor die Menschen mit euch in den Krieg ziehen können.*

*Wie könnte das funktionieren?,* stöhnte der Drache mit dem gebrochenen Flügel. *Die Menschen besiegen … es ist längst zu spät dafür! Wir können versuchen zu sterben, bevor sie uns bezwingen.*

Revyn schüttelte kaum merklich den Kopf. Dann dachte er an Yelanah, wie sie einst in Logond alle Drachen befreit hatte – sie ganz alleine gegen alle Menschen der Stadt. Behutsam sandte er die Bilder an die beiden Drachen.

Die Drachen ließen die Bilder einige Zeit auf sich wirken. Fast schien es, als hätten sie sich darin verloren wie in einem schönen Tagtraum.

Revyn neigte vor ihnen den Kopf. *Die Menschen werden eure Wunden heilen. Lasst sie gewähren.* Die beiden Drachen erwiderten nichts. Es war auch nicht mehr nötig.

Revyn kletterte aus dem Käfig und ließ die Tür offen. »Ihr könnt rein. Pflegt die Drachen gesund. In ein paar Wochen werden sie bereit sein.«

Revyn spürte, dass Alasar und die anderen Höhlenkinder ihn anstarrten, doch er blickte nicht auf. Die Prellungen an seinem Körper pochten vor Schmerz. Und sein Herz klopfte vor Hoffnung.

# Rettung

An nur einem Tag zähmte Revyn alle Drachen. Es waren siebenundfünfzig.

»Jetzt bin ich frei«, sagte er tonlos und schloss die letzte Käfigtür.

»Wir sind noch nicht fertig«, erwiderte Alasar. »Es gibt noch mehr Drachen.«

Revyn zögerte. »Wo?«

»Das werde ich herausfinden.«

Revyn wurde zurück in sein Gefängnis geführt. Er bekam eine Wolldecke, frische Kleidung, Essen und Wasser, um sich zu waschen. Erschöpft legte er sich auf den Boden, zog sich die Decke bis an die Brust und starrte in die Finsternis.

Nach fünf Tagen kehrten sie siegreich ins Höhlenreich zurück und hatten mehr Drachen erbeutet als je zuvor. Statt mit einer kleinen Elitegruppe reisenden Drachenfängern aufzulauern, hatte Alasar diesmal mit fünfzig Kriegern ein Dorf an der haradonischen Grenze angegriffen. Sie hatten nur drei Krieger verloren, denn die Dorfbewohner waren unvorbereitet und fast waffenlos gewesen. Der einfache Sieg machte Alasar zuversichtlich; nachdem sie die Drachen in Sicherheit gebracht hatten, zogen sie wieder los, um neue Dörfer zu überfallen. Sie mussten schnell handeln, denn jetzt gab es kein Zurück mehr – die Nachricht von ihren Überfällen würde rasend schnell über ganz Haradon und Myrdhan getragen werden. Bald schon würden die Augen der Welt auf die Höhlen gerichtet sein. Und wenn es so weit war, wollte Alasar bereit sein.

Während Revyns eigene Wunden heilten, belastete das Elend der Drachen ihn mehr und mehr. Unaufhörlich brachte Alasar neue

Tiere. Manche waren schon zahm und hatten verlernt zu sprechen, als Revyn ihnen von seinem Plan zu erzählen versuchte; andere waren blind und taub vor Zorn.

Eines Tages war bei den neu geraubten Drachen ein Mitglied vom Stamm der Nimorga. Es war Ijua. Revyn erkannte sie sofort wieder und stieg in ihren Karren. An ihren Hinterbeinen trug sie die Schnittwunden, mit denen die Höhlenkinder den Drachen eine Flucht unmöglich machten.

*Was ist passiert?*, fragte Revyn.

*Der Ruf der Unwirklichkeit war so stark … wir mussten die Nebelwelt verlassen. Da haben die Menschen uns angegriffen. Xersan und ich wurden gefangen genommen, die anderen konnten fliehen. Soweit ich weiß, ist auch Palagrin noch frei. Xersan und ich sind in ein Dorf gekommen. Dann wurde das Dorf angegriffen, Menschen kämpften gegen Menschen und wir wurden erneut verschleppt … Xersan ist auf dem Weg verblutet. Da haben sich die Nebel für ihn geöffnet. Sein Leichnam ist verschwunden.*

Revyn senkte das Gesicht, als ihm Tränen in die Augen stiegen. *So ist es besser für ihn.*

*Wir werden alle verschwinden, Revyn Menschenjunge,* sagte Ijua. Ihre Stimme war schwach. Revyn konnte ihr nicht widersprechen.

*Und Yelan?*

*Sie hat vor vielen Tagen den Stamm und die Nebelwelt verlassen. Sie ist aufgebrochen, um dich zu finden.*

Revyn drückte sich beide Hände gegen die Stirn. Yelanah! Hoffentlich erwischten die Höhlenkinder sie nicht!

Dichte Wolken hingen über den Hügeln und Felsen. Das Gras war feucht vom Regen, der in kurzen Abständen fiel und wieder versiegte. Nicht mehr lange und der erste Frost würde kommen.

Alasar atmete tief die kühle Luft ein. Heute wollte er das erste Mal auf einem Drachen fliegen. Bei seinen letzten drei Raubzügen war er bereits auf gezähmten Tieren geritten. Mit den Drachen waren sie fast doppelt so schnell wie mit Pferden und für einen Angreifer zu Fuß unerreichbar.

Er drehte sich um. Neben dem gezähmten Drachen, auf dem er fliegen wollte, standen Magaura, Rahjel, Tivam, einige Krieger und der haradonische Zähmer vor dem Höhleneingang.

»Ich bin bereit«, verkündete Alasar und bedeutete Revyn, den Drachen zu ihm zu führen. Man hatte dem Drachen bereits die Gurte abgenommen und seine Flügel ragten hoch und majestätisch auf.

»Eigentlich gibt es spezielle Sättel für das Fliegen«, begann Revyn, als er den Drachen vor Alasar geführt hatte. Gedankenverloren streichelte er die Flanke des Tieres. »Die Windreiter binden sich am Rücken des Drachen fest, um auch bei Sturzflügen nicht hinunterzufallen. Der Sattel ist hinten hoch, um besseren Halt zu geben. Ganz ohne solche Hilfen wird es ziemlich schwierig sein. Es ist sogar sehr gefährlich.«

Alasar lächelte herablassend und zog den Schwanz des Drachen mit einer selbst gemachten Schlaufe zu sich. Der Drache schlug mit den Flügeln, als Alasar auf seinen Rücken steigen wollte, und nur mit Mühe gelang es Revyn, dem Führer der Höhlenkinder beim Aufsitzen zu helfen. Er zeigte ihm, wo er die Beine unter die Drachenflügel stecken sollte und wie er sich festhalten musste. Alasar packte entschlossen das Mittelhorn und die Zügel. »Aus dem Weg.« Dann stieß er seine Fersen in die Seiten des Drachen und galoppierte los.

Eine Weile preschten sie über die Wiesen. Bei jedem Sprung des Drachen schien der Boden unter ihnen wegzusacken. Die Flügel waren angelegt und öffneten sich nur ein wenig mit jedem Satz. »Hoch mit dir!«, rief Alasar. Er ließ die Zügel so locker, wie er es wagte, und zog das Mittelhorn zurück. Der Drache galoppierte einen sanften Hügel hinauf. Als sie oben angekommen waren, spreizte er plötzlich die Flügel und stieß sich vom Boden ab. Sie machten einen weiten Sprung. Seine Krallen berührten den Boden nur noch leicht, stießen sich wieder ab. Alasar schaukelte stark zu einer Seite. Dann lag das Land unter ihnen und sie segelten durch die Luft.

Alasar öffnete den Mund, doch er vergaß, wie man atmete. Rings um ihn war nichts außer weitem Himmel. Der Drache schlug schwer mit den Flügeln. In einem langsamen, berauschenden Takt stiegen und sanken sie in der Luft, als würden sie auf unsichtbaren Sturmwellen reiten.

Nachdem der erste Schreck und die Begeisterung ein wenig nachgelassen hatten, löste Alasar die Hand vom Mittelhorn. Die andere Hand hatte er mehrmals mit den Zügeln umschlungen. Er sah hinunter. Der Erdboden schien Meilen unter ihnen zu liegen. Kribbelnde Schauder durchrieselten ihn. In weiter Ferne sah er die anderen bei den Felsen stehen. Er versuchte, die Entfernung zu schätzen. Dann hob er die freie Hand und tat, als würde er einen Speer feuern. Der Drache kam leicht aus dem Gleichgewicht, fing sich aber einen Flügelschlag später wieder.

Schließlich sanken sie tiefer. Der Drache war erschöpft und wollte landen. Alasar ergriff wieder das Mittelhorn, nachdem er eine Weile geübt hatte, einhändig zu reiten, und lenkte den Drachen zurück zu den anderen.

Sie landeten hundert Meter von den Felsen entfernt. Der Übergang vom Flug zum Galopp ging so sanft, dass Alasar es erst bemerkte, als er die Krallen im Gras hörte. Leicht schwindelig kam er vor dem Höhleneingang an und schwang sich vom Drachenrücken. Der Boden fühlte sich ungewohnt hart unter seinen Füßen an, und erst jetzt spürte Alasar, wie schnell sein Herz pochte.

»Und? Wie war es?«, fragte Tivam aufgeregt und lief zu ihm.

Alasar klopfte ihm auf die Schulter und hielt sich gleichzeitig ein wenig an ihm fest. »Nächstes Mal werde ich mich am Drachen festbinden lassen! Dann habe ich die Hände frei, um einen Speer zu feuern oder Pfeile zu schießen.«

Magaura war zu ihnen getreten. Ihre Miene war sorgenvoll, und

Alasar spürte, wie die Glücksgefühle des Fluges unter ihrem Blick zerschmolzen. »Es sieht gefährlich aus.«

Alasar schnaubte. »Du bist so ein Angsthase, Magaura. Kein Wunder, dass du die Höhlen nie verlassen willst.«

»Das Tier ist völlig erschöpft.« Rahjel lief zu dem Drachen, dessen Körper vor Anstrengung zitterte.

Behutsam öffnete Revyn die Zügel, mit denen dem Drachen der Kopf auf die Brust gebunden war. »Drachen sind nicht dafür geschaffen, einen Reiter durch die Luft zu tragen. Und wenn man sie dazu zwingt, halten sie trotzdem nicht länger als eine halbe Stunde durch.«

»Eine halbe Stunde«, wiederholte Alasar nachdenklich. »Das ist zu kurz.«

Revyn zuckte die Achseln. »Daran kann man nichts ändern.«

»Wir werden sehen. Rahjel, beim nächsten Mal greifen wir aus der Luft an!«

Bevor Rahjel etwas erwidern konnte, rief Revyn: »Nein! Du hast es versprochen!« Er schluckte schwer. »Du hast gesagt, ihr benutzt keinen Drachen, bis nicht alle gezähmt sind.«

»Vielleicht sind schon alle gezähmt«, erwiderte Alasar langsam.

»Dann lasst mich frei.«

»Ich überlege es mir.« Alasar drehte sich um, ohne weiter auf den schockierten Haradonen einzugehen. »Kommt, wir gehen.«

Sie gingen schweigend in die Höhlen zurück. Dann lief Tivam zu Alasar und ein kurzes Lächeln glitt über sein Gesicht. »Nächstes Mal will ich es auch ausprobieren. Windreiter sind praktisch unverwundbar, richtig? Wenn wir eine ganze Garde von Windreitern haben, dann sind wir so weit.«

Alasar nickte lächelnd und zerstrubbelte Tivams Locken. Dann blickte er über die Schulter zu Rahjel zurück. »Was würde ich bloß ohne einen so mutigen Krieger wie dich machen, Tivam? Noch einer von diesen Zweiflern und ich wäre verloren.«

»Ich zweifle überhaupt nicht an dir!«, sagte Rahjel, als er und Alasar allein waren. »Sei doch nicht gleich beleidigt, verdammt. Ich habe eben nur meine … Bedenken.«

»Dann strick dir aus deinen Scheißbedenken doch Strümpfe«, fauchte Alasar und drängte ihn grob zur Seite, um in sein Zimmer zu gehen.

Rahjel folgte ihm. »Alasar. Warte doch.« Er blieb im Eingang stehen und beobachtete, wie Alasar sich auf seinen Tisch setzte, sein Messer und seinen Schleifstein heranzog und anfing, die Klinge zu wetzen.

»Wir haben fast zweihundert Drachen«, begann Rahjel, »aber nicht mal einen richtigen Grund, warum wir sie überhaupt brauchen. – Ich weiß, was du jetzt sagen willst, wir haben oft genug darüber gesprochen. Ich sehe ja auch ein, dass …«

»Nein, Rahjel. Du siehst gar nichts ein. Du kapierst einfach nicht, um was es geht. Findest du unser Leben normal? Antworte! Findest du es normal, dass wir hier in den Höhlen leben? Dass wir uns verstecken wie verdammte Hasen vor dem Fuchs?«

»Nein. Aber es ist unser Leben.«

Alasar stöhnte. »Dann hab ich dir nichts mehr zu sagen. Geh.«

»Alasar …« Rahjel drehte sich seufzend zum Gehen um, dann hielt er inne und trat ins Zimmer. »Ich habe dich nie enttäuscht. Du weißt, dass ich hinter dir stehe. Immer. Ich bin dein Freund.«

»Wirklich?«, fragte Alasar leise, während der Stein die Klinge entlangstrich.

»Ich werde dir überallhin folgen, wenn du willst. Aber ich mache mir Sorgen um uns alle. Was wird aus uns, wenn wir scheitern? Was, wenn wir unseren Feinden nicht gewachsen sind? Denk an Magaura.« Er flüsterte fast.

Alasar senkte sein Messer und lehnte sich gegen die Wand. Eine Weile betrachtete er Rahjel. Das Verständnis, die Sanftheit in seinen Augen machten Alasar wütend und traurig zugleich. Er musste plötzlich daran denken, wie Rahjel früher gewesen war, als Kind;

er erinnerte sich an den Jungen, der ihm in der niedergebrannten Hütte das Leben gerettet hatte. Es waren noch immer dieselben Augen, die ihn ansahen. Augen voller Treue, die offen zeigten, dass er bereit war, alles zu tun – aber es ungern tat.

»Weißt du noch, im verbrannten Dorf?«, fragte Alasar leise. Rahjel bewegte sich nicht und doch schien sein Gesicht sich verwandelt zu haben. Alasar wusste sofort, dass er an die gleichen Bilder dachte. Trotz ihrer Streitigkeiten waren sie sich plötzlich nah, als stünden sie sich wieder das erste Mal gegenüber, mit dem gemeinsam getöteten Haradonen zwischen sich.

»Du hast mir damals das Leben gerettet.« Rahjel nickte kaum merklich. Er war wie Alasar in der Erinnerung an jenen Augenblick gefangen, da ihre Freundschaft begonnen hatte, und schwieg.

»Diesmal, in diesem Kampf, werde ich dich retten. Du musst es nur zulassen.«

Seit Ijua ihm von Yelanah berichtet hatte, dachte Revyn an nichts anderes. Vor Sorge und Hilflosigkeit wurde er so unruhig, dass er in dem Gitterwagen, in den er jeden Abend zurückgebracht wurde, zu ersticken glaubte. Was, wenn sie die Höhlen erreichte und ebenfalls gefangen genommen wurde? Alasar und seine Anhänger waren so unberechenbar, dass Revyn ihnen alles zutraute.

Die Drachen wurden ungeduldig. Noch taten sie, worum Revyn sie bat. Doch wie lange würde es dauern, bis Alasar sie tatsächlich benutzen wollte? Bevor es dazu kam, musste Revyn frei sein, Yelanah finden, alle wilden Drachenstämme versöhnen und die gefangenen Drachen befreien. Er klammerte sich an den Gedanken, dass er alles wiedergutmachen würde.

Als die Wochen verstrichen, versank Revyns Hoffnung. Immer wenn er alle Drachen gezähmt hatte, brachte Alasar neue. Und wieder neue. Er trieb Zügel aus Eisenketten auf, wie manche Windreiter sie benutzten, um ihre Drachen besser unter Kontrolle zu haben, und Sattel, Flügelriemen, Drachenschlaufen und Sicherheitsgurte für den Flug. Ob er diese Dinge erbeutete wie die Drachen oder ob er sie mit irgendwelchen Händlern tauschte, wusste Revyn nicht. Er sah zu, wie eine Armee von Drachenkriegern entstand, doch recht fassen konnte er es nicht. Bald wollte Alasar, dass er nicht nur ihm, sondern auch anderen Höhlenkindern beibrachte, auf den Drachen zu reiten und sie zu fliegen. Revyn selbst durfte dabei natürlich kein einziges Mal auf einen Drachenrücken, denn Alasar gestattete ihm nicht die geringste Fluchtmöglichkeit.

Revyns nagende Verzweiflung wurde von der dahinrieselnden Zeit fortgeweht. Irgendwann fühlte er nur noch Gleichmut, war innerlich blank und leer wie eine freigelegte Ruine. Alasar würde ihn nicht freilassen. Niemals. Längst hatte er begonnen, die Drachen für seine Raubzüge zu benutzen und in seine Gefechte zu reiten. Er hatte sein Wort gebrochen. Revyn hätte es von Anfang an wissen müssen.

Oft versuchte er, sich einen Weg auszudenken, um zu flüchten oder die gefangenen Drachen zu einem Aufstand zu bewegen wie Yelanah damals in Logond. Aber er verbrachte keinen einzigen Augenblick außerhalb seines Gefängnisses, ohne von Alasars Kriegern bewacht zu werden. Auch die Drachenkäfige wurden von den Höhlenkindern gehütet – nie war Revyn mit den Drachen alleine. Nur der Gedanke an Yelanah spendete ihm Trost. Wenn sie ihn hier fände … vielleicht könnte sie ihn und die Drachen befreien … Aber Revyn wollte sich nichts vormachen. Yelanah konnte Alasars Krieger nicht besiegen. Sie wusste doch nicht einmal, wo Revyn war.

Im Schlaf hörte er die Stimme eines Mädchens. Sie rief nach ihm, leise und dringlich. »Wach auf! Wach auf …« Blinzelnd öffnete er die Augen. Dann wurde ihm bewusst, wieso er erwacht war – er hörte tatsächlich eine Stimme! Er hatte nicht geträumt.

Vor seinem Gitterwagen stand ein dunkelhaariges Mädchen. Für einen kurzen, schmerzhaften Augenblick dachte er, es sei Yelanah.

Doch der Schein der nahen Fackel tanzte auf einem anderen Gesicht. Revyn hatte das Mädchen schon ein paarmal unter den Höhlenkindern gesehen.

»Hör mir zu«, flüsterte sie. In ihren Augen rangen Furcht und Entschlossenheit. »Ich lasse dich frei. Ich zeige dir den Weg nach draußen. Lauf fort und komm nie wieder … ja?«

Revyn starrte sie fassungslos an. Vielleicht träumte er doch noch. »Wer bist du?«

»Das kann ich nicht sagen.« Das Mädchen sperrte die Gittertür mit zitternden Fingern auf. Dann trat sie zur Seite und wartete, dass Revyn hinauskam. Er konnte es nicht glauben. Es musste irgendeine Falle sein. Aber warum? Er begriff es nicht.

»Willst du nicht fort?«, fragte das Mädchen zaghaft. Stockend kletterte Revyn aus dem Wagen. Ganz leicht könnte er sie überwältigen, die Fackel von der Wand reißen und in die unbekannte Finsternis der Höhlen flüchten. Es wäre ganz einfach …

»Komm schnell«, sagte das Mädchen und lief ihm voraus in die Dunkelheit. Revyn folgte ihr zögernd.

Bald war das Licht der Fackel hinter ihnen verschwunden. Unbeholfen stolperte Revyn voran. Ganz nah hörte er die flinken Schritte der Fremden. »Gib mir deine Hand«, sagte sie leise. Er fühlte ihre Finger, die nach seinem Arm tasteten und hinab zu seiner Hand glitten. Als sie ihn hielt, zog sie ihn hinter sich her.

Hin und wieder flüsterte sie ihm Befehle zu: »Zieh den Kopf ein«, oder »Links ist eine Wand«, oder »Wir gehen bergauf.« Sonst schwiegen sie. Ihre umschlungenen Hände und die undurchdringliche Finsternis schufen eine Nähe zwischen ihnen, die Revyn verwirrte. Er wusste von seiner Führerin nur, dass sie zu Alasar gehörte – und doch zeigte sie ihm den Weg durch die Dunkelheit. Hier wo er sie nicht sehen konnte, nur ihre Hand fühlte, war sie die Verkörperung seiner naivsten Fluchtträume, zu schön, um wahr zu sein.

Nach Stunden, wie Revyn schien, zeichnete sich vor ihnen ein bleicher Schimmer ab, kaum mehr als ein Hauch von Helligkeit. Seine mysteriöse Retterin verwandelte sich wieder in das Mädchen, das aus einer Laune heraus beschlossen haben musste, Alasar einen Streich zu spielen.

Sie kletterten einen Geröllhang hinauf und erreichten das Licht. Es war Mondlicht. Vor ihnen lag eine Felsöffnung. Revyn trat mit weichen Knien hinaus. Unendlich weit, unendlich schön lag der nächtliche Himmel über der Welt und übergoss Revyn mit dem Licht des Vollmondes wie mit einem Schwall von Liebkosungen.

»Nun geh«, sagte das Mädchen schwach. Revyn drehte sich zu ihr um. Er wollte hundert Dinge sagen, aber er konnte nicht ausdrücken, was er empfand. Die Fremde nickte ihm zu und hob die Hand zum Abschied. Das Mondlicht fiel auf ein Schmuckstück an ihrem Handgelenk. Revyn erkannte den Armreif von Prinzessin Ardhes sofort wieder. Der Gedanke an Ardhes, Octaris und jetzt seine unbekannte Retterin überwältigte ihn und ihre Gesichter schienen sich zu einem unbegreiflichen Netz des Schicksals zusammenzufügen.

»Lebe wohl«, sagte das Mädchen.

Revyn drehte sich um. Er hatte das Gefühl, jemand anderes würde für ihn zu gehen beginnen, dann zu laufen. Er lief durch die Nacht, stolperte Hügel hinauf und schlitterte hinab, lief und lief und lief, bis er keuchte und nichts empfand außer der süßen Erschöpfung seines Körpers.

## Verräter

Alasar konnte es nicht fassen. Ein Verräter hatte den haradonischen Zähmer freigelassen.

»Schickt Suchtrupps aus«, befahl er. »Durchsucht alle Gänge und Tunnel. Und holt mir alle her, die letzte Nacht die Ausgänge bewacht haben!« Seine Krieger liefen los. Wenig später kamen die

Wachposten zu ihm. Keiner von ihnen hatte etwas bemerkt oder den Flüchtling gesehen.

»Dann ist er also noch unter der Erde«, überlegte Alasar. »Oder er hat einen geheimen Ausgang gefunden, irgendwo weitab ...« Er drehte sich zu Rahjel um, der bis jetzt schweigend hinter ihm gestanden hatte. »Der Verräter kennt sich gut aus. Er hat ihn zu einem unbewachten Ausgang geführt.«

»Woher willst du denn wissen, dass es einen Verräter gibt?«, warf Rahjel ein. »Wieso sollte jemand ... Der Haradone hat sich selbst befreit und ist abgehauen.«

Alasar schlug so fest mit der Faust in seine Handfläche, dass Rahjel zusammenzuckte. »Die verdammte Gittertür war aufgesperrt!«

Magaura kam aus einem Tunnel zu ihnen gelaufen. Mit besorgter Miene blieb sie vor Alasar stehen. »Ich habe es schon gehört.«

Alasar senkte den Kopf und rieb sich die Stirn. »Keine Sorge, wir kriegen ihn schon wieder.« Er schaute flüchtig zu ihr auf, doch Magaura sah ihn nicht an. Ihr Augen waren auf jemanden hinter ihm gerichtet. Alasar drehte sich zu Rahjel um. Der lenkte seinen Blick von Magaura auf ihn. Was Blicke alles bewirken konnten! Dieser kurze Moment hatte etwas in Alasar wachgerüttelt, etwas Uraltes, fast Vergessenes, das keine Worte fand.

»Bestimmt hat der Haradone einem der Wächter den Schlüssel aus der Tasche gezogen, als er es nicht merkte«, sagte Rahjel. »Wir dürfen nicht gleich vom Schlimmsten ausgehen und jemanden verdächtigen. Meinst du nicht?«

Alasar schwieg. Er kam auf Magaura zu und legte die Hände auf ihre Schultern. Sie kam ihm zart und schwach vor, als wäre sie immer noch das kleine sechsjährige Mädchen. Sie war blass und sah erschöpft aus. »Magaura ... mach dir keine Sorgen.« Er schloss sie in die Arme und drückte sie sanft. Ihre Hände legten sich vorsichtig auf seinen Rücken. »Wir finden den Verräter. Und dann haben wir nichts mehr zu befürchten. Dann wird unser Traum wahr und die Welt gehört uns.«

Rahjel war gegangen, um seine Mutter zu treffen. Igola verlangte oft nach ihrem Sohn und in letzter Zeit immer öfter. Bei all der Aufregung um einen Verräter, hatte Rahjel erklärt, wolle sie nicht alleine sein, sondern genau informiert werden.

»Wenigstens sind die Drachen noch alle da«, sagte Alasar, als er alleine mit Magaura auf dem Boden saß. »Sonst hätten wir ein großes Problem.« Sie nickte.

»Jetzt finde ich, dass wir genug Drachen haben«, fuhr er fort. »Aber ich hätte den Zähmer gerne noch eine Weile hierbehalten. Wenn wir ihn nicht wiederfinden, müssen wir davon ausgehen, dass er zurück nach Haradon geflohen ist und Alarm schlägt. Dann ist es nur noch eine Frage von Tagen, bis die haradonischen Legionen hier sind.«

Magaura blickte erschrocken auf. »Aber sie werden uns doch nicht finden …?«

»Wenn sie wissen, dass wir in den Höhlen leben, natürlich. Vor allem wenn der Kerl erzählt, wie viele Drachen wir haben. Die werden ganz Myrdhan durchkämmen. Nein, jetzt steht es fest. Wir müssen zuschlagen, und zwar sofort.« Magaura starrte ihn an, als hätte er ihr den Tod prophezeit.

»Habe ich dich je enttäuscht?«, fragte Alasar leise. »Habe ich dir je etwas versprochen und es nicht gehalten? Hatte ich je einen Plan, der gescheitert ist?« Sie schüttelte den Kopf, doch in ihren Augen glänzten Tränen.

»Dir wird nichts passieren. Niemals. Solange du bei mir bist. Ganz egal ob wir hier in den Höhlen sind oder in einem Krieg. Oder in einem großen Palast … Ganz egal wo.« Sie nickte wieder.

»Weißt du, ich mag es nicht, wenn du an mir zweifelst, Magaura. In letzter Zeit hast du so oft an mir gezweifelt, obwohl es keinen Grund gab. Du musst mir vertrauen.« Er ergriff ihre Hand. »Ich führe dich und alle anderen in ein besseres Leben, Magaura. Das ist alles, was ich will, und alles, wofür ich kämpfe. Ich führe euch durch die Dunkelheit in die Freiheit. Verstehst du?«

Eine Träne rollte ihr von den Wimpern. Sie zog die Hand weg, als hätte sie etwas erschreckt. »Ich … ich bin müde. Ich werde mich schlafen legen.« Sie erhob sich und verschwand in der Dunkelheit. Alasar blickte ihr lange nach.

Wo blieb Rahjel bloß? Alasar musste mit ihm reden. Er musste das Zerwürfnis zwischen ihnen endlich beenden und ihre Freundschaft erneuern. Ihnen standen Bewährungsproben bevor, die sie nur mit Einigkeit und unbedingter Treue zueinander bestehen konnten. Alasar war voller guter Vorsätze, trotz der bedauerlichen Flucht des Zähmers. Ja, fast hatte er das Gefühl, die Anwesenheit eines Verräters würde ihn enger mit seinen Verbündeten zusammenschweißen.

Er war auf dem Weg zu Igola, um Rahjel endlich von der Alten zu erlösen. Höhlenkinder kamen ihm entgegen, versicherten ihm, dass sie keine Verräter seien, und äußerten allerlei Vermutungen, wo der Flüchtling stecken könnte. Alasar bat sie, sich zu bewaffnen und an den besagten Stellen zu suchen.

Er erreichte die Halle, in der Igola ihr Schlaflager hatte. Früher hatten alle Höhlenkinder hier geschlafen und die Höhle war Alasar doppelt so groß erschienen.

Die alte Frau saß mit ihrem Sohn auf ausgebreiteten Fellen und nähte gehärtete Lederstreifen zu einem Waffenrock zusammen. Alasar trat zu ihnen. »Wo ist Rahjel?« Igola und Tivam blickten zu ihm auf.

»Keine Ahnung.« Tivam zuckte die Schultern. »Was machst du hier? Ich wollte bei der Suche nach dem Flüchtling helfen, aber Mam… Igola hat mich hierbehalten und gesagt, ich soll …«

»Wann ist Rahjel gegangen?«

»Er war heute nicht hier«, sagte Igola verwundert. »Ist etwas passiert?«

Tivam stand schon auf und lief los. »Ich suche ihn für dich, Alasar!«

Ein wenig verwirrt wandte auch Alasar sich zum Gehen. Wahrscheinlich war Rahjel auf dem Weg hierher aufgehalten worden. Gewiss hatte er sich kurzerhand auf die Suche nach dem Zähmer gemacht und seine Mutter vergessen.

Bevor er die Halle verließ, drehte Alasar sich noch einmal zu Igola um. Die alte Frau hatte ihn schweigend beobachtet. »Hast du Rahjel vorhin gebeten, zu dir zu kommen?«

Igola zögerte. »Ich habe Tivam gerufen. Ich wollte nicht, dass er nach dem Haradonen sucht. Er ist noch so jung und kennt nicht die Gefahr …«

Alasar wandte sich ab. Igola hatte Rahjel also gar nicht gebeten zu kommen. Seltsam. Als er in die belebteren Hallen zurückkehrte, strich er eine Weile umher, ohne recht zu wissen, wohin er wollte. Alle rings um ihn waren von der Flucht des Haradonen viel schockierter als er – er machte sich plötzlich kaum noch Gedanken um den Zähmer. Seine verschlossene Miene hielten die anderen wohl für Sorge und Zorn und man bedachte ihn mit ängstlichen Blicken.

Plötzlich sah er Magaura in einem angrenzenden Flur vorbeihuschen. Sie hatte doch schlafen wollen. Alasars Füße setzten sich wie von selbst in Bewegung. Er bog in den Flur ein. Bei der nächsten Fackel entdeckte er Magaura, die in einen weiteren Tunnel ging. Wohin mochte sie unterwegs sein? Alasar ging ein wenig schneller.

Magaura bog wieder ab, diesmal in einen schmalen, verlassenen Gang. Es gab nur noch wenige Fackeln und die Schatten umringten gierig das Licht. Magaura tauchte in ihren matten Schein ein und verschmolz wieder mit der Dunkelheit. Das Licht glitt über Alasar hinweg. Seine Gestalt wurde für einen flüchtigen Schritt sichtbar, dann war er wieder eins mit in den Schatten.

Am Ende des Flures sah er sie hinter einer Felswand verschwinden. Längst hatten sie sich von den belebten Grotten so weit entfernt, dass man außer einem gelegentlichen Plitschen, wenn ein Wassertropfen von der Decke perlte, nichts mehr hörte.

Alasar verlangsamte seinen Schritt. Was tat er hier? Er verfolgte Magaura! Wahrscheinlich war sie nur auf der Suche nach Kristallen für eine neue Kette oder sie machte einen ihrer einsamen Spaziergänge durch die Grotten.

Merkwürdig, dachte Alasar. Er hatte sie seit Jahren nicht mehr auf diesen Spaziergängen begleitet. Erinnerungen an früher kamen ihm, an jene Zeit, da Magaura nicht von seiner Seite gewichen war und ihn bedingungslos geliebt hatte … Erschrocken schüttelte Alasar diesen Gedanken ab. Sie liebte ihn doch jetzt noch genauso! Aber was war heute anders? Sie verbrachten nicht mehr so viel Zeit miteinander, das war es. Magaura machte ihre Gänge durch die Höhlen alleine. Alasar hatte sie vernachlässigt … Eine plötzliche Sehnsucht überkam ihn, eine Sehnsucht nach der Vergangenheit und nach Magauras Nähe. Er wollte zusammen mit ihr die Grotten erkunden, so wie früher! Er wollte ihre Hand halten und nicht sprechen. Nur fühlen … Und nicht alleine sein.

Er lief den Gang entlang, eilig. Hoffentlich holte er Magaura noch ein! Er erreichte die Felswand und trat in den schmalen Spalt dahinter. Es war alles rabenschwarz. Mit Füßen und Händen tastete er sich am kühlen Stein vorwärts.

Plötzlich tauchte ein dunstiger Lichtschimmer vor ihm auf. Am Ende des Felsspalts musste es eine Fackel geben. Er schob sich weiter dem Licht entgegen. Geräusche lagen in der Luft. Murmeln. Der Wind musste sich sehr weit hinab verirrt haben. Alasar dachte daran, wie Magaura früher immer erschrocken war und die Geräusche des Windes für flüsternde Gespenster gehalten hatte. Ob sie sich immer noch fürchtete, hin und wieder? Dann würde sie froh sein, Alasar bei sich zu haben.

Ein Seufzen erklang. Alasar blieb wie versteinert stehen. Das Seufzen war längst verstummt, doch es hallte noch in seinen Ohren nach. War das der Wind gewesen? Es hatte so menschlich geklungen.

Endlich konnte er sich wieder bewegen und ging weiter. Das

leise Gemurmel wurde lauter … *klarer.* Alasar verstand einzelne Worte. Es war kein Wind. Es waren Stimmen. Mit angehaltenem Atem blieb er in der Dunkelheit stehen und starrte auf die beiden Gestalten im Fackelschein.

Er hielt sie in den Armen. Ihre Hände lagen in seinem Nacken. Ihre Gesichter waren sich ganz nah. Das flackernde Licht ließ die Tränenspuren auf Magauras Wangen glänzen.

»Er weiß es«, schluchzte sie. »Er weiß es. Er weiß es …«

»Beruhige dich! Er denkt nur, dass es einen Verräter gibt, aber er weiß nicht, wer! Er würde dich nie verdächtigen.«

»Wir hätten es nicht tun sollen!« Sie machte sich von ihm los, doch ihre Hände umschlangen einander. »Es war ein Fehler, ihn freizulassen. Wir hätten den Jungen umbringen sollen! Jetzt müssen wir in den Krieg, uns bleibt gar keine andere Wahl, weil uns das haradonische Heer finden wird. Alasar hatte recht, von Anfang an. Wir hätten all seine Pläne befolgen müssen. Er weiß am besten, was zu tun ist.«

»Sei nicht albern. Alasar reitet uns alle in den Untergang. Was wir getan haben, war richtig.«

»War es das wirklich?«

»Aber ja. Jetzt hört der Wahnsinn auf. Keine neuen Drachen mehr.«

»Was ist mit den Haradonen? Wenn der Zähmer uns verrät, müssen wir doch kämpfen, ob wir wollen oder nicht.«

»Wir verstecken uns. Die Höhlen sind riesig! Niemand wird uns finden. Wir müssen Alasar nur dazu bringen, dass er seinen Krieg vergisst.«

»Aber wie …«

»Wenn wir die Drachen freilassen, bleibt ihm nichts anderes übrig. Dann können wir hierbleiben. Für immer.«

»Ich will nicht noch mehr riskieren. Wie sollen wir die Drachen denn freilassen? Sie werden doch bewacht.«

»Wir finden einen Weg. Vertrau mir.«

»Das tu ich doch. Ich … ich weiß ja, dass wir das Richtige tun. Aber wieso fühlt es sich so falsch an?«

»Es ist auch für mich schwer! Glaubst du, Alasar ist mir nicht wichtig? Es tut mir weh, ihn zu belügen, und ich wünschte, wir könnten ihm alles sagen. Über unsere Angst. Und über uns beide …«

»Das können wir niemals. Er würde – nein, das können wir ihm niemals sagen. Er würde sich verraten fühlen. Du kennst ihn doch.«

»Dann müssen wir mit der Lüge leben.«

»Ja. Er tut mir leid. Das muss man sich vorstellen! Glaubst du, er tut irgendjemandem sonst leid?«

»Nein, die haben alle Angst vor ihm. Er macht auch mir manchmal Angst.«

»Mir auch.«

»Aber nichts wäre schlimmer, als dich nicht zu haben. Keine Angst und kein Verrat wären schlimmer.«

Lange schwieg Magaura und blickte Rahjel in die Augen. »Es könnte so schön sein. Ich liebe die Höhlen. Ich will sie nicht verlassen. Und dich will ich nicht verlieren. Jedes Mal, wenn ihr auf Raubzügen wart, konnte ich vor Sorge um dich nicht schlafen. Es war, als hättest du mein Herz mitgenommen. Ich hab fast die Luft angehalten, bis du zurückgekommen bist. Wenn du irgendwann nicht zurückkommst, sterbe ich.« Ihre Nasenspitze berührte seine Wange. Rahjel neigte das Gesicht. Ihre Lippen fanden sich.

Alasar wich zurück. Die Schatten griffen nach seinen Schultern und schienen ihn wie von selbst den Felsgang zurückzuziehen. Lautlos rannte er durch die Finsternis der Höhlen.

Magaura hatte das merkwürdige Gefühl, beobachtet zu werden, als sie zu ihrem Lager ging. Immer wieder drehte sie sich um und spähte in alle Richtungen, doch niemand war da. Und selbst wenn – was hatte sie denn zu befürchten? Von Rahjel und der anderen Sache wusste niemand. Trotzdem fühlte sie sich, als zögen ihr alle Gedanken sichtbar durch die Augen. Was sie brauchte, waren Ruhe und ein erholsamer Schlaf. Sie trat in ihre Kammer ein.

Erschrocken schnappte sie nach Luft: Alasar stand vor ihr. »Oh, du hast mich erschreckt. Was machst du hier?« Er starrte sie an. Seine Augen waren so dunkel und leer … als sei er gar nicht mehr vorhanden, als stünde nur noch die seelenlose Hülle seines Körpers da. Magaura spürte, wie eine Gänsehaut ihre Arme heraufkroch. »Wieso sagst du nichts?« Ihre Stimme klang erstickt. Sie wusste, wieso, und Alasar wusste es auch. In der Stille zwischen ihnen gab es keine Geheimnisse mehr. *Er wusste es.*

»Alasar …«

Er lächelte. Das Lächeln verwandelte sein Gesicht in eine Fratze, als er einen Schritt auf sie zuglitt. Ihr Herz hämmerte ihr so stark gegen den Hals, dass sie kaum Luft bekam.

»Wo warst du?« Es klang wie ein Befehl. Die Ränder seiner Augen begannen, feucht zu schimmern.

»Ich …« Magaura versuchte zu schlucken, aber sie verursachte nur ein würgendes Geräusch. »Ich habe dich gesucht.«

Das Lächeln fiel von seinem Gesicht. Seine Hände schossen zu ihr vor und Magaura wich mit einem Schrei zurück. Doch er packte nicht sie, sondern eine Wasserschüssel und schleuderte sie vor Magauras Füße, wo sie in tausend Scherben zersprang. »Dreckige Heuchlerin!« Magaura hatte sich geduckt und schützend die Hände gehoben.

»Seit wann«, brachte er hervor, »seit wann verratet ihr mich?«

»Wir lieben uns«, flüsterte sie.

»Seit wann?!«

»Seit zwei Jahren.«

Er atmete schwer und kniff die Augen zusammen, um seine Tränen zurückzudrängen. »Zwei Jahre … Er hat dich vergiftet.«

»Nein«, weinte Magaura, »nein, er hat das Beste aus mir gemacht. Ich konnte es dir nicht sagen, weil du es nicht verstanden hättest!«

»Er hat dich vergiftet mit seinen verräterischen Gedanken. Er hat mich die ganze Zeit betrogen … Er will meinen Platz einnehmen. Er will mir alles wegnehmen!«

Magaura rang die Hände. »Nein …«

»Und du – du hast mich verraten für *ihn*!« Er lachte hysterisch. Mit jedem Wort schlug er sich mit den Fäusten gegen den Kopf. »Deinen eigenen Bruder, Magaura! Ihr wolltet mich ruinieren! Ihr wolltet uns alle ruinieren!«

»Wir wollten das Schlimmste verhindern!« Sie wollte seine Arme berühren, doch sie wagte es nicht. Er war unberechenbar wie ein wildes, verletztes Tier. »Alasar, wir wollten das Schlimmste verhindern … Dein Ehrgeiz wird uns alle vernichten, wenn wir jetzt einen Krieg anfangen! Die Welt der Erwachsenen, die ist kein Spiel, verstehst du? Es ist kein Spiel … wir werden alle sterben, wenn du so weitermachst. Und ich will nicht sterben. Ich will nicht, dass *du* stirbst. Oder – oder Rahjel!«

Starr blickte Alasar in ihr weinendes Gesicht. Seine Fäuste zitterten. »Ich werde ihn töten.«

»Nein!«, schrie Magaura. Sie umklammerte ihn und sank auf die Knie. »Nein! Das kannst du nicht machen. Das kannst du nicht machen, das meinst du nicht ernst!« Er löste sich von ihr und ging mit großen Schritten davon.

Magaura rannte ihm nach. »Nein! Alasar!«

Höhlenkinder kamen und starrten sie verwundert an. Alasar ging zu einem Krieger und nahm ihm wortlos das Schwert ab. Magaura wich mit einem erstickten Schrei zurück. Inzwischen hatte sich eine Menschenmenge um sie gebildet.

»Wir haben den Verräter«, sagte Alasar laut. »Ich befehle, dass der Verräter Rahjel getötet wird.« Ohne die Stille oder die verblüfften Blicke zu beachten, setzte sich Alasar in Bewegung. Krieger begannen, ihre Waffen zu ziehen. Die Ersten schlossen sich Alasar an und bildeten ein Gefolge.

Hinter ihnen erklang ein verzweifeltes Aufschluchzen. Plötzlich drängte sich Magaura an den Kriegern vorbei und stellte sich mit ausgebreiteten Armen vor Alasar auf. Er schob sie grob zur Seite, sodass sie gegen einen Krieger stieß und auf die Knie fiel, doch sie richtete sich gleich wieder auf und rannte los. Diesmal versuchte sie nicht, Alasar aufzuhalten. »Rahjel!«, schrie sie. »Rahjel!«

Alasar rannte ihr nicht nach, als sie sich immer weiter entfernte. Er würde ihn kriegen. Er würde ihn so oder so kriegen, ob sie ihn warnte oder nicht.

In der Ferne hörten sie Magauras Rufe. Murmeln erfüllte die Grotten. Noch mehr Höhlenkinder schlossen sich Alasar an, doch nicht alle zogen ihre Waffen. Unaufhaltsam schwoll der Lärm ihrer Schritte an, bis ein dumpfes Trommeln die Gewölbe erfüllte.

Sie erreichten eine Höhle, in der Rahjel und die anderen Krieger sich gerade im Schwertkampf übten. Alasar entdeckte Magaura und Rahjel in der Gruppe, als sie sich entsetzt zu ihm umdrehten. »Lauf weg!«, rief Magaura Rahjel zu. »Schnell!«

Rahjels Blick irrte über das Gefolge hinter Alasar und blieb schließlich an ihm hängen. »Was soll das –« Er verstummte, als Alasar seine Schwertklinge auf ihn richtete.

»Er darf nicht entkommen. Aber niemand außer mir rührt ihn an.« Mit großen Schritten ging Alasar auf ihn zu.

Magaura drängte Rahjel verzweifelt weg. »Lauf!«

»Alasar …« Rahjel wich zurück. »Rede mit mir! Du bist nicht du selbst. Das bist nicht du!«

Alasar war fast bei ihm. »Ich töte dich.« Er hob sein Schwert und schlug nach ihm.

»Nein!« Magaura warf sich auf Alasar und zerrte ihn zur Seite. Die Klinge stieß klirrend auf den Boden.

»Lauf!«, schrie Magaura, ließ Alasar los und griff Rahjel am Arm. Sie flohen in einen Tunnel. Alasar atmete schwer. Magauras Fingernägel hatten ihm Schrammen auf die Wange gekratzt. Bitterer, kalter Schmerz kribbelte unter seiner Haut. Sie hatte ihn verletzt – Magaura hatte ihn verletzt!

»Bewacht die Ausgänge«, befahl er wie betäubt. Dann packte er das Schwert fester und trat alleine in den Tunnel. Er wusste, dass Rahjel nicht so dumm sein würde, dem Tunnel bis zum Ausgang zu folgen. Bestimmt hatte er die erste Abzweigung genommen, die er gefunden hatte, um vom Hauptweg abzukommen.

In den Gängen hallten Waffenklirren und Schritte wider. Alasar wählte einen Nebengang und bog jedes Mal in den schmalsten Weg ab, bis die Geräusche der suchenden Höhlenkinder sich entfernten. Irgendwo flatterten Fledermäuse. Alasar hörte ihre Krallen gegen die Steine schaben. Dann verwandelte sich das Schlagen ihrer Flügel in das Rascheln von Stoff … Da lief jemand, schnell und leise – Alasar hörte, wie Magauras Rock über den Boden schleifte. Sein Herz pochte laut. In seinen Schläfen schlug der Puls.

Schritte hallten durch die Dunkelheit. Alasar lief ihnen geräuschlos nach. Wieder herrschte Stille, er hatte sie verloren. Hatte er sie überhaupt gehört? Vielleicht war es nur Einbildung gewesen.

Alasar drehte sich um, lief zurück, bog rechts in einen Gang. Er lief lange geradeaus. Und da waren die Geräusche wieder, ganz eindeutig: flinke Schritte. Alasar blieb vor einem niedrigen Gang stehen und lauschte. Schon glaubte er ihre Stimmen durch die Dunkelheit wandern zu hören. »Du musst fliehen, er ist blind vor Zorn! Ich werde ihn beruhigen. Ich spreche allein mit ihm. Und dann hole ich dich zurück.«

»Ich versteck mich über Nacht im alten Dorf, ja? Wenn du danach nicht kommst, kehre ich zurück … und kämpfe um dich.«

»Dann wirst du sterben! Dann sterben wir beide.«

»Oder wir fliehen, wenn es keinen anderen Weg gibt.«

»Wir werden sehen … nun geh …«

»Ich liebe dich …«

»Ich dich auch!«

Als Alasar die kleine Grotte betrat, war Rahjel bereits verschwunden. Magaura stand alleine im Licht der Fackeln, bleich und stumm wie ein Geist, und sah Alasar an.

»Er lässt dich allein?« Sie gab keine Antwort. »Du sagst mir also nicht, wo er ist.« Erneut stiegen ihr Tränen in die Augen. »Das alte Dorf ist kein gutes Versteck.«

»Nein, nicht! Alasar, bitte, tu's nicht!« Sie stürzte ihm nach, als er den schnellsten Weg nach draußen einschlug, ohne ihr Flehen zu beachten. »Er ist dein Freund! Rahjel ist dein Freund! Er liebt dich, wie ich dich liebe! Er hat auch an dein Wohl gedacht –«

Sie blieb ein Stück zurück, als ihre Stimme in einem Weinkrampf unterging. Dann hörte Alasar ihre taumelnden Schritte wieder hinter sich. Er stieg mehrere Steine hinunter und drängte sich an spitzen Felszähnen vorbei. Zwischen dem Gestein schimmerten Pfützen wie blinde Spiegel.

»Ich weiß, dass er dir das Leben gerettet hat! Er hat es mir erzählt: Du schuldest ihm dein Leben! Das kannst du nicht vergessen! Er hat dir damals das Leben gerettet, du stehst in seiner Schuld!« Er fuhr herum und schlug ihr hart ins Gesicht. Magauras Kopf flog zur Seite. Wie versteinert stand sie da.

»Du bist eine Hure. Sag mir nicht, welche Schuld ich habe.«

»Monster«, schluchzte sie. Dann warf sie sich auf ihn, kratzte ihn und schlug auf ihn ein. Er versuchte, sie abzuschütteln, hielt ihre Handgelenke fest, aber sie ließ nicht von ihm ab und trat mit den Füßen. Schließlich packte er ihre Kehle. Sie würgte, als seine Finger ihr die Luft abschnürten. Die Tränen in seinen Augen machten ihn blind … Mit voller Wucht warf er Magaura zurück.

Sie stürzte zu Boden, und ihr Kopf schlug erschreckend laut gegen die Felsen, als sie reglos liegen blieb.

Alasar atmete schwer. Dicke Tränen fielen ihm von den Wimpern, bis das Wasser in seinen Augen wie ein Vorhang zurücksank. Er blieb stehen und wartete, dass Magaura zu schluchzen begann. Das Schweigen der Grotten stieg wie eine Flut um ihn an, langsam, kriechend. Erstickend.

»Steh auf.« Seine Stimme war dünn. Die Stille schien zu grinsen und ihn zu verhöhnen. »Steh auf!« Er ging um sie herum, griff nach ihrem Kragen, zerrte sie hoch. Und erstarrte.

Unter ihrem Körper kamen drei Felsenspitzen zum Vorschein, lang und scharf wie Dolche. Alasar zog seine Hand von ihrem Rücken. Seine Handfläche war voll Blut. Er öffnete den Mund, doch kein Laut kam über seine Lippen. Dann strich er Magauras Haare zur Seite. Leuchtendes Blut strömte ihr über den Hals. Einer der Felsen hatte ihren Nacken durchbohrt.

Alasar starrte sie an. Das Blut verdunkelte ihre Kleider. Ohne sich bewegen zu können, hielt er Magaura fest.

Die Höhlenkinder wichen erschrocken vor ihm zurück, doch niemand wagte sich ihm zu nähern oder ihm Hilfe anzubieten, als er Magaura durch die Gänge trug. Sie hinterließ eine tropfende Blutspur, doch Alasar schien es nicht zu bemerken. Seine Augen waren in eine Ferne gerichtet, die keiner außer ihm sehen konnte.

In einer kleinen Steinhalle hielt er an. Sanft bettete er Magauras reglosen Körper auf eine Felserhöhung und glättete ihre Kleider. Er strich ihr die Haare aus dem Gesicht und drückte sie leicht gegen ihren Hals, um die Wunde zu verbergen.

»Ruft Tivam«, befahl er den Umstehenden abwesend. Als Tivam kam, begleitete ihn Igola. Ihre Hände umklammerten seine Schultern, entweder aus Furcht um ihn oder um sich auf ihn zu stützen. Im Eingang der Halle blieben sie stehen.

Endlich drehte Alasar sich zu ihnen um. »Du weißt, was los ist?«

Tivam zwang sich zu einem knappen Nicken.

»Wo ist Rahjel?«, rief Igola. »Was hast du mit ihm gemacht? Er ist doch kein Verräter!« Sie biss sich auf die Unterlippe, um nicht laut zu schluchzen.

»Rahjel …« Alasar atmete schwer. »… Rahjel hat Magaura getötet.«

Fassungslos blickte Igola die Tote an. »Nein«, sagte sie schrill. »Nein, das ist nicht wahr. Rahjel hat niemanden umgebracht. Das würde er nie tun, nein, niemals.«

Alasars Hand glitt von Magauras Gesicht. Er ließ die Schultern hängen und starrte Tivam an. »Tivam, hör mir zu. Du bist ein treuer Kämpfer der Höhlenkinder. Ich habe Respekt vor dir. Du kannst wählen, ob dir unser Reich wichtig ist oder ob du versuchen willst, dich an mir zu rächen. Denn ich habe deinen Bruder getötet.« Igola stieß ein Heulen aus und stürzte zu Boden.

Tivam stand still, mit seiner ohnmächtigen Mutter hinter sich und dem Mörder seines Bruders vor sich. Seine Fäuste waren geballt. Tränen stiegen ihm in die Augen, doch er schluckte sie immer wieder hinunter. Dann ließ er sich auf die Knie fallen und stützte beide Hände auf den Boden. »Nichts ist wichtiger als unser großes Ziel. Es leben die Höhlenkinder!«

Alasar nickte, dann drehte er sich wieder zu Magaura um. Seine Hände glitten gedankenverloren über ihren Arm … er berührte den goldenen Armreif und nahm ihn an sich. Fest schloss er das schöne Geschmeide in seine Faust.

»Bewache sie, Tivam«, sagte er leise, als er die Höhle verließ.

Tivam blickte ihm weinend nach.

Es dämmerte. Der Himmel war fast wolkenlos und die Luft so kalt, dass jeder Atemzug Alasar in die Lungen schnitt. Im Westen hingen zarte Wolkenschleier am Horizont und filterten die letzten Sonnenstrahlen. Ein unwirkliches, blassgelbes Licht beschichtete die Trümmer, als wären sie verschwommenen Erinnerungen entsprungen.

Alasar blieb stehen. In all den Jahren hatte er das Dorf kein einziges Mal betreten. An jenem Tag, an dem sie ins Reich der Höhlen gezogen waren, hatte er es mit seiner Kindheit begraben. Es war ein Friedhof der Vergangenheit.

Hier und da ragte ein verkohlter Gegenstand aus dem Boden. Die Grundrisse der Häuser waren noch zu erkennen und Stofffetzen, die vom Wetter morsch geworden waren, umwickelten verdorrte Knochen.

Alasar wandelte wie ein Geist durch das Dorf. Der Schatten der

Jahre hing über den Ruinen und nahm Alasar in sich auf. Kein Geräusch war zu hören außer dem Knirschen des gefrorenen Bodens unter seinen Füßen.

Langsam drehte er sich in jede Richtung. »Rahjel!«, rief er. Er fuhr sich über die Lippen. »Komm raus. Wir sind allein.« Mehrere Augenblicke verstrichen. Dann bröckelten Steine. Rahjel trat hinter den Trümmern einer Hütte hervor.

Alasar hatte geglaubt, nichts mehr empfinden zu können, doch nun spürte er die Hitze des Hasses so stark in sich aufsteigen, dass er nach Atem rang. Mit der linken Hand holte er aus und schleuderte das Schwert in Rahjels Richtung, das er für ihn mitgenommen hatte. Es landete kaum einen Schritt vor ihm entfernt im Gras.

Rahjel sah die Waffe an, dann Alasar. »Ich will nicht gegen dich kämpfen. Ich kann nicht.«

Alasar ergriff sein eigenes Schwert mit beiden Händen. Seine Stimme war schrill. »Magaura hat dich nie geliebt!« Rahjel sah ihn wortlos an. »Sie gehört mir!«, brüllte Alasar. Seine Lippen bebten. Er atmete laut.

Rahjel schüttelte den Kopf. »Du hast sie schon lange verloren.«

Alasar stieß ein wildes Heulen aus und stürmte los. Rahjel blieb stehen und griff nicht nach dem Schwert vor seinen Füßen. Alasar holte aus. Im letzten Augenblick wich Rahjel aus, keuchend vor Schreck. Alasar stieß wieder zu. »Es ist deine Schuld! Du hast sie vergiftet! Du bist schuld!«

Rahjel rettete sich ungeschickt vor jedem Hieb, bis er stolperte. Er stürzte neben dem Schwert auf den Boden, packte es und hielt es über sich. Die Klingen stießen mit einem so lauten Klirren aufeinander, als würden sie einen Schmerzensschrei ausstoßen.

Rahjel rollte sich zur Seite und sprang auf. »Hör auf, Magaura ist deine Schwester! Du weißt nicht, was du tust!«

Alasars Augen glühten. Er schlug zu, immer wieder, und Rahjel wehrte seine Schläge nur mit Mühe ab. Dann griff Alasar von oben an. Rahjel stemmte sein Schwert gegen Alasars, doch er konnte seine Kraft nicht parieren. Keuchend taumelte er zurück und seine Klinge streifte den Boden. Alasar kam auf ihn zu und stieß sein Schwert mit dem Fuß weg. Rahjel verlor seinen letzten Halt.

Flehend blickte er zu Alasar auf. »Ich war immer dein Freund. Ich wollte dir nie schaden, Alasar! Nimm mir Magaura nicht weg … Sie ist mein Leben!«

Alasar legte eine Hand auf Rahjels Kopf. Die Worte kamen ihm durch zusammengebissene Zähne. »Nein. Sie ist dein Tod.« Er stieß zu.

Und erst jetzt, als er das Schwert herauszog, seinen sterbenden Freund stockend in die Arme nahm und an sich presste, konnte Alasar von Herzen weinen.

# Die Stürme

# Letzte Hoffnung

Tage und Nächte wanderte Revyn durch die Weiten Myrdhans. Er riss Unkraut und Gras aus der Erde und aß, bis der Hunger Übelkeit wich. Als es regnete, fing er das Wasser, das von einem Felsen tröpfelte, mit der Hand auf und trank gierig. Doch obwohl die Natur seinen Hunger und Durst stillte, bot sie ihm nichts, woran sich seine Hoffnung halten konnte: Die weite Steppe war eine Wüste mit Dünen aus Gras und Gestein, ein Land der Unendlichkeit und des Nichts.

Revyn versuchte, sich an der Sonne zu orientieren. Wenn er sich immer westlich hielt, würde er früher oder später nach Haradon gelangen. Hatte er die Wälder erst erreicht, könnten die Nebel sich für ihn öffnen, und er würde zum *San Yagura Mi Dâl* kommen, wo die Drachen warteten.

Und Yelanah? Hatte Ijua ihm nicht gesagt, dass sie aufgebrochen war, um ihn zu retten? Was, wenn auch sie hier irgendwo in der grünen Einöde umherirrte? Was, wenn die Höhlenkinder sie fanden? Oder wenn sie ganz einfach auf Soldaten, auf irgendwelche Menschen traf? Es war schließlich keine Seltenheit, dass Menschen sich mit Elfen ihren Spaß erlaubten, vor allem in einem menschlichen Königreich.

Immer wieder sah Revyn Soldatentruppen über die Hügel reiten. Manchmal waren es Haradonen und er hätte sich ihnen anschließen können, aber er verbarg sich vor ihnen wie vor den myrdhanischen Männern und legte sich tief ins Gras, wenn sie kamen. Er hatte nichts von ihnen zu befürchten, doch er gehörte nicht mehr zu ihrer Welt – und er konnte schon gar nicht zurück, solange Yelanah nach ihm suchte.

Mit den schwindenden Tagen verlor Revyn seine Kraft. Jeder Schritt wurde eine Anstrengung, jeder Blick zum Horizont nährte die Verzweiflung, die in ihm lauerte. Wann kam endlich Wald in

Sicht? Wenn er ihn erreichte, würde er Erleichterung empfinden, obwohl Yelanah noch in Myrdhan war?

Mächtige Wolkenmassen zogen durch den Himmel. Ihre Schatten eilten über die Hügel wie Geisterheere. Fast unaufhörlich nieselte es aus den schweren weißen Himmelsfronten, bis der Boden an Wasser überquoll und Dampf und Dunst das Land verschluckten.

Revyn irrte durch den dichten Nebel und glaubte sich in einem schrecklichen, bekannten Traum gefangen. Nie würde er hier herausfinden! Nie würde er Yelanah finden … es war alles hoffnungslos.

Irgendwann – Revyn mochte diesen Gedanken das erste oder das tausendste Mal gehabt haben – meinte er Lichter vor sich schimmern zu sehen. Durch die milchigen Dunstschwaden blickten sie wie blinde Augen, bewegten sich und schienen einen langsamen, geheimnisvollen Tanz zu vollführen.

Bald wurden die Gestalten sichtbar, die die Lichter trugen. Sie waren in helle Umhänge gehüllt, in denen sie kaum vom Nebel ringsum zu unterscheiden waren. Revyn blieb stehen. Automatisch glitt seine rechte Hand zu der Stelle, wo sein Schwert normalerweise steckte, doch er war ja unbewaffnet. Die Gestalten kamen auf ihn zu. Eine von ihnen deutete auf ihn.

»Revyn!« Er kannte die sanfte Stimme: Es war Khaleios, der König der Elfen. Hände ergriffen Revyn an den Schultern.

»Wo ist Yelanah?«, stammelte er. »Wo ist sie?«

Khaleios legte einen Arm um ihn und zog ihn vorwärts. »Ihr seid beide in Sicherheit.«

Der Mantel des Königs war auch über Revyn gefallen. Eine merkwürdige Ruhe überkam ihn plötzlich, gleichzeitig spürte er die Anstrengung in seinen Beinen nicht mehr. Er blickte hinab. Khaleios machte große, rasche Schritte, und Revyn staunte darüber, wie schnell seine eigenen Füße sich bewegten. Ob das alles mit rechten Dingen zuging – Revyn wusste es nicht und es war ihm egal. Als

Baumreihen vor ihnen aufragten, die Äste ausgestreckt wie einladende Arme, und sie in den Wald eintauchten, empfand Revyn nichts als Dankbarkeit.

Ein Feuer knisterte. Der Duft von geräucherten Kräutern hing in der Luft. Blinzelnd öffnete Revyn die Augen. Er erinnerte sich nicht mehr daran, eingeschlafen zu sein, und wusste nicht, wo er war. Sein Rücken schmerzte vom langen Liegen. Er richtete sich auf und stützte die Stirn in die Hand, weil die plötzliche Bewegung ihn schwindelig machte.

Er hatte Khaleios und die Elfen getroffen … sie hatten die Wälder von Haradon erreicht. Doch mit den Schatten der hohen Bäume war der Schlaf über Revyn geglitten.

Er blickte auf und sah sich um. Wände aus Ranken umschlossen die vertraute Hütte des Königs und ein Herdfeuer flackerte in der Mitte. Über den Flammen kochte ein Kessel.

Revyn drehte sich zur anderen Seite und entdeckte eine schlafende oder bewusstlose Gestalt neben sich, die fast ganz unter der Felldecke verschwand. Revyn zog das Fell ein Stück zur Seite. Es war Yelanah!

»Yelan!« Er befreite sich von seiner Decke und ergriff ihre Schultern. »Yelan! O Götter … Wach auf! Yelan!« Hinter ihnen betrat jemand den Raum. Revyn drehte sich um.

Der König der Elfen stand in der Tür. Sein Blick glitt von Revyn zu Yelanah. »Ich habe ihr einen Schlaftrank gegeben, damit sie sich erholt. Du wirst sie in den nächsten Stunden nicht wecken können.«

»Wie habt ihr sie gefunden?«

Ein geringschätziges Lächeln glitt über Khaleios' Gesicht, als er sich zum Gehen wandte. »Folge mir, Revyn.« Revyn zog Yelanah die Decke behutsam bis zum Kinn hoch. Dann stand er auf und verließ die Hütte.

Es war noch dunkel, doch die Kronen der Birken zeichneten

sich bereits vor dem Himmel ab; bald würde der Morgen kommen. Die Grillen zirpten laut, und Motten umschwirrten die runden Laternen, die hier und da im Laub schimmerten. Nicht weit entfernt sah Revyn Khaleios den Hang hinaufgehen. Er holte ihn rasch ein.

Als der König ihn bemerkte, reichte er ihm eine geröstete *Celgonnwa.* »Später gebe ich dir noch mehr zu essen.« Revyn nickte und verschlang die weiche Wurzelknolle mit wenigen Bissen. Erst jetzt merkte er, wie leer sein Magen war.

Sie erreichten den Rand des Tals und Khaleios blickte zum Dorf zurück. Die Laternen leuchteten in der Dunkelheit wie gefallene Sterne und eine Weile standen Revyn und Khaleios schweigend nebeneinander und betrachteten die Lichter.

»Yelanah hat mir erzählt, dass in dir die Nebelgeister leben. Du bist also ein Gefährte der *Dar'hana.* Ich möchte dich bei meinem Volk willkommen heißen, *Mahyûr.* Ab jetzt werden wir für dich sorgen.« Er führte die Hände an die Stirn und deutete eine Verneigung an. Revyn wusste nicht, was er erwidern sollte, und wandte sich wieder dem Dorf zu. Ein Gefühl der Geborgenheit und des Friedens überkam ihn.

»Yelanah hat mir auch erzählt, dass ihr bei Octaris wart. Was hat er dir prophezeit, Revyn?« Er wusste, dass er dem König nichts davon erzählen musste. Er könnte einfach sagen, dass er es für sich behalten wollte. Doch es gelang ihm nicht: Er musste Khaleios' Frage nachgeben, auch wenn er sich nicht erklären konnte, wieso.

»Er sagte mir … dass ich ein *Ahirah* bin, ein Sohn von Ahiris.«

»Ein Sohn von Ahiris – ich wusste es. Was prophezeite er dir noch?«

»Dass … ich mit schuld sein würde am Untergang eines Volkes.«

Khaleios' Augen leuchteten. »Dann ist es also wirklich so. Du wirst die Menschen vernichten.«

»Nein. Nicht die Menschen.« Er spürte, wie sich der König neben ihm verkrampfte. Dann zog er ruhig einen Dolch aus seinem Gürtel und hielt die Klinge an Revyns Hals. Revyn starrte den König aus den Augenwinkeln an, ohne sich zu bewegen.

»Ich werde alles tun, alles, um mein Volk zu retten«, sagte Khaleios leise. »Kein Opfer ist groß genug. Das Leben ist ein Kampf um einen Anteil an dieser Welt, um ein Stück Macht, um ein gehörtes Wort. Alle Regeln der Welt müssen sich diesem Drang zu existieren unterwerfen. Wenn ich die Existenz meines Volkes dadurch sichern könnte, würde ich nicht zögern, dich zu töten.«

Revyn rang nach Luft. »Aber du zögerst.« Khaleios beobachtete ihn unergründlich. Die Klinge berührte seinen Hals kaum, er fühlte die Kühle des Metalls wie einen Windhauch.

»Ich zögere.« Mit einem Ausatmen senkte der Elfenkönig den Dolch und starrte ins Tal. Revyn beobachtete, wie sich das Licht in Khaleios' Tränen spiegelte. »Unser Volk ist voller Schönheit. Es hat bessere Lebensweisen als das Volk der Menschen! Aber es kommt nur darauf an, wer stärker ist. Wer stark genug ist, um sich durchzusetzen. Die Welt ist nicht gerecht.« Revyn wusste nicht, was er sagen sollte. Die Worte des Königs waren beleidigend, selbst wenn sie vielleicht zutrafen. Doch Khaleios klang so hilflos und verzweifelt, dass Revyn ihn nur bemitleiden konnte.

»Einst waren wir so viele … Wir hatten einen Platz in der Welt. Aber unsere Zeit läuft ab. Wir schwinden aus der Wirklichkeit wie all die anderen Alten Völker. Auch die Zeit der *Dar'hana* wird enden.« Khaleios wandte sich Revyn zu. »Eins nach dem anderen werden unsere Reiche verlöschen. Die großen Königtümer von einst sind gefallen und von den Menschen in Stücke gerissen. An den südlichen Küsten, wohin unser Volk sich einst zurückzog, mussten unsere Ländereien den Häfen der Menschen weichen. Schiffe stören den ewigen Rhythmus der Buchten und Abwässer vergiften die Elemente. Wo unsere stolzen Festungen stehen, regieren nun Könige der Menschen. Selbst das Waldreich kann nicht mehr lange bestehen. Die Bäume fallen und die Nebel weichen. Alle Zauber zerrinnen zu Schemen der Vergangenheit. Eins nach dem anderen erobern die Menschen die Länder der Welt. Einer nach dem anderen sinken wir in Vergessenheit.«

Revyn hatte bis jetzt nicht gemerkt, wie eine Laterne nach der anderen unter ihm im Dorf erloschen war. Dann verglommen die letzten Lichter in Khaleios' Augen. Finsternis umfing sie. Es dauerte, bis Revyn im schwachen Dämmerlicht etwas erkennen konnte.

»Das ist das Schicksal, dem wir uns beugen sollen. Meinst du, ich kann es einfach akzeptieren?« Alle Geräusche der Nacht waren verstummt. Allein Khaleios' Stimme war zu hören, tief und voll, als befänden sie sich in einem kleinen, dunklen Raum. »Ich bin ein ehrfürchtiger Mann. Ich sehe ein, dass alle Sterblichen Ahiris untertan sind. Aber man soll den Augen und Ohren nicht glauben – man soll dem Herzen und dem Verstand glauben. Ich glaube, dass ein mächtiger *Ahirah* unser Volk retten kann. Ein Mensch, der an seinem eigenen Fleisch und Blut Rache nehmen wird. Ein Mensch, der nicht zögert, seine Geschwister zu erschlagen und seinen Freund zu erstechen.«

Revyn versuchte, den Blick vom Gesicht des Königs abzuwenden. Früher hätte er Khaleios vielleicht geglaubt, er sei dieser *Ahirah.* Aber jetzt wusste er, dass er kein schlechter Mensch war; Yelanah hatte es ihm gezeigt.

»Ich werde nie wieder jemanden umbringen. Das schwöre ich«, sagte Revyn. »Ich kann also nicht der Auserwählte sein, den du suchst. Und ich hoffe, dass du einen solchen Menschen nie finden wirst.« Er holte Luft. »Aber vielleicht ist er auch gar nicht nötig, um die Elfen zu retten. Das Schicksal mag unsere Ziele vorherbestimmen, aber das ist kein Grund, tatenlos auf die Zukunft zu warten! Yelanah und ich, wir werden um die Drachen kämpfen. Wir lassen uns nicht von Prophezeiungen lähmen! Prophezeiungen sind nur Worte. Aber was zählt, sind Taten. Die Elfen sind nicht machtlos. Vereint eure Stämme. Geht einen Friedenspakt mit den Menschen ein. Ihr könnt alles versuchen! Die Zukunft kann nicht verloren sein. Nur die Gegenwart.«

Khaleios blickte auf. Hinter den Bäumen stieg feurige, junge Morgenröte empor und verdrängte die Dunkelheit mit den Lanzen der Sonne. »Ich weiß nicht«, flüsterte der König. »Ich weiß es nicht.«

Revyn wurde von Khaleios zurück in die Hütte geführt. Der König ließ ihn mit Yelanah alleine und gab ihm neue Kleider, denn die Sachen, die er trug, waren selbst vor seiner Flucht schon abgewetzt gewesen. Dankbar tauschte Revyn die Kleider der Höhlenkinder gegen eine saubere Hose, eine weiche dunkelblaue Tunika mit Borten an den Schultern und einen ledernen Harnisch, der nach Elfenart geschnitten war. Dann schöpfte er mit einer Schale die Suppe aus dem Kessel, setzte sich und aß.

Als Yelanah erwachte, lief er zu ihr. Inzwischen durchdrang helles Tageslicht die Laubwände und vergoldete den Staub, der in der Luft tanzte. »Yelan!«

»Revyn? Oh, *asyn bihur aláy!* Bist du es wirklich?« Sie fielen sich in die Arme. Revyn war, als hätten sie sich Jahre nicht mehr gesehen, und es kribbelte ihn überall unter der Haut.

»Hat Khaleios dich gefunden? Wo warst du nur die ganze Zeit?!« Sie starrte ihm ins Gesicht. Mit zitternder Stimme sagte sie: »Du siehst furchtbar aus. Wer hat dir das angetan?«

Revyn fühlte sich nicht in der Lage, auch nur einen Satz zu erzählen. Stattdessen fragte er: »Wie bist du hergekommen?«

»Ich habe dich gesucht. Zwei Wochen lang bin ich durch Myrdhan geirrt … dann hat Khaleios mich gefunden und zurückgebracht. Ich schätze, manche seiner Visionen sind doch hilfreich.«

Revyn spürte, wie ihm ein Kloß in den Hals stieg. »Wieso hast du das getan? Dir hätte wer weiß was zustoßen können.«

»Wir halten zusammen, ganz egal was passiert! Das haben wir uns doch geschworen.« Revyn schwieg. Wenn er jetzt zu sprechen versuchte, das wusste er, würde er piepsiger klingen als eine Fledermaus. Stattdessen tastete er nach Yelanahs Hand. Seine Finger benahmen sich so unsäglich tollpatschig, dass ihm das Blut in die Wangen schoss.

Yelanah bedachte ihn mit einem lächelnden Blick. »Du bist ganz rot, Revyn?«

Er schluckte hörbar. »Kann sein. Ist öfter so in letzter Zeit.«

Yelanahs Finger drückten seine. So saßen sie sich gegenüber, lächelnd und an den Händen haltend. Revyn war sich noch nie einer Berührung so bewusst gewesen.

Hin und wieder drangen das Lachen von Kindern, eine verschwommene Melodie oder Stimmengewirr zu ihnen herein, ansonsten herrschte Ruhe, als wäre die Zeit stehen geblieben. Yelanah schöpfte sich die inzwischen kalte Suppe aus dem Kessel. Revyn beobachtete, wie sie die Schale in einem Zug austrank. Die Lichter malten ihr tanzende Ringelmuster auf Gesicht, Hals und Schultern. Sie so zu sehen erinnerte Revyn plötzlich an etwas – einen Traum, den er vor langer Zeit einmal gehabt hatte –, und der ganze Augenblick kam ihm merkwürdig vertraut vor. Er spürte, wie das Glücksgefühl, sie wiedergefunden zu haben, einem anderen, schwereren Empfinden wich. Er musste es ihr sagen. Endlich.

»Ich habe dir noch nicht gesagt, wo ich so lange war. Und was passiert ist.«

Sie legte ihre Schale in den Kessel und ließ sich mit großen, ängstlichen Augen neben ihn sinken. »Was ist dir zugestoßen?«

Revyn konnte ihre Besorgnis um ihn kaum ertragen. »Schlimmer ist … ich wurde gezwungen … ich habe die *Dar'hana* …«

Sie furchte die Stirn. »Was?«

»Wann hast du die Nebelwelt verlassen? Es ist viel passiert seitdem. Die *Dar'hana* – so viele wurden gefangen. Ganze Stämme sind in Gefangenschaft geraten. Die Xhan zum Beispiel. Alle. Nur ihr Stammesführer ist tot.«

»Hijuia ist tot?« Yelanah war bestürzt. »Woher weißt du das?«

»Ich habe die *Dar'hana* überredet, sich den Menschen zu unterwerfen. Man hat mir versprochen, dass man mich freilassen würde – da wollte ich dich finden und mit dir zusammen die gefangenen Drachen befreien. Sie warten. Wir dürfen sie nicht enttäuschen.« Yelanah sagte nichts, bis Revyn schließlich aufblickte. Er konnte nichts aus ihrem Gesicht lesen.

»Habe ich das Falsche getan?«, flüsterte er. Schuldgefühle knoteten ihm den Magen zu. »Ich bin so ein Feigling. Ich hätte nicht nachgeben dürfen, ich hätte … nur weil ich die Drachen gezähmt habe, hat Alasar immer mehr und mehr gefangen.«

»Alasar? Octaris hat doch von diesem Namen gesprochen. Er hat gesagt, dass …«

Revyn starrte auf seine schmutzigen und eingerissenen Fingernägel und ballte die Fäuste. »Ich wollte die Drachen nicht zähmen. Aber in der Dunkelheit … da habe ich alles verloren. Ich war nichts mehr. Sie haben mich nur einmal zusammengeschlagen und ich habe aufgegeben. Ich hätte alles getan, nur damit es aufhört! Ich habe nur noch an mich gedacht, Yelan. Vielleicht war das die Prophezeiung. Octaris hat gesehen, wie feige ich bin. Ich hatte die Wahl, verstehst du: Ich hätte sterben können und die Drachen wären nie in Alasars Hände gefallen. Aber ich wollte leben. Ich wollte einfach leben. Ich …«

Yelanah hatte Tränen in den Augen. »Wir haben beschlossen, Octaris' Worte zu vergessen! Ich glaube nicht an Prophezeiungen, ich glaube an dich. Wir werden die *Dar'hana* befreien. In Ordnung? Wir müssen so schnell wie möglich zum Stamm zurück und …« Sie verstummte. »Sind auch Nimorga gefangen worden?«

»Ijua«, sagte Revyn leise. Lange regte Yelanah sich nicht. Revyn hielt es nicht mehr aus – er sah sie an und schnappte trocken nach Luft.

»Yelan, ich … bitte, sag was! Ich weiß nicht mehr, was ich denken und tun soll. Die Prophezeiung … sie macht mir Angst.« Atemlos fügte er hinzu: »Denn ein Teil von ihr ist wahr geworden. Octaris hat vorausgesagt, ich würde Mitschuld am Untergang eines Volkes tragen, der Tochter eines Elfenkönigs in ihr Reich folgen und … sie lieben.« Sie sahen sich schweigend in die Augen.

»Aber ich bereue es nicht«, flüsterte Revyn. Er spürte, wie verschiedene Gefühle in Yelanah rangen. Dann wischte sie sich übers Gesicht.

»Ich wünschte, ich könnte dich hassen«, sagte sie leise.

Revyn legte vorsichtig eine Hand an ihre Schulter und berührte ihren Hals, ohne ein Wort herauszubringen. Sie wusste auch so, was er dachte.

Der Winter marschierte mit großen Schritten heran und sein eisiger Atem eilte ihm bereits voraus. Winde heulten über das Land, als wollten sie die letzten Herbsttage fortreißen. Die Wolken quollen auf und gruben sich ineinander wie mächtige Fäuste.

Der Griff des Schwerts war so kalt in Alasars Hand, dass ihm die Haut kribbelte. Aber er ließ die Waffe nicht los, als er aus den Schatten der zerklüfteten Felsen trat, geräuschlos, sodass der alte Mann ihn nicht bemerkte, bis er unmittelbar hinter ihm stand.

»Rasum.«

Der Mann fuhr erschrocken herum. Ein stoppeliger Bart wucherte in seinem Gesicht und die dunklen, hin und her irrenden Augen waren voller Argwohn. »Junger Herr! Ich habe Euch nicht kommen gehört. Ah, und Eure Sippschaft ist auch dabei, ja? Und das Salz?« Alasar beobachtete den Händler, während mehrere Drachen zugedeckte Karren ins Tageslicht zogen.

»Ah, Ihr habt sofort Gebrauch für das Drachengeschirr und die Flügelgurte gefunden, schön, schön.« Rasums unruhiger Blick glitt über die Drachen. Der Gedanke sprang förmlich aus seinen Augen, wie viel die Tiere in Korn, Salz und Gold umgerechnet wert waren.

»Fünf Wagenladungen voll«, sagte Alasar. »Insgesamt fünfzig Säcke reinstes Salz.« Rasum war bereits zu einem der Wagen gehuscht, schlug die Plane zurück, öffnete einen Sack und tauchte eine Hand in die weiße Kostbarkeit. Zufrieden sah er zu, wie das Salz durch seine Finger rieselte.

»Ja … fabelhaft. Bessere Qualität als von den königlichen Bergwerken im Osten. Und natürlich ohne die lästigen Steuern, nicht wahr?« Er lachte wiehernd.

»Wo ist Eure Tauschware?«, fragte Alasar.

Rasum eilte um die Wagen herum und zog ächzend einen langen Karren näher. Dann riss er die Abdeckung herunter und offenbarte Alasar den Inhalt.

Alasar trat heran und nahm die Schwerter, Lanzen, Pfeile, Bogen und Äxte in Augenschein. Es war ein kunterbunt zusammengewürfelter Haufen von Waffen, manche sahen älter aus, manche waren neu.

»Es hat lange gedauert, so viel zu beschaffen«, bemerkte Rasum. »Ich musste meinen Kopf riskieren und hin und wieder einen anderen Kopf abschneiden. Die Reise hierher war gefährlich – mindestens fünfmal haben mich haradonische Truppen aufgehalten und die verlangen nicht wenig für ihr Schweigen.«

Alasar beäugte den Händler kurz. Rasum unterschätzte ihn. Er hielt die Höhlenkinder selbst nach drei Jahren gemeinsamen Handels für weltfremd. Dabei wusste Alasar genau, dass sich in diesen Zeiten kein Soldat bestechen ließ. Wäre der Händler wirklich mit seinem Karren entdeckt worden, würde er längst an einem Strick baumeln. Dass Rasum ihn so plump anlog, war beleidigend und auch dumm – schließlich war der Händler selbst derjenige gewesen, der ihm über die Jahre hinweg alles über die Welt draußen erzählt hatte. Aber Alasar sagte bloß: »Ich akzeptiere das Tauschgeschäft.«

»Fein, fein. Also, viel Spaß mit den Waffen, junger Herr. Ihr übt fleißig weiter kämpfen, ja?« Rasum lief zu den Drachen. Unschlüssig nahm er mehrere Zügel in die Hand und ließ sie wieder los, als ihm klar wurde, dass er die Drachen nicht alle nebeneinander führen konnte.

»Was tut Ihr da, Rasum?« Alasar ließ die Finger über die Waffen gleiten. Dann ergriff er einen Bogen samt Pfeil und befühlte das glatte, feste Holz. »Ihr bekommt das Salz. Nicht meine Drachen.«

Rasum hielt verstört inne. »Aber wie soll ich das Salz transportieren? Ja, mein Herr, ich dachte, das wäre klar: mein Wagen gegen Eure Wagen! Und die Drachen gehören zu Euren Wagen dazu …«

»Ich hatte eigentlich nicht vor, sie wegzugeben.«

Rasums Augen blitzten. »Das ist bedauerlich, junger Herr, wo Ihr unser Tauschgeschäft schon akzeptiert habt.«

Als Alasar nichts mehr erwiderte, zuckte Rasum die Schultern und versuchte erneut, alle fünf Drachen an den Zügeln zu fassen. Die Tiere scheuten und die Wagen stießen dumpf gegeneinander. Rasum fluchte.

»Es sieht aus, als hättet Ihr Schwierigkeiten«, sagte Alasar.

Rasum riss ungeduldig an den Zügeln eines Drachen und versuchte, sie mit den Zügeln eines anderen zu verknoten. »Ich komme schon klar.«

»Ganz alleine mit den fünf Wagen zu reisen wird für Euch ein Problem. Ich kann das Problem lösen.« Er drehte sich um, spannte den Bogen und schoss. Der Pfeil bohrte sich zwischen die Schulterblätter des Händlers. Mit einem Schrei sank er vornüber.

Alasar legte den Bogen wieder in den Karren zurück und schloss die Plane. Aus der Höhlenöffnung traten seine Krieger, nahmen die Drachen an den Zügeln und schleiften den toten Händler in die Schatten der Felsen. Nach drei Jahren war das Geschäft mit Rasum endgültig abgeschlossen, bevor er sein größtes Geheimnis hätte verraten können. Alasar atmete tief durch. Nun war wirklich alles erledigt.

## Isdad

Sie waren den Tunneln bis an die äußerste Grenze ihres Reiches gefolgt. Nun gab es kein Zurück mehr. In den vordersten Reihen ritt die Drachengarde – niemand flog, denn die Drachen mussten geschont werden. Hinter ihnen wurden die Vorräte in großen Wagen gezogen. Etwa zwanzig Reiter auf Pferden bildeten die Nachhut. Alasar hatte dafür die schlechtesten Krieger ausgewählt.

Zwei, höchstens drei Tagesritte trennten sie von Isdad, der Hauptstadt Myrdhans. Bis dahin würde das haradonische Heer kaum genug Zeit haben, um von ihnen zu erfahren, geschweige denn sich gegen sie zu rüsten. Auch der König von Myrdhan, der in der belagerten Stadt gefangen war wie ein Dieb mit seiner Beute, würde eine Überraschung erleben.

Am Nachmittag brachen die Wolken. Erst fiel leichter Regen und warf flimmernde Vorhänge über das Land. Dann regnete es stärker. Der Wind zog die Tropfen in die Länge und schleuderte sie aus immer neuen Richtungen gegen die Krieger, bis Menschen, Drachen und Pferde durchnässt waren. Mit der Dämmerung nahm die Kälte zu. Das Wasser wurde zu matschigen Schneeflocken, die sich am Gras festsetzten wie weißer Schorf.

Als es dunkel wurde, schlugen sie selbst genähte oder getauschte Zelte auf. Alasar verbot, Feuer zu machen, da Spione sie entdecken könnten, nur in seinem eigenen Zelt zündete er eine Talgkerze an. Im schwachen Licht schimmerte der wässrige Schnee vor der Zeltöffnung wie herabrieselndes Silber. Donner grollte.

Tivam trat ins Zelt. Tropfen perlten von seinem dichten Haar und dem Wolfsfell, das er um die Schultern trug. »Du wolltest mich sehen?«

Alasar wies auf den Boden. Tivam setzte sich mit gekreuzten Beinen vor ihn. Die Kerze flackerte in ihrer Mitte, daneben stand eine Schale mit Hammelfleisch. Alasar schob sich ein Fleischstück in den Mund. Tivam griff ebenfalls zu. Sie kauten schweigend, während der Schneeregen auf die Zeltplane klopfte. Ein plötzlicher Windzug blähte die Wände auf, wütendes Rauschen erfüllte das Zelt, doch im nächsten Augenblick verschwand es wieder und der Stoff glättete sich wie von Geisterhand.

»Wo ist Igola?«, fragte Alasar.

»Sie ist in den Höhlen geblieben.«

»Besser so.« Alasar schluckte hinunter. Er beobachtete Tivam. Sein kindliches Gesicht wirkte alt, fast versteinert. Alasar spürte, wie seine Achtung vor dem Jungen wuchs. Trotz seiner Jugend besaß Tivam die Gabe, persönlichen Schmerz für ein größeres Ziel beiseitezuschieben.

»Ich möchte, dass du bei mir bist, wenn wir kämpfen. Du konntest ausgesprochen geschickt fliegen. Für das Manöver mit den Belagerungstürmen habe ich junge Krieger ausgewählt, die leicht sind und besonders kräftige Drachen zu fliegen bekommen. Ihre Aufgabe ist die schwierigste und wichtigste. Willst du mitmachen?« Tivam nickte. Erneut grollte Donner in der Ferne. Alasar griff nach dem Fleisch. Dann merkte er, dass Tivam etwas sagen wollte, und sah auf.

»Wenn wir da ankommen, in Isdad … Woher weißt du immer, was wir machen müssen? Wie wir angreifen?«

»Der König von Myrdhan hat keine Verbündeten mehr. Niemand wird uns erwarten. Wir greifen plötzlich an, die Reiter auf den Pferden und zwanzig Drachenreiter von Norden aus, die restlichen Drachen fliegen vom Meer her. Auf der Karte ist Isdad direkt bei einer Küste aufgemalt.« Alasar wies auf eine eingerollte, zerknitterte Karte, die er vor zwei Jahren mit Rasum getauscht hatte. »Alles andere hat mir doch der Händler erzählt. Er kannte Isdad gut. Und wusste viel über die Erwachsenen und ihren Krieg.« Tivam schob sich noch ein Fleischstück in den Mund. Sein Gesicht wirkte wieder so verschlossen wie vorher, doch Alasar entging nicht das Zittern seiner Hände.

»Hast du Angst?«

Tivams Augen starrten ihn dumpf an. »Niemals.«

Am nächsten Tag erreichten sie die Küste. Der Boden stieg an und endete vor einem steilen Abgrund, der direkt ins Meer hinabfiel, dahinter erstreckte sich der weite Ozean wie ein feindseliges, fremdes Land, das nicht für Menschen geschaffen war. Die Seeluft war beißend und der Wind riss an den Kleidern der Höhlenkinder. Im Himmel trieben sich noch immer Gewitter und ihr Knurren vermischte sich mit dem Tosen der Brandung.

Die Krieger froren in ihren durchweichten Waffenröcken und schwer gewordenen Fellen. Immer wieder wanderten ihre Blicke zum Meer hinüber, und manch einem kamen Zweifel, ob diese graue Welt es tatsächlich wert war, erobert zu werden. Bald entdeckte Alasar, der an der Spitze seines Heeres ritt, einen Wachturm auf den Klippen und schickte zwei Drachenkrieger zum Auskundschaften los.

Die Tiere schlugen mit ihren tropfnassen Flügeln, als man ihnen die Fesseln abnahm, dann galoppierten sie mit ihren Reitern los und erhoben sich mit schweren Flügelschlägen in die Luft. Alasar beobachtete, wie sie den Wachturm erreichten. Pfeile wurden abgeschossen und trafen die haradonischen Wachposten, bevor sie ihr Warnfeuer entfachen konnten. Ein letzter Wachposten kam unten auf einem Pferd aus dem Turm galoppiert, um zu flüchten, und wurde von einem Pfeil durchbohrt. Das Pferd lief weiter, bis es in den grünen Weiten des Landes verschwunden war.

Auf ihrem Weg stießen sie noch auf drei weitere Wachtürme. Dann erklomm Alasars Drache einen Felshang, und eine Stadt mit mächtigen Außenmauern wurde sichtbar, in deren Mitte eine dunkle Festung thronte. Ringsum waren Zelte aufgeschlagen und Belagerungsmaschinen standen im Regen. Hinter den Stadtmauern stiegen dünne schwarze Rauchsäulen wie Tentakel in den Himmel auf. Alasar hielt seinen Drachen an. Sie hatten Isdad erreicht.

Entlang der Küste war Nebel aus dem Meer gestiegen, schmiegte sich an das felsige Land wie ein weißer Pelz und waberte im nieselnden Regen. Hin und wieder verkrusteten die Wassertropfen zu kleinen Hagelkörnern und hüpften auf den Kriegsmaschinen, den Soldatenzelten und den Dächern der Stadt.

Schon fast vier Monate wurde Isdad von den haradonischen Legionen belagert. Weil Isdad eine wichtige Handelsstadt war, in der sich Güter vom Festland, den Inseln und der Übersee häuften, reichten die Vorräte des Königs noch für volle sechs Monate. Haradons Krieger warteten notgedrungen diese Frist ab. Mit ihren Maschinen hatten sie die äußeren Stadtkreise zerstören können, doch die Festung in der Mitte von Isdad war von außen unerreichbar. Wegen des ständigen Regens war bis jetzt auch jeder Versuch, die Stadt niederzubrennen, gescheitert. Lediglich in den ärmeren Stadtvierteln im Osten, wo sich viele Strohhütten an die Außenmauer drängten, ragten verkohlte Ruinen in den Himmel. Der König von Myrdhan und seine geschwächte Armee saßen in ihrer Festung und waren vor allen Angriffen sicher – außer dem Verhungern.

Wie Gespenster lösten sich die Drachen aus dem Küstennebel. Die Wachsoldaten in den haradonischen Belagerungstürmen liefen an den äußersten Rand ihrer Aussichtsposten und starrten zum Meer hinaus. Irrten sie sich im Regen? Nein … Aus drei Schatten wurden sechs … dann neun, dann dreizehn, dann zwanzig. Es war eine fremde Windgarde.

Die Windreiter machten sich durch keine Flagge und kein Wappen erkennbar und ignorierten die Warnfackeln. Als sie nahe genug herangekommen waren, sirrten Pfeile durch die Luft. Ein schriller Schrei zerriss die Stille und ein haradonischer Soldat fiel getroffen aus den Türmen. Noch ehe er auf dem Boden aufschlug, erhob sich wildes Gebrüll.

Die Haradonen schlugen Alarm. Tiefe Hornrufe ließen die Erde beben. Ein Heer aus Windreitern durchzog den Himmel über Isdad. In raschen Schwärmen flogen ihre Schatten über die Hausdächer hinweg und innerhalb von Sekunden begann ein Regen aus Pfeilen auf die Belagerung niederzuprasseln. Die haradonische Windgarde versuchte einzuschreiten, doch jeder Drachenkrieger, der sich in die Luft erheben wollte, wurde entdeckt und erschossen.

Donner schwoll an. Er kam vom Land her. Als die haradonischen Soldaten zurückblickten, tauchte eine Reihe von Reitern aus den Nebeln auf. Die Haradonen hatten kaum genug Zeit, um zu reagieren – schon waren die fremden Angreifer bei ihren Lagern angekommen und es entbrannte ein wüster Kampf. Die Angreifer waren zahlenmäßig unterlegen, doch der Überraschungseffekt war auf ihrer Seite. Auf ihren Drachen und Pferden preschten sie wie Dämonen mit rußgeschwärzten Gesichtern an den Zelten der Haradonen vorbei und mähten alle Krieger nieder. Inzwischen waren einige Windreiter auf der breiten Außenmauer Isdads gelandet, doch weil sie offensichtlich gegen die Haradonen waren, hatten die myrdhanischen Soldaten sie noch nicht beschossen.

Alasar sprang von seinem Drachen, der bereits vor Erschöpfung zitterte. Myrdhanische Soldaten eilten ihm entgegen und richteten ihre Speere auf ihn. »Wer seid ihr? Gebt euch zu erkennen!«

Alasars Blick glitt zu Tivam, der neben ihm gelandet war. Schweiß und Regen hatten helle Streifen auf sein Gesicht gemalt. »Wir sind Myrdhaner, Freunde des Königs.«

Die Soldaten warfen sich unsichere Blicke zu. »Holt General Jasicur! – Wo ist der General? – Sucht ihn, los!« Starke Luftstöße wehten ihnen entgegen, als ein flügelschlagender Drache neben ihnen auf der Mauer landete.

Alasar blickte zur Schlacht hinüber, die im haradonischen Lager tobte, und deutete mit dem Finger auf eine lange, mit Planen überdachte Scheune. »Tötet ihre Drachen! Tötet die haradonischen Drachen!«

Der Windreiter riss an den eisernen Zügeln und sein Drache

sprang mit einem wilden Heulen von der Mauer. Weitere Windreiter schossen über sie hinweg. Alasar schrie Befehle. Dann drehte er sich zu einigen Kriegern um, die rings um ihn und Tivam gelandet waren. »Ab jetzt fliegt immer eine Hälfte, während die andere ausruht. Wenn euch die Pfeile ausgehen, bedient euch bei der königlichen Armee!«

Inzwischen nahm Alasar eine lange Eisenkette ab, die er um seine Hüfte getragen hatte. Tivam begriff, was er vorhatte, band eine zweite Eisenkette von seinen Schultern und verhakte sie mit Alasars. Dann schlossen sie die Enden der Kette an ihre Drachen.

Zwei weitere Windreiter landeten neben ihnen auf der Mauer – auch sie hatten ihre Pfeile verschossen und nahmen schwere Eisenketten von ihrer Hüfte ab, verhakten die Ketten miteinander und mit dem Geschirr ihrer Drachen.

Ein General des myrdhanischen Königs kam angerannt, der seinen Waffengürtel in der Hand trug und seinen Harnisch nicht geschlossen hatte. Überhaupt verrieten seine verquollenen Augen und seine wirren Haare, dass er geschlafen und zu viel getrunken hatte. »Stehen bleiben! Wer seid ihr?« Alasar zog seine Drachenschlaufe aus dem Gürtel und saß auf; der Drache schwankte.

»Antworte!«, schrie der General und richtete sein Schwert auf ihn. Alasar stieß dem Drachen die Fersen in den Leib und zog die Zügel straff. Der Drache spreizte die Flügel und stieß sich von der Mauer ab. Tivams Drache, der durch die Eisenkette mit Alasars verbunden war, folgte ihm.

Sie flogen auf einen der Belagerungstürme zu. Höhlenkinder, die sie von unten erblickten, verstanden, was nun passieren würde, rissen ihre Drachen und Pferde herum und ritten davon. Tivam und Alasar lenkten ihre Drachen so weit auseinander, dass beide dicht am Belagerungsturm vorbeifliegen konnten. Die Kette stieß rasselnd gegen das Holz. Ein Ruck ging durch die Tiere, als die Kette sich spannte. Auch Alasar rutschte nach vorne. Für einen Augenblick glaubte er mit dem Drachen zu fallen und war sich der

Höhe plötzlich sehr bewusst. Dann machte der Drache kräftige, rasche Flügelschläge und sie hielten sich in der Luft.

Unter ihnen klirrte und rasselte es. Die anderen beiden Windreiter hatten ihre Kette ebenfalls um den Turm gespannt. Alasar gab seinem Drachen die Sporen und peitschte mit der Drachenschlaufe auf ihn ein. Der Drache kippte leicht zur Seite weg und schlug so heftig mit den Flügeln, wie er konnte.

Der Turm ächzte. Ein dumpfes, grollendes Knattern lief durchs Holz. Alasar merkte, wie sie sich vorwärtsbewegten. Dann gab das Gebälk nach. Mit einem langen, seufzenden Knarren splitterten die Bretter und der Turm sank zur Erde.

Eine Welle von Schreien spülte durch die Luft, doch Alasar sah nicht hinunter, wo der Turm donnernd zerbarst und Zelte und Reiter unter sich begrub. Sein Drache flog steil in die Höhe. Mit fiebrigen, verkrampften Fingern löste Alasar die Eisenkette. Ein Ruck, dann hatte auch Tivam die Kette von seinem Drachen gelöst.

Drachenschreie erklangen und jetzt blickte Alasar zurück: Einer der Drachen, der beim Sturz des Belagerungsturms geholfen hatte, war von mehreren Pfeilen getroffen. Die Eisenkette zwischen ihm und dem anderen Tier war noch nicht gelöst. Er sank mitsamt seinem Reiter in die Tiefe und zog den anderen Windreiter mit sich.

Plötzlich stieß das Mittelhorn seines Drachen Alasar ins Gesicht. Er schrie auf und sank zurück. Beide Hände um die Zügel geklammert, lenkte er den Drachen zur Außenmauer. Die Hälfte seines Gesichts pochte, Regen schlug ihm entgegen und brannte eisig auf seiner Haut.

Der Drache kam taumelnd auf der Außenmauer auf. Alasar rutschte von seinem Rücken, als der Drache kraftlos zu Boden sank, ging ein paar Schritte und stützte sich gegen die Mauer. Noch immer wütete die Schlacht unter ihnen. Das Lager der Haradonen sah verwüstet aus, aber Alasar konnte nicht abschätzen, wie erfolgreich sie gewesen waren.

In diesem Moment landete Tivam neben ihm. Wankend glitt er

von seinem Drachen hinunter und strich sich erschöpft die Haare aus der Stirn. Vielleicht war es die flüchtige Handbewegung – vielleicht aber auch sein verschlossener, ernster Gesichtsausdruck, der Alasar mit plötzlicher Heftigkeit an sich selbst erinnerte: Tivam war das, was Alasar einst gewesen war.

Er kam auf ihn zu und wollte ihm so vieles sagen; er wollte sagen, er sei froh und stolz, ihn zu haben, dass sie sich mehr ähnelten, als Tivam wahrscheinlich annahm, und er vielleicht eines Tages lernen würde, ihn zu lieben wie seinen eigenen Bruder – doch er sagte bloß: »Gut gemacht.« Tivam blickte zu ihm auf und nickte benommen.

Soldaten kamen zu ihnen geeilt, angeführt vom General, dessen Blick über das Chaos vor der Stadt irrte, als verstünde er die Welt nicht mehr. Vor Alasar angekommen, hob er sein Schwert. »Zum allerletzten Mal: Wer seid ihr? Wer schickt euch?«

Alasar war durchaus bewusst, dass einige der Soldaten hinter dem General verängstigt waren, und ein Lächeln huschte über sein Gesicht. »Niemand schickt uns. Außer die Götter vielleicht.« Der General und die Soldaten starrten ihn an. Wie er so vor ihnen stand, Gesicht und Hals von Ruß verschmiert und Blut auf der Wange, wo das Mittelhorn ihn getroffen hatte, schien er nicht von Göttern, sondern aus den dunkelsten Winkeln der Hölle gesandt worden zu sein.

»Mein Name ist Alasar«, fuhr er fort, und sein Blick glitt über die umstehenden Soldaten. »Ich bin der Führer des Höhlenvolks! Und ich bin gekommen, um den König von Myrdhan zu treffen.«

Stille trat ein. Endlich senkte der General sein Schwert und zuckte mit den Schultern. »Tja. Bist wohl nicht sein einziger Besucher in diesen Tagen.«

Die Soldaten begannen unsicher zu lachen.

Alasar, Tivam und vier weitere Höhlenkinder wurden zum König geführt. Der General – sein Name war Jasicur – geleitete sie durch die Stadt. Hoch und verschlossen ragten die Häuser rings um sie auf. Ein paarmal versperrten Schutt und Trümmer ihren Weg und sie mussten andere Straßen wählen.

Als sie in Isdads Zentrum gelangten, kamen ihnen mehr Leute entgegen. Straßenkinder huschten durch die Gassen und kletterten durch aufgebrochene Fenster. Alte Bettler suchten nach Essensresten. Bauernfamilien aus den umliegenden Dörfern, die vor den Haradonen geflohen waren, saßen am Straßenrand und schliefen auf ihren Truhen und Körben. Eine Gestalt lag mitten in einer Pfütze und regte sich nicht.

Alasar hatte noch nie eine Stadt betreten und noch nie so viele verschiedene Menschen erblickt. Tivam schien geradezu überwältigt – besonders starrte er die alten Bettler mit ihren Runzeln und Falten an.

Bald öffneten sich die Gassen zu einem gepflasterten Platz. Dahinter erhob sich die Festung von Isdad wie ein mächtiger Baum, der aus dem Unterholz emporragte. Die Gruppe überquerte den Platz und schritt einen langen Steinweg hinauf. Die Tore am Ende waren geschlossen. Jasicur rief dem Wachposten an der Wehrmauer einen Befehl zu und nach einem kurzen Wortwechsel wurde ihnen geöffnet.

Sie kamen in einen überfüllten Innenhof. Menschen und Tiere liefen durcheinander. Überall drängten sich Soldaten durch die Menge, zerrten sich wehrende oder bewusstlose Gestalten auf Karren und bewachten die Wagen, die von den Kornspeichern ins Innere des Schlosses transportiert wurden.

»Wartet hier«, sagte Jasicur zu Alasar und den Höhlenkindern, als sie vor den Schlosseingängen ankamen. Alasar blickte dem General nach, als er im Torbogen verschwand. Seine Soldaten blieben zur Bewachung zurück.

Noch immer flogen Windreiter über Isdad, doch es waren weniger geworden. Jedes Mal wenn ihre Schatten über den Innenhof huschten, erhob sich eine Woge von Rufen, und Leute zeigten in die Höhe. Alasar schloss die Augen. Der Schmerz hatte sich in seiner Wange festgebissen und er spürte den Regen über sein Gesicht kriechen. Hatte er wirklich Isdad erreicht? Es war so seltsam zu erleben, was er sich jahrelang vorgestellt hatte. Wie oft hatte er den Regen wie jetzt auf dem Gesicht gespürt und sich diese Situation ausgemalt! Nun war der Tag gekommen. Es war alles so eingetreten, wie er es vorhergesehen hatte. Und doch …

Alasar öffnete blinzelnd die Augen, als der General zurückkehrte. »Los, kommt!« Jasicur winkte ihnen. »Legt eure Waffen ab. König Morgwyn erwartet euch.«

## Myrdhans König

Alasar und seine Begleiter wurden von Jasicur durch das Schloss geführt. In den engen Gewölben saßen Soldaten beieinander, tranken, spielten und stritten sich. Hühner liefen überall umher. Aus der Ferne hallte das Weinen einer Frau durch die Gänge. Vor einer hoch aufragenden Doppeltür hielt ein Dutzend Soldaten Wache. Als sie ihren General erblickten, traten sie beiseite und öffneten die Türflügel.

Sie kamen in eine Halle. Ein langer Steintisch stand in der Mitte, an dem mehrere Männer gesessen hatten und sich nun erhoben. Dahinter führten fünf Stufen zu einer Thronempore hinauf, über der das rote Wappen Myrdhans hing. Auf der Empore saß ein älterer, bärtiger Mann mit einer tiefen Narbe im Gesicht. Er trug einfache Kriegskleidung bis auf den roten Waffenrock, der mit goldenen Borten bestickt war, und an seiner Seite baumelte ein Schwert mit verziertem Griff.

»Mein König, hier ist der junge Mann«, sagte Jasicur und drehte sich selbst zu Alasar um. Alle Augen richteten sich auf ihn. Alasar verneigte sich vor dem König von Myrdhan.

»Lange habe ich darauf gewartet, Euch zu treffen. Mein König – ich freue mich.«

Der König stand auf und kam die Treppe halb herunter. »Wer bist du? Woher kommst du? Und was veranstalten deine Männer da draußen vor meiner Stadt?«

Alasar stand ruhig da, obwohl ihn der strenge Ton des Königs ein wenig irritierte. Er war es nicht gewohnt, so angeherrscht zu werden, und bis jetzt hatte er geglaubt, dass auch der König von Myrdhan ihn mit der üblichen Hochachtung behandeln würde. Bald, dachte Alasar.

»Mein Name ist Alasar. Die Krieger, die vor Eurer Stadt einen Kampf gegen Eure Feinde ›veranstalten‹, sind das Höhlenvolk. Ich bin ihr Führer.« Er machte eine Pause. »Wir kommen aus Rache.«

Eine Weile musterte König Morgwyn ihn skeptisch und schob die Unterlippe vor. Dann kam er die letzten Stufen hinab und blieb vor dem Steintisch stehen. »Ihr wollt Rache an den Haradonen nehmen?«

»So ist es.«

»Wo habt ihr euch dann verdammt noch mal versteckt, als ich vor einem halben Jahr meine Krieger gesammelt habe? Ich hätte jeden einzelnen Drachen brauchen können, den ihr da draußen fliegt!« Er schlug mit der Faust auf den Tisch.

»Nun«, erwiderte Alasar, »wie es aussieht, braucht Ihr uns auch jetzt noch. Wir können Myrdhan helfen. Wenn ich darf, erkläre ich, wie.«

König Morgwyn musterte ihn aus kleinen, blitzenden Augen. Dann strich er sich mit dem Daumen über die behaarte Wange und nickte. »Sprich.«

»Ich stelle Euch knapp dreihundertzwanzig Drachen samt Reiter zur Verfügung, die wir reiten oder fliegen können.«

»Mir wurde gesagt, dass da draußen auch Reiter auf Pferden sind.«

»Ihr habt recht«, sagte Alasar. »Sie sind draußen. Sie werden auch draußen bleiben … oder habt Ihr eine Idee, wie wir die Tore Isdads öffnen können, um sie hereinzulassen?«

König Morgwyn gab ein schnaubendes Lachen von sich. »Die Männer lasst ihr einfach sterben?! Ihr scheut wohl keine Opfer, was?«

»Das Leben kostet immer Opfer.«

Wieder musterte der König ihn. Dann wandte er sich den Männern am Tisch zu und wies auf Alasar. »Da – da seht ihn euch an! Kommt wie ein Racheengel vom Himmel geflogen!« Sein Blick glitt zu Alasar zurück. »Männer wie dich sollte es öfter geben, jawohl! Aber dreihundertzwanzig Drachen reichen trotzdem nicht aus, um Haradon zu besiegen.«

»Daran zweifle ich nicht. Fünf Kilometer weiter östlich sind dreißig Wagenladungen voll Salz versteckt. Ich denke, wir könnten Söldner anwerben – elfische Söldner von den Inseln. Was wir brauchen, sind einfach nur mehr Männer, egal wie sie kämpfen. Wir brauchen genug Männer, um uns einen Weg aus Isdad zu bahnen, und wenn wir die Haradonen unter Leichen begraben müssen.«

Verblüfft starrten die Männer Alasar an.

Langsam stemmte König Morgwyn beide Fäuste auf den Tisch. »Ich frage mich, was du dir von alldem erhoffst, mein Freund. Was verlangst du für deine großzügige Hilfe? Oder reicht dir die Ehre, deinem Vaterland zu dienen?« Lächelnd sah der König ihn an.

»Ich will für Euch kämpfen und notfalls sterben wie ein Sohn, mein König. Ich will, dass Ihr mich zu Eurem Thronfolger macht.«

Die Wolken lichteten sich über Isdad. Am nächtlichen Himmel gingen Sterne auf, kalt und fern. Längst war Ruhe über den Dächern der Stadt eingekehrt und der König von Myrdhan hatte den Höhlenkindern und ihren kostbaren Drachen Unterkunft in seiner Festung gewährt.

In der Thronhalle wurden die Fackeln für die Nacht angezündet. Dann befahl der König den Dienern und Wachen, den Saal zu verlassen. Mit sorgenvoller Miene stützte er sich auf die Tafel, an der seine neun engsten Berater und Generäle versammelt waren, und trommelte mit den Fingern auf den Tisch. »Und? Was haltet ihr von dem Burschen?«

»Nun«, begann ein glatzköpfiger Berater, »ich kann nicht sagen, wer er ist und woher er kommt. Aber er scheint wie ein Wunder, das wir, wohlgemerkt, bitter nötig hatten. Es ist fast zu märchenhaft, um wahr zu sein.«

»Märchenhaft, mein guter Bukleos?«, grollte der König. »Märchenhaft findest du, dass dieser Alasar den Thron beansprucht? Hast du vergessen, dass mein Neffe Myrikan König werden soll! Soll ich einfach eine fremde Bauernbrut vor die königliche Familie stellen?« Die Berater schwiegen betroffen.

»Aber Myrikan ist im Exil auf der Insel Karilla«, gab ein General zu bedenken. »Und dieser Alasar ist hier. Er bringt uns Salz und eine Drachengarde, die es mit der Drachengarde von Logond aufnehmen könnte. Wenn Ihr, mein König, ihn nicht zum Nachfolger erwählt – und diese Entscheidung befürworte ich absolut –, müssen wir uns dennoch seine Unterstützung sichern. Mit dreihundert Drachen haben wir eine Chance, den Belagerungsring der Haradonen zu durchbrechen und Verbündete zu sammeln. Seht, welche Verheerung er innerhalb eines Tages unter den Haradonen anrichten konnte! In weniger als zwei Wochen sind wir bereit für einen Angriff auf die Grenzen!« Nachdenklich schob König Morgwyn die Unterlippe vor. Sein General hatte recht – sie brauchten Alasars Drachen und nichts führte um eine Schlacht gegen Haradon herum. Alle Friedensangebote waren längst abgelehnt worden.

»Dieser verdammte König Helrodir von Haradon«, murmelte Morgwyn. »Er will uns vernichten! Er will unser Land, unsere Stadt! Lieber vererbe ich meinen Thron einem Mistkäfer, bevor ich Helrodir siegen sehe.« Er schob die Unterlippe vor. »Dieser Alasar … irgendwas stimmt nicht mit dem Burschen. Habt ihr das gehört, er sprach davon, elfische Söldner von den Inseln anzuwerben. Er weiß nicht, dass die Elfen von den Inseln längst ausgerottet sind! Wie lange ist das her, dass es dort Elfen gab? Sieben, acht Jahre? Wie kann man das nicht wissen? Und wie seine Krieger die Haradonen angegriffen haben, völlig planlos, als wollten sie dem Tod in die Arme rennen … Habt ihr die Krieger gesehen? Halbe Kinder, Mädchen! Dieser Alasar hat keine Ahnung von militärischer Taktik und von politischer Diplomatie offenbar auch nicht.« Er drehte sich um und blickte zur Thronempore. Die Lichter der Fackeln spiegelten sich auf den glatten Steinstufen und den vergoldeten Armlehnen des Throns.

»Der Thron meiner Ahnen. Die größten Männer Myrdhans saßen auf diesem Thron …« Er strich sich über den beleibten Bauch und stieg die Stufen hinauf. »Dieser Alasar will sich meine Krone mit Salz und Drachen erkaufen! Aber das tue ich meinen Ahnen nicht an, dass ein Bauernjunge ihren Thron besteigt.« Er drehte sich um und setzte sich. Seine kräftigen Arme ruhten gebieterisch auf den Lehnen, doch er wirkte hilflos wie ein Kind, das auf einen zu großen Stuhl geklettert ist.

»Wir haben gekämpft und geblutet, um Isdad zurückzuerobern. Diesen Thron habe ich vor Augen gehabt, als ich Haradonen die Köpfe abschlug!« König Morgwyn deutete auf seine lange Narbe. »An diesen Thron habe ich gedacht, als ich mein Gesicht hinhielt und bereit war, das Leben zu lassen für den Stolz meiner Blutlinie! Niemals wird dieser Alasar mein Nachfolger. Myrikan wird es, so wie ich es am Totenbett meines geliebten Bruders geschworen habe.«

Ein Berater meldete sich zu Wort: »Gewiss wird Alasar sich zufriedengeben, wenn Ihr ihn zum General macht, mein König. Oder gar zum Edelmann – Ihr könntet ihm nach unserem Sieg gegen Haradon Ländereien geben. Wir finden eine angemessene Belohnung für seine Hilfe.«

Morgwyn streichelte nachdenklich die Armlehnen. »Alasar ist weltfremd. Auch wenn er am liebsten die ganze Welt besitzen will. Stärke ist nicht gleich Macht; das Wissen fehlt ihm. Wenn er seine

Drachenlegion gegen mein Versprechen tauschen will – mein Versprechen, dass er Thronfolger wird –, dann will ich ihm *Worte* geben.« Die Berater nickten lächelnd.

Alasar war vor Erschöpfung eingeschlafen, sobald man ihn in sein Zimmer geführt hatte. Wirre Träume suchten ihn heim. Er lief durch die Höhlen, gejagt von namenlosen Ängsten. Hinter jeder Felswand lag Magauras Grab. Ihre toten Augen starrten ihn an. Sie sah alles.

Immer wieder führten seine Füße ihn in dieselbe dunkle Höhle. Er hörte hellen Mädchengesang, eine einsame Stimme, die eine lange verlorene Melodie sang … Alasar trat in die Halle. Magaura saß auf dem Boden. Rahjel war neben ihr und lauschte ihrem Lied. Sobald Alasar erschien, standen Magaura und Rahjel auf und umarmten sich so innig, dass ihre Gestalten zu einer einzigen verschmolzen. Rahjels Hände pressten sich auf ihren Rücken. Seine Finger gruben sich in ihre weiße Haut. Blut sickerte hervor. Alasar rannte auf sie zu, um Magaura zu retten – er riss sie an sich und schloss sie fest in die Arme. Er hielt sie, wie er sie nie zu halten gewagt hatte. Er hielt sie … Ihr weiches Haar umgab sein Gesicht, er tauchte in ihre süße Aura ein, sie war überall und er mittendrin und vor Glück und Pein wollte er weinen. Dann spürte er, wie seine Hände nass wurden. Er wich zurück und sah, dass Magaura voller Blut war. Und er war voller Blut.

Das Blut zerfloss zu einem roten, schrecklichen Feuer. Es roch nach verbrennendem Fleisch, und Schreie tobten in der Luft, das wusste Alasar, doch er hörte sie nicht. Er lag auf dem Bauch und beobachtete das Sterben seines Dorfes. In den Flammen waren auch Rahjel und Magaura. Doch selbst jetzt noch, in ihrem Leid, waren sie Alasar überlegen, denn sie hatten zusammen Liebe gekostet. Und Alasar brach in Tränen aus; er schluchzte wie ein Kind, denn nicht einmal im Tod hatte er Magaura und Rahjel trennen können. Er hatte sie mit seinem Schwert, mit seinem Zorn für die Ewigkeit zusammengeführt. Die einzigen Menschen, die er geliebt hatte, hatten ihn verraten. Die einzigen Menschen, die er geliebt hatte, waren durch seine Hand –

Alasar erwachte mit einem heiseren Schrei. Das Zimmer war dunkel. Draußen färbte der Himmel sich bereits heller. Benommen spürte Alasar die Tränen in seinen Augen, setzte sich auf und fuhr sich zitternd übers Gesicht. Der Kratzer auf seiner Wange brannte fast noch schlimmer als zuvor. Er war in seinen Kleidern eingeschlafen und fühlte sich wund und verschwitzt. Nach einem Augenblick stand er auf und ging ans Fenster.

Tief unter ihm lag der Platz, dahinter schlummerten die Straßen und Häuser Isdads. Lichter glommen hier und da. Das Gröhlen und Rufen der Soldaten, gelegentlich ein Wimmern und kläffende Hunde waren zu hören.

Alles kam Alasar fremd vor. Er war in einer anderen Welt gelandet. Vielleicht war sie besser als die, in der er gelebt hatte, aber sie erschien ihm vollkommen unnatürlich. Die Geräusche waren zu laut, die Fackeln und Kerzen waren verschwenderisch zahlreich und wie nackt, wie einsam Isdad unter dem weiten Himmel lag! Die Menschen mussten sich verletzlich und schrecklich klein fühlen.

Alasar hätte Heimweh gehabt, wenn er die Höhlen noch als sein Zuhause empfunden hätte. Aber er hatte sie verlassen, wie ein Kind die Arme seiner Mutter verlässt, wenn es genug Fürsorge erhalten hat. Nun war die Welt sein Zuhause und er würde Länder zu seinen Hallen, Städte zu seinen Fluren und Schlösser zu seinem Lager machen.

Aber noch wusste niemand davon. Keiner in Isdad war je auf den Gedanken gekommen, dass ein paar Meilen entfernt die Krieger unentdeckt heranwuchsen, die ihnen jetzt das Leben retten würden. Während hier die Soldaten getrunken, die Säuglinge geplärrt, die Hunde gekläfft hatten, war er, Alasar, damit beschäftigt gewesen, seine Pläne umzusetzen … Er brach diese Gedanken bewusst ab, denn sie führten ihn in die Vergangenheit zurück. Stattdessen stellte er sich vor, dass niemand in den Straßen dort unten wusste, dass ihr zukünftiger Herrscher sie gerade beobachtete. Er ließ den Blick über die Stadt schweifen, als zöge er mit seinen Augen einen Segen über sie. So viele Menschen und er würde sie alle führen. Er würde sie retten. Und sie würden ihn dafür lieben.

Man brachte Alasar neue Kleidung und bereitete ihm ein Bad, ehe er zu König Morgwyn ging. Nach einem leichten Frühstück holte er Tivam und ein paar andere Höhlenkinder ab und machte sich auf den Weg zur Thronhalle. Jasicur, der General, erwartete sie bereits vor der hohen Tür und begleitete sie hinein.

»Alasar!« Morgwyn breitete die Arme aus und ein Lächeln zeigte sich in seinem Bart. »Frisch gewaschen und neu eingekleidet könntest du als Edelmann durchgehen!«

Alasar verneigte sich. »Mein König.«

Morgwyn wies auf einen Stuhl am anderen Ende der Tafel. »Setz dich, Alasar. Leider habe ich keinen Platz für deine Begleiter. Vielleicht können sie solange draußen warten.«

Alasar nickte seinen Gefolgsleuten zu. Nur Tivam bedeutete er, stehen zu bleiben. »Mein König, ich bitte Euch, dass er in der Versammlung bleiben darf. Sein Name ist Tivam.«

Tivam verbeugte sich unsicher vor dem König. Morgwyn lächelte. »So, das ist also der junge Nachfolger vom Anführer des Höhlenvolks. Natürlich kann er bleiben.« Ein Diener brachte einen Stuhl und stellte ihn rechts neben Alasars.

Morgwyn ließ sich auf seinen wuchtigen Sessel sinken und seufzte. »Also. Wir werden dich über unsere Kriegslage aufklären, damit du weißt, wie wir dich und deine Drachenkrieger gegen Haradon einsetzen wollen. Anfangen werden wir mit dem Grundproblem: Isdads Belagerung. Aradir, du kannst fortfahren.«

Der angesprochene General wandte sich an Alasar und begann zu erklären.

Nachdem Morgwyns heimlich zusammengestellte Armee Isdad vor einigen Monaten erobert hatte, war der Krieg gegen Haradon neu ausgebrochen. Der gesamte Osten Myrdhans – alles, was hinter Isdad lag – galt als zurückgewonnenes Gebiet, während der Westen und der Norden, die an Haradon, Awrahell und weitere Geschwisternationen Haradons grenzten, noch immer der Macht der Feinde unterstanden. Kurz nach der Eroberung Isdads hatte eine große Schlacht an der Grenze stattgefunden, bei der Haradon gesiegt und Myrdhan zwei Drittel seiner Infanterie verloren hatte. In einer zweiten Schlacht war Myrdhans Drachengarde zerschlagen worden. In der dritten und bislang letzten hatten sich alle, die von der königlichen Armee übrig geblieben waren, zurück nach Isdad gerettet und bis zum heutigen Tag dort verschanzt. Jegliches Ersuchen um Hilfe an die benachbarten Länder war unbeantwortet geblieben; die großen Inselreiche, die seit Generationen Handelskontakte mit Isdad pflegten, hatten sich auf die Seite der Haradonen gestellt, weil das Geschäft mit ihren zahlreichen jungen Hafenstädten lukrativer war. Myrdhan – besser gesagt König Morgwyn – war vollkommen auf sich allein gestellt.

Doch mit Alasars Drachengarde konnte das Blatt sich wenden. Wenn sie schnell genug handelten, würden sie die haradonische Belagerung durchbrechen können, bevor neue Truppen aus Haradon geschickt wurden. Kleinere Kampfeinheiten aus Alasars Drachengarde sollten gleichzeitig verschiedene Städte an der Grenze angreifen und die Haradonen ablenken. In der Zwischenzeit würde König Morgwyn versuchen, Verbündete zu finden und Söldner anzuwerben. War Myrdhan erst einmal zu angemessener Macht gekommen, würde Haradon bereit sein, ein Friedensabkommen zu schließen und König Morgwyn das wiedergewonnene Gebiet zu überlassen. So hoffte der König.

# Eine Streitmacht

Revyn und Yelanah verließen das Elfendorf am frühen Vormittag. Khaleios war nirgends zu finden. Erst als sie den Hang bereits erklommen hatten und Revyn sich noch einmal umdrehte, glaubte er den König der Elfen durch das Dorf schreiten zu sehen. Aber vielleicht war es auch ein anderer Elf.

Sie mussten nur ein paar Schritte durch den Wald gehen und die Nebel öffneten sich: Milchweiße Schwaden stiegen aus der Erde, verschluckten die Welt und fielen wieder wie Vorhänge. Mit einem Mal umgaben sie die hohen Bäume und das Dickicht der Nebelwelt.

Revyn blieb stehen und konnte eine Weile nur um sich blicken, so lange war er nicht mehr hier gewesen. Der Duft von Holz und Baumharz, feuchter Erde und grünen Blättern kam ihm intensiver vor denn je, so als kehre er nach Jahren des Tagträumens wieder in die Realität zurück. »Wir müssen sofort die Nimorga finden. Und Palagrin – hoffentlich geht es ihm gut!«

»Sie sind bestimmt schon auf dem Weg zu uns. Komm. Der *San Yagura Mi Dâl* ist nicht fern.« Yelanah führte ihn durch das Unterholz. Saftige *Bom* wuchsen an den Sträuchern und Revyn und Yelanah aßen – mit jedem Bissen meinte Revyn weiter in die Welt zurückzufinden, in der er zu Hause war.

Bald lichteten sich die Bäume und der *San Yagura Mi Dâl* erschien vor ihnen. Glatt und ruhig wie ein gemaltes Bild lag er da, allein die Spiegelung der Wolken brachte Bewegung auf seine Oberfläche. Das Schilf seufzte und raunte im sachten Wind.

Es dauerte nicht lange, da traten die Drachen aus den Schatten des Waldes. Yelanah schloss jeden von ihnen in die Arme und legte das Gesicht ans weiche Fell. Palagrin entdeckte Revyn und stupste ihn mit einem leisen Schnauben an. Er umarmte ihn fest und strich über seinen Hals. Wie hatte er ihn vermisst!

Als sie sich alle begrüßt hatten, ließen sie sich im Gras nieder. Immer wieder schlang Yelanah ihre Arme um die Drachen und tauschte Zärtlichkeiten aus und Revyn hörte gerührt ihren Gedanken zu.

Die beiden berichteten, was ihnen widerfahren war, und auch die Drachen erzählten Bild für Bild, Geräusch für Geräusch von dem, was sie erlebt hatten. Je länger Revyn ihnen zuhörte, umso niedergeschlagener fühlte er sich. Fast alle Drachen waren gefangen worden. Der Ruf der Unwirklichkeit war heftiger und stärker geworden – deshalb waren viele Stämme aus der Nebelwelt geflohen und von den Menschen überfallen worden. Nur die Nimorga waren bis auf kurze Unterbrechungen in der Nebelwelt geblieben. Dafür hatten auch sie Verluste erlitten; drei Brüder und Schwestern waren dem Ruf der Unwirklichkeit gefolgt.

Allmählich schwand das Tageslicht. Frösche begannen, im Schilf zu quaken, und das Zirpen der Grillen wurde lauter. Die Drachen wollten jagen gehen, doch Yelanah war erschöpft und verabschiedete sich, um zum Ring der Eichen zu gehen. Revyn begleitete sie.

Der Abend dämmerte, als sie den Sumpf erreichten. Wilde Orchideen verströmten einen süßen, schläfrig machenden Duft und alles schien wie erfüllt von einem spätsommerlichen Fieber.

Der Ring der Eichen war genau so, wie sie ihn damals verlassen hatten: Die Körbe, die Moosfelle, die Waffen, die Werkzeuge, sie wirkten wie in einen tiefen Schlummer versunken, aus dem nur Yelanah sie wecken konnte.

Revyn machte ein Feuer, während Yelanah sich auf den weichen Fellen niederließ. Sie rösteten sich *Celgonnwa* und aßen dazu kleine, knusprige Kerne. Die Flammen des Feuers schrumpften. Yelanah rollte sich in ihrem Fell ein und beobachtete Revyn.

»Ich spüre den Ruf der Unwirklichkeit selbst jetzt«, flüsterte sie. Schmerz und Trauer lagen in ihrem Blick, und Revyn wurde klar, wie viel sie davon sonst verbarg. »Er zieht uns alle fort. Ich will nicht den Verstand verlieren.«

Revyn rutschte neben sie. »Wir müssen die Nebelwelt sowieso wieder verlassen. Wegen der Drachen in Myrdhan – sie warten doch auf unsere Hilfe.«

Yelanah sah ihn lange an. Ihre Augen hatten ihren tiefroten Schimmer verloren und wirkten dunkel, fast schwarz. »Ohne dich wäre ich verloren, Revyn.«

Ein schmerzlich süßes Empfinden durchdrang ihn. Was sagte sie denn nur – sie konnte doch gar nicht verloren sein, sie war stark, sie war es schon vor ihm gewesen –, *er* war derjenige, der ohne sie wie ein Schatten durchs Leben schlich! Er lächelte verzweifelt. Dann nahm er seinen Mut zusammen und beugte sich über sie. Der Schein der Flammen tanzte in ihrem Blick. Ihr Atem strich über seine Wangen und er fühlte sich ganz und gar von ihr umfangen. Mit zitternden Lippen erwiderte sie seinen Kuss.

Es kam genau so, wie König Morgwyn es gewollt hatte.

Sie griffen in den frühen Morgenstunden des nächsten Tages an, Alasars Windgarde flog über die Belagerung hinweg und überzog die haradonischen Lager mit einem Regen aus brennenden Pfeilen.

Die Haradonen waren diesmal besser vorbereitet: Sie hatten ihre Schutzdächer aufgespannt und ihre Drachen flugbereit gemacht. Mehrere Truppen von Windreitern stellten sich den Myrdhanern entgegen und in der Luft entbrannte eine erbitterte Schlacht. Alasar verlor über dreißig Männer und Drachen.

Während der Kampf der Windgarden in vollem Gange war, wurden die Stadttore Isdads geöffnet. Morgwyns Bodentruppen strömten nach draußen, versuchten, die Belagerungstürme zu stürmen, und legten anschließend Feuer. Das vom Regen feuchte Holz zischte und fauchte so laut, als wären die Türme im Augenblick ihrer Zerstörung lebendig geworden. Unter dumpfem Krachen stürzten sie ein und atmeten Asche und schwarzen Dunst über dem Lager aus.

Als Alasar das Gefecht lange genug aus der Luft beobachtet hatte, landete er schließlich mit mehreren seiner Männer im Lager. Jetzt, da die Schlacht noch nicht ganz vorbei war, wollten sie die überlebenden Drachen der Haradonen nach Isdad in Sicherheit bringen.

Überall herrschte Chaos. Alasar erschlug fünf Soldaten, ehe er den ersten herrenlosen Drachen an den Zügeln packen konnte. Der Drache war in Panik und versuchte, ihn anzugreifen; glücklicherweise trug er einen Maulkorb, sonst hätte er ihm glatt den Unterarm abgebissen. Alasar drosch mehrmals mit dem Schwertknauf auf seinen Kopf ein, dann ließ der Drache sich benommen hinter ihm herziehen. Auch Alasars Begleiter holten immer mehr Drachen aus dem Lager nach Isdad.

Die Sonne flimmerte durch die Rauchsäulen der Belagerungstürme. Schweiß überzog Alasars Gesicht und er fühlte sich vom Feuer- und Blutgeruch wie betäubt. Wie viele Drachen hatten sie jetzt wohl? Er selbst hatte bisher sieben erbeutet. Oder waren es schon acht?

Er ritt durch das Lager, lenkte seinen Drachen über umgestürzte Holzbalken und Zelte. Ein haradonischer Drachenkrieger entdeckte ihn und kam auf ihn zu, doch Alasar war schneller, zog Pfeil und Bogen und erschoss ihn. Gerade wollte Alasar den Drachen an den Zügeln fassen und den toten Krieger von seinem Rücken stoßen, da sank auch der Drache zu Boden: Er hatte eine furchtbare Wunde am Bauch. Alasar wich erschrocken zurück und suchte weiter.

Nach einer Weile erklangen auf Isdads Stadtmauer laute Trompeten. Das war das Zeichen des Triumphs; Myrdhan hatte gesiegt. Die haradonischen Truppen waren zerschlagen und die Überlebenden flohen.

Alasar ritt durch die letzten Zeltreihen, doch es gab keine Drachen mehr. Schließlich kehrte er nach Isdad zurück und wurde von Soldaten und jubelnden Bürgern empfangen. Aus allen Straßen kamen Menschen, angelockt durch die Trompeten, und bestaunten den Zug der Krieger, die zurück zur Festung ritten. Alte Frauen vergossen Freudentränen, als sie die myrdhanischen Soldaten vorbeischreiten sahen, und Kinder zeigten auf sie und klatschten begeistert. Alasar empfand plötzlich Abscheu vor den armen Kreaturen. Wenn man ihnen den Sieg verkündete, freuten sie sich, und wenn man von Niederlage sprach, waren sie betrübt. Ständig brauchten sie jemanden, der für sie dachte und handelte, damit sie bloß das Fühlen übernehmen konnten. Im Grunde wusste Alasar schon, dass es so war, denn die Höhlenkinder waren nicht viel anders als die Bewohner Isdads. Aber zum ersten Mal bedrückte die Abhängigkeit der Menschen ihn – als wäre er der einzige Mann unter lauter verdammten Hunden, dachte er.

Im Schloss erwartete ihn bereits ein warmes Bad. Zwei Mägde schrubbten ihm den Rücken, wuschen seine Wunden und brachten ihm neue Kleider. Alasar war gedankenverloren und schweigsam, obwohl die Mägde immer wieder versuchten, ihn in ein Gespräch zu verwickeln.

In einer Nebenhalle wurden Speisen für das Höhlenvolk angerichtet: Es gab gegrillte Wachteln und Tauben in Weinsoße und dazu Klöße, Brot und Früchte. Alasar und seine Gefährten kosteten all die herrlichen und teils unbekannten Speisen und aßen weit über ihren Hunger hinaus. Das Essen stimmte Alasar ein wenig fröhlicher, und die trüben Gedanken, die ihn auf dem Weg zur Festung befallen hatten, verflogen allmählich.

Tivam saß neben ihm. Eine dunkle Prellung hatte sein Auge anschwellen lassen und ein Verband war um seinen Arm gewickelt, doch er zeigte nichts von seinen Schmerzen. Alasar wurde klar, dass er ohne Tivam allein wäre. Würde er ihn verlieren, würde auch jener zarte, zerbrechliche Teil von ihm selbst zerfallen, der wahrscheinlich alles in ihm zusammenhielt: sein Glaube an das Gute. Wo auch immer es sein mochte. Welche Maske es auch trug.

»Ich bin stolz auf dich«, sagte er leise. Tivam hielt im Kauen inne und sie sahen sich in die Augen. Alasar konnte nicht sagen, was Tivam durch den Kopf ging, welche Gefühle oder Gedanken oder Erinnerungen; aber er wusste, dass Tivam die seinen erkannte. Vielleicht war das das Wichtigste.

Nachdem Isdad befreit worden war, musste schnell gehandelt werden. Es war nur eine Frage der Zeit, bis neue Legionen aus Haradon anrückten. Und diesmal würde König Helrodir seinen Strick dicker flechten, damit Isdad auch wirklich erstickte.

Bevor es so weit kommen konnte, mussten im ganzen Land Unruhen ausbrechen. Am Ende sollte der König von Haradon so verwirrt sein, dass er nicht mehr wusste, wohin er seine Krieger als Nächstes schicken sollte.

Am Morgen nach dem Sieg sandte Alasar auf Geheiß des Königs sechzig Windreiter nach Thebal, eine strategisch wichtige Stadt im Norden Myrdhans, die unter haradonischer Befehlsgewalt stand. Dreihundert Fußsoldaten und fünfzig Reiter auf Pferden begleiteten die Windreiter. Eine ähnliche Streitmacht zog in Richtung Westen los, in die Stadt Kytena, wo das größte Eisenwerk des Landes betrieben wurde. Gleichzeitig schickte König Morgwyn fünfzig seiner Soldaten aus, um das Salz zu holen, das Alasar nicht weit entfernt in einer Felshöhle versteckt hatte.

Als die Soldaten am Abend mit dem kostbaren weißen Gut nach Isdad zurückkehrten, glich ihre Ankunft einem Festzug: Die Bürger Isdads priesen die Götter, weil ihre Stadt gerettet war. Und ein Name ging von Mund zu Mund, ehrfürchtig und dankbar gerufen wie der Name eines Heiligen: Alasar.

Wer war er? Woher kam er? In allen Gassen sprach man davon, dass die Bürger Isdads Zeugen eines echten Wunders geworden waren und ihre sagenhafte Geschichte die Jahrhunderte überdauern würde. Nur ahnte niemand, was das Wunder noch mit ihnen vorhatte.

Von den hohen Fenstern der Thronhalle aus beobachtete Alasar, wie die Soldaten des Königs Isdad verließen. In der Ferne, wo die Küsten sich wie spröde Lippen dem offenen Meer hin öffneten, verblassten die Männer zu winzigen Punkten.

Alasar strich scheinbar gedankenverloren über den Schwertgriff an seinem Gürtel. Er wusste, dass die Berater des Königs ihn vom Tisch aus beobachteten, während sie über ihre Strategien und Pläne berieten. Der König selbst schlief noch, obwohl es schon Mittag war. In der vergangenen Nacht hatte er ausgiebig gefeiert; aus Kytena war die Nachricht des Sieges gekommen, und nun mussten alle in Isdad verbliebenen Streitmächte dorthin beordert werden, um das Eisenwerk gegen die Haradonen zu verteidigen. Zudem hatten Morgwyns neue Salzvorräte die Händler der Inseln angelockt und die Handelswege waren wieder geöffnet worden. Auch Söldner aus allen Winkeln des Kontinents befanden sich bereits auf dem Weg nach Isdad. Noch waren die Haradonen nicht besiegt und vertrieben, aber König Morgwyn war zuversichtlich genug, um die Hälfte von Isdads Weinlager zu vertrinken.

Inzwischen waren die Soldaten des Königs hinter den Hügeln verschwunden. Höchstens hundertfünfzig Soldaten hielten sich noch in Isdad auf und dazu hundert von Alasars Windreitern … Erst in den kommenden Tagen würden die Söldner allmählich eintreffen.

Die Türen öffneten sich und Tivam schlüpfte in die Halle. Er verbeugte sich vor den Beratern, die ihn belächelten, und lief zu Alasar. Einige Augenblicke lang standen sie schweigend nebeneinander und sahen aus dem Fenster, während die Berater ihr Gespräch wieder aufnahmen.

»Wenn es so weit ist, holst du die anderen, verstanden?«, murmelte Alasar. »Alles hängt davon ab, wie schnell es passiert. Vielleicht unser Leben.« Tivam nickte. Wieder öffneten sich die Türen der Thronhalle, diesmal laut und donnernd: König Morgwyn war eingetreten.

Er strich sich mit den Händen über den Bart und schob sich

die Krone zurecht. »Ah, Alasar! Mein lieber Alasar.« Er breitete die Arme aus und ging an seinen Beratern vorbei, um Alasar herzlich an den Schultern zu ergreifen. »Wie geht es dir, mein treuer Freund? Nun sind wir wohl ganz alleine hier in Isdad, was? Aber ich sage dir: In zwei, drei Tagen stehen mehr als fünftausend Söldner unter meinem Befehl. Meine Generäle haben mir versichert, dass ganze Scharen von den östlichen Inseln kommen. Und aus den Reichen im Norden und Osten – Salkand, Methura und Arpolis – sind Tausende auf dem Weg nach Isdad! Ich sage dir, das Geld regiert unsere Welt und alle Menschen sind käuflich.« Morgwyn grunzte amüsiert. Dann legte er vertraulich einen Arm um Alasar und führte ihn an die Tafel. »Heute sollten wir darüber sprechen, wohin wir dich schicken, lieber Alasar. Bitte, setz dich.« Er wies auf den Stuhl direkt neben seinem, sodass sich ein General umsetzen musste. Alasar nahm Platz.

»Nun«, begann Morgwyn. »In den vergangenen Tagen haben wir dich einiges über die Kunst des Krieges gelehrt. Und da du so ein scharfsinniger junger Mann bist, hast du dir gewiss alles gut eingeprägt, nicht wahr? Dein neu erworbenes Wissen solltest du mit deinem Mut und deiner Tapferkeit vereinen – und du wirst zu einem fabelhaften General höchsten Ranges aufsteigen.«

Alasar neigte den Kopf. »Mein König, darf ich sprechen?«

»Aber gewiss.«

»Ich bin Euch und Euren Beratern dankbar. Aber ich denke, ich weiß noch nicht genug.«

Morgwyn runzelte leicht die Stirn. »Ach was. Wir haben dich über die politische Situation aufgeklärt, du kennst die Grundprinzipien des Militärs und unsere wichtigsten Strategien. Deine Fähigkeiten reichen voll und ganz aus, um die Truppen nach Thebal zu führen. Wir müssen die Haradonen unbedingt von Kytena ablenken, bis die ersten Waffenlieferungen der Eisenwerke sicher in Isdad angekommen sind. Und Thebal liegt genau zwischen König Helrodirs Heer und Kytena. Wenn in Thebal ein bisschen Unruhe gestiftet wird – und ich bin überzeugt, dass du noch mehr schaffst, ich rechne fest mit deinem Sieg –, dann können wir hier im Norden in aller Ruhe unsere Attacke auf die Grenze planen.«

Alasars Blick glitt zu der ausgerollten Landkarte, die vor ihnen lag. »Ihr meint also, Thebal wird der Köder, mit dem wir Haradon von unseren eigentlichen Plänen ablenken.«

König Morgwyn nickte. »So haben wir es beschlossen. Eine Streitmacht ist ja schon nach Thebal aufgebrochen. Ich würde dich nur gerne als Unterstützung dort wissen.«

Alasar sah nachdenklich auf die Karte. Thebal lag direkt an der Grenze zu Haradon und Awrahell und war daher Myrdhans wunder Punkt. Thebal zurückzuerobern wäre strategisch sinnvoll, wenn die Myrdhaner in Haradon einmarschieren wollten; dann könnten sie von Thebal aus immer wieder rasch Unterstützung nachschicken. Aber im Augenblick war an so einen Schritt nicht zu denken.

Alasar blickte zum lächelnden König. Etwas Herablassendes lag in seinen Augen. So wie bei dem Händler damals, Rasum … Unterschätzten die alten Männer ihn wirklich so sehr? Wie konnten sie so dumm sein, ihm ihr Wissen anzuvertrauen und trotzdem anzunehmen, dass er ihre Absichten nicht durchschaute? Natürlich diente der Angriff auf Thebal nur dazu, Haradon von Kytena und Isdad abzulenken. Aber nicht nur das haradonische Heer würde auf dem Weg nach Kytena und Isdad um Thebal kämpfen – auch aus Awrahell würden Truppen kommen. Alasar hatte keine Chance, Thebal zu erobern und gegen zwei Heere zu verteidigen, selbst wenn er all seine Windreiter und Morgwyns Fußsoldaten bekäme. Thebal würde – zumindest für den Augenblick – an Haradon zurückfallen. Das stand fest. Und alle Krieger Myrdhans würden dabei umkommen.

Das war der Grund, weshalb Morgwyn Alasar nach Thebal schicken wollte. Er wollte ihn loswerden, nun da er seine Windreiter und sein Salz hatte. Alasar hatte von Anfang an nichts anderes erwartet. Aber dass der König eine so plumpe Intrige plante, war fast beleidigend.

»Mein König, Euer Vertrauen ehrt mich«, sagte er langsam. »Aber ich brauche Zeit, um noch mehr zu lernen.«

»Was denn noch? Was du über den Krieg wissen willst, das lernst du im Krieg!«

»Ich will lesen lernen.«

König Morgwyn öffnete den Mund und schloss ihn wieder. »*Lesen?* Wozu?«

»Ich möchte den Vertrag lesen können, in dem Ihr mir die Thronfolge versprecht und mich adoptiert, mein König.« Stille trat ein.

Eine Zeit lang schien es, als wüsste Morgwyn nicht, ob er vor Zorn brüllen oder freundlich lachen sollte. »Wir sind im Krieg«, sagte er endlich. »Wie stellst du dir das vor, lesen lernen? Meinst du, König Helrodir dreht geduldig Däumchen, bis du deine Studien absolviert hast? Hast du kein Vertrauen? Du willst einen Vertrag? Reicht dir mein Versprechen nicht!« Er schlug sich aufs Herz.

»Ich dachte, Ihr wollt mich adoptieren«, erwiderte Alasar.

König Morgwyn sah in die Runde seiner Berater und stieß ein Schnauben aus. »Ja, natürlich, ich gab dir mein Wort darauf, Alasar. So ein tapferer Bursche wie du wäre würdig, die Krone nach mir zu tragen. Aber in diesen düsteren Tagen müssen wir all unsere Kräfte darauf verwenden, die Krone zu *verteidigen,* nicht über sie zu schreiben!« Morgwyn verschluckte sich und hustete wütend. »Schluss jetzt mit dem Unsinn. Alasar, wir müssen über deinen Angriff auf Thebal sprechen. Mein Berater Sormos fängt an.«

Alasar senkte den Kopf. »Wie Ihr wünscht, mein König. Darf Tivam die Versammlung verlassen? Ich möchte, dass er den anderen schon sagt, dass wir nach Thebal aufbrechen, damit sie sich vorbereiten.« Morgwyn winkte ungeduldig mit der Hand. Tivam stand auf, verbeugte sich rasch und lief aus der Halle. Alasar versuchte, den Blick des Königs ausdruckslos zu erwidern, als die Türen sich schlossen. In der Ferne verloren sich Tivams Schritte.

»Also los!« Morgwyn wies auf seinen Berater. »Erklär's ihm!«

Der Berater räusperte sich und fing an zu sprechen, doch Alasar starrte weiterhin den König an. »Nun, morgen früh solltest du aufbrechen und deine Krieger auf nordwestlichem Weg nach …«

»Ich finde diese Strategie dumm«, fiel Alasar ihm ins Wort. Der Berater verstummte überrascht und verärgert.

Morgwyn blinzelte. »Was sagst du?«

»Thebal liegt an der Grenze zu Haradon und Awrahell. Wir brauchen eine größere Armee. Überhaupt ist es dumm, eine Stadt nach der anderen anzugreifen. Wir verlieren bloß unsere Männer – die Haradonen verletzt das nicht, wir ärgern sie nur.«

»Wenn du so schlau bist, was schlägst du denn vor? Hm?«, erwiderte der König.

»Wir müssen ein Heer sammeln. Eine riesige Armee. Nicht nur Söldner und Soldaten. Wir brauchen Mauern aus Fleisch und Knochen. Menschenfluten.« Er erhob sich und klopfte nachdenklich mit den Fingerknöcheln gegen den Tisch. »Wir müssen die Bevölkerung mitkämpfen lassen. Männer und Frauen. Kinder, wenn es sein muss. Wenn wir die Haradonen nicht mit Schwertern niedermähen können, dann müssen wir sie unter tausend Füßen begraben.«

»Setz dich«, befahl der König streng.

»Ich sage die Wahrheit, mein König. Ich habe lange genug an diesem Tisch gesessen. Und alle anderen hier auch.« Die Berater stießen empörte Rufe aus.

»Hast du keinen Respekt?«, bellte einer der Männer. »Wie wagst du, vor deinem König so zu sprechen!«

»Schluss jetzt!« König Morgwyn schlug mit der Hand auf den Tisch. »Vorsicht, Alasar. Sprich mit deinen Höhlenkindern, wie du willst, aber hier bin …«

Alasar ging an Morgwyn vorbei und stellte sich hinter ihn. Aufgebracht drehte der König sich zu ihm um, das Gesicht hinter dem Bart färbte sich rot. »Was soll das? Setz dich sofort hin!« Die Türen öffneten sich. Die Berater wandten sich um. Höhlenkinder marschierten herein, Krieger neben Krieger, und umstellten die Halle.

»Was –« König Morgwyn fuhr herum, als er ein Geräusch hinter sich hörte – das Geräusch einer Klinge, die gezogen wird. Alasar schlang einen Arm fest um den Kopf des Königs und drückte ihn nach hinten. Dann durchschnitt er ihm die Kehle.

Die Berater stießen gellende Schreie aus und sprangen von den Stühlen. Alasar ließ den König los und sein Kopf sank mit einem dumpfen Laut auf den Tisch. Die Berater rissen den Mund auf, brachten aber kein Wort heraus.

Alasar atmete schwer und nahm dem toten König die Krone vom Kopf. »Keine Bewegung«, befahl er den Beratern, als sie Dolche aus ihren Gürteln ziehen wollten.

Er ging ein paar Schritte zurück und wischte sich die Stirn am Ärmel ab. »Hört genau zu, Männer von Isdad. Myrdhan gehört dem Höhlenvolk!« Er hob die Krone hoch. Kurzer, dröhnender Jubel erfüllte die Halle.

»Die Höhlenkinder wollen euch nicht zum Feind. Unser Feind ist Haradon. Erhebt euch nicht gegen uns. Die Kinder der Höhlen führen Myrdhan zum Sieg. Ich will nicht euer König sein, aber ich bin ab jetzt euer Kriegsherr. Wenn ihr das einseht, werde ich euch euer Leben und eure lächerlichen Titel lassen.« Alasar ließ die Krone auf die Tafel fallen. Die Berater zuckten zusammen, als das kostbare Goldgeschmeide über den Tisch rollte.

»Folgt mir in den Krieg«, sagte Alasar. »Oder folgt eurem König in den Tod.«

## Heerzug

Als Revyn und Yelanah am frühen Morgen aufbrachen, trugen sie Taschen voll Proviant für mehrere Wochen und benutzten ihre Speere als Wanderstab. Die Drachen begleiteten sie durch die Wälder und sandten traurige Abschiedsgrüße, denn sie konnten nicht mitkommen, wenn Yelanah und Revyn die Nebelwelt verließen – die Welt der Menschen war viel zu gefährlich geworden.

Der Übergang zwischen Nebeln und Wirklichkeit war heute schwieriger. Eine Weile liefen Revyn und Yelanah durch schneeweißen Dunst. Unter ihren Füßen raschelte kein Laub mehr und es schien kühler geworden zu sein. Plötzlich trugen mehrere Stimmen aus der Ferne eine Melodie zu ihnen.

»Wer ist da?«, fragte Revyn.

Yelanah horchte in den Nebel, ohne stehen zu bleiben. »Das sind die Elfen. Es sind ja … so viele!« Das Lied wurde nicht lauter, doch die Stimmen verdichteten sich zu einem schwermütigen Chor.

»Was singen sie?«

Eine Weile antwortete Yelanah nicht – dann begann sie, leise mitzusingen, und Revyn hörte das Lied durch ihre Gedanken:

*Wegen*
*goldnen Sonnenuntergängen,*
*die an Abendhimmeln hängen,*
*Wegen*
*Honig und Mondtränken,*
*die uns die Hellsicht schenken,*
*Wegen*
*Bäumen, die hoch streben*
*uns Schutz und Schatten geben,*
*woll'n wir*
*weiterleben.*

Das Lied erreichte einen Höhepunkt und viele helle Stimmen vereinten sich.

»Es ist ein Abschiedslied«, murmelte Yelanah. Mit einem Mal wichen die Nebelschleier zurück und Revyn und Yelanah hatten die Wirklichkeit betreten. Ein lang gezogenes Seufzen hallte vom Lied der Elfen nach, mehr ein Echo als ein echtes Geräusch. Dann hatten sich Dunst und Stimmen aufgelöst wie ein Tagtraum. Dichter Wald umgab die beiden.

»Wieso singen die Elfen ein Abschiedslied?«, fragte Revyn, während sie nebeneinander herliefen. Der weiche Moosboden federte ihre Schritte ab und Tannennadeln knisterten. Ein dumpfes *Plock* hallte durch den Wald, als Revyns Speer gegen eine Wurzel stieß. Irgendwo rief eine Amsel und eine zweite antwortete.

»Ich weiß nicht, was Khaleios vorhat«, sagte Yelanah. »Aber … Nein, ich weiß es nicht.« Sie verstummte nachdenklich.

Mittags legten sie eine kurze Rast ein und aßen von ihrem Proviant. Yelanah fühlte sich müde, doch sie wollte gleich wieder aufbrechen.

»Mach dir keine Sorgen. Das liegt an der Wirklichkeit, sie bedrückt mich viel mehr als früher.«

Auch Revyn spürte es inzwischen: Er konnte nicht sagen, woran es lag – der Luft, der Sonne, der Zeit selbst –, aber ihm war ganz schummrig, seit sie die Nebelwelt verlassen hatten. Alles kam ihm langsamer und träger vor und auch seine eigenen Bewegungen schienen immer schwerfälliger zu werden. Besorgt stellte er fest, dass er wirklich nicht mehr in die Welt der Menschen gehörte. Er *vertrug* sie nicht mehr.

Abends legten sie sich unter die schützenden Äste einer Weide und schlossen sich in die Arme. Sie redeten nicht miteinander. Nur manchmal teilten sie ein Gefühl, ein Bild in der Sprache der Drachen. Dann klammerte Yelanah sich an Revyn, und er klammerte sich an sie, als gäbe es in der Finsternis nichts mehr außer ihnen, zwei verlorenen Kindern in einer totenstillen Nacht.

Im Morgengrauen öffneten sich die Tore Isdads. Eine elftausend Mann starke Infanterie, eine fünfzigköpfige Kavallerie und hundert Drachenkrieger verließen die Stadt. Ein Drittel der Bevölkerung Isdads war in die Armee beordert worden.

Zurück blieben Alte, Schwache, Kinder und ein verwirrendes Dickicht aus Gerüchten. Niemand wusste, ob der König tatsächlich gestürzt worden war. Hinter vorgehaltener Hand wurde von Verrat, haradonischen Spionen, dem Untergang des Königreiches gesprochen. Aber die königlichen Berater standen unter Bewachung und schwiegen.

Isdads Heer zog nach Norden, direkt auf Haradon zu. Myrdhanische Dörfer lagen auf seinem Weg. Alle Männer und Frauen, die eine Waffe halten konnten, wurden in die Armee aufgenommen, so wie vor zehn Jahren.

Nicht jeder war bereit, sich dem Heer widerstandslos anzuschließen – in den vergangenen Jahren war jeder Ungehorsam den haradonischen Besatzern gegenüber schwer bestraft worden und die Angst der Bauern saß tief. Noch dazu war König Morgwyn im einfachen Volk alles andere als beliebt, schließlich war der erneute Ausbruch des Krieges allein seine Schuld. Wäre er nicht aus seinem Exil von der Insel Karilla geflohen und hätte Isdad erobert, wäre das Leben der Menschen wie gewohnt weitergegangen.

Alasar überzeugte die Dorfbewohner, dass er nicht König Morgwyns Befehl ausführte, indem er sein Schwert emporhielt und sagte: »Diese Klinge hat König Morgwyns Kehle durchschnitten. Wer mir nicht glaubt, dem kann ich zeigen, wie scharf sie schneidet.«

Kein kampftüchtiger Myrdhaner blieb in den Dörfern zurück und am Abend des ersten Tages war ihre Infanterie um fünftausend Krieger gewachsen. Alasar bat seine Männer, den Dorfbewohnern ein paar Grundkenntnisse im Kampf beizubringen. Dann errichteten sie ihr Lager und die Nacht brachte alle Geschäftigkeit zum Erliegen. Die Hälfte des Heeres schlief unter freiem Himmel.

Alasar träumte von den Höhlen. Die steinernen Wände pochten mit dem Herzschlag der wiedererwachten Toten. Er rannte, war auf der Flucht, stolperte, keuchte. Bilder wollten in ihm aufkommen; Bilder eines fest umschlungenen Paares, Bilder von Sterbenden; aber er ließ sie nicht zu, er verdrängte sie mit aller Kraft. Und dann sah er sie vor sich stehen, alt und zerfallen: Igola. Sie sah aus, als wäre sie hundert Jahre alt. Ihre grauen Haare standen wie Draht ab und ihr Gesicht war voller Falten.

»Gib ihn zurück«, sagte Igola. »Gib ihn mir wieder!« Alasar stolperte zurück. Panik überkam ihn. Igola würde ihm Schlimmeres als den Tod antun. Er konnte nur nicht sagen, was.

»Gib ihn her!« Ihre Arme streckten sich nach ihm aus. Alasar fuhr herum und versuchte, aus dem Traum auszubrechen.

»Gib ihn zurück!«, schrie Igola. *»Tivaaam!«* Alasar fuhr auf. Sein Herz pochte schmerzhaft schnell. Ohne nachzudenken, stand er auf und torkelte aus dem Zelt. Es war tiefe Nacht. Keine einzige Fackel, kein Mond, kein Sternenlicht verliehen den Dingen Umrisse.

»Tivam!« Seine Stimme klang rau, fast unwirklich. Er schluckte. »Tivam!« Er stolperte in eine Zeltplane und wich zurück. Irgendwo hinter dem Tuch glomm eine Kerze auf. Alasar tastete nach der Zeltöffnung und stieg hindurch.

Tivam, der neben mehreren anderen Höhlenkindern geschlafen hatte, hielt die Kerze empor und starrte ihn überrascht an. »Was ist?«

»Wo ist Igola? Wo ist deine Mutter?«

Tivams Blick glitt zu Alasars Hand: Er hatte die Faust um seinen Dolch geschlossen. »Sie ist doch in den Höhlen geblieben. Glaub ich.«

Alasar spürte, wie sein Herzschlag sich beruhigte. Langsam schaute er auf den Dolch in seiner Hand. Dann ließ er den Griff los. »Was hat sie zu dir gesagt, als wir gegangen sind?« Tivam antwortete nicht gleich. »Sag schon!«

»Ich …«

»Sag es!«

»Warum denn?« Tivam verzog das Gesicht. »Sie hat nicht mit mir geredet, ich bin nicht Rahjel!«

Schweigen fiel über sie. Alasar wünschte, er könnte etwas sagen, um das Echo seines Namens zu vertreiben, aber er wusste nichts. Das erste Mal seit dem Vorfall hatten sie ihn erwähnt. Das erste Mal dachten sie beide daran und wussten, dass der andere es auch tat.

Alasar schluckte. »Schlaf jetzt.« Er drehte sich um und verließ das Zelt.

Als er sich nach einigen Schritten noch einmal umdrehte, war das Licht der Kerze erloschen. Reglos stand er in der Finsternis.

Das Heer reiste weiter nach Nordwesten und wuchs mit jedem Dorf, das ihm in die Quere kam. Wie ein gigantischer Wurm schob es sich weiter an die Stadt Kytena heran, Stück für Stück, und verschlang alles auf dem Weg. Nach drei Tagen folgten Alasar mehr als fünfundzwanzigtausend Männer und Frauen. Die wenigsten von ihnen hatten in ihrem Leben je etwas anderes als eine Schaufel oder eine Hacke in den Händen gehalten. Und die meisten waren unbewaffnet.

In Kytena würde es genug Ausrüstung für alle geben – das versprach zumindest Jasicur, der Alasar als einziger General begleitete. Wie Jasicur erzählte, kam er ursprünglich aus Salkand und hatte sich von Morgwyn anheuern lassen, als der aus dem Exil geflohen war. Allein das Geld hatte ihn auf die Seite des myrdhanischen Königs gezogen. Jasicur kannte keine Treue – doch er erkannte die Mächtigen und seinen eigenen Vorteil. Alasar wusste, dass er ihm vertrauen konnte, solange Jasicur keinen besseren Verbündeten fand.

Am Ende des dritten Tages erreichten sie Kytena. Die Stadt thronte stolz auf einem Hügel und streckte ihre Türme in den Himmel, als hätte sie sich auf die Zehenspitzen gestellt. Unterhalb des Hügels lagen ein See und ein breiter Fluss, der im glühenden

Abendlicht funkelte und glitzerte wie ein Band aus Feuer. Als Alasar näher kam, sah er, dass seine Ufer mit den Leichen haradonischer Soldaten gesäumt waren.

Steinerne Brücken führten über den Fluss zu den Toren Kytenas. Myrdhanische Soldaten saßen in den Wachtürmen, und als sie Alasar und die Krieger erkannten, ließen sie sie passieren. Hinter dem Stadttor kamen ihnen Generäle des Königs entgegen.

»Was macht ihr hier? Woher kommen diese Männer und Frauen?«, fragten sie verwirrt. Alasar wusste nicht, ob die Generäle in König Morgwyns Plan eingeweiht waren und gehofft hatten, dass er in Thebal starb. Es interessierte ihn auch nicht wirklich. Er ließ die Generäle von seinen Kriegern umzingeln und töten.

Die Soldaten hatten sich beim großen Eisenwerk der Stadt niedergelassen und ahnten nichts vom Schicksal ihrer Generäle, bis Alasar und seine Krieger auftauchten. Erst jubelten die Männer, denn sie glaubten, der König hätte ihnen Verstärkung aus Isdad geschickt.

»König Morgwyn«, rief Alasar, als die Soldaten um ihn versammelt waren, »ist tot! Er überließ mir seinen Thron. Doch ich habe abgelehnt. Denn nur, wenn ich diesen Krieg bestehe, erst wenn ich Myrdhan zum Sieg geführt habe und das Blut der Haradonen die Schande von unserem Boden gewaschen hat – erst dann, Männer, will ich euer König sein! Folgt mir zum Sieg! Folgt mir in die Freiheit! Und für eure Treue bekommt ihr unsterblichen Ruhm.«

Kytenas Eisenwerk hatte in den vergangenen Tagen mehr Waffen produziert als im letzten halben Jahr. Ohne Unterlass brannten die Feuer, wurde das Eisen geschmolzen, in Form gegossen, bearbeitet – der Boden grollte und eine dicke schwarze Rauchwolke hing über den Dächern der Stadt. Als Alasar die Waffenkammern betrat, fühlte er, wie sein Herz schneller schlug. Nie im Leben hatte er so viele Schwerter, Lanzen, Pfeile, Äxte und Beile gesehen. Er glitt durch die Reihen der Waffen und stellte sich vor, jede würde bald in einer Hand liegen, die für ihn kämpfte. Er fühlte sich, als würde er über sich selbst hinauswachsen, und empfand eine merkwürdige Ehrfurcht vor dem Höheren in sich selbst, das bereits so viel bewirkt hatte.

»Eins versteh ich nicht«, sagte Jasicur, der ihn begleitete, und blickte beeindruckt an den Regalen empor. »Wieso wolltest du nicht König von Myrdhan werden?«

»Ich will nicht der König eines Landes sein«, murmelte Alasar und nahm ein Doppelschwert vom Wandhaken. Einen Augenblick hielt er die Klinge empor. Sein Gesicht spiegelte sich darin. Wie lange hatte er sich nicht mehr selbst gesehen! Seine Haut war in der Sonne gebräunt, Bartstoppeln übersäten seine Wangen und sein Kinn. Er sah viel älter aus. »Ich will, dass es keine Länder mehr gibt. Ihre Namen sollen mit ihren alten Königen untergehen und vergessen werden. Dann kann mir niemand meine Macht wegnehmen, denn mein Name ist nicht König von Myrdhan, nicht König von Haradon; mein Name ist Herrscher. Wer kann mir schon Krieg erklären, wenn es kein Land gibt, sondern nur Menschen – Menschen, die dem Herrscher gehorchen?« Alasar hängte das Schwert zurück und ging weiter. Jasicur folgte ihm mit einem nachdenklichen Lächeln.

Zwei Tage später verließen sie Kytena mit sechstausend neuen Kriegern, frischen Nahrungsvorräten und Waffen. In der Stadt blieben gerade genug Soldaten, um sie zu halten; aber Alasar fürchtete nicht, dass die Haradonen sich Kytena zurückholen könnten. Wenn es so weit war, würde Haradon mit anderen Dingen beschäftigt sein.

Ihr Weg führte sie an neuen Dörfern vorbei und das Heer wuchs weiter. Oft, wenn Alasar in die ängstlichen oder verwirrten Gesichter der Bauern blickte, musste er an seine Eltern und seine beiden Brüder denken und an die Schlacht vor elf Jahren … Wäre damals *er* der Heerführer gewesen und nicht König Morgwyn, hätte sich vielleicht alles ganz anders entwickelt.

Einmal begegneten sie in den Weiten des Hügellandes einem

Trupp haradonischer Drachenreiter. Der Kampf dauerte nur kurz, kostete Alasar eine Handvoll Krieger und brachte ihm dafür fast zwanzig Drachen ein.

Bald fiel der erste Schnee. Der Boden gefror und alles Grün verschwand unter einem dünnen weißen Teppich. Jeden Morgen musste Alasar seinen Dolch an einem Feuer wärmen, bevor er die Klinge aus der Scheide ziehen konnte. Dabei dachte er an den ersten Haradonen, den er damit getötet hatte, damals im zerstörten Dorf … Und ob er wollte oder nicht, er dachte an Rahjel. Dachte an den Jungen, der vor ihm gestanden hatte, erschrocken über seine eigene Tat. Er dachte an sein Lachen, hatte es noch warm und klangvoll in den Ohren, und an die dunklen, gutmütigen, schönen Augen. Dachte daran, wie die Augen ihn angestarrt hatten, als der letzte Lebensfunken in ihnen erlosch.

Dann erreichten sie Thebal. Von fern sahen sie bereits die Rauchsäulen emporsteigen, denn die Stadt wurde belagert. Doch im Vergleich zu Isdad war Thebal nicht dafür gebaut, feindlichen Heeren standzuhalten; im ganzen Umkreis wütete eine zähe Schlacht und die Belagerungsmaschinen warfen Feuerbälle über die Mauern. Ein mächtiger Rammbock schlug gegen das Haupttor, dumpf und schwer wie der Hammer eines Gottes. Auch Drachenkrieger kreisten über Thebal und feuerten Pfeile ab.

Alasar versuchte gar nicht erst, das Heer zu verstecken. Er teilte seine Krieger in mehrere Gruppen auf und ließ sie die gesamte Region umschließen. Dann griffen sie an.

Die Haradonen waren zwischen den Stadtmauern und den neuen Angreifern gefangen, trotzdem war der Kampf alles andere als ein rascher Sieg. Die Feinde waren besser vorbereitet, als Alasar angenommen hatte, und überwanden ihre Überraschung sofort. Mitten im Kampf erklang ein zorniges Krachen, gefolgt von einer Welle aus Schreien und Rufen: Thebals Tore waren eingebrochen. Die Haradonen drangen in die Stadt ein – ob um anzugreifen oder um vor Alasars Kriegern zu flüchten, war schwer zu sagen. Als es dämmerte und neuer Schnee zu fallen begann, hatten die Myrdhaner die Schlacht um Thebal gewonnen.

Alasar wurde zwischen Rauch und Asche von den myrdhanischen Generälen empfangen. Sie glaubten, König Morgwyn habe ihn zu ihrer Rettung geschickt, und fragten, mit welchen Anweisungen er gekommen sei.

»König Morgwyn hat euch in eine Falle geschickt«, sagte Alasar. »Er hat nie geplant, echte Verstärkung nach Thebal zu senden. Wir sollten lediglich lange genug bestehen, um die Haradonen von Kytena abzulenken.«

Erschrockenes Schweigen trat ein. Dann kamen die Höhlenkrieger auf Alasar zu, die ebenfalls nach Thebal geschickt worden waren, und fielen ihm um den Hals. »Du hast uns nicht im Stich gelassen!«, riefen sie gerührt. »Jetzt hast du uns allen das Leben gerettet. Wir folgen dir, egal wohin!«

Alasar ließ sich von seinen Leuten umarmen und nahm ihre Treueschwüre dankbar an. Dann wandte er sich an die Generäle. »Was ist mit euch?«

Die Generäle sahen ihn verkniffen an. Stockend sagte einer: »Was hast du denn vor?«

## Die Königin

Ardhes blickte auf, als sich ihre Zimmertür schwungvoll öffnete. Königin Jale stand auf der Schwelle. Einen Augenblick lang starrte sie Ardhes an; dann glitt sie ins Zimmer und hob theatralisch die Arme. In ihrer rechten Hand lag ein zerknitterter Brief.

»Sie haben die Grenze überquert! Unsere Späher haben das Heer gesehen. Ich habe keine Nachricht von unseren Grenztruppen – wahrscheinlich wurden sie zerschlagen.« Jale presste sich eine Hand auf den Bauch und ließ sich auf Ardhes' Bett sinken. Ardhes beobachtete sie reglos von ihrer Fensterbank aus.

»Hast du denn nichts dazu zu sagen?«, jammerte ihre Mutter.

Sie sah wieder aus dem Fenster. Dichte Wolken hingen über dem Land und vereinten sich mit dem Nebel der Berge. Hin und wieder wirbelte eine Woge Schneekörner durch die Luft. Es war bestimmt kalt draußen. Ardhes hatte ihr Zimmer seit Tagen nicht verlassen. Anfangs hatte ihre Mutter jeden Abend die Tür zugesperrt und Wachen vor ihren Balkon gestellt, aus Angst, sie könne wieder heimlich zu Octaris gehen. Als die Königin gemerkt hatte, dass Ardhes ihr Zimmer weder nachts noch tagsüber verlassen wollte, hatte sie damit aufgehört. Inzwischen erkundigte sie sich sogar nach Ardhes und ließ ihr Essen bringen, und seit dem Auftauchen des myrdhanischen Heeres stürzte Jale jedes Mal in ihr Zimmer, wenn sie Neuigkeiten erhielt.

»Ich habe einen Brief von König Helrodir erhalten«, fuhr Jale gefasster fort. Ardhes hörte das Papier knistern, als ihre Mutter den Brief aufrollte und glättete. »Er schreibt, dass sein Heer uns frühestens in sieben Tagen erreichen kann. Das myrdhanische Heer ist jedoch nur noch zwei Tagereisen von uns entfernt. Das heißt, wir sind den Feinden fünf Tage lang ausgeliefert. Wir müssen mit einer Belagerung rechnen. Und unser Schloss … ist ein Bau der Elfen!« Die Königin stieß hohe Schluchzer aus, wie Schluckauf klang es. »Sie werden das Schloss in wenigen Stunden einnehmen! Dieser Bau ist unsicher wie eine Strohhütte!« Eine Weile wimmerte sie in ihr Taschentuch.

Ardhes hatte in den letzten Tagen kaum ein Wort gesagt. Je weniger sie sprach, umso schwerer fiel es ihr, überhaupt den Mund zu öffnen. Ob sie einmal ganz verstummen würde? Sie konnte es sich gut vorstellen. Es gab nichts mehr, worüber sie sprechen wollte. Und vor allem niemanden, mit dem sie sprechen wollte.

»König Helrodir schreibt weiter, wir sollen uns um diplomatische Kontakte bemühen. Angeblich untersteht das Heer nicht der Befehlsgewalt des Königs von Myrdhan. Sie sagen sogar, Morgwyn sei schon tot. Das Heer reist außerdem ohne Flaggen. Wir wissen weder, wer der Heerführer ist, noch zu welchem Ziel er unterwegs ist. Das Einzige, was wir mit Bestimmtheit sagen können, ist, dass das Heer aus Myrdhan stammt.« Jale wartete einige Augenblicke lang ab, ob diese Information Ardhes zu einer Reaktion bewegen würde; dann stand sie auf, ging zum Tisch und nahm sich eine Orangenscheibe von einem Teller, den Candula vorher gebracht hatte.

»Man munkelt, der Heerführer sei ein junger Mann, der aus einem weit entfernten Königreich gekommen ist. Jedenfalls haben sich ihm Söldner aus Methura, Arpolis und Salkand angeschlossen. Er ist zumindest nicht mit der Königsfamilie Myrdhans verwandt, sonst würde er ihr Wappen tragen. Sein Heer gibt sich durch nichts zu erkennen. Keine Flagge, ist das zu fassen?« Nachdenklich nagte Jale an der Orangenscheibe. Dann seufzte sie und trat auf Ardhes zu. Sie streckte die Hand aus, um ihre Schulter zu berühren, hielt jedoch inne und senkte sie wieder – Ardhes beobachtete es in der Fensterscheibe.

»Wir müssen unbedingt unser Bündnis mit Haradon festigen«, sagte Jale plötzlich. »Wenn du einen haradonischen Mann hättest, hätten wir mehr Truppen, um uns zu schützen.«

Ardhes musste auflachen und drehte sich zu ihrer Mutter um. »Jetzt reicht es also nicht mehr, einen haradonischen Vater zu haben?« Königin Jale sah sie ausdruckslos an. Ardhes senkte den Blick und wandte sich wieder ab. Sie fühlte sich verletzt und bereute ihre Worte, als hätte sie sich daran geschnitten.

»So etwas sagst du nie wieder. Hast du verstanden? Ob du verstanden hast!«

»Ja, Mutter.«

Jale erwiderte ihren Blick im Fenster. Eine Weile sah es aus, als wollte sie etwas sagen, doch sie presste bloß die Lippen aufeinander, drehte sich schließlich um und ging.

Es war merkwürdig, doch Ardhes empfand keine Angst, geschweige denn Panik, als das Heer am Horizont in Sicht kam.

Schon zwei Tage vorher hatte Aufruhr im Schloss geherrscht. Kaum noch war das raue Gelächter der Soldaten erklungen. Die Dienerinnen hatten nicht mehr gekichert und gescherzt, stattdessen herrschte beklemmende Stille. Von ihrem Fenster aus hatte Ardhes auch beobachtet, wie Scharen von Dorfbewohnern durch das Land gezogen waren, auf dem Weg in die Städte, um sich hinter den Wällen in Sicherheit zu bringen. Ardhes berührte all das nicht. Sie war in ihrer eigenen Welt gefangen, in einem wachen Schlaf, im Niemandsland.

Es war nicht der Schock, der sie lähmte; die Offenbarung von Octaris, die ihren Traum zerstört, und die Offenbarung ihrer Mutter, die ihr den Vater genommen hatte, waren schmerzhaft gewesen, aber nicht traumatisch. Was Ardhes in ihrem Zimmer hielt, was sie verstummen ließ, ihren Appetit raubte, war nicht Traurigkeit. Es war allein die Tatsache, dass es *nichts gab,* wofür sie ihr Zimmer verlassen sollte. Es gab keinen Anlass zum Weiterleben, das war ihr klar geworden. Es gab aber auch keinen zum Sterben, denn sie war nicht verzweifelt. Sie empfand gar nichts.

Dann kam das Heer. Sein Anblick war überwältigend. Tausende von winzigen Gestalten zogen über die Gebirgspässe. Ihnen voraus flogen Windreiter auf ihren Drachen, um Fallen und Spione ausfindig zu machen. Keine Fahnen verrieten, für wen das Heer auf Reisen war.

Ardhes fragte sich, ob sie sterben würde. Sie stellte sich vor, wie das Schloss belagert wurde, wie die dunklen Steinmauern erbebten. Wie sich Feuer im Hof ausbreitete, Schreie in der Luft zitterten und Pfeile durch die Fenster hagelten. Sie stellte sich vor, wie ein myrdhanischer Soldat ihre Tür eintrat, sie entdeckte und sein Schwert über ihr hob. Er würde wer weiß welche Gründe haben, um sie umzubringen. Und wenn er sie tötete, vielleicht dachte er dann, dass er ein Held war; dass er die Prinzessin des feindlichen Reiches getötet hatte und mit ihrem Leben die letzte Hoffnung eines alten Königreiches erlosch.

Das alles wäre zu einfach. Ardhes wusste, dass ihr Dasein und das ganze elende Netz aus Verrat, Geheimnis und Intrigen nicht durch einen einzigen Schwertstreich vernichtet werden konnten. Aber ihr Instinkt hatte sie schließlich schon oft getäuscht.

Es war früher Nachmittag, als das Heer vor dem Schloss zum Stillstand kam. Das Tor war verriegelt. Entlang der Wehrmauer standen Bogenschützen.

Eine Zeit lang ordnete sich das Heer. Immer wieder erhoben sich Windreiter in die Lüfte, und Ardhes sah, wie die Drachen über das Schloss hinwegflogen. Eine Stunde lang warteten alle mit gespannten Nerven auf den ersten Angriff.

Aber nichts kam. Das fremde Heer besaß keine Belagerungsmaschinen. Es schien fast, als hätte es sich rein zufällig neben dem Schloss niedergelassen und die unzähligen, bis an die Zähne bewaffneten Krieger hätten keinerlei Absichten – eine friedliche Katze neben ihrer Maus.

Königin Jale schickte einen Herold hinaus. Trompeten erklangen wie bei einem festlichen Empfang, ganz so als lagerte keine Armee, sondern ein königliches Gefolge vor dem Schloss. Ardhes musste beinahe lachen. Alle taten so, als wäre weder die Bedrohung des fremden Heeres noch die Angst im Schloss vorhanden! Der Herold verkündete, dass die Königsfamilie von Awrahell den Heerführer und seine fünf engsten Generäle um die Ehre bat, sich vorzustellen und mit ihnen zu speisen. Ardhes wusste davon, weil ihre Mutter seit zwei Tagen damit beschäftigt gewesen war, ein Festmahl vorzubereiten und die nötigen Sicherheitsvorkehrungen zu treffen (in letzter Minute hatte sie sich für Kalbsbraten und zwanzig Leibwächter entschieden).

Nach einer halben Stunde kehrte der Herold zurück. Er war noch am Leben – also rief Ardhes Candula, damit sie sie für den Empfang ihrer potenziellen Mörder ankleidete.

Gerade schnürte die Amme ihr das Kleid am Rücken zu, da klopfte es an der Tür, und eine Zofe der Königin verkündete, dass sie in einer Stunde in einem großen Speisesaal erwartet wurde. Ardhes nickte abwesend.

Candula ließ sich mit dem Frisieren ihrer Haare Zeit, obwohl ihre alten Hände vor Aufregung zitterten. Ardhes spürte sehr wohl, dass ihre Amme etwas auf dem Herzen hatte – und es fiel ihr nicht schwer zu erraten, dass es mit dem fremden Heer zu tun hatte –, aber Candula brachte kein Wort heraus. Seit Ardhes in Schweigen verfallen war und ihr Zimmer nicht mehr verließ, wagte ihre Amme kaum mehr, mit ihr zu sprechen, aus Angst, sie zu verärgern oder zu bekümmern.

Umso aufmerksamer widmete sie sich ihren Haaren, flocht ihr die vorderen Strähnen und drehte einen Zopf um ihre Stirn, der wie ein Diadem aussah. Als Ardhes sich im Spiegel betrachtete, fühlte sie, wie sich ihre Muskeln spannten. Dieselbe Frisur hatte sie an jenem Morgen getragen, als sie Revyn das erste Mal am Waldrand vor Logond getroffen hatte.

Ihr Treffen war tatsächlich ein Zufall gewesen – sie hatte es nicht geplant oder in einer Vision vorhergesehen. Sie hatte sich an jenem Morgen heimlich aus Logond geschlichen, weil sie neugierig auf den Wald und die Landschaft gewesen war, die der von Awrahell so unähnlich schien. Und dass sie ausgerechnet Revyn getroffen hatte, war ihr wie ein strahlender Wink des Schicksals vorgekommen. Sie hatte so fest geglaubt, dass sie füreinander bestimmt waren. Sie hatte geglaubt, die Heldin einer großen Geschichte zu sein. Aber sie lebte in einer Welt aus Lügen.

Candula begleitete sie bis zum Speisesaal. Es war im Grunde eine Empfangshalle, in die Königin Jale eine Rundtafel hatte stellen lassen. Silberne Kerzenständer und drei schwere Kronleuchter ließen sie in sanftem Licht erstrahlen, denn durch die Glasfenster hoch oben drang nur kränklich gelbes Licht. Alles sah so unwirklich aus; die silbernen Teller und Kelche, das polierte Besteck, die Stühle, die stramm nebeneinander standen. Statt eines Festessens hätte ein Krieg stattfinden sollen. Alles war völlig fehl am Platz.

»Ardhes!« Königin Jale kam auf sie zu. Sie trug ein schwarzes Kleid mit goldenen Borten, das wohl ihre Autorität und ihren Reichtum gleichermaßen betonen sollte. Ihr bleiches Gesicht war gepudert, doch die Sorge und Anspannung hatte sie damit nicht verdecken können.

»Lass dich ansehen.« Ihre Mutter drehte Ardhes leicht in beide Richtungen und betrachtete ihr helles Kleid. Dann blickte die Königin in ihre stillen Augen und seufzte. »Wer auch immer gleich in diesen Saal kommt, behandle sie mit größtem Respekt. Und wenn es die schlimmsten Barbaren sind!« Jale biss sich auf die zitternde Unterlippe. Dann strich sie Ardhes über den Arm. »Keine Angst. Uns passiert schon nichts.«

Aus einem Seitenflur kam Octaris. Er blieb zögernd stehen und sah Ardhes und Jale über die Tafel hinweg an. Ardhes konnte seinen Blick nicht erwidern. Aus den Augenwinkeln beobachtete sie, wie er näher kam und ihre Mutter murmelnd begrüßte.

Bei den Eingängen der Halle regten sich die Leibwächter. Zofen standen mit gesenkten Köpfen und verängstigten Blicken an der Wand. Ein Hüsteln erklang. Aus einem Flur war das Klappern der Tabletts zu hören, die darauf warteten, von einem Dutzend Dienern aufgetischt zu werden. Nie hatte Ardhes weniger Appetit gehabt. Sie bezweifelte, dass es irgendjemandem in der Halle anders ging.

Dann hörten sie Schritte. Es waren viele Schritte, schwer und entschlossen, begleitet von Waffenklirren. Ardhes schloss die Augen. Die Schritte kamen immer näher. Dann tauchte eine Gruppe von Kriegern im Hauptflur auf, umgeben von einem Soldatentrupp aus Awrahell. Sie betraten die Halle. Bevor Ardhes ihnen ins Gesicht schauen konnte, neigte sie den Kopf und machte einen Knicks. Gleichzeitig verneigten sich ihre Eltern förmlich.

Die fremden Krieger verbeugten sich ebenfalls. »Guten Tag«, sagte einer von ihnen. Ardhes musste unwillkürlich aufblicken, um zu sehen, wem diese glatte, leise Stimme gehörte.

Ihr Herz verkrampfte sich. Sie erkannte ihn sofort – an etwas, das tiefer und stärker ist als ein Gesicht.

Der Wolfsjunge. Der Junge aus Octaris' Visionen. Der myrdhanische Junge, mit dessen Geschichte Ardhes aufgewachsen war.

»Mein Name ist Alasar«, stellte der Wolfsjunge sich vor. Königin Jale war die Einzige, die diesen Namen zum ersten Mal hörte. »Ich bin der Führer der Männer, die vor Eurem Schloss lagern. Ich danke Euch für Eure Gastfreundschaft.« Wieder verneigte er sich.

»Wir sind geehrt, Euch und Eure Männer empfangen zu dürfen«, sagte Königin Jale mit einem verkrampften Lächeln. Dann wies sie auf die Tafel. »Bitte. Nehmt Platz, Alasar. Bei Wein und Speise wollen wir Eure Geschichte hören.«

Die Myrdhaner setzten sich und Ardhes' Blick flog über ihre Gesichter. Es waren junge Männer und sogar eine junge Frau. Direkt neben Alasar setzte sich ein Junge, den Ardhes auf zwölf schätzte, der aber kräftig gebaut war und sehr ernst wirkte. Der Einzige, den man wirklich als Erwachsenen bezeichnen konnte, war ein älterer General, der sich am äußersten Rand der Gruppe niederließ und nicht recht zu den übrigen Kriegern zu gehören schien.

Aus einem Seitenflur traten Diener mit Tabletts und Platten. Der Duft von Braten und frisch gebackenem Brot erfüllte die Halle. Zu den Fleischgerichten wurden gekochte Möhren, Erbsen und Bohnen serviert und die großen Brotlaibe waren gespickt mit Oliven und Rosinen. Dazu wurde eine ganze Platte süße Nachspeisen aufgetischt – geschälte Orangen und Mandarinen, getrocknete Feigen, glasierte Backäpfel und Walnüsse in Honigsoße. Jale hatte fürwahr nicht bescheiden gewählt.

Nachdem alle Speisen vorgeführt und die Teller gefüllt waren, hob Königin Jale ihren Kelch. »Auf diesen Tag des Friedens! Mögen Awrahell und die neue Regierung Myrdhans eine Freundschaft eingehen, die beständiger ist als mit dem alten Königtum.« Jale beobachtete scharf, wie Alasar auf ihre Worte reagierte.

Er hob seinen Kelch. »Auf Awrahell und die Höhlenkinder. Mögen wir die gleichen Ziele verfolgen.«

Ardhes sah, wie ein verwirrtes Zucken um die Augen ihrer Mutter ging – sie wusste natürlich nicht, wer die Höhlenkinder waren. Nachdenklich spießte Ardhes eine Möhre auf ihre Gabel. Sie spähte zu Octaris hinüber – er saß mit ausdrucksloser Miene auf seinem Thron und aß. Er musste gewusst haben, wer der Führer des myrdhanischen Heeres war. Wieso hatte er nichts gesagt?

Bitterkeit breitete sich in Ardhes aus. Es wäre nicht das erste Mal, dass Octaris sein Wissen für sich behielt. In diesem Moment hasste sie ihn, und sie hasste ihn umso mehr dafür, dass er still und genügsam dasaß und sein Gesicht sanft wie das eines Heiligen war.

»Ziele – wie schön, dass Ihr davon sprecht, edler Alasar. Darf ich fragen, welche Ziele Ihr Euch gesetzt habt?« Alasar erwiderte Jales Blick aus unergründlichen Augen.

Augen wie finstere Höhlen, dachte Ardhes. Ihn in Fleisch und Blut vor sich zu sehen schien ihr, als wäre eine erfundene Gestalt zum Leben erwacht.

»Mein Ziel ist es, der Führer der Höhlenkinder zu sein. Mit Stolz.«

Jale zog eine Augenbraue hoch und lächelte. »Wohin seid Ihr unterwegs, wenn ich fragen darf? Aus welchem Grund reist Euer Heer durch unser schönes Awrahell?«

»Ich suche Verbündete.«

Jale machte ein erstauntes Gesicht. »Verzeiht mir die Bemerkung, edler Alasar, Führer der Höhlenkinder. Aber angesichts der gegenwärtigen politischen Lage ist Awrahell wohl kaum der richtige Ort für ein myrdhanisches Heer, um Anhänger zu finden.«

Alasar spießte ein Stück Braten auf seine Gabel. »Ich führe kein myrdhanisches Heer, Eure Majestät. Ich führe das Heer der Höhlenkinder.« Jale öffnete den Mund, schloss ihn aber wieder. Wortlos nahm sie einen Bissen von ihrem Olivenbrot.

»Versteht mich nicht falsch, Eure Majestät«, sagte Alasar. »Wir stammen zwar aus Myrdhan, aber mit dem Königtum Myrdhans und dem Aufstand des alten Königs haben wir nichts zu tun.« Er trank einen Schluck Wein. »Außer vielleicht – indem wir dem Aufstand ein Ende gesetzt haben.«

»Und wie?«, erkundigte sich Jale.

»Indem ich König Morgwyn getötet habe.« Stille breitete sich aus.

Plötzlich hob Octaris seinen Kelch. »Dann haben wir Grund zu feiern«, sagte er tonlos. »Als der Held, der Myrdhans König vernichtete, werdet Ihr in Awrahell so viele Verbündete finden, wie Euch beliebt.«

Ein Lächeln huschte über Jales Lippen. »Doch was gedenkt Ihr mit so vielen Verbündeten zu tun, edler Alasar?«

»Gedenkt Ihr, Euch mit einem Königreich zu verbinden?«, fragte Ardhes. Sie wusste nicht, wieso ihr diese Frage herausgeplatzt war. Vielleicht nur um ihre Mutter zu ärgern. Oder vielleicht um Alasars Blick auf sich zu ziehen. Ihr Bauch kribbelte fast schmerzhaft, als er sich zu ihr wandte.

Er war ein *Ahirah.* Er würde die Welt erobern. Man sah es ihm an.

»Es haben sich mir bereits einige Söldner aus Methura, Arpolis und Salkand angeschlossen, wenn es das ist, was Ihr meint, Euer Majestät«, sagte Alasar langsam.

»Das meine ich nicht.« Ardhes beobachtete ihn eingehend. Sie erinnerte sich, wie groß sein Rachedurst früher gewesen war – ihr konnte er nichts vormachen. Er war hier, um Krieg zu führen. Um zu töten, zu erobern, zu vernichten. »Ich meine, ob Ihr vielleicht Frieden schließen wollt. Mit Haradon beispielsweise, durch eine Hochzeit.« Für einen Moment schienen ihm seine Züge zu entgleiten, offensichtlich hatte sie ihn aus dem Konzept gebracht.

Die Königin brach in unechtes Gelächter aus. »Ihr müsst meine Tochter Ardhes entschuldigen. Sie ist in dem gewissen Alter, in dem Mädchen an nichts anderes als das Heiraten denken können!«

Jale wusste ganz genau, dass das eine glatte Lüge war, doch es kümmerte sie nicht im Geringsten.

Ardhes spürte, wie ihr flau wurde vor Zorn. Alles stieg in ihr hoch; die Verlogenheit ihrer Mutter, ihre Affektiertheit, ihre kleinen, listigen Intrigen – und Octaris' Schweigen, seine verfluchte Rätselhaftigkeit und sein hilfloser, milder Blick, hinter dem sich eine gemeine Freude daran verbarg, andere in die Irre laufen zu lassen. Sie sollten sehen, wohin ihre Ränkespiele sie brachten!

»Du hast recht, Mutter«, sagte sie mit einem kalten Lächeln. »Ich träume wirklich vom Heiraten, Tag und Nacht, ich denke an nichts anderes, ich albernes Ding!« Sie wandte sich an Alasar. »Meine Mutter wünscht, dass ich einen starken Mann von menschlichem Geblüt zum Gatten nehme, der Awrahell beschützen kann. Mein Vater sprach oft davon, dass ich einem Mörder und Bauernsohn bestimmt sei. Oder nicht?« Octaris sah sie gleichgültig an. Jales Blick schien sie töten zu wollen.

Ardhes erhob sich. »Alasar, ich habe viel von Euch gehört. Ich kenne Eure Geschichte, denn mein Vater ist ein weiser Mann und hat sein Wissen mit mir geteilt. Nun glaube ich, den Grund für seine Großzügigkeit gefunden zu haben: Er hat diesen Augenblick vorhergesehen und … er sah mich für Euch bestimmt. Wenn Ihr um mich und den Thron von Awrahell werben wollt, wird mein Vater der König mit Freuden einwilligen.« Eine so entsetzliche Stille trat ein, dass Ardhes glaubte, selbst die Luft sei aus dem Raum gewichen. Sie schloss den Mund. Ihr Gesicht brannte.

Alasar lehnte sich auf seinem Stuhl zurück. Das Holz ächzte. »Ich habe keine Zeit für große Feste.« Seine Stimme schien wie ausgewechselt; sie klang laut und hart. Er hielt inne. Sein Blick glitt von Ardhes zu Königin Jale und Octaris. »Wenn Eure Majestäten abdanken und die Hochzeit gleichzeitig eine Krönung wird – dann will ich.«

Ardhes spürte, wie ihr Herz stockte. Unbewegt stand sie da, obwohl sie am liebsten davongerannt wäre.

Schließlich erhob sich Octaris. Ardhes sah ihn an. Das war der Augenblick, in dem er ihr beweisen konnte, was sie ihm bedeutete. Er konnte ihr beweisen, dass er seine Tochter keinem Bauernjungen geben wollte, keinem Mörder – dass er etwas Besseres für sie wollte und allein aus diesem Grund verhindert hatte, dass Revyn ihr gehörte. Gebannt wartete Ardhes ab.

»Wenn es der Wunsch meiner Tochter ist, dann soll es so sein«, sagte Octaris leise. »Die Hochzeit soll unter den geforderten Bedingungen stattfinden.«

Jale schritt durch die offene Zimmertür und gab Ardhes ohne Vorwarnung eine Ohrfeige. »Närrin!« Sie zerrte Ardhes hoch und schüttelte sie heftig. »Du verdammte Närrin! Was hast du getan? Was hast du getan!« Ihre Gesichter waren sich gegenüber und Ardhes erwiderte den Blick ihrer Mutter aus leeren Augen. »War das abgemacht mit diesem widerwärtigen Elf? War das abgemacht zwischen dir und Octaris? Antworte!«

»Nein«, sagte Ardhes leise. »Aber er wusste es trotzdem.« Die Königin stieß ein Geräusch aus, halb Fauchen, halb Ächzen, und ohrfeigte Ardhes ein zweites und drittes Mal. Ardhes entwand sich ihrem Griff und stolperte benommen zurück.

Candula, die gerade dabei gewesen war, ihr die Haare zu kämmen, fing sie auf, aber Ardhes brauchte sie nicht. Mit zitternden Händen wehrte sie sie ab und drehte sich zu ihrer Mutter um. Jale trug noch ihr festliches Kleid und ihre aufwendige Frisur; offenbar war sie hergekommen, sobald sie Alasar und seine Krieger in ihre Schlafgemächer geleitet hatte. Das sah ihr ähnlich. Erst erfüllte sie ihre Aufgaben als gute Gastgeberin und Königin, dann kam der Rest.

»Es ist doch alles so gekommen, wie du es immer wolltest«, höhnte Ardhes. »Ich heirate einen Menschen. Mit viel Macht. Höhere Ansprüche hattest du nie.«

Jale massierte sich die Schläfen. Sie schien Ardhes gar nicht gehört zu haben und murmelte halblaut vor sich hin: »Was wird Helrodir sagen? Ich muss unbedingt einen Brief schreiben. Der Junge ist ein Myrdhaner, aber er kämpft nicht für sein Land. Was will er? Was will er bloß?«

»Wenn er mich heiratet, wird Myrdhan automatisch mit Haradon verbrüdert sein. Helrodir wird sich bestimmt freuen, wenn er deinen Brief erhält; so einfach hat er noch keinen Krieg gewonnen. Außer vielleicht, als er *dich* damals nach Awrahell geschickt hat.«

Jale starrte sie an. Dann kam sie langsam auf sie zu. Dicht vor ihr blieb sie stehen. »Wieso hasst du mich so? Was habe ich getan, dass du mir so viel Übel willst?«

»Ich hasse dich nicht. Ich bin nur so wie du.«

Die Königin kniff die Lippen zusammen. Dann legte sie eine Hand auf Ardhes' Kopf und strich ihr über die Haare. Trotzdem zuckte Ardhes zusammen. »Ich wünschte, du könntest ein anderes Leben haben als ich«, sagte sie ganz leise. »Aber wer Verantwortung trägt, muss Opfer bringen. Vielleicht wirst du eines Tages eine Tochter haben und sie wird frei entscheiden können.«

Ardhes schnaubte verächtlich. »Politik wird es immer geben, erzähle mir keine Märchen. Ich bin kein Kind mehr.«

Jale ließ die Hand sinken. »Ja. Ich weiß.«

Ardhes drehte sich um und winkte Candula zu sich. Die Amme glitt zögernd näher, dann kämmte sie ihr die Haare weiter, als sei nichts geschehen. Schweigend stand die Königin daneben. Es sah aus, als wollte sie noch etwas sagen, doch sie schluckte alle Worte hinunter. Schließlich ging sie zur Tür.

Dann blieb sie noch einmal stehen: »Bald wirst du Königin sein. Ich werde abdanken. Daran kann ich nichts mehr ändern, der König hat es vor Zeugen so beschlossen. Aber wenn du Königin bist, wirst du mich besser verstehen. Ich musste manches von dir verlangen und anderes verbieten, denn in diesem Leben sind wir alle Figuren auf einem Schachbrett. Trotzdem liebe ich dich. Mehr als irgendjemanden sonst.« Zögernd zog sie die Tür hinter sich zu.

Ardhes holte tief Luft. Erst jetzt wich die Taubheit aus ihren Wangen, und sie spürte, wie ihre Haut heiß und schmerzhaft zu pochen begann.

Was hatte sie getan? Was hatte sie getan …

Die nächsten Tage vergingen wie im Flug. Das ganze Schloss war in Aufruhr, als die Hochzeit – und vor allem die kommende Abdankung von Königin Jale und König Octaris – bekannt wurde.

Aus Haradon kamen zwei königliche Briefe, einer offiziell, der andere heimlich und nur für die Augen der Königin bestimmt. Der offizielle Brief ließ verlauten, dass Haradon die Freude des jungen Brautpaares teile und einen Gesandten zur Hochzeit schicken werde, der, was nicht erwähnt wurde, gleichzeitig prüfen sollte, ob Alasar eine Gefahr darstellte.

Nachdem Jale den zweiten, weniger blumigen Brief gelesen hatte, war sie um vieles beruhigter und schwärmte um Alasar herum, als sei er *ihr* Bräutigam. Sie scheute kein honigsüßes Wort, kein weiches Lächeln, keinen noch so großen Gefallen, um sich den künftigen König von Awrahell gewogen zu machen. Zwar würde bald ein anderer an ihrer statt die Krone tragen, doch Jale hatte nicht im Geringsten vor, ihm die Herrschaft zu überlassen. Sie hatte lange genug an Octaris' Seite gelebt, um zu wissen, dass ein Mann in einer Machtposition alles andere als hinderlich war, um die Macht einer Frau zu stärken.

Ardhes sah Alasar nur bei den gemeinsamen Abendessen. Doch sie blickte kaum auf und sprach nicht – weder mit ihm noch mit sonst jemandem. Den Wolfsjungen schien es nicht zu kümmern. Ardhes war ihm so egal, wie Jale einst Octaris egal gewesen sein musste. Keine Hochzeit, ein politisches Bündnis stand bevor, und kaum jemand versuchte, diese Tatsache zu vertuschen. Ardhes war es recht. Schließlich hatte auch sie keine Hochzeit gewollt, sondern eine Rebellion.

Sie ließ sich von den Minuten, Stunden und Tagen vorwärtstreiben, wunschlos, richtungslos. Dann war eine Woche verstrichen und der Tag der Trauung stand bevor. Ardhes war in Schleier der Gleichgültigkeit gehüllt.

Der Thronsaal des Schlosses war in festlichem Weiß und Rot geschmückt. Zwei Chöre sangen Hochzeitslieder der Elfen und Menschen, während Ardhes und der Wolfsjunge nebeneinander den Weg zur Empore entlangschritten. Krieger und Soldaten waren ihre Hochzeitsgäste, dazu ein Grüppchen haradonischer Gesandter, die den myrdhanischen Bräutigam argwöhnisch beäugten.

Vor der Thronempore führten Ardhes und Alasar die Zeremonie durch, sprachen die nötigen Worte, teilten das Brot und tranken vom selben Kelch. Genauso gut hätten beide alleine dort stehen können, denn ihre Blicke trafen sich kein einziges Mal. Die Anwesenden riefen bedeutungslose Glückwünsche und Segen aus, dann kniete das frisch getraute Paar vor dem König nieder.

Octaris dankte offiziell ab, nahm die schwere Krone vom Kopf, die er in seinem Leben kaum getragen hatte, und setzte sie auf Alasars Haupt. Nun durften sie sich erheben; alle Anwesenden verbeugten sich und auch Octaris neigte den Kopf.

Alasar und Ardhes nahmen auf den Thronsesseln Platz. Der Chor setzte wieder ein.

Damit war Ardhes verheiratet. Und die Königin von Awrahell.

Candula hatte Tränen in den Augen, als sie Ardhes für die Nacht kleidete. Die dicke Amme tupfte ihr sorgfältig Gesicht und Hals mit einem Tuch ab, das in Rosenwasser getränkt war. Dann stellte sie ein Tablett mit Tee, Brot und kalten Fleischstreifen neben das Bett, falls Ardhes hungrig werden sollte.

»Habt Ihr noch einen Wunsch?«, fragte Candula zuletzt und faltete die Hände vor der Brust.

Ardhes betrachtete ihre Amme und plötzliches Heimweh überkam sie. »Candula –« Sie ließ sich wortlos von ihr umarmen und legte das Gesicht an ihren warmen Hals, der sie so an ihre Kindheit erinnerte. Candula streichelte ihren Rücken. Eine Weile schloss Ardhes die Augen und versuchte, sich in jene früheren Tage zurückzuversetzen, als sie jeden Abend in Candulas Armen gelegen hatte. Tagsüber hatte sie Eidechsen gefangen, war auf den Felsen vor dem Schloss klettern gegangen und hatte die Soldaten auf ihren Streifzügen beobachtet.

Für einen Augenblick glaubte Ardhes, sie müsse weinen, aber so war es nicht. Schließlich machte sie sich von Candula los und tätschelte ihren Arm. »Keine Sorge. Ich brauche nichts mehr.«

Candula nickte. »Soll ich noch mit Euch warten? Soll ich Euch die Schultern massieren?«

Ardhes setzte sich aufs Bettende und legte die Hände in den Schoß. »Du kannst gehen. Gute Nacht, Candula.«

»Gute Nacht«, hauchte ihre Amme. Ein Lächeln glitt über ihr gutmütiges Gesicht. Dann winkte sie ihr noch einmal zu und verschwand durch eine kleine Seitentür.

Stille legte sich über Ardhes. Einige Momente lang saß sie gedankenverloren da, dann blinzelte sie und sah sich im Gemach um.

Es war das erste Mal in ihrem Leben, dass sie in einem anderen Zimmer schlief. Dieses war erwachsener, unpersönlicher. Ihr Bett war ein Hochzeitsbett und an der Wand gegenüber hingen kunstvolle Teppiche. Das Licht war gedämpft, denn nur zwei Öllampen standen links und rechts auf den Nachttischen. Ihr matter Schein spiegelte sich auf den roten, glockenförmigen Glasfenstern.

Ardhes fragte sich, ob der Wolfsjunge überhaupt kommen würde. Sie wusste, dass ein zweites Gemach nebenan eingerichtet worden war, falls er sich entschließen sollte, allein zu bleiben. Das war bei Ehen dieser Art keine Seltenheit.

Die Zeit verstrich. Alasar war wahrscheinlich noch unten beim Festessen mit seinen Kriegern.

Ardhes lehnte den Kopf gegen den Bettpfosten und döste ein. Erinnerungen an die Geschichte zogen durch ihre Gedanken, die

Octaris ihr früher erzählt hatte. Nie, niemals hätte sie angenommen, dass das Schicksal sie so mit dem Wolfsjungen zusammenführen würde … Aber nein – Schicksal? Daran glaubte sie nicht mehr. Sie hatte einen myrdhanischen Aufrührer geheiratet, weil sie es selbst entschieden hatte, aus Trotz, aus Zorn. Mit Schicksal hatte das nichts zu tun.

Dann hörte Ardhes Schritte im Flur. Es ist Candula, sagte sie sich.

Die Schritte waren schwer, aber langsam – zögernd fast. Ein Soldat, der Wache hält, dachte Ardhes. Nur ein Soldat.

Die Schritte kamen an der Tür vorbei. Dann blieb die Person stehen. Ardhes hörte ihren eigenen Herzschlag in den Schläfen pochen. Die Schritte kamen zurück und die Türklinge wurde heruntergedrückt.

Ardhes nahm den Kopf vom Bettpfosten und blinzelte – sie redete sich ein, müde zu sein. Aber ihr rasender Puls und ihre feuchten Handflächen straften sie Lügen.

Die Tür schloss sich und Alasar trat auf sie zu. Ardhes wurde bewusst, wie sie wirken musste, mit gesenktem Gesicht auf dem Bett sitzend wie eine fromme Statue. Augenblicklich erhob sie sich und sah Alasar in die Augen.

Er stand nur ein paar Schritte von ihr entfernt. Sein Blick war unergründlich. Aber die Angst, die Ardhes erwartet hatte, kam nicht; stattdessen stieg eine tiefe, alles dämpfende Ruhe in ihr auf.

Alasars Hand lag am Griff seines Schwertes. Es sah nicht aus, als hätte er vor, die Waffe abzulegen. Fast freundlich sagte er: »Ich habe nicht dich, sondern Awrahell geheiratet. Weil ich Haradon hasse.«

Ardhes war nicht im Geringsten erschüttert. »Und ich habe Myrdhan geheiratet«, erwiderte sie fest. »Weil ich die Elfen hasse. Und Haradon.«

Alasar runzelte leicht die Stirn. »Du hasst deine eigene Familie?«

Sie schnaubte verächtlich. »Was ist das, Familie? Mein Vater ist der Cousin meiner Mutter und meine Mutter will das Volk ihres Gemahls ausrotten. Erzähle mir nichts von Familie. Ich hasse Haradon, weil ich meine Eltern hasse, und die Elfen hasste ich schon, als ich noch glaubte, ihr Blut in mir zu tragen.« War Alasar näher gekommen? Oder hatte sie einen Schritt auf ihn zu gemacht, ohne es zu merken? Er stand ihr dicht gegenüber, und ihr wurde klar, es war das erste Mal, dass sie wirklich ein Gespräch miteinander führten.

»Du hasst aber ziemlich viel«, bemerkte er. »Was bleibt dir noch zum Lieben?«

»Ich weiß nur, was ich hasse.« Ardhes schluckte und musste sich abwenden. Bei allen Göttern – vor ihr stand ihr Ehemann. Sie war tatsächlich verheiratet. Es kam ihr vor, als hätte sie die letzten Tage geträumt.

»Dann … liebe doch den Hass«, sagte Alasar leise. »Liebe Myrdhan.« Sie spürte, dass sein Gesicht ihrem nahe war. Ihre Haare zitterten in seinem Atem. Seine Fingerspitzen berührten den Ärmel ihres Nachthemds kaum merklich. Dann wich er abrupt zurück und drehte sich um. Ardhes stand reglos auf der Stelle. Erst als die Tür geschlossen wurde, sah sie auf.

Eine Weile blieb sie stehen, ohne sich bewegen zu können. Sie war alleine. Im Zimmer nebenan fiel die Tür ins Schloss. Sonst verirrte sich kein Geräusch zu ihr.

Schließlich löschte sie die beiden Lampen und legte sich vorsichtig aufs Bett. Mit weit offenen Augen wartete Ardhes auf den Schlaf.

# Dunkle Pfade

Seit vier Tagen hielten Yelanah und Revyn sich immer nordöstlich und reisten durch die Einöden Myrdhans. Hin und wieder sahen sie in der Nähe Dörfer. Einmal preschte eine Gruppe haradonischer Krieger nicht weit entfernt vorbei, doch der flimmernde Schneefall verbarg Yelanah und Revyn.

Eines Abends, als sie sich unter einem Felsvorsprung schlafen legen wollten, entdeckte Yelanah eine Höhle. Die Dunkelheit ließ sie kaum etwas erkennen und sie tasteten sich vorsichtig in die Tiefe. Der Wind heulte unheimlich in dem feuchten, finsteren Schacht.

»Ich glaube, ein Weg führt tiefer unter die Erde«, sagte Yelanah, die voranging. »Hier ist keine Felswand.« Er hörte, wie sie niederkniete und weiter unten auf die Erde sprang. Vorsichtig folgte er ihr.

»Das fühlt sich wie ein Gang an«, murmelte Yelanah. Revyn streckte beide Arme aus und berührte unebene Wände. Über ihnen waren Risse in der Felsdecke und ein matter Schimmer fiel herab. Schneeflocken schwebten in die Dunkelheit herein.

»Sieh mal da!« Er deutete voraus und lief auf etwas zu, das in einer Felsnische klemmte: eine Fackel. »Hier sind die Höhlenkinder gewesen.« Er holte zwei Feuersteine aus seinem Beutel und schlug sie gegeneinander. Funken sprangen.

Während Revyn die Fackel anzündete, blickte Yelanah zu den Rissen in der Decke hoch und rieb sich fröstelnd die Arme. »Wir müssen uns überlegen, wie wir die *Dar'hana* befreien. Hier unten können wir nicht einfach wegfliegen, wie ich es damals in Logond gemacht habe.«

Das Licht der Fackel breitete sich im schmalen Gang aus. »Wir überlegen später, was wir tun. Hauptsache, wir finden die Drachen. Halt dich bereit, Yelan.« Revyn nahm die Fackel von der Wand und in ihrem Lichtschein gingen sie weiter.

Der Weg führte sie tiefer unter die Erde. Hin und wieder mussten sie über große Geröllbrocken klettern und sich durch schmale Pässe zwängen. Fledermäuse schliefen zu Tausenden an der Decke.

Dann wurde der Boden plötzlich eben und die Wände glatt. Revyn spürte, wie ihm flau wurde – alles erinnerte ihn an seine Gefangenschaft. Die engen Steinwände schienen ihn zu erdrücken und ihm die Luft zu nehmen.

Der Gang mündete in eine kleine Halle. Revyn und Yelanah blieben stehen. Krüge, Kleider, Holzscheite und Fackeln waren auf dem Boden durcheinandergeworfen. Ein Kessel war umgekippt und dunkle, getrocknete Brühe klebte auf einem Fellteppich. Zögernd traten sie näher.

Von irgendwo drang ein Windhauch in die Halle und rollte eine Fackel über den Boden. Auf einer Felserhöhung, zwischen Felldecken und zerschlissenen Kissen, lag eine reglose Gestalt.

Es war eine alte Frau. Ihr langes graues Haar umgab ihr ausgezehrtes Gesicht wie Spinnweben. Ihre Augen waren nur halb geschlossen und ihr Unterkiefer war seitlich aufgeklappt, sodass ihr Mund wie zu einem erschöpften Ruf geöffnet schien.

Yelanah murmelte leise Worte in der elfischen Sprache. *Bei allen Geistern des Himmels und der Erde … möge sie in Frieden gestorben sein.*

»Sie hat zu den Höhlenkindern gehört. Ich habe sie einmal mit Alasar gesehen«, murmelte Revyn.

»Wie es hier aussieht«, flüsterte Yelanah. Der Wind ließ die Fackel gegen eine zweite rollen. Ein dumpfes *Kluck* hallte in den fernen Gängen wider.

»Es sieht aus, als hätte man die alte Frau einfach hier zurückgelassen.« Die Fackel weit ausgestreckt, ging Revyn durch die Höhle und leuchtete in die angrenzenden Flure. »Jedenfalls sind wir ganz sicher im Reich der Höhlenkinder.«

»Welchen Gang sollen wir nehmen?«

Revyn sah eine Weile in die Dunkelheit. Dann deutete er mit

dem Licht geradeaus. »Gehen wir hier lang. Aber stecken wir zuerst ein paar Fackeln ein. Wer weiß, wie lange die hier noch brennt.«

Sie füllten ihre Taschen mit den herumliegenden Fackeln und verließen die unheimliche Grabstätte. Hinter ihnen stieg die Finsternis über Igolas Leiche wie ein Ozean des Vergessens.

Lange wanderten Yelanah und Revyn den Gang entlang, ohne auf eine Abzweigung zu stoßen. Als sie zu müde wurden, um weiterzugehen, steckten sie ihre Fackel in einen Felsspalt, breiteten ihre Decken aus und legten sich auf den Boden. Revyn musste an die tote Frau denken. Er wusste, dass es Yelanah nicht anders ging.

»Weißt du, was ich tröstlich finde?« Obwohl er flüsterte, kam seine Stimme ihm unnatürlich laut vor; der lange Gang trug seine Worte weit.

»Was denn?«, flüsterte Yelanah zurück.

Revyn wechselte sicherheitshalber in die Sprache der Drachen über, auch wenn es ihn Mühe kostete, seine Gedanken jetzt in Bilder und Gefühle zu konzentrieren. *Wenn wir und die* Dar'hana *verschwinden, dann nehmen wir unsere Körper wenigstens mit in die Welt der Unwirklichkeit. Ich will nicht, dass eines Tages mein Körper so daliegt, ganz seelenlos. Oder deiner …* Er verstummte.

Yelanah drehte sich ihm zu und drückte seine Hände, wie um ihm zu beweisen, dass es noch nicht so weit war. *Für die Elfen ist es wichtig, dass sie den Leichnam eines Verstorbenen bestatten können. So ist es bei den Menschen doch auch, oder? Nichts wäre schlimmer, als dich eines Tages so zu sehen wie die alte Frau. Deine Augen geschlossen und deine Wangen kalt.* Sie schmiegte ihr Gesicht in seine Hand. *Aber wenn du einfach verschwinden würdest, das wäre nicht besser. Ob ich deine Leiche sehen könnte oder nicht, tot wärst du trotzdem.*

Revyn spürte, wie alles in ihm schwer zu werden schien. »In der Unwirklichkeit ist man ja nicht tot«, murmelte er, doch es klang nicht sehr aufmunternd. Er streichelte ihre Wange. Was sollte nur aus ihnen werden? Selbst wenn Revyn versuchte, so naiv wie möglich zu denken, konnte er sich nicht vorstellen, wie die Zukunft aussehen würde. Sie konnten die Drachen hier vielleicht befreien, ja – aber was dann? Gegen alle Menschen konnten sie die Drachen nicht verteidigen und gegen den Ruf der Unwirklichkeit noch weniger. Er wünschte, er könnte Yelanah mehr Hoffnung geben.

Sie wussten nicht, wie spät es war, als sie erwachten. Die Dunkelheit der Höhlen war zeitlos. Nach einer kleinen Mahlzeit zündeten sie eine neue Fackel an und machten sich auf den Weg.

Bald endete der Gang in einer Grotte. Von der Decke hingen gespenstische Felsspitzen – manche waren so lang, dass sie den Boden berührten. Yelanah und Revyn schlichen durch die Höhle wie durch das Maul eines mächtigen Monsters. Ein Labyrinth aus Grotten und Fluren erstreckte sich vor den beiden. Hier und da steckten erloschene Fackeln im Fels und ein Holzeimer trieb auf einem flachen See. Je weiter sie kamen, umso mehr spürten sie, dass sie in eine feindselige Welt eindrangen, nicht dazu gemacht, Licht und Menschen zu bergen.

»Hier bist du gefangen gehalten worden?«, flüsterte Yelanah schaudernd.

Revyn musste daran denken, dass die Höhlenkinder Jahre, fast ihr ganzes Leben hier unten verbracht hatten. Und warum? Nur aus Angst vor den Haradonen? Nein … Alasar hatte sie hier unten gehalten, um ihnen die Kälte des Gesteins einzuflößen. Die Kinder mussten in einem Grab heranwachsen, um den Tod nicht mehr zu fürchten. Aus der Finsternis, Angst und Einsamkeit schmiedete Alasar seine Krieger. Und der größte Krieger, den er geformt hatte, war er selbst.

Immer tiefer drangen Yelanah und Revyn in das Reich der Höhlen ein. Die Steine rumorten, als wachse die Erde. Dann erklang ein silbernes Klirren, wo Wassertropfen fielen; doch Leben gab es hier unten nicht mehr.

Allmählich hielt Revyn seinen Speer lockerer. Natürlich war er erleichtert, dass sie noch nicht von Höhlenkindern entdeckt worden waren – aber allmählich beunruhigte ihn, dass *sie* noch kein einziges Höhlenkind entdeckt hatten. Dabei liefen sie immer wieder durch Gänge, die eindeutig von Menschenhand gegraben worden waren.

Schließlich traten sie in eine Halle, die Revyn bekannt vorkam. Er blieb wie angewurzelt stehen. Es war die Höhle, in der Alasar die Drachen gehalten hatte.

Alle Karren waren leer. Die Fackeln steckten erloschen in den Wandhalterungen. Durcheinandergewirbeltes Stroh bedeckte den Boden. Die Sättel, Reitschlaufen und das viele Zaumzeug waren von den großen Haken an der Decke verschwunden.

»Wo …« Revyn leuchtete auf die verschiedenen Gitterwagen. Nichts, nur Stroh und Dreck. Yelanah trat vor. Mit starren Augen sah sie die Wagen an, sah die Kratzer und Schrammen, wo Drachenhörner gegen Holzstäbe gestoßen waren, und das Blut, das die Bretter schwarz gefärbt hatte. »Sie sind weg!« Revyn fuhr herum. Das Licht der Fackel tanzte auf Yelanahs erstarrtem Gesicht. Rote Geister schienen durch ihre Augen zu huschen, als sie seinen Blick erwiderte.

Revyn ließ die Schultern hängen. Die Finsternis schien von allen Seiten auf sie einzudringen. Sie waren einsam und verloren in der meilenweiten Schwärze, ein winziger Lichtfunken in einer unendlichen Nacht.

»Wir sind zu spät«, flüsterte er.

Alles war so schnell gegangen, dass niemand Zeit gehabt hatte, um etwas dagegen zu unternehmen. Und nun war es zu spät. Alasar führte Awrahell in den Krieg – nicht gegen Myrdhan, sondern gegen Haradon.

Gleich nach der Krönung hatte er Awrahells Generäle durch seine Höhlenkrieger ersetzt, die das militärische Kommando übernahmen. Am selben Tag waren drei der haradonischen Gesandten in ihren Kammern überrascht und enthauptet worden. Den vierten und letzten Gesandten schickte der König von Awrahell zurück nach Haradon, mit einer Botschaft an König Helrodir: den Köpfen der drei anderen Männer.

Gewiss hätte Alasar dem König von Haradon auch einen förmlichen Brief zustellen können, in dem er ihm offiziell den Krieg erklärte. Aber wozu den üblichen Weg nehmen, wenn es auch eindeutiger ging? Abgesehen davon hatte Jale ihn gebeten, alle Briefe an Helrodir mit ihr zusammen zu verfassen, und Alasar legte wenig Wert auf ihre Gesellschaft. Er traute Jale nicht; sie war eine listige Schlange und außerdem eine Prinzessin von Haradon.

Als sie von den Gesandten erfuhr, stürmte Jale in sein Beratungszimmer. Weiß vor Zorn, schob sie die neu gewählten Generäle zur Seite und fegte die Unterlagen von seinem Tisch, sodass nichts zwischen ihr und Alasar war außer dem Möbel.

»Was hast du getan?«, zischte sie. »Bist du verrückt?!«

Alasar sah sie ausdruckslos an.

»Glaubst du, das lasse ich zu?«, schrie sie. »Ich habe Awrahell nicht zwanzig Jahre lang regiert, nur damit ein myrdhanischer *Bauer* alles zerstört!«

Alasar verzog immer noch keine Miene. Ruhig sagte er: »Nicht ein Bauer. Ein König.«

Jale starrte ihn an, unfähig, ein Wort zu sagen. Dann irrte ihr Blick zu beiden Seiten, als bemerke sie die Generäle mit ihren Schwertern erst jetzt. Mühsam wich sie zurück. Die Augen kalt auf Alasar gerichtet, ging sie rückwärts und schritt davon.

Ardhes las ein Buch mit übersetzten elfischen Gedichten. Vielmehr hielt sie das Buch in den Händen – ihre Augen waren auf die Worte geheftet, doch ihr Kopf las längst nicht mehr mit. Zusammenhanglos zogen die Verse durch ihre Gedanken, eine sinnlose Aneinanderreihung von Silben. Dabei dachte sie daran, dass sie die Gedichte der Elfen hasste. Schließlich handelten sie von Elfen.

Doch als Jale in ihr Zimmer trat, hob Ardhes das Buch absichtlich ein Stück höher.

»Ardhes. Leg das Buch weg«, befahl ihre Mutter.

Sie warf Jale einen Blick zu. »Was ist?«

Jale nahm ihr das Buch weg, ergriff sie an den Armen und zerrte sie in eine dunklere Ecke des Gemachs. »Dieser Bauernjunge ist außer Kontrolle geraten. Wenn wir nichts tun, führt er uns alle ins Verderben! Hast du gehört, was er mit den haradonischen Gesandten getan hat?« Jale stieß keuchend die Luft aus. »Zum Glück waren sie keine allzu wichtigen Männer, nur aus dem niederen Adel.«

»Aber ihr Tod wird für eine Kriegserklärung von Haradon reichen«, erwiderte Ardhes gelassen.

Jale sah sie eindringlich an. »Helrodir weiß sehr genau, was ihn mit Awrahell verbindet.« Ardhes blickte zu Boden. Kurz kam ihr der Gedanke, dass ihre Mutter aus strategischen Gründen dafür gesorgt hatte, dass sie die Tochter von … Würde sie so weit gehen?

»Abgesehen davon habe ich bereits eine Botschaft an Helrodir geschickt, die die Freveltat an den Gesandten wiedergutmacht.« Ardhes runzelte die Stirn.

»Der Bauernjunge muss verschwinden.« Jale hatte sich zu ihr vorgebeugt und sie spürte ihren Atem am Ohr. »*Wir* müssen ihn verschwinden lassen. Seine Armee gehört ohnehin schon Awrahell. Nur er ist das Problem.«

Ardhes sah ihre Mutter groß an. »Mord?«

»Nein«, flüsterte Jale. »Der König bekommt Fieber. Husten. Erbrechen … Nach drei Tagen hat eine geheimnisvolle Krankheit ihn dahingerafft.« Mit zwei Fingern zog Jale eine Ampulle aus ihrem Gürtel. Eine dunkle, dicke Flüssigkeit schwappte darin. Ohne den Blick von Ardhes' Augen zu wenden, ergriff Jale ihre Hand und drückte das Fläschchen hinein. »Heute Nacht, wenn der Bauernjunge bei dir ist, sorgst du dafür, dass er diesen Trank mit seinem Wein zu sich nimmt.«

Ardhes spürte, wie ihr das Blut ins Gesicht stieg. Hoffentlich bemerkte Jale es nicht. »Er wird heute Nacht nicht kommen. Er war nie hier.« Einen schrecklich langen Moment sah Jale sie nur an. Ardhes errötete noch mehr.

»Dann sorge dafür, dass er kommt! Du bist kein Holzklotz, du bist eine junge Frau. Kannst du dich nicht auch so benehmen?«

»Was soll ich denn tun?«, fragte Ardhes gereizt.

»Hier herumsitzen und lesen gewiss nicht!« Jale presste die Lippen aufeinander. Dann seufzte sie. »Himmel, ich hätte nicht gedacht, dass ich dir in dieser Hinsicht helfen müsste.« Sie ließ sie los und schritt nachdenklich im Zimmer auf und ab. »Ich lasse Alasar eine Nachricht von dir zukommen. Du lädst ihn heute Nacht zum Essen in deine Gemächer ein.«

Ardhes blickte auf die Ampulle in ihrer Hand. Woher Jale das Gift wohl hatte? Vielleicht hatte sie immer ein Fläschchen bei sich – für alle Fälle. Sie musste fast lächeln, als ihr bewusst wurde, dass sie das nicht einmal schockierte. »Du hast Helrodir also schon geschrieben, dass er stirbt?«

Jale sah sie an. »Ich habe ihn informiert, dass dein Gemahl sich keiner guten Gesundheit erfreut. Wähle deine Worte vorsichtiger, Ardhes.«

Ardhes hielt das Fläschchen in der offenen Hand. Ihre Mutter musste merken, dass sie zögerte, denn schon kam sie auf sie zu und schloss Ardhes' Finger behutsam um die Ampulle. »Nun bist du Königin. Lerne, wie eine Königin zu handeln.«

Ardhes sah ihrer Mutter in die Augen. Es waren Augen voller Härte, in denen außer Hass und Angst keine Gefühle mehr glänzten. Doch – in der Tiefe ihres Blickes, da flackerte etwas. Der unstillbare, verzehrende Durst nach Macht.

Ardhes fragte sich, ob ihre Augen eines Tages genauso sein würden.

Im Grunde hatte Ardhes es nicht erwartet, doch Alasar kam.

Sie hörte seine Schritte draußen im Flur und erhob sich. Rasch strich sie ihr dunkelrotes Kleid glatt und fuhr sich über die Frisur. Es war alles vorbereitet; die Speisen waren angerichtet und die silbernen Kerzenleuchter spendeten goldenes Licht. Ein Harfenspieler saß etwas abseits im Raum, um ihr Abendessen mit sanfter Musik zu begleiten. Zwei Zofen hielten große silberne Karaffen bereit, um dem Königspaar Wein einzuschenken. In eine der Karaffen hatte Ardhes das Gift geträufelt.

Die Tür öffnete sich und Alasar trat ins Zimmer. Sein dunkles Haar war gekämmt, gewaschen und in der Stirn zurückgebunden. Er hatte sich auch sorgfältig rasiert, sodass er weniger wild aussah. Doch seine Kriegskleidung hatte er nicht abgelegt: Statt königlicher Roben trug er ein einfaches Wams und einen Lederharnisch. An seinem Gürtel hing wie immer ein Schwert.

»Alasar.« Ardhes neigte höflich den Kopf und wies auf den Stuhl am anderen Tischende. »Es ist mir eine Ehre. Setz dich.«

Er deutete eine Verbeugung an und nahm Platz. Auch Ardhes setzte sich wieder. Innerlich wunderte sie sich, wie gelassen sie war. Vor ihr saß der Mann, den sie vergiften würde, und sie empfand kein schlechtes Gewissen, während sie freundliche Worte mit ihm tauschte. »Ich hoffe, du findest Geschmack an den Gerichten, die ich vorbereiten ließ.«

Eine Zofe hob die Silberglocken von ihren Tellern. Alasar atmete den Duft der dampfenden Klöße und des Entenbratens ein. »Ich wünsche dir einen guten Appetit«, sagte Ardhes und hob ihre Gabel mit zwei Fingern.

Alasar sah sie wortlos an und Ardhes blickte auf ihren Teller hinab. Sie aßen schweigend. Die Melodie des Harfenspielers plätscherte gedämpft dahin.

»Wein«, befahl sie mit hauchender Stimme. Die Zofen glitten zum Tisch und gossen ein. Ardhes beobachtete abwesend, wie Alasars Kelch sich mit dem roten Getränk füllte.

»Was ist der Anlass für das alles hier?«, fragte er plötzlich.

»Weißt du die Antwort nicht längst?« Ihre Stimme war zart wie die Klänge der Harfe.

Einige Momente lang besah Alasar sie nachdenklich. »Du weißt also schon, dass Awrahell Haradon den Krieg erklärt hat.«

»Ich wusste, dass du es tun würdest, noch bevor du es tatest.« Ardhes hob den Kelch und befeuchtete ihre Lippen mit Wein. Alasar griff nach seinem Kelch, ohne den Blick von ihr zu wenden – seine Finger verfehlten den Wein um Haaresbreite und schlossen sich um das Wasserglas. Er trank.

»Deine Mutter hat sich wie eine Furie benommen, als sie es erfahren hat«, sagte Alasar. »Wieso bist du so ruhig?«

»Ich bin nicht wie meine Mutter.« Ardhes lächelte – sie lächelte, weil noch nie eine Lüge so viel Wahres offenbart hatte. Hier saß sie, ihren eigenen Ehemann zu vernichten, das Herz erfüllt mit nichts als dem Gedanken an die Politik, und behauptete, nicht wie Jale zu sein. Die Lüge verwandelte sie umso mehr in ihre Mutter.

»Du hast mich also wirklich zu dir gerufen, um den Krieg zu feiern«, sagte Alasar etwas ungläubig.

»Ich sagte dir bereits, dass ich Haradon hasse.« Ardhes verstummte, als ihr bewusst wurde, dass das nicht gelogen war – sie hasste Haradon wirklich, und vor allem König Helrodir.

Und was tat sie hier? Sie bewahrte Haradon vor einem Krieg. Sie intrigierte für Jale. Und für König Helrodir.

»Bist du wirklich bereit, dich mit deiner eigenen Familie zu verfeinden?«, fragte Alasar leise. Ardhes hätte sich gerne der Vorstellung hingegeben, dass er aus Fürsorge fragte, doch es war Misstrauen. Natürlich.

»Verstehst du das nicht?« Sie stellte ihren Kelch ab, als sie spürte, wie ihre Finger zitterten. »Mich verbindet nichts mit meiner Herkunft. Für die, die mich gezeugt haben, bin ich eine Figur auf einem Schachbrett, die nach Bedarf gesetzt und verschoben werden kann. Ich verabscheue sie. Es ist mir egal, ob du sie bekriegst, sonst hätte ich dich doch nicht geheiratet, oder?« Sie atmete tief durch. »Mir ist es egal. Bring sie alle um, wenn das dein großes Lebensziel ist.« Ardhes griff nach ihrem Messer und aß. Viel zu schnell schluckte sie hinunter.

Alasar beobachtete sie aufmerksam. Dann aß auch er.

Wenn er starb, was würde als Nächstes geschehen? Ardhes überlegte fieberhaft, was sie danach tun sollte. Sie würde allein herrschende Königin sein. Natürlich würde Jale versuchen, sie zu lenken und in eine Marionette zu verwandeln. Im Grunde würde sich nicht viel ändern …

Ardhes musste beinahe wieder lächeln. Der einzige Grund, weshalb sie Alasar geheiratet hatte, war der gewesen, Jales Pläne zu zerstören. Sie hatte rebellieren wollen, nicht für ihre Freiheit – an Freiheit wagte sie nicht zu denken –, sondern aus Trotz. Sie war bereit gewesen, ihr Leben an der Seite eines Fremden zu verbringen, nur um aus Jales Machtkreis auszubrechen. Dabei hätte sie wissen müssen, dass es nicht so einfach sein würde. Nun war Ardhes all das geworden, was Jale für sie bestimmt hatte: eine Lügnerin, eine Intrigantin. Eine Mörderin. Indem sie dagegen anzukämpfen versucht hatte, war sie das Ebenbild ihrer Mutter geworden.

Ardhes blickte auf und beobachtete Alasar beim Essen. Anfangs war er ein Werkzeug ihrer Auflehnung gewesen, doch nun, da er Jale zu gefährlich geworden war, sollte er beseitigt werden. Wieso führte Ardhes die Pläne ihrer Mutter aus? Konnte sie Alasar stattdessen nicht selbst benutzen, irgendwie – oder ihn zumindest nicht daran hindern, Unheil anzurichten?

Ihre Gedanken flirrten. Sie musste schnell entscheiden. Entweder sie ließ Jales Willen zu – und kehrte in ihr gewohntes Leben zurück, still und ergeben, um zu werden, was ihre Mutter aus ihr formte. Oder sie stellte sich gegen ihre Familie und gegen jede Vernunft und alles, was ihr ängstliches Herz befahl. Sie musste wählen, ob sie sich Jale unterwarf, um ein sinnloses Dasein zu fristen – oder ob sie ihrem Hass folgen wollte, in welche Hölle auch immer er sie führen mochte. Wenn sie sich jetzt von Trägheit verführen ließ, würde Jale gewinnen …

Als Alasar nach dem Wein griff, hämmerte Ardhes' Herz schmerzhaft schnell. Er hob seinen Kelch.

Ardhes stand auf. Alasar sah sie fragend an. Sie öffnete den Mund, versuchte, ihm fest in die Augen zu blicken und den Weinkelch in seiner Hand zu ignorieren. »Du kannst mir vertrauen.« Ihre Stimme klang brüchig. »Du kannst mir trauen, weil mir nichts wichtig ist.«

Er nickte langsam. Als er den Kelch an die Lippen setzen wollte, schritt Ardhes auf ihn zu. Sie berührte den Kelch. Ein Tropfen Wein schwappte über den Rand, als sie ihn aus seiner Hand nahm und zurückstellte.

Sie sahen sich stillschweigend an. Ardhes bezweifelte nicht, dass Alasar begriff, was sie eben getan hatte. In seinen dunklen Augen lag Schreck, aber vor allem Verwirrung. Dass man ihn ermorden wollte, überraschte ihn wahrscheinlich nicht – nur dass Ardhes es verhindert hatte, konnte er nicht verstehen. Sie verstand es selbst kaum.

»Warum?«, fragte er heiser.

Ardhes zuckte mit den Schultern. »Muss es einen Grund geben? Wieso willst du denn den Krieg?«

Sie sah, dass er etwas antworten wollte, doch er blieb stumm. Vielleicht hatte auch er keinen Grund. Die Vorstellung war bizarr. Hinter seinem eisernen Willen, hinter seinen unglaublichen Plänen und seiner ganzen Rücksichtslosigkeit steckte wahrscheinlich gar nichts. Er wusste nur, was er tat – aber nicht warum. Doch wer von allen ehrgeizigen Männern der Welt wusste das schon? Menschen verbrachten ihre Zeit mit der Umsetzung großer Ziele und glorreicher Taten, um die nackte Wahrheit in glänzende Kleider zu hüllen – aber ändern konnten sie trotzdem nicht, dass das Leben nichtig war, egal wie schön sie die Verhüllung webten.

Ardhes fragte sich, ob sie die Einzige war, die das wusste. Wenn ja, waren alle anderen Menschen dumm. Und wenn nein, war die Welt bevölkert von Heuchlern. Alasar gehört zu den Heuchlern, die die Dummen belügen, dachte sie. Aber die Wahrheit – dass all sein Streben im Kern sinnlos war – gefiel selbst ihm nicht.

»Ich werde meiner Mutter sagen, dass der Krieg gegen Haradon beginnt«, murmelte Ardhes endlich. Noch immer sah sie Alasar in die Augen.

»Was wird sie tun?« Über ihre Blicke fand ein Gespräch statt, das schneller war als das ihrer Lippen.

»Sie hält zu Haradon.«

»Und was tust du?«

»Ich sehe zu.« Sie schluckte. »Und du?«

»Ich sehe dich.« Die Worte schienen ihm herausgerutscht zu sein; er blinzelte und schloss den Mund. Sein Blick irrte über ihr prachtvolles Kleid.

Bevor er noch etwas sagen konnte, gab Ardhes sich einen Ruck, trat an ihm vorbei und ging auf die Zimmertür zu. »Gute Nacht.«

Als sie die Tür behutsam hinter sich schloss, wusste sie, dass Alasar sitzen geblieben war mit dem Klang ihrer Worte in den Ohren.

## Vor dem Sturm

Es konnte noch nicht lange her sein, dass Alasar und seine Krieger ihr Reich verlassen hatten. Nicht weit von den leeren Drachenwagen fanden Revyn und Yelanah Kessel, in denen noch Suppe stand. Alles sah so aus, als wäre ihre Abreise plötzlich und schnell vor sich gegangen. Als hätte Alasar beschlossen, dass er nicht länger bleiben konnte.

Revyn und Yelanah folgten der Spur der Höhlenkinder: Stroh, Essen, Salz und Abfall wiesen ihnen den Weg durch die Höhlen.

Sie kamen durch Grotten, wo Risse in der Decke klafften und

leichenblasses Sonnenlicht in die Finsternis rann. Dann erschienen niedrige Stollen, gebaut von Menschenhand. In den feuchten Erdboden hatten Wagenräder, Drachenkrallen und Schuhe ihre Abdrücke gepresst. Wie viele Tage Yelanah und Revyn den Himmel nicht mehr gesehen hatten, konnten sie nur raten.

Dann erschien ein fernes Licht vor ihnen. Revyn hielt es für eine Grotte, in deren Decke Risse waren, doch als sie näher kamen, sahen sie, dass es ein Ausgang war. Schnee rieselte in den Höhlengang und bedeckte den Boden wie ein ausgerollter Teppich. Mit zusammengekniffenen Augen traten Yelanah und Revyn ins grelle Tageslicht.

Eine Weile konnten sie nur dastehen und stumm die Weite des Landes betrachten. Wolkenmassen verbargen die Wintersonne hinter sich und vom Himmel strahlte ein unwirkliches, flimmerndes Licht. Die Hügel und Felsen lagen da wie immer. Nach der langen Zeit in der Dunkelheit fühlten Revyn und Yelanah sich der Welt merkwürdig entfremdet.

»Komm«, sagte er endlich und löschte seine Fackel im Schnee. »Gehen wir.« Fröstelnd zog er die Schultern hoch. Am Himmel brachen die Wolken auf und dünne Sonnenstrahlen fielen auf die Erde herab. »Hoffentlich haben sie noch nicht angegriffen. Wir müssen uns beeilen.«

Yelanah nickte. »Wir sollten beim nächsten Dorf die Leute fragen. Ob sie wissen, wohin das Heer gezogen ist.«

Revyn blieb stehen und sah sie an. Erst wollte er protestieren – was wenn die Leute hier gegen Elfen waren? Aber er wusste, dass sie fragen mussten. Nichts war wichtiger, als Alasars Streitmacht rechtzeitig einzuholen. Kurzerhand zog Revyn Yelanah den hellen Umhang enger um die Schultern und schob ihr die Kapuze über den Kopf. Sie musste über seine Fürsorglichkeit lächeln. Dann nahm er ihre Hand und sie gingen weiter.

Ardhes ging ohne Eile durch die Gänge des Schlosses. Ihr Blick streifte abwesend die Diener und Soldaten, die ihr entgegeneilten und sich knapp verneigten. Candula und sieben ihrer Zofen folgten ihr mit ihrem Gepäck. Sie hatte einfache Kleidung einpacken lassen. Reisekleidung. Dort wo sie hinging, würde sie keine feinen Gewänder mehr brauchen.

Irgendwo draußen erklangen tiefe Hornrufe. Sie drangen durch das Schloss, als würden die Mauern stöhnen. Aus den Augenwinkeln sah Ardhes, wie eine ihrer Zofen zusammenzuckte. Rings um sie herrschte so viel Angst … Aber was hatten die Schlossbewohner denn erwartet? Ihr König war ein Heerführer. Natürlich würden sie in den Krieg ziehen.

Eine breite Treppe erschien vor ihnen und Ardhes stieg die Stufen hinab. Es würde das letzte Mal sein, dass sie diese Treppe betrat, dachte sie. Jetzt lag ihr altes Leben endgültig hinter ihr. Sie hatte jeden Halt verloren. Gerne hätte sie ihre Mutter noch ein Mal gesehen – einfach so, um der Vergangenheit willen.

Jale hatte das Schloss natürlich längst verlassen. Als sie erfahren hatte, dass Ardhes ihren Mann nicht vergiftet hatte, war sie keinen Augenblick länger geblieben. Sie musste ihre Abreise nach Haradon bereits vorher geplant haben, denn sie hatte kein einziges ihrer kostbaren Besitztümer vergessen.

Ob Helrodir sie, die fliehende Verräterin, herzlich empfangen hatte? Oder ob er ihr vorwarf, den Thron Awrahells innerhalb weniger Wochen an einen myrdhanischen Bauern verloren zu haben? Ardhes wusste es nicht. Als sie daran dachte, dass Jale in ihrer früheren Heimat nur noch eine Gefallene war, die in der Aufgabe ihres Lebens versagt hatte, überkam sie fast Bedauern. Aber Jale hatte es nicht anders verdient. Sie würde nur noch eine gealterte Prinzessin sein, die geächtete Geliebte des haradonischen Königs, und nichts anderes stand ihr zu.

Ardhes erreichte die Thronhalle, die zum Schlosshof führte. Krieger aus Myrdhan, ausländische Söldner und Soldaten von Awrahell liefen durcheinander. Befehle wurden gerufen. Waffen und Vorräte wurden nach draußen getragen. In Kürze würde das Heer aufbrechen.

Ardhes verließ die Thronhalle und ging die Stufen zum Hof hinab. Eine von Alasars Kriegern – eine junge Frau in ihrem Alter – wartete bereits mit einem gegürteten und gesattelten Drachen auf sie. Als Ardhes auf sie zukam, machte die Frau eine kurze, ungeschickte Verbeugung. Weil es in Awrahells Armee nie Drachen gegeben hatte und Ardhes ungeübt war, würde sie mit der Kriegerin zusammen reiten.

Candula und die Zofen sollten ihr auf Pferden folgen. Mehrere Krieger warteten bereits, um ihre Kleidertruhen auf den Packpferden zu verstauen. Die Kriegerin schlang geschickt ihre Drachenschlaufe um den Schwanz des Drachen, um Ardhes beim Aufstieg zu helfen.

»Ardhes!« Sie drehte sich um. Octaris stand oben am Rand der Halle. Als ihre Blicke sich trafen, eilte er die Stufen herab. Ein Soldat mit einem schweren Korb kam ihm in den Weg, und es dauerte eine Weile, bis sie endlich wieder auseinander gestolpert waren. Mit wirrem Haar und verzweifelter Miene lief Octaris auf Ardhes zu. »Ardhes-*ayen*«, murmelte er. Als seine Hände ihre Schultern berührten, entfuhr ihm ein schweres Seufzen. Noch nie war er ihr so alt vorgekommen. Sein Gesicht war voller Leid.

»Was ist?«, fragte Ardhes. Sie spürte, dass ihre Worte ganz bedeutungslos waren. Octaris sah ihr in die Augen, und sie wusste, dass er in ihnen dieselbe Hilflosigkeit fand, die sich in den seinen spiegelte, ob sie wollte oder nicht.

»Ich … wollte dir sagen …«

Wieder erklangen die Hörner. Im Hof nahmen die Drachenkrieger ihre Plätze ein und formten mehrere Reihen. Alasar war erschienen, ritt an seinen Kriegern vorbei und hielt eine raue, feurige Rede. Nach jedem Satz erscholl dumpfer Jubel. Ardhes wich Octaris' Blick aus und sah zur Seite.

»Ich wünsche dir alles Gute«, flüsterte Octaris traurig. Niemand sonst hörte ihn. »*Asáh mior aed misán lorej ... jan saddha.* Ich weiß, was uns trennt, Ardhes. Ich habe wahrscheinlich nicht das Recht, dir jetzt so nahe zu treten, aber ... Vergiss niemals, ich weiß, wer du bist. Und du weißt es auch, in deinem Herzen. Egal was passieren wird, vertraue dem guten Herzen, das in dir schlägt. Verliere dich nicht ... verstehst du? Und, und ob unser Blut dasselbe ist oder nicht, ich werde immer meine Tochter in dir sehen, Ardhes. Für mich bist du meine Tochter! Ich, ich wünschte, ich könnte mehr für dich tun ...«

Ardhes sah ihm in die Augen. Tränen stiegen in ihr auf, doch sie wollte nicht weinen. Nicht vor ihm. Er wollte mehr für sie tun? Zu spät! Seine Worte waren Hohn.

Zitternd trat sie vor ihm zurück und drehte sich zu ihrem Drachen um. »Lebe wohl.«

Sie stieg auf den Drachenschwanz und ließ sich hochheben. Fest schloss sie beide Fäuste um die Sattelschlaufen. Die Kriegerin saß vor ihr auf, griff nach dem Mittelhorn und dem Eisengeschirr. Ardhes musste sich daran erinnern, wie sie einst mit Revyn auf einem Drachen geritten war, damals vor Logond. Der Gedanke an ihn brannte wie Säure. Sie schloss die Augen. Angestrengt konzentrierte sie sich auf das Nichts in ihr.

Octaris stand da und blickte zu ihr auf. Sie glaubte zu sehen, wie Tränen über sein Gesicht liefen, doch sie wandte sich ab. Dann lenkte die Kriegerin den Drachen herum und sie galoppierten aus dem Hof.

Das Heer bewegte sich nach Westen, auf die haradonische Grenze zu. Ardhes wusste nicht, was Alasars genaue Pläne waren – natürlich hatte er sie nicht eingeweiht. Aber im Grunde war es ihr auch ganz gleich, wohin er das Heer führte. Sie würde sich forttragen lassen, egal wohin.

Und wenn sie Haradon angriffen, würde sie vielleicht Revyn wiedersehen.

Ardhes hätte sich dafür ohrfeigen können, an ihn zu denken. Aber er schlüpfte immer wieder in ihren Kopf und sie konnte nichts dagegen tun. Während sie durch die winterliche Berglandschaft ritten, stellte sie sich vor, wie Revyn auf der Seite der Haradonen gegen Alasars Männer kämpfte. Sie stellte sich vor, wie er vor ihr stand, blutverschmiert und atemlos, und in ihr seine Feindin erkannte. Was, wenn Alasar gegen ihn antrat? Zu wem würde Ardhes halten? Sie wünschte, Revyn wäre tot, aber Alasar war ihr auch gleichgültig. Und gleichzeitig wusste sie, dass Revyns Tod ihr das Herz brechen würde – und ohne Alasar hatte sie gar niemanden mehr.

Der kalte Wind blies ihr ums Gesicht und einzelne Schneeflocken ließen sich auf ihrem fellbesetzten Umhang nieder. Könnte die Kälte doch auch ihr Inneres betäuben.

Noch bevor Yelanah und Revyn die Dörfer erblickten, sahen sie die Rauchsäulen, die in den Himmel aufstiegen.

Vorsichtig gingen sie näher. Hinter einem Felsblock duckten sie sich in den Schnee und spähten zu den Strohhütten hinab.

Schreckliche Schreie hingen in der Luft. Feuer fauchten und ein markerschütterndes Krachen erklang, als mehrere brennende Dächer einstürzten. Haradonische Soldaten hatten das Dorf umzingelt, ihre gelben Banner flatterten im heißen Atem des Feuers. Dorfbewohner, die vor den Flammen flüchteten, stürmten in wilder Panik auf die Soldaten zu. Die Krieger hoben ihre Schwerter und schlugen jeden nieder, der aus dem Dorf ausbrechen wollte.

»Warum tun sie das?«, flüsterte Yelanah entsetzt.

»Der myrdhanische König muss die Bevölkerung in seine Armee eingezogen haben. Oder … Alasar!« Revyn stieß ein Keuchen aus. »Was, wenn Alasar ein Heer um sich geschart hat?« Die Kälte des Schnees kribbelte in seinen heißen Handflächen. »Die Haradonen bringen alle Myrdhaner um, aus Angst, sie könnten in die gegnerische Armee eintreten. Sie töten die Menschen, bevor sie Soldaten werden können.«

Abscheu und Grauen gruben sich in Yelanahs Gesicht. »Wenn die Menschen sich gegenseitig schon so behandeln, was tun sie dann erst mit den *Dar'hana*?«

Revyn starrte ins brennende Dorf hinab und schluckte schwer. Der Wind trug schwarze Rauchschwaden über sie hinweg und Revyn kniff die Augen zusammen. »Der Krieg muss kurz bevorstehen. Alasar ist nach Haradon gezogen. Wenn wir uns beeilen, können wir sie vielleicht einholen und die *Dar'hana* befreien, bevor sie in die Schlacht geritten werden.«

Sie schlichen zurück und setzten ihren Weg nach Westen im Laufschritt fort. Immer wieder sahen sie brennende Dörfer. Die haradonischen Legionen jagten durch das ganze Land und töteten nicht nur Männer, sondern auch Frauen und Kinder, Greise. Es war ein sinnloses Abschlachten, doch Alasars plötzlich aufgetauchte Armee hatte die Haradonen in einen so großen Schrecken versetzt, dass alles Mitleid darin unterging.

Revyn und Yelanah stießen auf zahllose Flüchtlinge. Menschen mit Bündeln und Säcken eilten ihnen entgegen, um in den östlichen Ländern Zuflucht zu suchen. Kinder, beladen mit Gepäck, das größer als sie war, schleppten sich vorwärts. Mütter mit schreienden Säuglingen, gewickelt in angebrannte Tücher, liefen neben ihnen her. Yelanah musste sich nicht vor ihnen verstecken, denn niemand interessierte sich dafür, dass sie eine Elfe war.

»Was ist passiert?«, fragte Revyn die Leute. Die, die ihm antworteten, erzählten immer dasselbe: Die Menschen waren auf der Flucht vor den Haradonen, und manche waren auf der Flucht vor der neuen myrdhanischen Armee, die rücksichtslos ganze Dorfgemeinden verschleppte. Als eine Frau Steine nach Revyn warf, weil sie seine Herkunft erriet, hielten Revyn und Yelanah sich von den nächsten Flüchtlingen fern. Sie hatten alle ihre eigenen Kämpfe zu führen.

Nach zwei Tagen ging Yelanah und Revyn der Proviant aus. Sie hatten ihre letzten *Bom* am Abend zuvor verzehrt. Hunger und Kälte nagten an ihnen, als wollten ihnen die Götter zeigen, wie hilflos sie waren. Sie konnten kaum ihr eigenes Elend tragen, wie sollten sie da einen ganzen Krieg aufhalten?

Als der Abend dämmerte, sahen Revyn und Yelanah zwischen zwei sanften Hügeln ein Soldatenlager. Es waren nicht viele Männer; nur eine Handvoll Zelte lagen beieinander und drei Lagerfeuer leuchteten einsam der hereinbrechenden Nacht entgegen.

»Wir sollten den Männern morgen folgen«, sagte Revyn leise. »Wo auch immer eine Schlacht stattfindet, sie werden uns hinführen.«

Yelanah nickte. Der Duft von Gebratenem wehte zu ihnen herüber und ihnen knurrte der Magen. Revyn blickte zum westlichen Horizont: Die letzten Wolken schimmerten in kaltem violettem Licht. Hinter ihnen zog samtiges Blau über den Himmel. Als Revyn sich zu Yelanah umwandte, erkannte er kaum mehr von ihr als das Glänzen ihrer Augen. Die letzten Lichter des Tages schmolzen fort.

»Warte hier«, flüsterte er.

»Was tust du?« Sie blickte erschrocken auf, doch er war schon fort.

Lautlos lief er den Hügel hinab, direkt auf das Lager zu. Lachende Stimmen kamen ihm entgegen. Revyn erreichte die Rückseite eines Zeltes und duckte sich dicht an die dunkle Plane, als eine Wache mit einer Fackel vorbeischritt. Der Mann hielt in die Ferne Ausschau und entdeckte ihn nicht.

Revyn schlich am Zelt entlang bis zum Eingang. Kein Licht brannte darin. Er schlüpfte hinein, öffnete eine Tasche und holte einen dunklen Soldatenumhang heraus. Rasch legte er sich den Umhang um die Schultern, dann trat er wieder nach draußen, zog einen Speer mit dem haradonischen Wappen aus der Erde und ging zu einem der Lagerfeuer.

Mehrere Männer saßen im Licht und redeten miteinander. Über den Flammen hing ein schwerer Eisenkessel, aus dem immer wieder vorbeigehende Soldaten schöpften.

Revyn schlug sich den Kragen des Umhangs hoch und steckte das Kinn unter den Stoff, wie um sich vor der Kälte zu schützen. Als er an den Kessel trat, eine große Holzschale vom Boden nahm und sich heiße Brühe einschenkte, beachteten ihn die herumsitzenden Männer kaum. Nur einer knurrte, er solle gefälligst seinen Speer nicht ins Feuer halten.

Revyn verließ das Lagerfeuer unauffällig und nahm sich auf dem Weg zwei Brotlaibe mit. Er gab acht, dass gerade keine Wache zugegen war, dann huschte er aus dem Lager und erklomm, von wildem Triumph erfüllt, den Hügel.

»Revyn!«, flüsterte eine Stimme aus der Dunkelheit. »Was hast du getan?«

»Essen besorgt. Hier.« Er ging in die Knie und reichte Yelanah die Schale. »Trink, solange sie noch warm ist.«

Yelanah war sprachlos. Dann fiel sie ihm so plötzlich um den Hals, dass er fast die Brühe verschüttet hätte. »O Revyn! Ich wusste ja nicht, dass du so verrückt bist.« Sie nahm sein Gesicht in die Hände und küsste seine Wangen und seinen Mund.

»Ich war doch mal Soldat.« Ihm wurde bewusst, dass er das erste Mal seit langer Zeit lächeln musste. Er zog die Nase hoch und atmete erleichtert aus.

Sie folgten den Soldaten fünf Tage durch Myrdhan. Bald tauchten am nördlichen Horizont Berggipfel auf, zart und hell: Awrahell war in unmittelbarer Nähe. Nicht mehr lange und sie würden auch die Grenze nach Haradon erreichen.

Jede Nacht schlich Revyn zu den Zelten und holte nicht nur Essen, sondern auch warme Umhänge und ein Schwert. Die Soldaten bemerkten am nächsten Morgen, dass das Schwert verschwunden war, und durchsuchten vor ihrem Aufbruch das gesamte Lager. Sicherheitshalber folgten Revyn und Yelanah ihnen nun in größerem Abstand.

Als der Morgen verstrich, wurde der Schneefall stärker. Die eisigen Winde, die in den Tagen zuvor über das Land gefegt hatten, legten sich endlich. Still und friedlich rieselten die Flocken, bis alles in ihnen versank wie in dichter Watte. Der Himmel verbarg die Sonne hinter Wolkentürmen, als schließe er sein Auge. Die Erde schlummerte unter ihren Decken. Die Menschen waren in dieser einsamen Welt sich selbst überlassen.

Revyn und Yelanah wanderten schweigend durch die weiße Landschaft, nur auf ihre Schritte konzentriert. Schnee knirschte unter ihren Schuhen. Die haradonische Truppe war hinter den Hügeln verschwunden. Nach einer Weile erreichten sie die Hügel und gingen zwischen ihnen hindurch.

Als Revyn den Kopf hob, blieb er stehen. Yelanah hatte es auch gesehen. Mit angehaltenem Atem standen sie da. Vor ihnen lag ein Heer. So viele Menschen flimmerten in der Masse, dass man sie gar nicht mit einem Blick einfangen konnte. Keine Banner verrieten ihre Herkunft.

»Windreiter!«, stieß Revyn aus und zog Yelanah hinter den Hügel zurück. Am Himmel zogen Drachen ihre Kreise. Es waren Späher.

Nicht weit entfernt sahen Revyn und Yelanah die haradonische Truppe. Die Windreiter hatten sie bereits angesteuert und schossen nun auf sie nieder.

Die haradonischen Soldaten waren zu einem engen Kreis zusammengerückt. Pfeile flogen durch die Luft. Einige Reiter auf Pferden galoppierten gen Süden, doch die Windreiter folgten ihnen in der Luft. Bald hatten ihre Pfeile auch den letzten Haradonen aus dem Sattel gerissen.

Der Kampf dauerte nur kurz. Bei der myrdhanischen Übermacht hatte kein einziger Haradone überlebt. Nach einer Weile landeten die Windreiter und durchsuchten den Proviant der toten

Männer. Sie banden die erbeuteten Pferde aneinander und führten sie zum Heer.

Revyn spürte erst, wie fest er Yelanahs Arm gedrückt hatte, als sie einen Schritt zurücktrat. Sie hob ihren Speer. Alle Sanftheit und Hilflosigkeit waren aus ihrem Gesicht gewichen; es wirkte hart und kalt wie der Winter selbst. »Hier wird ihre Schlacht stattfinden. Sie warten auf ihre Feinde.« Sie biss die Zähne zusammen. Ihre Speerspitze zeigte geradeaus. »Ich werde mich ins Heer schleichen. Und du suchst auf der anderen Seite nach dem Heer der Haradonen. Wir befreien die *Dar'hana,* treffen uns in der Luft und fliegen immer gen Norden, bis wir die Wälder erreichen.« Sie hielt den Atem an. Ihre Stimme bebte. »Wir schaffen das!«

Revyn umarmte sie fest. Sie umklammerte noch immer ihren Speer. »Wir schaffen das, Revyn … versprich es mir!«

»Pass auf dich auf.« Ihr Körper kam ihm zarter und verletzlicher vor denn je. Er drückte ihren ledernen Harnisch und betete inständig, dass er sie schützen mochte. »Halte dich versteckt, bis alle *Dar'hana* losgebunden sind. Dann werden sie die Menschen mit dir zusammen angreifen.«

Yelanah nickte. Ihre Augen schimmerten feucht, doch ihre Miene war nie entschlossener gewesen. »Und du tust dasselbe.«

Revyn nickte ebenfalls. Er wusste weder, wie er die Drachen des haradonischen Heeres unbemerkt befreien sollte, noch, wie er das haradonische Heer überhaupt erreichen würde, ohne vorher von den Myrdhanern entdeckt zu werden. Aber das Einzige, woran er denken konnte, war die unendliche Masse von bewaffneten Menschen, in die Yelanah eintauchen würde.

Sie sahen sich in die Augen und begriffen, dass sie sich vielleicht das letzte Mal gegenüberstanden.

Yelanahs Unterlippe zitterte. Noch einmal umarmte sie Revyn fest. Das Gesicht an seinen Nacken gepresst, wagte sie, leise zu wimmern. Doch als sie sich wieder von ihm löste, gab ihr Gesicht nichts mehr von ihrer Angst preis.

»In wenigen Stunden werden wir uns wiedersehen.« Sie nickte, wie um ihre eigenen Worte zu bekräftigen. »Wir schaffen es. Nun geh. Geh …«

Sie trat mehrere Schritte zurück. Er konnte sich nicht bewegen und den Blick nicht von ihr wenden. Tausend Worte wollte er noch sagen, doch sie hatte recht; das hier war kein Abschied. Sie würden sich wiedersehen, heute Abend. Ganz sicher … Wenn sie sich jetzt die Dinge sagten, die sie sich vor dem Tod noch sagen mussten, dann straften sie ihre Zuversicht Lügen. Revyn schluckte. Nein, er konnte nichts sagen, aber nichts hielt ihn davon ab, noch einmal auf sie zuzulaufen! Er legte die Hand auf ihren Nacken und küsste sie wenigstens, als sei es das letzte Mal. Yelanah schloss fest die Augen, um ihre Tränen zurückzudrängen.

»Ich liebe dich«, flüsterte er. Dann zog er sein Schwert.

Er begann zu laufen. Der Schnee machte seine Schritte schwer. Rieselnde Flocken trieben ihm ins Gesicht und schmolzen auf seinen Wangen zu dünnen Tränen. Hinter Vorhängen aus Schnee und Angst flüsterte ihre Stimme: *Und ich … liebe … dich.*

## Die Stunde der Wahrheit

Als Ardhes das fremde Heer erblickt hatte, das am weißen Horizont auf sie wartete, waren ihr die Knie weich geworden.

Natürlich hatte sie gewusst, dass Haradon das mächtigste Reich der Welt war – sie hatte damals in Logond mit eigenen Augen gesehen, wie viele Krieger es gab. Und Logond war nur eine Stadt von vielen. Trotzdem hielt sie unwillkürlich den Atem an, als ihr Blick die endlosen Reihen von Kriegern, Zelten und flatternden Bannern streifte, die das Land in der Ferne säumten. Sie fragte sich, was die Krieger rings um sie wohl empfanden, die gegen die Streitmacht vor ihnen antreten mussten. Hätte sie Alasar an jenem Abend vergiftet, würde so mancher Krieger heute am Leben bleiben. Aber es war zu spät für solche Gedanken. Und musste sie denn ein schlechtes Gewissen haben, weil sie ihren Ehemann nicht ermordet hatte?

Alasars Heer machte halt. Zelte wurden aufgeschlagen und Essen verteilt. Wer noch nicht ausreichend gerüstet war, machte sich nun für den Kampf bereit. Ardhes strich durch das Lager, gefolgt von der ängstlichen Candula und ihren Zofen. Mit ausdruckslosen Mienen rannten Männer hierhin und dorthin, führten Drachen und Pferde hinter sich her und prüften ihre Waffen.

Ardhes zog sich den dicken Umhang enger um die Schultern, als der Wind Schneeflocken aufwirbelte. Vor ihr lag Alasars Zelt. Soeben traten mehrere verbissen dreinblickende Krieger heraus, die alle nicht älter waren als Ardhes. Sie wartete, bis die jungen Myrdhaner gegangen waren. Dann schritt sie auf das Zelt zu und blieb vor dem Eingang stehen.

Sie sah Alasar, der zwischen einer Feuerschale und einer Holzwanne stand und sich mit einem Tuch abtrocknete. Trotz der bitteren Kälte hatte er sich offenbar gewaschen. Er schlüpfte in ein Hemd und schloss sein Wams. Darüber zog er einen mit Eisennieten besetzten Harnisch. Sorgfältig schnallte er sich seine Schulterpanzer um und band die Schnüre seiner Stiefel zu. Wie er sich ankleidete, glich einer Zeremonie. Jede seiner Bewegungen war langsam und präzise, als müsse er sich genau darauf konzentrieren, was er tat. Zuletzt öffnete er den Zopf, mit dem er seine vorderen Haarsträhnen zurückgehalten hatte, und schlang die Haare zu einem kleinen Knoten im Nacken.

Erst als er fertig war, trat Ardhes ins Zelt. Alasar sah sie an, als überrasche ihn nicht, dass sie ihn aufsuchte. Dabei hatten sie sich in den fünf Tagen, seit sie Awrahell verlassen hatten, so gut wie gar nicht gesehen.

»Bleibt draußen«, befahl sie ihren Dienerinnen und ging ein paar Schritte auf Alasar zu. Die Feuerschale stand zwischen ihnen. Das Holz war feucht von der langen Reise und knackte und zischte.

Draußen wurden Befehle gerufen. Der Wind spielte mit der Zeltplane und schlug den Stoff auf und ab.

»Wann findet die Schlacht statt?«, fragte Ardhes.

Alasar sah sie an, unentschlossen, ob er ihr ehrlich antworten sollte. »Sobald hier alles fertig ist, formiert sich das Heer und erobert die Grenze.«

»Trotz der haradonischen Armee, die dort wartet?«

Alasar nickte knapp. »Wir sind nicht hergekommen, weil wir dachten, uns wird was geschenkt.«

Ardhes schwieg eine Weile. Dann blickte sie Alasar forschend in die Augen. »Was passiert danach? Willst du der König von Haradon werden?«

Seine dunklen Augen leuchteten kalt. »Nicht von Haradon.«

»Aber Haradon ist das größte Land der …« Sie musste lächeln. »Du willst die ganze Welt. Deshalb wolltest du nicht, dass unser Heer die Banner von Awrahell trägt. Deshalb bist du nicht der König von Myrdhan geworden.«

»Du glaubst nicht, dass ich es kann?«

Leise antwortete sie: »Doch.«

Er trat um die Feuerschale herum und stellte sich vor sie. Sie sahen sich an und sie erkannten sich. Keiner sagte ein Wort. Jetzt hätte nichts aufrichtiger sein können als ihr Schweigen.

Alasar strich mit beiden Händen über ihren Mantelkragen. Dann beugte er sich vor und küsste sie. Ein Schauer schoss ihr die Wirbelsäule hinauf. Seine Hand fuhr von ihrem Nacken zu ihrer Wange. Doch egal was seine Hände, seine Lippen taten, es hatte nichts mit dem Mann zu tun, der vor ihr stand. Dann senkte er die Lider. Auch Ardhes schloss die Augen. Der sanfte Druck seiner Lippen verschwand. Sie spürte seinen Atem. Das erste Mal dachte sie daran, dass auch Alasar eine Fremde geheiratet hatte. Ob er sich manchmal fragte, an welche Unbekannte er da gebunden war?

»Ich war nicht darauf vorbereitet, dich zu kennen«, sagte er. Ardhes blickte auf. Er hatte die Augen noch immer geschlossen, ganz nah an ihrem Gesicht. Wieder sah es aus, als würde er sich auf etwas konzentrieren. Als versuchte er, eine bestimmte Vorstellung in sich heraufzubeschwören.

»Wer ist das schon?«, gab Ardhes zurück. Er runzelte leicht die Stirn, ohne sich sonst zu bewegen. Auch Ardhes blieb reglos. Sie fühlte die Wärme seines Körpers, obwohl sie sich kaum berührten. »Wir werden alles zerstören, nicht wahr?« Es war keine Frage, sondern eine Erkenntnis. »Mit uns wird eine Welt untergehen. Wir sind ein Fluch.«

Er sah sie an. »Ja.« Seine Hände streiften ihre Arme. Dann ließ er sie los und trat zurück. »Die Welt hat mich geformt. Jetzt werde ich sie formen.«

Ardhes starrte in die Feuerschale. Mit einem lauten Knacken brach ein Holzscheit.

Yelanah war es gelungen, unbemerkt ins myrdhanische Lager einzudringen: Zufällig war eine Truppe Fußsoldaten von einer Hasenjagd zurückgekommen. Als sie sich den Menschen anschloss, unterschied sie sich kaum von den ängstlich dreinblickenden Bauern.

Unbemerkt lief sie durch das Lager, vorbei an provisorischen Zelten und Essensschlangen. Niemand interessierte sich für sie. Nach einer Weile merkte sie, dass die meisten Menschen sich hier genauso verloren fühlten wie sie: Tatsächlich sahen nur die wenigsten wie echte Krieger aus. Ein zitterndes Bauernmädchen packte für die Schlacht ihre Tasche mit Steinen voll. Ein alter, zeternder Mann und eine hysterische Frau stritten sich um einen Speer. Schließlich schlug die Frau den Alten nieder und rannte mit der Waffe weg. Fast wäre sie dabei gegen Yelanah gestolpert. Yelanah wich zur Seite und die Frau umklammerte erschrocken ihren Speer.

Hastig lief Yelanah weiter. Was ging hier vor? Waren diese Menschen tatsächlich hier, um zu kämpfen? Sie ballte die Hände vor Abscheu zu Fäusten, als ihr klar wurde, welchen Zweck die armen

Kreaturen erfüllten. Sie waren hier, um allesamt abgeschlachtet zu werden. Um den Feind zu erschöpfen. Wer auch immer dieser Alasar war, dass er solche Pläne mit seinem Gewissen vereinbaren konnte – Yelanah war gespannt, ihm zu begegnen. Dann würde sie ihm nicht nur heimzahlen, was er Revyn und den *Dar'hana* angetan hatte, sondern auch diesen Leuten.

Als Yelanah weiter durch das Lager lief, blieben die Bauern allmählich zurück. Soldaten, die hellhaariger und größer waren, standen beieinander und sattelten ihre Pferde. Yelanah huschte flink an ihnen vorbei, bevor ihre Blicke sie streiften.

»… das Heer gesehen?«

»So was Riesiges … noch nie …«

»Wenn wir auch Drachen hätten, aber die da vorne meinen ja …«

»… wenigstens nicht die Ersten, die rausmüssen!«

Die Gesprächsfetzen blieben hinter ihr zurück, als sie abermals in einen neuen Lagerabschnitt kam. Fremd aussehende Männer mit dunkler Haut rüsteten sich – offenbar waren es Söldner. Manche von ihnen schwangen sich auf Pferde. Aber wo waren die Drachen?

Yelanah blickte in den Himmel, während sie an den Söldnern vorbeihastete. Die Schatten der Windreiter glitten über sie hinweg. Sie versuchte, die *Dar'hana* über ihr anzusprechen, aber vergebens … sie waren zu weit weg und hörten sie nicht. Yelanah verfluchte die Wirklichkeit – in der Nebelwelt reichten Rufe so weit, wie die Gedanken sie tragen konnten.

Egal. Sie würde ihr Vorhaben auch so umsetzen. Fast im Laufschritt durchquerte sie das Lager. Zelte tauchten vor ihr auf. Myrdhanische Krieger, allesamt sehr jung, kamen ihr entgegen. Anders als die Krieger vorher bemerkten sie Yelanah und folgten ihr mit argwöhnischen Blicken. Gegen ihren Willen verlangsamte Yelanah ihren Schritt, um weniger Aufmerksamkeit zu erregen. Und jetzt, endlich, sah sie die *Dar'hana*.

Die myrdhanischen Krieger führten sie an Zügeln hinter sich her. Sie legten ihnen Eisenketten und Maulkörbe an. Sie fesselten ihre Flügel und schnallten ihnen ihre grässlichen Sättel um … Das Blut stieg Yelanah in den Kopf. Unter ihrem Umhang zog sie ihren Langdolch.

Mehrere *Dar'hana* standen unter einem behelfsmäßigen Zeltdach. Krieger liefen ein und aus, brachten ihnen Wasser und Fleisch und legten ihnen Schilde an. Mit langsamen Schritten trat Yelanah näher.

Alle Drachen hoben gleichzeitig die Köpfe und sahen sie an, als Yelanah eine Begrüßung sprach.

*Ich bin die* Meleyis. *Der* Mahyûr *Revyn hat euch versprochen, dass wir kommen und euch vor den Menschen retten. Jetzt ist die Zeit da, meine Geschwister!* Sie schloss fest die Fäuste um ihren Langdolch und ihren Speer, dann hob sie die Waffen hoch und ließ ihren Umhang zurückgleiten. *Kämpft, Brüder und Schwestern, und zeigt kein Erbarmen!*

Bevor einer der Krieger auch nur begriff, was geschah, lief Yelanah an den Drachen vorbei und zerschnitt die Seile, mit denen sie an eine Holzplanke gebunden waren. Irgendwo erklang ein Alarmruf. Yelanah ließ sich nicht beirren. Sie zerschnitt Fesseln und befreite Flügel. Dann öffnete sie Maulkörbe und Zaumzeug. Dem ersten Krieger, der auf sie zustürmte, warf sie einen der eisernen Zügel um den Nacken und riss ihn zu Boden. *Kämpft!*

Sie stieß einen Schrei aus und wich vor einem Krieger aus. Als er an ihr vorbeigetaumelt war, stach sie mit dem Speer nach ihm. Lärm schwoll rings um sie an. Yelanah schwang sich auf einen Drachen. *Los!*

Ein Schauder der Resignation stürzte auf sie ein – mehrere Stimmen, wie lang gezogene Seufzer, erklangen in ihren Gedanken. Blinzelnd sah sie sich um. Von überall kamen Krieger angelaufen. Aber die Drachen bewegten sich nicht.

*Los … wohin?*, fragte der Drache, auf dem Yelanah saß.

*In die Freiheit! Greift an! GREIFT AN!*

Die Drachen traten vor und zurück und schwenkten die Köpfe. Hin und her, hin und her. *Freiheit? Verstehen nicht … wir können nicht … haben aufgegeben … verstehen nicht …*

»Was?«, schrie Yelanah. Tränen schossen ihr in die Augen. »Was ist los?! Wehrt euch!«

Die Blicke der Drachen durchdrangen sie wie stumpfe Klingen. *Zu spät … ohne die Menschen sind wir nichts mehr. Sind wir nicht mehr wirklich … In Freiheit wartet die Unwirklichkeit auf uns. Lieber Sklaven als unwirklich …*

Yelanah verzog das Gesicht. Sie verstand die Drachen kaum. Wieso sprachen sie so schlecht? Sie waren doch noch nicht lange gefangen!

*Zu spät … Sklaven sind wir, aber wir* sind *wenigstens … sind sicher …*

Jemand brüllte. Ein myrdhanischer Soldat war vor Yelanah angekommen und schlug mit seinem Schwert nach ihr. Sie wehrte die Klinge mit ihrem Dolch ab, stieß dem Mann einen Fuß in die Brust. Die Drachen taten nichts, gingen nur vor und zurück und schwenkten die Köpfe.

»Ihr seid verrückt!«, schrie Yelanah.

*Wohin willst du mich reiten?,* fragte der Drache, auf dem sie saß.

Entsetzt sprang sie ab und taumelte zurück. *Ihr wollt lieber so leben, als zu sterben?!*

*… entscheiden die Menschen für uns. Wir haben unseren Willen aufgegeben …*

Die Krieger hatten Yelanah umzingelt. Mühsam drängte sie ihre Tränen zurück, um klar sehen zu können. Ihr Blick war hasserfüllt.

»Wer ist das?«, riefen die Höhlenkrieger.

»Sie will die Drachen klauen!«

»Verräterin!«

»Tötet sie!«

Yelanah zerrte den erstbesten Krieger, der auf sie zukam, am Kragen herum und durchbohrte ihn von hinten mit dem Dolch. Dann stieß sie ihn auf die nächsten beiden Angreifer.

Ein junger Mann war in der Menge aufgetaucht und alle anderen wichen respektvoll zurück. »Was ist hier los?«, rief er streng.

Alle schrien durcheinander. Yelanah nutzte die Chance, stürmte direkt in die Menge und rannte los. Mehrere Hände wollten nach ihr greifen und sie zurückzerren. Sie schlug mit Dolch und Speer um sich. Dann griff jemand sie an den Haaren und riss sie herum. Sie schrie auf.

Der junge Mann, der gerade aufgetaucht war, hielt sie fest. »Wer bist du?«, fragte er verächtlich.

Zur Antwort stieß sie mit dem Dolch nach ihm. Der Mann wich zurück, doch die Klinge streifte seinen Hals. Er stieß verblüfft die Luft aus.

»Alasar!«, schrien mehrere Stimmen auf einmal. Er taumelte einen Schritt zurück. Eine Schramme ging über seine Kehle, an der sich winzige Blutstropfen sammelten.

»Du bist Alasar?«

Er zog sein Schwert. »Dafür töte ich dich.« Das Schwert sauste auf sie herab. Sie wich geschickt aus. Dreck und Schneematsch flogen durch die Luft, als Alasar die Klinge wieder aus der Erde riss. Yelanah stürzte sich auf ihn, doch Alasar warf sich zur Seite. Statt seiner traf ihr Speer einen Krieger und riss ihn nieder.

Heilloser Tumult brach aus. Yelanah tauchte unter ausgestreckten Armen und hackenden Klingen hindurch und erreichte einen Drachen. Ohne Zögern schwang sie sich auf ihn und lenkte ihn herum. Sie musste flüchten und Revyn sagen, dass die *Dar'hana* im Heer verloren waren. Panisch trieb sie den Drachen an. Er holte zu einem Sprung aus und teilte die lärmende Menge.

Plötzlich packte jemand Yelanah am Knöchel: Unter ihr stand Alasar. Seine eisigen Augen fixierten sie. »Ich lasse mir meine Drachen nicht stehlen!« Er holte mit dem Schwert aus.

Der Drache machte einen Satz nach vorne. Yelanah musste sich an seinem Mittelhorn festkrallen, um nicht zu fallen. Ihr Knöchel entglitt Alasars Griff. Doch seine Klinge schoss nach vorne. Yelanah stieß ein Keuchen aus, als sich das Schwert durch ihren Harnisch bohrte. Vor ihren Augen verschwamm die Welt. Eine heiße Welle rollte durch ihren Körper und sie musste würgen. Benommen spürte sie, dass sich ihr Mund mit Blut füllte.

Wie von Dämonen gehetzt, preschte der Drache durchs Lager. Die lauten Stimmen wogten hinter ihnen her wie brechende Sturmwellen. Yelanah klammerte sich an den Drachen. Irgendwo ganz nah wurden Hörner geblasen. Pfeile sirrten und Schreie zerrissen die Luft.

Sie meinen nicht mich, durchschoss Yelanah ein fahriger Gedanke. Nicht ich bin gemeint.

Fremde Angreifer waren hinter den Hügeln aufgetaucht. Überall brach Tumult aus. Yelanahs Drache galoppierte in die andere Richtung. Sie nahm nichts wahr, spürte nur das Feuer in ihrer Seite. In ihrem Kopf tobte Lärm, doch sie wusste nicht, ob die Schreie, die sie hörte, real waren. Immer wieder stieg ihr Blut in den Mund. Sie verschluckte sich und würgte vor Übelkeit.

Als sie die Augen öffnete, lagen die Hügel vor ihr. Irgendwo in der Ferne herrschte Schlachtlärm. Pfeile sirrten rings um sie in den Schnee, doch sie wusste, dass sie nicht auf sie gezielt waren. Sie war nicht gemeint. Aus irgendeinem Grund glaubte sie fest daran, dass niemand sie wahrnahm, solange sie nur nicht zurückblickte.

Der Drache blieb stehen, als sie von hohen Felsen umgeben waren. Yelanah glitt von seinem Rücken. Als sie an sich hinabblickte, war ihr Rock voll Blut. Die Hand, die sie auf die Wunde gepresst hatte, war nass. Sie schloss die Augen. Zitternd griff sie nach den Felsen und kletterte auf allen vieren den steinigen Hang hinauf, Stück für Stück. Der Drache folgte ihr schweigend. Als sie den Hügelkamm erreichte, sank sie in den Schnee. Der Wind blies ihr über den zitternden Körper. War ihr heiß oder kalt? Sie konnte es nicht mehr sagen.

Mit letzter Kraft öffnete sie die Augen und blickte nach unten. Mehrere haradonische Truppen hatten Alasars Heer aus dem Hinterhalt angegriffen, doch die Myrdhaner waren dabei, den Kampf unter Kontrolle zu bringen. Am Horizont rückte das haradonische Hauptheer näher. Das verschneite Land verdunkelte sich unter der Menschenflut.

Revyn, dachte Yelanah. Sie dachte nur immer wieder seinen Namen. Dann ließ sie den Kopf in den blutigen Schnee sinken und stieß ein heiseres Schluchzen aus. Die *Dar'hana* waren verloren.

Revyn lief auf das haradonische Lager zu, ohne sich versteckt zu halten. Was hatte er schon zu befürchten? Er war schließlich selbst ein haradonischer Drachenkrieger.

Innerhalb von Sekunden hatten ihn die Windreiter erspäht, die ihre Runden um das wohlgeordnete Heer flogen, und ein Horn wurde geblasen. Kaum später bebte die Erde und ein Trupp Drachenreiter preschte hinter den Hügeln hervor. Revyn hob die Hände und blieb stehen. »Ich bin Haradone! Ich bin Haradone, ich komme aus Logond!«

Die Drachenkrieger hielten vor ihm an. Ihr Anführer machte seinen Helm auf. Wegen des sanften Schneefalls dauerte es einen Augenblick, ehe Revyn das breite rote Gesicht erkannte. »Meister Morok!«, stieß er überrascht aus. »Meister Morok – ich bin's, Revyn! Einer der Drachenkrieger aus Logond! Der Zähmer, wisst Ihr noch?«

Der alte Händler starrte ihn verblüfft an. *»Revyn?«*

»Ich war in myrdhanischer Gefangenschaft! Ich war … aber jetzt bin ich wieder da und …«

Meister Morok reichte ihm die Hand und Revyn ließ sich von ihm auf seinen Drachen ziehen. »Alles in Ordnung!«, rief der alte Händler seinen Männern zu. »Er gehört zu uns. Zurück zum Heer!«

Die Soldaten gaben ihren Drachen die Sporen und galoppierten zurück. Revyn hielt sich an den Sattelschlaufen fest.

Konnte es so einfach sein? Nein, das Schwierigste lag noch vor ihm. Er fragte sich, wie Meister Morok reagieren würde, wenn er die Drachen befreite. Gleich würden er und die Männer rings um ihn Feinde sein.

Als sie im Lager ankamen, bedeutete der Händler ihm, abzusteigen. »Danke«, sagte Revyn, doch er wagte nicht, Meister Morok in die Augen zu blicken.

»Geh zu den Drachenkriegern von Logond.« Der Händler wies in eine Richtung. »Man wird bestimmt noch eine Rüstung für dich auftreiben und einen Drachen auch. Haradon ist mit seiner ganzen Streitmacht angerückt.« Revyn nickte.

»Wir sehen uns bestimmt später im Heer«, sagte Meister Morok noch. Dann gab er seinem Drachen die Sporen und führte seine Männer zurück zu ihrer Patrouille.

Einen Moment lang blieb Revyn reglos stehen. Hinter ihm herrschte der Lärm des Lagers. Hundert Stimmen, die durcheinanderriefen. Tausend Füße im Schnee. »Ihr Götter, steht mir bei«, flüsterte er. Dann drehte er sich um und ging los. Die Fußsoldaten waren dabei, sich zu formieren. Zu endlosen Reihen stellten sie sich auf, packten ihre Waffen und Schilde und lauschten nach den Befehlen ihrer Generäle.

Hätte Revyn damals nicht Meister Morok getroffen und Palagrin gestohlen, dann würde er wahrscheinlich auch unter diesen Männern sein, ein unbedeutender Stein in einer Wand, die da war, um niedergerissen zu werden. Hätte er Yelanah nicht kennengelernt, wäre er jetzt noch ein Drachenkrieger. So leicht hätte sein Leben eine andere Richtung nehmen können. Und die ganze Welt der Drachen – die Welt, in die er gehörte – wäre für immer hinter Nebeln geblieben.

Die Kavallerie bezog hinter den Fußsoldaten Position. Manche Männer saßen kampfbereit auf ihren Pferden und murmelten hastige Gebete. Hier und da erklangen Hammerschläge, wo Schmiede die Hufeisen der Pferde in letzter Minute erneuerten. Suppe und Fleisch wurden an großen Kesseln ausgeschenkt. Einer der Männer hatte sich vor Aufregung übergeben.

Dieser Kampf war nicht wie das letzte Mal – diesmal würden Männer auf beiden Seiten zu Tausenden sterben. Aber wenn Revyn und Yelanah nicht erfolgreich waren … Er lief schneller. Ohne Drachen würde womöglich sogar die Schlacht ausfallen … Aber er wusste, dass dieser Gedanke eine unsinnige Hoffnung war. Der Krieg würde weitergehen, es würden immer Kriege geführt werden, solange es Land gab und Männer, die danach gierten.

Endlich entdeckte Revyn die Legionen der Drachenkrieger. Die Männer sattelten ihre Drachen und legten ihnen Rüstungsschienen an. Es waren so viele, dass Revyn sich überwältigt fühlte. Wie sollte er all diese Drachen befreien? Er versuchte, den Ort zu finden, wo am meisten Drachen versammelt waren.

*Hört ihr mich, Brüder und Schwestern? Ich will euch befreien.* Die Drachen, an denen er mit gesenktem Kopf vorbeischritt, blickten ihn erstaunt an. Vor Revyn erschien eine Reihe von Gitterwägen, die als Drachenställe dienten.

*Revyn.* Er blieb wie angewurzelt stehen. Hatte er die Stimme wirklich gehört? Er betete, dass er sich irrte. *Hier, Revyn …*

»Nein …« Revyn machte drei stockende Schritte. *Palagrin!* Er stand gefesselt in einem der Käfige. Auf seinen Rücken waren die schweren Säcke gebunden, mit denen man wilde Drachen fürs Zähmen erschöpfte.

Noch mehr Stimmen erklangen in Revyns Gedanken. Sein Blick irrte über die Wagen. Der ganze Stamm der Nimorga war gefangen. Er zitterte vor Entsetzen. Seine Hände ballten sich zu Fäusten. *Wie ist das passiert? Wie konnte …*

»Revyn!« Jemand packte ihn an den Schultern und umarmte ihn so ungestüm, dass er einen Schritt zurückstolperte. Dann erkannte er, wer es war: Capras! Sein Freund kam ihm mindestens einen halben Kopf größer vor. Sein Gesicht war knochig und hart geworden und seine Haare länger.

Er ließ Revyn los und starrte ihn mit großen Augen an. »Verdammt, Revyn! Wie siehst du aus – wie ein Geist! Wo warst du die ganze Zeit?! Wie … – heiliger Mist, komm her!«

Mühevoll befreite Revyn sich aus der Umarmung seines Freundes. »Hallo, Capras.«

»Wie bist du hergekommen? Kämpfst du mit?« Bevor Revyn antworten konnte, packte Capras ihn wieder an den Schultern. »Gut, dass du da bist. Wir müssen siegen. Jetzt geht es um alles, verstehst du? Nicht nur unser Leben, ganz Haradon steht auf dem Spiel!«

Revyn nickte. Dann nahm er die Hand seines Freundes von seiner Schulter und drückte sie fest. »Capras, ich freue mich, dich wiederzusehen. Versprich mir, dass du dich nicht gegen mich stellst.«

»Hä? Was meinst du?«

Revyn ging an ihm vorbei und zog sein Schwert. Dann öffnete er den Käfig, in dem Palagrin stand, und zerschnitt mit einem Hieb die Fesseln.

»Was machst du da?« Capras lief zu ihm. »Ach, das ist ja dein Drache! Wir haben ihn in den Wäldern gefangen.«

Revyn streichelte behutsam Palagrins Hals. Dann zog er ihm die Säcke vom Rücken: Die Haut darunter war aufgeschürft und blutig. Er konnte kaum hinsehen. *Warte hier drinnen, bis ich die anderen befreit habe. Dann fliehen wir alle auf einmal.*

Palagrin sandte eine schwache Zustimmung. Revyn ging zum nächsten Wagen. Nhoar, ein Mitglied der Nimorga, war darin gefesselt. Revyn zerschnitt die Seile und löste vorsichtig den eisernen Maulkorb.

»Was soll das?«, fragte Capras argwöhnisch.

Plötzlich erklang ein lauter Ruf: »Halt ihn auf, Cap!« Revyn drehte sich um. Mit großen Schritten kam ein Krieger auf sie zu. Es war Twit. Er hatte sich kein bisschen verändert. Noch immer war sein Gesicht blass und unruhig und ein Zucken ging um seinen schmalen Mund. Er zog sein Schwert und richtete es auf Revyn. »Geh sofort von den Drachen weg, Verräter.«

Revyn bewegte sich keinen Zentimeter. »Versuche nicht, mich aufzuhalten.«

»Er will die Drachen stehlen! Er hat auch damals zugelassen, dass die Drachen aus Logond gestohlen wurden. Er ist ein Verräter, er arbeitet für die Feinde!«

Revyn starrte ihn verächtlich an. »Es gibt mehr im Leben als Krieg, schon mal daran gedacht?«

»Wo warst du die letzten Monate?«, rief Twit. »Ich würde sagen, du warst in Myrdhan. Oder vielleicht bei den diebischen Elfen?«

Revyn hob sein Schwert und zerschnitt die übrigen Fesseln, um Nhoar zu befreien. Der Drache schwankte, als er sich wieder bewegen konnte.

»Lass sofort die Drachen in Ruhe!«, befahl Twit.

»Ich werde sie freilassen.«

»Revyn, spinnst du?«, schaltete sich Capras jetzt ein. »Lass die Drachen! Die sind wild!«

Twit packte Revyn am Arm und zerrte ihn zurück. Revyn richtete sein Schwert auf ihn. »Hau ab! Du kapierst gar nichts.«

»Hilf mir, Cap!« Twits Augen funkelten. Er holte aus und schlug mit dem Schwert zu. Revyn parierte den Schlag, doch gleichzeitig packte Capras ihn um die Hüfte und drängte ihn gegen die Wagengitter. »Komm zur Vernunft!« Revyn wehrte sich, doch Capras verdrehte ihm den Arm und er musste sein Schwert loslassen.

»Wirf ihn in den Karren!«, keuchte Twit. Nhoar stieß ein Grollen aus und kam mit noch unsicheren Schritten auf Twit zu. Der Drachenkrieger schrie auf. »Schnell!«

Eine Hand packte Revyn am Nacken und stieß ihn auf Nhoar zu. Er fiel hart auf die Knie. Als er sich umdrehte, hatte Twit die Käfigtür zugeschlagen und schob die Riegel zu.

»Seid ihr verrückt geworden?! Lasst mich raus!«

»Niemals«, schnaufte Twit und zog Capras vom Wagen weg. »Und wenn die Schlacht vorbei ist, wirst du vor Gericht gestellt.«

»Capras, tu mir das nicht an«, sagte Revyn durch zusammengebissene Zähne. Capras sah ihn zögernd an.

»Hör nicht auf diesen Verräter!«, murmelte Twit ihm zu.

Plötzlich erklang ein ohrenbetäubender Hornruf. Die Gitterstäbe in Revyns Fäusten vibrierten. Männer liefen umher, schwangen sich auf ihre Drachen und Pferde und fügten sich in die Schlachtordnung ein.

»Wir rücken aus!«, schrien die Generäle. »Alles formiert sich! Männer, los!«

»Es fängt an!«, rief Twit. Im Lärm der Hörner war er kaum zu hören. »Komm!«

Twit und Capras liefen fort, ohne noch einmal zurückzublicken.

»Wartet! Lasst mich raus! KOMMT ZURÜCK!« Mit einem verzweifelten Aufschrei warf er sich gegen die Gitterstäbe.

## Die Schlacht

Alasar konnte nicht länger warten. Immer wieder kamen Pfeilangriffe aus dem Hinterhalt und sogar kleine Einheiten von Windreitern wagten sich heran. Die Strategien der Haradonen waren so ausgeklügelt, die Attacken so organisiert und effektiv, dass jedes weitere Zögern verheerend gewesen wäre. Der einzige Trumpf, den er hatte, war die schiere Masse seiner Krieger – und die musste er einsetzen, bevor sie dahinschmolz.

Alasar schwang sich auf seinen Drachen und ritt los, als sich das haradonische Heer in der Ferne in Bewegung setzte. Ardhes begleitete ihn, um den König der Haradonen vor der Schlacht zu treffen.

Das Heer blieb hinter ihnen zurück, als sie dem offenen Feld entgegenritten, direkt auf die Feinde zu. Auf der anderen Seite löste sich der königliche Streitwagen aus der Menschenmasse, gezogen von einem stattlichen Drachen.

Alasars Herz schlug schneller. Nun würde er den Mann treffen, der ihm einst alles genommen hatte. Der Räuber seiner Kindheit, der Mörder seiner Eltern … der Mann, der ihn unter die Erde verbannt hatte. Der Mann, der zwischen Alasar und seinem Ziel stand und sterben musste, damit er leben konnte.

Alasar wiederholte diese Gedanken immer wieder, schürte damit den Hass in sich wie ein rotes, heißes Feuer. Der Wagen des Königs war nur noch einen Lanzenwurf von ihnen entfernt. Alasar warf Ardhes einen Seitenblick zu – was sie in diesem Augenblick wohl empfand? Schließlich war König Helrodir ihr leiblicher Vater, sollte sie die Wahrheit gesagt haben. Und es gab ja keinen Grund für sie, um zu lügen, oder? Ihr Gesicht zeigte keine Regung. Ihre Haut war wie Schnee, ihr dunkler Blick versteinert. Sie erinnerte Alasar so sehr an sich selbst, dass er ihr einfach nicht trauen konnte. Wenn sie mehr Zeit miteinander gehabt hätten, vielleicht … vielleicht irgendwann …

Alasar zügelte seinen Drachen. Er blinzelte sich eine Schneeflocke von den Wimpern. König Helrodir und ein Bannerträger hielten vor ihnen an. Nicht mehr als fünf Schritte trennten sie voneinander.

Der Herrscher von Haradon, der mächtigste aller Könige, war kleiner und älter, als Alasar ihn sich vorgestellt hatte. Sein Bart und seine Schläfen waren schon leicht ergraut. Tiefe Falten umkränzten seine Augen.

Fünfzigtausend Soldaten beobachteten sie schweigend. Das Klickern der Eisenbeschläge schien über das ganze Schlachtfeld zu schallen, als die Drachen ihre Köpfe bewegten.

»Höre mich an, Junge«, sagte König Helrodir endlich in versöhnlichem Ton. »Mir ist zu Ohren gekommen, dass du es warst, der König Morgwyn in Isdad ausgeschaltet hat. Dafür wollte ich dir eigentlich danken. Also: Wieso sagst du mir nicht, was das Ganze hier soll? Du bist der König von Awrahell, hast meine Nichte geheiratet, gehörst zu meiner Familie – was ist dein Begehr? Ist all dies wirklich nötig?« Er öffnete die Hände.

»Was mein Begehr ist?«, wiederholte Alasar. »Dein Tod!«

Helrodirs Augen zuckten. »Ich bin in guter Absicht gekommen, aber das kann sich ändern.«

»*Ich* bin gekommen, um zu nehmen, was dir gehört, und zu zerstören, was du gebaut hast.« Wie lange hatte er darauf gewartet, diese Worte auszusprechen! »Jetzt ist deine Zeit vorbei, alter Mann, denn meine hat begonnen. Ich fordere dich zum Kampf auf Leben und Tod, und ich werde erst ruhen, wenn dein Blut an meiner Klinge klebt.«

Helrodir zog an den Zügeln, als sein Drache unruhig zurückwich. »In allen Winkeln des Kontinents habe ich Krieger getötet, doch Abschaum wie dich hätte ich mit keiner Schwertspitze berührt! Was habe ich dir also angetan?«

Alasar zog sein Schwert und richtete die Klinge auf den König. »Vor langer Zeit hast du mir alles genommen. Nun werde ich dir alles nehmen. Du hast dein Leben lang Länder erbeutet wie ein Räuber und ein Mörder und jetzt wirst du den Preis bezahlen! So ist das Leben, du hast lange genug nach den Regeln gespielt.«

König Helrodir keuchte vor Zorn. Dann starrte er Ardhes an. »Du hast einen Verrückten geheiratet! Hast du auch deinen armen Verstand verloren, als du deiner Mutter in den Rücken gefallen bist?«

Alasar sah aus den Augenwinkeln, wie ein Lächeln über Ardhes' Lippen glitt. »Eine Verräterin verdient nichts anderes, als verraten zu werden.«

König Helrodir durchbohrte sie mit seinem glühenden Blick. Dann hob er seine Peitsche. »Jugend hin oder her, jetzt werdet ihr meine Feindschaft kennenlernen! Selbst meine Liebe zur Familie kennt Grenzen!«

»Grenzen«, sagte Ardhes bebend. »Sagt mir, König Helrodir …

wo genau liegen sie bei der Liebe zu einer Cousine? Und der zu einem Bastard?«

»Verdorbene Brut, alle beide! Du wirst in dieser Schlacht sterben, du myrdhanischer Köter! Und du, Ardhes – du wirst auf dem Schafott enden, das versprech ich dir!« Er trieb seinen Drachen an und kehrte um. Donnernder Jubel brach bei den Haradonen aus, als sei die Schlacht bereits gewonnen.

»Keine Angst«, sagte Alasar leise, ohne Ardhes anzusehen. »Das nächste Mal, wenn du ihn siehst, hängt er an einer Lanze. – *Hya*!« Er gab seinem Drachen die Sporen und galoppierte zum Heer zurück. Als er die Faust in die Luft stieß, erhob sich tosender Lärm. Seine Krieger setzten sich in Bewegung wie eine Flutwelle, die nach einem gewaltigen Aufstreben endlich niederstürzt.

»Infanterie vor!«, rief Alasar den Hornbläsern zu.

Die Signale erklangen bis ans hinterste Ende des Heeres. Die Kavallerie und die Drachenkrieger machten Platz für die Männer und Frauen, die nach vorne liefen, von den Höhlenkriegern halb angefeuert und halb gehetzt.

»Rennt!«, schrie auch Alasar der Menschenmasse zu, die an ihm vorbeispülte. »Schneller! Schneller!«

Ardhes war bei ihm angekommen. Sie war kaum Herr ihres Drachen, der vor den voranstürmenden Menschen scheute und sich aufbäumte. Alasar griff nach den Zügeln und brachte ihn wieder unter Kontrolle.

»Zurück in dein Zelt!«, befahl er Ardhes. Sie konnte ihn nicht hören, doch sie nickte und lenkte ihren Drachen herum. Kurz folgte Alasar ihr mit dem Blick, wie sie in die entgegengesetzte Richtung des Heeres ritt und sich einen Weg durch das Getümmel bahnte. Dann wandte Alasar sich wieder um und hielt nach Tivam Ausschau. »Tivam!«, schrie er. »Tivam!«

»Hier!« Er kam angaloppiert und zügelte seinen Drachen direkt neben Alasar. Erleichtert schlug Alasar ihm eine Hand auf die Schulter, dann sah er nach vorne. Inzwischen war ein Großteil des

Schlachtfelds von ihrer Infanterie eingenommen. Von der anderen Seite drängten die Haradonen näher, und mit ihnen schwoll der Lärm von Marschtrompeten an wie das Summen eines monströsen Wespennests. Die Legionen der Drachenkrieger galoppierten in der ersten Reihe. Von den Seiten schlossen sich ihnen die Kavallerien der Pferdereiter an. Erst dahinter folgte die haradonische Infanterie. Alasar spürte das Pochen seines Herzens in den Schläfen und am Hals. Oder war es das Beben der Erde, die unter den Tausenden Schritten erzitterte? Alasar blickte abermals zurück. Verglichen mit den Haradonen war seine Armee eine unorganisierte Horde durcheinanderwuselnder Körper.

»Formieren!«, schrie Alasar aus Leibeskräften. »Windreiter bereit machen! *Abheben*!« Er wandte sich wieder dem Schlachtfeld zu. Sekunden, nur noch Sekunden, dann würde die Front zusammenstoßen, Haradons Drachenkrieger gegen seine Infanterie …

Aber da – da entdeckte Alasar Fußsoldaten, die die Flucht ergriffen! Seine eigenen Krieger flohen vor den Feinden, als ihnen klar wurde, dass sie zu Fuß gegen Drachenkrieger antreten sollten. Noch dazu waren die Windreiter Haradons in Sicht gekommen und feuerten ihre Pfeile ab.

»Windreiter!«, brüllte Alasar. »LOS JEEETZT!«

Endlich verbreitete sich sein Befehl. Schatten rauschten über Alasar hinweg. Gebannt beobachtete er, wie seine Windreiter gegen die Haradonen anflogen. Die Luft füllte sich mit Pfeilen.

»Lasst keine Fußsoldaten entkommen!«, befahl Alasar den Drachenkriegern in seiner Nähe. »Treibt sie zurück!«

Längst hatte Kampflärm die Schlachthörner übertönt. Von hier hinten aus konnte Alasar nicht viel von dem Gemetzel sehen, doch der Wind trug die Schreie zu ihm. In der Luft war der Kampf der Windgarden undurchschaubar geworden. Ob Haradonen oder Myrdhaner fielen, konnte niemand mehr sagen.

»Noch nicht«, befahl Alasar den Drachenkriegern, die auf sein Kommando warteten. »Schickt die Kavallerie vor.«

Die Reiter auf Pferden preschten an ihnen vorbei und stürzten sich ins Getümmel. Die meisten von ihnen waren Soldaten aus Awrahell. Alasar blickte zum Himmel auf. Die Zahl der Windreiter war deutlich geschrumpft. Noch ein paar Minuten, dann würde er seine Drachenkrieger in die Schlacht führen. Aber solange es Pfeile von oben hagelte, waren ihre Drachen zu kostbar, um sie einzusetzen … Alasar merkte, dass der Schwertgriff in seiner Faust feucht vor Schweiß war. Ja, es war Angstschweiß. Das haradonische Heer war organisiert und bestens gerüstet, er konnte dem nur Masse entgegensetzen. Was, wenn sein Plan nicht aufging …? Er atmete heftig. Gleich würden sie losreiten. Nur noch eine halbe Minute.

Alasar wandte sich Tivam zu und legte wieder eine Hand auf seine Schulter. »Tivam«, begann er. Der Schlachtlärm schien sie wie eine Glocke zu umschließen. »Von all den Tausenden Menschen hier gibt es einen, den ich liebe. Das bist du. Du bist alles, was ich habe. Meine … meine Familie. Wenn dieser Tag vorbei ist und die Welt uns gehört, dann werden wir wirklich Brüder sein, zusammengeschweißt in Blut. Und was ich noch sagen wollte … Ich will, dass du nach mir Herrscher wirst. Ich gebe dir alles, was ich habe. Ohne dich wäre ich nichts.«

Er zog ihn zu sich heran und schloss ihn fest in die Arme. Tivams Finger gruben sich in seinen Rücken, dass es wehtat. Dann ließ Alasar ihn los und klopfte ihm auf die Schulter. Tränen standen in Tivams dunklen Augen, aber er sah ihn nicht an.

»Bleib im Kampf an meiner Seite, Tivam. Wir rücken aus!« Alasar zog sein Schwert. »Männer – kämpft! Tötet! Und siegt!«

Sie galoppierten los. In der Geschwindigkeit verschwamm alles und vor Alasars Augen zerliefen Gestalten zu einem zuckenden Albtraum. Er stürzte sich geradewegs hinein. Kein Gedanke folgte ihm ins Chaos, er ließ alles zurück. Nur eins wusste er. Sein ganzes Sein war jetzt nur noch darauf ausgerichtet: König Helrodir würde durch seine Hand sterben.

Revyn sah die Soldaten in die Schlacht schreiten, Reihe um Reihe, und niemand hörte seine Rufe. Er riss und rüttelte an den Gitterstäben, doch es war alles hoffnungslos. Tränen brannten in seinen Augen, als er die Garden der Windreiter sah, die über ihn hinwegflogen.

*Sie sind alle verloren.* Er lehnte sich gegen die Stäbe und atmete schwer.

Nhoar sah ihn dunkel an. Der Drache antwortete nicht. Er schwenkte den Kopf hin und her, ganz langsam erst, dann schneller. Seine Augen wirkten tot. *So viele sterben ... Der Ruf der Unwirklichkeit ...*

Revyn schlang die Arme um Nhoar und legte das Gesicht an seinen Hals. *Hör nicht hin! Hör nicht auf den Ruf. Wenn all unsere Geschwister sterben, dann müssen wir überleben, damit es eine Zukunft gibt! Sei stark ...*

Eine vertraute Stimme meldete sich in Revyn, doch sie war schwach und verschwommen. Er drehte sich um und streckte seine Hände durch die Gitter nach Palagrin aus. Mit den Fingerspitzen erreichte er seine weichen Nüstern. *Was sagst du, Bruder?*

*Du musst Yelanah warnen ... nicht dasselbe zu versuchen wie du. Wir sind hier verloren, Revyn ... wir können nicht gerettet werden. Sieh dich um, die Gefangenen können nicht mehr sprechen! Als sie sich den Menschen ergaben, sind sie zu Sklaven geworden ... Es gibt kein Zurück mehr.*

*Nein, es muss einen Weg –*

*Erinnere dich an die* Dar'hana, *die Yelanah aus Logond befreit hat! Sie sind alle dem Ruf der Unwirklichkeit gefolgt ... Bei den Menschen sind wir unterdrückte Tiere. Wenn wir das nicht mehr sind, sind wir nichts ... Es gibt keinen Weg zurück, wenn man sich einmal verloren hat.*

Revyn blickte zur Seite und atmete zitternd aus. Die Hornsignale der Schlacht waren ohrenbetäubend. Grässliche Schreie wehten zu ihm herüber, bis er den Schmerz zu spüren glaubte. Ihm wurde ganz schlecht. All das Elend auf der Welt, all der zerstörerische Hass raubte ihm fast den Verstand.

Plötzlich sah er einen Mann an den Gitterwagen vorbeihetzen. Sein Herz zog sich zusammen. »Meister Morok!« Er stürzte an die andere Seite des Wagens. »MEISTER MOROK! Hier drüben! Hier!«

Der alte Händler fuhr erschrocken herum. Als er ihn endlich entdeckte, war Revyn sich nicht sicher, ob er ihn wiedererkannte. Verzweifelt winkte er ihn heran. »Meister Morok! Holt mich hier raus!«

»Revyn?« Meister Morok blinzelte verwundert. »Was machst du da drinnen?«

Revyn lächelte vor Erleichterung. »Ein Missgeschick. Bitte, macht die Tür auf.«

Meister Morok blickte kurz nach allen Seiten. Trotz der Kälte glänzte sein Gesicht vor Schweiß. »Die Schlacht hat angefangen, Revyn. Wir brauchen unbedingt noch mehr Drachen, da vorne sterben sie wie die Fliegen. Komm da raus.« Er öffnete den Riegel. Revyn sprang heraus, dann zog er die Tür so weit auf, dass Nhoar ihm folgen konnte. Zögernd trat Meister Morok zurück.

»Revyn, hör zu«, keuchte er. »Kannst du die Drachen hier zähmen, auf die Schnelle? Ich habe da vorne ein paar Männer, gute Männer, die einen Drachen in die Schlacht reiten wollen …«

Revyn sah ihn kurz an, bevor er zu Palagrins Wagen lief und den Riegel aufschob. »Tut mir leid, nein.«

Vorsichtig streckte er die Hand nach Palagrin aus und half ihm aus dem Wagen. Nach den Folterungen der Zähmung war er ganz schwach auf den Beinen. Als er befreit war, lief Revyn zu dem nächsten Wagen und öffnete die Gittertür. Isàn hing in den Ketten. Revyn konnte kaum hinsehen, als er die Fesseln löste – überall waren Wunden.

Plötzlich packte eine Hand Revyn an der Schulter und riss ihn zurück. Meister Morok drückte ihn gegen die Gitterstäbe. Der

Wind ließ sein spärliches Haar flattern. »Was machst du mit den Drachen?!«

»Ich befreie sie!«

Meister Morok holte aus und schlug ihm ins Gesicht. Mit einem Keuchen fiel Revyn gegen die Wagentür. Sein Kiefer fühlte sich an wie ausgerenkt. Er fuhr herum. Seine Faust traf Meister Morok aufs Auge. Der Händler stolperte zurück. Revyn holte erneut aus, schlug ihm in den Bauch und auf die Schläfe. Meister Morok krümmte sich. Dann kam seine Faust wie aus dem Nichts und donnerte in Revyns Gesicht. Benommen fiel er zurück und hielt sich gerade noch an den Wagengittern fest. Sterne tanzten vor seinen Augen.

Ein panischer Drachenschrei erklang. Als Revyn herumfuhr, sah er, wie Meister Morok sich auf Palagrin schwang. Mit seiner Reitschlaufe drosch er auf ihn ein. »Vorwärts! Vorwärts!« Palagrin wand sich vor Schmerz, als die Schürfwunden auf seinem Rücken aufrissen. Dann preschte er blindlings los.

»NEIN!« Revyn taumelte hinterher. »PALAGRIN!« Er rannte durch das verlassene Lager – Meister Morok ritt geradewegs in die Schlacht. Revyn riss im Rennen sein Schwert heraus und tauchte in die Menge der Kämpfenden ein.

Rings um ihn stürzten sich Männer aufeinander. Er wich einem brüllenden Myrdhaner aus, den das Schwert eines haradonischen Reiters vor seine Füße gefällt hatte. Direkt vor ihm stolperte ein Haradone über einen Pferdekadaver und wurde von seinem Gegner erstochen. Ein anderer wehrte eine Lanze ab, nur um einen Augenblick später von einem Pfeil durchbohrt zu werden.

Je weiter Revyn rannte, umso undurchdringlicher wurde das Menschendickicht. Irgendwo vor sich sah er Meister Morok und Palagrin – oder war es ein anderer Drachenkrieger? »Palagrin!«, schrie er verzweifelt.

Von links stürmte ein Mann auf ihn zu. Im letzten Moment parierte er seinen Axthieb, wich zur Seite und floh. Ein Pfeil sirrte an

Revyn vorbei – er duckte sich und fuhr herum, doch der Schütze war längst wieder im Gewühl verschwunden. Dann kam ein Drache vor Revyn auf. In seinem Hals steckte eine Lanze.

Mit starren Augen beobachtete Revyn, wie der Drache nach Luft schnappte. Er war tödlich verwundet.

Langsam sah Revyn auf. Überall fielen nicht nur Männer, sondern auch Drachen. Die Luft war erfüllt von ihren tiefen, schmerzvollen Schreien. Wie viele wohl starben, jede Sekunde? Der Boden bebte. Nicht weit von Revyn stürzte ein brennender Drache auf die Kämpfenden.

Ein eisiger Schauder raste Revyn den Rücken hinab. In seinen Ohren klirrte ein hoher, schrecklicher Ton. War es wirklich …

Silbrige Funken schwebten vor Revyns Augen. Ihm war doch nicht schwindelig …

Immer mehr Lichter tanzten vor ihm her, aber sie sahen nicht real aus. Revyn blinzelte. Als das merkwürdige Funkeln nicht verschwand, folgte er ihm mit dem Blick und sah, wo es herkam. Ihm stockte der Atem.

Der sterbende Drache vor ihm – löste sich auf. Sein blutüberströmter Körper wurde immer durchscheinender. Schillernder Staub stieg empor.

Revyn öffnete den Mund, aber er brachte keinen Ton heraus. Er konnte sich nicht bewegen. Der Drache war kaum mehr sichtbar, nur die Lanze war noch da. Die Staubwolken sammelten sich zu träge rotierenden Säulen und verglommen allmählich.

Ein plötzlicher Luftzug wirbelte auf Revyn herab. Er kniff die Augen zusammen. Lichtsplitter regneten auf ihn nieder, trafen auf die Erde und stoben nach allen Seiten. Ein kreischender Windreiter stürzte direkt aus dem Himmel und schlug neben Revyn auf den Boden.

Die winzigen Teilchen umschwirrten Revyn. Als er sich umsah, verschwamm seine Umgebung im Dunst der unwirklichen Funken. Überall strömten Säulen aus Licht in die Schlacht herab, als greife der Himmel mit Fingern nach der Welt. Wabernde Wolkenschlieren erhoben sich aus dem Gemetzel. Die Erde krachte.

Dann rissen unsichtbare Tore auf und der Ruf der Unwirklichkeit erklang.

## Die Rache

Als das Wunder geschah, trat Ardhes aus ihrem Zelt. Hätte ihr jemand von dem erzählt, was sich nun zutrug, sie hätte es nicht geglaubt. Ein Albtraum war über die Welt gekommen. Was einst die Realität gewesen war, entsprang jetzt der dämonischen Fantasie von Teufeln.

Der dämmrige Himmel spiegelte ein rotes Licht wider, das von nirgendwo herkam. Alles war in dieses Licht getaucht, grässlich rot – lila – ockerfarben – nein, eine Farbe, die es nie gegeben hatte! Schleier des Wahnsinns hatten sich über die Erde gelegt.

Und vom Himmel regneten Leichen.

Die Drachen, die in der Luft gekämpft hatten, sanken herunter, leblos wie Steine. Sie zogen leuchtende Schweife hinter sich her, gleich Sternschnuppen, während ihre Körper sich in nichts auflösten. Die hilflosen Windreiter schlugen kreischend auf der Erde auf. Über das ganze Schlachtfeld hinweg glommen Fahnen silbrigen Staubes auf, und Männer fielen, als hätten die Wolken sie erbrochen. Aus dem Getümmel am Boden strömten Lichtkörner empor wie Nebelschleier. Ein Schrei erfüllte die Welt, der kein echter Schrei war.

Wie ein Klirren, das ein Geisteskranker in den Ohren hatte, war der Klang plötzlich für alle hörbar geworden – und war doch nur ein entsetzlicher Gedanke im Kopf jedes Einzelnen. Er war zu hoch, zu grell, um ertragen zu werden. Ardhes krümmte sich. Als sie hinunterblickte, zerrann der Boden vor ihren Augen wie schwarze Lava. Was nun geschah, hätte nie geschehen dürfen. Was geschah, *konnte* nicht geschehen. Die Panik ließ ihr Herz so schnell pochen, dass sie meinte sterben zu müssen. Und jetzt erinnerte sie sich. Was hatte Octaris damals gesagt, über die Ebenen der Wirklichkeit?

»Wenn jemand stirbt, entweicht die Seele«, murmelte Ardhes. »Die Tore der Welten öffnen sich, vom Diesseits bis zum Jenseits und für alle Ebenen dazwischen – und wenn viele Seelen ihre Körper verlassen, alle auf einmal ... dann sind die Tore der Welten weit offen, zu allen Ebenen!« Ardhes blickte zum Himmel auf und presste sich die Hände auf die Ohren.

Sie begriff, dass sie nach keinem Tor Ausschau halten musste. Sie befanden sich *in* dem Tor. Der Himmel zerrann in Wasserfällen aus glitzerndem Blut, während die Drachen die Welt verließen.

»Palagrin!« Revyn brüllte seinen Namen immer wieder gegen den Ruf der Unwirklichkeit an. Sein Hals brannte vor Heiserkeit. Krieger, unter denen die Drachen einfach weggeschmolzen waren, klatschten auf den Boden auf. Revyn rannte an ihnen vorbei. Sein Blick irrte durch das Grauen, und doch hatte er das Gefühl, gar nichts mehr zu sehen. *»Palagrin!«*

Er stolperte über Leichen. Rauschende Wogen von Licht wehten über ihn hinweg und umhüllten ihn wie Sandstürme. Er spürte einen Sog, der ihn entzweireißen wollte – jeder Atemzug fiel ihm schwer und er rang keuchend nach Luft. Schwerfällig taumelte er vorwärts. *»Palagrin!«*

Plötzlich entdeckte er Meister Morok. Der Händler stand wie eine Statue da, den Blick gen Himmel gerichtet. In seinen starren Augen spiegelte sich der Glanz der irrealen Lichter. Mit einem unendlichen Kraftaufwand hob Revyn sein Schwert und tapste auf ihn zu. Ihm war, als drängte er gegen einen Wasserstrom an. Der alte Mann bemerkte ihn nicht. Tränen liefen über sein graues Gesicht.

Dann sah Revyn den Drachen hinter ihm liegen. Das Schwert glitt ihm aus der Hand; mit einem erstickten Luftschnappen stürzte er an Meister Morok vorbei und fiel neben Palagrin in den Schnee.

»Palagrin! Nein, o nein, nein … Kämpf dagegen an! Kämpf doch!« Noch während Revyn schrie, sah er ein, dass es sinnlos war. Palagrins blutüberströmter Körper war so durchscheinend geworden, dass Revyn den Schnee unter ihm sehen konnte. Als er seine zitternden Hände an Palagrins Hals legte, zerfiel sein Fell in Wolken aus Staub.

*Du musst nichts bereuen,* flüsterte Palagrin. *Du hast mein Leben verlängert … dir muss nichts leidtun. Ohne dich hätte ich meinen Geist vor langer Zeit schon verloren. Du hast mein Herz bewahrt … jetzt ist alles gut. Ist alles gut.*

»Es ist meine Schuld«, schluchzte Revyn. »Wenn ich Alasar nicht … wäre es nie zu diesem Krieg gekommen, hätten die Tore sich nicht geöffnet und – und –« Seine Worte verloren sich in noch heftigeren Schluchzern. *Verlass mich nicht, Palagrin … du darfst dem Ruf der Unwirklichkeit nicht folgen!*

*Hier ist kein Platz mehr für uns. Wir müssen fort und unsere Welt mit uns.*

*Nein …*

*Niemand kann das Voranschreiten der Zeit, das Ende der Nacht und den Anbruch des neuen Tages aufhalten. Wenn die Sonne steigt … dann löst sich Nebel auf in Luft. Ich habe keine Angst vor dem, was uns erwartet. Erinnere dich an uns.*

Revyn sah Palagrin in die Augen. Mit jedem Herzschlag schien das Licht in ihnen ferner zu werden. Sein Körper war kaum noch sichtbar. Revyn legte das Gesicht dicht an Palagrins Nüstern. Allmählich verebbte der sanfte Atem des Drachen.

Der Ruf der Unwirklichkeit kribbelte in seinen Gliedern. Als er seine Hände sah, bemerkte er, dass sie heller waren als sonst. Eine Art Schimmer lag über seiner Haut. Revyn wehrte sich nicht mehr dagegen. Wenn es das Schicksal der Drachen war, zu verschwinden, würde er mit ihnen die Welten wechseln. Und Yelanah? Würde Revyn sie wiedertreffen, dort wo es weder Zeit noch Ort gab?

Panik krallte sich in sein Herz. Nein, das durfte nicht ihr Ende sein, nicht so! *Ist Yelan in der Unwirklichkeit? Kann ich sie dort finden, Palagrin?*

Eine Schwertklinge fuhr durch Palagrins Kopf. Revyn schrie. Lichtschimmer quollen auf und zerfielen in der Luft zu glänzenden Funken. Palagrin hatte sich aufgelöst.

Das Schwert wurde wieder aus dem Schnee gerissen und Revyn drehte sich um. Meister Morok hatte sich wie ein Monster über ihm aufgebaut. In seinem Gesicht spiegelte sich blanker Irrsinn.

»Du hast es getan!«, brüllte er gegen den Wind. »Du hast es getan! Elfenzauber!« Er hob das Schwert und ließ es auf Revyn niedersausen. Revyn wich zu spät zur Seite. Er spürte, wie die Klinge seine Kleider durchschnitt und sich in seine Schulter grub. Sofort schoss Blut hervor und floss ihm unter seinem Wams über Brust und Rücken. Er glaubte durch einen Tunnel aus Licht und Schatten zu stürzen. Meister Morok zog das Schwert heraus und setzte zu einem tödlichen Streich an. Revyn blieb reglos liegen.

Plötzlich erschien eine blutige Speerspitze in Meister Moroks Brust. Der alte Soldat würgte. Das Schwert glitt ihm aus den Händen und fiel dumpf neben Revyn in den Schnee. Seine Arme und Beine zuckten, dann stürzte er auf die Knie und kippte mit dem Gesicht zu Boden. In seinem Rücken steckte der Speer eines Myrdhaners.

Revyn konnte kaum mehr etwas erkennen. Wie durch einen dichten gelben Vorhang sah er, wie der myrdhanische Soldat seinen Speer aus dem Toten zog und über ihn hinwegstieg. Sein Blick streifte Revyn. Er musste ihn für tot halten.

Vielleicht war Revyn so gut wie tot. Seine Knochen fühlten sich an, als wären sie zerfallen. Doch der Schwerthieb hatte den Ruf der Unwirklichkeit geschwächt; Revyn spürte seinen Körper wieder, nun da der Schmerz ihn heiß und glühend durchwälzte.

Vor seinen Augen strömten leuchtende Farben in einen tiefen Strudel. Der Ruf der Unwirklichkeit rang mit seinem Tod, Revyn spürte es; der Sog von zwei Welten zerrte an ihm. Er wollte sich beiden widersetzen. Nicht aus Angst. Das Einzige, was er wollte, war, Yelanah nicht zu verlieren. Wenn er verschwand, dann mit ihr zusammen. Wie sollte er sie in der Unwirklichkeit sonst wiederfinden?

Er rang nach Luft. Und Palagrin – er würde ihm folgen, aber noch nicht jetzt. Noch nicht …

Zitternd klammerte er sich an die Wirklichkeit.

Alasar hielt sein Schwert in verkrampften Fäusten. Noch tropfte Blut von der Klinge, aber er hatte zu kämpfen aufgehört. Verwirrt wich er den Lichtstrudeln aus, die überall dort aufstoben, wo sich Drachen auflösten.

Mitten im Galopp war sein Drache durchgedreht. Alasar spürte noch immer den Schock in sich aufspringen, als er dem Drachen die Peitsche gegeben hatte und der Körper unter dem Schlag zerfallen war wie ein Gebilde aus Sand. Vielleicht war es ein elfischer Zauber, den die Haradonen gewirkt hatten. Doch ihre Drachen verschwanden ebenso.

Egal – diese Verschwörung, wer sie auch angezettelt haben mochte, würde Alasar nicht den Sieg kosten. Er würde erreichen, wofür er gekommen war, ob mit oder ohne Drachen!

Angespannt bahnte er sich seinen Weg durch die Schlacht. Immer wieder drehte er sich um, um Angriffe rechtzeitig zu bemerken oder dem seltsamen Lichtstaub auszuweichen. Hin und wieder sah er zum Himmel hoch, doch es fielen kaum mehr Männer. Die meisten Drachen waren bereits zerfallen.

Ein haradonischer Reiter auf einem Pferd preschte durch die Menge der Kämpfenden und ließ sein Schwert sausen. Jetzt waren die Krieger der Kavallerie am stärksten. Alasar zerrte einen Bogen und Pfeile aus den Armen eines Toten, erschoss erst das Pferd und dann den Reiter. Ihre Todesschreie vereinten sich, als Mann und Tier zur Seite kippten. Alasar ging an den Leichen vorbei. Sein Blick irrte über die Kämpfe. Schwer zu sagen, ob sein Heer dabei war, zu gewinnen – an einer Stelle stürzten sich fünf Haradonen auf einen einzigen Höhlenkrieger, dahinter schlugen mehrere myrdhanische Bauern einen haradonischen Reiter nieder, und dazwischen taumelten schreiende oder schreckensstumme Menschen umher, schützten sich wimmernd vor den Staubfunken oder hielten entsetzliche Wunden. Sie alle wirkten gar nicht mehr wie Wesen aus Fleisch und Blut – mehr wie gespensterhafte Figuren des Wahnsinns.

Alasar zuckte zusammen und presste die Schulter gegen sein Ohr. Wieso hörte er bloß dieses Sirren? In seinem Kopf hallte ein klirrender Ton, als wäre soeben etwas neben ihm explodiert. Irgendwas ging hier nicht mit rechten Dingen zu …

Alasar blickte sich um und lief dann auf einen Haradonen zu. Manchmal musste er sich mehreren Angreifern auf einmal widersetzen, dann waren nur Leichen um ihn herum. Er tauchte ins Dickicht schlagender, schreiender Körper ein und wieder auf, als würde ein wiederkehrender Fiebertraum über ihn hinwegschwemmen.

Dann sah er gelbe Fahnen flattern. König Helrodir stand, umgeben von Leibwächtern, auf seinem Drachenwagen und mähte die angreifenden Myrdhaner nieder, sodass sie ein Feld aus Toten umgab.

Alasar stieß sein Schwert in die Erde und nahm seine verbliebenen Pfeile zur Hand. Er schoss auf einen der Leibwächter und traf ihn in die Brust. Auch einen zweiten und dritten konnte er ausschalten, dann hatte er keine Pfeile mehr übrig und zog sein Schwert wieder aus dem Boden.

»Helrodir!«, brüllte er. Verfluchtes Sirren in seinem Kopf! Er hörte seine eigene Stimme nur verschwommen. »Alter Mann!«

Einer der Leibwächter griff ihn an. Alasar parierte seinen Schwertstreich, drehte sich zur Seite und stieß dem Mann seine Klinge zwischen die Rippen. Endlich wurde der König auf ihn aufmerksam. Die Lippen zurückgezogen wie Lefzen und die Zähne zusammengebissen, riss König Helrodir einen Speer aus einem Toten und feuerte ihn nach Alasar. Alasar trat rechtzeitig zur Seite. Der Speer bohrte sich in den Schnee, Alasar zog ihn wieder heraus und tötete damit einen angreifenden Leibwächter.

»Kämpf mit mir!«, schrie er. »Kämpf wie ein Mann!«

Helrodir hatte sein Schwert in beide Hände geschlossen, sprang vom Wagen und kam mit großen Schritten auf ihn zu. Der Wind wehte eine Woge funkelnden Drachenstaubs zwischen sie und verwandelte Helrodir in einen verwischten Schemen. Alasar hob sein Schwert in Bereitschaft.

Mit einem Mal trat der König aus der Staubwolke. Sein Hieb kam von oben. Das Metall ihrer Klingen kreischte, als Alasar den Schlag abwehrte. Diese Kraft hatte er nicht von Helrodir erwartet. Umso heftiger spürte er den Drang, den König zu besiegen.

Ihre Klingen glitten zischend voneinander ab. Sofort holte Alasar aus, doch Helrodir war schneller. Sein Schwert sauste auf Alasar zu. Wieder parierte er. Die Klingen bebten. Alasar musste zwei Schritte zur Seite weichen. Helrodir setzte hinterher.

Alasar stieß nach vorne, um Helrodir unter der Brust zu durchbohren, aber der König schlug seine Klinge zur Seite. Ehe Alasar zu einem neuen Streich ausholen konnte, raste Helrodirs Schwert wieder auf ihn herab. Er parierte, ging drei Schritte zurück.

Eine Weile trieben sie sich über das Schlachtfeld, schlugen zu, wichen aus. Jeder Atemzug schien eine ganze Minute zu dauern. Allmählich glaubte Alasar eine Art Abfolge in den Hieben des Königs zu erkennen. Er griff gerne von oben rechts an, weil diese Schläge seine stärksten waren; danach war er am schnellsten mit einem Seitenhieb von links. Alasar wusste, wie er parieren musste, noch bevor Helrodir ausholte. Er gewann die Oberhand.

Jetzt war er es, der öfter angriff. Der König mochte geübt sein und seine Kraft war nicht zu unterschätzen, doch Alasar war jung.

Er hätte die ganze Nacht durchkämpfen können. König Helrodir wurde blutrot im Gesicht. Bei jedem Atemzug stieß er die Luft mit einem Grollen aus.

Alasar starrte in sein Gesicht und dachte daran, dass dieser Mann an all seinem Elend Schuld trug. Wegen dieses schwitzenden, abstoßenden Mannes hatte Alasar sein Dorf verlassen. Dieser Mann war es gewesen, den Alasar in den Nächten seiner Kindheit so gefürchtet hatte – er war der Mann, der ihn in seinen Albträumen entdeckt hatte und Magaura –

Der Hass explodierte in seinen Eingeweiden. König Helrodir war schuld an Magauras Tod! Während der König von Haradon mit seiner Familie gefeiert und gelacht hatte, während sie sich an den erbeuteten Reichtümern der Welt erfreut hatten, war Alasars Familie auseinandergebrochen!

Alasar schlug zu, rascher und heftiger, und ignorierte den Schmerz der Erschöpfung. Helrodir ging immer weiter zurück. Dann parierte er einen Seitenhieb von Alasar und riss blitzschnell sein Schwert empor. Anstatt den Schlag abzuwehren, glitt Alasar zur Seite und zog sein Schwert nach vorne. Diesmal blieb das Klirren der zusammenstoßenden Klingen aus. Alasar spürte, wie das Kettenhemd des Königs unter der Wucht des Schlages zerriss. Weich glitt die Klinge tiefer.

König Helrodir stand über das Schwert gebeugt da. Einen bangen Augenblick lang war Alasar dicht neben ihm und hielt das Schwert. Dann zog er es zurück. Helrodir verlor seinen Halt. Seine Knie sackten weg und er fiel auf den Rücken. Mit schwachen Fingern tastete er über den tödlichen Schnitt unter seinem Brustkorb, doch seine Augen blickten bereits ins Leere.

Alasar ließ sich neben ihm nieder und drehte sein Gesicht zu sich. »Sieh mich an. Sieh mich an! Ich will, dass du weißt, wer ich bin, bevor du krepierst.«

König Helrodir keuchte. Sein Atem rasselte, doch er fand seine Stimme nicht mehr.

»Ich bin der, der deine Frau töten wird. Und deine Kinder erschlägt! Ich bin der, der auf deinem Thron sitzen wird und die Gräber deiner Ahnen entweiht!« Alasar war dicht an Helrodirs Gesicht. Dann merkte er, dass er nicht mehr lebte. Das Einzige, was sich noch in seinen Augen bewegte, war Alasars Spiegelung.

Er ließ ihn los und blieb im Schnee sitzen, um sich auf diesen Moment zu konzentrieren. Zehn Jahre lang hatte er mit Schweiß, mit Blut für das hier bezahlt.

Mit einem heiseren Seufzen drückte er sich Daumen und Zeigefinger gegen die Nasenwurzel. Nun hatte er seinen Triumph also. Er hatte sich gerächt. Nie hatte Alasar die Leere seines Lebens so deutlich gespürt wie jetzt.

Da saß er nun, neben der Leiche seines Erzfeindes, und hatte nach der Erfüllung seines Ziels doch weniger als zuvor. Wofür würde er jetzt kämpfen – und leben –, wenn er sich nicht mehr an seiner Rache festhalten konnte …

Aber nein – nein, er ließ diese Gedanken nicht zu. Zwar war die haradonische Armee nun kopflos, doch auch die Krallen eines sterbenden Löwen sind scharf. Jetzt musste er sich darum kümmern, die Armee zu vernichten. Und was danach kam …

Alasar drückte sich fest beide Handballen auf die Augen, dann wischte er sich übers Gesicht und stand auf. Blinzelnd sah er sich nach einer haradonischen Fahne um, in die er König Helrodirs Leiche wickeln konnte. Später würde er ihn ins Lager bringen und Ardhes zeigen. Bestimmt würde sie erfreut sein. Ihre Freude musste für sie beide reichen.

Als er sich umdrehete, traf sein Blick auf Tivam, der zehn Schritte entfernt seinen Bogen spannte. Sein Pfeil – deutete auf Alasar.

Alasar öffnete den Mund. Er hörte ein feines Zischen in der Luft, dann durchfuhr ein Stich seine Brust. Er taumelte einen Schritt zurück. Aus tränenden Augen starrte er an sich hinab: Ein Pfeil steckte in ihm. Er keuchte. Das Blut pochte durch seine Schläfen, als wolle es sie sprengen. Schmerzerfüllt blickte er zu Tivam auf.

Tivam rannte fünf Schritte näher und spannte seinen Bogen erneut. Unter seinen Füßen wirbelten die durchsichtigen Körper von Drachen zu Staub auf. Sein Pfeil traf Alasar in den Hals.

Die Welt schien umzukippen. Himmel und Erde rotierten um Alasar, bis er hart in den fleckigen Schnee fiel. Er rang vergeblich nach Atem. Blut kroch ihm aus der Nase. Durch Drachenstaub und Nebel sah er Tivam auf sich zuschreiten. Nein, es war nicht Tivam … *Er* war es. Rahjel!

Alasar wollte seinen Namen sagen, doch er brachte nur ein Ächzen zustande. Rahjel war zurückgekehrt. Sein Freund, sein Bruder war zurückgekehrt, um ihn zu sich zu holen. Er vergab ihm alles …

Tivams Tränen tropften neben Alasar zu Boden. »Du bist nicht der Einzige, der warten kann.« Schniefend umklammerte er seinen Bogen, als er beobachtete, wie sich Alasars Gesicht im Tod entspannte. »Jetzt haben wir alle unsere Rache.«

## Tore

Der Wind stob rötliche Schneeflocken über Yelanah hinweg. Sie kniff die Augen zusammen. An ihren Wimpern, Augenbrauen und Haaren hatten sich winzige Eissterne festgesetzt. Doch die Kälte war fern, ausgeblendet vom Schmerz ihrer Wunde. Und vom Schmerz darüber, was sie sah.

Alles war so eingetreten, wie Octaris es beschrieben hatte. Im mächtigen Strom der Sterbenden hatten sich die Tore der Welten geöffnet und die Drachen lösten sich auf. Über dem kilometerweiten Gemetzel hingen Wolken aus Licht, die sich rasch im Wind verflüchtigten. Mehr war von den Drachen nicht übrig geblieben. Nach diesem Tag würde es sein, als hätten die Drachen niemals existiert. Und in hundert Jahren würde man sie für einen Mythos halten.

Tränen liefen Yelanah übers Gesicht, aber sie verschafften ihr keine Linderung. Es ging nicht mehr um sie. Ihr Leben war zu Ende. Und sie würde mit dem Wissen sterben, dass ihre Welt mit ihr im Dunkel der Vergessenheit versank.

Das erste Mal seit Stunden, wie ihr schien, wandte sie sich von der Schlacht unter ihr ab und blickte zurück. Rings um das Schlachtfeld hatten sich fleckige gelbe Nebelschleier gebildet wie Schorf um eine blutige Wunde. In der Ferne wanderten die letzten Drachen schemenhaft durch den Dunst. Manche sahen zu Yelanah zurück.

Über dem immer leiser werdenden Ruf der Unwirklichkeit hing eine zarte Melodie ... Yelanah erkannte den Gesang der Elfen wieder.

Schwerfällig richtete sie sich auf. Was taten die Elfen hier? Aus den Nebeln löste sich eine Gestalt. Der Saum seines Mantels und seine Haare vereinten sich mit den Schleiern der Unwirklichkeit, als Khaleios auf Yelanah zutrat.

»Die Elfen verschwinden auch?«, flüsterte sie erstickt.

»Unser Reich geht unter. Nach diesem Tag werden die Tore zwischen den Ebenen sich nie wieder öffnen. Wir wählen unseren Platz jenseits der Wirklichkeit.« Er streckte die Hand nach ihr aus. Yelanah sah, dass sie durchsichtig war – so wie ihre eigene. »Komm mit uns, Tochter. Nichts hält dich mehr in der Welt der Menschen.«

»Doch«, erwiderte Yelanah leise. Sie blickte zur Schlacht zurück. »Revyn würde dem Ruf nie folgen. Ich muss auf ihn warten.«

»Der Menschenjunge ist längst tot!«

»Nein.« Yelanah biss sich fest auf die Unterlippe. »Das ist nicht wahr!«

»Und du wirst auch sterben, wenn du länger zögerst. In der Welt der Unwirklichkeit spielt deine Wunde keine Rolle ... aber wenn du jetzt nicht kommst, dann stirbst du, und kein Weg führt aus dem Jenseits zurück, Yelan.«

»Na und?! Ich will nicht unwirklich werden, ein Geist unter Geistern, die weder tot noch lebendig sind!«

Ein feiner Sog ließ Khaleios' Kleider wehen. »Ob in dieser Welt oder einer anderen, Geister sind wir immer. Auch in der Welt der Menschen harren alle Wesen in Stille aus, nur manchmal berührt von Augenblicken des Lebens.«

Yelanah ließ den Kopf in den Schnee sinken und schluchzte lautlos. »Ich gehe nicht ohne ihn.«

»Du weißt, wohin du gehörst, meine Tochter … wählst du einen Menschen und den Tod statt deiner Welt und den *Dar'hana*?« Lange schwieg Khaleios. Yelanah sah ihn nicht an, doch sie spürte seine Anwesenheit, seinen Blick, der durch die Nebelwände der Welten zu ihr drang. Dann stieß er ein Seufzen aus und wandte sich ab. »Unser Kampf ist vorbei, Yelan. Ich habe aufgegeben und beuge mich dem Schicksal, das Ahiris mir auferlegt. Auch du solltest aufgeben, anstatt dich selbst zu verlieren.«

»Was ist mit dem Retter, an den du geglaubt hast? Gibst du das Vertrauen in deine Visionen so schnell auf?!«

Khaleios wies träge zur Schlacht hinab. »Ich sah ein dunkles Herz, das den Tod Tausender Menschen und den Untergang eines Volkes heraufbeschwört. Jetzt begreife ich, dass dieses Volk nicht die Menschen, sondern die *Dar'hana* sind. Wir Elfen können nicht gerettet werden durch die Gier und Rache eines einzelnen Mannes. Und nun ist dein Menschenjunge ohnehin tot, ermordet von seinem größten Bewunderer.«

»Ich glaube dir nicht«, flüsterte Yelanah, doch es war eine Lüge. Khaleios wusste das.

»In dieser Welt waren wir Fremde, meine Tochter. Ich will den gleichen Fehler nicht wiederholen … bitte, komm mit uns. Was auch immer uns hinter den Nebeln erwartet, an diesem letzten Ort will ich dir ein Vater sein. Bitte. Yelan …« Sie hob den Kopf nicht. Als Khaleios erkannte, dass sie ihm nicht mehr antworten würde, seufzte er tief. Die Nebel schlugen vor ihm zu wie Vorhänge und verschluckten seine Gestalt.

Das Gesicht an die Erde geschmiegt, weinte sie ihre letzten Tränen. Hinter ihr hörte sie die *Dar'hana* flüstern ... *Komm! Komm zu uns! Verlass uns nicht ...*

Hatte sie denn eine Wahl? Sie konnte sich dem Ruf nicht länger widersetzen. Sie spürte, wie er sie aus ihrem Körper zog.

Der Schnee schmolz unter ihr fort. Der felsige Boden zerrann wie eine Illusion. Wasser umschmiegte ihre Beine und Arme und schloss sich langsam über ihrem Rücken wie eine Umarmung. Unter ihren Fingerspitzen fühlte sie die glatten Steine, die es nur am Ufer des *San Yagura Mi Dâl* gab. Sie war zu Hause ... und mit ihrem Zuhause würde sie in die Unwirklichkeit verschwinden. Nun gab es kein Zurück mehr.

Das Wasser stieg an. Mit geschlossenen Augen sagte Yelanah alles, was sie Revyn noch zu sagen hatte; sie flüsterte die unaussprechlichen Dinge, die in ihrem Herzen verschlossen waren und ihr ganzes Glück bedeutet hatten. Als das Wasser über sie hinwegschwappte und sich alle körperlichen Schmerzen von ihrem Geist lösten, klammerte sie sich an den Gedanken, dass nichts sie je von Revyn trennen konnte. Kein Nebel. Keine Welten. Zwischen ihr und der Erinnerung stand nur die Zeit.

## Die Zukunft

Der Abend sank über das Schlachtfeld. Mit der Dämmerung breitete sich eine unheimliche Stille aus, nur durchbrochen vom leisen Wimmern der Verletzten.

Revyn spürte zwei Hände, die ihn an der Schulter packten und umdrehten. Steif wie ein Brett kippte er auf den Rücken, denn seine Kleider waren gefroren. Über ihn beugte sich eine schattenhafte Figur.

»Yelan ...«

Die Figur richtete sich auf. »Hier lebt noch einer!«

Revyn kniff instinktiv die Augen zu, als der laute Männerruf erklang. Dann packten ihn wieder die kräftigen Hände unter den Armen und hoben ihn hoch. Er keuchte vor Schmerz.

Wie ein kleines Kind trug ihn der Fremde zu einem Karren, wo er abgelegt und ihm eine Decke über dic Brust gezogen wurde. Dicht neben ihm waren andere Verletzte, stöhnend und halb besinnungslos wie er.

Der Karren setzte sich in Bewegung. Das Ruckeln und Schwanken tat Revyn so weh, als würde jemand an seiner verwundeten Schulter zerren. Er presste fest die Augen zu und bekämpfte die fahrige Trägheit, die seine Gedanken lähmte. Rings um sie knirschten Schritte im Schnee, klapperten Holz und Metall …

Irgendwann öffnete Revyn die Augen. Undeutlich sah er den Himmel über sich, voller Sterne. Er erinnerte sich, vor langer Zeit geglaubt zu haben, die Sterne seien die Augen von Göttern, die das Treiben der Menschen beobachteten. Wenn es wirklich so war, dann waren die Götter in dieser Nacht gestorben. Der Himmel war blind.

Als sie den Waldrand erreichten, zündeten die Männer Fackeln an. In einer langen Lichterkette zogen sie durch die Dunkelheit, denn schlafen konnte in dieser Nacht niemand. Die Äste der kahlen Bäume schimmerten über Revyn wie glitzernde Hände, eben im Licht erstarrt, bevor sie ihn hatten greifen können.

Wo blieb Yelanah bloß? Er drehte mühsam den Kopf und blickte in die Finsternis des Waldes. Wieso kam sie denn nicht, um ihn zu holen …

Er fiel in einen unruhigen Schlaf voll Fieberträume, erwachte, als es noch stockfinster war, schlief wieder ein und kam zu sich, als der Himmel sich blassgelb färbte. Zum ersten Mal sah er, wie viele Männer in ihrem Zug waren: Karren um Karren, beladen mit Verletzten, wurde gen Westen gezogen.

Wer die Schlacht gewonnen hatte, was aus Haradon und Myrdhan werden würde, ob die Männer auf der Flucht vor Alasar waren … alles war Revyn gleich. Mit geschlossenen Augen wartete er darauf, Yelanahs Stimme in seinen Gedanken zu hören. *Wo bist du nur …*

Tage vergingen. Revyn lag wie leblos zwischen den anderen Verwundeten. Hin und wieder wurde einer der Männer vom Wagen gezerrt, wenn er über Nacht gestorben war, und bald war Revyn mit zwei anderen Kriegern allein auf dem Karren.

Abends, wenn der lange Menschenzug anhielt, hob jemand Revyns Kopf und flößte ihm Suppe ein. »Halte durch, Bruder«, sagte ihm eine Männerstimme. »In Logond werden deine Wunden geheilt.«

Revyn ließ sich wortlos zurücksinken. Er wusste, dass keine einzige seiner Wunden in Logond heilen würde.

Als sie aus den Wäldern traten, lag die Stadt mit ihren umliegenden Dörfern so friedlich und still im tiefen Schnee, als habe nie eine Schlacht stattgefunden. Die Männer brachten erleichtert das letzte Stück hinter sich, doch Revyn fühlte sich wie gelähmt vor Trauer.

In Logond empfingen sie die Stadträte mit grauen Gesichtern, aber niemand schien sich um sie zu scheren. Stattdessen liefen Menschen aus den Häusern, suchten nach ihren Angehörigen und befragten die Überlebenden. Revyn stellte sich vor, wie das Klagen der Mütter und das Weinen der Kinder nicht nur die Verstorbenen, sondern auch das Schicksal der Drachen betrauerte. Er wünschte, er könnte sterben, um das Elend nicht länger zu hören.

»Revyn! Revyn!« Hände berührten ihn. Er öffnete die Augen und blickte in ein vertrautes Gesicht – über ihn beugte sich Lilib, Lilib von den Zähmern! Sie strich sich die Kapuze vom Kopf, damit er sie besser erkennen konnte.

»Du erinnerst dich doch noch an mich? Ich dachte, du wärst längst in Myrdhan gestorben! Du bist ja verletzt – komm, ich helfe dir. Hast du hier jemanden, zu dem ich dich bringen soll, einen Verwandten?« Revyn schüttelte benommen den Kopf, als Lilib ihm half, sich aufzurichten.

»Oben im Stadtteil der Soldaten und Drachenkrieger haben sie das Lazarett erweitert«, erzählte Lilib ihm. »Lass dich nicht hinbringen. Mehr Männer sterben dort als gesund werden.« Sie sah ihm eine Weile schweigend ins Gesicht. Ihr mitleidvoller Blick ließ ihn erahnen, wie schlimm er aussah. »Ich nehme dich einfach mit zu mir nach Hause, ja? Es ist gleich um die Ecke. Dann versuche ich, einen Arzt für dich aufzutreiben.«

Vorsichtig schlang sie einen Arm um seine Seite und stützte ihn. Dann machten sie sich langsam und humpelnd auf den Weg. Revyn drehte sich noch einmal zu den Männern um. Es war das letzte Mal, dass er jemanden sah, der die schwarze Uniform eines Drachenkriegers trug.

Lilib wohnte in einem kleinen Stadthaus, das in einem Gässchen nahe dem Tor stand. Das Licht einer Straßenlaterne drang durch das Fenster in den ersten Stock und überzog die schlichten dunklen Holzmöbel mit seinem gelben Glanz. Hier hatte Lilib Revyn in ein Bett gebracht. Die Erschöpfung überkam ihn, während er halb dem friedlichen Klappern von Töpfen und Geschirr aus der Küche lauschte. Draußen begann es zu schneien. Als Lilib mit heißem Wasser zurückkam, um seine Wunde zu waschen, war er bereits eingeschlafen. Sachte, sodass er nicht aufwachte, wischte sie ihm die Blut- und Tränenspuren vom Gesicht.

Als Revyn zu sich kam, unterhielten sich leise Stimmen im Zimmer. Mehrere Kerzen spendeten Licht. Es duftete nach Suppe. »Da, er ist wach! Revyn, hörst du mich?«

Er drehte den Kopf. Schreck durchschoss ihn – an seinem Bett stand Jurak! Dann waren Capras und Twit wahrscheinlich auch nicht fern. Revyn stützte sich mühsam auf seine unverletzte Schulter. »Was willst du hier?«

Jurak sah ihn verwirrt an. Dann trat Lilib neben ihn und nahm Juraks Hand.

»Ich dachte, ihr wärt befreundet. Freust du dich nicht, ihn zu sehen?«

»Hat Twit dich etwa geschickt, um mich zu suchen?«, fragte Revyn ihn verächtlich.

Jurak schüttelte den Kopf. »Ich habe Twit nicht mehr gesehen, seit er in die Schlacht gezogen ist.«

Lilib setzte sich neben ihn aufs Bett. »Jurak hat sich hier versteckt. Ich habe ihn vor ein paar Wochen getroffen, weil ich wissen wollte, was aus dir geworden ist. Und wir haben geredet. Verstehst du, Jurak ist nicht in den Krieg gezogen. Er ist aus der Armee geflüchtet. Jetzt wohnt er hier.« Revyn starrte die beiden ungläubig an.

»Wahrscheinlich hältst du mich für einen Feigling«, sagte Jurak zögernd. »Aber manchmal kann man nichts Besseres sein als ein Feigling. Ich habe darüber nachgedacht, und Lilib hat mir zugestimmt«, er sah sie kurz an, »dass es ganz sinnlos ist, sich von seinem Stolz treiben zu lassen, wenn man nicht mit seinem eigenen Willen dahintersteht. Erinnerst du dich an die Prophezeiung, die mir der Soldat damals gemacht hat, in der Nacht vor unserer ersten Schlacht? Er hat gesagt, dass ich sterben würde. Weißt du, wie viel Angst ich seitdem hatte? Ich habe so gebetet, dass die Prophezeiung nicht eintritt. Dabei liegt es doch in meiner Macht, sie nicht wahr werden zu lassen. Ich kämpfe einfach nicht mehr.« Er zuckte die Schultern. »Bestimmt verachtest du mich jetzt. Twit und Capras waren die Ersten, die mich als Deserteur gemeldet haben.«

Revyn schüttelte langsam den Kopf. »Ich verachte dich nicht. Du hast dein Schicksal selbst bestimmt, so wie ein Mann. Wenn Twit und Capras noch leben, werden sie trotzdem immer Kinder bleiben.«

Jurak lächelte ein wenig. »Ohne Lilib hätte ich nie den Mut dazu gefunden.«

Revyn beobachtete, wie die beiden sich an den Händen drückten. Dann glitt sein Blick durch das hübsch eingerichtete Zimmer. »Was sagt denn deine Familie dazu, dass du einfach Flüchtlinge und Verletzte in dein Haus aufnimmst?«

»Das Haus gehört mir allein. Davor habe ich mit Wedym hier gewohnt.«

»Wedym von den Zähmern?«, fragte Revyn verwundert. Er erinnerte sich an den älteren Stallmeister.

»Er war mein Onkel.«

Revyn sah sie groß an. »Das wusste ich nicht.«

Sie lächelte flüchtig. »Was glaubst du, wie ich sonst Zähmerin werden konnte?« Eine Weile kaute sie auf ihrer Unterlippe. »Er ist gestorben, vor zwei Monaten. Er wurde rekrutiert und ist im Kampf um Isdad gefallen.«

Betroffen sah Revyn sie an. So viele Menschen, die er gekannt hatte, waren gestorben und würden in Vergessenheit geraten. »Das tut mir leid«, murmelte er.

»Weißt du … in gewisser Weise bin ich sogar dankbar dafür, dass er *davor* gestorben ist. Bevor das mit den Drachen passiert ist, meine ich. Wedym hätte alles verloren, was ihm im Leben wichtig war.«

Lilib und Revyn sahen sich an, wissend, dass genau das für sie beide auch zutraf. Mit einem tiefen Atemzug blinzelte Lilib sich die Tränen aus den Augen.

»Die Leute erzählen so viel. Aber niemand weiß, warum die Drachen wirklich verschwunden sind. Manche sagen, sie wurden alle in der Schlacht getötet. Aber die überlebenden Soldaten – die sagen, dass ein Wunder passiert sei. Ein schreckliches Wunder. Dass die Drachen sich in leuchtenden Staub aufgelöst haben und man die Schreie ihrer Seelen aus der Hölle gehört hat.« Sie warf Revyn einen Blick zu. »Ist das wahr?«

Revyn ließ sich zurück in die Kissen sinken. Seine Wunde war mit einem festen Verband umwickelt, durch den Blut schimmerte. »Wenn du willst, erzähle ich dir die ganze Geschichte. Über die Drachen. Und … über ein Mädchen.« Seine Stimme war dünn. »Die Kleine Göttin der Elfen, die mit ihnen untergegangen ist.«

Lilib rutschte näher und half ihm, sich zuzudecken. »Du musst sie nicht gleich erzählen, wenn du dich schwach fühlst. Du hast viel Blut verloren. Und es könnte noch die ganze Nacht dauern, bis endlich ein Arzt kommt – sie sind alle bei den Lazaretten, und immer wieder treffen neue Soldaten ein, die behandelt werden müssen.«

Revyn nickte matt. Weil er weder Lilib noch Jurak ansehen wollte, richtete er seinen Blick auf die Zimmerdecke. Wieso sollten sie sich so viel Mühe machen, um ihn am Leben zu erhalten, wenn ihn doch nichts mehr an diese Welt band …

»Ich werde sie nie wiedersehen«, flüsterte er. Lilib, die gerade seine Bettdecke unter der Matratze festgesteckt hatte, hob den Kopf.

Revyn schluckte. Dann machte er die Augen zu und versuchte, an nichts mehr zu denken. Aber in der Dunkelheit sah er die Drachen … sah Yelanah … Plötzlich musste er an jene ferne Nacht denken, in der er mit Palagrin aus seinem Dorf geflohen war. Fast spürte er wieder die schreckliche Lähmung von damals. Hatte er nicht gedacht, sein Leben sei zu Ende? Dabei hatte es in der schlimmsten Stunde doch begonnen …

Und vielleicht – wer wusste das schon? – vielleicht war es jetzt gar nicht so anders.

Ardhes und der Zug der verbliebenen Soldaten erreichten das Schloss von Awrahell in der Abenddämmerung. Wie es so zwischen den Felsen emporwuchs und seine Zinnen in den lilafarbenen Winterhimmel streckte, kam es Ardhes vor, als würde sie es zum ersten Mal erblicken. Sie hatte erwartet, ihre Heimat nie wiederzusehen, und in gewisser Weise war es auch so. Als sie im Hof ankam und sich von ihren Dienerinnen in eine warme Kaminhalle geleiten ließ, fühlte sie sich wie eine Fremde in einem alten Traum. Die ganze Nacht saß sie vor dem Kaminfeuer, starrte abwesend in die Flammen und dachte an alles und nichts. Sie war eine Witwe, aber das schien nichts mit ihr zu tun zu haben. Schließlich war sie ihr ganzes Leben lang irgendwer gewesen, ohne davon selbst etwas zu bemerken. Auch dass ihr leiblicher Vater gestorben war, bevor er ihren Tod hatte veranlassen können, und dass Haradon und Myrdhan beide führerlos geworden und dem politischen Chaos ausgeliefert waren, spielte sich scheinbar in einer parallelen Welt ab, die Ardhes nicht betraf.

Am nächsten Morgen wurde Alasar bestattet. Als Ardhes an seinen steinernen Sarg trat, tat er ihr plötzlich leid. Er war bleich und sah viel jünger aus. Sein Gesicht schien aufgebrochen; eine Verletzlichkeit war sichtbar geworden, die Ardhes berührte. Sie betrachtete ihn lange. Hätte sein Leben nicht so viele Brüche gehabt, hätte seine Leidenschaft vielleicht ganz andere Wege gefunden. Und vielleicht hätten sie eine Zukunft gehabt.

Dann fiel Ardhes' Blick auf ein goldenes Schmuckstück, das in seine Hände geschlossen war. Vorsichtig zog sie es hervor. Vor Erstaunen öffnete sie den Mund – es war *ihr* Armreif! Der Armreif, den Octaris ihr in ihrer Kindheit geschenkt und den sie Revyn einst gegeben hatte … Wie war er in Alasars Hände gekommen?

Nachdenklich betrachtete sie sein Gesicht. Die Antwort würde sie wohl nie erfahren. Sie steckte den Armreif ein und gab dem Toten stattdessen die Kette in die Hände, die sie gerade trug. Der Kristallanhänger stammte aus Myrdhan.

Der Sarg wurde geschlossen und versiegelt. So nahm er seinen Platz in der Gruft des Schlosses ein, umgeben von den Königen der Vergangenheit, geschützt von dem Element, das sein Leben bestimmt hatte: Fels.

Zwei Tage später fand eine Versammlung statt, in der über die Zukunft Awrahells und seine politische Haltung den anderen Ländern gegenüber entschieden werden sollte. Über Nacht war das einst bedeutungslose Awrahell zu einem der stärksten Königreiche des mittleren Westens aufgestiegen. Haradon und Myrdhan hatten keinen König mehr und verfügten nicht länger über eine funktionierende Streitmacht. Und es gab keine Drachen mehr – damit war der größte Nachteil des Militärs von Awrahell für immer beseitigt.

Als Ardhes die Halle betrat, verstummten die Berater und Generäle. Sie trug Trauerkleider und ihr Gesicht wirkte gealtert. Sie nahm auf dem Thron Platz und ließ den Blick eine Weile über die Versammelten schweifen. Kein einziger Myrdhaner war anwesend. Die, die überlebt hatten, waren längst in ihre Heimat zurückgekehrt, als wäre ihr Heerführer nie König von Awrahell gewesen. Am Rand der Halle erspähte Ardhes Octaris neben einer kleinen Gruppe elfischer Vasallen. Erwartungsvolle Gesichter sahen zu ihr auf.

»Ich trage Trauer«, begann Ardhes. Ihre Stimme klang hohl, als die Gemäuer das Echo zurückwarfen. »Mein Gemahl ist gestorben. Und mein Land. Wir wollen beraten, wie es mit unserer Politik weitergeht. Lasst uns ehrlich sprechen, das erste Mal in unserem Leben: Für die Elfen gibt es in Awrahell keine Zukunft. Dafür haben meine Mutter, mein Vater, mein Gemahl und ich gesorgt. Und der Thron gehört mir, einem vollblütigen Menschen.« Tumult brach aus. Verblüffte Blicke wanderten zwischen ihr und Octaris hin und her. Octaris sah nur Ardhes an.

Laut rief sie über das Stimmengewirr hinweg: »Aber auch für die Menschen gibt es in Awrahell keine Zukunft. Es ist ein Reich für niemanden, zerstört von allen.« Damit erhob sie sich und lief aus der Halle. Ein kindischer, naiver Teil in ihr wünschte sich noch immer, Octaris würde ihr folgen und sich das erste Mal in ihrem Leben wirklich um sie kümmern – aber er verharrte natürlich, wo er war, traurig und gedankenverloren wie immer. Sie hatte nichts anderes erwartet.

Wochen später, als in Awrahell der Bürgerkrieg zwischen Menschen und Elfen ausbrach, war Ardhes alles andere als überrascht. Sie hatte gewusst, dass ihre Enthüllung die in Awrahell ansässigen Elfen entrüsten musste. Und sie verstand sie auch – niemand konnte von ihnen verlangen, dass sie sich einer Königin unterwarfen, die nicht vom wahren, elfischen Königsgeschlecht Awrahells abstammte. Ardhes war nur die uneheliche Tochter einer Menschenprinzessin.

Der Bürgerkrieg dauerte nicht lange an – kaum ein halbes Jahr –, und neben den großen Massakern und Machtkämpfen, die in Haradon, Myrdhan und den anderen Ländern, die nicht länger unter Haradons Kolonialmacht standen, das Leben von Tausenden kosteten, schienen die Kämpfe in Awrahell nicht weiter erwähnenswert. Noch dazu war die Großzahl der Opfer elfisch und wen kümmerte schon das Schicksal von ein paar wilden Elfen?

Schließlich wurden die Elfen aus den Städten vertrieben. Ardhes hörte von Massenverbrennungen. Die elfischen Dörfer in den Bergen, die leere Drohungen über Anschläge und Putschversuche geäußert hatten, wurden von den Menschen attackiert und dem Erdboden gleichgemacht. Zuletzt flohen die Elfen, die überlebt hatten, gen Osten, in die fernen Länder, in denen ihr Volk noch die Aussicht hatte, sich in kargen Einöden, in Wüsten oder Armenvierteln großer Städte anzusiedeln, bis sie eines Tages die Menschen auch von dort vertreiben würden oder ihr Blut sich bereits mit dem der Menschen vermischt hätte. So war das Ziel der Menschen in Erfüllung gegangen; die Welt gehörte ihnen. Sie waren ganz allein.

Oft musste Ardhes an ihre Mutter denken, die der Untergang der Elfen in Awrahell sicher erfreut hätte. Wäre sie geblieben, hätte Jale womöglich ihren Frieden gefunden, nun da Ardhes ihren Zweck erfüllt hatte. Aber in Haradon war Jale gewiss mit ganz anderen Dingen beschäftigt – was aus ihr geworden war, nachdem Helrodir die Schlacht nicht überlebt hatte, konnte Ardhes nur erraten. Doch eines Tages erhielt sie einen Brief, schlicht und unversiegelt. Als sie ihn öffnete, stand in Jales kleiner Schrift geschrieben:

*Schlangen sind die Brut von Schlangen. Der Hass ist uns beiden vertraut, Ardhes. Aber ich weiß, dass ich auch lieben kann, denn ich hatte eine Tochter.*

Kurz darauf hörte Ardhes, dass Jale an einem Putschversuch in Haradon beteiligt gewesen und hingerichtet worden sei. Den Brief hatte sie im Kerker verfasst. Ob Jales Machtgier letzten Endes wirklich zu ihrem Tod geführt hatte oder ob es nur ein Gerücht war – Ardhes erfuhr es nie. Den Brief, den sie ihr zurückschicken wollte, schrieb sie nicht.

Und was sollte sie auch sagen? Selbst wenn Jale noch lebte, hätte Ardhes nur den Schatten einer Person erreichen können, die sie einst gekannt hatte. Alles hatte sich verändert. Ardhes hatte das Ende einer Zeit erlebt, und das Einzige, was sie und alle anderen Menschen noch verband, war, dass sie Zeugen waren: Sie hatten schweigend nebeneinandergestanden, als die Drachen starben, und nun beobachteten sie stumm das Verbluten der Elfen. Lange glaubte sie, die Welt werde für immer ein Friedhof für sie bleiben, bewohnt von den Geistern der Vergangenheit.

Dann, in einer Nacht, hörte Ardhes ein fernes Lied von draußen. Sie lag in ihrem Bett und hatte in der Dunkelheit vor sich hin gedöst. Nun stand sie auf. Die Vorhänge des Balkons bewegten sich im kühlen Wind. In Wogen trug er den Gesang zu ihr. Ardhes ließ den Armreif, mit dem sie gespielt hatte, um ihr Handgelenk schnappen, trat auf den Balkon und sah hinunter.

Eine lange Reihe von Laternen leuchtete durch die Dunkelheit. Karawanen von Elfen zogen am Schloss vorbei. Aus mehreren hundert Kehlen drang eine Melodie, traurig und hell, leicht und schwer, flüchtig und doch beständig wie die Wellen des Ozeans, deren Auf und Ab sich bis in die Ewigkeit fortsetzt. Mit angehaltenem Atem folgte Ardhes dem langsamen Fortgang der Lichter. Gingen sie denn wirklich … Vielleicht entfernten sie sich nur von ihr, Ardhes. Vielleicht war alles nur eine Frage des Standpunkts … Und plötzlich glaubte sie sich selbst und die ganze Welt in diesen schwankenden Lichtern zu erkennen. Sie musste an ihre Kindheit und an Revyn denken. Sie musste an ihre Mutter denken und an

Octaris. An König Helrodir. An das traurige Schicksal der Drachen. Immer wieder dachte sie an die Drachen und den schrecklichen, erlösenden Zauber, mit dem sie verschwunden – von *hier* verschwunden – waren.

Plötzlich hielt sie es nicht mehr aus. Sie raffte ihren Rock, drehte sich um und hastete die Außentreppe am Schloss hinab, lief an den Wachen vorbei, die bei der Wehrmauer patrouillierten und die Elfen ebenfalls beobachteten, und rannte durch die Hallen.

Seit der Versammlung vor mehr als einem halben Jahr hatte sie Octaris nicht mehr gesehen. Irgendjemand hatte gesagt, er habe das Schloss heimlich verlassen und unterstütze nun die elfischen Rebellen im Norden des Landes, doch Ardhes wusste, dass das nicht stimmen konnte. Octaris hätte nie so direkt ins Leben eingegriffen.

Tränen stiegen ihr in die Augen, als sie die Tür seines Zimmers am Ende des Ganges sah. Jahre, so schien ihr, war sie nicht mehr hier gewesen. Eine Aura aus Schweigen und Verlorenheit hing in der Luft, doch Ardhes zerriss sie mit ihren eiligen Schritten wie Spinnweben. Sie stieß die Türflügel auf und lief hinaus auf den Balkon, auf dem Octaris mit einem Buch in den Händen saß.

Träge blickte er zu ihr auf. Ardhes blieb zögernd stehen. Sie schluckte und versuchte, sich zu fassen. »Was liest du da?« Sie wusste, dass die Frage nicht wirklich die passende Begrüßung war, wenn man sich ein halbes Jahr nicht gesehen hatte.

Octaris folgte ihrem Blick zu dem Buch, als bemerke er es erst jetzt in seinem Schoß. Es war ein schwerer, alter Foliant. In Octaris' linker Hand ruhte eine Feder. »Das ist das *Nir Miludd.* Ein Mann hat es mir anvertraut, als er und seine Leute gegangen sind.«

»Ist er gerade gegangen, mit den Karawanen?«

Octaris sah sie an und schüttelte den Kopf. »Er hat nicht so lange gewartet.«

Wieder wurde es still zwischen ihnen. Ardhes überlegte schon, ob es richtig gewesen war, einfach herzukommen. Vielleicht *wollte* er gar nicht mehr, dass sie ihn aufsuchte. War sie nicht schuld daran, dass die Elfen vertrieben wurden? Hatte sie nicht das heraufbeschworen, was Octaris in diesem Moment so bedrückt, so alt, so unendlich erschöpft aussehen ließ?

»Wenn du mich hasst«, sagte sie mit wackeliger Stimme, »dann kann ich das verstehen.«

Octaris öffnete den Mund, aber Ardhes unterbrach ihn sofort. Nichts wollte sie jetzt weniger hören als seinen schwachen Widerspruch. »Weißt du, der Grund, wieso ich gekommen bin, waren die Drachen. Ich habe die Elfen gesehen, die Awrahell verlassen, und ich, ich habe ihr Lied gehört. Das hat mich an so manches erinnert.« Sie lächelte, obwohl sie gar nicht wollte. »Jetzt wo die Drachen verschwunden sind … waren sie denn wirklich so anders als alle anderen Tiere – als alle anderen Wesen? Vielleicht war ihre Besonderheit nur die, dass sie nicht in Gefangenschaft leben konnten. Und vielleicht tragen wir alle, alle Menschen und Tiere, dasselbe in uns. Weißt du, ich … Oft habe ich überlegt, dass die ganze Welt schlecht sein muss, denn das Schlechte hat sich bei mir wahrscheinlich stärker eingeprägt als all die schönen Augenblicke meines Lebens. Aber jetzt habe ich das Lied der Elfen gehört, und es war, als hätte es mir etwas von früher gezeigt, das ich längst vergessen hatte. Ich glaube, es hat mich an die Nächte erinnert, die ich mit meinem Vater verbracht habe … Und jetzt, in diesem Moment, glaube ich nicht mehr, dass die Welt schlecht ist. Und ich kann nicht glauben, dass die Elfen schlecht sind, denn wie könnten sie sonst etwas so Schönes wie dieses Lied singen? Gewiss«, fuhr sie rasch fort, »es ist nur ein Lied, es ist nur da, solange jemand es singt. Aber so ist es wahrscheinlich mit allem Glück und aller Schönheit auf der Welt. Es existiert nur für Augenblicke, es lässt sich nicht greifen, nicht wiederholen, nicht einmal in unserer Erinnerung bleibt es unverfälscht. Und trotzdem ist es genau das, was unserem Leben einen Sinn gibt … oder nicht?« Sie verstummte. Erst jetzt merkte sie, dass sie weinte. »Ich habe so viel falsch verstanden. So viel falsch gemacht. Ich …«

Octaris' Stirn war in tiefe Falten gelegt. Dann schob er das Buch zur Seite und öffnete die Arme. »Oh, Ardhes!«

»Papa …« Sie ließ sich in seine Umarmung fallen und schluchzte. »Es tut mir so leid. Ich weiß nicht, wieso ich dir wehgetan habe!«

»Ist alles gut«, flüsterte er. Es war das erste Mal, dass sie sich umarmten. Und zum ersten Mal wusste Ardhes ganz genau, dass Octaris sie liebte.

»Ich wollte dich nie traurig machen, Ardhes. Niemals. Aber wenn – wenn alles, was geschehen ist, zu diesem Augenblick geführt hat, dann bereue ich nichts.«

Ardhes schüttelte den Kopf. »Nein … ich auch nicht.« Und dass sie die reine Wahrheit sagte, war so befreiend, dass sie am liebsten laut gelacht hätte. »Ist deine Geschichte von den *Ahirah* jetzt zu Ende?«

Octaris sah sie aus schimmernden Augen an. »Die Geschichte der *Ahirah,* Söhne und Töchter von Ahiris, ist erst vorbei, wenn die ganze Welt und das Schicksal selbst zu Ende gehen. Aber wenn du die Geschichte derer meinst, von denen ich erzählt habe – dann ja, sie ist vorbei. Fast …«

Ardhes zog die Nase hoch. Sie wusste, von wem Octaris sprach, und sie wusste, wieso er in zögerndes Schweigen verfiel. Leise sagte sie: »Ich habe oft an ihn gedacht. Ich habe mich gefragt, ob der letzte Teil der Prophezeiung eingetreten ist – ob er *ihr* gefolgt ist … Willst du mir von ihm erzählen, ein allerletztes Mal? Wie früher?«

Octaris sah sie unsicher an. »Möchtest du das wirklich?«

»Ja!«, lächelte sie. »Ich trauere ihm nicht mehr nach. Ich habe nie *ihn* geliebt, das ist mir jetzt klar, ich habe das Bild geliebt, das ich mir von ihm, von uns gemacht habe. Das ist nun vorbei. Ich lebe nicht mehr nach Lügen und Illusionen. Aber ich will es hören. Ich will noch einmal mit dir auf Reisen gehen.« Sie nahm vorsichtig das schwere Buch auf ihren Schoß und zog Feder und Tintenfässchen zu sich heran. »Du bist mein Auge und ich bin dein Gedächtnis, so wie früher, ja? Wir schließen das hier gemeinsam ab. Irgendwie haben wir es ja auch zusammen angefangen.«

Octaris nickte. Ardhes setzte die Feder aufs Papier. Ihr Vater schloss die Augen. Dann begann er zu sprechen und Ardhes schrieb die Erfüllung der letzten Prophezeiung ins *Nir Miludd:*

## Nebel

In Haradon kämpften nach dem Tod König Helrodirs zahlreiche Thronanwärter um seine Nachfolge. Ein König kam, wurde drei Monate später ermordet, machte einem neuen König Platz – der König wurde nach einem halben Jahr Opfer einer Revolte, und eine Gruppe von Generälen übernahm die Macht, deren Mitglieder fast regelmäßig verraten, hingerichtet und ersetzt wurden. Nicht nur unterworfene Länder, sondern auch einzelne Städte in Haradon weigerten sich bald, die neue Regierung anzuerkennen. Streitigkeiten innerhalb von Kämpfen, Kämpfe innerhalb von Kriegen spalteten das Land und die Menschen. Es war, als könne nie wieder Frieden herrschen.

Wenn Revyn die Prügeleien sah, die auf den Marktplätzen Logonds ausbrachen, weil jemand das eine oder andere gesagt hatte, dann taten ihm die Menschen leid. Je beharrlicher sie an einer politischen Überzeugung festhielten, desto hilfloser und verzweifelter kamen sie ihm vor.

Was ihn selbst betraf, so fühlte er sich dem, was in Haradon und der restlichen Welt vor sich ging, seltsam entrückt. Öfter als früher ertappte er sich dabei, wie er in verschwommene Wachträume verfiel und Gedanken folgte, die ihn nirgendwohin führten. Nachdem seine Verletzung einigermaßen geheilt war und er das Bett verlassen konnte, blieb doch das Gefühl, fehl am Platz oder nicht vollständig zu sein. Daran konnte weder Lilibs Fürsorge noch die Freundschaft mit Jurak etwas ändern.

Sobald er wieder bei Kräften war, um längere Strecken zu laufen, verließ Revyn Logond und ging in den Wald. Inzwischen war es Spätsommer. Lange stand er einfach nur da, genoss das Sonnenlicht auf seinem bleichen Gesicht und konzentrierte sich auf die Ströme warmer und kühler Luft, die der Wind durch die Baumkronen hauchte. Dann machte er sich auf den Weg, um die Nebelwelt zu finden.

Er fühlte sich ein wenig schuldig, weil er Lilib und Jurak einfach ohne ein Wort verlassen wollte. Aber bestimmt würden sie ihn verstehen. Wie er wussten sie, dass er nicht mehr nach Logond gehörte.

Revyn wanderte durch den Wald, bis die Sonne hinter den Bäumen verschwand. Er versuchte, an nichts zu denken und seinem Gefühl zu folgen – dann konzentrierte er sich mit aller Macht auf die Nebelwelt und suchte mit seinem Verstand nach einem Weg –, als auch das nicht half, begann er zu rennen. Seine Verletzung schmerzte. Er stolperte durch das Gebüsch, schlitterte einen Hang hinab, brach durch einen Hain junger Buchen und lief achtlos durch mehrere Bäche. Es wurde immer dunkler. Wieso kamen die Nebel nicht? Was musste er denn noch tun, um sie zu rufen? War er nicht der *Mahyûr*, in dem die Nebelgeister lebten?

Er rief laut Yelanahs Namen, er rief nach Palagrin und den anderen Drachen, bis die Vögel erschrocken aus den Ästen flatterten, aber natürlich war das alles sinnlos. Zwischen Sträuchern und Steinen sank er auf die Knie und vergrub das Gesicht in den Händen. Die Tore der Welten hatten sich geschlossen, wahrscheinlich für immer.

Wieder und wieder kehrte er in den Wald zurück und suchte von Neuem nach einem Weg zu den Nebeln, doch nichts geschah. Der Wald hatte kein zweites Gesicht mehr.

Der Herbst kam. In Logond herrschte großer Aufruhr, denn der Stadtrat hatte sich geweigert, der staatlichen Armee die geforderten Truppen zu liefern. Ab jetzt waren die Bewohner Logonds in erster

Linie nicht mehr Haradonen, sondern *Logonder.* Als Antwort auf diesen Ungehorsam erklärte der Regierungsstab Haradons der eigenen Hauptstadt den Krieg.

Revyn konnte nicht glauben, dass all das wirklich geschah. Die Welt schien sich plötzlich viel schneller zu drehen und er blieb weiter und weiter in der Vergangenheit zurück. Statt an den öffentlichen Versammlungen der Stadt teilzunehmen und mit Lilib und Jurak die immer neuen politischen Katastrophen zu diskutieren, verbrachte er die meiste Zeit des Tages damit, imaginäre Spaziergänge durch seine Erinnerungen zu unternehmen. Wenn ihm klar wurde, dass außer ihm und Lilib kaum noch jemand die Drachen betrauerte, fühlte er sich so erdrückt, dass er am liebsten geflohen wäre, an einen Ort, wohin ihn nicht einmal seine Gedanken verfolgen konnten.

Eines Tages hatte er einen Traum, süß und schmerzlich vertraut. Er rannte durch dichten blauen Nebel und war auf der Suche nach etwas, das er nicht benennen konnte. Schatten begleiteten ihn hinter Vorhängen aus Dunst, doch sobald er sich zu ihnen umdrehte, waren sie fort. Dann blieb er stehen. Er konnte nicht mehr laufen. Noch ein Schritt und ihm würde das Herz vor Anstrengung aus der Brust springen. Ohne nachzudenken, sank er auf den feuchten Moosboden. Und da sagte er es endlich, sagte endlich, wonach er auf der Suche war. Er sagte leise und deutlich: »Yelanah, höre mich. Ich kann nicht länger durch den Nebel!«

Erschrocken fuhr er aus dem Schlaf. Die Worte lagen ihm noch auf der Zunge, aber das erleuchtende Gefühl seines Traumes zerfiel. Schließlich hatte er keine Zauberformel gesprochen, es waren nur ganz gewöhnliche Worte gewesen. Blinzelnd sah er sich um. Seine Kleider waren feucht. Er saß auf dunklem Moos. Die verwunschenen Birken rings um ihn hüllten sich in milchige Schleier.

Träumte er noch?

Benommen kam er auf die Füße und drehte sich einmal um sich selbst. Wieso war er im Wald? Wie war er hergekommen? Revyn fuhr sich über den Kopf. War er gestern wieder aufgebrochen, um einen Weg aus der Wirklichkeit zu finden? War er womöglich eingeschlafen und hatte nur geträumt, er sei in Lilibs Haus geblieben?

Revyn rieb sich immer wieder übers Gesicht. Er konnte sich nicht erinnern! Sosehr er es auch versuchte – er wusste nicht, was gestern geschehen war. Er konnte nicht sagen, wo der Traum endete und die Wirklichkeit begann.

War das hier die Wirklichkeit?

Er sah sich wieder um. Die Nebel waren so dicht, dass er nach fünf Schritten Entfernung nichts mehr erkennen konnte. Reglos stand er da und lauschte. Der Wald war vollkommen still.

Aus den Augenwinkeln nahm er plötzlich eine Bewegung wahr. Er fuhr herum; hinter dem Nebel bewegte sich ein Schatten und glitt fort. Sein Herz begann zu rasen. Vielleicht war es ein Hirsch gewesen. Vielleicht …

Mit weichen Knien ging er in die Richtung, in die der Schatten verschwunden war.

Von den Ästen der Bäume hingen Ranken. Farn und dichtes Gebüsch bedeckten den Boden. Revyn stolperte voran, während er nach Schemen im Nebel Ausschau hielt. Irgendwo in der Ferne hörte er ein leises Trappeln auf dem Boden. Ihm war schwindelig vor Aufregung. Seine Schulterverletzung pochte, aber er achtete nicht darauf.

Die knorrigen Birken wichen mit einem Mal zurück und Revyn trat unversehens in einen sumpfigen Tümpel. Vor ihm wucherten wilde Orchideen. Ein Schwarm brauner Schmetterlinge flatterte auf. Er ging durch den Sumpf und sprang von Stein zu Stein, um mehrere Bachläufe zu überqueren. Die Angst zu träumen durchfuhr ihn schmerzlich. Wenn er jetzt erwachte, würde er vor Kummer zusammenbrechen!

Irgendwo erklang ein Platschen. Revyn ging an dicht belaubten Eichen vorbei und strich die Zweige zur Seite. Vor ihm lichtete sich der Wald. Die Nebel zogen auf und offenbarten das Ufer eines völlig ruhigen Sees.

Mit tapsigen Schritten kam er näher. Am Ufer saß ein Mädchen. Langsam richtete sie sich auf und Revyn blieb stehen. Sie wandte ihm das Gesicht zu. Ihre Blicke trafen sich und sie starrten einander an.

Ihre Haut war weiß wie Nebel. Ihr Kleid schien aus Wasser gewoben. Sie war geisterhaft wie der See. »Endlich«, flüsterte sie. Tränen glänzten in ihren stillen Augen. Vorsichtig streckte sie die Hand nach ihm aus, als sei *er* der Geist. Ohne zu zögern, ergriff er sie. Ihre Finger fühlten sich so unwirklich an wie Nebel … aber das war ihm gleich. Sie war hier.

»Geh nicht«, sagte er heiser, obwohl sie so unbewegt vor ihm stand wie zuvor. »Ich geh mit dir mit, Yelan. Egal wohin.« Er schluckte. »Sag mir nur, dass das kein Traum ist. Wenn das hier nicht wirklich ist, sterbe ich.«

»Es ist nicht wirklich.« Sie trat auf ihn zu und nahm auch seine andere Hand. Ihre Lippen zitterten, als sie flüsterte: »Aber das macht nichts. Es ist das letzte Mal, dass die Tore sich geöffnet haben. Sie haben sich geöffnet für dich … weil du zu den *Dar'hana* gehörst, wenn du noch willst. Willst du mit mir kommen? Aber an dem Ort, an den ich dich führen kann, gibt es keine Zukunft. Nur Geister und Träume und verlorene Schatten.«

»Ich bin so ein verlorener Schatten, Yelan. Nur wenn du bei mir bist und Palagrin und die anderen auch, dann spielt das überhaupt keine Rolle.«

Sie atmete erleichtert aus. »Also kehren wir heim.«

Er nickte. Dann drückte sie seine Hand und führte ihn in den dichten Nebel, wo die Drachen warteten.

# Danksagung

Die ersten zarten Ideensprösslinge zu *Das Drachentor* kamen mir vor fünf Jahren: Ich war vierzehn, gerade dabei, meine ersten beiden Romane Verlagen anzubieten, und zwischen Verträgen und Flaschendrehen auf halbem Weg durch das Dickicht des Heranwachsens gestolpert. Aus dem Nebel ringsum schälten sich Gestalten, bis erst Alasar mit einem Anfang und Yelanah mit einem Ende, dann Revyn mit einem Herz und zuletzt Ardhes mit einem Verstand aus jener Welt, wo Traum und Zauber miteinander verschmelzen, auf meinen schattigen Pfad traten.

*Das Drachentor* hat mich länger und subtiler begleitet als andere Geschichten; seine Handlungsstränge, Figuren und Stimmungen sind eng verwoben mit meinen Gedanken an die vergangenen Jahre. Der sanfte Untergang der Kindheit, die Eröffnung einer neuen Zeit, das Vergängliche, das Immerwiederkehrende – das sehe ich vor mir, wenn ich diese Geschichte durchstreife, die mehr als irgendeine andere meine Geschichte und die des Erwachsenwerdens ist. Sollte *Das Drachentor* jenes Buch zwischen Fantasie und Ehrlichkeit, Dunkelheit und Hoffnung geworden sein, das zu schreiben ich versucht habe, so verdankt es das den Menschen, die mein Leben bereicherten.

Mama und Papa, alles hat mit euch angefangen, so soll es auch hier sein: Danke, dass ihr mich gelehrt habt, allein zu lernen. Vor allem aber danke für eure Liebe. Kim-Mai: Du warst und bist ein großer Teil meines Lebens, ob du an meiner Seite warst oder nicht. Ich glaube fest an dich. Mikey: Mahjong, mein Schatz. Ich könnte weinen, so lieb habe ich dich. Bo: Ich umarme dich ganz fest für alles, was ich dir zu verdanken habe. (Ich umarme dich wirklich gerade. Du sitzt neben mir!) Dank an meine Lizzy, die Person, mit der ich über Kunst, Kapitalismus und Kommata reden kann. Besonderen Dank an Olivia Fritz: Sie hat die *Dar'hana* erfunden und einst mein eiskaltes Drachen-Desinteresse zunichtegemacht. Ich danke den Comiczeichnern aus München, die nicht nur auf meinen Zeichenstil, sondern auch auf die Züge meiner Persönlichkeit Einfluss hatten. Vielen lieben Dank an Thomas Montasser, meinen klugen Agenten, der mir Wege geebnet hat, die über Buchveröffentlichungen weit hinausgehen. Ohne dich wäre nichts, mit dir ist alles. Susanne Evans, danke für die schweißtreibende Arbeit als meine Lektorin. Ich freue mich unheimlich auf die künftigen Projekte! Mein Dank gilt auch Susanne Krebs, Renate Grubert, Jürgen Weidenbach und allen Mitarbeitern bei cbj für ihr Engagement und Vertrauen.

Das letzte Wort geht an euch, die Leser: Erst in euren Augen wächst aus Papier und Tinte eine Welt. Danke, dass ihr mein Debüt *Nijura* so unglaublich unterstützt und damit das Erscheinen von *Das Drachentor* ermöglicht habt. Ich hoffe, diese Geschichte war ein guter Gefährte auf den gewundenen Pfaden eurer eigenen Wälder.

Jenny-Mai Nuyen, im Mai 2007

Jenny-Mai Nuyen

# Nocturna

## Die Nacht der gestohlenen Schatten

544 Seiten ISBN 978-3-570-13337-8

Seit ewigen Zeiten herrschen die Nocturna über die Stadt: Sie rauben den Menschen ihre Vergangenheit, um daraus Bücher von magischer Schönheit zu schaffen. Zurück bleiben seltsam blasse Wesen, die nicht altern und nicht sterben können. Menschen wie Vampa. Als Vampa auf der Suche nach seiner Geschichte auf die selbstbewusste Apolonia und den Kleinganoven Tigwid trifft, werden die drei hineingezogen in den gefährlichen Machtkampf, der unter den Nocturna entbrannt ist.

Jenny-Mai Nuyen

# Rabenmond

## Der magische Bund

500 Seiten ISBN 978-3-570-16000-8

Als Mion im Wald einen Fuchs erschießt, verwandelt er sich zu ihrem Entsetzen in einen Jungen mit bernsteinfarbenen Augen: Sie hat Lyrian angegriffen, den Sohn der Tyrannen von Wynter, die die Gestalt von Tieren annehmen können. Auf Mions Tat steht der Tod. Doch Lyrian verliebt sich in Mion und rettet sie. Nicht ahnend, dass das Mädchen dazu auserkoren ist, die Herrschaft seiner Familie für immer zu beenden ...

6286

cbt

www.cbj-verlag.de